方李邦琴北京大学人文学科文库出版基金赞助

北大欧美文学研究丛书

跑题之意趣：
拜伦的《唐璜》

The Relish of/for Digression:
Byron's *Don Juan*

丁宏为 著

图书在版编目 (CIP) 数据

跑题之意趣：拜伦的《唐璜》/ 丁宏为著. —北京：北京大学出版社，2021.9
（北京大学人文学科文库. 北大欧美文学研究丛书）
ISBN 978-7-301-32500-1

Ⅰ. ①跑… Ⅱ. ①丁… Ⅲ. ①史诗–诗歌研究–英国–近代 Ⅳ. ① I561.072

中国版本图书馆 CIP 数据核字 (2021) 第 183935 号

书　　　名	跑题之意趣：拜伦的《唐璜》 PAOTI ZHI YIQU：BAILUN DE《TANGHUANG》
著作责任者	丁宏为　著
责 任 编 辑	张　冰　吴宇森
标 准 书 号	ISBN 978-7-301-32500-1
出 版 发 行	北京大学出版社
地　　　址	北京市海淀区成府路 205 号　100871
网　　　址	http://www.pup.cn　　新浪微博：@ 北京大学出版社
电 子 信 箱	wuyusen@pup.cn
电　　　话	邮购部 010-62752015　发行部 010-62750672　编辑部 010-62759634
印 刷 者	大厂回族自治县彩虹印刷有限公司
经 销 者	新华书店 650 毫米 ×980 毫米　16 开本　29 印张　430 千字 2021 年 9 月第 1 版　2021 年 9 月第 1 次印刷
定　　　价	118.00 元

未经许可，不得以任何方式复制或抄袭本书之部分或全部内容。
版权所有，侵权必究
举报电话：010-62752024　电子信箱：fd@pup.pku.edu.cn
图书如有印装质量问题，请与出版部联系，电话：010-62756370

总　序

袁行霈

　　人文学科是北京大学的传统优势学科。早在京师大学堂建立之初，就设立了经学科、文学科，预科学生必须在五种外语中选修一种。京师大学堂于1912年改为现名，1917年，蔡元培先生出任北京大学校长，他"循思想自由原则，取兼容并包主义"，促进了思想解放和学术繁荣。1921年北大成立了四个全校性的研究所，下设自然科学、社会科学、国学和外国文学四门，人文学科仍然居于重要地位，广受社会的关注。这个传统一直沿袭下来，中华人民共和国成立后，1952年北京大学与清华大学、燕京大学三校的文、理科合并为现在的北京大学，大师云集，人文荟萃，成果斐然。改革开放后，北京大学的历史翻开了新的一页。

　　近十几年来，人文学科在学科建设、人才培养、师资队伍建设、教学科研等各方面改善了条件，取得了显著成绩。北大的人文学科门类齐全，在国内整体上居于优势地位，在世界上也占有引人瞩目的地位，相继出版了《中华文明史》《世界文明史》《世界现代化历程》《中国儒学史》《中国美学通史》《欧洲文学史》等高水平的著作，并主持了许多重大的考古项目，这些成果发挥着引领学术前进的作用。目前，北大还承担着《儒藏》《中华文明探源》

《北京大学藏西汉竹书》的整理与研究工作,以及"新编新注十三经"等重要项目。

与此同时,我们也清醒地看到:北大人文学科整体的绝对优势正在减弱,有的学科只具备相对优势;有的成果规模优势明显,高度优势还有待提升。北大出了许多成果,但还要出思想,要产生影响人类命运和前途的思想理论。我们距离理想的目标还有相当长的距离,需要人文学科的老师和同学们加倍努力。

我曾经说过,与自然科学或社会科学相比,人文学科的成果,难以直接转化为生产力,给社会带来财富,人们或以为无用。其实,人文学科力求揭示人生的意义和价值,塑造理想的人格,指点人生趋向完美的境地。它能丰富人的精神,美化人的心灵,提升人的品德,协调人和自然的关系以及人和人的关系,促使人把自己掌握的知识和技术用到造福于人类的正道上来,这是人文无用之大用!试想,如果我们的心灵中没有诗意,我们的记忆中没有历史,我们的思考中没有哲理,我们的生活将成为什么样子?国家的强盛与否,将来不仅要看经济实力、国防实力,也要看国民的精神世界是否丰富,活得充实不充实,愉快不愉快,自在不自在,美不美。

一个民族,如果从根本上丧失了对人文学科的热情,丧失了对人文精神的追求和坚守,这个民族就丧失了进步的精神源泉。文化是一个民族的标志,是一个民族的根,在经济全球化的大趋势中,拥有几千年文化传统的中华民族,必须自觉维护自己的根,并以开放的态度吸取世界上其他民族的优秀文化,以跟上世界的潮流。站在这样的高度看待人文学科,我们深感责任之重大与紧迫。

北大人文学科的老师们蕴藏着巨大的潜力和创造性。我相信,只要使老师们的潜力充分发挥出来,北大人文学科便能克服种种障碍,在国内外开辟出一片新天地。

人文学科的研究主要是著书立说,以个体撰写著作为一大特点。除了需要协同研究的集体大项目外,我们还希望为教师独立探索,撰写、出版专著搭建平台,形成既具个体思想,又汇聚集体智慧的系列研究成果。为此,北京大学人文学部决定编辑出版"北京大学人文学科文库",旨在汇集新时代北大人文学科的优秀成果,弘扬北大人文学科的学术传统,展示北大人文学科的整体实力和研究特色,为推动北大世界一流大学建设、促进人文学术发展做出贡献。

我们需要努力营造宽松的学术环境、浓厚的研究气氛。既要提倡教师根据国家的需要选择研究课题,集中人力物力进行研究,也鼓励教师按照自己的兴趣自由地选择课题。鼓励自由选题是"北京大学人文学科文库"的一个特点。

我们不可满足于泛泛的议论,也不可追求热闹,而应沉潜下来,认真钻研,将切实的成果贡献给社会。学术质量是"北京大学人文学科文库"的一大追求。文库的撰稿者会力求通过自己潜心研究、多年积累而成的优秀成果,来展示自己的学术水平。

我们要保持优良的学风,进一步突出北大的个性与特色。北大人要有大志气、大眼光、大手笔、大格局、大气象,做一些符合北大地位的事,做一些开风气之先的事。北大不能随波逐流,不能甘于平庸,不能跟在别人后面小打小闹。北大的学者要有与北大相称的气质、气节、气派、气势、气宇、气度、气韵和气象。北大的学者要致力于弘扬民族精神和时代精神,以提升国民的人文素质为己任。而承担这样的使命,首先要有谦逊的态度,向人民群众学习,向兄弟院校学习。切不可妄自尊大,目空一切。这也是"北京大学人文学科文库"力求展现的北大的人文素质。

这个文库目前有以下17套丛书:
"北大中国文学研究丛书"(陈平原 主编)
"北大中国语言学研究丛书"(王洪君 郭锐 主编)
"北大比较文学与世界文学研究丛书"(张辉 主编)
"北大中国史研究丛书"(荣新江 张帆 主编)
"北大世界史研究丛书"(高毅 主编)

"北大考古学研究丛书"(赵辉 主编)
"北大马克思主义哲学研究丛书"(丰子义 主编)
"北大中国哲学研究丛书"(王博 主编)
"北大外国哲学研究丛书"(韩水法 主编)
"北大东方文学研究丛书"(王邦维 主编)
"北大欧美文学研究丛书"(申丹 主编)
"北大外国语言学研究丛书"(宁琦 高一虹 主编)
"北大艺术学研究丛书"(彭锋 主编)
"北大对外汉语研究丛书"(赵杨 主编)
"北大古典学研究丛书"(李四龙 彭小瑜 廖可斌 主编)
"北大人文学古今融通研究丛书"(陈晓明 彭锋 主编)
"北大人文跨学科研究丛书"(申丹 李四龙 王奇生 廖可斌 主编)[1]

　　这17套丛书仅收入学术新作,涵盖了北大人文学科的多个领域,它们的推出有利于读者整体了解当下北大人文学者的科研动态、学术实力和研究特色。这一文库将持续编辑出版,我们相信通过老中青学者的不断努力,其影响会越来越大,并将对北大人文学科的建设和北大创建世界一流大学起到积极作用,进而引起国际学术界的瞩目。

2020年3月修订

---

[1] 本文库中获得国家社科基金后期资助或入选国家哲学社会科学成果文库的专著,因出版设计另有要求,我们会在丛书其他专著后勒口列出的该书书名上加星号标注,在文库中存目。

丛书序言

　　北京大学的欧美文学研究具有深厚的历史积淀,承继五四运动之使命,早在1921年便建立了独立的外国文学研究所,系北京大学首批成立的四个全校性研究机构之一,为中国人文学科拓展了重要的研究领域,注入了新的思想活力。新中国成立之后,尤其是经过1952年的全国院系调整,北京大学欧美文学的教学和研究力量不断得到充实与加强,汇集了冯至、朱光潜、曹靖华、杨业治、罗大冈、田德望、吴达元、杨周翰、李赋宁、赵萝蕤等一大批著名学者,以学养深厚、学风严谨、成果卓越而著称。改革开放以来,北大的欧美文学研究进入了新的历史发展时期,形成了一支思想活跃、视野开阔、积极进取、富有批判精神的研究队伍,高水平论著不断问世,在国内外产生了重要的学术影响。新世纪之初,北京大学组建了欧美文学研究中心,研究力量得到进一步加强。北大的欧美文学研究人员确定了新时期的发展目标和探索重点,踏实求真,努力开拓学术前沿,承担多项国际合作和国内重要科研课题,注重与国内同行的交流和与国际同行的直接对话,在我国的欧美文学研究中发挥着越来越重要的作用。

　　为了弘扬北京大学欧美文学研究的学术传统、促进欧美文学研究的深入发展,北大欧美文学研究中心在成立之初就开始组织撰写"北大欧美文学研究丛书"。本套丛书涉及欧美文学研究的多个方面,包括欧美经典作家作品研究、欧美文学流派或文学体裁研究、欧美文学与宗教研究、欧美文论与文化研究等。这是一套开放性的丛书,重积累、求创新、促发展,旨在展示多元文化背景下北大欧美文学研究的成果和视角,加强与国际国内同行的交流,为拓展和深化当代欧美文学研究做出自己的贡献。通过这套丛书,我们也希望广大文学研究者和爱好者对北大欧美文学研究的方向、方法和热点问题有所了解;北大的欧美文学研究者也能借此对自己的学术探讨进行总结、回顾、审视、反思,在历史和现实的坐标中确定自身的位置。此外,我们也希望这套丛书的撰写与出版有力促进外国文学教学和人才的培养,使研究与教学互为促进、互为补充。

这套丛书的研究和出版得到了北京大学、北京大学外国语学院以及北京大学出版社的大力支持。若没有上述单位的鼎力相助,这套丛书是难以面世的。

2016年春,北京大学人文学部开始建设"北京大学人文学科文库",旨在展示北大人文学科的整体实力和研究特色。"北大欧美文学研究丛书"进入文库继续出版,希望与文库收录的相关人文学科的优秀成果一起,为展现北大学人的探索精神、推动北大世界一流大学建设、促进人文学术发展贡献力量。

申 丹
2016年4月

目 录

序 …………………………………………………………… 1

第一章 "守旧的"跑题者 ………………………………… 1
第二章 "胡乱穿插"? ……………………………………… 17
第三章 "胡乱穿插" ………………………………………… 36
第四章 "散漫"和"逗笑"之别意:反史诗的史诗 …… 62
第五章 歌德、莫扎特与拜伦:对"负能"的置放 …… 93
第六章 启蒙式的怀疑 …………………………………… 128
第七章 拦截那个变得深沉的自我 ……………………… 161
第八章 拦截(续):另外三个例子 ……………………… 187
第九章 "轻薄"之于天主教 ……………………………… 212
第十章 表意套式上的跨界 ……………………………… 256
第十一章 跑题的情感:唐璜的"艳遇" ……………… 306
第十二章 "艳遇"续:跨越更远的界域 ……………… 353

结 语 …………………………………………………… 405
引用文献 ………………………………………………… 412

序

面对英国诗人乔治·戈登·拜伦男爵（George Gordon, Lord Byron，1788～1824）的长诗《唐璜》（*Don Juan*，1819～1824），本人在动笔谈论它之前有个基本的认识，基本而平常，即：《唐璜》是一部重要的著作；同时，在某些方面，这部巨著又是一部不大严肃的作品。不严肃而重要，这在国际评论史上是不少论家的共识。拜伦本人也有这个认知，他甚至不需要别人帮他作出评判；他从一开始就自知《唐璜》是他的大作，也预见到它的局部内容会因为一些出格的调侃和讥讽成分而冒犯较拘谨的读者。之所以我们时至今日仍会温习这个简单而平常的认识，是因为读者一方只要阅读拜伦的《唐璜》，仍将面对这样一个融合了逆向因素的谜局，其对我们的挑战尚未减弱。难道两种不同因素之间不但不相互排斥，还存在着某种微妙的逻辑关系？这一点是如何做到的？有何外貌？我们做如此探询，有何必要性？对于研究者，我们可否把有关谜局的看法交代得再充分而透彻一些呢？比如对于所谓"重要"和"不严肃"这两个概念的各自内涵再予剖析？此外，从比较文化的角度看，如此观察《唐璜》，意义又何在呢？

这个谜局像是个文学现象，因此我们也会另外意识到，既然是现象，其边界所及就会大于《唐璜》这个单一的作品，因为它不为其所垄断。回顾拜伦之前的欧洲文坛，曾经有过塞万提斯的

《堂吉诃德》、薄伽丘的《十日谈》、乔叟的《坎特伯雷故事集》、莫里哀的《唐璜》、斯威夫特的《格列佛游记》以及伏尔泰的《老实人》等许多作品,至少它们的局部内容所涉,或多或少也都具有广义上相近的特点,既引人时而发笑,又伟大。因此,研究者所面对的挑战还要更大一些。本书收拢视野,仅以拜伦的《唐璜》为主要焦点,力图窥探上述局面的内部空间,以期对这种现象如何发生及何以发生做一点旁观者的言说。

言说不等于答案。《唐璜》之为《唐璜》,任何研究者都不能妄称找到了终极的意涵。国际学界早就有人表达了对于《唐璜》解读空间之大的感受。英国学者伯纳德·贝蒂(Bernard Beatty)说道,尽管 20 世纪 50 年代之后已有众多"富有实质而令人印象深刻的评论性和考据式的学术投入",可是当我们具体问及"《唐璜》是如何推进的?"以及"这是一部什么样的诗作?"这类问题时,"我们仍不能确定是否已经找到了答案",而这也是因为

> 这部诗作本身即打定主意要躲避论家的捕捉。它或原地不动,或没完没了地瞎扯下去,总之,它让自己免于"推进"之累。与此相应的是,它也脱身于具体的分类,却又让人联想到各种各样的门类,比如史诗、喜剧、讽刺诗、浪漫传奇、滑稽的调侃,以及小说。不管怎样,反正它让分类者感到困惑。①

至于贝蒂本人的观点,他基本上认为《唐璜》文本的内部世界还是有迹可循的,某些反复出现的套路也可被梳理出来,但作为被"困惑"者之一,他仍觉得这部"容易读"的著作"很难精确描述或正确解读(interpret correctly)"。② 我们也将会在本书第十章谈及拜伦在套路和体式之间的跨界和跑题,此处只图在"容易读"和"难解读"这两个有趣而悖逆的境况之外再补上"仍有人在解读"这个情况,以感味《唐璜》所带来的挑战。从其他文化的角度

---

① Bernard Beatty, *Byron's Don Juan*. London and New York: Routledge, 2016 (first published 1985), p.2. 有关本书所用《唐璜》文本之外的汉语译文,除专门标明,均为笔者所译。

② Ibid., p.34.

把握它,难度可能还会更大些。

说到《唐璜》的"不严肃",它当然不是一味如此,而是也有深沉之处,亦时时显现,有些局部之沉重,不啻英国诗坛任何作品。国际现代拜伦研究领域前辈学者伊丽莎白·博伊德(Elizabeth F. Boyd)概括说,拜伦在写作《唐璜》的过程中,"扩展了他的意图":

> 《唐璜》始于嬉戏(fun),但止于苦涩和阴沉。涉及语调的渐强、规模的渐宽和渐厚,头十二个诗章对这个过程有很好的体现。这之后该诗忽又跌入轻浮中,尽管有迹象表明再往后还会有更高程度的严肃性内容出现。①

其实即使在局部,拜伦也会调整他的所谓意图,因此,仅就其不严肃的时时脉冲而言,读者可以看到,往往是各种因素掺杂在一起,共同促其成势。其中有一个因素先于其他因素,相对处在外围,或也是其他因素的载体,即语者身份、文本基本结构以及局部文路上的跑题现象,与其他更内在的跑题思路及内容汇织在一起,让全诗的神韵变得松散,却也形成拜伦式的独特张力。《唐璜》第三章涉及唐璜与希腊海盗女儿海黛(Haidée)的爱情故事,在讲述过程中,诗人的意识旁逸出去,转而讥讽英国诗坛名人的人格瑕疵。若干诗节之后,他似乎意识到自己忘记了正事,于是貌似自我检讨,道:

> 但还是讲我的故事吧。我承认,
> 　如果说我有什么毛病,那就是
> 我爱闲扯,尽自离题议论不休,
> 　而把读者撇在一边已有多次;
> ……②

---

① Elizabeth French Boyd, *Byron's Don Juan: A Critical Study*. London and New York: Routledge & Kegan Paul Ltd., 1958, 2016 (originally published 1945), p.31.

② 本书所依赖的《唐璜》英文原著版本为 George Byron, *Lord Byron: The Major Works*. Ed. Jerome J. McGann. Oxford University Press, 1986。除特别说明,所用汉语译文均出自拜伦:《唐璜》(上、下),查良铮译,北京:人民文学出版社,2020年(2008年1月第2版)。译文被引用时一般只标出诗章和诗节的序号。此处所引用这四个诗行出自第三章第96诗节。

此处"离题"一词的英文原文是 digression,字面上即有"偏离正途、迈入旁域"的意思。

跑题成为《唐璜》的特色现象,这让有的学者觉得,可以对长诗中的跑题性文字进行大致的量化。前面提到伯纳德·贝蒂,他就做过这种尝试。他说:

> 涉及拜伦的叙事,我们可提供一些粗略而现成的统计数字,对读者应有所帮助。当然,至于《唐璜》中某个具体的诗节是否是在跑题,也并非总那么容易辨认,毕竟手法上的跑题也并不排除该诗节与某些事件和人物直接相关联的可能。
>
> 在前八个诗章中,跑题部分所占有的份额略少于四分之一。从第九章到第十五章,跑题部分平均达到所有这些诗章加在一起一半的篇幅。可到了第十六章,即写幽灵的那章,所出现的跑题又是少于四分之一。第九章开篇的 28 个诗节让四分之一的跑题增加到二分之一。①

如此量化,的确很有帮助,但也的确是粗略的。跑题分不同的类型,跑题之内也会有跑题,其边界也并非总是清晰的;细枝末节而飘忽不定的跑题因素则可能更是难以统计。

拜伦自己直接使用 digression 这个词,在《唐璜》中不止一次。不过,即便语境相近,拜伦也并非从一而终,有时他会变换花样地选择其他词语,比如 rambling(闲扯,漫谈)、errancy(出格,出轨)、desultory(乱弹的,离题的)和 transgression(越界、犯戒)等。本书题目突出"跑题"这个单一概念,只求在拥有了焦点的同时,也凭借它的模糊性而代表其他相近的词语,毕竟 digression 这个词的意韵本身即诱导我们联系拜伦所用各例同义词,进而体会其本人在用词方面的多样性,也感知其所用同义词或近义词之间的微妙色差以及相对侧重点。这也是为何在行文过程中,本书时而使用"跑题"这个词,时而换成"越界"等概念,有的局部还会用"跑调"取

---

① Bernard Beatty, *Byron's Don Juan*, p. 39.

代"跑题",甚至会谈及拜伦对一些语脉的"拦截";我们也会更严谨一些,根据局部脉络在这类词语之间切换,最终在不跑离我们基本话题的情况下,扩大文思的覆盖面。其实说到底,拜伦的此类词语在表意的倾向性上差异并不大,而且,无论他使用了哪个词,其所标示的哪怕是最浅表的跑题,它都可能会与诗人所特有的那种宏大而深沉的解构性思维发生瓜葛。

仅从外围粗略地看,一位英国诗人,写西班牙人的故事,这就在第一时间越了界。尽管英国作家爱写别的国家的事,这是一个普遍而显见的情况,但拜伦进而又放大了史上传奇中已有的文思基因,让这位西班牙人自己连续跨越国家间的界线,让他在实际行为层面能走多远就走多远,而且不止行为,其所到之处自然都是外文环境,话语、概念、观念、习俗等,都陌生而凌乱,而一旦唐璜被迫随遇而安,文化上的不切题也就随之而生。单看处在表层的语言成分,去的地方多,越界的情况多,外语单词出现得就多。比如唐璜来到英国时,拜伦要站在这位西班牙人的角度,使用法语词 ennui(无聊、厌倦)来评价英国上层的生活,很随意。美国学者加里·戴尔(Gary Dyer)曾经撰文,具体谈论《唐璜》中与同性性关系等现象相关的江湖切口或黑话(flash)这个话题,其间他顺便以寥寥数语,为我们呈示了长诗中涉及语言越界的一种表面看上去十分杂乱的现象:

> 在《唐璜》中,拜伦在英语之外至少征用了六种民族语言(希腊语、拉丁语、西班牙语、法语、阿拉伯语、俄语),而这些之外,还有各种各样的技术术语以及方言俗语,黑话即包含在后者之内。每一位读者其实都会注意到,这些语言不仅存在于文本中,拜伦还通过具体做法来凸显语种的多样性及变化,比如让来源各不相干的文字相互押韵、让希腊语与英语搭配、将高尚语言与低俗语言并置、将书面文学语言与日常口语混用,等等。①

---

① Gary Dyer, "Thieves, Boxers, Sodomites, Poets: Being Flash to Byron's *Don Juan*." *PMLA*, Vol. 116, No. 3, May 2001, 562~578, p. 573.

可谓纵横穿插,出入语界,构筑其自己的多舌多语的巴别塔(Babel Tower)。

然后,尽管拜伦本人常埋怨读者如何总把他与他所创造的文学人物相等同(好像这是低看了他的创造性想象力!),但在《唐璜》中,他的确让人觉得其与男主人公之间的界线时而变淡,语者身份之间频频挪移。不过,此中虽然多了几分微妙的成分,让外表的指代关系有了些紊乱,可总体上这种紊乱也并不属于难辨识的类型。然后还有语者叙事线条上的结构性跑题,即他自己所说的"把读者撂在一边",自己一味"闲扯"。读者一方稍多一点警醒,也会习惯于这类有迹可循的机制。再然后,就是本书所要重点谈论的各宗线条内部涉及画面、情调、思绪、态度、价值理念、信仰等各个方面的跑题或越界,横向的、竖向的、斜向的、乱向的,涉及不同层面,不同领域。于是,从外到内,从点到面,我们在涉足如此散漫场景的过程中,也就拥有了一片繁茂的森林,里面经纬难辨,但无奇不有。

涉及语者身份的进退,这个所谓的外围因素也会让内在的越界因素变得更复杂。唐璜变成拜伦,拜伦化身唐璜,这种跨线行为也是国际学界老生常谈的话题,甚至在《唐璜》最早的读者中,即有人于第一时间识破了诗人的"把戏"。当时有一些女性,她们曾与拜伦有过不同程度的交往,交往之余也成为其读者,甚至早在《唐璜》前四章先后面世不久,她们中就有人做出了自己的反应。美国学者莱斯利·马尔尚(Leslie A. Marchand)在其所著《拜伦传》中告诉我们,这些女性都曾带着"迫切的"心情阅读有关的章节,而她们中就有克莱尔·克莱蒙特(Claire Clairmont,1798~1879),即拜伦私生女阿莱格拉(Allegra)的母亲。克莱蒙特有感于读者之单纯与《唐璜》之不纯这两端之间的不协调,于是给单纯的读者们写了一些"提示"(hints),借此"曝光拜伦的品性"。其中有一条助读的信息,她还将其录入她写于1820年2月1日的一则日记中:

> 有关《唐璜》的提示——它在我看来就是作者的自说自话,讲的是他自己如何不走运——薄情而自私——就像个乞丐,四处兜售他

自己的不幸,倒也引不出多少同情,只能让人恶心。①

在诗歌受众与诗歌作者的关系中,克莱蒙特拥有近距离的身位,她这样的读者在把握文学文本的方式方面自有其独到之处。

涉及另一种相对较显见的,即我们所谓叙事结构或脉络上的不扣题,马尔尚也写到拜伦的推进路数,其文字所及体现其他研究者也都知晓的现象,但其笔触显得更贴近拜伦的创作过程实情。他说,拜伦喜欢夹叙夹议,且三心二意,一边写《唐璜》的故事,一边环顾四周,对平日所遇各种事端作出反应,有时严肃应对之,有时严肃不起来。具体就拜伦于1820年一段时间写作《唐璜》第五章的情状而言,马尔尚写道:"一如既往,拜伦将他最旺盛的精力和最鲜活的才思都慷慨而不吝地用在了跑题上,体现其当时当地心境的变化。"②似乎心灵如感应器,不设过滤程序,也随时启动回复功能,对别人有关他本人的闲言碎语作出反应,放纵一番,然后再重拾唐璜叙事的主脉络。跑题就跑题了,无论别人或他自己,都挡不住。

展开看《唐璜》中的跑题或越界现象,可发现它多与其他表意手段混杂在一起,比如讥讽、调侃、逗笑、闲(瞎)扯等,多成为跑题的拼料。于是,《唐璜》不少局部都会给人一种没轻没重、无所顾忌、无界不逾的印象,似乎一旦少了恭敬,终极约束力来得较迟,那么任何事物都可被语者品评,它们的位分或尊严都被他瓦解掉。我们在此谈及此点,也是为了提醒自己尽早对所谓拜伦式的跑题"功力"有所预感;其越界到底会越多远,我们对此需有想象力。美国学人查尔斯・拉尚斯(Charles LaChance)甚至将"虚无主义"(nihilism)标签钉在《唐璜》上,他曾撰文称:"在体式、情节、个性化、比喻以及主题等方面,拜伦的《唐璜》都昭示了虚无主义,颠覆了浪漫传奇文学之类型,以及其所体现的人文价值。"③拉尚斯在《唐璜》文本

---

① Leslie A. Marchand, *Byron: A Biography*. New York: Alfred A. Knopf, Inc., 1957. Vol. II, p. 840.
② Ibid., p. 883.
③ Charles LaChance, "Nihilism, Love & Genre in *Don Juan*." *The Keats-Shelley Review*, Vol. 11, No. 1, 1997, 141~165, p. 141.

中找到若干例子,以支撑其有关颠覆性的评价。我们先插入一句,一旦引入"颠覆性"概念,并将其认定为作者的习惯,那就会激发人们的联想,乃至让人窥测"无所不颠覆"的可能,于是颠覆的逻辑就可能被拉伸,而一旦颠覆矛头泛及,那就可能连"颠覆"本身都被颠覆掉;拜伦自己的虚无主义坚持不了多久,我们的虚无主义解读也就被颠覆了。拉尚斯本人并非没有意识到这个局面,只是其意旨所在,主要还是提出一个具有参考价值的侧面,以期对读者有所助益。

他还认为,拜伦所颠覆的并不仅限于情节和体式等对象:

> 西方所有那些主要的思想理念——唯物的自然主义、卡尔文式的新教思想、罗马天主教、柏拉图式的理性主义、中世纪骑士式英雄辞令以及自由的感伤主义(liberal sentimentalism)——都在《唐璜》中被颠覆了。

具体讲,

> 拜伦式的虚无主义否定了感伤文学中的理想主义和爱、自由派的平等观及和平观、骑士文学中的高低贵贱和好战性、理性主义传统中的理性和柏拉图本人、天主教文化中的赦罪概念和柏拉图成分、卡尔文主义的基督替代赎罪说(atonement)和宿命观,以及自然主义传统中的还原观和性爱。[①]

诸项被瞄准的标靶隐现于《唐璜》中,可谓多矣。

拉尚斯带着这样的认知环顾学界,发现领域内一些重要的评论家都"误读了"拜伦的虚无主义倾向。从我们的角度看,他的观点不免有些偏激,尽管《唐璜》局部某类虚无成分如何估计都不会过高。尚有评论家另有所获,他们自然联想到文本中相反的事例,比如有人专门谈论拜伦的宗教情怀,展示其恭敬的一面,或在长诗脉络中梳理出不少所谓保守的,甚

---

① Charles LaChance, "Nihilism, Love & Genre in *Don Juan*." *The Keats-Shelley Review*, Vol. 11, No. 1, 1997, 141~165, p.141.

至正面的因素。本书在涉及拜伦信仰的第九章等处会谈及相关内容。此外,即便单说虚无主义本身,也会有不同的形态,未必只局限于那种不管不顾的虚无态度。我们在此借用拉尚斯等学者的虚无说,主要还是为了简捷而高效地推介拜伦的越界冲动,或可就此再回到我们自己更普通的话语方式,简言这样一种情况:阅读《唐璜》,就是时常体验拜伦如何在谈笑中施展其先扣题再跑题的推进套路。

跑题加谈笑,大概恰恰因为《唐璜》所含此类成分,拜伦的声望注定要经受不同的待遇。可无论一般读者曾经如何看待他,有些评论家还是愿意把他归类于巨人的行列。英国维多利亚时代思想家马修·阿诺德(Matthew Arnold,1822~1888)曾多次谈及拜伦,并撰文专论其人,后收录于1888年所发表的《评论二集》(*Essays in Criticism, Second Series*)一书中。一篇题为《拜伦》("Byron")的文章即倾向于视拜伦为巨人,当然也多次提到其"孩子"的一面。"巨人"和"孩子"之说大致借自英国同时代诗人阿尔加侬·斯温朋(Algernon Charles Swinburne,1837~1909)的认识,两个概念相辅相成,在阿诺德的文脉中有时与"力量"(strength)和"真诚"(sincerity)两词各相对应。阿诺德先提到欧洲大陆个别文人对拜伦的评价,认为若与歌德所言相比,他们的话有失贴切,不够热情。歌德赞叹拜伦的"人格",认为它前无古人,后无来者;阿诺德说:"(歌德)这是想到拜伦所具有的那种'胆识、冲力和宏大气度'(daring, dash, and grandiosity),几种气质的确都灿烂不凡。"而所谓真诚和力量,即与这些气质融合在一起,因而都变得"杰出",也烘托起拜伦的杰出地位。①

在一定程度上,阿诺德此类文字对其本人多年前有关拜伦的各种品评有所调整,挑剔的成分变少了,正面的话多了,但也大致重复了他自己亦曾有过的所谓正面认识,而这个曾经的认识也折射出维多利亚时代早期英国思想家托马斯·卡莱尔(Thomas Carlyle,1795~1881)有关拜伦

---

① Matthew Arnold, "Byron." *Selected Prose*. Ed. P. J. Keating. Harmondsworth, Middlesex: Penguin Books (Penguin Classics), 1987, pp. 395, 399.

与歌德如何不同的看法。1850年,英国浪漫主义主要诗人华兹华斯去世,阿诺德写了一首悼念的诗篇("Memorial Verses"),兼而回顾歌德和拜伦这另外两位业已作古的大诗人,于是以三种评价分别对应三大诗人,用"圣贤而睿智的头颅"定义歌德,用"(对人心的)抚慰能力"定义华兹华斯,而将"雷电的滚动"和"巨人般的战力"(Titanic strife)等概念附在拜伦身上。在阿诺德的如此评价中,其所用在歌德身上的"睿智"和用在拜伦身上的"战力"即接近卡莱尔曾经的看法。

就算是巨人,当然也可以拥有调侃或讥笑的心情,不过阿诺德的思想倾向与我们所指尚有出入。拜伦本人大概不会排斥阿诺德的褒奖,但他也会期待另类的论定,比如他多半会觉得,若把他视为英国中世纪后期诗人乔叟(Geoffrey Chaucer,1340?～1400)类型的作家,让他们同属于文学传统一脉,他会更自在一些,尤其涉及写作《唐璜》的那几年。1819年年初,拜伦致信两位老同学,说他"绝不"接受人们欲删节《唐璜》而将其净化的念头,说当下的国人应该对所谓的"不雅"(indecency)有所包容。难道如今的人们都变得更"正经"、更"道德"了吗?这是他的困惑,更何况,"说到过分,难道《唐璜》里面有任何内容能比得上阿里奥斯托——或者伏尔泰——或者乔叟所写吗?"[1]如此评价,肯定不是对三位先贤的诟病,而更多是借此表达自愧不如的敬意,《唐璜》中若干局部文字即会印证这一点。而说到乔叟,阿诺德一方虽也曾不吝仰慕之词,但他终究不情愿将其与他心目中莎士比亚、弥尔顿和华兹华斯这三位"伟大经典"作家相提并论,原因是他认为乔叟不够"严肃"。

《评论二集》中另有一篇文章较著名,为《研读诗歌》("The Study of Poetry"),其局部具有给英国史上重要诗人"排座次"的效果。文中阿诺德屡次使用the high seriousness(直译:"高度的严肃性")这个概念,借此

---

[1] To Hobhouse and Kinnaird. Venice, January 19th, 1819. George Byron, *Lord Byron: Selected Letters and Journals*. Ed. Leslie A. Marchand. Cambridge, Mass.: The Belknap Press of Harvard University Press, 1982, p.185. 阿里奥斯托(Lodovico Ariosto,1474～1533),意大利文艺复兴时代诗人,著名传奇叙事诗《疯狂的奥兰多》的作者。

反观乔叟的"局限性"(limitations)。他说,无论涉及内容上的真材实料,还是犀利而博览的眼界,乔叟诗才所及,一切都属上乘,"可它偏偏没有那种高度的严肃性"①。然而,假如拜伦所爱正是阿诺德所憾呢?《唐璜》并非作于拜伦创作生涯的所谓稚嫩时段,而是其最后的作品,其此前所著,包括《少侠哈洛尔德游记》(*Childe Harold's Pilgrimage*,1812～1818)和《曼弗雷德》(*Manfred*,1816～1817)等篇目,倒是不乏沉甸甸的严肃性。从严肃到不严肃,难道对某些作家来说,成长就是摆脱深沉?或者,成长之后才能感受到乔叟的高度?

当然,跑题与谈笑,即便将这两个成分加在一起,仅就当下国际学界而言,所形成的话题仍无创新可言,甚至以此为题,会流于粗浅,毕竟无论在其书信类散文中,还是《唐璜》本身的诗文中,拜伦自己都已将其离途和逗笑的意趣坦白得清清楚楚。我们从跑题角度所处理的内容,多半也能从别的角度来探讨,急于超越这个貌似浅表的层面而深探其他主题的评论家大有人在。然而,反过来看,或许其他的层面也可以从跑题或越界的角度来探讨?如此即可粗题细做。或者,或许我们也可以透过其他主题而深入越界这个实际上的内质?比如《唐璜》第九章开篇,诗人本应续讲唐璜"奉派"赴俄国"都城"圣彼得堡的旅程,但却做了一次散漫的思想漫游,涉及英国政治状况、欧洲的战争、人类的生与死、尘世的浮华、认知过程的难点,以及个人的秉性,等等。到了该章第二十四诗节,拜伦忽而说他至少要用他的文字"和一切与思想作战的人/ 作战";接下来在第二十五和第二十六诗节中,他说他也不愿意"讨好于人民",而"由于不附和任何人(being of no party),/ 我倒得罪了一切人",但他自己倒觉得无所谓,因为一旦"不受制于皇帝,/ 也不受制于暴民",他自己就可以"自由发表意见"。②

---

① Matthew Arnold,"Byron."*Selected Prose*,p. 355. 除了 the high seriousness 这个词组,阿诺德还使用了 the high and excellent seriousness 和 high poetic seriousness 等文字组合,见该书第 355～356 页。

② 拜伦,《唐璜》,第九章第 1～26 诗节。

评论家一般可以抓住 being of no party 这个说法,从生平、个人觉悟以及英国政治文化角度把握拜伦所言,还可联系拜伦早年教育背景,提及其所曾就读的哈罗公学(Harrow School)的毕业生多有从政的经历,其中不少人成为政坛名人,归属于英国的党派,而拜伦就像是那个群体中的异类,谋求与众不同的路线。从我们的角度看,哈罗公学的同学们善于扣题,寓自由感于方向感中,将责任具体化,而拜伦则惯于在理念上跑题,少有投入,无所归属,不在意"得罪一切人",包括他自己;自由自在就是自由自在,至少他显得如此。越界是个人之习惯,亦是示人之态度,还成为所追求之境界,一切都只为了"发表意见"时更随意一些,而意见还会变化,于是对于力图捕捉文本内涵的研究者来说,就会较难凭借其一时所言来认定其观点;习惯与态度很可能就要比具体的政治立场及思想认识更本质一些,至少这两端是连在一起的。

若从比较文化角度看待我们的话题,意义会有所扩大。拜伦在意大利创作他的《唐璜》,身处南欧世情及天主教文化氛围,因而一边写长诗,一边经历着宗教信仰、文化观念以及文学理念等方面的调整和转变,这也有助于他远观英国本土,在广义新教文化和天主教教域之间,在相对较发达的工商社会和节奏稍缓和的意大利社会之间,在人类行为较强的目的性和较模糊的方向感之间,看到有趣的反差。或许这也让我们看到《唐璜》与英国文坛上新教或清教色彩较明显的一些文学作品的差异。仅以英国 17 世纪作家约翰·班扬(John Bunyan,1628~1688)的那部影响深远的清教讽喻小说《天路历程》(*The Pilgrim's Progress*,1678,1684)为例子,其所展示的也是个人旅程,旅程中也有际遇和磨难,但班扬概念中的历程大致折射了广义英国中产阶级清教社会那种所谓仰望星空而脚踏实地的价值理念。一定要有终极目标,一定抱有较为专一的精神信仰,也一定要踏上具体的自我实现之旅,而入世后的成功一定也代表灵魂的完善,因此班扬的主人公所经历的尘世之一切都不属跑题,世路即"天路",际遇与磨难也就成为精神路途上必然而有机的组成部分。从如此角度反观唐璜的游走线路和拜伦的叙事线条,其目标不确、心思不定、漂移多于顺沿、被动多于主动、频频跑题却又能随遇而安等情状就富有意味了。倘若不同文学人物所体现的人类生存路径不止一条，那么唐璜之旅是否也具有某些超越琐碎的意义呢？或者，其意义是否牵涉两种文化或教域之间的不同呢？

另比如，史诗文学是西方文坛一大遗产，无论在欧洲大陆还是在英国，史诗巨著都是耀目的景观，我国读者也能说出许多书名。既有史诗，也会出现其内部含逆反因素的史诗，乃至产生通篇逆向的大作，被称作"反史诗"（如英文的 anti-epic 所指）或"假史诗"（mock-epic），里面的主人公或被称为"非正宗英雄"（antihero，或译"反英雄"），或"假英雄"（mock hero，或译"仿冒的英雄"），而拜伦的唐璜这个人物即是其代表之一。而无论史诗，还是假史诗，在西方内部的读者看来早都是家常茶饭。不过，相对而言，由于西方正统史诗多巨著，其主人公之伟业多脍炙人口，其高大气度多具感召力，因此其所串联起的传统在西方以外地域所受到的严肃对待似要略高于那些主要展示所谓"假英雄"的作品。假英雄亦会让人感兴趣，兴趣还会很高，但兴趣不等于重视。在一定的社会语境中，俄底修斯（Odysseus）、伊涅阿斯（Aeneas）、旅者但丁、旅者华兹华斯以及拜伦本人笔下的哈洛尔德等人物的美誉度大概要高于唐璜这类的人物。

欧美学人中谈论拜伦的《唐璜》者众多，谈论中却也经常夹杂着对中心人物的剖析和解构。跳出欧美学界的圈子，以外围的视角更严肃地观察西方文坛上的反史诗，那意义就会有所不同了，熟悉的东西也会变得陌生或有趣。mock 一词不仅含有"假冒"、"乱真"或"戏仿"等意思，也时而掺杂着"戏弄"、"嘲笑"及"讥讽"等成分，因此该词所体现的文学敏感性往往关联着搅局的因素，有时形成对正统史诗气概的制衡。他域读者接触这类质素，既可以领略其相对欠把握的文思维度，也可借以了解自己在对有关作品的接受过程中所表现出的文化态度和理念。在此意义上，《唐璜》应能有所帮助，毕竟它里面的有关思想画面及因素非常丰富，可拿来讨论的东西较多，超过大部分西方同类作品。本书也会顺便介绍西方学人的相关研究和评论，以便从多个侧面展示有关所谓"不严肃"现象的学术言说。

经年累月,笔者个人也体验到不同认识之间的张力。为纪念《唐璜》头两章首发两百周年,英国《泰晤士报文学副刊》(*Times Literary Supplement*)于2019年7月15日发表题为"Isn't it Byronic?"的文章,结尾处说道,《唐璜》内部写的是历险与游荡,而作为一部作品,其本身也在评论界经历了同样的坎坷:

> 它未通过新批评(New Criticism)的测试,此后它却能让20世纪60年代的评论家联想到(德国剧作家)布莱希特式的*Verfremsdungeffekt*①;到了20世纪80年代,《唐璜》所及,全都成了"英国式的浪漫反讽"(English romantic irony);而在下一个十年,杰罗米·克里斯滕森(Jerome Christensen)则声称:"《唐璜》随机应变,不受任何总体蓝图支配。"其实可以说,这恰恰是它的蓝图——自由于任何体系,只要缪斯放行,全无禁地。②

新批评重视细读,视文学文本为有机体,而《唐璜》这类文本,因局部松弛,整体规划上总也收不拢,所以不方便被新批评家把握。此处所引用的这段文字从新批评往后梳理,为当下的读者理出一串信息,却也较易让人想起之前英美文学领域著名文人T. S. 艾略特(T. S. Eliot, 1888~1965)的某些言论。

艾略特对新批评有重要影响,尽管其本人尚不在新批评论家主体之列。谈及拜伦,他说过很负面的话,广为学人社群所知:

> 关于拜伦,我们可以说,他没有给英语语言贡献任何东西(he added nothing to the [English] language),他在单个词语的音韵中没有发现任何东西,对其意味无任何拓展,而像他这种级别的任何其

---

① *Verfremsdungeffekt*,德语词,汉语有"异化效果"、"间离效果"及"陌生化效果"等译法。

② 该文作者是《泰晤士报文学副刊》助理主编迈克尔·凯恩斯(Michael Caines)。本书第三章将提及克里斯滕森的有关观点。

他英国诗人都没有这样的问题。……拜伦所写的是一种僵死的或将死的语言。①

"… he added nothing to the (English) language."很多年前,这句话让笔者产生较深印象,对个人的判断也有所影响。艾略特当然不是孤立的,仅就所谓拜伦的文笔无奇而言,约两个世纪前,拜伦的同时代文人威廉·哈兹利特(William Hazlitt,1778～1830)在具体谈及《少侠哈洛尔德游记》等作品时就曾多次说到,拜伦对于自然景物和历史事件的描述缺乏特色,未超越一般学童的水平。的确,艾略特等人所代表的文学理念,再加上对艾略特有影响的白璧德(Irving Babbitt,1865～1933)等前代美国学人所推出的"新人文主义"(New Humanism)等视角,会让日后某些读者至少在心理上与拜伦拉开一点距离,甚至不能更严肃地对待他,无论所涉及是《少侠哈洛尔德游记》《曼弗雷德》,还是《唐璜》等较知名的作品。他们会觉得前两部诗作深沉起来不凝重,而后一个则寓偶尔的深沉于杂芜或轻佻中。牵扯上"凝重"观,是因为深沉不必外露,不必夸张,或不必被操弄,被戏剧化,而至于斑杂多变,弄不好就是一块掩饰思想不连贯的花布,尤其对比浪漫时代所应有的那种绵密哲思。华兹华斯哪怕一首朴实而卑微的小诗,就可能要深沉许多。笔者本人也曾有过相似的感受,因而自己每曾偶遇19世纪中叶之后英国文坛间或出现的对拜伦式敏感性的诟病,都会多看几眼,或罗列为个人的心理支撑,有时也会认同英国浪漫主义文学研究界一度将拜伦边缘化的倾向。

当然,笔者也慢慢了解到其他的观点,而且在阅读文学原典的过程中,渐渐也学会观察更多的侧面。美国学者彼得·曼宁(Peter J. Manning)曾写过一篇文章,专门以拜伦的《唐璜》为例,反驳艾略特有关拜伦对文字不敏感的观点。② 由此我们也可以列举更近的认识。2013

---

① T. S. Eliot, *On Poetry and Poets*. London: Faber and Faber, 1957, pp. 200～201.
② Peter J. Manning, "*Don Juan* and Byron's Imperceptiveness to the English Word." Robert F. Gleckner, ed., *Critical Essays on Lord Byron*. New York: G. K. Hall & Co., Macmillan Publishing Co., 1991.

年,英国学者安东尼·豪(Anthony Howe)发表《拜伦与他的思想形态》(*Byron and Forms of Thought*)一书,从具体诗作内在机理的角度勾勒拜伦作为诗人所特有的哲思,其所针对的正是阿诺德等人的"孩子"观以及艾略特所谓拜伦浅显、平常等典型认知。该书开篇也是引用了我们刚提到的艾略特那段著名的负评,而豪则认为:"艾略特这则高调的批评之所以令人困惑,或许正在于他决意囫囵一体地读拜伦,就好像拜伦的那些'有关东方的故事'(Tales, Chiefly Oriental)、《少侠哈洛尔德游记》的全部四个诗卷以及《唐璜》全都是用同一种材料制成的。"① 其实不是。比如,豪立刻告诉我们,与艾略特大致同时代的一位诗人就能够区分拜伦作品的优劣,他就是受到过艾略特扶持的美籍英国诗人 W. H. 奥登(W. H. Auden)。豪说:"奥登则不然,在其《致拜伦男爵的一封信》(*Letter to Lord Byron*)那部精彩的作品中,他能丢弃《少侠哈洛尔德游记》这部'垃圾',而留住'善品'《唐璜》。"②

奥登的这首以书信风格写成的诗作的确应该进入我们的视野。当然,仅看文本局部,"垃圾"(trash)云云,并不能被直接当作奥登本人的判断,而是奥登将这个词放在引号内,指向拜伦的各类读者有可能给予他的反馈之一。但奥登本人的确不喜欢《少侠哈洛尔德游记》等几部让拜伦厚享身前名的作品,这一点他此后多次提及。奥登喜欢《唐璜》,这更加显而易见。他在 29 岁那年去冰岛旅行,途中阅读《唐璜》,受到感染,给拜伦"写信"的冲动油然而生,发表后又予修改,成为其所著有一定长度的作品,标志着其创作生涯的重要转折点。仅就本书视线所及,我们真正该留意的是奥登这首诗其他一些局部内容,比如第三部分的三个诗节。纵览全诗,奥登多少有些模仿《唐璜》,东西南北,拉拉杂杂,但忽而就能让诗文变得饶有滋味,这三个诗节即是例子。我们看一下大致的译文。奥登对拜伦说,你的确有你的拥趸,至少读者中不乏热评者,

---

① Anthony Howe, *Byron and Forms of Thought*. Liverpool: Liverpool University Press, 2013, p. 2.
② Ibid.

可是各时代却都有评论家给你重击：
他们承认你的内心不失热度，但却用
道德和美学的砖头朝着你的脑袋投去。
"才华平庸之人"，乔治·爱略特有此一评，
这倒无所谓，毕竟爱略特死后已不再发声，
可是就在当下，我很悲哀地发现，
T. S. 艾略特却贬低你，说你"才华一般"。

如此说法，我必须得替他害臊，
因为评价一位诗人，须看其初衷，
而你本人从未说过你的目标是严肃的思考。
我觉得评论者一方若严肃，就应该坦承，
有一种作诗的风格的确是你的发明，
其意味所及并不需别人拿着扳手调试，
因为你才是那种轻巧荒幻手法的大师。

我们当然该谦恭地向最纯的诗歌致敬，
就是那种叙事史诗，可话说回来，
戏谑的诗作也该赢得一轮掌声。
诗人各种各样，不妨各展其才，
只有变换口味我们才能活得自在。
素净的叙说和荤腥的故事不分尊卑，
一起凑成文坛上的总体荣辉。①

似乎不动声色中，一段暗含穿透力的诗文就出现了，而且似以"我随便一说我怕谁"的姿态面对各路读者，并不在意讲了爱略特和艾略特这两位名

---

① W. H. Auden, *Letter to Lord Byron*. *Collected Longer Poems*. New York: Random House, 1969, Part 3, Stanzas 6~8.

家的坏话。何谓"穿透力"？首先，既读《唐璜》，奥登当然就该知道拜伦本人如何在诗中高调宣称"我这一篇诗是史诗"①，可奥登并不理会诗人此言里面是否能筛出一点认真的成分，也不管《唐璜》其实也并非不含"素净的叙说"（pious fable），而是直接把该长诗排除在"最纯的诗歌"之外，直接在"叙事史诗"和"戏谑的诗作"（comedy）之间做了断然的切割。其次，奥登竟说后者所特有的那种"荤腥的故事"（dirty story）给文坛贡献了一半的"荣辉"，并不低矮于正经八百的史诗大作。简单讲，不要因为诗人的姿态不高大或文思不重要就贬低他。所谓艾略特抱怨拜伦"才华一般"，奥登自己所圈引的原文是 an uninteresting mind，亦有"心智无趣而平庸"的意思。拜伦之为拜伦，怎可能让人觉得无趣？具体看，奥登几乎就是在说，有些外行的（"拿着扳手"的）文坛小工，其实管不着老师傅所为；他们也不要不承认，"轻巧荒幻"的"手法"（airy manner）也是重要发明。似乎不管多重的东西，拜伦都能轻轻拿起，随意编排，或重拿而轻放，这是他的专长；不要仅因自己的"严肃"就忽略了诗人无意严肃中的"大师"风范。

奥登的这些说法当然也不乏刻意的歪理意味，不见得以客观严谨为首要考虑。然而，一位重要的诗人，以一位同道前辈为知己，出于同情而有了自己的见地，这个情状会让我们意识到，艺术家有关同行的有感而发，其参考价值或许不逊于翔实的学术研究。在其后来的写作生涯中，奥登又数次以散文形式论及拜伦的《唐璜》，且不担心自我重复，似只为让其观点保持连贯性。1966年，他为其编辑的《拜伦诗歌和散文选集》写了一篇序言，也于同年作为独立文章发表于《纽约书评》上，其中他提到拜伦在英国文学史上的独特地位，认为拜伦之前无人与他完全相同，此后的作家受他影响，但也无人超越他，而奥登坚信拜伦的这个优势正是来自《唐璜》，而《唐璜》就是 comedy，这个概念他在其他场合也多次提到。comedy 不完全等同于戏剧领域常说的"喜剧"，我们把它译作"戏谑的诗作"，正是参考了奥登的一贯意旨。在此篇文章中，他说过这样一段话：

---

① 拜伦，《唐璜》，第一章第200诗节。英文原文为"My poem is epic […]"

讽刺文学与戏谑文学可互涉对方的领地——讽刺诗人往往也可以逗笑，而戏谑诗人亦常擅讽刺——但在本质上两者的目的各不相同。讽刺文学的目标是改变生活，而戏谑文学则旨在接受生活。讽刺作品力图展示社会中某位个人或某个群体的行为如何违反了伦理法则或常识，而如此展示的背后是此类作家的一种假设，即：一旦大多数人意识到这些现象之弊端，他们会表现出道义上的义愤，因而会迫使犯戒者改正他们的错误，或者让他们无法在社会层面或政治领域再发挥作用。而再看戏谑作品，其所关注的则是所有人都乐此不疲的那种幻觉和自欺，与之相对立的是他们自身或其所在世界的真实状况，而只要他们是人类，他们就不可能避免沉迷于这种弱点之中。戏谑诗所曝光的对象并不是某个独特的个体，或某个独特的群体，而是每一个人，或人类社会整体。讽刺文学是愤怒的，乐观的——它相信其所抨击的邪恶可以被消除，而戏谑文学则是好脾气的，悲观的——它相信无论我们多么一厢情愿，我们并不能改变人性，因此必须苦中作乐。①

这段话含义颇丰。不管我们是否愿意认同奥登如此果断地区分讽刺和戏谑的做法，其所言其实已经超越了对于技术概念的把弄，或已上升到更大的生活观念层面，也体现对人性的洞察，似在折射拜伦本人已经拥有的类似高超能力。悲观而非乐观，俯瞰而非搏击，无奈而非义愤，笑对而非行动，同情而非拒斥——不管拜伦是否能够完美地嵌入奥登字里行间的这些有倾向性的定义中，但是从我们所熟悉的某些文思套路而言，他的如此评价或许已经指向文学创作和个人成长过程中所共有的某种阶段，体现了并非稚嫩而是较成熟的特点，而写作《唐璜》时的拜伦或许真的能在某种程度上代表这种成熟。因此，倘若读者或评论家把拜伦打发掉，说他浅显、无趣、乱来、笑、跑题等，或许就像是把某种成熟或智慧打发掉？

---

① W. H. Auden, "Byron: The Making of a Comic Poet." *The New York Review of Books*. August 16, 1966 Issue, p. 4.

即便这种做法可能体现某种清教徒式的、富有责任感或青春活力的进取精神，即便所打发掉的也许含有某种变相的世故成分。悲观者才乐，乐观者反而不乐，乐就难有智慧？结合奥登式的思维角度，直视此类的疑惑，或许读者至少能感味到不同文思境界的存在。本书第七章局部，我们将拾起有关"成熟"的话题，会援引前辈评论家和思想家对此概念更严肃的思考，以说明讥笑中的"成熟"不仅折射智慧，还事关个人的精神救赎和黑格尔所谓主动的"自我异化"等可能性。

欧洲文学现代主义时期爱尔兰小说家詹姆斯·乔伊斯（James Joyce，1882～1941）也描述过有人将拜伦"打发掉"的情况，并且也像日后奥登那样，表达了其自己对诗人的认同。在其中篇小说《一位年轻艺术家的肖像》(A Portrait of the Artist as a Young Man，1916)中，乔伊斯写到主人公斯蒂芬与三位同学之间的一次有关文学家成就的互动。三位同学与斯蒂芬谈起"谁是最杰出的诗人"这个话题，说拔得头筹的应该是阿尔弗雷德·丁尼生（Alfred Tennyson，1809～1892），斯蒂芬则脱口而驳："丁尼生也算诗人？他不过就是个会编顺口溜的人（a rhymester）。"大家觉得被冒犯了，即问他本人认为"谁是最伟大的诗人"。"当然是拜伦"，他答道。伙伴们"不屑地笑了起来"，其中有人回应说："没受过教育的人才读拜伦"；"不管怎么讲，拜伦是个离经叛道的人（heretic），而且也不检点"。斯蒂芬高声道："我管他是什么呢！"①《一位年轻艺术家的肖像》是乔伊斯的隐性自传，斯蒂芬身上有他本人的影子，因此这个文学人物有关拜伦的评价基本就是乔伊斯自己的认识。乔伊斯一度喜欢过其他诗人，华兹华斯就是其中较突出的一位，而他对拜伦热评则体现其趣向的转移。上述伙伴间的互驳之前，斯蒂芬给文学课教师提交了一篇作业，也被后者斥为"离经叛道"。用词相同，因此，在同学们对拜伦的否定和老师对斯蒂芬的差评之间，显然发生了并列，而此中乔伊斯应该有所用心，或许他所

---

① James Joyce, *A Portrait of the Artist as a Young Man*. New York: The Viking Press, Compass Books Edition, 1956, pp. 80～81.

要借此表达的,不只是斯蒂芬的恼怒情绪,也夹杂着他本人有所醒悟之后欲靠近一位文坛前辈的志向。

美国学者哈罗德·布鲁姆(Harold Bloom)曾主编过一套有关英、美作家的著名旧时评论丛书,其中涉及拜伦的那一本发表于2009年,布鲁姆79岁那年。在其为该书所写的导言中,他一上来说了这样一段话:

> 雪莱,这位亦为卓越的文学批评家的人,他在评价拜伦的《唐璜》时,认为这首诗才是代表那个时代的伟大诗卷,超越了歌德和华兹华斯。曾经的我不大会认同雪莱所言,然而当自己眼下已年近79,再加上刚刚又读了一遍《唐璜》,我被说服了。拜伦的这部未完成的、也不可能完成的杰作,该被认定为他的丰碑,其所及心境之大,其所体现才思之多样,差不多可比拟其惊世骇俗的创造者本人,仅仅仍逊于有关他的全部传奇。①

显然,这段话也涉及个人视野的调整,不仅关乎学术视角,"心境之大"(large-minded)、"多样"、"不可能完成"以及"惊世骇俗"(outrageous)等语似也体现观察世界的角度。从话语方式上看,79岁及"我被说服了"等文字稍嫌夸张了一些,但此类"出格的"话或也有好的一面,比如这至少在一定程度上跳出常见的学术职场行文套式,有些像奥登和乔伊斯所享有的表意自由度,或许也例证了评论家和作家一样都可以不断地自我调整这个可能性。跳出了套式,涉及人文感悟,其言之可参考价值或许并未降低很多。

时隔一些年重读《唐璜》,类似的经历笔者也有过。重读中,一些曾经被轻易略过的片段会让人停下来,字里行间所蕴含的文思成分辐射出意义,引人发笑的局部开始显现价值,所谓缺乏诗性深度和烈度的局部"水文"不再难以被谅解,而叙述者不期的跑题和含有跨界成分的故事内容也都变得重要了。肯定也发生了相反的情况,某些曾经被看重的局部则显

---

① Harold Bloom, *Bloom's Classic Critical Views: George Gordon, Lord Byron*. New York: Infobase Publishing, 2009, p. ix.

得不那么突出了。或许一个人调整一下思路和眼光,甚至单凭个人历练的增长,阅读《唐璜》所需的条件及消化能力多半也都会有所增加。而至于《唐璜》是否可被量化为英国浪漫主义文学时代最重要的代表作,见仁见智。虽然雪莱说《唐璜》超越了华兹华斯的成就,且非空口无凭,但他当时尚不知道日后会有《序曲》(The Prelude,1805,1850)这部长诗发表,因此他的参照点主要是华兹华斯较短的诗作。当我们具体转向诸如《序曲》等华氏作品时(毕竟它们也可被重新阅读),"被说服了"的我们或也会变得迟疑。环顾今天的国际学界,许多研究者会把《序曲》视作英国浪漫主义文坛最重要的长诗,其深邃、多思而真诚的文路也能让人不断产生新的印象。

《唐璜》与《序曲》,暂让这两部长诗并峙,这至少有助于我们体味英国浪漫主义时代艺术敏感性的宽度,领略不同作品之间在许多方面的反差,毕竟还可联想到他人所著较长诗作的不同文韵,比如较早时威廉·布莱克(William Blake,1757~1827)的专属预言性语调和雪莱的超拔视角等案例。的确,若从《序曲》断然转向《唐璜》,我们就好似跃入一种迥异的诗域。拜伦本人说,他曾在某处读到过一则设想,说是可以用阿波罗神分发出的杯盏来"标示"在世诗人之间的不同:"他会让华兹华斯用一只木碗喝水,让鄙人用一个镶了金的头盖骨。"①反差够鲜明。即便我们不易找到涉及孰高孰低的答案,即便也并非一定要在诗作间如此跳跃不可,但对于不同的风格有所感知,这也是一种于个人有益的人文收获,亦有助于我们警惕自己动辄概论的积习。同一个时代,同一类文化背景,诗人之间以文字观照生活的方式竟可能大相异趣。华兹华斯最后所推出的《序曲》文本大约结稿于19世纪初至1839年这段时期,1805年文本成型后又经多次修改,这个过程中有几年时间与拜伦在1818年至1824年创作《唐璜》的那个时段基本上是同步的。然而,无论在内容、思想、理念,还是在形式、

---

① Lady Blessington (Marguerite Gardiner, Countess of Blessington), *Lady Blessington's Conversations of Byron*. Ed. Ernest J. Lovell, Jr. Princeton, New Jersey: Princeton University Press, 2016 (originally published 1969), p. 201. 下面会简介这本书。

情调、质感上,两者都给人不同时的感觉,其可能存在的历史共性不易让人立刻辨识出来,其所推展的个人生命收获也呈现出相异的色调和维度。讲得武断一些,我们眼前甚至会出现不笑与笑、不跑题与跑题这两种画风的切换。

当然,我们这样说,的确有些武断了,或有大而无当之嫌。仅以"凝重"等词简括《序曲》这样的诗作,这肯定是简单化了。时下英国学者马修·贝维斯(Matthew Bevis)发表新论,直接以 Wordsworth's Fun 这个概念为题,而在他看来,fun 这个小词既指向华兹华斯许多作品的趣味性,也标示出他本人作为个人所具有的风趣,同时还可定义他相对于读者的逗趣能力。① 焦距之如此,颇有些异乎寻常,似旨在矫正许多读者有关华兹华斯的固有印象。其新著伊始,贝维斯即引述了当时有人近距离接触华氏后的有感而发,比如一位英格兰湖区的乡邻就说过:"光看这个人的脸你就能知道,他的诗根本就不会有什么笑声。"紧接着,作者又借用了一个大人物的观感。华氏去世后,英国维多利亚时代著名文人和社会评论家白芝浩(Walter Bagehot,1826~1877)曾谈起"逗趣的能力"(power of making fun),并借机以华兹华斯的秉性为反证:"一个人竟然毫无幽默感,而无论在文坛何处,甚至有可能在整个社会中,我们大概都很难再找到任何一位比他有过之者。"当然,贝维斯也立即转向与这些印象相互强化却也勾勒出另一个侧面的一段文字,即哈兹利特有关其初遇华氏的著名回忆,其中他提到诗人的"嘴部一带有一种绷不住时时欲笑的感觉,与脸部其他地方那种肃穆而庄重的表情明显融不到一起"②。

贝维斯借来白芝浩所用的 fun 这个概念,接过哈兹利特所观察到的笑欲,由此圈定自己的目的:"我所要提出的是,(华兹华斯)常常接近于要笑出来,这倒不是要推出个小节目,给某台阴沉的大戏助兴,而是一种对

---

① Matthew Bevis, *Wordsworth's Fun*. Chicago and London: The University of Chicago Press, 2019, p.3.
② Ibid., p.1.

他的作品有结构性影响的重要因素。"①需插一句,贝维斯本人亦对拜伦有专门研究,因此,此处这个纲领性的论断并非在对拜伦作品中笑的成分缺乏味觉的情况下做出的。总的来看,他的这本书不大直接套用近些年国际上较流行的思想解构式的或注重文化语境的批评手法,而主要是对所谓华兹华斯式文学敏感性的细品,感性而老到,局部却也略有"更细读"(closer reading)的可疑痕迹。涉及华氏具体作品,该书覆盖面较广,并非以《序曲》为主要焦点。即便涉及《序曲》,贝维斯也有犀利的品评,比如他说,对于华氏某些含有喜兴成分的作品,我们可以读出它们的严肃,而更有趣的是,我们也可以转向他的某一首"挽歌或颂歌,或像《序曲》那样的史诗",从而解读它们如何"因严肃而有了喜感"(the comedy of its seriousness),这也是因为,"当华兹华斯式的感知(perception)是严肃的,华兹华斯式的感味(apperception)常常会变得幽默,反之亦然"②。甚至正因为其内含这种"混杂的成分",《序曲》即可被视为"一部严肃的滑稽哑剧(a serious pantomime),其所图谋的是让玩笑持续发挥作用……"③为支撑他的这个认识,贝维斯主要列举了《序曲》第三卷中有关剑桥大学师生的描述、第二卷对湖区孩子玩纸牌等情景所做的戏剧化处理,以及第七卷对伦敦方方面面的喜剧化再现,等等。④

若离开贝维斯本人的上下文,可以说《序曲》之笑与《唐璜》之笑还是难以同日而语的,尽管他的"哑剧"之说已经能在一定程度上免于我们联想到发出声音的笑。另外,华兹华斯的联想式的"感味"也有别于拜伦的跑题。即便有跑题性文字从《序曲》局部主题中斜溢出来,甚至即便如本书第一章所提到的华兹华斯某些诗作倒可能内含更深层的瓦解力,但至少在显见的推进方略上,华诗中出现了散漫苗头,往往主要是因为诗人常要先行铺垫好嘈杂而参差的音场,以便最终达到和声,以便提高和声的质

---

① Matthew Bevis, *Wordsworth's Fun*, p.2.
② Ibid., p.17.
③ Ibid., p.230.
④ Ibid., 第216页之后以及第221页之后等处。

量,而《唐璜》所示路数则往往是颠倒过来,从所谓和谐中寻求跑调的契机,或者先铺垫好秩序的经纬,然后将其瓦解得不成样子。两种理路,两种境界,其背后应该也都有更大的考虑;笑与不笑、跑不跑题,似也要服从于基本的策略或理念。

因此,如果我们再进一步,在细品之外适当补足一些涉及思维习惯和看世界的方式等维度,我们既可以找到《序曲》与《唐璜》之间所共享的某些浪漫文思,也能够简单发现两者间明显的差别,其无需着力解读即可被辨认出来。我们的眼前甚至会闪出一个情景:虽然从布莱克起,几位英国浪漫主义时代主要诗人的作品中都曾出现过令人忍俊不禁的瞬间,但唯有拜伦借《唐璜》等著作无拘无束地笑了出来,似乎我们由此看到了划分浪漫主义诗人的一种粗略而有效的方式。相比而言,其他诗人都较凝重,主调不失严肃,而只有拜伦才口无遮拦,不严肃。《唐璜》第一章,唐璜被朱丽亚的丈夫当场捉奸,然后两个男人"兴致勃勃"地扭打起来,打到唐璜赤条条一丝不挂,地面上血迹斑斑。① 我们难以想象华兹华斯和柯尔律治等人会放纵类似的创作心情,虽然大家基本上共处同一个大的文化语境中。

姑且再与个人历练或年龄这个自有些跑题的概念勾连一下。一位读者,难道他不是年轻时才更愿读《唐璜》式血迹斑斑的嬉闹诗文吗?难道不是成熟一些之后才转向《序曲》那样富含绵绵哲思的力作吗?一般人多会有此常识性认知,但评论家布鲁姆的例子也提示我们,读者中亦会有人体验到逆向的道理,甚至还会洞见到年轻时才更喜欢深沉这个可能的逆状。因此,涉及文学作品中辐射出来的意义而言,读者何时被"悲"吸引,何时亲近笑意,何时倾慕方向感,何时高看散漫和跑题,何时崇尚史诗因素,何时喜欢上假史诗语调,这些尚无固定的答案,甚至此中的命题本就不成立。有趣的是,《序曲》经多次修改,结稿时华兹华斯已年近70,而拜伦的《唐璜》则大致是30岁出头的产物,如此又在我们的所谓年龄错位观内添加了额外的意味。当然,布鲁姆79岁时重读《唐璜》,未必因为它是

---

① 拜伦,《唐璜》,第一章第180诗节之后。

年轻人的作品,而应该主要在于其所呈示的文学才思及敏感性之形态,或作家所拥有的某种 mindset(观念,思维定式)。

或许,当我们从读者行为转向作者一方,年资等概念会变得不那么相关;作品是否含有所谓的成熟因素,可能不仅在于作者本人人生的总体收获,而也关乎某位作家是否因其思想倾向和文学敏感性而早早进入了成熟模式。本书第五章,我们将谈及德国诗人歌德与拜伦和莫扎特之间的有趣关联,尤其歌德在想象谁更适合将他的《浮士德》谱写成歌剧时,其倾向如何令一些人困惑,因为老年歌德所中意的是悲喜因素兼有的莫扎特风格,而不大接受他印象中诸如贝多芬等人所特有的冲力和沉重,尽管贝氏曾善意自荐。莫扎特早已去世,时年也就35岁,而贝多芬尚健在,声名如日中天,生命则"成熟"有加(57岁)。莫扎特主要作品之一即是歌剧《唐璜》(*Don Giovanni*, K. 527, 1787),而根据文学史家的看法,拜伦在意大利写作他自己的《唐璜》时多半看过莫氏的这部作品,我们会在第五章提及此点。这些富有意味的因素交织在一起,可助力我们探讨拜伦之《唐璜》的腔调、其对复杂生活空间和多样情感维度的包容。

我们还需重顾一下前面有关《唐璜》局部偶现所谓"水文"的说法。具体就笔者本人的阅读经历而言,的确曾觉得拜伦写过一些可印证艾略特负评的诗文。尽管自己早已知晓诸如阿诺德等人如何在英国浪漫主义诗人中将华兹华斯和拜伦两人一味并提,乃至从英国所有主要诗人中将他俩单挑出来并论[①],但自己曾经抱有一个认识,并非完全独有,即相比华兹华斯之代表性诗歌,拜伦的某些作品所展示的诗人身位和诗性思维的平面都要稍低一些;此认识无疑含有印象成分,但未必全然不成立。比如,涉及有关大自然的诗性表述,读者若从某些华氏诗文跳转至相应的拜氏诗文,有时难免产生"除却巫山不是云"的感味,会觉得拜伦何必非要在同一领域有所涉足不可呢。

许多读者可能知道,拜伦自己曾在《唐璜》等作品中对以华兹华斯为

[①] Matthew Arnold, "Byron." *Selected Prose*, pp. 385ff, p. 404.

代表的前辈诗人有过不留情面的贬损,然而在日常生活中,他尚有谦谨的一面,而且这一面还可能更逼真。一段时期以来,美国学者杰罗米·麦克甘(Jerome J. McGann)在国际拜伦研究界较有影响,他在其《拜伦与浪漫主义》(*Byron and Romanticism*)这部文集中专辟一章谈论拜伦与华兹华斯,提到历史上两人之间"唯一的一次见面",时间是1815年春天,地点是第三方的宅第。当时华兹华斯"话太多",但拜伦"未觉乏味",事后还对妻子说:"这次去做客,我从头到尾只有一种心情——**崇敬**(*reverence*)。"而麦克甘特别指出,这次会面是在"他俩都已经清楚各自的知名度"的情况下进行的。① 倒是华兹华斯一方,这之后于私下里表达过对拜伦的不屑,称其作品是"打油诗",其诗文含"不道德"成分等。这是麦克甘补充的信息。②

拜伦旅居意大利时,曾结识一位英国军官,名叫托马斯·麦德文(Thomas C. Medwin,1788~1869),是雪莱的表亲,一直想通过雪莱与拜伦结识。他一度走南闯北,生活轨迹有别于文学圈内的人,但他也有文学方面的才华和产出。他于1821年秋季起在比萨市(Pisa)近距离多次接触过拜伦,来年3月份与其分别,两年后发表《拜伦男爵交谈录》(*Conversations of Lord Byron*,1824)一书,助拜伦成为欧洲文坛内外的风云人物,也让我们得以有了近距离看他的机会。当然,类似性质的著述不止一本,拜伦的各方亲友中有多人发表过自己的回忆录。但有两位作者,主要以仰慕者访谈名诗人的姿态与拜伦持续接触,因此其所著较有直接的吸引力,一是麦德文这本,另一本是生于爱尔兰的作家布莱辛登伯爵夫人(Marguerite Gardiner, Countess of Blessington,1789~1849)所著,曾于1832年至1833年间分期发表,1834年成书出版,所涉内容稍晚,发生在1823年4月份之后。这第二本回忆录的原书名较长:*Journal of the Conversations of Lord Byron with the Countess of Blessington*,一般被简称为 *Conversations of Lord Byron*,因此与麦德文的英文书名相近,

---

① Jerome J. McGann, *Byron and Romanticism*. Ed. James Soderholm. Cambridge University Press, 2002, p.173. 黑体字代表原文斜体字。

② Ibid., p.174.

亦可被译为《拜伦男爵交谈录》。① 两本交谈录,都是近距离互动的产物,而且这两本书现代版的编者还都是欧内斯特·拉威尔(Ernest J. Lovell, Jr.)。两书风格相异,各有千秋,其局部内容也都难免令某些读者生疑,而至于到底是访谈者利用机会顺做自我推介,还是拜伦本人借机对自己的公共形象兼作操控,文学史家也有不同看法。② 我们在此对这两本书稍予介绍,是因为本书所用生平材料中,有些即来自它们。

麦德文的《拜伦男爵交谈录》中有一个细节,译文如下:

> 我对他说:"人家都责备你用了很多华兹华斯的东西。坦白讲,《少侠哈洛尔德游记》第三卷中有些诗节确实有明显的湖区味道,就比如——
>
> '我不是退缩到自我中活着,而是成为
> 周围景物的一个部分;——对我来说,
> 高高的山峦是一种情调!'"
>
> "这很有可能",他回答道,"我在瑞士时,雪莱总拿华兹华斯当药剂让我吞服,都快让我吐了;不过,我也的确记得读他的某些作品给我带来的愉悦。他以前对大自然有感觉,几乎把它奉若神明,——所以这也是为什么雪莱喜欢他的诗歌。"

麦德文说,紧接着拜伦又提到华兹华斯有一些思想"值得模仿",其一些有关乡间人物的诗文则"好得难以模仿"(inimitably good),等等。③

---

① 见本书序第22页注1。

② Fiona MacCarthy, *Byron: Life and Legend*. London: John Murray Publishers, 2002, pp. 410～411.

③ Thomas C. Medwin, *Medwin's Conversations of Lord Byron*. Ed. Ernest J. Lovell, Jr. Princeton, New Jersey: Princeton University Press, 1966, p. 194. 关于麦德文其人,马尔尚介绍说,拜伦之所以"接受了"他,原因之一是他俩之间可以比较随意地交谈,可涉及雪莱所不愿谈论的"世俗"话题;即使拜伦知道麦德文有发表上的打算,甚至还屡见他在两人闲聊时"记笔记",他还是毫无戒备之心。Leslie A. Marchand, *Byron: A Biography*, Vol. III, pp. 947～948, 950.

阅读这样的历史信息，领略拜伦与雪莱这两位年轻诗人有关华兹华斯典型诗歌的互动和言谈，然后再联系《少侠哈洛尔德游记》第三卷第72诗节中"高高的山峦是一种情调（high mountains are a feeling），而对我来说，/人间城市中的嘈杂则是折磨"这样的诗语，我们也许真能感觉到，在今人所爱说的"自然书写"方面，拜伦与华兹华斯之别，或有如票友与科班之别；拜伦既不如华氏简单纯粹，也不及他凝重深沉，像是两头都欠着。当然，之所以说"也许"，是因为说到底，这种脱离上下文的比较意义并不大，而作为读者，我们若也有所谓的成熟，则正是表现在是否能够更好地串并诗文的上下整体脉络，触摸脉络中的才华，或更贴切地体会"折磨"（torture）等无华词语在这个脉络中所拨亮的个性语调及其内含色系和幽默成分，进而感受拜伦如何更进一步，在《唐璜》这样的作品最凝重的部分都能够让悲喜因素兼有，在极悲与极喜两端之间跑题，构成更为独特的语调。

客观讲，即便包括《少侠哈洛尔德游记》在内，拜伦一些主要诗作本身并非不含诵咏自然景物的佳构，灿烂而感人。在其所著《拜伦：传记与传奇》（Byron: Life and Legend）一书中，英国传记学家菲奥娜·麦卡锡（Fiona MacCarthy）就华兹华斯有关拜伦的一则反应做了简要的审视，效果有利于拜伦。华氏读过《少侠哈洛尔德游记》第三卷中的一些诗文，之后对人抱怨道，拜伦笔下赞颂大自然的诗性表述并非来自他与实际景物的直接接触，而是模仿他（华兹华斯）本人所写，尤其"Lines Composed a Few Miles above Tintern Abbey"那首诗中的文字。我们国内翻译界一般将这首诗简称为《丁登寺》。拜伦在一定程度上受到华氏的影响，麦卡锡认同这个说法，但她补充道，拜伦在游历阿尔卑斯山脉时写过一些日记，其相关篇目"显示拜伦有足够的能力与大自然神交，无需依赖他人"[①]。

《唐璜》中肯定也有介乎于所谓模仿和独创的例子。只不过在这部长

---

① Fiona MacCarthy, *Byron: Life and Legend*, p. 309.

诗中,他亦能让我们感到,他既会因写出异常深沉的名句而沾沾自喜,又能随手将其弃掉而转入浮言巧语,因而表现出无所不甘的神态,抑或反向越界,反正前后所覆盖的情感空间都变得很大,似乎仅将多重因素叠加在一起,哪怕不伦不类,再加上他的执着、率性、无惧和笑声,其在诗坛的体量即已增大,大过了不少同行,生动的人格因素甚至大于文学因素,一度将欧洲许多作家都笼罩在其不群而难仿的身影之下,无论他自己曾经模仿过多少文人的表意风格。随着我们自己研读心得的积累,我们或可重新审视拜伦式的文学敏感性,探索这个大的空间,尤其以《唐璜》为焦点文本,思考其以越界和跑题为重要特征的推进手法的意义。

　　本书探讨过程所预设的写作姿态并不高大,希望能体现常识性。有人讲故事,听众中就可以有人谈论他的讲述,谈论者也可以是来自不同地区或国家的人,或许他还能反馈一些异样的感受,或向自己的地域回传他所认为的更相关的思想因素。国际此类文化活动已成为许多学人眼中的常态。本人即与异域谈论者身份认同,凭借我们自己的时空维度,观察西方诗坛一部重要著作,同时有如策展人一般,根据拟定的主题,对里面所含意趣和才思有所择选。而至于本书的所谓目标读者群,也主要以国内有相关兴趣者为主,而且不严格区分职业研究者和所谓外围读者,尽管所提及的现有二手评论材料中多有领域内学术研究性著述。再说到手法,谈论过程自然要折射某种解读方式,但此中不会刻意偏向单一的理论流派,而主要是与《唐璜》文本多角度的思想互动,间或也期待能提供一点释义性质的帮助,以方便读者更快捷地结识和消化许许多多局部的妙文。当然,作品原著有些内容所涉及的话题较大,超越本人的驾驭能力,尚有待入微,有时权且将其如谜题一般推展出来,以期引来他人的思忖。

　　本书所用《唐璜》文本分英汉两种。汉译方面,国内有不同版本,本书选用查良铮先生的译文,在写作过程中使用过人民文学出版社所出版的查译较早版本,最终所依赖的是:拜伦,《唐璜》(上、下),查良铮译,北京:人民文学出版社,2020年(2008年1月第2版)。另根据需要,本书局部会提及朱维基先生的译文。所依据的英文原著为 George Byron, *Lord*

Byron: *The Major Works*. Ed. Jerome J. McGann. Oxford University Press,1986。查先生等老一辈文化传播者所成令人敬佩,希望本书的发表能让笔者兼而向他们致意。引用译文时,偶尔会交代英文原文的字面意思,这难免会让人觉得是在挑译文的毛病,其实不然。只要是译文,就不可能与原文相等同,尤其涉及史上外文巨著。而且,具体就查先生的译文而言,其所坚守的是拜伦本人所用意大利八行诗体(ottava rima)格式,因而也依其押韵,两千个诗节,基本上一以贯之,成就之大,令人敬畏;可是既然顾此,就难免失彼。既考虑韵脚,就必然要选择相应的汉语词汇,并作句法调整,因此会在有些局部不得不对其他因素有所妥协。此举倒也无可厚非,只要不偏离原意太远即可,有时反倒因为诗性效果之增强,让译文与原意更加神似。无论拜伦本人,还是其他诗人和研究者,都曾谈及押韵格式对于表意过程的硬性制约,必然的或也是自然的,因此,涉及译文,似更不必就所发生的某些偏差小题大做。本人之所以还是要追究英文原文的意思,或以不加引号的散文形式对许多局部诗意作释义性重构,多是为了对可能含有的文思内涵做必要补充,以方便读者更透彻而多角度地感悟局部诗文所蕴藏的斑驳与荦荦,更何况即使只看英文本身,有些词语的多重意味反正也是要解读一下的,比如那些让拜伦成为拜伦的、很难直接移译过来的反讽与影射。

本书的写作过程得到"北京大学人文学科文库"项目的资助,谨在此对校方和北大外院有关同事和负责老师表达诚挚的谢意,特别感谢申丹教授的热心帮助。本书第九章局部内容曾用在本人一篇文章内,发表于2019年第二期《国外文学》期刊,特对该刊及刘锋教授致谢。中山大学朱玉副教授寄来多种材料,是对本人及时的助力。

感恩我的家人,有了她们的守护,许多困难都被克服了。

丁荻跟我谈及意大利和法国批评界的相关关注,尤其涉及严肃、诙谐和笑声等因素的著述,让我开阔了眼界。本书第九章参考了法国现代文人让-马克·牧拉(Jean-Marc Moura)的著作,以及意大利现代批评家佛朗科·莫莱蒂(Franco Moretti)的文章,都有赖于她的提示。

感谢北京大学出版社外语部吴宇森先生,他的细心而专业的编辑工作给我留下深刻印象。感谢外语部张冰主任对本人的信任,其多年来对本人具体的帮助和支持尤令我铭感。

第一章 "守旧的"跑题者

本书书名使用了"跑题"的概念,其字面意思较简单:拜伦的长诗《唐璜》中有许多旁逸斜出的成分,故事的头绪会突然断开,话题会从一个领域跨越到另一个领域,即兴杂议或自我表白往往不分场合,思想更是频频偏离或碰伤所谓主流观念。这说的是作者行为一方。就拜伦所勾勒的唐璜这个文学人物而言,他与诗人此前所创造的主人公们相比,无论其念头还是行迹,所含跑题成分在程度上都让人觉得更难把控,因此他也像他的作者一样,往往也惯于从先前某个界域斜逸出去,涉入他域,而界域的种类、层面及意义不一而足。拜伦加唐璜,跑题加越界,能逾越的都逾越了,像是让无界的人成为所谓世界的人。本书序言提到,拜伦自己爱用"跑题"(digression)一词,似帮我们定性其所涉及的行为和现象,至少能让读者简单而安全地说一句:《唐璜》总跑题。国际相关领域的研究者也有这个共识。

不过,在探讨这个话题之前,我们有必要先仿效拜伦的质疑习惯,暂且从一个侧面将"跑题"或"越界"等判断颠覆一下。书名中所谓的"意趣",指的是意念和趣向,与此相近的概念大致还有"理念"、"姿态"、"推进策略"和"风格"等。也就是说,跑题的意趣尚不能被完全等同于跑题或越界的事实,表面的跑题尚不能被简单认定是真的跑了题,尤其涉及个案。仅就局部语脉和内容而言,一些文学和艺术作品有时会给人以越界而出、线索岔开的印象,但我们若观察得深入一些,也会意识到,有许多公认的重要作品,其最终得以成立的理由并非结构上的紊乱,而是其各因素之间内在的聚合力;即便我们所谈论的是文坛上某些具有实验性质的作品,比如意识流、黑色幽默、荒诞派,或艺坛上绘画和雕塑等领域的抽象表现派和诸类先锋派作品,其形式与内容也不见得经纬全无。因此,外表的乱序不等于无序。当然,表面所呈,并非无关紧要;聚焦于拜伦的《唐璜》,我们的确能频遇脉络分叉的现象,无论叙事或思想层面,有些文字显然与基本情节没什么关联,此现象值得审视。只不过我们此处所要先行说明的是,海阔天空也是脉络,细线条上的跑题,思想上的越界,未必不能促成粗线条上的稳固,松散的文字未必就是松散的风格。

更需说明的是,拜伦亦能做到在一个具体的领域基本不跑题,不越界,因而他给了我们更实在的安全感。《唐璜》全诗使用意大利八行诗诗体(ottava rima),通篇押韵,有迹可循,意蕴及情调也常有可期效果。在这一点上,说他是文化守成者,不过分。难道不喜欢羁绊的人尚需要自我束缚吗?难道不是把思想也束缚住了吗?或许诗才大如拜伦者,无需我们有此担心。但拜伦之前已有大诗人对连续押韵的做法表达过局促感。弥尔顿在他的《失乐园》第二版出版时,对于这部长诗所用素体诗形式做了一个说明。"素体诗"(blank verse)是一般概念,对应他本人所说的"英语的无韵英雄诗体"(English heroic verse without rhyme),其最表面的特征就是诗行无韵脚,甚至他认为也不必追求每行"音节"(syllables)数量的精确,如此能让他更自由、更丰富地表达自己的意思,而若一味押韵,就是自找"障碍"和"约束"(constraint),因此他选择素体诗形式,即是摆脱"押韵的束缚"而恢复那种"古老的自由",如荷马和维吉尔的例子所示。① 如此说来,另一位前辈诗人华兹华斯也有此自觉,其《序曲》等较长的作品也避免了此类束缚。拜伦生前未看到《序曲》的出版,但如下文所

---

① John Milton, *Paradise Lost*. Ed. Alastair Fowler. Essex: Longman Group Limited, 1971, pp. 38~39.

及,他若看到,定会责备其行文无迹可寻,大概就像1850年《序曲》刚面世时有个别论者所诟病的那样。当时英国的《绅士》杂志曾评说道:"(《序曲》中)偶尔出现遣词造句的松弛,其形式缺乏精确。"① 当然,总体看华兹华斯,哈罗德·布鲁姆反倒把很重要的地位赋予他,说他"发明了现代诗歌",是"民主时代"的"开端"。② 布鲁姆并未选定我们画面中的越界者拜伦。

拜伦自己当然不会认同布鲁姆所洞见的重要性,他甚至根本也不看重所谓的划时代性。他愿意向后看,因此涉及形式和体裁等疆域,拜伦并不情愿突破它,相关研究者多知道这个情况。即便他意识到华兹华斯和柯尔律治等人所作所为有别于前人,他也乐于视其为诗艺的堕落。比如,他情愿将这两位前辈诗人的创作实践想象得再荒唐、再极端一些,有时会全然忽略其具体诗作中明显尚存的传统技术成分,专注其对于英国18世纪文人亚历山大·蒲柏(Alexander Pope,1688~1744)那种成诗手法的摒弃,并以他自己的写作实践体现其对蒲柏式高度工整而形式化诗风的追随。于是,主要就诗艺而言,比如我们在阅读拜伦的长诗《少侠哈洛尔德游记》时,尤其在阅读《审判日的景象》(*The Vision of Judgment*,1822)和《唐璜》这类富含讽刺或讥讽意味的诗作以及他的一些通体用对偶联句写成的叙事诗时,我们多半会产生重返旧日的感觉。于是,心绪不羁的拜伦竟与"老旧"发生瓜葛,似让人体会到怪异的逆状。

《唐璜》第一章第200诗节之后,作为叙述者的拜伦习惯性地停下脚步,以夹叙夹议的方式反观自己的写作行为。在第201诗节中,他说一些平庸的诗人喜欢无韵诗体,而他自己则爱押韵,因为好的工匠不会和他的工具过不去。在第204诗节,他说倘若有一天他本人不再写诗而是像亚里士多德等人那样屈尊写诗论,他也会推出自己的"诗坛十戒"(poetical

---

① William Wordsworth, *The Prelude 1799, 1805, 1850*. Eds. Jonathan Wordsworth et al. New York and London: W. W. Norton & Co., 1979, p.552.

② Harold Bloom, *The Western Canon: The Books and School of the Ages*. New York: Riverhead Books, published by The Berkley Publishing Group, 1994, pp.223~224.

commandments)，如接下来第 205 诗节所戒：

> 汝应皈依弥尔顿，屈莱顿，蒲伯，
> 　勿从华兹华斯，柯勒律治，骚塞，
> 须知彼为首者糊涂不可救药，
> 　第二是醉鬼，第三个啰苏而古怪；

把弥尔顿放在第一行，当然不会仅仅用 Milton 这个名字勉强添加两个所需的音节，但是将前三人如此组合在一起，或许也会帮倒忙，我们很快会涉及此点。约翰·屈莱顿（John Dryden，1631～1700，今译"德莱顿"）和蒲伯（即上面提到的蒲柏）则更正当地代表了英国新古典主义文学时期的启动和发展，是拜伦眼中好工匠的典范。平庸的工匠都在第二行，即所谓"湖畔派"诗风的三位主要代表人物。① 无论涉及他们对"工具"的弱化，还是针对其频用的语汇，拜伦在此都表现出对于新风潮的厌烦。在《唐璜》第三章第 97 诗节之后，厌烦变成厌恶，至第 100 诗节，拜伦请出德莱顿和蒲柏的幽灵，向他们抱怨华兹华斯的诗作：

> 　谁想到竟有今天？
> 像这种糟粕不但没有人唾弃，
> 　而且还容许它在这末代的深渊
> 像渣滓般浮到面上！②

还说华氏一类的"逆子"像蛇一般伏在两位前辈的坟上，嘶嘶地发出不敬的声响。③

《唐璜》第十六章，英格兰贵族女主人阿德玲（Adeline）继续在其乡间哥特式庄园招待各方来客，唐璜也在场。其间她献歌一首，唱到一位

---

① 罗伯特·骚塞（Robert Southey），英国浪漫主义时期主要诗人之一，任桂冠诗人达 30 年之久。
② 拜伦，《唐璜》，第三章第 100 诗节。
③ 同上。该诗节英文原文中 above your graves may hiss 一语被译作"把你们针砭"，原有的意象更负面。

幽灵般的"黑衣僧"(Black Friar)。之后,作为叙述者的拜伦品评了她的才情:

> 阿德玲也有薄薄的一层蓝色,
>   她能凑韵,更常常爱谱些乐曲;
> 也时而写一些警句讽刺友人,
>   这当然是社交界应有的技艺。
> 她蓝虽蓝,但比起目前的天蓝,
>   她的颜色还远远地望尘莫及。
> 她差劲得竟把蒲伯称为伟大诗人,
>   而且更糟的是:还恬然这么承认。①

所谓蓝得还不够,暗讽时下有些文人太蓝了。文化上,蓝色指向英国18世纪"蓝袜社"(Blue Stocking Society)所代表的才女现象,《唐璜》中时不时出现对此类女性的调侃。诗歌上,蓝色则讽及华兹华斯等人诗作中的流行词"天蓝"(azure)。阿德玲"能凑韵",善讽刺,甚至崇敬蒲柏,如此三点显然不大入流,但不管别人怎么看,倒是恰好代表拜伦本人的口味与所为。在开写《唐璜》一年多以前,拜伦在一封致出版商的信中说道:

> 说到诗歌创作的普遍状况,我越想越确信,(莫尔)和我们**所有人**——司各特——骚塞——华兹华斯——莫尔——坎贝尔——我——我们都错了——错得一个赛过一个——我确信我们所投身的革命性诗歌体系是错的——或几个体系——其本身分文不值……我愈加确信此点——主要是近来浏览了我们的一些经典——特别是**蒲柏**——我是这样读他——我拿出莫尔的 & 我的 & 别人的一些诗作——再把它们与蒲柏的一对一放在一起来读——真是把我惊着了(我本不该这样没预感),把我羞辱到了——无论说到品味还是音韵之和悦——艺效——甚至**想象力**和激情——**& 创意**,在安妮女王的

---

① 拜伦,《唐璜》,第十六章第47诗节。

那个小矮子 & 我们这些后期帝国的人之间,距离之大竟如此难以言喻——我敢保证,他是贺拉斯,我们是克劳蒂安——我若必须重来——会以他为楷模……①

　　由于要以蒲柏"为楷模",拜伦的成诗手法有时会比我们所以为的更持重。让我们引入一个相关的侧面来谈论这个话题。拜伦乐于即兴写作,这是不少研究者的共识,本书序言提到此点,第三章也会较多涉及。然而,也有人持不同见解。比如英国学者吉姆·考克拉(Jim Cocola)曾发文回应有关"即兴"的说法,并专以《唐璜》中的押韵现象为例,谈及即兴中不那么即兴的一面。作者先清点了史上一些文人有关拜伦之"业余写手特点"的评价,串联起骚塞、阿诺德和艾略特等人曾用过的单词,包括"邋遢"、"打油诗"、"音感差"等,考克拉认为这些构成他们对《唐璜》诗艺的总体判断,而他本人推测,即兴的押韵方式应该是让这些评论家产生"打油诗"印象的主要原因之一。考克拉说,其实信手拈来的押韵也并非易事,甚至《唐璜》的喜剧效果正来源于此:

　　　　因此,如果说拜伦成功地做到了"咯咯笑和让人发笑",这恰恰在于他将相当大的精力投入《唐璜》外表的精巧构筑中。为了不偏离"经心的漫不经心"(calculation of carelessness)这一境界,这首诗从头到尾都充斥着暗中的修改——虽说越往后越欠彻底。即使其表面上显得松弛,似体现所谓"拜伦式的随心所欲性",但就其深层纹理而言,《唐璜》所揭示的拜伦创作手法绝不是随心所欲的,倒是许多细心

---

① To John Murray, Sept. 15th, 1817. George Byron, *Lord Byron: Selected Letters and Journals*. Ed. Leslie A. Marchand, pp. 167~168. 黑体字代表原文中的斜体字,标点符号贴近原文。托马斯·莫尔(Thomas Moore,1779~1852),爱尔兰诗人、拜伦友人;沃尔特·司各特(Sir Walter Scott,1771~1832),苏格兰小说家、诗人;托马斯·坎贝尔(Thomas Campbell,1777~1844),苏格兰诗人。安妮女王(Queen Anne,1665~1714),斯图亚特王朝最后的君主,蒲柏(因早年多病,身高不到1米4)作品成熟于安妮女王在位期。"后期帝国"(lower Empire),本指后期罗马帝国,拜伦在诗作和信件中多次使用这个概念,喻今不如昔,鼎盛期过后只剩下平庸。贺拉斯(Horace,65 BC~8 BC),古罗马奥古斯都时期主要诗人,鼎盛期的代表者之一。克劳蒂安(Claudian,370~404),古罗马末期诗人,其作品印证古典诗艺的滑落。

选择和复杂方略的产物。①

考克拉的这个认识似可平衡较单纯的"邋遢"说,在效果上的确把拜伦和英国18世纪一些讽刺诗人的距离拉近了。

说到"拉近",或者涉及拜伦的所谓守旧,让我们立即引入一种不同的观点,以展示为何有人却从其他角度看到拜伦对18世纪的挑战。英国学者简·斯塔布勒(Jane Stabler)的著作《拜伦,诗性与历史》(*Byron, Poetics and History*, 2002)也持续谈论拜伦作品中的跑题成分(digression),只不过她把重心放在诗人与其他作家的互文关系(intertextuality)中所出现的越界现象。她认为,由于频频影射别人的作品,拜伦自己的作品就变得难以捉摸,因而与英国18世纪某些文学理念发生冲突。她说:

> 拜伦时不时插入旁白,也常于瞬间通过一些迹象表现出他在影射其他文本或某类具有互文意义的事件,而他就是以这些不同的方式展示他的跑题。凭借对有关现象的梳理,本人提出:拜伦对于跑题之偏爱,挑战了关乎艺术完满境界的高雅或和谐等18世纪的道德理想(moral ideals),也挑战了正在形成的19世纪有关有机统一体的美学思想。

这段话所针对的跑题情况不限于《唐璜》这个单一作品,而具体到该诗,她说:"以我对《唐璜》的理解,我相信拜伦的跑题会让读者一方意识到诗文的不确定性,尤其在他们选择解释方式时,这种意识会更加强烈。"②

也就是说,互文性的"影射"(allusions)即"跑题",而这会带来意义上的不确定性(indeterminacy),让人无所适从,如此一来拜伦所为就与18世纪理念发生抵触。斯塔布勒列举《唐璜》与莎士比亚等前人作品的互文

---

① Jim Cocola, "Renunciations of Rhyme in Byron's *Don Juan*." *Studies in English Literature 1500—1900*, Vol. 49, No. 4, Autumn 2009, 841～862, p. 842.

② Jane Stabler, *Byron, Poetics and History*. Cambridge University Press, 2002, p. 11.

性,视其为拜伦跑题的主要特征。① "跑题"被如此定义,显然与拜伦本人或其他学者所持一般概念有所区别。当然,互文的影射未必不能被认定为跑题类型的一种,尤其它很像相关词"越界"所代表的文本现象。不过,仅因这一认定就推导出拜伦与18世纪某些信条的悖逆,这也会引起疑问。影射行为在文坛上较普遍,《唐璜》文本中的其他成分应该能更好地代表拜伦式个性化的跑题行为。此外,可直接梳理出来的不确定性与内在品味上的不确定性尚有区别,而涉及拜伦的审美品位,应该说18世纪的痕迹还是较易辨认的。斯塔布勒自己也提到英国18世纪一些作家的多维叙事风格对拜伦的影响。② 她的整体思路体现现代学人在新历史主义批评之后回过头来综合借鉴各派之长的努力,其著作的题目将两个概念并提:"诗性"和"历史",这有如立即亮明姿态,即她力求在新批评等流派所注重的内在"诗性"成分和新历史主义的"历史"观之间找到平衡,这也可解释为何她着眼于同时体现文本因素和交互因素的"互文性影射"概念。这个努力值得我们正视,只不过此中无论涉及英国18世纪所谓的"和谐"还是拜伦的"挑战"的说法,我们都需对其有所保留。

　　拜伦所挑战的,更多还是同时代前一辈诗人所代表的倾向,且不限于诗体或韵律方面,也涉及价值理念方面的因素。他不认同这些人所代表的玄思倾向,认为这不仅导致心灵的错乱,也会让行为失当,因此在《唐璜》中,他常常表现出自律的情怀,一旦发现自己所言渐趋玄妙,就会从深刻中跑题,这既含调侃成分,也并非一概言不由衷,《唐璜》第一章第91、205等诗节就有相关暗讽。伯纳德·贝蒂曾谈论拜伦与英国18世纪的关系,直接题为《拜伦与18世纪》,而伦理问题是他的主要关注点。在贝蒂的视野中,拜伦逆时代风潮,执意重温德莱顿、蒲柏、斯威夫特和约翰逊这四大文人的理念和风格。贝蒂所梳理出的粗线条结实而清晰,尽管他较少援引个体作品而主要是在较抽象的概念层面做文章。

---

① Jane Stabler, *Byron, Poetics and History*. Cambridge University Press, 2002, 第109页及以后。
② Ibid., p. 12.

具体讲,贝蒂认为英国18世纪诸文豪所代表的价值观都侧重于"行动"、"后果"、"言辞"、"伦理"和"判断力"这些关键概念,而这些也在该文内被作者反复提及。"伦理"是一大焦点,也被认为是拜伦本人所倚重的词语,体现其对人类具体行为的重视。贝蒂说:"拜伦之所以强调蒲柏的伟大,主要是因为蒲柏明显地注重伦理,而对于拜伦来说,最高级的诗歌即是伦理诗(the highest of all poetry is 'ethical poetry')。"① 而由于其对拜伦与伦理概念之间关系的重构,贝蒂最终在文章结尾做出这样的结论:我们不能总是简单地称拜伦"具有颠覆性(subversive)"。② 贝蒂此文代表了一些主要研究者对我们的提醒,让我们意识到,那位一度是全欧洲最有名的浪漫主义诗人如何以一个旧的时代为其精神的靠包,而这个包囊中往往罕含创新与突进的因素。当然,一旦我们深入《唐璜》的世界,一旦海黛、杜杜(Dudù)和莱拉(Leila)等女性人物成为我们所具体关注的对象,我们也会发现不同的思想景观,狭义的"伦理"、"行为后果"以及"非颠覆性"等概念也可能被倒置,需要我们更细致地甄别其佯谬意蕴。

此外,单就拜伦的守旧诗论而言,先不说这与他的颠覆性文思之间是否反倒有辩证而高超的互助关系③,只看其具体写作实践,无论拜伦如何回望18世纪所特有的匠心匠艺,无论他如何通过诗体和押韵格式等因素宣示自己对时下新风的抵触,他倒也并未完全推倒重来。在他所确立的理念和他的创作实践之间,我们并不能完全画等号,所发现的却往往是飘忽不定的状况。他的戒律时常连他自己都戒不住,这是因为他的颠覆一切的冲动或习惯并不是相对的,并无哪个原则或信仰总能被他划作例外;任何人说了大话,包括其本人所宣,他的耐心都难以持久,至少很快忘却之;其笔法上的移游也会制衡局部的理念,让享受到安全感的我们很快又

---

① Bernard Beatty, "Byron and the Eighteenth Century." Drummond Bone, ed., *The Cambridge Companion to Byron*. Cambridge University Press, 2004, p. 240.
② Ibid., p. 248.
③ 我们将在本书第五章谈论拜伦、歌德和莫扎特等人的相似品味时对这个复杂的话题予以关注。

觉得不踏实了。在国际拜伦研究领域,如果说的确有人致力于梳理《唐璜》中所谓让人觉得安稳的因素,反向投入者也自然大有人在。

我们暂提一个较早的例子。耶鲁大学教授迈克尔·库克(Michael G. Cooke)善于从不同角度观察拜伦,他于20世纪70年代撰文,从较高的视点专论《唐璜》等拜伦诗作中的 spontaneity(自发性,率性)因素,说拜伦非常不守旧,无论在形式还是内容上,《唐璜》都颠覆了我们有关英语长诗的某些定见。库克在文章中爱用"危险"、"威胁"以及"吓退"等词,都指向该诗对于读者心灵的作用力。让我们冒风险,肯定就是不让我们安稳,比如,库克说道:

> 《唐璜》首先让我们面对一种离析的局面(a state of dissolution)。只用了四个鲜活而快进的诗章,仅凭借几笔诡异而灵巧,甚至我们以为有些阴损的写划,该诗作就瓦解掉了西方文学的首要体式:史诗。就比如开篇一语,"I want a hero"(我"苦于没有英雄可写"),即可谓有辱传统,无论对比华兹华斯的迫切而虔诚的思索,还是弥尔顿"久推敲而缓落笔"的态度,都相去甚远。①

瓦解性的成分多种多样,因此库克认为其对我们的"威胁"就来了:"拜伦在方方面面都让我们产生不确定感,涉及从文类到语言到宗教因素等诸多领域,让我们脱离先前的传统习俗对我们的奴役,而接受一种时时出现的、与各种险情纠缠在一起的自由。"②

任何单维度对拜伦的审视,其本身也面临风险,至少库克的推论与我们上面所介绍的可期待性相左。当然,其文章的话题主要涉及《唐璜》中的自发性和未完成的"残缺状态",因此在这个语境中,其有关"险情"和"不确定性"等说法还是成立的,我们也会在本书第三章展开类似的探讨。另一方面,即便连续的意大利八行诗体在大面上确立了主导色调,但局部

---

① Michael G. Cooke, "Byron's *Don Juan*: The Obsession and Self-Discipline of Spontaneity." *Studies in Romanticism*, Vol.14, No.3, Summer 1975, 285~303, p.288.

② Ibid., p.289.

多有变数,的确也让人捉摸不定。即便考克拉一方,在其自己的文章中也转而提及拜伦在技法上的所谓"开放性"一面。匠心肯定有,但本来就无意"完美押韵",这也是《唐璜》中的一个值得关注的现象。考克拉指出,随着拜伦对诸多技术性清规戒律的"逆反"心理逐日增加,

> (他)不再受迫于正统的押韵法,因而他才断言"想要在押韵上全都完美,那无异于奢望一个满是星星而别无他物的午夜",并用这个认识支撑他自己那种较松弛的手法。因此,对于《唐璜》这首被他说成是含有"**既定数量的韵脚**"的诗作,拜伦通篇只是做到**差不多**押韵就好,其所具体凭借的,亦是其所声称的那种"**毫无规律的韵律**"。而由于已先行属意于不完美的押韵,拜伦在其生命的最后几年愈加表现出对阴性弱韵(feminine rhyme)的开放态度,直至其在《唐璜》中成为常规,而不是例外。①

考克拉最后甚至认为"拜伦越来越大胆的押韵风格与他的越来越无畏的政治立场相一致……"②

我们绕过所谓"政治"因素而回到我们的主要视点。拜伦在技术层面的某些松弛,或也是跑题情况一种,而且与这个层面并行或相关的"无规律"现象也是花样繁多。拜伦虽嘲讽"湖畔派"诗人,但《唐璜》中并不缺少对于骚塞诗语的正面套用,而在主题、立意、情节、情调和诗语表述等方面,该长诗局部对华兹华斯和柯尔律治的有意无意的呼应就更多了。甚至说到其对无韵诗的态度,尽管他在另一封更早的信中把话说得更明白("我对素体诗是深恶痛绝")③,可我们若把《唐璜》以外的一些作品也考虑

---

① Jim Cocola, "Renunciations of Rhyme in Byron's *Don Juan*." *Studies in English Literature 1500—1900*, Vol. 49, No. 4, Autumn 2009, 841~862, pp. 843~844. 黑体字对应原文中的斜体字。"既定数量的韵脚"和"毫无规律的韵律"两语分别出自《唐璜》第十一章第90诗节和第十五章第20诗节,前者未直接使用查先生译文。

② Ibid. , p. 854.

③ To Lady Caroline Lamb, May 1st, 1812. George Byron, *Lord Byron: Selected Letters and Journals*, p. 59.

进来,即可发现,作为拜伦重要作品的八部诗剧基本都是以无韵素体诗写就,而且它们多创作于我们前面提到的1817年那封信的大段表白之后。另需指出,他不仅照写素体诗不误,这种诗体所要求的抑扬格五音步格律在他笔下还经常会以每行四个自然重读点涵盖五个音步,也就是说具有了传统上五音步英语诗行的一般特点。五个音步(feet)、四个重读点(stresses)、无韵脚,西方诗词格律中的这个现象当然不单为英语诗歌所独有,但是在很多情况下,诸如莎士比亚、弥尔顿和华兹华斯等许多重要诗人却通过自己的实践,让英国诗坛因此而尤有荣光,特别是后两位,在应用上更自觉,更执着。

比如,由于在《失乐园》等作品中连绵不断地将每行五个音步简化为四个重音,再配以诗中的思想和内容,弥尔顿就拥有了其特色语调:连贯、高昂、沉着,又富有自然天成的气质。而如果说拜伦有时很像弥尔顿,这也就意味着其诗行具有了为他所不屑的华兹华斯式的气质,因为华兹华斯与弥尔顿之间无论在素体诗诗艺还是思想情绪上都有着刻意而为的亲缘关系。粗略讲,我们若提及英国主要诗人中四重音素体诗行最突出、最强悍的写手,那么除弥尔顿本人和华兹华斯外,接下来即可以拜伦为例,而至于为拜伦所尊崇的德莱顿和蒲柏,他们反倒是在其所见长的对偶联句中相对较少使用四个重音,常常是有五个音步,就有五个重读点。[①] 此中似渗出一点讽刺意味。

仅以拜伦在1820～1821年间写于意大利的三部历史剧为例[②],里面富含所谓弥尔顿/华兹华斯式的四重读点诗行,有时在情调上也贴近华兹华斯《序曲》等诗作的质感。《序曲》首发时拜伦早已去世,但此前已有局部片段面世,而且具有相似语势的华诗《丁登寺》("Lines Composed a Few Miles above Tintern Abbey", 1798)和《迈克尔》("Michael, A Pastoral Poem", 1800)等也早为时人所熟知。拜伦这些诗剧中的素体诗文与其本人

---

① 加拿大学者诺斯罗普·弗莱曾说到涉及德莱顿和蒲柏的这个情况,见 Northrop Frye, *Anatomy of Criticism: Four Essays*. Princeton, New Jersey: Princeton University Press, 1971, p. 252.

② 即 *Marino Faliero, Doge of Venice* (1820), *Sardanapalus* (1821), *The Two Foscari* (1821).

在上述信件同时期创作的诗剧《曼弗雷德》(*Manfred*，1817)差别不大，而由于《曼弗雷德》一些局部能够体现相对较鲜明的所谓华氏素体诗新风，姑且让我们转向它，从中直录几句英文原文，供那些无论在形式或内容上都对华兹华斯诗歌有一定了解的读者自行体会拜伦与华氏之间的界限会如何忽而变得模糊。第三幕第四场，临近全诗结尾，城堡，夜色降临，主人公曼弗雷德独自遥望远方的山峰，一边回忆起其在罗马城中曾经领略过的月下古迹：

> The stars are forth, the moon above the tops
> Of the snow-shining mountains.—Beautiful!
> I linger yet with Nature, for the night
> Hath been to me a more familiar face
> Than that of man; and in her starry shade
> Of dim and solitary loveliness,
> I learned the language of another world.
> I do remember me, that in my youth,
> When I was wandering,—upon such a night
> I stood within the Coloseum's wall,
> 'Midst the chief relics of almighty Rome;
> The trees which grew along the broken arches
> Waved dark in the blue midnight, and the stars
> Shone through the rents of ruin; from afar
> The watchdog bayed beyond the Tiber; and
> More near from out the Caesars' palace came
> The owl's long cry, and, interruptedly,
> Of distant sentinels the fitful song
> Begun and died upon the gentle wind.①

---

① George Byron, *Manfred*, Act Ⅲ, Scene Ⅳ, ll. 1~19. David Perkins, ed., *English Romantic Writers*. Orlando, Florida: Harcourt Brace Jovanovich, Inc., 1976, p.826.

不确定,不专一,不尽然,不那么认真,换一个角度看这些,这就关联上我们的跑题和越界观,而此中所指向的作家习惯显然具有相对于许多事物的解构倾向。视拜伦为跑题者,能让我们逼近拜伦式文学敏感性的实质。当然,"实质"概念会引起拜伦研究者的警惕。或可说,才思的飘逸和多变也是一种实质;或者,"无实质"的也是实质,就像"不严肃"也可能体现真诚,总跑题也是一种不跑题。的确,两百年前英国诗坛上的那位诗人在最高程度上代表了对文学领域及人类社会中一些界桩的质疑和逾越,是今天的读者可以反观的对象。本章一开始,我们并不严谨地使用了"世界的人"这个概念,今天的人们则多用"世界公民"等说法,或许我们也可以将其用在拜伦身上,以便借一个稍大的概念更全面地定义拜伦式文学现象的整体,尽管今人所指不见得与当时的内涵相吻合。当时所指向的似乎更简单,更平和,更具常识性,不仅仅意味着对于诗坛内外各种各样疆域和界标的看淡,也包含着入世而随安这种生活态度的成分;见识多,兴趣多,思想维度多,聊以自娱的机会多,这些也是这种"公民"的特点,亦为拜伦所有。

或可说,涉及"世界公民"的概念,虽然有关表述自古希腊起就早已有之,虽然史上欧洲思想界不断有人以自身行为印证这一境界的存在,拜伦之前的几十年里更有奥利弗·哥德史密斯(Oliver Goldsmith, 1728? ~ 1774)等英国作家对此概念的强化[1],但我们可以在拜伦那里找到最生动

---

[1] 参见 Oliver Goldsmith, *The Citizen of the World* (1762)。该书以书信的形式展示一位虚构的中国哲人从旁观者角度对英国社会一些现象所做的评价。仅就西方文化而言,所谓"世界公民"之说,并非仅对应 citizen of the world 这个单一的英文概念,亦有若干其他表达方式,总体含义相近,也各有微妙的侧重点。比如,古希腊犬儒主义哲学家第欧根尼(Diogenes, 412? BC~323BC)以及西方史上斯多噶学派中一些思想家所用过的"世界主义者"概念,对应现代英语中 cosmopolitan 一词,有时被认为强调了"四海为家"或"随遇而安"的意思,因此也会被译为汉语的"世界公民"这个词。有 cosmopolitan 之说,即有 cosmopolitanism(世界主义)概念。到了欧洲启蒙运动前后,一些思想家在不同程度上对此类概念产生新的兴趣,日后亦有雪莱等诗人在其作品中呈示其所理解的相关境界。雪莱诗作"Alastor; or, The Spirit of Solitude"(1815)是一则富有意味的例子,他在给这首诗写的前言中更直接使用了 citizen of the world 这个说法。有时在不同的上下文中,此概念也含"关注人间事务的人"这层意思,如此就与 cosmopolitan 一词所指又拉开微妙距离。体现在唐璜等人物身上的拜伦式敏感性可容纳不同的含义及侧重点。

的事证,至少涉及"世界公民"之说的一些重要侧面。甚至拜伦本人在谈及他如何游历欧洲诸国、如何乐于关注他国内部事务时,更直接说:"I am become a citizen of the world(我成了世界公民)。"① 有了这种境界,作家活动的时空会变大,甚至出现错乱,而评论家一方审视作为这种时空之结晶的《唐璜》等作品,就是在与一个博识而轩豁、活跃而躁动的心灵对话。作者既跨越时空,即可为我们跨越时空的谈论提供方便;世界公民任性跑题,像是让遥远的读者也能成为围观者。

对拜伦的反观早已有之,而曾经的视角与越界概念多少都有一些关联,如侧重于"反叛者"、"自由斗士"、"傲世"、"不羁"和"孤独而多情的求索者"等质素的观察点,有的已是学界旧话。拜伦研究中一度最常提及的单一概念大概非"拜伦式主人公"(the Byronic hero)莫属,其特征综合了这些质素,主要体现在拜伦所创造的一些人物身上。19世纪相当长的一段时间,这个拜伦式的主人公对欧洲的文学艺术产生很大影响,一度促成特有的文化风尚和文学敏感性。但是对于这个为人熟悉的形象,我们仍可进行拆解,尤其我们可以把唐璜这个人物也纳入视野,尽管他常常由于其身上有一些非拜伦式的特点而被论家排斥在所用对象之外;我们可以看一看这个至少在外表上不那么激烈、不那么凝重、不那么傲世、不那么孤独而却又是无边无际的游荡者如何在更深的程度上代表了拜伦与后人的相关性。我们回顾了拜伦的怀旧品味,进而转向与其有关的散漫不羁意象,是因为这可使我们尽量不止步于有关拜伦式敏感性的传统而笼统的印象层面,而是从作者和人物的行为角度更具体地探索诗人的思想空间,我们的覆盖面也可以更加细致,多维。

我们会发现,行为折射文思,无处不在的越界行为虽不乏极端类型,但最终体现拜伦对人类生活常态的审视、疑问和笑评。国家之间、教派之间、不同文化或文明之间,悲剧与喜剧之间、眼泪与笑声之间,另涉及伦

---

① Eliza Marian Butler, *Byron and Goethe: Analysis of a Passion*. London: Bowes & Bowes Publishers Ltd., 1956, p.129.

常、朝野、话语、文风、思想形态、价值理念、社会阶层、男女性别、人与动物,甚至生死两域等,各种关系之间的逾越行为或姿态在拜伦作品中比比皆是。最后读者会看到,诸如唐璜这类的人物,虽时常松弛无状,总不扣题,不属于任何局部,却因意识的自由流动而拥有了并非不完整的鲜活个性。可以说,拜伦笔下若真有世界公民,应比今人所喻更富有意味。

第二章 "胡乱穿插"?

本章借助国际论家有关《唐璜》叙事方略的不同看法,展示长诗中可能存在的体系性因素,并对下一章有关解构性因素的探讨做一点铺垫。光看故事的粗线条,拜伦的《唐璜》并不乱,基本团块依次排开,易于读者跟读。然而,由于跑题的文字比比皆是,诗文在体式、情调和思绪等方面频生枝节,一些严肃的读者就会遇到挑战,而另有一些读者,他们则会透视这种多维的散漫现象,在其背后看到基本的章法。

一、论家眼中的体系

先交代一下,自 17 世纪早期起,欧洲文坛与唐璜传奇有关的文艺作品就屡见不鲜,其中不乏大作,莫扎特的那部歌剧(*Don Giovanni*,K. 527,1787)和拜伦的这部长诗尤其助其传播,因此传奇故事本身也早已跨越了国家间的界线。作家有别,各自笔下的唐璜也就分出彼此。具体就拜伦的《唐璜》而言,史上传奇中的那个拈花惹草的浪荡子似发生蜕变,他不再忙于主动猎艳或无端生事,而往往是被动入局,随遇而安。概其所历,我们看到西班牙南部塞维利亚市(Seville)的一个少年,惝恍悱恻中偶遇一有夫之妇,闹出事后被其母送出国谋高尚情操,但航行中突遇海难,被希腊海盗的女儿救起,后被其父驱离,盗众又将其卖给土耳其王宫,供王后密宠;王后疑其移情于宫女而欲溺杀之，唐璜受助而逃脱，遂被卷入俄国反土战役，竟立了功，得觐见叶卡捷琳娜二世，迅即被垂爱，却不耐女皇强势及当地冰寒，权且作为皇家代表出使英国，得见英国百态，与几位英格兰上流女性又渐生暧昧。这就是拜伦《唐璜》的最粗略的故事梗概，故事的局部硬核一个个生发出去，牵连上欧洲的东西南北，个人在国家、地域、宗教文化和气候区之间的跨越即成为诗内情节的主体，衍生出皇皇近16000行诗文，妙趣四溢，头绪不期，但诗体和格律都工整而连贯，基本一路沿用八行诗诗体；最后因诗人去世而止步于第十七章的开头部分，永远待续。

  关于这部长诗的写作路数，作为叙述者的拜伦在诗中给出了两类截然相对的交代。一类开篇即有，比如早在第一章第7诗节他就板起面孔，声称："我的布局规定有严格的章法，/若竟胡乱穿插，岂不坏了规矩？"①"胡乱穿插"的原文是 wandering，与 digression（跑题）相近，拜伦对如此行为的评价似比"坏了规矩"这个意思略微再夸张一些，若不顾查先生的押韵格式而将原文直译过来，那就是"最严重的犯戒"（the worst of sinning）。可《唐璜》中也有相反的声明，也是过一阵就出现一次，比如在第九章中他习惯性地提醒自己不可太深沉：

> 我忘记了这篇诗只是为了逗笑，
>   现在却把话题拉扯得很枯索。
> 我从不通盘规划；我说这写法
>   太诗意了：人该知道为何写作，
> 和抱有什么目的。但我为文时，
> 总是不知道下句该写什么字。
>
> 因此我就拉拉杂杂，有时叙述，
>   有时议论……②

---

① 拜伦，《唐璜》，第一章第7诗节。
② 同上书，第九章第41、42诗节。

"严格的章法"与"拉拉杂杂"(ramble),这两类表白各有自己的上下文,不见得有什么内在冲突,但其外表的反差实在鲜明,因此即使都有戏言成分,也未必不各含一点局部的真意。或许在效果上,它们对于现代研究者可以成为不同的暗示,会将其注意力引向作品的不同侧面。有时这两种自白或也会产生逆向引领,前者的"章法"说会诱人去发现无章法,而至于后一种表白,尽管拜伦以"从不通盘规划"云云把作者姿态放得如此之低,它也许反倒更激励擅长政治性解构的现代批评家习惯性地从这类障眼字雾中寻找实质讯息。

在国外现当代拜伦研究领域,拜伦著作的主要编者之一杰罗米·麦克甘教授大致代表后一趋向。在给《唐璜》作注时,他说到拜伦在写作过程中对这部长诗进行了"大力度的重新构思",不仅为它想出了一个叙事"方案",还使其拥有了"一个清晰的三重历史结构"(a clear tripartite historical structure);三个历史脉络分别涉及唐璜的际遇、拜伦的叙事时段、被回忆的诗人个人生活时光。而由于这三层结构"互为注解",《唐璜》这个文本就"自我呈示为社会和历史解读上的一个壮举,是构筑在诗艺之上的对于1789～1824年这个时期的释义"。用我们国内读者曾频用的话语讲,文学作品反映了历史现实。麦克甘指出,拜伦的目的明确后,较早诗章中的跑题部分不再作为松散的片段而存在,而是"更紧密地与故事的叙述过程合并为整体",并且,"诗作的极端政治成分也变得更昭彰"。简单说,片段感让位于目的鲜明的整体性。麦克甘进而强调说:"《唐璜》是一部必须放入拜伦生平及其时代的语境内来阅读的诗作。"这是因为拜伦本人"有意识地"反柯尔律治所为而为之,以富有讽刺意味的手法"让《唐璜》成为柯氏那部消极的(reactionary,另译'反动的')《文学生涯》(*Biographia Literaria*,1817)的替代品"。在《文学生涯》中读不到的现实社会与政治,可以在《唐璜》中读到。麦克甘进而说道:"贯穿于这部诗作的不仅是一系列对于当代人物和事件的公开评论,也是一套被编码的(coded)对生平事件的影射,写给那些他乐于称作'明白人'的人们。"[①]

[①] 本段引语均出自 George Byron, *Lord Byron: The Major Works*, p.1043。

显然,麦克甘的这些话中有一些相互关联、相互强化的词语,如"方案"、"历史结构"、"整体"、"注解"、"政治成分"、"公开评论"、"有意"、"语境"、"一系列"、"一套"、"影射"以及"编码"等。仅把这些词语如此放在一起,我们即可领悟到为何麦克甘暗示文学解读过程联结着作者的"编码"(encode)行为和读者的解码行为这两端。先不管这种有意无意将文学阅读等同为政治解码的倾向是否剥夺了读者本应享有的多重趣味,是否拜伦本人乐见其被后人如此接受——毕竟《唐璜》中的所谓社会评论很多都是明明白白地放在那里,如第十至十二章等对伦敦市貌和人群的评价,第十三、十四章等对英国上流阶层的透视,以及第六、十四章等处对妇女生存状况的诉病等,这些都无需解码——但麦克甘等论家所言肯定也没有错。说文学观照历史,许多作品都是如此,尤其巨著,尽管此说因不足以定义某部著作的个性而乍一看不像论家所想象的有那么大的语效。总之,麦克甘的研究的确有助于加深读者对这部长诗的认知,三重时间结构和整体脉络等概念尤其具有启发性,可引导我们从那种安于一般性解读的习惯中走出来,或许还可能帮我们抑制肤浅,超越缥缈的印象式议论,最终让我们拥有相对其他读法的更多发现和收获。

拜伦本人的言谈中会偶现一些成分,居然可以支撑麦克甘等评论家有关结构性设计的认知。在其所著《拜伦男爵交谈录》中,拜伦的友人麦德文告诉我们,有一次诗人跟他分享有关文学作品各因素之间该如何平衡的心得。当然,拜伦所针对的主要是戏剧作品,当时他颇像英国18世纪一些文人,每当他们谈及莎士比亚等英国戏剧家,经常有所保留,尤其在转向莎士比亚的喜剧时,他们总认为莎翁所呈示的英式品位往往比不上法国人和意大利人的相应剧作。人家能做到连贯特体,而英国剧作家则不然,有时连前后一致都做不到。在这个语脉中,拜伦做了如下表白:

> 我也早就对三一律(the three unities)有亲和感,一向如此,如今也仍然相信,对于有些题材,我们完全可以严格地依从三一律所涉及的各种规则来处理它们,而这样的题材并不少见。有人声称,对三一律的守护是一种缺陷——至少是一种毛病,但无人会比说这种话的

人更荒唐到家了。①

考虑到拜伦的18世纪情结,这段谈论戏剧的话在一定程度上也可体现其有关诗歌作品的理念。尽管拜伦的三一律与麦克甘所谓三重结构等概念不属于同一层面,但它们都指向诗人对于体系性因素的重视。补上一个侧面:麦德文这本书的现代编者欧内斯特·拉威尔注释道,拜伦此言让歌德觉得滑稽:"(歌德)一想到拜伦男爵这位在现实生活中永远不得其所、对法律一点兴趣都没有的人竟然到头来让自己服从于愚蠢的法则中最愚蠢者——即三一律,他就大笑起来。"②歌德的这个反应大致可代表人们对一个得体拜伦的不习惯。

麦克甘日后就其为何使用解码式研究手法给出过一些额外的解释。2001年时他接受过一次访谈,其间谈及"体系"概念,从而让我们了解到,他之所以注重有关因素,也是因为他对于拜伦(以及雪莱)与华兹华斯的区别有一个基本判断:华氏作品适合于深度研究,因为它们多与个人灵魂和上帝有关,而拜伦与雪莱则更关注公共领域,因此,"对于他俩的著作进行马克思主义的或文化—历史的研究,会明显更成功"③。麦克甘的这个观点当然并不孤立,比如之前已有学者很直白地说过:"(在《唐璜》中)拜伦比他在任何较早的作品中都更加清楚地观察公共领域。"④之后,尤其在历史主义研究手法比较盛行的20世纪90年代,亦有国外学者发表著述,强调拜伦如何重视与具体历史语境的勾连。美国芝加哥大学学者詹姆斯·钱德勒(James Chandler)谈到拜伦所创造的唐璜等人物如何具有典型而现实的意义,这个见解支撑着钱德勒本人的一系列认知。他说,文

---

① Thomas C. Medwin, *Medwin's Conversations of Lord Byron*, p. 95. "三一律"即西方古典戏剧理论中所说的三个一致性:情节一致、地点一致、时间一致,所对应的英文词组分别是 unity of action, unity of place, unity of time, 故简称为 the three unities。

② Ibid., p. 96.

③ James Soderholm, Jerome J. McGann, "Byron and Romanticism: An Interview with Jerome McGann." *New Literary History*, Vol. 32, No. 1, Winter 2001, 47~66, p. 49.

④ Leonard W. Deen, "Liberty and License in Byron's *Don Juan*." *Texas Studies in Literature and Language*, Vol. 8, No. 3, Autumn 1966, 345~357, p. 356.

学作品中的个体人物"虽然都是具体的个人,(但)同时他们又与某些更普遍或更群体性的人类基质(substance)保持着关联"①。也就是说,诸如唐璜一类的文学人物不可能拥有绝对的特性,因此所谓个人的杰出性或自发性等说法都要打些折扣。我们若沿此思路立即联想一下,或可说,在终极意义上,《唐璜》中并不存在真正的"跑题",偶发的东西多半也是被决定了的。

国际拜伦研究领域独立学者安德鲁·尼克尔森(Andrew Nicholson)曾借助一则侧面的观察,提醒读者毋夸大拜伦写作过程自说自话的随意性。尼克尔森谈到拜伦与古罗马诗人马提亚尔(Martial,或 Marcus Valerius Martialis, 40? ~104?)的关联,尤其这位前辈的那种温厚幽默与讽刺笔法对拜伦的影响。对于《唐璜》第三章,拜伦本人在解释他为何放弃原计划而将其拦腰分为两章时,只是说一个诗章太长了不好,"我必须把它,/ 在重抄时,以一章分割为二,/ 读者绝不会发现(除非是行家)",他甚至还搬出并无直接关联的亚里士多德的《诗学》作为其切分的依据。② 尼克尔森则告诉我们,拜伦此举不过是在仿效马提亚尔的先例,因为马氏对于其代表作《隽语集》(*Epigrammata*)第三和第四诗卷的划分恰恰有过类似的意见。尼克尔森于是直言:"的确,我们可以不夸张地讲,尽管《唐璜》有松散的脉络(discursiveness),其实它之所以有如此特性,主要是拜伦受到马提亚尔的感召……"③也就是说,拜伦也会有其自觉遵从的套式,而从另一些评论家的角度看,这种套式也会出现在拜伦与社会和历史的互动上。

别人的套路,群体的共性,公共领域的牵制,诸如此类的视角让我们对于外在于文学作品而具有决定作用的因素产生意识,也会让诗人有关

---

① James Chandler, *England in 1819: The Politics of Literary Culture and the Case of Romantic Historicism*. Chicago: University of Chicago Press, 1998, p. 225.
② 拜伦,《唐璜》,第三章第 111 诗节。
③ Andrew Nicholson, "'Nauseous Epigrams': Byron and Martial." *Romanticism*, Vol. 13, No. 1, 2007, 76~83, p. 81.

"胡乱穿插"的自白变得模糊。当然,我们的视野尚不必完全外围化;外围化相对于作品内容的涵盖性和界定性会变得过强,有时会用单一色彩覆盖花样内涵。前面认为拜伦能"清楚地观察公共领域"的评论家利昂纳德·迪恩(Leonard Deen)对其所言有所补充,说拜伦的所谓外向目光并不能必然使外界变大,尤其一旦拜伦随意品评外界,他本人的自我也会变得至少同样大。① 在效果上,迪恩说法中的这个平衡因素亦可平衡上述钱德勒有关人类普遍"基质"的认识,因为该认识虽自成一体,但若再进一步,或许会把诗人个人的自我挤压得太小,除非这正是预期的效果。而至于麦克甘在访谈中所建立的逻辑关系,即:更关注公共领域的作家更适合于文化—历史性质的研究,此中不期的直白也有不期的启发性,但也并非无需二次审视。先不管华兹华斯对公共领域的关注是否相对偏弱,可仅从现象上看,这些年国际上以各类历史主义手法对华氏的研究达到相当规模,而再看拜伦和雪莱的情况,即便其更能印证该逻辑的常识性,但如何凭外部历史语境解码作品内部的结构层次,这好像有着超越理论的复杂性。

其实,麦克甘更早时所提出的一些观点倒相对更具平衡感。1976年,他发表《互文关系中的〈唐璜〉》(*Don Juan in Context*)一书,虽然也以"体系"(system)等概念作关键依托,但亦提到拜伦这首长诗如何也会排斥系统分析的研究方法。他说:"拜伦的世界并不是一个体系;它是若干体系和秩序的网络,而网络中有的体系之间会相互搭接,有些则互无关联……";有鉴于此,当时的麦克甘认为"着眼于片段的方法(episodic method)才是开启《唐璜》之形状的关键,我们借此所追寻的是偶然性(fortuitousness),而非盖然性(probability),其间'方案'和'规划'等概念仅能以有限的方式发挥作用"②。麦克甘这个较早的观点同样得到后辈

---

① Leonard W. Deen, "Liberty and License in Byron's *Don Juan*." *Texas Studies in Literature and Language*, Vol. 8, No. 3, Autumn 1966, 345~357, p. 356.

② Jerome J. McGann, *Don Juan in Context*. Chicago: University of Chicago Press, 1976, p. 103.

学人的呼应。比如,英国学者丹尼尔·希钦斯(Daniel Hitchens)就有感于麦克甘有关我们不能过分强调艺术品内部空间的包揽性和完整性的观点,因为这样做是把多样性的人类经历"塞入"所谓条理连贯的精神辖区内,因而这是一种"狭隘"的表现。希钦斯自己说道:"拜伦是柯尔律治的反面(anti-Coleridge),他将柯氏有关文学叙事的一个公式颠倒了过来,即柯氏曾认为叙事过程是把系列变成整体。"①希钦斯认为这是拜伦有别于同时代其他浪漫诗人的地方。变成我们自己的话,拜伦把有机的"整体"变回到了松散的"系列",而对于与这后一类概念相关的文思成分,我们将在本书下一章的第1小节给予更多关注。

大面上看,麦克甘就"体系"和"网络"等概念所做的思考有助于研读者一方调整一度因浸淫传统评论而形成的认识。比如国外有些老一辈学人曾较多强调《唐璜》所呈现的活跃才思、随意性、即时性、喜剧眼光、炫技行为等。20世纪50年代末,英国学者海伦·加德纳(Helen L. Gardner)教授曾撰文对此前出版的四卷详注本《唐璜》做出评价,说通过编者对于手稿的详尽考据,人们终得以直接"目睹"拜伦埋头创作这部"有史以来最逗趣的诗篇"(the most amusing poem ever written)的具体过程。追随拜伦的笔迹,我们似看到他俯首诗稿,改来改去,时而笨拙,时而麻利,心思也不时变化:

> 我们能看到他审视着已写好的诗文,然后突然就能由此甩出去,添加额外的诗节,或为了议论,或转而沉吟,或开骂,或仅仅是展示语言技巧。我们能看到他对某一诗行反复斟酌,让其意思饱满,或通过修改,让讽刺性的寓意更加辛辣,让玩笑更可笑。我们能看到,常有一些加之于人的完美绰号,虽入诗后让人觉得选词就该如此,其实都是最后一刻才寻到的。②

---

① Daniel Hitchens, "'Full many a line undone': Why Misprints Matter in *Don Juan.*" *The Byron Journal*, Vol. 38, Issue 2, 2010, 135~144, p.140.

② Helen Gardner, "*Don Juan.*" M. H. Abrams, ed., *English Romantic Poets: Modern Essays in Criticism.* Oxford University Press, 1975, pp. 303~304.

加德纳说,有些评论家为了挖出《唐璜》的社会现实意义,执意将其笼统定义为"讽刺诗",于是,受此概念制约,他们会有感于拜伦竟常常"对其讽刺对象退让",其"讽刺语锋"因而被"钝化";或看到拜伦"对'社会现状诸多弊端'的抨击经常由于其情绪的移游而被弱化"。① 每当有此发现,他们就会"埋怨"拜伦不够执着。而加德纳则认为,这种憾意是"不对的",是把拜伦的"强项"当成弱项。加德纳还以英国文坛乔叟和济慈等人的文思为例,说对一位作家的评价不能只看其政治上的批判性,在一个方面不正确,并不意味着其他方面也不正确,比如作家在对"人性"的观察中能看到其他的画面。② 当然,加德纳也并非认同有些评论家将《唐璜》与道德意义相剥离的做法,不认为其目的只是要"娱乐或惊吓"读者,她甚至认为在追究"真相"及揭穿"傲慢与虚荣"等方面,《唐璜》是"最道德的"诗作,只不过,"与许多对人性持较低评价的人不同,拜伦并不会受此类评价驱使而做出政治上的反应"③。

另可提及一位稍后于加德纳的学者,作为与麦克甘有不同关注点的另一代表。美国教授彼得·索斯列夫(Peter L. Thorslev, Jr.)也是拜伦研究领域的专家,较注重思想的经脉和流变,比如在其发表于20世纪90年代初的一篇文章中,他谈及德国浪漫唯心主义思潮与英国浪漫主义文学的关联。在当时的学术环境下梳理思想传统,多少有悖于新近兴起的新历史主义评论家看问题的方式。他谈到浪漫主义时期德国哲思和法国启蒙思维并行的情况,认为就雪莱和拜伦而言,他们继承了一种较缓和的启蒙思维,表现在惯于怀疑却又不失宽善。与此相关,在"各种类型的浪漫自我主义"(Romantic egoisms)和"不涉利害的心灵"(disinterested mind)之间,他们都倾向于后者。④ 后者所及,可溯及伏尔泰和卢梭等人

---

① Helen Gardner,"Don Juan." *English Romantic Poets*: *Modern Essays in Criticism*, p. 309.
② Ibid.
③ Ibid., p. 310.
④ Peter Thorslev, "German Romantic Idealism." Stuart Curran, ed., *The Cambridge Companion to British Romanticism*. Cambridge University Press, 1993, pp. 90~91.

的思想基因,而前者则指向英国第一代浪漫诗人所传递的大致是德国式的思想因素。而信奉这样的心灵,写作中自然会有所体现,比如常识性文气,还比如无处不在的讥讽成分,尤多见于拜伦诗作。索斯列夫所说的"讥讽"即 irony,比加德纳所审视的"讽刺"(satire)更宽泛、缓和,也更微妙。两者之间的差别有些像本书序言中所提到的诗人奥登对"戏谑文学"(comedy)和"讽刺文学"(satire)的辨异。其实,无论索斯列夫和加德纳的视角如何,在字面上,拜伦本人倒是屡次在信件中提到他如何以 satire 为目的。不管怎样,凭索斯列夫的界定,不涉利害的心灵与讥讽直接相关,前因而后果,后者是前者的"标志"。重要的是,他认为雪莱和拜伦的讥讽主要是一种"手段",他们并不真正以讥讽为目的。① 索斯列夫有感于评论界附加给《唐璜》的杀伤力,叹道:

> 现代主义或后现代主义评论家中,竟有那么多人坚持不懈地将拜伦的《唐璜》认定为一部体现否定论的史诗,一部"绝望的神话",这就像是个久未解开的谜团,毕竟说到英语语言中最富生活活力、最维护生灵的诗作,《唐璜》肯定位居其中。②

索斯列夫以为此中的原因是评论家们不甘心把《唐璜》看得太"简单",或不甘于一个简单的事实:《唐璜》"不过就是维护那个对于不涉利害的心灵的笃信"。是否有重大关怀呢? 比如伦理? "只要摒除自己心中的虚伪和那些言不由衷的时髦套语(cant),伦理自己就会随之而生。"③而既然心灵可以不涉利害,既然不涉利害的讥讽可以成为写作套路,那么讥讽就不只针对别人,它也是"反身的"(reflexive),常识性目光无所不及,诗人自我也可以成为标靶:"对于自我缺陷和癖好的承认使(拜伦)高于缺陷和癖好,也消解了其批评者的招数。"④这个效果有些出人意料,或许从

---

① Peter Thorslev, "German Romantic Idealism." *The Cambridge Companion to British Romanticism*, p. 92.
② Ibid.
③ Ibid.
④ Ibid., pp. 90~91.

我们的角度看,伟大诗人的冷艳的、自伤的而又不失仁慈的幽默或许会让不止一类的评论家私下里感到失落,特别是那些强于政治性思维的人。索斯列夫尤其指出,拜伦这样的作家会"排斥体系,排斥闭合思维(closure),而是像艺术行家一般就时下话题进行脑力练习"。另外,拜伦虽然对历史着迷,但对他来说,

> 历史并不是宏大理论,也不是某些奖惩性范式和意旨的证据(evidence of sanctioning patterns and meaning),而只是对于人类蠢行和人类美德的不涉利害又不乏讽意的记述。①

或可说,加德纳和索斯列夫等人是以各自的方式拒绝将《唐璜》沉重化,或试图揭示它何以能够做到不沉重而重要,他们的许多说法都具洞察力,只是不易立即被人察觉。而麦克甘等人则说了不同的话,亦含要义,尤其其对《唐璜》的深层发掘,有别于索斯列夫式的"脑力训练"说,其搜寻体系的做法至少是对他类解读方式的补充。

二、板起的面孔

转到《唐璜》文本。其实拜伦本人的确屡屡严肃起来,宣称其笔法有章可循,其所要达到的目的也并不简单。当然,受多重意趣驱使,拜伦既多次抒表文学大志,也屡有贬低文学创作之言辞。此外,当他正式摆出端正的姿态时,他也会立即自我拆台,乐此不疲。比如《唐璜》第十二章,随唐璜在伦敦的活动逐渐展开,拜伦对英国时政的评说也多了起来。于是,在该章第 20 和 21 诗节,他说道:"在这第十二章,我要严肃起来。"再说了,只要把念头变成书面语,人总会变得严肃一些,因此,"我是严肃的";而且,既然眼下"好像全人类都苦苦思索 / 宪法呵,汽轮呵,这许多大问题",自己为何不能有所建树呢?"为什么我不该自成一家学说",勇于当着太阳的面举起自己的小烛光呢?而说起"严肃",说起蒸汽机等所代表

---

① Peter Thorslev, "German Romantic Idealism." *The Cambridge Companion to British Romanticism*, pp. 90~91.

的人类务实的追求,他说他要严肃到把马尔萨斯和韦伯弗斯都看成浪漫诗人的程度。威廉·韦伯弗斯(William Wilberforce,1759～1833)是致力于废除奴隶买卖的英国政治家,托马斯·马尔萨斯(Thomas Malthus,1766～1834)则是以其人口理论著称的政治经济学家。提及马尔萨斯,拜伦联想到节育、繁衍及断奶等问题,说不管有关理论多么"高贵"和"浪漫",他自己认为与生殖有关的行为也并不浪漫,于是"杜撰"了一个较易被人接受的体面大词"Philo-genitiveness"(生殖的爱好)。虽说这里面有针对马尔萨斯自家孩子较多这一情况的讽刺,但各种杂味的绪念混合在一起,还是立即让他自己的"严肃"宣示有些走了样。异类成分共存,这成为《唐璜》的程式。

眼下我们主要看其志向和企求的一面。早在《唐璜》第十二章的"烛光"意象之前,即在第十章一开始,拜伦几乎是以令人惊艳的类比表达了他作为诗人的抱负,口气之高昂,罕见于全诗,即使仍埋伏着一点夸张的成分,也让人看不清了。他有感于牛顿的作为,说他是亚当之后扭转基督教历史的第一人,而这两个人都与苹果有关:"人和苹果／一起堕落,又和苹果一起复兴。"牛顿受苹果启发,放眼星际,却惠及凡间,而牛顿之后,能人辈出,纷纷以各种机械发明立万扬名,"不久将会有蒸汽机将(人)送上月球"。身为诗人,又能有何作为呢?拜伦亦欲光耀人间:

> 你看,正当我拿起这张破稿纸,
> 我忍不住心血沸腾,情思起伏,
> 我内心的精灵欢跳个不止;
> 尽管我知道,我远远赶不上
> 那些使用水蒸气和玻璃镜子
> 而乘风破浪去发现星体的人,
> 我还是希望能驾诗歌而凌云。

内在的精神有了这个骚动,虽然身份低科技人才几等(so much inferior),手中所持,不过就是"破稿纸","我的望远镜可太暗",但是,抱负却不多不少,涉及两类人不同造诣的两个诗节也都使用了相同的词 glow(闪光)。至少移牛顿式企望于诗坛,能使他远离平庸的海岸,"我就要驶向永恒;海浪的狂吼/并没有吓住我这小巧的帆船"①。

有些恶劣气象来自现代出版界内部。换一个角度看,给唐璜这样的人写故事,自然也会写成一本游记,成为时下文化产业套式的被动参与者,因为此前市面上不乏游记,由"大旅行"(Grand Tour)所促生的游记写作(travel writing)尤其构成英 18 世纪的一大文化现象,且有关作品又必然涉及欧洲大陆国家。随着唐璜被卖到土耳其,《唐璜》第五章将转向更加不同的欧洲远侧文明,观光式描述性诗文也更加不可避免。第 51 诗节,宫廷太监巴巴将买来的唐璜等人带进宫,将门叩开后,"啊,一座辉煌的大厅,炫耀着/奥托曼的排场,亚细亚的豪奢"。接下来的第 52 诗节,拜伦立即介入自己的叙事过程,谈及他所意识到的一个问题:

> 在开明的今天,每个蠢驴都要谈
> 　他到异域观光的奇妙的旅行,
> 并且滥出四开本,要你来称赞。
> 这在他很开心,却愁死了出版家,
> 　而大自然受着千方百计的磨难,
> 却坚忍可嘉,一任诗、画、和插图
> 以及指南和游记等把自己摆布。

此诗节体现拜伦对出版界的现状有所感触。游记过滥,写手过多,加上其对英国文坛其他问题的意识,拜伦于是在《唐璜》中数次放言,说他要让那些以文字谋生的国人领教一下何为写作。第十一章品评英国文人,说唐璜出使英国,必然要身陷几种具有本地特色的危难之中,比如会被两类人所围困,一类是蓝色才女,一类是诗人,两域都人口稠密,后者成千上万,被各类杂志捧为"现存最伟大的诗人"者就达八十人。② 人数虽众,但提

---

① 此段落涉及诗人与科学家有相似追求的引语均出自拜伦,《唐璜》,第十章第 1~4 诗节。
② 拜伦,《唐璜》,第十一章第 64、54 诗节。

起这个文学界,拜伦又借助其所常用的"后期罗马帝国"概念,说界内事物都由类似那些以腐败闻名的罗马"近卫军"的人掌管。拜伦说,"若一旦/我愿回到国内","我要和那些蛮子兵较量一番",让各类宵小"见识"自己的笔力,尽管自觉有些屈尊。①

在此类掺杂着实说与戏言的字里行间,拜伦所传达的讯息不难辨认:文字不可滥用,作品有高低贵贱之分,作家或该有些担当。《唐璜》第三章,唐璜和海盗的女儿海黛在希腊海岛上宴娱岛众,席间各色人等开始献艺,其中有位国际诗人,到哪说哪,无所不能吟,兴头上给大家诵诗一首,即一度为不少中国读者所熟知的所谓《哀希腊》(The Isles of Greece)那个诗段。我们将在本书第八章第3节专门谈论这个片段。之后,拜伦对于变色龙般的诗人吟出了佳作而亦能"引起来别人的共鸣"这个现象发表议论,一时间又脱离唐璜的故事线条而转入其所警惕却又遏制不住的说教模式。他说,诗人自己的情感是他人情感之源,因此不可轻薄文字,而事实是,有些诗人的笔就像是染工的手,色变过频。这样的议论进而变成哲思,比如他指出:文字就是实物(words are things),

> 一滴墨水
> 一旦像露珠般滴上了一个概念,
> 就会产生使千万人思索的东西;
> 说来奇怪,文字原用来代替语言,
> 但哪怕寥寥几字都能传联万代……②

能驾驭时空,肯定就不是虚的,再加上承载文字的介质其本身也都是物体(纸张等)。在接下来几个诗节内,拜伦甚至想到,文字即现实,即历史,在这个现实之外,我们很难捕捉到其他的现实,不过都是"空话,幻影,风"。涉及个人的现实,比如名人的生平,也都取决于后人所读,因此,其他文人的声誉都维系在论者和史家的文字上。既然文字事关重大,那就该慎用

---

① 拜伦,《唐璜》,第十一章第62、63诗节。
② 同上书,第三章第87、88诗节。

文字,而且,作家还需考虑自己和公众的关系,让作品产生较普遍的影响力,不能像华兹华斯等人那样,"在那篇诗里他筑起一道大堤,/把自己和别人的心智互相隔开/……难以投人喜好"①。这句话对于华兹华斯来说是否公平,我们不去管它,只看此处诗文的原文中所出现 the public mind 这个概念,这体现了拜伦本人对于诗歌作用于公众心灵这个效果的知觉和期待。

想作用的当然也包括当代英国公众的心灵。1816 年,拜伦因俗务烦心而离开祖国,终生未归,《唐璜》也是在国外创作的。一位去国游子着手大作,仍关注本国善恶,问题意识绵绵不绝,不管他声称自己多么逍遥,这是我们应该看到的画面。《唐璜》第十二章,拜伦对于英国社会的审视或诊视全面铺开,在对当地的大家闺秀做出了"(都是些)无'比'的佳人——却总想'比'翼双飞"(All matchless creatures and yet bent on matches)这个趣评后,他忽然停了下来,说:

> 但现在,我要开始我的诗篇了。
> 这句话不算新,倒是有点可怪:
> 我从第一章直写到第十二章,
> 却还没有把我该写的写出来。
> 开头这些章只不过是乱弹琴,
> 试了试一两根弦是否能合拍;
> 要等我把琴弦弄妥了,那时候
> 你们才会听到乐章的前奏。②

"乱弹琴"(flourishes)多指舞台上的紧锣密鼓,比如开场前的预热。写到第十二章,10000 多行之后,竟然才说要开始了,此前不过是华而不实的"前奏"(overture,也是常说的歌剧序曲),而试弦和调音等概念更让人联想到当时拜伦本人并不知晓的华兹华斯以十四卷篇幅之长仅仅写出了一

---

① 拜伦,《唐璜》,见第三章第 90~95 诗节。
② 同上书,第十二章第 54 诗节。

部《序曲》(*The Prelude*，1850 年文本)这个事例。或许拜伦心中的确也有他想要序出的正文。那么，他"该写的"主体乐章会是个什么样子呢？在下一个诗节中，他说他并不在意作品的成败，因为其心思所系，是"伟大的道德的课题"，而由于胸怀高远，他最初着眼于长达"二十四章"的篇幅。

　　进入英国这个上下文后，他意念愈繁，似乎更加收不住了，因此，"由于阿波罗（Apollo）的鼓励"，只要灵感不衰，"要慢慢地写它一百章（cantos）才够数"。① 这个规模当然不可思议，但倘若拜伦确有个"伟大的道德的课题"要完成，倘若其对现代欧洲文明的环顾确让他发现了诸多弊端，而他的确又是阿波罗的宠儿，谈起英国又如鱼得水，那么，这个规模未必就不体现平衡感，西班牙、希腊、土耳其等片段虽精彩纷呈，也充分展开，但即使再加上俄国，也未必就不能被一概视为仅仅引向中心内容的引子。1821 年，在写给友人的一封信中，拜伦谈到《唐璜》的前五章。经历了西班牙和希腊两站的唐璜此时已经进入土耳其王宫，即便如此，拜伦说第五章"也算不上是开始"，其全部企划是"让唐璜游遍全欧"，历经各种事件后，让他卷入法国大革命中。

　　　　至于这会扩展到多少个诗章——我不知道——也不知道（即使我还活着）我能否写完——但我确有这个想法。——我打算让他在意大利成为有夫之妇的风流男伴（Cavalier Servente），在英格兰成为一起离婚案的根由——再在德国成为有"维特表情的"感伤男——以此陈列每个国家人群中的荒唐事——也展示他本人如何随年纪渐长而变得 gaté and blasé（老朽无用和厌倦）——因为他自然要变老。——不过我还没有拿定主意如何了结他——是在地狱中，还是在不幸的婚姻中，——我尚不知道哪个才是更严重的后果。——西班牙的传统说是地狱——但这多半只是另一个结局的讽喻。②

---

① 拜伦，《唐璜》，第十二章第 55 诗节。
② To John Murray. Ravenne, Feb. 16th, 1821. George Byron, *Lord Byron: Selected Letters and Journals*, pp. 251~252. 标点符号及外文拼写依照原文。

可以说,以文字为活性"实物",对现实"荒唐事"(ridicules)进行讥讽和诟病,这是拜伦作用于现代公众的方式。就现有的《唐璜》全书而言,其英国阶段因更多涉及社会现实,所占篇幅最大,但并未尽兴。法国和意大利尚无戏份,德国等地仅在唐璜出使英国途中略及;整体上尚未尽展拜伦所不断声称的社会道德关怀。

企划大,规模大,但并非没有得体意识,新古典主义原则不是儿戏。形式上,拜伦也有平衡感,其内在的自律不大容易引起我们的注意,这也是因为偶尔一些诚己之言多与欠严肃的谈吐掺和在一起。《唐璜》第一章中,他似乎意识到松散和断裂所带来的问题。至第117诗节,唐璜与朱丽亚的"缱绻"(第114诗节)达到越界点,朱丽亚嘴上说着"我绝不答应",而"却已允诺"。这时拜伦突然转向读者,说要让他们吓一跳,因此请求他们的谅解,犯了这一次戒,此后他自己的缪斯一定会"严守礼数":

> 她请您容许她引用诗人的特权,
> 那就是:容许她在诗的布局上
> 有一些越规;因为我一向缅怀
> 亚里士多德,并且尊重他的条例,
> 所以稍有违犯时,理应请求宽宥。①

其实所说的"越规",不过就是他略去了后续情节,在时序上,从当时的6月份那"重大的一天"(第121诗节)直接跳到11月份,转而去列举和比较人间生活的各种"甜蜜"。这样的跳跃当然不会惊吓到读者,也不能证明拜伦的话中有多少真正的自责,但此类突然插入的辩词还是能反映拜伦对一些诗论概念保有意识,不仅涉及重要的"诗人的特权"(poetic license)之说,也有对"布局"和"条例"等"礼数"的温习。第一章后面,他再次提到亚里士多德和"条例",说他要"仿照荷马和维吉尔的风格","严格地/按照亚里士多德的条例而制作;/那条例是真正崇高文体的指南……"②

---

① 拜伦,《唐璜》,第一章第120诗节。
② 同上书,第一章第200、201诗节。

这些回眸古人的文字中所体现的新古典主义理念是明显的,似乎拜伦不断在宣示自己并非任意妄为,而是有高雅企求和底线。

实际上,从内容上看,事件多而规模大,这本身也符合古典史诗体式。《唐璜》第七、八章两章讲述俄土两国间的伊斯迈城之战(the siege of Ismail),临近第八章结尾,拜伦又对读者说,此前的诗章之所以覆盖这些内容,是因为他必须要"遵照诺言",

> 至少是
> 照我第一章所说的予以兑现;
> 你们看到爱情,风暴,旅行,战争,
> 丝毫不爽地写出来,而且这诗篇
> 是史诗,假如老实人的话不致
> 冒犯尊听:因为我在吹牛方面
> 确远逊于前辈。①

先前既有"诺言",就应该"兑现",脉络上不可失控。另一方面,所要兑现的诺言,既是个人所允,也源于外部通则,因为按照古典史诗的规定动作,只要你涉笔此域,"爱情、风暴、旅行、战争"等,就是绕不过的保留项目,荷马和维吉尔等人的史诗巨著无一不如此构成。拜伦只是如其多次声称的那样,在此又额外补充一点:与前辈不同,他本人所写的史诗不夸张,不虚构,一切都"不爽地(很精确地)写出来",所说的都是"老实人的话(plain truth)"。他还说,他虽然"随意歌吟,/但诗神有时也借我以弦外之音",能让他一路唱下去。② 时间上的先例,空间上的神启,这些都增添了长诗的分量、意义和正当性。他另声称自己这部史诗有"统一律"(Unity,即整体性),作者需受此原则制约。③ 他也希望读者一方理解他的叙事套路:不能仅凭"认识字"就自认为是读者,还需有一些"耐心",最好能"从头读

---

① 拜伦,《唐璜》,第八章第138诗节。
② 同上。
③ 同上书,第十一章第44诗节。

起",且能往下读,等等,而若具有了这种从头慢读的能力,即是满足了很苛刻的阅读条款。① 或许此中又埋伏着不该笑对的佯谬。

---

① 拜伦,《唐璜》,第十三章第 73、74 诗节。

第三章 "胡乱穿插"

上一章结尾我们提到,拜伦希望读者一方多一些耐心。然而,不管他语气如何,一旦我们真的耐心起来,多半也会发现,《唐璜》中有不少细节,有时会让人不敢太认真。国外甚至有学者使用量化分析方法,得出一些颠覆性结论,比如其认为,就连主人公的年龄等本该很客观的信息,《唐璜》中所给出的数字也都禁不住推敲;随意因素较多,因此需由读者一方帮助拜伦重新调整他的时间表。① 拜伦的确能板起面孔,此中并非没有可信性,但涉及我们以上所提及的一些所谓不苟言笑的瞬间,研究者在梳理它们之间的连贯脉络时,一般也会意识到另一个织体的存在,它亦需我们冷眼静观,审其面值,其所辐射出的意义似不逊于前者。

一、作为越界行为的跑题

当下的严肃读者,若以解读为职业,往往难免为取得研究成果而不断挖掘意义,因而在面对《唐璜》这样的作品时,或会避开文内亦不断出现的一些扫兴的话,比如那些否认诗文中有什么深意的陈述。有趣的是,拜伦貌似偃旗卸甲时,其有关的言语倒

---

① N. E. Gayle, "*Don Juan and the Dirty Scythe of Time.*" *The Byron Journal*, Vol. 41, No. 1, 2013, 27~34, pp. 29, 34.

是变得生动而富含哲理。《唐璜》第五章,土耳其王宫中的太监巴巴为将唐璜偷偷带入后宫,逼迫他穿上女人的衣服,"在服装上改变了性别"。唐璜无奈,只好一边嘟囔着脏话,"一面拉上光滑滑的玄色绸裤,/又拿起一根处女的丝带系腰,/把一件乳白色的紧身衣束住";手忙脚乱中,他被绊倒了。这时拜伦为了与前面表达"乳白色"的行尾词(as)milk 押韵,说他得用苏格兰语 whilk 来表示唐璜的窘相,然后他插入了两行的感叹,放在括号中:"(所以按上这个字,就为的押韵,/韵脚呀,你有时比暴君还逼人)。"①

从普遍情况看,诗人创作时,若求合辙押韵,那么不管其意识触及了什么,具体落笔时或许并不能尽意,因为韵脚有强制性(imperative);诗意顺从于韵脚,竟胜过臣民顺服于君主。本书序言中提到奥登发于《纽约书评》一篇文章,其中他也谈及在完美押韵和压半韵(half-rhymes)之间拜伦所遇到的窘境,说他有的诗作虽"精确"押韵,但思想方面多少打些折扣,因为行末有些字的选择"更多是受制于押韵的必要性,而非思想"②。对于奥登所看到的现象,我们当然也不必小题大做,毕竟上述拜伦为了押韵而使用 whilk 这个词也并未带偏了本意,"逼人"等说法也并非重大发现,我们若对其过于认真,还可能被其误导而放弃深思的权利;更何况对于才华不俗者,韵脚等因素还可能是意义的翅膀,就如音乐中与乐思相依的某些技术手段,反倒增强表意效果。

但另一方面,如本书上一章所引加德纳有关"展示语言技巧"等评价之暗示,诗文不同于散文;尽管我们不能把诗歌解读变成韵律赏玩,但读者一方或需反思是否总用解读散文的方式去解读诗文,是否总脱离诗歌的形制而谈论诗歌的思想。拜伦让韵脚和暴君扯上关系,未必不是重要的提示,或可帮我们意识到,诗性表意过程的复杂和微妙远超过我们的想象,至少有各种各样命不可违的形式因素的确也会制约或左右思想的兑

---

① 拜伦,《唐璜》,第五章第 75~77 诗节。查良铮先生将 whilk 译为"匍匐",与"束住"合韵。
② W. H. Auden, "Byron: The Making of a Comic Poet." *The New York Review of Books*. August 16, 1966 Issue, p.9.

现,除了押韵的原则,还有更"逼人"的音步等格律因素,诸如词语间的择此而弃彼,多一个词或少一个词,或许也都取决于成诗法(versification),由不得我们过于随意地将唯一的意义强加给局部诗文,尽管我们倒可以偶尔设想一下,若脱离技术束缚,意义空间会有多大,形态是否会变得不同。因涉及较重大的历史话题,《唐璜》第八章使用过"为自由而战"和"唯有革命"等词语,其字面意思当然就是其意思,拜伦非空谈,有关念头非心血来潮。但在具体诗文中,这两个词都出现在其所在诗节最后两行的对偶句中,原文的 freedom's battles 需与 a child of Murder's rattles(即译文中的"杀人犯的回光返照")押韵,而 Revolution(革命)则要与 Hell's pollution(地狱的污垢)合辙①,这也都是命不可违,而有鉴于《唐璜》所用八行诗节之频有的喜剧效果,如此跨越概念之间的距离而结成的对偶联句不可能不让这两大词语的严肃性都有所泄力,不见得百分之百地任由我们自己也板起面孔将其视为我们的重大发现。

　　换一种方式讲,《唐璜》第五章拜伦由韵脚而联想到暴君,这里面或埋伏着一种谋求免责或解套的潜意识,所针对的是作家的所谓责任担当。我们不妨略做感叹:或许格律和押韵等技术手段果真能与诗人共同分担着责任,也代理着作家的一部分意趣,似乎在一定程度上把所生成的意义记在这个外在因素的账上,而冥冥中竟让诗人一方放松一些,文责自负的压力或相对少一些;有约束犹放肆,跑了题也不完全赖自己,这似能协助拜伦这样的诗人将诗文放释于世,随它自成一体,达到比一般散文更显著的自立自表的艺术效果。拜伦虽将骚塞列为他的主要讽刺对象之一,但在《唐璜》中两次直接借用骚塞的同一段诗文,基本无戏弄成分:

　　　　去吧,小小的书,离开我这幽居!
　　　　　我把你掷在长河上,任你漂流。
　　　　你若是真如我所料,曲高和寡,
　　　　　多年以后,世人仍将把你珍留。

---

① 拜伦,《唐璜》,第八章第 4、51 诗节。

另:"我把我所写的掷在时流之中,/任它沉浮,——至少我做了我的梦。"①

《唐璜》中的寓意难以概论,体系脉络难以测定,这当然不只是诗歌韵律等技术因素所导致的,基本的拜伦式即兴手法也是原因之一,这一点我们在本书上一章有所提及。美国学者杰罗米·克里斯滕森(Jerome Christensen)大致代表时下批评界"语境派"的对立面,《拜伦男爵之所强:浪漫写作与商业社会》(Lord Byron's Strength: Romantic Writing and Commercial Society)一书是他的代表作,其中他说道,他不认同麦克甘等学者把《唐璜》中许多因素都"客观化"的做法,不认为"语境"概念能解释一切;在克氏自己的上下文中,他也不相信有所谓"拜伦的浪漫反讽"这回事,似乎只要提"反讽",就是在捕捉有案可查的规律性手法。他认为,若谈规律,那么"总体上","《唐璜》式的效果"所涉及的是"将阵发(spasms)变成策略(tactics)的过程",而这才是拜伦的"力量"(strength)或强项所在。②克里斯滕森总的倾向是不相信"总体框架"有多么重要,而是着眼于许多生动而独到的局部机巧。

2018年7月,在拜伦曾经居住过的意大利拉文纳市(Ravenna),欧美学者参加了一个以"拜伦:即兴与流动"(Byron: Improvisation and Mobility)为主题的国际研讨会,专注于《唐璜》中的相应成分。有此专注,无特殊性可言,因而该项活动更可被看作一个节点,联结着一脉重视"即兴"因素的学术传统。我们在上一章引用过加德纳教授的观点,比她略早一些,另一位学术前辈威廉·卡尔弗特(William J. Calvert, Jr.)也说过类似的话,甚至在有些方面走得更远。在现代批评界,卡尔弗特倒是较早使用"浪漫反讽"概念的学人之一,他在其《浪漫反讽》(Romantic Paradox)一书中谈及拜伦式的幽默,说此前有些言论认为拜伦的幽默常让人放松不下来,而他自己则指出,《唐璜》中也有例外,比如出现了"为了搞笑而搞笑的情况";重要的是,我们很难概论《唐璜》的头绪,"它不过就

---

① 拜伦,《唐璜》,第一章第222诗节;第十四章第11诗节。
② Jerome Christensen, *Lord Byron's Strength: Romantic Writing and Commercial Society*. Baltimore: Johns Hopkins University Press, 1993, pp. 214~215.

是个显示诗人情绪如何变化的风向标"。他接着说：

> 《唐璜》这部作品太伟大了，太多变了（too great，too varied），难以嵌入单一的公式内。它时而悲哀，时而喜兴，时而尖酸，但是究其根本，它是一部幽默的诗作，这些其他的气质只不过是它的装饰。因此，在很多情况下，我们不可能知道如何理解拜伦。①

卡尔弗特说这话时是在1935年，他的这个认识在相当程度上重复了一百年前人们近距离观察拜伦后所得出的结论。比如布莱辛登夫人，她在《拜伦男爵交谈录》中屡次谈到拜伦让人无所适从的多变风格，说她"注意到，拜伦有一种习惯，总是把微不足道的事情弄得很重要，或是反过来，把严肃的事情变成笑料"；说他"尤其乐于作践伤感的和浪漫的情调，但第二天就能大转弯"，头一天的挖苦就能变成今天的泪水，"没有哪两天是一样的"，以至于让人对他的话不敢太严肃；"判断拜伦何时严肃，何时不严肃，有难度。他惯于让自己显得神秘难解（a habit of mystifying），很多人会被他骗住（如果不了解其身体语言的话）"。② 卡尔弗特的认识放大了布氏所说的这种"神秘"性，将近似于不可知论的成分引入拜伦研究领域，这在当代学者看来多少会令人沮丧，或也代表了"系统"侧评论家的视角出现之前一些老派学人曾秉持的话语方式，似不够精到。可另一方面，即便仅就效果而言，"太伟大了"和"不可能知道"等语让原创诗人的体量变大（尽管他时常因跑题而琐碎），而让听者或评论家的身形变小。这或许也有些益处，比如对于现今研究者来说，这可让我们对于自己自辟话语、自信不疑的职业倾向所具有的长处和疑点都能有所意识，甚至会让人联想到拜伦本人对职业评论家的看法，如本章以下第二节所示。

至于"即兴"手法，本书序言和前一章提到，马尔尚和加德纳等学者给我们确立了拜伦写诗时的感性画面，本章上面我们也提及，拜伦随性押

---

① William J. Calvert, *Romantic Paradox*. Chapel Hill: The University of North Carolina Press, 1935. Reprinted by New York: Russell & Russell, 1962, p. 183.

② Lady Blessington, *Lady Blessington's Conversations of Byron*, pp. 30, 33, 47.

韵,这会让诗意变得不好捉摸。也有人添加上另外的维度。美国学者林赛·沃特斯(Lindsay Waters)以其对学人发表行为的审视而知名于国际学术圈,他也是一位拜伦研究专家,尤其熟悉拜伦与意大利文学的关联。沃特斯曾于1978年撰文《〈唐璜〉之"乱弹的诗":拜伦、蒲尔契及即兴风格》("The 'Desultory Rhyme' of *Don Juan*: Byron, Pulci, and the Improvisatory Style"),谈及有关话题。该文标题虽直指《唐璜》,但文内基本不解读《唐璜》中任何具体体现即兴手法的片段,其实际的关注点落在即兴风格背后几个世纪的历史流变上,兼而简介"拜伦选择蒲尔契作为其楷模这个转向所处的文化语境"①。根据文章作者的揽视,欧洲一些浪漫派诗人喜欢自由而率直的文风,而即兴诗即与此"相匹配";"即兴诗一旦复苏,蒲尔契的气运即得以回升"②。卢吉·蒲尔契(Luigi Pulci,1432~1484)是意大利文艺复兴时期的诗人,其作品较巧妙地融合了传统骑士题材和风趣的市井语调。沃特斯告诉我们,蒲尔契的名声被埋没了两百多年,其典型笔法直到18世纪才重又引起欧洲文坛的兴趣,而当时的这个动态往往被文学史家忽略了。③ 18世纪作家之所以复用即兴笔法,是因为他们需要"一种更松弛、更清晰的文风,以及一种开放的形式,以便让作者拥有一个其精神得以漫游的空间"④;或者说,一些作家的口味转向了"一种放松而率真的(easy, and yet authentic)话语方式"⑤。

我们已经看到了拜伦的影子。拜伦对18世纪的这个偏好有本能的兴趣,借此他又回望遥远的蒲尔契笔风,视其为自己风格的初源。根据学界共识,拜伦大致先是在长诗《贝波》(*Beppo*,1818)中试水《唐璜》式风格,然后全面实践于《唐璜》本身。沃特斯对此有更果断的认定,他甚至认为《唐璜》成了意大利式的作品,而拜伦可借此"采取一个文风改革派的立

---

① Lindsay Waters, "The 'Desultory Rhyme' of *Don Juan*: Byron, Pulci, and the Improvisatory Style." *ELH*, Vol. 45, No. 3, Autumn 1978, 429~442, p. 438.
② Ibid., p. 432.
③ Ibid., p. 431.
④ Ibid., p. 429.
⑤ Ibid., p. 431.

场,以清晰为理想,对抗华兹华斯《漫游》一诗所体现的那种高谈阔论、爱啰唆的风格(grandiloquence and verbosity)"①。沃特斯此文对于欧洲文学一个支流的梳理值得读者参考,它有助于我们更全面地了解拜伦的所谓意大利口味。该文最后停在了华兹华斯"高谈阔论"等概念上,似是文章作者个人价值偏好的突然介入,只不过在其自己的推进节奏中,这也有一定的逻辑必然性。或许在其较单纯的概念化梳理过程中,文章作者若能兼顾《唐璜》文脉内同样存在的"爱啰唆"的倾向,普通读者就会更多获益,毕竟有些时候,这部长诗也含华兹华斯式的情调;即便其所特有的即兴成分也会让我们觉得较复杂,非"清晰"或"放松"等词所能完全涵盖。

　　即兴概念约等于跑题或越界概念,但后两者有时略大于前者,因为"即兴"所及,更像是体现了神经系统的作用方式,而跑题和越界行为虽也是无拘无束,无所不及,但此外还更适合我们用以定义外在的、结构性或框架性的因素。我们若认可这一点,那么即可说,结构性的跑题已涉及长诗的物理特征,或已涉及它那种既形成框架又颠覆框架的、理还乱的物理特征:《唐璜》之为《唐璜》,"系统"或"不系统","完整"或"不完整",都可能会成为不太相关的评价。让我们再援引另外三位评论家的观点,其局部有些论断可能略显激进,但总体上能让我们的思考递进一步。一篇我们在本书第一章提到过的,为迈克尔·库克所写,其中他直言道:

　　　　就《唐璜》而言,似可以适时一问:在特定的、浪漫的意义上,它有无可能就是一部无限的诗作呢? 抑或是在物理层面,仅仅是被迫陷入收不了尾的窘境?②

库克肯定是认同前一种情况,因此他为我们提供了这样一种可能性:"《唐璜》)在拜伦的构思中具有不可完成性。"

---

①　Lindsay Waters, "The 'Desultory Rhyme' of *Don Juan*: Byron, Pulci, and the Improvisatory Style." *ELH*, Vol. 45, No. 3, Autumn 1978, 429~442, p. 439.

②　Michael G. Cooke, "Byron's *Don Juan*: The Obsession and Self-Discipline of Spontaneity." *Studies in Romanticism*, Vol. 14, No. 3, Summer 1975, 285~303, p. 286.

也就是说，不管其本人所言是否严肃，拜伦的确有一个初衷：De rebus cunctis et quibusdam aliis（拉丁文：无所不及，及而不止）；甚至库克还说道："这部不可完成的诗作就像是一个标识，标示着浪漫诗人在维系诗歌本身所具有的外形及内在自我实现潜能（vital entelechy）等方面所做出的贡献；它表达了一种对于诗歌作品之可预知性（predictability）认识的抵抗……"[1]借助库克的判断，我们似可多问一句：假如整部《唐璜》只是哲思意义上的一个片段，而我们从中寻找规律因素的那个部分仅仅涉及拜伦计划要写的一百个诗章中的十六个多一点，假如拜伦未因其去世而停笔，那么，是否也会有更多的变数成分来干扰我们的解读企划呢？此外，库克所代表的观点应该不仅仅关乎长诗的长度，也会与局部内的不可完成性有关。库克一方的认识大致与麦克甘等学者的观点同期出现，其所言并不能使后者那种收获颇丰的学术投入变得无效，但它可形成另一个侧面，以特有的哲意供我们参考。

另一篇文章代表较新的研究成果，作者即本书第一章所提到的简·斯塔布勒，她聚焦于拜伦作品中的后现代主义成分，通过对《唐璜》和几部土耳其题材叙事诗的审视，把拜伦定性为后现代派出现之前就早早实践着后现代主义文学手法的诗人，或将其认定为"原型后现代派"（proto-postmodernist）。斯塔布勒此文所为，略有些像 20 世纪 70 年代末起欧美解构派批评家对英国浪漫主义文学的处理方式，也就是并非直接涉及政治和经济等语境因素，而是将视点更多地放在叙事手法等技术层面上，这也是因为她本人在《唐璜》等作品中发现了许多快变的、断裂的、任性的和爆发的成分，尤其多见于套式之间或情绪之间。[2] 比如，说到拜伦为何会切断其局部叙事脉络，斯塔布勒举了一个例子：

《唐璜》第五章之所以该停住，是因为缪斯需要"稍歇一会"（a

---

[1] Michael G. Cooke, "Byron's *Don Juan*: The Obsession and Self-Discipline of Spontaneity." *Studies in Romanticism*, Vol. 14, No. 3, Summer 1975, 285~303, p. 285.

[2] Jane Stabler, "Byron, Postmodernism and Intertextuality." Drummond Bone, ed., *The Cambridge Companion to Byron*. Cambridge University Press, 2004, p. 268.

few short naps）。后现代派作家会高调宣示讲一个故事有多么困难,而无论相对于题材,还是目标读者,他们也不会将其看作是既定而不变的。他们会通过一些行文手法,比如双关语、离题的插入语,以及对其他文本的引用,来标示文本的物体性(the materiality of the text)。这可不是后结构派那种让一切因素都化入纯文本的梦愿,而是将文本打开,让它去呼应生活本身的不纯洁性。①

似乎仅从文学流派或文本处理方式上看,我们也可以为拜伦"胡乱穿插"的做法找到理由;文本中的跑题呼应生活的跑题。

相对而言,无论库克的"抵抗"观,还是斯塔布勒在文本之物性和实际事物之间所发现的对应性,虽然都体现有价值的心得,但大抵都未脱离中规中矩的文评语汇,而另有论者则诉诸"解闷"等概念,其着眼点更"低"一些,似略显奇突。美籍英国学者丹尼尔·盖伯曼(Daniel Gabelman)是现下对文学中的"笑"、"嬉戏"(play)和"轻薄"等因素较有研究的学者之一,他也曾聚焦《唐璜》,以《气泡、蝴蝶与烦人者:〈唐璜〉中的嬉戏与无聊》("Bubbles, Butterflies and Bores: Play and Boredom in *Don Juan*")为题刊发一文,淡化《唐璜》中的所谓意图和方案成分。狩猎过程和猎物这两个意象是该文的核心比喻,盖伯曼以其为支撑,力图说明拜伦对具体目的没太大兴趣,因此,当他读到《唐璜》第十四章第11、12两个诗节时,他会很严肃地对待其中这几个诗行:

　　但是"何必发表?"——如果惹人厌恶,
　　　名或利的报酬可就不能获得。
　　我要问:你们为什么要打纸牌,
　　　饮酒或读书?为了好消磨时刻。②

而且他倾向于接受发表与打牌一样都是为了"消磨时刻"这个说法的字面

---

① Jane Stabler, "Byron, Postmodernism and Intertextuality." *The Cambridge Companion to Byron*, p. 272~273.
② 拜伦,《唐璜》,第十四章第11诗节。

意思,尽管他意识到拜伦的局部文字不可能涵盖其全部意旨。盖伯曼说,拜伦把他自己归类为中年人,这有些过早,不过,他应该已经体会到这个人群的无聊或厌倦感,而至于他自己,"人到中年时,其文学写作就如打猎一样,已经成为一种暂且躲避暗淡状态(dullness,或译'乏味')的手段,而暗淡即是 boredom(无聊、厌倦)的主要征候"[1]。我们刚才说到,"无聊"概念或有些突兀,其实它已成为现代人文社科研究的一大对象,盖伯曼甚至认为拜伦能让我们感知 boredom 如何成为现代人需要"克服"的"第八重罪"。[2] 盖伯曼本人的观点不仅有助于读者体会拜伦所揭示的许多社会和文化活动背后的无聊因素,包括其影响力、其杀伤力,他也将我们的目光引向诗人本人写作行为后面的一个貌似轻佻的动因,即便我们也无需放弃对于体系因素的探索。

  盖伯曼文章题目中使用了"蝴蝶"一词,其实拜伦自己直接推展过这个意象,需要我们有所感味。诗人提到,黄蜂有刺,目的性强,而蝴蝶目标散乱,随意翻飞;若将两者做一个对比,那么,后者更像是其本人诗性灵感的写照。拜伦的缪斯的确会偶尔打个盹,但也消停不了多久:"我的缪斯呵,你怎么像只蝴蝶/有翅而无刺,尽在半空中飞舞/而不着边际?"[3]"不着边际"(without aim, alighting rarely)的蝴蝶到底意味着什么,其境界有多高,其拓展的空间有多大,似不可小视。与蝴蝶和黄蜂这一对意象相近的是同一章开始时有关旁观者(spectator)和堂吉诃德式骑士的比喻。在谈到"人们都匆匆爱一阵"、但"'恨'这种乐趣"却在世间长存这一现象时,拜伦被"恨"这个概念又带入一段跑题的议论中。他说萨缪尔·约翰逊博士(Dr. Samuel Johnson,1709~1784)曾认同那种"恨得坦率"的人,但他觉得如此情趣有些糙,他自己则是"无论爱或恨我都力求不过分":

  也许那个老家伙是说着好玩,

---

[1] Daniel Gabelman, "Bubbles, Butterflies and Bores: Play and Boredom in *Don Juan*." *The Byron Journal*, Vol. 38, Issue 2, 2010, 145~156, p.148.
[2] Ibid., p.149.
[3] 拜伦,《唐璜》,第十三章第 89 诗节。

>   至于我，我只愿意面对着戏台，
>   对茅屋或宫室都不加褒贬，
>   好似歌德的魔鬼，纯作壁上观。①

这个魔鬼式的观众只擅长"讥笑"，大不如那位身体力行谋求"防恶锄奸"的堂吉诃德骑士。我们在本书后面的第七章还会提到这个片段。此处拜伦说他以前不是这样，比如我们可以替他说，《唐璜》之如此，肯定与十年前动笔的《少侠哈洛尔德游记》这类作品有了明显的色差和温差。只不过，如本书序言所提，旁观与讥笑到底是堕落还是成长，并不能简单说清，这也是拜伦本人的暗示。

二、稍大的话题：对职业批评家的抵触

本书此前引述了有关《唐璜》特色文风的一些零散例子，它们可引出稍大的话题。在拜伦所从事创作的年代，其所依托的英国文化背景中出现了比约翰逊博士等人更为专职的文学评论家，他们有别于当时同为批评家但更具一般思想家气质的威廉·哈兹利特和托马斯·德·昆西（Thomas De Quincey，1785～1859）等人，更多地代表了现今类型的批评行为，主要以在刊物上发文章为一门职业。拜伦之为拜伦，对此业中人有心结，因而一定会表现出对他们的不恭，比如在《唐璜》第十一章中，他在讥讽同时代诗人济慈时，就顺手捎带上了文学评论家。他说，一位诗人，虽然造诣不算很高，但也不至于被一篇评论文章扼杀掉；人的心灵或如一粒星火，可这个火星若竟然被一篇杂志文章给掐灭了，那就有些匪夷所思了。②

我们也权且跑一个题。若反观济慈一方对待拜伦的态度，则较为复杂。相关领域研究者都知道，济慈和拜伦无私交，他"得罪"后者，主要是

---

① 拜伦，《唐璜》，第十三章第8、7诗节。
② 此处所涉及的诗文可参见英文原著：George Byron, *Lord Byron: The Major Works. Don Juan*, Canto XI, 60, p.735. 查良铮先生的译文略微缓和了拜伦对济慈本人的讥讽语气。

因为他不屑蒲柏所代表的 18 世纪诗风,也做过拜伦过于"自我中心"(egocentric)这样的负评。其实,他私下里也曾写过献给拜伦的短诗。兼为济慈传记作者的美国诗人艾米·洛威尔(Amy Lowell)告诉我们,济慈 19 岁时在拜伦的诗歌中"找到了慰藉"。① 后来的美国学者沃尔特·杰克逊·贝特(Walter Jackson Bate)在他那部《约翰·济慈传》中也屡次提到济慈对拜伦的心理纠结。而关注一多,犹生憾意。贝特在他的书中重复引用济慈友人约瑟夫·塞文(Joseph Severn)的一段回忆性文字。1820 年 9 月,济慈和塞文乘船赴意大利,10 月初在法国西面遇上风暴,风暴过后济慈开始读《唐璜》中已发表的诗章。塞文回忆道:

> 济慈猛地把书抛下,然后大呼道:"人性之如此,我觉得太糟了,因为像拜伦这样的人,竟然对人间苦乐再无任何兴趣,只剩下幸灾乐祸,哪怕所面对的是人类苦难中最沉重(solemn)、最令人痛心的那种;他所写的这个风暴片段是有史以来针对人类同情心所做出的最邪魔的挑衅之一,而且我确信它会让无数的人着迷,让他们的心灵变得再冥顽不过——拜伦的诗歌有此倾向,都是因为其所依托的是一种廉价的与众不同,无非就是把沉重的东西弄得喜兴(gay),把喜兴的东西弄得沉重,以此标新。"②

有关这段文字,洛威尔认为这是塞文 25 年后所忆,因此未必贴切。③ 但对于读者来说,这段话之所以有趣,是因为它含有两项不易被夸大的基本事实。其一,两位远行者的行囊中多半真带着拜伦的诗作。其二,经历过海上风暴的人阅读《唐璜》第二章海难片段,其所感可能与一般读者不同,因此济慈有关拜伦把沉重和喜兴颠倒过来的说法很像是历难者的直接心得。即便脱离当时的语境,这个说法也具有文学批评上的可参考性。

---

① Amy Lowell, *John Keats*, Vol. I. Boston and New York: Houghton Mifflin Co., The Riverside Press, 1925, p.59.
② Walter Jackson Bate, *John Keats*. Cambridge, Mass.: The Belknap Press of Harvard University Press, 1963, pp.664~665. 标点符号依照英文原文。
③ Amy Lowell, *John Keats*, Vol. II, p.482.

再说济慈之死,并非如拜伦所言那么不值,不过与一些评论家对他的抨击多少还是存在着关联。围绕此事,贝特在其《约翰·济慈传》中有所交代,所提及的评论家主要奉职于三本刊物:《布莱克伍德月刊》(*Blackwood's Magazine*)①、《每季书评》(*Quarterley Review*)和《不列颠批评家》(*British Critic*)。较有杀伤力的文章来自后两本,尤其约翰·威尔逊·克罗克(John Wilson Croker,被哈兹利特称作"会说话的土豆")受《每季书评》主编之命于1818年9月发表于该刊的文章,以挖苦的语气评价济慈长诗《恩迪米翁》(*Endymion*, 1818),在情节和韵律等方面挑了若干毛病之后,建议读者不要把钱花在这样的作品上。② 1821年,在得知济慈病逝的消息后,拜伦致信雪莱,对自己有关济慈的失当言辞表达歉意,说自己读过克罗克的文章,"够苛刻的",也知道这类刊物对其他作家的批评甚至更过分;说他之所以反感济慈,主要还是因为济慈"攻击蒲柏",等等。③

在一定程度上,拜伦本人也并未大度到能对论家所言置若罔闻,比如就在这同一封信中,他联系到个人的经历:"我回忆起在得知《爱丁堡》对我的第一首诗所做的评论时自己的反应,那是愤怒,是抗拒,是洗雪的念头——虽说并无沮丧或绝望之感。"他说,一个人若想在"这个喧嚣和吵闹的世界中"谋写作生涯,就必须"在进场前清点一下自己拥有多少**抗击打的本事**"。④ "抗击打"的原文是 resistance,也含"抗拒"或"抵抗"的意思,体现拜伦与济慈在性情上的差异。拜伦有此类言语,代表了诗人一方对评论家职业行为的警觉和抵触,亦体现对那些人肆用异类话语权之行为

---

① 全称曾是 *Blackwood's Edinburgh Magazine*,汉语有"布莱克伍德爱丁堡杂志"的译法。
② Walter Jackson Bate, *John Keats*, pp. 368~375.
③ To Percy Bysshe Shelley. Ravenne, April 26th, 1821. George Byron, *Lord Byron: Selected Letters and Journals*, p. 254.
④ To Percy Bysshe Shelley. Ravenne, April 26th, 1821. George Byron, *Lord Byron: Selected Letters and Journals*, p. 254.《爱丁堡》指《爱丁堡评论》(*Edinburgh Review*),该刊日后对济慈的另一本诗集有过较正面评价,对拜伦的评论也是褒损兼有。此引语中的黑体字代表原文斜体字。

的焦烦和忧虑,所欲开拓的则是诗人理想中较自由的写作空间,以让自己尽量不受制于那种悖逆于诗性思维本身特点的评论理念。《唐璜》第十章第14、15诗节,拜伦对评论家所为做出了犀利的定性:

> 律师和批评家都只看到了
> 　　生活和文坛的恶浊的一面,
> 他们奔忙在一对纠纷之谷里,
> 　　所见者不少,却大都隐而不言。
> 世人无知地活下去,但律师的
> 　　讼事摘要却像外科医生的刀剪,
> 能剖开内幕,把事情整个弄清,
> 同时也显出消化系统的内径。
>
> 一只法律的扫帚给道德扫烟灰,
> 　　这就是何以律师自己很肮脏!
> 那无穷无尽的烟灰颜色太暗,
> 　　任他怎样换衬衣也难以掩藏!
> 他带着扫烟囱人的一身乌黑,
> 　　至少十个人里有九个是这样;
> 但你却是那例外,我的批评家,
> 你穿你的法服,尊严一如凯撒。

所谓"律师",会有具体所指,但这两个诗节将律师与批评家并提,主要是因为其所涉及的真正对象——"我的批评家"——弗兰西斯·杰弗里(Francis Jeffrey,1773~1850)本人就身兼二职。

　　杰弗里专攻法律,又有文学批评方面的兴趣,是一位法律和文评之间的跨界人,也是著名的《爱丁堡评论》的主编,曾让拜伦产生"愤怒"情绪的正是此人。在此处这个诗节的上下文中,拜伦看开了许多,也看清了许多。在其视野内,批评家和律师之间发生重合,他们忙碌于文坛和生活的双重"纠纷之谷"中,其实本无所不见,却只及其一,专门注目于较差的方面(the baser sides)。具体就批评家而言,其从业亦犹如律师备讼,也要写自己的"摘要",多致力于"剖开内幕","显出消化系统的内径"。而更有趣者,拜伦以杰弗里一个人的所谓"例外",实际上打落了一船人,只为影射律师/论者类的文化人,而我们读者一方顺着拜伦的指点,似乎能看到这样一幅图景:在挖掘文本意义和寻找评论切入点的职业行为中,这种文化人都像是道德领域的扫烟囱者(moral chimney-sweeper),似乎爱潜入富足人家的独栋,别无他顾,只如卧底一般,探弄于烟道,或成为专业的钻爬暗处者(dark creepers),挖出某种隐私,蹭一身的"肮脏",然后将秘密带到街上,抑或也把外面的脏东西带给人家。在一定意义上,这个拜伦式的辛辣的勾勒也可被视为对现代批评家的提示。我们在文本中把梳深层的、埋设的、真实而连贯的讯息和意义,这当然是文学研究领域的行业本分,只是有时我们也不妨留意拜伦的抱怨,从而意识到评论家的工作不限于"扫烟灰"等套路。

换一个角度讲,也许诗人中果真存在着拜伦这样本不愿深潜、不愿埋设、不愿连贯的人。而我们如此之说,肯定会冒着解构他或颠覆其正当性的风险,但在最终意义上,或许这并非帮倒忙,倒是助其建构一个更大的诗性空间,反衬出更自由的诗人主体,也偶尔让诗人大于诗文。作家都渴望成功,拜伦亦不例外,但《唐璜》中有不少局部都表明,"成功诗人"这个形象也会引起拜伦本能的警觉,甚至恐惧;业内的成功或被他认为是人生的失败,似乎一旦功成名就,这辈子就被毁掉了似的。这像是在提醒我们,文化人过于职业化,不见得理所当然,而职业上过于成功,更不必总自觉幸运。戒己如此,他当然也不指望评论家太职业化。他甚至认为任何文化人都不必被自己赖以谋生并展显其长的行当限制住,这是因为被限制住之后会让当事人看不到还有比职业和成功更大的东西,甚至会把行业路数当成世间法理,从而无意中做了坏事。因此,"不成功"或也不失为一种境界,可被尝试,比如诗人可用跨界、跑题或各种自我解构的方式来达到一定程度的作品"自残",以体现那个比成功的文学更大的东西。此类文思成分本章第三节将再予涉及。也就是说,如果文学为小,是因为生活为大;如果言谈为小,是因为行为为大。相比而言,拜伦眼中的评论业还会再小一些。至少在姿态上,职业化的作家身份不属于他的理想;按此逻辑,职业化的评论家也不可能翘楚于人,除非他们也善于博思、跑题、超越。

《唐璜》第九章开始,写完俄土间的伊斯迈战役,拜伦意犹未尽,顺势谈起名人的伟业和普通人的生活,说他本人无意追慕"抽象的名声",说他宁愿做一个"好胃口"的普通人,也不愿成为得癌症的拿破仑。① 同一章稍后,他写到唐璜乘坐雪地马车朝着圣彼得堡方向疾驰,马车没安装弹簧,一路多有颠簸,每颠一次,唐璜"总要看一看他的小女孩"。小女孩是土耳其当地人,名莱拉(Leila),10岁,是唐璜从战场的死人堆里救出的敌方孤儿,被他视作"多么好的战利品"。"多么好",是因为小女孩所体现的是一种必须跨越诸如地域、宗教、理念、身份感以及年龄等许多方面的疆界而主要凭心所欲才能获得的最佳奖励。而提到奖励,拜伦忽有所悟,于是他又拐了一个急弯,转向拥有各种名分的人们,向其感发道:

> 哦,请你们,或我们,或者他和她,
> 　想一想救出一个生命,特别是
> 一个年轻、美丽的生命,在回忆中,
> 　岂不比从那一堆腐烂的人尸
> 滋生出来的哪怕最绿的桂花,
> 　哪怕再加上多少颂歌和赞诗
> 要甜蜜得多!声名本无异于喧腾,
> 除非那合奏是发自人的心声。

"腐烂的人尸"(the manure of human clay),原文也不排除"凡夫俗子排出的粪肥"这个可能的意蕴,而"桂花"即可能是如此肥料所促生的成果,与美丽和真实的莱拉所代表的人生收获形成反差,两种花,两种奖杯,并置

---

① 拜伦,《唐璜》,第九章第14诗节。

起来,折射(超越职业本分的)行为大于桂花(文坛名声、桂冠)这个道理;人文的奖杯中有心在里面,而字面的声誉往往缺了心,"无异于喧腾"。

紧接着,拜伦更直呼各类作者,具体地瞄准那些让职业化的文字大于真正人文关怀的人们:

> 哦,辉煌的、洋洋巨著的大作家,
> 　　和上百万再加一番的寒酸文人!
> 请以你们的文集,小册子,报刊,
> 　　启发我们吧! 不管是否拿了贿金
> 来证明公债并没有亏损百姓,
> 　　或是小丑般踩着廷臣的脚跟,
> 凭着印出来半个国土的饥饿,
> 　　便能畅销一空,来把自己养活,——①

辉煌必须来自皇皇大作,原文的 luminous(辉煌的)和 voluminous(巨著的)这两个词的外貌相近,似乎也碰巧让"煌煌"与"皇皇"这类的汉语叠词发生关联。而在英文句法上,此诗节虽先点出"大作家",其实重点瞄向那些数量浩大的所谓"穷酸文人",即一些每天都发文的业界名笔(daily scribes),因为 scribes 这个词本就可用来讥讽报纸杂志业的各类写手。在拜伦看来,这类人像是拥有道德制高点,常妄称能"启发我们"。他让 illumine(启发,点亮)和 luminous 这两个与光有关的词相呼应,又借助 voluminous 的有趣声韵,似乎高效地展示出那个行业的光鲜、光彩,反衬其背后的不光彩;都只重销量,只谋私利,并不真正关注社会是否会因为他们的所为反倒变得混乱和困苦。

我们插入一个具有讽刺意味的观察角度。欧洲 19 世纪相当一段时间内,拜伦作为个人,其"体量"超过了其作品总量;诸因素围绕着他,成为现象,让其他作家失色。对此,文学史家多有回顾。英国现代哲学家伯特兰·罗素(Bertrand Russell,1872~1970)的《西方哲学史》(*History of*

---

① 拜伦,《唐璜》,第九章第 31、33~35 诗节。

Western Philosophy and Its Connection with Political and Social Circumstances from the Earliest Times to the Present Day，1946）虽是一本哲学著作，但里面专有一章谈起所谓拜伦现象，认为拜伦头上的光环大于他本人，有了"神话"（myth）效果，尤其对欧洲大陆产生影响。① 罗素说：

> 对于大多数英国人来说，他的诗文经常显得较差，他所表达的情感常让人觉得俗丽而廉价，但是在国外，他的感觉方式以及生活观念得以传播、展开、演化，直至无处不在，成为促发大事件的因素之一。②

先不管拜伦的诗文是否"较差"（poor），是否"廉价"（tawdry），只看他的影响力，如果按照罗素所说拜伦的所谓"重要性"超过了公众的认知，以至于读者难以简单凭借文学作品的质量来衡量作者，那也是因为拜伦本人即认为人生的总体能量要大于文学产出，至少这是他所声称的理念，也的确被他践行于文学之外的世界，其结果竟以不期的方式与罗素所审视或诟病的局面吻合了。当然，所谓拜伦的个人大于文学，未必仅能被归因于"神话"因素。

三、散漫：不严肃的人文担当

不自恃，不屑他人之岸然，更漠视职业论家惯用的话语，以上诸种情状可在一定程度上解释为何拜伦会通过跑题、漫议、自嘲和反高潮等手段，来体现某种超越职业化或程式化思维方式的人文担当。的确，我们读《唐璜》这部长诗，即可在字面上直接听闻一系列具有不同颠覆效果的作者自白，听他如何通过瓦解自我而瓦解固化的理念。同时，在形式、结构

---

① Bertrand Russell, *History of Western Philosophy and its Connection with Political and Social Circumstances from the Earliest Times to the Present Day*. London: George Allen and Unwin Ltd., 1946, p.780.

② Ibid., p.774.

和情结等方面,拜伦亦通过具体的写作实践,为我们提供了大量例证,展现一个文学评论家们所不易对付的作品空间。

《唐璜》中,拜伦乐意将自己定型为一个喜好饶舌(garrulous)和闲聊(gossipy)的作者。第十五章开始,他说起唐璜与英国当地男人和女人相处的不同之道,谈到女人爱凭借男人的"外貌的轮廓"来想象他们的内质,这让唐璜有所感。拜伦进而意识到,个人"被人类误解",其实是人间常态,连哲人和圣贤也不能免于被"糟蹋"。他于是回眸自身,说他自己埋头唠叨,主要是自得其乐,而至于别人怎么看,是否会误解自己,他都不在意:

> 我在景色万千的生命大海上,
> 　只择了一个卑微的海崛栖身,
> 我不大注意人们所谓的荣誉,
> 　而是着眼于用什么材料填进
> 这篇故事里,也不管是否合辙,
> 　我从不搜索枯肠,做半日苦吟;
> 我的絮叨就好像是我在骑马
> 或散步时,和任何人的随意谈话。

姿态之低,还嫌不够低:

> 我不知道在这种乱弹的诗中
> 　是否能表现多少新颖的诗才;
> 但它却颇有谈锋,可以使读者
> 　每次消磨一小时还感到愉快。
> 无论如何,在这篇毫无规律的
> 　韵律中,你不会看到一点媚态;
> 我只凭意兴之所至,写出那
> 浮现在我脑中的旧事或新话。①

---

① 拜伦,《唐璜》,第十五章第 16、18、19~20 诗节。

"絮叨"(rattle)这个意象不止一次出现于《唐璜》全诗中,下一诗节的"乱弹"(desultory,字面上亦含"漫无目的"和"跑题"的意思)与之相呼应。此外,"谈锋"(conversational facility)竟成为重要托词,似乎能助人"消磨"时间,利于闲聊,就已经是重大造诣,其他的目的好像都没了。引号中的这些词都指向一种姿态,若借此制作一面盾牌,可以抵挡多少误解、误读、批评、批判。

有经验的读者当然可以告诫自己,不可被作者如此低调的自白所误导,怎可能"毫无规律",怎么会仅仅是"意兴之所至"。有此防范能力,的确是读者一方应备的质素,因为作家往往会戴上面具,而面具并不总能帮着作家呈示其自身的某种形象,倒是常常将其遮掩或扭曲。可是我们若以为拜伦所言完全言不由衷,以为这里面其实竖起了一面"此地无银"的招牌,那也会小瞧了这两个以自我勾勒为目的的如此生动、精心而诚实的诗节,会忽略拜伦未必不能怀着足够的真诚而以自我之小来表达对"景色万千的生命大海"(life's infinite variety)的敬慕,因而会忽视此中可能存在的另一类的目的性和另一类的深刻。在第十五章接下来的诗节中,拜伦暗示他有能力做到什么都说,也可以什么都不说,"把这一切合起来,/就是我的缪斯想端给您的大菜"。而且他还具体挑明,之所以散漫到"泛滥"的程度,就是不想"迎合批评家的口味"。①

前面提到,拜伦在《唐璜》第九章中对自己所谓"拉拉杂杂"的弱点有自知。早在第三章,他就曾直接使用过"毛病"(fault)这个自评:

> 我承认,
> 如果说我有什么毛病,那就是
> 我爱闲扯,尽自离题议论不休,
> 而把读者撇在一边已有多次;②

他说,这种喋喋不休的离题会延误正事。虽然"我承认"(I must own)这

---

① 拜伦,《唐璜》,第十五章第 21~22 诗节。
② 同上书,第三章第 96 诗节。

种语气中不会有十足的认真,但具体看此处的离题,幅度有些过大。上下文说的是唐璜和海黛与众人在希腊海岛上的欢宴,竟一环环扯上英国诗坛现状,越走越远,若干诗节后得用"讲我们的故事吧"这样的语句把自己拉回来。从某种角度看,这已经殃及叙事结构。而仅仅几个诗节之后,当拜伦谈起黄昏的景色因一对恋人的相爱而更显美妙时,他转而说起罗马暴君的墓前也曾有人摆放过鲜花这一令人叹息的现象,于是他再次提醒自己:

> 但我又离题远了。天呀,尼罗王,
> 　或无论哪个人像他那样昏庸,
> 能和我们的主角有什么关系?
> 　正如月亮之对这种人的发疯
> 风马牛不相及。

一味闲扯,竟失去了"关系",有如月亮与昏君的遥远不搭。他说,若这样散漫下去,只能证明"我的创造力/竟衰退到了零度",说这要是在剑桥大学,一定会被评价为"成绩最劣的学生"。

似乎拜伦自己也意识到结构上出了问题,接下来说道:

> 我感到这样冗赘是不行的;
> 　这太像史诗了,我必须把它,
> 在重抄时,以一章分割为二,
> 　读者绝不会发现(除非是行家),
> 只要我自己不透露这一底细,
> 　还可以把它当作新猷来自夸,
> 我要说这原是批评家的见解,
> 有亚里士多德为证:请看《诗学》。①

我们自己可以借势替拜伦多说两句:《唐璜》头两章的行数太多了,形式上

---

① 拜伦,《唐璜》,第三章第109～111诗节。

不理想,弄不好难以为继;反正从结果看,自第三章起,此后各章行数大致都减了一半,像是真的"一章分割为二"。而至于"这太像史诗了"('Tis being too epic)之说,读者需对此保持冷静。本书上一章我们提过拜伦本人板起面孔所做的史诗定位,他也确曾直言"我这一篇诗是史诗"(My poem is epic)。① 于是此处"太像"之说就可以有这样一个字面意思:差不多是史诗就行了,不能太过,架子太大也不好。可话说回来,《唐璜》这个作品,无论行数多少,无论一般像还是太像,其本身终归都成不了那种所谓正宗血统的史诗。有体式,有事件,但气度不同,主人公异类。因此,此处这个有些出人意表的自评,说轻了是为逗趣,是将褒义词乱用为贬义词,好像怕惹上一身(实际上惹不上的)麻烦;而说重一点,尤其是联系文本中其他证据,则拜伦此语多半含有刻意的自我颠覆性,或者说是于瞬间在史诗框架之内所抒发的一种实乃事关重大的反史诗情绪,是一种要把自己从某种(实际上他并没有高居的)高高在上的宏大姿态、气度、情怀或境界层面拽下来的举动。而涉及读者"绝不会发现"作家底细这一判断,此中也有讽刺意味。这有些像魔术师一边给观众露底一边说我不能给观众露底一般。而讽刺性当然不止于此,因为拜伦式作家的内在随意性难以框定,读者所见各种评论术语的应用,很可能是被人当作堂皇借口之用,即便依照论家职业路数而搬出亚里士多德,或许也会有以虚充实、以表为里的嫌疑。

《唐璜》虽在诗体和诗艺的技术构筑和控制上展现了英国文学史上一例强悍壮举,但其内部思绪之散漫也是壮举,抑或成为境界,似乎随意的语游即等于诗性灵魂本身,性命攸关,需捍卫。在第四章开始,拜伦脱离唐璜与海黛故事自身的情节脉络,针对有些人认为他有意图、有计划的说法,表达了不适的感觉:

> 有人责备我,说我无中生有地
>   意图反对我国的信仰和道德,

---

① 拜伦,《唐璜》,第一章第200诗节。

> 并追索本诗每一行都有这含义；
> 　我当然不敢号称我十分懂得
> 在我想露一手时自己的用意，
> 　但事实是：我从没有图谋什么，
> 只不过有时候我想"快活"一点——
> 　在我的语汇中一个稀见的字眼。

他接着说，人们"硬指派我别有用心"，实际上他们"并非有佐证，而是愿意如此臆造"，而"如果他们高兴，那就随它吧"。① 这些诗语的意思是："意图"(design)和"用心"(designs)是强加给他的，其实没有什么很硬的证据；或者说，涉及诗文所可能含有的对于时下流行信条和道德理念的颠覆，读者一方不能总觉得特别懂他、特别能看穿他的诗文，毕竟他自己哪怕在写得很出彩的时候都"不敢号称"能明白"自己的用意"。"我从没有图谋什么"(I have nothing plann'd)，这个表述非常简单而直白，大概也会因为过于清晰而显得过于无辜，可是我们能从中挖出多少复杂义旨呢？读者当然对拜伦此处的自白不能照单全收，毕竟换一个角度看，拜伦的所谓社会责任感不逊于英国文坛上那些较深沉的作家。但在更高意义上，拜伦这些言辞的字里行间所涉及的并非目的性之有无，而是大于政治谋划和道德批判的那种随意而自由的思绪流动，前者最多只是被后者所包容的一种成分；若只从道德和政治寓意的角度对待他，很可能会限制他，也限制我们自己的思维。

我们引用过《唐璜》第八章结尾有关"我只随意歌吟"的诗文，此处我们换一个角度看 Carelessly I sing 等细节，会发现拜伦也不过是又一次摆出了这个散漫的姿态，虽说有高尚的诗神时不时助力于他，却也是帮他续上一根琴弦，让他得以没完没了地弹唱、发牢骚、胡乱地拨弄(harp, carp, and fiddle)。在格律和押韵等技术层面，他当然不可能漫不经心，但在所谓姿态上，他未必不能让自己随意一些。前面我们也提到，拜伦在《唐璜》

---

① 拜伦，《唐璜》，第四章第 5、7 诗节。

第一章第120诗节中使用了"诗人的特权"概念,似乎只要是诗人,就已领取了可以违规的执照,而他之所以在该诗节就此特权做出解释,正是因为他觉得自己的缪斯本已够"贞洁"了,可一些读者却"更贞洁",比缪斯还缪斯,反衬出自己在"严守礼数"方面做得不够。而在第十二章第55诗节,当拜伦再次诉诸弹唱、调弦和缪斯等音乐和诗艺意象时,他说道:人们爱使用成功或不成功这样的概念品评诗人,可对于这些,他的缪斯们连一撮松香那么少的兴趣度都没有,因为此类概念太低俗,配不上她们所选定的歌谣。① 在这些诗文的字里行间,我们或可发现一种张力,一边是拜伦视域内一些读者和评论家力图用外在理路和宏观概论去套测其创作实践,另一边则是拜伦本人觉得不舒服而不断试图挣脱概念的框架;一方太严肃了,另一方不够严肃。

《唐璜》中最让严肃读者失望的片段莫过于第十四章开始的十几个诗节,这大概也是最让我们觉得他有可能心口不一的地方。不管怎样,拜伦颠覆严肃性的冲动在此处变得有些极端。这个局部处在唐璜做客阿德玲女士乡间庄园的上下文中,英国上流社会在其日常生活中表现出百无聊赖的状态(ennui),让拜伦兴味饶然,他正欲借用唐璜的眼光对其多予审视,忽切换场景,一时间又任思绪漫射出去,跨入文化评论领域,进而谈论起人类认知障碍和生存困难等与叙事脉络无明显关联的话题。本书第六章将对这个部分予以更多关注。仅看第10至13诗节,他说无论各色人等对他有何非议,无论他是否正在失去读者,甚至也不考虑他自己眼下是否还能像"年轻时"那样"情思蓬勃",他都会每周胡乱动动笔,没什么宏大的目的,不过是减缓自己的心灵正"日渐枯涩"的过程。顺此思路,他写出我们在前面所引用过的那几个诗行:

  但是"何必发表?"——如果惹人厌恶,
    名或利的报酬可就不能获得。
  我要问:你们为什么要打纸牌,

---

① 拜伦,《唐璜》,第十二章第55诗节。

　　　　　饮酒或读书？为了好消磨时刻。①

所涉及的是第 11 诗节,它借用了蒲柏在其有关个人生平的诗体书信《致阿伯斯诺特医生》("Epistle to Dr. Arbuthnot",1735)中的推进方式,具体呼应蒲柏如何就"为何写作"和"为何发表"等问题所对友人作出的交代。

但拜伦于此诗节头两行所提出的问题更多地代表了世人的观点,比如那些打牌喝酒的世人,他们会有困惑:你若因害怕无聊而胡写乱写,那为何还要发表呢？你少了读者,谈何收益？拜伦以问作答,把他的写作和发表与一般的消遣解闷行为等同起来,似乎不与蒲柏比人生追求。至于发表,也不同于蒲柏的考虑:既然"做了我的梦",抛掷出去而已。他继续沿用纸牌等游戏意象,把成功与失败都视作消遣中偶得的乐趣:

　　　我想,假如我对成功确有把握,
　　　　我就适可而止,绝不多写一行。
　　　可是不知我是奋斗得不足呢,
　　　　还是过分:写来写去,日久天长,
　　　弄得身败名裂,依然难舍缪斯。
　　　　这感情不易表述,但绝非伪装。
　　　在牌戏中,就有两种乐趣由你
　　　　任择其一:或者失败,或者胜利。②

若确信能成功,反倒搁笔了,懒得做缺少乐趣的事。此外,"奋斗"的原文 battled 兼有"作战"的意思,再加上后面诗节中有关自己"左右不得人缘"的说法,此中或也暗含某种反向推论:一位作家,只要心怀评论家、严肃读者和各类出版商,只要远离真实、放弃乐趣,成功就是唾手可得的结果。若逆着他们,有时就意味着失败。夸大文化圈的敌意,拜伦乐此不疲,但

---

① 拜伦,《唐璜》,第十四章第 11 诗节。
② 同上书,第十四章第 12 诗节。

他的确有理由特别说明:若只瞄准声名(glory),写的就不是《唐璜》了。①

小结一下:不管我们如何定义拜伦的"胡乱穿插",或他的"逗笑"和"消磨时刻",至少在诗文的字面意思上,这些也是文化行为的原动力一种,或也是他所追求的算不上目标的目标。本书第二章前面,我们引用了《唐璜》第九章第41、42诗节中的几行诗文,仅让我们再引用一遍:

> 我忘记了这诗篇只是为了逗笑,
> 　现在却把话题拉扯得很枯索。
> 我从不通盘规划[……]

> 因此我就拉拉杂杂,有时叙述,
> 　有时议论……

---

① 同上书,第十四章第13诗节。

第四章 "散漫"和"逗笑"之别意：反史诗的史诗

前一章停在"逗笑"和"消磨"等概念上。其实停不住，因为"逗笑"和"消磨"之说散发着强烈的意味。而这个"其实"，的确是我们严肃态度的产物，此乃逆说，所涉及的是阅读行为，似乎只有深入体味和依顺于这位诗人的不严肃，我们才能变成严肃的读者。无论拜伦本人如何视写作为牌戏，我们不必在此滞留过久，不能真的把他的消遣全部当成我们可以共有的消遣，因为只单纯叙述拜伦所谓散漫的一面是不够的，急于挑他的毛病或助其变得深沉也未必恰当。最好是接过"拜伦不可能仅此而已"这个道理，帮助他梳理出"不严肃"背后的几个缘由，或几种前文所零散提及的意义之外更多的相关意义，最终不为证实拜伦如何说了假话，而是如何说了真话，或为证实这种貌似不实的真话的价值。

一、导游的功能

所谓额外的相关意义，我们分别在本章和以下第五至七章等处予以重点关注。拜伦兴致不羁，跑题不止，而且还不断回眸自己的跑题行为，并时不时向读者直言道他眼下正在跑题，在这些方面搞出了较大的动静，这似乎是导读行为，相当于导游的职能。这个意义我们可以一带而过,毕竟一位作家,在一定程度上充当自己作品的导读者,这在拜伦之前之后的西方文坛都不罕见。当然,拜伦自己不见得完全刻意而为,但至少在效果上,总向读者告白,总谋求他们的耐心和谅解,并向他们交代自己一些写作行为的性质和方略,这就有了导读的功效。的确,如上所述,《唐璜》中的拜伦,时走时停,左顾右盼,不时制造外表上的文脉断裂,在话题领域、叙事体式、笔风、人物身份、时空、理念及思想形态等方面来回越界,把读者带到不同的维度,其所为不管有意无意,最终都好似颠覆着读者的一般预期,或借此给他们提出间接的建议:不必总急于捕捉诗人的"图谋"或意旨,不必急于把阅读的兴趣局限在寻觅某些可以让我们自己安居的文化密码之上,而是让心胸尽可能开放一些,心态更自由一些,以便在更放松的阅读过程中接收某种超越企划的企划,一个更大的人文思想空间。拜伦似在告诫我们:只凭故事本身所得到的印象可能不贴切,这是因为文学作品的意义不易圈定,无论多么逗趣的情节、多么感人的事件、多么辛辣的讽刺等,都不见得是所谓本意或真相本身,而那个创造出这些情节或事件并随时偏离主线条的诗性心灵则要有趣得多;读拜伦不只是阅读单一的故事文本,也不只是远离这个文本去阅读所谓与历史语境交互的外在文本,而也应同时阅读寓于文字表面的另一个文本,即他的那个随性的心灵。

二、反史诗的史诗

"别意"中的第二个意义要多费一些笔墨。这个随性的心灵似以《唐璜》这样的诗歌作品为读者提供了一个契机,让我们得以近距离观察一位诗人如何与他自己背后的西方史诗文学传统互动,如何与存在于人类生活中的某些不苟言笑的史诗级理念互动。或可说,《唐璜》体现拜伦的恶作剧心态,似有意嘲弄或瓦解由西方所谓正宗史诗大作所体现的那类不怎么跑题的、较为单一而执着的人类理念和行为;笑声(laughter)与跑题等因素掺混在一起,有了直接的文学作用。

若简单概括国外学人所用一般定义,狭义上的正统"史诗"大致指那种符合了四大要件的诗歌作品:有长度,题材较严肃,笔法较端庄,主人公多有不凡气概。① 史诗之严肃,也引致一些文人对它的戏仿,诸如高等戏仿(high burlesque,或译"高等调侃")和仿英雄体诗歌(mock-epic,或称"戏仿性史诗")等体裁即应运而生,多以拔高的笔法展示琐碎的事物,甚至猫狗等动物也能成为主人公。拜伦的《唐璜》所及,未必猥琐,但它肯定通不过严格的查验。近些年有西方学者撰文,以简洁的方式历数《唐璜》如何撼动古典史诗的传统套式,文章作者在这部长诗中洞见一系列文学现象,诸如"喜剧性史诗"(comic epic)、"戏仿性史诗"、"反史诗"以及"史诗体讽刺诗"(epic satire)等。② 《唐璜》本身当然有史诗外貌,16000 行的未竟篇幅及发生于不同地域的一系列重要事件都让它有资格俯瞰西方文坛许多较著名的史诗作品,但它的宏大规模似被用来呈示非宏大因素,甚至宏大中弥漫着反史诗理念,用史诗颠覆史诗,比戏仿可能还要厉害一些。

我们前面说到,拜伦在《唐璜》中数次提到自己所写的史诗如何不同于荷马和维吉尔等人的著作,尤其爱说自己有相对优势,强在真实性;别人的主人公是虚构的,自己的则实有其人其事。③ 这其实也是一种新式障眼法,用可疑的优点掩盖实质的特长,跟读者开一个小玩笑。或可说,《唐璜》若真有本色,不是因为多么真实,而是拜伦堂而皇之地做了自己的加减法:增加了生活的复杂程度,缩减了人物的高大程度;增加了话题和界域,降低了方向感或执着性;增加了情调上的多样性,并通过它们相互间的制衡,弱化了单一情调的主导性。尤其涉及主人公,虽说其人生并非没有亮点,待人处事上也并非不体现某种价值观,但拜伦所选定男主角主要还是一个心思不定、意志不彰、德行不期、目标不明的人,与西方古典史

---

① 参见 M. H. Abrams, *A Glossary of Literary Terms*, 6th ed. Fort Worth, Texas: Harcourt Brace College Publishers, 1993, pp. 53~56。
② Nicholas Hamni, "The Very Model of a Modern Epic Poem." *European Romantic Review*, Vol. 21, No. 5, Oct. 2010, 589~600, p. 589.
③ 拜伦,《唐璜》,如第一章第 202~203 诗节。

诗中一些常见的中心人物拉开距离,再加上若干历史真实事件的反衬作用,或随着唐璜个人际遇愈加变得繁杂,又辅之以叙事方式和脉络上的旁逸斜出,拜伦笔下这个主人公的气度就愈加变小,尤其投入英国那个所谓更文明的社会场景之后,其心绪日渐琐屑,日常所为与别人所刻画的史诗英雄小同大异,尽管其人生意趣和作为文学人物的丰富性反倒未因身段低矮而变得微弱。在一定意义上,唐璜是拜伦投射给现代人并可被其同情的个体典型,而与其相对、比其高大的某些文学主人公则可能是前现代社会形态的代表。

说到史诗,倘若我们站在国内读者角度将自己的视野再扩展一些,以最粗略的眼光观察西方文学,或可能发现一个特点,而它就在表面上,或构成相比于中国文学的一个明显差异,即:西方文坛多长篇史诗,或史诗性著作(如小说),而且其内容所及多与人类流动性有关。这虽然不是排他性结论,但我们若简单看一看西方那些最伟大的作品,它们几乎无一不与人类作为个体由点到点或由点到面的活动有关,多涉及线性的旅程或四方的游荡。最伟大者,比如荷马的《伊利亚特》和《奥德赛》、维吉尔的《埃涅阿斯纪》、但丁的《神曲》、乔叟的《坎特伯雷故事集》、塞万提斯的《堂吉诃德》、阿里奥斯托的《疯狂的罗兰》、塔索的《被解放的耶路撒冷》、伏尔泰的《老实人》、歌德的《浮士德》,等等。而若仅仅聚焦英语文学,亦把非诗歌类作品算进来,那么可被随口提及的还有托马斯·马洛里的《亚瑟王之死》、埃德蒙·斯宾塞的《仙后》、克里斯托弗·马洛的《浮士德博士的悲剧》、约翰·班扬的《天路历程》、丹尼尔·笛福的《鲁滨逊漂流记》、乔纳森·斯威夫特的《格列佛游记》、萨缪尔·约翰逊的《拉塞拉斯》、劳伦斯·斯特恩的《在法国和意大利的感伤之旅》、华兹华斯的《序曲》和《漫游》、柯尔律治的《老舟子吟》、雪莱的《孤独的灵魂》、夏洛蒂·勃朗特的《简·爱》、赫尔曼·麦尔维尔的《白鲸》、罗伯特·勃朗宁的《罗兰少侠来到黑色的塔堡》、阿尔弗雷德·丁尼生的《歌唱国王的田园诗丛》、查尔斯·狄更斯的《远大前程》、查尔斯·路·道奇森的《爱丽丝漫游奇境记》、马克·吐温的两部历险记、约瑟夫·康拉德的若干小说、爱德华·摩根·福斯特的若干小说、詹姆斯·乔伊斯的《尤利西斯》,等等。当然还有拜伦本人的《唐璜》和《少侠哈洛尔德游记》等相关作品。古老的人类活动,诸如征战和宗教行为,就好似原始的背景材料,通过各种方式的演化、掺和以及与时代风潮的互动,在文化史中促成了丰富的文学产出。作品多样,所揭示的思想内容当然就不能一概而论,但笼统讲,许多著述都涉及人群中的某些个体所经历的一段人生旅程。而至于所衍生出的具体主题,它们涵盖了诸如旅行、朝圣、求索、猎奇、救美、征服、体验、历险、远游、航海、漂流、闲荡等方面。焦距多对准主要人物身上,场景则往往铺展得很开,旅程所用的时间也多有延伸性。在较长一段历史时期内,我国文学景观的一些主要特色则另有体现。

1. 荷马与维吉尔的遗产

本书这一章,我们将较少谈论《唐璜》文本内容,而主要是抚拊一下与其相关的西方史诗传统粗线条,既提及前人原典,也兼顾较有代表性的学界著述,以期界定拜伦《唐璜》的位置,并从这个侧面观察它的跑题成分。20 世纪 50 年代,爱尔兰学者威廉·斯坦福德发表《尤利西斯主题:传统英雄改写研究》(*The Ulysses Theme: A Study in the Adaptability of a Traditional Hero*,1954,1963)一书,探讨西方文坛一位非常重要的原型人物。涉及所谓尤利西斯主题,国外研究性著作中探讨此话题者并不少见,但斯坦福德这本书是稍早的系统性学术研究成果。作者不像我们这样远观西方文学,而是大致站在自己的文化传统之内,从局内人的角度细读一个文化现象,具体审视一位重要的个体人物,并观察后来一些主要作家在不同历史时代对这位个体的不同处理。不管作者本人是否有意面面俱到,但该话题所牵连的材料和领域十分浩繁,一些具体的文学文本也不易驾控,因此该书在详尽性和深入性等方面尚不算无可挑剔,然而它基本能自圆其说,体现重要而有益的学术探索行为,也影响了后人看问题的视角。

根据一般文献所及,有关尤利西斯这个人物的文学演绎可被追溯到古希腊诗人荷马之前,但荷马是主要坐标,成为此后一系列文学演化的原点。在其有关特洛伊战争的史诗《伊利亚特》中,荷马已对希腊伊萨卡岛(Ithaca,另有"绮色佳"等译法)之王者奥德修斯(拉丁语名"尤利西斯")有生动刻画,尤其见诸特洛伊木马等事件,但相对而言,描写其战后十年于海上返乡过程的后续史诗《奥德赛》则引起更多关注,其原因之一就是他的身份变得复杂了。比如斯坦福德就注意到,尤利西斯一个人身上具有两个主要身份:公共人物和一般个体。前一种所代表的人生价值或自我存在感主要形成于国家行为中,体现在政治和军事等领域,而后一种则以常见的人类德行代表了普通生活中的你我他;认同于前一种身份的尤利西斯往往目标较明确,有使命感,而作为个人的他,目的性偏弱,即便也拥有一些所谓的使命感,但这种感觉或流于琐碎,或其实够不上如此高端概念。从我们自己的上下文看,前一种生存方式史诗性强,后一种史诗性弱。有鉴于这个复杂的多重禀赋集合体,斯坦福德发现荷马笔下的尤利西斯一经被创造出来,即已具备了可被后世作家任意改写的潜质,即他多次提到的 adaptability,他也主要依据这两大身份侧面推进自己对于文学史上尤利西斯主题的观察,尤其看后人如何将复杂集合体改变成单向性情载体。不妨先插一句,我们谈论拜伦的唐璜,却扯开去谈及尤利西斯,主要是因为唐璜与尤利西斯作为个人的这个侧面发生了一定的关联。

斯坦福德指出:

> 荷马本人有足够宽广的心胸,可以让他在尤利西斯明显多样化的性格中晤见一个统一体,或一种寓于外表性格多变状态的连贯内部结构,而后来的作家中则很少有人拥有他这样的包容性领悟力。正相反,在后荷马传统中,奥德修斯的复杂人格被分解为各种各样的简单类型——政客、浪漫多情客、老练的恶棍、耽于酒色之徒、游走的哲人,等等。①

---

① W. B. Stanford, *The Ulysses Theme: A Study in the Adaptability of a Traditional Hero*. 2nd ed. (Basil Blackwell & Mott, Ltd., 1963) Ann Arbor: The University of Michigan Press, 1968, p. 80.

在斯坦福德本人的视野内,尤利西斯的确拥有被日后一些著名作家所看重的"探求精神"(a spirit of inquiry),他也反复使用若干其他说法与这个词组互换,如"对于新知的欲求"(desire for fresh knowledge)、"迫切的求知欲"(eagerness to learn)或"智识上的好奇心"(intellectual curiosity)等。① 他认为这种精神是一种典型的"希腊气质";虽然它不可能被一地垄断,但相比"埃及和罗马等较保守的文化体",它的确更多地属于希腊式性情。具体到尤利西斯本人的阅世欲,"在后古典传统中(这)成为其全部人格的主导情绪",而且后世作家看重此点也不无道理,因为单看尤利西斯其人,的确不大安分,"人之如此,行止亦如此:冒险者才冒险"。若将维吉尔的埃涅阿斯或拜伦的哈洛尔德等其他类型的旅者放在同一座海岛上,让他们也同样实践那种受好奇心驱使的历险行为,所出现的情况是,这些人的具体行为一定很难与他们的人格秉性形成有机的统一体。②

斯坦福德着眼于荷马的"包容性",因此他不可能停笔于探索者这个单一意象。比如,他的这本书中也会出现这样的文字:

> 奥德修斯从未有意离开家园……他从未有意成为一个游荡者,或一位旅者、探索者。所谓漂洋过海,远航到探客未及的区域,早期的希腊人对此并无浪漫的幻念。他们的确会远行,但那是为了战争、海盗行为或贸易的缘故,或无奈于其他情况,反正十有八九不是自发而为。奥德修斯在《奥德赛》第二部一次交谈中说道:"对于世间凡人来说,所做最糟糕的事莫过于游荡……"我们不能用文学史后来的发展渲染此处荷马式的观念。③

这也是对《奥德赛》的一种理解,与"探求精神"和"希腊气质"云云形成反差。当然,斯坦福德书中不同的文字体现局部不同的观察视角,对材料的

---

① W. B. Stanford, *The Ulysses Theme: A Study in the Adaptability of a Traditional Hero*. 2nd ed., p. 75.
② Ibid., pp. 75~76.
③ Ibid., pp. 86~87.

使用方式也会有所不同,不见得出现了逻辑上的混乱,但在粗线条上,这两类评价之间相左而互搏的情况还是过于明显了一些,或给读者造成短时的困惑。斯坦福德接着说:

> 荷马的奥德修斯并非一位求知的游客……或虔诚的朝圣者,或那种有冒险精神的探索者,或拜伦式的漫游者,或劳伦斯·斯特恩那样乐天的漂客。不能把他等同于埃涅阿斯和摩西那类决意寻找上天应许之地(promised lands)的人,或方济各·沙勿略和利文斯通那类敢冒险的传教士。

总之,奥德修斯最情愿的事就是回家,其他的目标都不确。①此处提到"拜伦式的漫游者",回家的确不是这种人的主要目的。

说完这些,斯坦福德还是要回到人物性格之复杂,以及荷马想象空间之大。或许,他过于强调奥德修斯恋家的一面,将其所言较多等同于其所欲,这也是为了做一个铺垫,以反衬日后但丁等人浪漫化理解之偏颇。当然他也说道:"学者之间不能苟同之处,作家们倒有可能推出某些令人惊讶的解读。"②这里面或许也含有斯坦福德本人并未着意深挖的暗示:所谓复杂性,多发生于学者之间,因他们相对更乐于依赖片面材料来推进自己的研读项目,学术争议也由此而生,而诗人们阅读文坛前辈的作品,往往不同于学者的读法,或可凭借穿透性目光看到并不复杂的实质。斯坦福德也直言道,后代作家有理由"自由地使用他们的想象力,为那个善变的男人策划出最恰当的归宿",只不过他还是要再强调一句:"无论是但丁的那位命中注定要寻求被禁知识的人,还是丁尼生笔下拜伦式害上漫游癖的人,都与荷马的奥德修斯有本质不同。"别人的游荡是"离心式的",这一位所为则是"向心的","向着伊萨卡岛和妻子珀涅罗珀(Penelope)"。③

---

① W. B. Stanford, *The Ulysses Theme: A Study in the Adaptability of a Traditional Hero*. 2nd ed., p. 87. 圣方济各·沙勿略(Francis Xavier, 1506~1552),西班牙传教士;大卫·利文斯通(David Livingstone, 1813~1873),苏格兰传教士。
② Ibid., p. 88.
③ Ibid., p. 89.

而至于后来作家如何启用各自的"想象力",斯坦福德的梳理中出现了几个较重要的历史节点。古罗马诗人维吉尔明显受到荷马的影响,创造出埃涅阿斯这个远行者,但在斯坦福德看来,维吉尔所为,代表了在较早时间点上所出现的一种反作用力,似回过头来把奥德修斯身上"个人"和"国家的人"这种双重身份感放大了,也无意中助后人形成自己的偏爱。简单讲,不管维吉尔的长诗在诗艺或语言上多么可贵,后世作家和读者对埃涅阿斯的兴趣明显偏弱,远不及其对奥德修斯的热衷。两位主人公当然有着许多相似之处,各自的一些行为也可"并置"在一起,斯坦福德对此有所列举,也提到两个故事在结构上和情节上的相似之处,不过他也感叹道:"要是维吉尔不那么严格地信守罗马的帝国宣传,或许他能够塑造出另一个埃涅阿斯……会让他钦佩尤利西斯,欣赏其内在的完整。"① 也就是说,维吉尔所实际推出的那个埃涅阿斯还是与尤利西斯"有着根本的不同",

> 相比于尤利西斯,埃涅阿斯若也能打动人,多在于其使命感,人格原因则相对偏弱(less impressive in personality)。如前人妙言:"埃涅阿斯的伟大,是一种'被特加的伟大'(imputed greatness);他对于世人之重要,是因为他肩负着厚重的荣耀和未来罗马国民的命运。"

作者继而又借用其有关"气质"的划分,言语也更加果断:在甘于平常和志向高远这两种价值取向中,"我们看到典型的希腊式和典型的罗马式性格特征之间的本质区别,这是一种发生在个人与帝国人之间的对立"②。从特洛伊到迦太基再到意大利,埃涅阿斯的行迹中也会画一个"大大的弧线",但并无"倒行"或离线;相比使命之重,"朱诺(Juno)与维纳斯(在埃涅阿斯情爱方面)的密谋并无多大作用,几乎可以忽略不计",因而斯坦福德认为:"在一定程度上,埃涅阿斯的使命之恢宏让其'人格'变

---

① W. B. Stanford, *The Ulysses Theme: A Study in the Adaptability of a Traditional Hero.* 2nd ed., p. 135.
② Ibid., p. 136.

得矮小。作为个人,他不如荷马的奥德修斯那样有魅力或有趣。"①用我们的话讲,维吉尔强化了一位原型行者的史诗气度,却弱化了其反史诗潜能。我们还可联想埃涅阿斯如何违背了天后朱诺的意图,最终弃别迦太基女王狄多(Dido),如何他还慷慨陈词一番,如:"(意大利)才是我的爱,/那里才是我的祖国。"②想到这些,若再联系斯坦福德等学者的思路,一点讽刺意味难免由此而生:拒绝女神而肩负国责的埃涅阿斯终获史诗意义上的成功,因目的性而变得高尚,大义而凛然,可是,至少仅就效果而言,其个人却变得有些无趣,读者中私下喜欢他的人数可能不像人们所想象的那么多;而至于奥德修斯,其目标相对偏小,目的性和使命感也未强大到罗马的水平,面对一些岛女的诱惑也未运集足够的定力,尤其还时不时表现出对一些掌管命运的神祇的不敬,可结果呢?结果是,他倒可能因为某些跑题的潜质或不那么史诗的一些行迹而受到更多青睐。这当然主要是从本书所探讨的话题角度看,因为还有其他的角度,比如有些严肃的读者会想到,怎能以为宏大责任感必然瓦解人格?史诗气度怎可能让人变得乏味?斯坦福德本人给出了他自己的说法,让不同读者各有所获:"在一定意义上……埃涅阿斯之伟大有赖于政治的历史,而尤利西斯之伟大则有赖于文学的和哲学的历史。"③

埃涅阿斯在拒绝狄多时的所为,等于高调宣称其有大爱,意大利以一土之域才能承载之,这也让我们立即联想到拜伦的唐璜在其漂泊中的相反用心,他是小爱不断,寡思进取,所谓乐不思蜀。他也的确"拒绝"过有权势的女人,比如苏丹王妃,但那是因为土耳其后宫有杜杜那样的宫女让他分心。他当然并非没有高远目标,我们在本书第二章一开始提到,其母亲送他出国,是为拔高他的情操,这对于一个家庭内部来说,也算得上是

---

① W. B. Stanford, *The Ulysses Theme: A Study in the Adaptability of a Traditional Hero*. 2nd ed., p.136.
② 所用英译本为 Allen Mandelbaum, trans. *The Aeneid of Virgil*. New York: Bantam Books, Inc., 1972. 引语出自该书第四卷第470~471行,本人自译。
③ W. B. Stanford, *The Ulysses Theme: A Study in the Adaptability of a Traditional Hero*. 2nd ed., p.136.

史诗级的企划,只是由于他的"使命感"不强,家族的大事被耽误了,至少其日后所成与母亲所望不大吻合。在这个意义上,拜伦的唐璜相对更靠近荷马的奥德修斯,而不是维吉尔的埃涅阿斯,他也屡被阻留,心肠偏软,因小失大。如果说维吉尔的史诗颠倒了荷马《奥德赛》的剧情,那么我们姑且也可说,拜伦的《唐璜》又把维吉尔所建构的主次成分颠倒了过来。我们不妨换一个方式表达此中的意思:在《唐璜》全诗所被衬托的文化背景中,埃涅阿斯式的价值遗产应该是让它得以生成并产生意义的一大反作用力;拜伦显然不喜欢这个史诗传统,在其反衬下做了文章。

为支撑此认识,我们似可进一步了解《埃涅阿斯记》所开辟的另一条史诗脉络。1993 年,美国学者大卫·昆特(David Quint)发表《史诗与帝国:从维吉尔到弥尔顿时期的政治与文学常形》(*Epic and Empire: Politics and Generic Form from Virgil to Milton*)一书,主谈西方史诗中的政治因素,维吉尔的思想遗传即是其所关注的重点。该书的起始点是所谓荷马史诗的"战争审美化"(aestheticization of warfare)成分,后续内容转向《埃涅阿斯记》,作者认为维吉尔对荷马式的史诗做了"政治性挪用"(political appropriation),因而让政治因素"成为史诗的素材"。简言之,《埃涅阿斯记》是"史诗的政治化一例"(a politicization of epic),当然这也是其他研究者所持有的一般性认识。从该书序言开始,这些提法和概念就以不同形式或搭配多次出现于书中,它们为我们传递了值得参考的信息。

据昆特所言,所谓维吉尔的政治化做法,多在于《埃涅阿斯记》这部史诗记载和弘扬了拉丁民族从失败走向胜利而最终创建古罗马帝国的历史,此过程所含使命感、目的性及政治意义都比荷马史诗相对更易辨认。当然,政治性的史诗不仅限于"走向胜利"的情节,昆特在维吉尔式史诗传统的旁边也梳理出另一大线索,以古罗马诗人卢坎(Lucan,39~65)所著拉丁史诗《内战记》(*Pharsalia*,始写于公元 61 年)为代表,其所传播的是反帝国、反内战的理念,以及对失败者的同情。然而,昆特指出,无论维吉尔的帝国,还是卢坎的反帝国,不同史诗所用话语

成分及方式大致都落在维吉尔所开创的言表框架中。昆特勾勒了这样一幅史诗景观:

> (维吉尔式对荷马的政治性模仿)一开始汲取了荷马史诗的美学能源,为的是助燃帝国皇权的雄心大志,而这种权利曾经创造了薛西斯一世、亚历山大大帝、凯撒以及凯撒主义这样的人和事。实际上,《埃涅阿斯记》对史诗做了果决的转化,使其在后人眼中成为一种既着力模仿又试图"逾越"先前史诗模式的体式,同时更成为一种明显具有政治性外表的文类。这是因为维吉尔的史诗关联着特定的民族历史,绑缚于那种主宰世界的理念,那种君主体制,甚至某种特有的王朝。有此先例,后世的诗人即开始在荷马史诗之侧亦同时仿效《埃涅阿斯记》;后世的王朝也将更多转向埃涅阿斯,而非阿喀琉斯,以获取史诗般的感召,毕竟埃涅阿斯一类的英雄人物是专门作为政治性映像而被创造出来的。此后,拉丁语区(Latin West)的诸篇史诗都将政治议题作为中心题材,而在这一点上,无论它们意在延续《埃涅阿斯记》中的那种帝国政治成分,还是像《内战记》那样旨在抨击和抗击帝国,两类史诗趋同。①

如此一来,政治性的、纠结帝国事务的史诗就形成西方文坛一大传统。昆特补充说,虽然卢坎所代表的反帝国史诗包含着广义上的"共和式或反君主制式的"思想"胚芽",但"那个首先出现的维吉尔式关乎帝国权势的传统才是更强大者,是决定西方史诗特色的传统",它也因此而"限定着卢坎所开辟并与(前者)抗衡的第二个传统的标准理念"。②

对于《埃涅阿斯记》这部内容丰富的著作,昆特使用"政治性"概念处理它,难免要面对简括性过强的风险,但他肯定触摸到了维吉尔式传统的

---

① David Quint, *Epic and Empire: Politics and Generic Form from Virgil to Milton*. Princeton, New Jersey: Princeton University Press, 1993, p. 8. 薛西斯一世(Xerxes Ⅰ, 518 BC~465 BC),波斯帝国皇帝。

② Ibid.

关键纹理,而且拜伦一方也知道他本人所面对的相关文坛遗产。无论根据他的自白性文字,还是依照文学史家及学者们所了解到的情况,拜伦年少时读过多部欧洲史诗巨著。20世纪60年代,国外有学者刊文,称拜伦早年甚至读过"荷马史诗的原文","他本人对于古代和现代的史诗作品也的确有广泛的了解,亦知晓有关的'准则'"。① 在一个宏大的(尤其是维吉尔式的)传统中写他自己的宏大诗篇《唐璜》,拜伦所为富有意味。《唐璜》第一章第200诗节,拜伦自己说他所"仿照"的是"荷马和维吉尔的风格",似乎不大区分昆特所说的不同传统,但实际上他并非不知道传统因素的存在,而且无论拜伦之前还是之后,维吉尔式的传统仍然固执地存在着,甚至拜伦对它的态度还不只限于"广泛的了解",或许另有些暧昧因素。专攻英国19世纪文学的美国学者赫伯特·塔克(Herbert F. Tucker)也以专著的形式探讨与史诗有关的传统,标题为《史诗:1790年至1910年间不列颠英雄史诗的缪斯》(*Epic*:*Britain's Heroic Muse 1790—1910*),该书所覆盖的时段是所谓"加长的19世纪",即18世纪末至20世纪初,拜伦自然也被包括在内。其中第一章提到现代人对史诗境界的矛盾态度:

> 有人以为,只有加入一种宏大的、完整的、有吸引力的历史进程中,我们的生命才能获得意义。对于这种认识,我们既认可,又怀疑。或者说,这种历史观所具有的集体主义维度虽不失重要,但是作为现代的个体,我们一边觊觎它,一边又不愿确信它。②

但是作者的立足点不是在"怀疑"上,而是在"认可"上,即史诗情怀如何强劲地存续于现代英国文坛。即便涉及拜伦的《唐璜》,塔克虽认同其"戏仿史诗"的性质,虽然也理解此前一些评论家谋求以"现代风格史诗"或"史诗性的讽刺诗"等模糊概念来定义它,但是受其自己总体思路的制

---

① John Lauber, "*Don Juan* as Anti-Epic." *Studies in English Literature 1500—1900*, Vol. 8, No. 4, Nineteenth Century, Autumn 1968, 607~619, p. 609.

② Herbert F. Tucker, *Epic*:*Britain's Heroic Muse 1790—1910*. Oxford University Press, 2008, p. 3.

约,他还是认为"戏仿"等说法"远不能穷尽"《唐璜》全书所及,甚至他更倾向于简捷地称之为"摄政王时代的伟大史诗",尤其考虑到该诗所展示的、与现代各种表意套式相对抗的语言风格及气质。① 不过,从我们的角度看,"气质"是可以摆出来的。或许仅凭我们对《唐璜》个案的兴趣,我们可在塔克的视角和昆特对史诗传统的梳理之间找到更平衡的思想画面。塔克虽提到《唐璜》后半部宏大气度的弱化,但他认为至少前一半的"剧情"还是具备相当规模的史诗场面的,甚至整部作品"涉及唐璜乘车、坐船从西班牙穿过地中海一带到俄国再到英国的徙游使(这一过程)具有了超越维吉尔的恢宏"②。我们只需借用昆特的思路补充一句:维吉尔之后,毫无方向感的漂泊体现不了使命感,而无使命感,"恢宏"的色系就变了,即难以完全符合史诗的终极定性。仅在这个意义上,拜伦在《唐璜》中所更乐于展示的显然是游荡,而非目标和意义,因此它在塔克所铺垫的那个历史时段中,更像是一部卓尔不群的反史诗的史诗。

　　涉及塔克所看到的"强劲存续"画面,此前早有研究者论及这个情况,只不过侧重点有别,主要放在现代作家对荷马和维吉尔等人文学遗产的改写和颠覆上。20 世纪 80 年代,美国学者家赫迈厄妮·德阿尔梅达(Hermione B. de Almeida)出版《拜伦与乔伊斯驶离荷马的旅程:〈唐璜〉与〈尤利西斯〉》(*Byron and Joyce through Homer: Don Juan and Ulysses*)一书,聚焦两位作家各自的代表作,探讨所谓"后康德时代的"这两部作品如何在人物定位、情调以及基本理念等方面都有别于其所依托的史诗传统。"后康德时代"即"后启蒙时代",或称现代意义上的"民主社会环境"(democratic milieu)。作者认为我们可以在荷马、阿里奥斯托、蒙田、拜伦和乔伊斯之间发现一道链环,而到了后两位作家所处的时代节点,无论长诗《唐璜》与小说《尤利西斯》(*Ulysses*,1922)之间有多大的差异,她还是认为它们都发挥了现代史诗的"相似的作用"。

---

① Herbert F. Tucker, *Epic: Britain's Heroic Muse 1790—1910*, pp. 222～223.
② Ibid., p. 226.

她说,时代变了,荷马史诗遗产也被改动了,因此,"要想谈论荷马式的史诗先例,就必须一并考虑史诗传统,以及相对于这个传统的仿冒英雄的、流浪汉游离性质的(picaresque)和戏谑史诗风格的突变体式(mutants)";还须考虑这些变体在"设想"及处理前人著述时如何具有"颠覆性"。①

德阿尔梅达也谈到唐璜和《尤利西斯》中的布鲁姆(Bloom)与传统史诗主人公的不同之处。她说:"对于民主社会环境中是否存在英雄行为,(拜伦)是最早对这一可能性做出深入审视的作家之一。"而拜伦的结论与日后乔伊斯所获得的认知相一致,即:"人类只是人类,不可能使其生活达到完美,因而英雄主义也不可能作为一种理想的恒定状态而存在。"②如果尚有英雄主义成分留存于世,那也是个人化的,与"个人的激情"有关,是"自私的"(selfish),体现在"自我意识"上。她大致重复道:"个人生命之全部、其最好的冲动瞬间之总和,即是他这个人的总价值;英雄主义若果真尚存,那么它会是个人的、孤立的、以自我为中心的。"③这些话中"自私的"和"个人的"等概念拥有一定哲思层面的佯谬性质,否则不能完全讲得通。就作者的主要目的而言,她意在凭借《唐璜》和《尤利西斯》中的主人公,来反衬那些过于直接地在现代社会套搬所谓古代英雄主义范式的人,比如拿破仑和法国革命雅各宾派中的某些名人;唐璜和布鲁姆二人与他们的反差非常醒目。她认为两位现代作家依托荷马史诗,但通过套用、新解和颠覆等方式,让他们的男主角拥有了新的特点,而其中之一就是"让我们笑":"该诗人和该小说家展示了其主人公作为好人的形象,这是因为他俩首先是有趣的人(funny men)。"④这些说法都具有不同程度的穿透力,只是作者持续将唐璜和布鲁姆放在一起谈论,有时也会冒一点陷

---

① Hermione B. de Almeida, *Byron and Joyce through Homer*: <u>Don Juan and Ulysses</u>. London and Basingstoke: The Macmillan Press Ltd., 1981, pp. 3~4.
② Ibid., p. 62.
③ Ibid., p. 63.
④ Ibid., p. 65.

入印象式概论困境的风险,毕竟两个人物的逗趣并非总属于同一种类型。

无论评论家之间有何不同的观察角度,大家对于拜伦《唐璜》的规模之大,基本无异议,因为此点显而易见。我们只需再做一点说明。规模大,自然就有了所谓标准的史诗气度;可若规模过大,收不住,就不见得那么本分了,也会构成跑题现象一种。我们在本书第二章提过,拜伦说他将慢慢写来,且行且续,"写它一百章才够数"。此中抑或有了些作践史诗的味道? 前面我们提到,有评论家说过拜伦对各时代史诗都"有广泛的了解"这样的话,言者为约翰·劳伯(John Lauber),他代表了持"反史诗"观点的学人,是他们中最直截了当地表达见解者之一。他写了《作为反史诗的〈唐璜〉》("*Don Juan* as Anti-Epic")一文,题目所及,一目了然。我们这一章开始时曾提到,古典史诗之成立,需符合一些要件,关乎情节、规模、主人公资质以及笔法等方面。劳伯则告诉我们,拜伦的《唐璜》在每一个方面都反向而行,均违反了英国新古典主义时期初始阶段德莱顿等人所确立的一系列准则。明知而故犯,这是劳伯的推论要点。虽然他在文中也使用过"戏仿"(parody)等概念来定义拜伦的做法,但他更爱用"摧毁"(destroy)和"冲击"(attack)等较直白而强烈的动词,比如一上来他就直言:"本文所要论证的是,《唐璜》之所成,并非旨在重新解释或重新创立史诗形式,而是通过对于整个史诗传统的全面攻击(涉及其文体、结构和价值理念)而摧毁它。"①预期规模超大,这大概也是"摧毁"的方式之一。而由于劳伯以如此颠覆性动词为视觉支点,他最后的结论显得很干脆:"《唐璜》不是史诗,而是一部反史诗";而反史诗才具有现代性,因此文章作者认为,拜伦比同样写过史诗的同期诗人华兹华斯和济慈更具有现代诗人的身份。②

本书此章,我们基本上会延续前人有关《唐璜》反史诗性质的观点,因此劳伯所言有助推的效果。另需留意的是,谈论这个话题,评论家们大概

---

① John Lauber, "*Don Juan* as Anti-Epic." *Studies in English Literature 1500—1900*, Vol. 8, No. 4, Nineteenth Century, Autumn 1968, 607~619, p.607.

② Ibid., p.619.

会陷入一种窘境:一方面怎么强调"摧毁"也不过分,但另一方面,一旦把"摧毁"这个词直接说出来,可能就已经过分了,至少相对于荷马而言。劳伯的推论当然拥有具体的文本依托,但他仍有可能过早地跨越了黑白之间的灰色区域,似乎将拜伦与古典史诗之间的关系过多归结为对抗的性质,排挤掉其他微妙的成分。比如,在罗列《唐璜》内部的对抗性构思中,他也提及拜伦的现实主义笔法,认为这也是拜伦的抗击招数之一;然而,这既可能简化了拜伦式的所谓现实主义,又会让人以为荷马和维吉尔的史诗中少有此类成分,而实际上《唐璜》中未必不含荷马式的现实主义因素。拜伦式的反史诗机制较复杂,又含趣味性及扯不清的特点。对于读者来说,文本中与传统史诗背道而驰的现象不难罗列,难得的是品味悖逆行为的模糊性,是辨析诗人颠覆和解构过程的不可遏止却又依附前人这种状况的有趣色味,毕竟拜伦的才华不是剪纸性的艺术所能代表的。

2. 但丁的创意

西方作家中,以不同方式或程度与荷马和维吉尔的遗产发生关联者众多,如本章较早时所示。作家中最伟大者无外乎但丁、莎士比亚和歌德这样的文坛巨擘。莎士比亚的悲剧《特洛伊罗斯与克瑞西达》(*Troilus and Cressida*)直接涉及特洛伊战争后期一些主要人物之间的冲突关系,当然也包括尤利西斯(即荷马笔下的奥德修斯),而相对于传统定位,莎士比亚让这个人物多了些跨域的人文情怀,反衬其他人物那种偏执的傲慢和奔突。歌德也一度剥离了尤利西斯的公共职分而更多视其为个体,对其所谓放荡不羁的一面尤有感受。但我们不谈莎士比亚与歌德。意大利中世纪后期诗人但丁留下了一脉文学思想基因,在我们看来,拜伦与这个脉络有较多瓜连。有关这一点,我们前面提到的评论家斯坦福德未予关注,但他看到了古典时代之后的文学思想演进画面,这可协助我们转入有关话题。

简言之,斯坦福德认为但丁将尤利西斯浪漫的一面放大了,其作为个体(而非公众人物)的游走行为注定会激发后来作家的兴趣:"换一句话讲,尤利西斯被移出了古典语境,而被移入一种浪漫的语境。结果是,其各种面目中最吸引后世浪漫作家者,莫过于其奥德修斯式的游荡者身份。"①荷马本人当然也具体写到奥德修斯的游荡行为,但斯坦福德概述了荷马的笔路所穷和后人所续。他说道,荷马的奥德修斯"主要经历了三个阶段",包括他久滞海岛所产生的返乡欲、其在陌生疆域的冒险行迹,以及最后在伊萨卡岛重树自我身份的过程。仅此而已。"荷马的叙事就此终止。不过,这位游荡者虽已疲惫,可后来的作家……又写出下一步的旅程,强加在他身上。"②"下一步"即是但丁受另一位古罗马诗人奥维德(Ovid)等人的启发而迈出的一步;此步伊始,西方文学史上即形成最富意味或最有诱惑力的主题之一。当然,它仍被称作尤利西斯主题,而非以"但丁"冠名。

实际上,但丁的长诗《神曲》中直接有关尤利西斯的文字屈指可数,主要涉及《地狱篇》第26歌的后半部分。诗中的但丁作为年轻旅者,与他的向导维吉尔一同下到地狱的第八层,又下行至该层内的第8道沟(bolgia),看到里面一批死亡灵,都经受着烈焰的煎熬,其中有两个身形浮到烈焰的上面,但丁好奇,即被维吉尔告知,其中一人就是尤利西斯;"那匹马"云云,也被提及。第八层涉欺诈罪,已接近地狱最底层的第九层,而但丁又把这位妙用木马的善谋者放入层内10道沟中的第8沟,让他与一些著名的骗子类聚,可见尤利西斯罪过之大。作为基督教作家,但丁自然需秉持基督徒所应有的基本立场,即便涉及基督教产生之前的人物;尤其尤利西斯的"求知"欲等特点又与一些基督教戒律相悖,再加上作为特洛伊战争中胜方的希腊将军自然就是罗马先人的敌人,因此但丁在原则上不迟疑,其做法也与此前欧洲史上对尤利西斯较多的负面判断相吻合。道理虽如此,可无论第26歌文本所示,还是许多读者所识,但丁的立场具模糊性,传统道德尺度不是其所依赖的唯一尺度。与斯坦福德相似,西方一些学者多会谈到但丁的尤利西斯如何具有双面人特点,一张脸体现古

---

① W. B. Stanford, *The Ulysses Theme: A Study in the Adaptability of a Traditional Hero*. 2nd ed., p.175.
② Ibid.

罗马时代对他的负面写画,而另一面则辐射出为后世作家所认可的精神气质,比如那种浪漫而不息的游荡欲。因此,但丁在《地狱篇》第 26 歌的叙述虽戛然而止,但该说的也都说到了,且自成一体,戏剧性十足,即成为荷马之后有关西方文坛一位著名游荡者的最有感染力的文学创意。也就是说,在这第二张脸上,出现了但丁强大的诗性发挥。

英国学者约翰·辛克莱尔是《神曲》的英文版译者之一,他用的是散文体,对原作内涵做了较好的展舒,另在每一"歌"后面都附上个人的评价。该译本的有关内容转译成汉语可能更易于我国读者理解,因此我们不妨借用其局部译文,看《地狱篇》第 26 歌到底有何魅力,能让一脉文学传统由此而形成,能让拜伦等诗坛后辈的影子也出现在这个传统中。听到导师的简单介绍后,旅者但丁产生了想要接近尤利西斯的欲念,他恳求维吉尔容他稍作停留;原因很简单,他想尽可能近距离倾听尤利西斯"在这些闪烁的火焰间"能直接对他说点什么。这显然是个未经多思的冲动,强烈而突然,其意味复杂,神秘而不易尽解。维吉尔答应了,但却为他代劳,自己直接去问"那个人后来于何处了结了一生"。一时火势愈猛,"如在风中摇曳",火舌似变成"能说话的人舌",抛出了一个声音,其讲述中提到了个人的游荡意念、其所逾越的界标,还列举了西班牙的塞维利亚等地名:

在距离日后被埃涅阿斯称作卡伊塔城不远的一座岛屿上,喀耳刻将我阻留了一年多,这之后,虽然对待儿子我喜爱有加,对老父我自甘尽责,对珀涅罗珀我该返还情债,而且也知道这会取悦于她,但是,这些都不能遏制我内在的冲动而让我不去收获对于世界、对于人类邪恶和价值的见识。于是,仅凭孤舟一艘,仅带上那一小群未把我抛弃的同伴,我驶入宽敞的海面。远航不止,直至西班牙,直至摩洛哥,还有撒丁岛和其他被各自的海域浸洗的岛屿,其间看到一处又一处的海岸。我和我的伙伴来到那个狭窄的出口,看到赫拉克勒斯(Hercules)为防人们越过界限而竖起他那些柱标的地方,此时的我们都老了,动作也迟缓了。在右手边我驶过塞维利亚,先前在另一侧经过了休达城。"弟兄们",我说道,"你们这些历经千难万险而到达西边的人们,我们的感官能警醒不疲的日子已经不多了,不要剥夺它们仅存的机会,该让它们去追随太阳的行迹,体验那个人迹不至的世界。想一想你们都出自何种种系,你们来到世上,不是要像畜生那样活着,而是要去追随品德和见识。"寥寥数语,却让我的伙伴们迫切启程,我很难再把他们拦住,于是我们让船尾朝向晨光,让船桨成为那种疯狂的飞行所需的翅翼,一路向左而行。到了夜里,能看到另一极的各种星光,而我们这一极已太低了,再高不出大洋的平面。自打我们进入这段海路,一连五次,月亮的一半由暗转明,又随之暗去,而就这样向前行驶,我们似看到一座山峰,隐约于远处,我好像从没见过哪座山有如此之高。我们一时充满欣喜,但很快欣喜变成悲哀,因为一场风暴生成于那片新的陆地,击毁了船体的头部。一连三次,风暴以万波之力将它卷抛,在第四次时,就如同天神有旨,将船尾高高提起,把船头插入水下,直至海水在我们的上面重又闭合。①

基本上这就是《神曲》字面上有关尤利西斯的全部内容,简短,却异乎寻常地生动,我们可以想象那些敏锐的文坛后人在读过这段文字后会如何感味其神韵,英国 19 世纪诗人丁尼生的著名短诗《尤利西斯》("Ulysses",1833)更是直接基于这段文字而做了进一步的演绎。我们再把但丁的文字简括一下:尤利西斯离别喀耳刻的地盘后,做出了逾越荷马《奥德赛》文本界限的行为,他要逆家乡而西行,为了游荡而游荡,为了见识而见识,为越界而越界,无目的竟成了目的,前景不具体,却诱人,而如此海洋经历最后让他和伙伴们在狂风巨浪中溺亡于非洲西侧的大西洋中。在这里,但丁似在尤利西斯身上植入一种对于日常家居生活的戒心,

---

① 本段和上一段的内容和引语见 John D. Sinclair, trans. *Dante: The Divine Comedy. 1: Inferno*. Oxford University Press, 1939, pp. 323~327。汉语为本人自译,读者亦可另行参照田德望等译者的散文体译文。卡伊塔城(Gaeta),意大利中部拉齐奥大区(Lazio)的临地中海小城;喀耳刻,英文名 Circe,希腊神话中使人变成猪的著名女巫;"狭窄的出口"即直布罗陀海峡;休达城(Ceuta),西班牙属北非港城。

一种躁动的血质,或一种不息的但并无实际终端的求索欲。对于这种特质,但丁的态度肯定是复杂的,困惑和不安等成分一定会存在于作者的意识中,毕竟是他将尤利西斯判死在《地狱篇》文本中。不过,仅涉及我们自己的话题,但丁实际上通过对荷马文本的跑题,让尤利西斯在行为上做了跑题而叛道的事,还因此吸引了读者,而无论此举是有意还是无意的,所及意象必然会联通唐璜等一众文学人物。或可说,但丁的演绎让尤利西斯从埃涅阿斯的平面向下降了一级,降低了第 8 道沟中这个人物可能的政治性、公共性和严肃而正当的史诗身份,却反倒在效果上抬升了他的个性和文学性;而我们若断然跨越到 19 世纪,会发现拜伦的唐璜只是体现了进一步的具有史诗气度的反史诗倾向,不过是把尤利西斯的经历模板套用在一个"没出息的"塞维利亚少年身上,并在他的故事中添加了被动性、世俗性和喜剧成分,从但丁的平面再往下降了一级。拜伦此举应该也会生成相应的意义。

斯坦福德在他自己的书中说道:倘若但丁在尤利西斯身上"不过就是看到了一位令人生厌的政客(politique)"的影子,那么他就不会听任尤利西斯一路讲下去,因此,

> 无论在神话层面还是道德寓意上,这都是有关尤利西斯最后航程的革命性版本。神话方面,其革命性特点是尤利西斯结束了其奥德修斯形态的游荡后,根本就未回到家中,而是从喀耳刻的岛屿直接去放纵其对于未知世界的认知欲和体验欲。而在道德上,尤利西斯则成为贪求被禁知识这一罪过的象征。①

斯坦福德认为这后一方面也解释为何作为基督徒的但丁终究要把尤利西斯放在地狱境内。前面我们说过,斯坦福德看到但丁笔下尤利西斯的两面性,他也充分感受到但丁诗性塑造过程的魅力,但由于斯坦福德等观察角度较多以荷马本人的所谓"社群"精神为基准,他就难免更偏重诘责但丁笔下尤利西斯所代表的"离心力",乃至认为但丁也是借助这个人物对

---

① W. B. Stanford, *The Ulysses Theme: A Study in the Adaptability of a Traditional Hero*. 2nd ed., pp. 179, 181.

当时的人们提出一种道德"警示",让他们提防"无政府主义成分",或那种"对社会有破坏力的因素"。①

辛克莱尔于价值判断上的兴趣略低,其态度比斯坦福德更积极一档,他援引了贝奈戴托·克罗齐(Benedetto Croce,1866~1952)等意大利思想家的一种论断:

> 在但丁的时代,说到这种想要知道所能知道的一切的激情,无人比(但丁)更深深地被此情绪所感动;而除了尤利西斯外,他并无其他的依托,因而只是借助这个生动的人物,他才对这种高贵的激情做出如此高贵的表述。

辛克莱尔本人更直接指出,作为诗人的但丁有别于作为中世纪神学家的但丁,于是他最后以极其正面的口吻评说道:"正是由于尤利西斯的伟大,其命运才有如此感染力,而如此伟大和如此感染力加在一起,让(第26歌)比《地狱篇》的任何诗章都有着更显著的大悲剧(high tragedy)气质和力量。"而尤利西斯的"不见边际的""见识欲"也使他本人成为整部《神曲》中"最感人和最高大的人物之一"。②

美国学者哈罗德·布鲁姆所著《西方正典:书中之书与岁月派》(*The Western Canon*: *The Books and School of the Ages*)一书对这个"冲破一切界限"的话题有专论,他简引斯坦福德,也用了辛克莱尔的译文局部,并帮他们补上一整串受到但丁第26歌影响的后世作家的名字,另外还提醒,奥维德先前已有言论,促成史上"有关尤利西斯是那群一边四方游荡一边寻花问柳的大浪子(the great wandering womanizers)中第一人的定见"③。布鲁姆说,但丁身上那种内在的傲慢,那种超越了品达(Pindar,518? BC~438? BC,古希腊诗人)、弥尔顿、雨果和叶芝等人的傲慢,不可

---

① W. B. Stanford, *The Ulysses Theme*: *A Study in the Adaptability of a Traditional Hero*. 2nd ed., pp. 181~182.
② John D. Sinclair, trans. *Dante*: *The Divine Comedy*. 1: *Inferno*, pp. 331~333.
③ Harold Bloom, *The Western Canon*: *The Books and School of the Ages*, p. 80.

能不让他在"很深的层面"去与"作为越界远航者的尤利西斯""认同",尽管但丁对这种认同也会抱有"无意识的恐惧感"。① 而说到这种叛道的傲慢,布鲁姆还与埃涅阿斯做了比较,其态度所含不屑成分更高一些,对但丁本人跑题文思的评价也更犀利,连带也表达了对一些学人所做无力解读的失望情绪。他说:

> 维吉尔的埃涅阿斯大致属于那种一本正经的人(a prig),而许多研究维吉尔的学者正是把但丁也变成了这种人,或者若尚无机会也就罢了,而一旦等到有了机会,他们定会如此处理他。但丁可不是埃涅阿斯;他和自己笔下的尤利西斯一样,有野性,自我中心,不耐烦,而且也与他一样,充满燥热的激情,想要到别处去,想与人不同。

布鲁姆甚至直言,尤利西斯实乃但丁为自己创造的"替身"(double),有时能让但丁感叹现实中的自我与这个替身如何不同。② 至于但丁本人跑题,我们在前面已预设了此概念,这是我们自己的措辞,主要因为他在沟边停了下来,短暂失去方向感,想要和布鲁姆所谓其替身的那个人对话,似乎一时脱去原则的外衣而去面对火焰中那个外化的真我。姑且说,但丁对第26歌的构思不仅让尤利西斯跑了题——不回家,不安于岛屿所界定的归宿——也让其本人(至少于瞬间)很惬意地偏离了一些理念的疆域,岛屿意识扩展为海洋意识,时间、空间、地域、宗教、道德等方面的界桩被虚化,而作为诗人所拥有的浪漫情怀或包容心则得以扩展。

由此我们联想到拜伦笔下唐璜的频繁迷失、其海洋般无边际的意识、其在一些理念上的跑题。就像是但丁在叙事的基本脉络中突然插入类似尤利西斯故事一类既让旅者放慢脚步又让诗人本人有所停顿的片段,拜伦也屡屡插入他自己的跑题片段,形成相似的叙事路数,只是更显散漫。在此,我们再援引另一位评论家的观点,他即谈到拜伦在《唐璜》中所使用的推进手法,虽与我们所言不属同一平面,但其所用主要概念则有呼应的

---

① Harold Bloom, *The Western Canon: The Books and School of the Ages*, p. 81.
② Ibid., p. 83.

效果。英国学者德拉蒙德·伯恩(Sir James Drummond Bone)曾论及拜伦的修辞技巧,认为他在《唐璜》中常使用跨行(enjambment)和打乱节奏等方式,让一些见解变得不那么确定,或体现内在的迟疑。他说:

> 这可以达到一种效果,让人类那种紧绷着的寻找意义的行为变得松弛下来,并在如此松弛中,凸显对于过去所笃信的理念的温习,即我们曾经相信,世上存在着那类自然形成的意义(naturalness of meaning)……怀旧的温习之如此,会让诗作的表面出现裂痕,但这也是其范式的不可分割的一个部分。该诗作以其所特有的跑题性质和流浪汉游离性质的基本构思,展现了四下嘈杂之物的偶发性,并抑制着、冲击着那个建构起来的、有意义的、文明的世界。①

"流浪汉"式的漫游与"明文的世界","自然形成的意义"与"建构起来的"意义,作者笔下此类抗衡机制几乎是在复用丁尼生诗作《尤利西斯》中的张力关系,以此诠释但丁的尤利西斯主题,并且实际上也把拜伦植入这一脉思想传承中。布鲁姆在前面说到但丁的孤傲超越了叶芝等人的傲慢,因此但丁才会与尤利西斯认同。我们亦可反过来讲,叶芝所为,也是以他自己那种貌似亚于但丁式史诗气度的方式呼应前辈的离经叛道。毕竟伯恩这段话中有关"紧绷"和"松弛"的对立之论,宛若使用了叶芝式的理念和话语,似让我们联想到叶芝诗歌中的那个"松弛的"世界,那些流浪汉、乞丐,以及流水和游云等,以及与之迥异的那些目标明确而可被仰视的所谓"朝圣者"。从叶芝回到拜伦,读者即可再从另一个角度辨析拜伦《唐璜》中的尤利西斯因素。所谓"流浪游离性质的",原文即是picaresque这个词,原本的确含"流浪汉"或"无赖"等意思,因此我们若将其与旧时"英雄"或"志士"等概念对照一下,或有助于挖掘《唐璜》中但丁式或叶芝式的主题成分,或也能让人感受到伯恩笔下时而富有诗意的对《唐璜》中自发因素的勾勒:"《唐璜》这个作品就像是泛着漩涡的溪水(权

---

① Drummond Bone, "*Childe Harold* Ⅳ, *Don Juan* and *Beppo.*" Drummond Bone, ed., *The Cambridge Companion to Byron*. Cambridge University Press, 2004, p.158.

且借用柯尔律治式的词语），局部有许多片段，在一种信笔闲聊而偶变不止的叙事水流中随时冒出，或随时并流。"①似乎溪水所唯一服从的，就是内心自发产生的不那么"一本正经的"绪念。

　　奥地利心理学家奥托·兰克（Otto Rank，1884～1939）将精神分析学理论用于文学领域的传奇与神话研究方面，他写过一本题为《唐璜传奇》的书，探讨欧洲文学传统中的唐璜主题，所及内容不限于拜伦所著。书中有这样的认识：唐璜不羞于承认自己的欲求及动机，"如此一来（他）就抛开了英雄谎言，而这一点让他变得高大，为他人所不及"；而将传统文学的"英雄"之说化作谎言，其自己也就无意再当英雄，不过兰克接着说，唐璜的确在一个"关键点"上"尚保持了英雄的特征"，即"他孑然独立——独自一人对抗一个（充满敌对因素的）世界……"②落实到个案，这个评价或过于戏剧性了，但我们在此中大致看到但丁和丁尼生笔下尤利西斯的身形，也隐约意识到拜伦的唐璜如何仅凭"孑然"一身与所谓文明世界"对抗"，让他自己的身份从非英雄变成了文学作品的中心人物。或许从唐璜被海水冲上希腊海盗岛的那一刻起，拜伦也开始了其本人对所谓荷马的奥德修斯/但丁的尤利西斯式气质的演绎。

3. 更多的文学造像

　　探讨西方史诗及反史诗等概念，不可能仅限于对几位巨匠的观察，尚可再细碎一些，以丰富我们在比较文学和比较文化方面的认知，亦可增进我们对拜伦《唐璜》的了解。我们在前面提到线性旅程与散漫游荡之分，唐璜肯定代表不了前一种行为，而唐璜之前，算不上直线旅者的著名文学人物已形成一个小的星系。我们姑且再以粗略的手段，冒着一定的学术风险，归纳出以下群落。先看前一种类型的几个例子。如前面所说，埃涅阿斯是个原型，他背负族人的重托，终要经过磨难和跋涉而创建一个国

---

① Drummond Bone, "*Childe Harold* IV, *Don Juan* and *Beppo*." *The Cambridge Companion to Byron*, pp. 158～159.

② Otto Rank, *Don Juan Legend*. Ed. & Trans. David G. Winter. Princeton, New Jersey: Princeton University Press, 2015, p. 87.

度;但丁作为诗内旅人,不管如何停下脚步,左顾右盼,他注定瞄准天堂,最后也飞向天堂。在原型之后,我们略举几个英国文坛的例子。斯宾塞长诗《仙后》各卷中的主要人物多历经磨难和诱惑而最终达到预期的目标;班扬《天路历程》中那个名叫"基督徒"的主人公肩负重任,走过艰难旅程,终进入预先锁定的天域圣城。英国浪漫主义文学时代,柯尔律治的《老舟子咏》展现了虽有周折却也是有始有终的精神救赎之旅;雪莱的诗作《孤独的精灵》("Alastor, or The Spirit of Solitude", 1816)追溯一段追求终极理想的远游。拜伦之后,勃朗宁的《罗兰少侠来到黑色的塔堡》("Childe Roland to the Dark Tower Came", 1855)这首诗描写孤独旅者跨越险恶地带而达到具体终点的过程。另外,根据美国学者巴里·考尔斯在其《维多利亚时代小说中的世俗朝圣者们》一书中的研究,狄更斯、夏洛蒂·勃朗特和乔治·爱略特等小说家的作品中有不少个体人物,他们都在各自的现实生活中,以世俗的方式实践着《圣经》内容的预表说(typology),像朝圣者一般历经曲折和砥砺而完成自己的精神旅程,在一定程度上体现托马斯·卡莱尔和班扬的影响,尤其班扬的清教思想。① 遥远的跨度,从埃涅阿斯到简·爱,诸文学人物身份不一,所涉旅程各不相同,但大致都具有精神进阶的性质,从低到高,从缺憾到完满,目标也多可预见,16世纪欧洲宗教改革之后的新教或清教思维只是强化了对于这种个人的线性精神历程的笃信。

另一类人至少同样嗜旅,但其行迹的线性感相对偏弱,往往少了明显的终端。远观西方文坛,除了荷马笔下奥德修斯的一个侧面或但丁和丁尼生视野中的尤利西斯,还有欲圆骑士旧梦而热衷离乡出走的堂吉诃德、马洛和歌德等人笔下厌倦了书屋狭室而不惜一切代价到处追求俗界际遇的浮士德、英国17世纪博识家托马斯·布朗(Sir Thomas Browne, 1605~1682)环游欧洲而随遇而安的自我、伏尔泰所记那位貌似满世界走

---

① Barry Qualls, *The Secular Pilgrims of Victorian Fiction*. Cambridge University Press, 1982.

了一遭而终于找到归宿但实际上以自身体验反衬单线条终极求索行为之荒唐的老实人(Candide)、斯威夫特所臆想出来的那位每次回家不久就再思异域的船长格列佛(Captain Gulliver)、较早为拜伦代言的那个且行且议并主动在人类社群中将自己边缘化的少侠哈洛尔德,等等。这些也是此类人群中几个较明显的例子。

这里面的哈洛尔德有着唐璜身上所欠缺的气质,较忧郁,较深沉。不过,拜伦将此人的游历称作 pilgrimage(游走,亦含朝圣意味),还是融入了戏仿的成分,毕竟少侠并无明确的终极圣地。姑且说哈洛尔德有所不同,而其他这些旅者的秉性却都不那么凝重或肃穆,其身形也都不算高大,与途中的但丁和斯宾塞等人所刻画的主人公有别。到了较现代的时期,诸如叶芝和乔伊斯这样的主要英语作家更是站在普通人的立场,观察那些卷入潮流街头斗士,对他们致以同情,却也保持距离,更明确地以舒缓的生活理念对照那种直线而不归的人类企求。前面提到,叶芝按不同思路,将重要意义赋予某种较散漫、舒放、行迹广及而难寻却又不违天理的生活形态,体现于鸟雀、云朵、花朵、水、马匹、流浪汉、艺人、杂货铺、盘旋结构以及某些乐律所代表的活动方式中,让斑驳的生活喜剧包围住犹如水中顽石的悲剧使徒。乔伊斯则在他的中篇和长篇小说中从多方面推展多维意味,无论形式还是内容,无论街区实景还是在梦中,无论水流还是意识流,无论家园还是海洋,漫游与漂荡因素都在制约着各领域单向的、单极的诱惑。总之,单线与多维,两种旅行类型,各自都体现作者们特有的人文理念,第二种类型也并非不含高深的思考和终极的关怀。

或许这两类人之间还有某种中间类型,兼顾两端的特点,但又不与任何一端相等。比如我们大致可用"乔叟式"或"华兹华斯式"等概念来定义此种中间类型。乔叟的长诗《坎特伯雷故事集》中,那群长途跋涉的香客(pilgrims)固然有明确的目的地,即坎特伯雷大教堂,但是除了这个宗教目标外,吸引他们结伴而行的还有另一个因素,那就是听故事和讲故事的娱乐活动,以此缓解旅途劳顿。在乔叟的构思中,这后一种因素与文学领域发生关联,于是宗教和文学混在一起,促成特色旅行,似渐渐形成英国中世纪后期每年春天的保留节目,而节目中宗教和文学到底哪一方诱惑力更大,不见得就能轻易量化清楚。不仅讲故事,还要看谁讲得好,出现了竞争,故事的质量也得以提高,这不仅能助香客们克服单调,间或也会促成精神的享受,甚至让他们暂时忘记远方那个正宗的精神目标,线性之旅被各种故事弄得扭曲了,心灵凭借文学想象,在直线上跑了题,竟得以游历四面八方,有时似潜入尘世的角落,雅不胜俗。拜伦的影子浮现了出来。

而所谓华兹华斯式的旅程,是以个人的不懈求索平衡外部世界某些政治家、社会理论家、教育家、经济学者和工商业者等各方人士的机械企划。追求之不懈,自然就有了一定的方向感,华兹华斯也常声称他要达到某种境界,或走向某个理想的端点,以完成长河般的线性旅程。不过,话虽如此,虽然客观上他也终究回归于湖光山色间的农舍,但其所瞄向的端点却是有端无点,其精神家园也并非狭隘的藩篱。或反过来讲,一种无家可归的境域也是华兹华斯式旅者的精神家园。家的概念变大,并不抽象,却更超然而原始,相对于精神也更舒适。其他人士多会热衷于意义重大而方向明确的各类立项,因有迹可循而心安理得,而华兹华斯会说他时常失去固化的依托,自由得让他觉得有些"恐慌";其开放性的旅程上也会出现意想不到的"导游"。《序曲》1850年文本第一卷开篇,他说他因新近获得的自由而兴奋,可面对展现于眼前的"整个大地",他该选择何种路线呢? 他说:"倘若选定的/向导仅是一朵飘游的孤云,/我就能知道去向。"紧跟着还说,要"让河上的漂物指引航程"。[①] 读者可能会认为,这不过是诗性俗套,自我的托付若如此不切实际,等于说了白说,天上与河中的向导或也让人联想到危险。不过,云和漂物拥有象征意涵,体现既有持续游动、既依从基本法则而又不拘谨、不机械的行动方式,是对自然元素的依归,或也称顺应天理;有目标,又大于目标。《序曲》末尾第十四卷,也是在该卷的开篇处,华兹华斯又使用了云朵意象。他说他在英国威尔士的斯

---

① 本人译自 William Wordsworth, *The Prelude 1799, 1805, 1850*. Eds. Jonathan Wordsworth et al. New York and London: W. W. Norton & Co., 1979。见第一卷第 10~30 行。

诺顿峰（Mount Snowdon）山腰上看到了月下的云景，发现云层如海，起伏不息，广大而自由，就像拥有了"权威"而随意跨入各方的界域。出现了浩浩荡荡的跨界现象，或宛若随意而恢宏的跑题。于是他说他在那看到了"心灵的表征"，云海就像"威仪浩荡的心智，/展示出它的积极作为、它自身的/现状以及它可能经历的蜕变"。①

这种既有依托又极度自由的活动方式似让乔叟和华兹华斯相互贴近。如果我们联系西方文学和文化中一度常见的"远寻"（quest）概念，姑且可以说他二人所代表的所谓中间类型是一种假性的远寻，不像第一类由埃涅阿斯等人所代表的那种名副其实的寻索。正宗远寻（real quest）与假性远寻（false quest）之间形成张力，后者就像是今人爱说的山寨版，但人类精神之旅的搭乘方式和抒表方式不一而足，不应当被局限住，所谓假性的远寻，在戏仿或模仿纯正类型的过程中亦可以展示复杂的精神活动形态，或也让我们有了准备，去阅读堂吉诃德和浮士德等人所代表的那种更加漫无边际的世俗游荡。不管怎样，堂吉诃德也好，香客们也罢，我们视野中出现一些从点到面的旅者，他们不固守一域/隅，越界行为频现，而与他们实际行为相并行的是，有关其旅癖的文学表述也不再拘泥于单一风格或套式；行为上和文字上的跑题与漫游一同多了起来，各种意义上的所谓"世界公民"变得越来越常见，出现了诸类形神不一被流放或被自我流放的身影。如此我们就慢慢靠近了唐璜，一位不断跨界而无域可守的浪子，而现实中的拜伦也在其个人的生活和写作中双线游走，他也真的把自己原来的家弄没了，体会到茫然和困顿，但也换回来作为活动平台的欧洲地界，而若观察《唐璜》中拜伦的自我展示，那更是海阔天空，作为其文学平台的境域就更大了。

我们以一个小例子结束这漫及的一章。《唐璜》第四章续讲唐璜和海黛的热恋，讲到他俩被强行分开，已怀孕的海黛在绝望中死去，《唐璜》全诗中最沉重的片段就此产生。可就在这个令人唏嘘的片段中途，拜伦忽

---

① 本人译自 William Wordsworth, *The Prelude*, 1799, 1805, 1850, 第十四卷第39～70行。

第四章 "散漫"和"逗笑"之别意：反史诗的史诗

又跑题，像是遭到自己哀伤倾向的电击，抽身而闪：

> 现在要暂不表他。因为我竟然
> 　感伤起来，这都怪中国的绿茶，
> 那泪之仙女！她比女巫卡桑德拉
> 　还灵验得多，因为只要我喝它
> 三杯纯汁，我的心就易于兴叹，
> 　于是就得求助于武彝的红茶；
> 真可惜饮酒既已有害于人身，
> 而喝茶、咖啡又使人太认真。
>
> 除非是和你掺起来，白兰地！
> 　呵，那火焰之河的迷人的女神！
> 为什么你要残害我们的肝脾？
> 　也学别的仙女，折磨爱你的人？
> 这使我只好去就清淡的饮料；
> 　至于烧酒呀，每当我夜静更深，
> 满满喝上几盅后，第二天醒来，
> 我的头就像是被夹上了刑台。①

在沉重的上下文中，这两个诗节转而谈及各类饮品（"仙女"们），涉及其区别：喝酒伤肝，饮茶涤心，但所喝的液体若过于清纯，人会变得严肃，所以要用黑的（black Bohea，"武彝的红茶"，即武夷红茶）来兑冲绿的，或者也可借酒忘事，于是偶尔以肝脾为代价去沾惹地狱的火河（白兰地）。我们在有关跨域行为的脉络中提及这个小例子，自然不是缺之不可，《唐璜》中可用片段众多，只是这两个诗节所展示的作者姿态清晰易辨，用起来较方便。不管此中文字是否存有更深的寓意，叙述者在此显然炫耀了一下，表现出他自己是个喝过、见过的人。说绿茶让人"感伤"，大概除了它太纯之

---

① 拜伦，《唐璜》，第四章第52、53诗节。

外,tea这个外来词或也在视觉上与 tear(泪)有些贴近,尤为调侃无度者所见,更何况单看 ea 这两个字母,有时也真有 ear 的发音。"武彝的红茶"则更具特定的异域感,而"白兰地"的原文是 Cogniac(即 cognac),具体指法国西南部科涅克镇一带所生产的高级白兰地。此外,"卡桑德拉"、"火焰之河"(Phlegethontic rill)以及"迷人的女神"(sweet Naïad)等都与希腊神话传说有关。一系列外来名词,相互间都挨不上,组合起来或展示语者见识之广,世界、世故、世俗等诸种意味都被烘托出来,个人的意识显得很开放。脾胃方面,也是俨然一副入世而跨界的样子,红茶绿茶竟像跟自己有着自然而然的关系,四海之内竟没有远近之分。如此在广大空间的意识漫游和行为不羁联结着但丁的尤利西斯和荷马的奥德修斯,但连同他自己笔下的唐璜,拜伦所勾勒的形象被人仰视的可能性却已大大降低,更远离维吉尔所树立的雄才大略,正统史诗类的文学敏感性被颠覆了。

可以说,在我们这个上下文内,拜伦与华兹华斯等人所代表的写作行为,要么是把史诗人物身份拉低至一般的社会个体亦可入围的程度,要么就是把平常社会个体的生活历练拔升到史诗级别,都与古人所著有了落差,尽管都是演化而来。而就读者而言,虽然会有一些人在意识上习惯于厚此薄彼,比如厚宏大而薄散漫,厚凝重而薄笑意,重群体命运而轻个人历程,重目的性而轻散漫性,但我们的潜意识中或许会有另一种倾向,比如有时倒是更亲近那种有趣的、平民化的反史诗因素。潜意识可以转变为意识;对于史诗巨著中所内含的自我颠覆性因素,读者的兴趣或可变成自觉的认知,那些不大严肃的戏仿类作品也可引起我们的重视,如此我们就能重新结识奥登所说的占据西方文坛半壁江山的才思成果。拜伦和唐璜的非线性频频跑题为我们呈献了一种生存格局,说明现代人无论身体上或精神上的游荡都可能随时发生,有时难以遏止,因其所及空间之广大而同样拥有了意义,相关的文学表述也产生磁力,融汇着史诗和反史诗成分,让我们在一段时间内得以依附其上,进而在随想、审视、趣评、诙谐、闲扯、笑声、讥讽、喜剧和悲喜剧等诸因素中看到一个比日常环境更丰富的世界。至少可以让异域读者借一个案例而领略西方文学中所呈示的个体流动现象。

第五章　歌德、莫扎特与拜伦：对"负能"的置放

上一章顺带提到歌德，在此让我们多走一步，越出纯文学的边界，简要回顾西方音乐史所记老年歌德与莫扎特、贝多芬所代表的两种音乐风格的纠结，另引入歌德与拜伦在文学方面的互动，用这些貌似不直接相关的例子，来反观拜伦本人对于不同史诗类型的分辨以及对于蒲柏和华兹华斯等作家的一己好恶，进而引出拜伦"逗笑"、"跑题"和"散漫"等说法的又一个相关意义，即：《唐璜》这类著作对于人类生活中各种不同的能量具有戏剧性包容度。如此类比应该也具有启示性。歌德喜欢音乐，喜欢拜伦，喜欢莫扎特，他的诗剧《浮士德》（*Faust*，1808，1832）与欧洲唐璜传奇有着血亲关联；在歌德这个支点上，几位名人或几个维度有所交织。西方乐坛尚有其他作曲家与这三位伟人有精神交集，偏爱莫扎特的人、给歌德和拜伦的作品谱曲的人，都另有人在，但所涉互动与我们所聚焦的这种"交织"关系不尽相同。另外，本章所用"负能"之说，与一般所谓"负能量"概念所涉及的意义层面不尽相同，而主要关乎基督教文化和西方哲思范畴内的有关因素；"包容度"也主要指艺术作品内部对于不同能量的接纳，而涉及外部的现实生活领域，应另有常识性道德尺度。

莫扎特的歌剧《唐璜》等作品让歌德一度有了念想：若给自

己的《浮士德》配上乐,比如也将其变成歌剧,搬到舞台上来演出,那么该托付给哪位作曲家呢?《浮士德》作为长篇诗剧,内容和思想上有复杂性,其具体所及不是我们的关注点,我们主要观察歌德的自我认知,以及他在艺术审美上的倾向性。时间上,歌德对于谱曲一事的纠结有持续性,19世纪20年代尤为上心,一直延续到1827年贝多芬(Ludwig van Beethoven,1770~1827)去世之后。这个时期贝多芬的音乐正叱咤风云,其某些代表性作品大致印证我们所说的史诗气度,而到了20年代,莫扎特(Wolfgang Amadeus Mozart,1756~1791)已去世三十多年,其对贝氏虽有重要影响,但相对来说,二人乐风不大一致,比如至少从某些单一器乐作品看,莫氏所作往往缺少贝氏那种凛冽或复杂的音乐构架。然而一些现有的生平线索告诉我们,歌德属意的却是莫扎特,而这远不是因为莫扎特曾给他的短诗谱过曲。歌德的这个倾向或许会让一些知乐者略感不尽人意,尤其考虑到《浮士德》这部诗剧外表所具有的宏大而不凡的规模。当然,一般听众对于两位音乐家的区分可能含有较多的印象成分。

　　需考虑到的还有更大的背景因素。在历史语境中,叱咤风云的不只有贝多芬的音乐。18世纪末到19世纪初这个过渡期内,以法国大革命和拿破仑战争等大事件为社会幕布,欧洲艺术和文学领域出现了一批艺术家和作家,他们多似受到某种感召或启迪,以各自的作品一同构成一道可观的气势,让人觉得时代发生了变化。我们若放宽视野,让时间线条粗犷一些,即可以列举诸如中后期雅克-路易·大卫(Jacques-Louis David,1748~1825)、泰奥多尔·杰利柯(Théodore Géricault,1791~1824)和欧仁·德拉克洛瓦(Eugène Delacroix,1798~1863)等法国画家的绘画作品,另比如英国画家J. M. W. 透纳(J. M. W. Turner,1775~1851)的画作;音乐界,除了贝多芬那几部被附上"命运"、"英雄"和"欢乐颂"等标签的宏大交响乐,还有弗朗茨·舒伯特(Franz Schubert,1797~1828)的交响乐及主要室内乐作品、艾克托尔·柏辽兹(Hector Berlioz,1803~1869)的早期音乐作品等;文坛上,德国、英国和法国等地涌现出大致可以相互映照的作家群落,诗人较多,小说家也多有诗性思维,我们不一一提名。这后一群人中也有早期拜伦的身影,但写《唐璜》等作品时,他已经不大合群了。

笼统讲,这些艺术家和文人共有一些特点,与"欧洲浪漫主义"这个概念发生不同程度的关联,其作品多构思不凡,气度恢宏,情绪上绵稠、凝重、萧肃、怅然,有时恣纵史诗情怀和宏大叙事冲动,既放大个体,又关怀人类,亦憧憬未来;相比过去的时代,即便内容和题材等层面不见得有断然的出新,意境上已是别有洞天了。广义上笑的因素,甚至与之相关的诙谐、调侃和讥讽等戏剧性成分,都已不再是主要特征,诸如贝多芬的《欢乐颂》、雪莱的《解放了的普罗米修斯》(*Prometheus Unbound*,1820)和德拉克洛瓦的《自由神领导人民前进》(*La Liberté guidant le peuple*,1830)等作品,似多以重大的方式讲重要的话,不给受众留出轻松寻乐的余地。在一定意义上,如果按照史家一般所说19世纪的英国等国家发生了道德上的保守转向,如果说中产阶级所主导的文化环境渐趋严肃,涉及家庭、情爱、男女地位等方面的观念更是变得拘谨,那么这也是与西欧诸国文学艺术领域的深沉抒情转向或正剧转向并行展开的;经济社会中的中产阶级进取心和体面感、其对于个体尊严和个人发展空间的诉求,这些都与文学艺术领域的宏大叙事情怀发生重合,于是,保守和浪漫,这两个貌似对立的线条竟发生意想不到的关联。

歌德早先作品中所曾含有的一些成分是促成浪漫叙事风格的因素之一,可是,在上述名家所活跃的所谓大时代中,他却转而回眸莫扎特的歌剧,留意拜伦的《唐璜》,这显然有背时之嫌。而大约与此同步,拜伦也在回望蒲柏所代表的18世纪文风,与后人所称英国浪漫主义时代的主要趋向相左,而且他显然也对莫扎特的音乐有亲和感,特别是他的歌剧。歌德守着一部大好的诗作,唯在谱曲上不得遂意,而倘若莫扎特只是人没了,那倒未必不能另寻其他作曲家作为候补人选,然而在歌德眼中,莫氏所带走的也是一种艺术形态,敏感性没了,眼下所风行者,已是另一种气韵。有鉴于此,在一个思想奔放而热度烘然的时代,歌德一方却难免觉得有些冷清。

莫扎特、歌德、拜伦,这三个人都有剧作家禀赋,歌德的《浮士德》是诗剧,拜伦也写诗剧,而且《唐璜》中有若干戏剧性片段;他们都着迷于18世纪类型的讽刺性喜剧视角,也善于对人类生活作戏剧性再现,其艺术产出能够容纳多样化人类行为、性格及情感能量,并乐于在悲剧和喜剧之间、在正剧和闹剧之间跑题。别人多顺应时代精神而向前看,而歌德和拜伦一时间都往后看,于是,我们眼前会出现两幅画面,一幅是占主导地位的历史大画面,一幅是大画面中的小画面,后者主要牵扯上歌德、拜伦和莫扎特这三个人。应该不止三人,但即便三人,人数虽不多,可他们却是其各自所处时代相关领域中最显赫的个体。我们在纵观当时的欧洲大势时,或可意识到有这么一股不那么宏阔却也不容忽略的审美逆流。

一、拜伦与莫扎特

我们先观赏几则涉及拜伦的感性情景。1818年7月,拜伦开始写他的《唐璜》,当时他在威尼斯城,客观上身居一处与英、德、法等国有所异样的文化环境。根据马尔尚所记,拜伦对当地风情颇有领略,既屡见"意大利风俗中那种闹剧般的放荡",也直接接触到"威尼斯女性的弱点",而这些让他有了可依托的"丰厚背景",尤其涉及《唐璜》第一章唐璜与朱丽亚的偷情片段。马尔尚写及这些内容时,一定联想到发生在莫扎特《唐璜》中的类似情节,于是他给了一个注释,说"拜伦熟悉唐璜传奇;他很可能在威尼斯看过莫扎特的《唐璜》"[1]。伊丽莎白·博伊德的印象则是,拜伦"肯定在威尼斯看过(这部歌剧)","没有疑问"(certainly)。[2] 的确,若是拜伦真的看过莫扎特的作品,这会激发我们的想象力。这一点虽不好最终认定,但至少麦德文在其《拜伦男爵交谈录》一书中提到,长诗和歌剧中的两位唐璜的确成为拜伦身边人的谈资。拜伦对麦德文说:"有人告诉古奇奥利夫人,我的唐璜和那部歌剧中的唐璜是同一个人,这让她耿

---

[1] Leslie A. Marchand, *Byron: A Biography*, Vol. II, p. 750.
[2] Elizabeth French Boyd, *Byron's Don Juan: A Critical Study*, p. 35.

耿于怀,于是为了让她高兴,我已经中断了有关这个人物身世和奇遇的文字。"①

不过,拜伦只是"中断"了一段时间而已。而拜伦不仅仅让他的唐璜或他自己身上有了莫氏唐璜的影子,他自己还另有认同,就像直接化作歌剧中唐璜的随从莱波雷洛(Leporello)所扮演的角色。我们有此猜测,也是因为两个作品中有关局部颇为相似,很难不让人产生这样的联想。当暴力发生时,作为叙述者的拜伦和作为跟班的莱波雷洛都成为胆小怕事的旁观者。歌剧开始时,莱波雷洛目睹唐璜与骑士长(Commendatore)二人挥剑互搏,被吓坏了,说他心跳之快让他难以承受;而拜伦的《唐璜》第一章第181诗节,朱丽亚的丈夫发现了唐璜,遂即去取他的剑,拜伦说这是要出大事了,他自己吓得直打战,血液都要凝固了,云云。在此,既谈到《唐璜》与莫扎特歌剧具体片段的相似性,我们不妨顺便再插入一则涉及《费加罗的婚礼》的信息,只为进一步推测拜伦对莫扎特的了解。在其所著《拜伦的〈唐璜〉与唐璜传奇》(*Byron's Don Juan and the Don Juan Legend*)一书中,爱尔兰学者莫伊拉·哈斯莱特(Moyra Haslett)接过19世纪丹麦哲学家索伦·克尔凯郭尔(Søren Aabye Kierkegaard,1813~1855)的联想,把《费加罗的婚礼》中伯爵夫人的男侍凯鲁比诺(Cherubino)视为"年少版的唐璜",继而也在《费加罗的婚礼》和拜伦的《唐璜》之间建立联系,说后者第一章第137诗节前后,唐璜、朱丽亚、她的丈夫阿尔方索和女仆安托尼亚四人之间所发生的互动"折射了发生在(《费加罗的婚礼》中的)有夫之妇的伯爵夫人、她的女仆苏珊娜和年轻的凯鲁比诺之间相应的场面,以及他们的三角关系"②。我们自己另可联系《费加罗的婚礼》第二幕后半部所谓伯爵"捉奸"的具体剧情,其所涉及的人物就不止这三位了,尤其是加上伯爵本人的四重唱部分。

古奇奥利夫人即伯爵夫人特蕾莎·古奇奥利(Teresa Guiccioli,

---

① Thomas C. Medwin, *Medwin's Conversations of Lord Byron*, p. 164.
② Moyra Haslett, *Byron's Don Juan and the Don Juan Legend*. Oxford: Clarendon Press, 1997, pp. 91~92.

1800～1873),拜伦在意大利时,她与他过往甚密,成为其生平较持久的伴侣,因而也是重要的历史人物。我们不知道她到底为何感到不快,但设想一下,倘若她已经知道拜氏唐璜身上有拜伦自己的印记,倘若她也知道莫扎特歌剧中的唐璜又是人皆晓之的那个浪子,那么她当然不愿意让旁人沿着相关思路去联想她与拜伦的关系,因为那会降低她的尊严。读者中的音乐爱好者还可能知道,莫扎特这部歌剧第一幕中有一个被称作"芳名册"("Madamina, il catalogo è questo")的有趣唱段,出现在上述搏击桥段之后,其时莱波雷洛以炫耀的语气对一位贵妇(Donna Elvira)历数被唐璜"征服"过的众多女性。对于这个唱段,拜伦的《唐璜》中似有个小规模的倒影,即本书第十章所要引用的《唐璜》第一章第 148～150 诗节所示。在这个局部,历数者变成了朱丽亚,一位女性,所历数的是男性,她对丈夫说自己如何为了善待他而不去"征服"一个个比他更优秀的男人,而他却还要来捉奸。与古奇奥利夫人的婚姻状况一样,朱丽亚丈夫的年龄也比她自己大很多,而高龄也是他不够优秀的原因之一。《唐璜》第一章第 26 诗节,拜伦调侃说,朱丽亚"与其嫁一个(年已半百的人),/ 倒不如找两个二十五岁的丈夫"。总之,不管拜伦是否刻意戏仿歌剧中的那个唱段,不管他是否用年龄差因素影射古奇奥利夫人的"不幸",后者若读知此类的情节,心情不大可能很愉快,更何况拜伦的某些灵感真有可能来自莫扎特。

若联系其他受众的一般反应,那么可以说,欧洲社会对两部《唐璜》的抱怨也有一定的相似性,其各自所谓"不很道德"的特点都可能会被放大一些。有关莫扎特的《唐璜》,由于其结尾处唐璜的确下了地狱,社群民众也终于释放"算总账"的情绪,因此这部歌剧所辐射的意涵具有模糊性,多少缓和了其争议性。但另一方面,虽然唐璜传奇所固有的内容很难让这部歌剧达到多么高雅的层面,可莫扎特所赋予它的音乐却具有质量高、能量高、美妙及丰富等特点,尤其唐璜"下地狱"片段,让音乐达到高潮,一时间惊心动魄,还出现了多见于正歌剧的悲剧气度,像是忽然跑了题,因而这部作品也招致非议。非议不一而足,日后爱尔兰作家萧伯纳(George

Bernard Shaw,1856～1950)从尼采哲学等角度多次为莫扎特的唐璜"辩护",反倒难以让保守人群爱上这部歌剧。这些我们不多说。前面提到哈斯莱特对克尔凯郭尔的呼应,我们仅简略引用克氏本人的言谈,以作为史上某些常见议论的代表。克氏是西方思想家中视莫扎特为神祇的著名崇拜者之一,但有趣的是,其有关歌剧《唐璜》的描述倒帮着某些质疑者把话说清楚了。克氏认为这部歌剧中的涉性因素十分突出,他在一篇题为《直接的情欲步骤或音乐化的情欲》(英译 The Immediate Erotic Stages or the Musical Erotic)的文章中说道,基督教道德观有自己的定义和疆界,而莫扎特这部歌剧所示,与其截然相异,因为它所表现的是性欲和色情成分:"在《唐璜》中,欲望就是欲望,被界定得很纯粹";"因此,在这样的阶段,欲望变得绝对真实,能获胜,压倒其他,抵御不住,具有邪魔性(demonic)";代表这种欲望的唐璜成为一切剧情的中心。① 信奉基督教传统观念的人们听到这样的话,多半不会顾及所谓欲望的"纯粹"或"真实"之说可能生成于何种特定的视角,而会简单认同"相异"、"色情"和"邪魔性"等评价。

　　涉及拜伦的《唐璜》,有关其不道德的反应更为常见,最早时古奇奥利夫人的不满即有代表性。根据布莱辛登夫人的回忆,1823 年时,拜伦也跟她提起过古奇奥利夫人一方的抱怨:"他告诉我说,她竭尽全力,一直试图阻止他继续写《唐璜》,至少避免在后面的诗节中再插入'不干净的'(impure)或'不道德'的片段。"②我们提及布氏,也是想重现发生在她与拜伦之间的另一次互动。实际上,《唐璜》是他们二人之间的话题禁区,她不喜欢《唐璜》,其对拜伦的好感主要建筑在《少侠哈洛尔德游记》等之前的作品上,因此拜伦有意识地对她避谈《唐璜》,这也是为何她在《拜伦男爵交谈录》中较少提及《唐璜》。然而有一次,拜伦跟布氏谈起自己的婚生

---

① Søren Aabye Kierkegaard, "The Immediate Erotic Stages or the Musical Erotic." *Writings*, Vol. Ⅲ, Part One: *Either/Or*, Part I, ed. & trans., Howard V. Hong and Edna H. Hong. Princeton: Princeton University Press, 1987, p.119.

② Lady Blessington, *Lady Blessington's Conversations of Byron*, pp.48, 122.

女艾达(Ada),说他有感于自己被孩子的母亲剥夺了亲情,因此有时候他会憧憬未来,希望能有幸见证身后事,这样他死后就能享受自己与艾达的神交,"那时候我的女儿将通过阅读我的作品而了解我";"我将取得最后的胜利"。每每情绪"阴沉",但一想到将来他的孩子会为其所著诗文而流泪,他就会"得到慰藉":"艾达的母亲尽情享受过她婴儿时和成长过程的笑颜,但她成年后的眼泪归我所有。"①

这些话触动了布莱辛登夫人,也让她意识到,"可怜的拜伦对他女儿深沉的爱中有某种温柔和美好的成分",这种爱"是他最后的归宿(resting-place)"。于是,基本是全书中唯一较正式的一次,她主动把话题引向《唐璜》:

> 我当时觉得,可以借这个机会跟拜伦提出,他既然有这样的念想,那么这就足以能让他有所收敛,不该再多写任何一页会让他女儿的稳重受到伤害的诗文,不能让她害羞而脸红;尤其是他若真想活在她心中,而这颗心灵所对他的崇敬又是那么纯,未被任何东西污染过,那么"唐璜"的诗文一行也不该再写下去了。

布莱辛登夫人说:

> 他听后沉默了几分钟,然后说:"你是对的,我从来没想过这一点。我出于忌妒,固执地坚持不与他人分享我女儿的亲情,可没想到那个作品(《唐璜》)说是能让我消磨悲哀而郁闷的时光(hours of *tristesse* and wretchedness),费了半天心思却只是让我失去女儿的爱慕。我不会再写下去了;——但愿一行也没写过。"②

布氏的态度也具典型性,不管其是否公允,她眼中《唐璜》的档次确够低下的。拜伦一方的确也很快就"不再写下去了",当然这也是由于其他一些客观原因所致。另可补充一点,布氏对拜伦的抱怨很像贝多芬对莫扎特

---

① Lady Blessington, *Lady Blessington's Conversations of Byron*, p. 218.
② Ibid., pp. 218~219. 标点符号同原文。

的失望感,他们两人有类似的崇拜者心态,因此都不是恨铁不成钢,而是恨钢不成钢;一个人天分那么高,何以在情操和情调上跑题如此之远?贝多芬主要不满于莫扎特若干歌剧中所含有的"轻浮"、"不道德"和"令人不齿的"等成分,怨其后期歌剧所涉题材都有欠高雅,这是音乐史家经常提及的内容。①我们插入此类信息,只为先行说明拜伦与莫扎特两部《唐璜》作品之间相近的意味和争议性,以及二人之间很可能发生过的隔开时空的精神交集,如此即可对他俩另与歌德之间不同形式的交集做一点预热。

二、歌德与莫扎特

让我们回到歌德与莫扎特的关联。有关的历史信息对于音乐史家来说已不新鲜。1987 年,美国马萨诸塞大学德籍学者、莫扎特研究专家罗伯特·史派特林(Robert Spaethling)接续前人著述,发表《歌德生命中的音乐和莫扎特》(*Music and Mozart in the Life of Goethe*)一书②,对相关事件做了较好的解读。史派特林及时铺垫了一下,说歌德的音乐品味并非总那么靠谱,他有"广为人知的盲点",被认为"表现出音乐上的无知",比如他会把一些"次要的作曲家"置于我们现今所公认的主要作曲家之上。③ 但另一方面,歌德的此类偏颇并非无解。除了的确会存在的所谓"盲点",史派特林认为还可以从歌德所使用的尺度以及其个人审美观上找原因:

> 由于他的(用旧时尺度去衡量音乐造诣的)局限性,他不大能理解同时代贝多芬、舒伯特和柏辽兹这几位伟大作曲家的音乐。而莫扎特的音乐则不然,一旦他敞开心扉去倾听它,这种音乐倒是能全方

---

① 比如:Alfred Einstein, *Mozart: His Character, His Work*. Trans. Arthur Mendel & Nathan Broder. Oxford University Press, 1962 (originally published 1945), p. 443; Wolfgang Hildesheimer, *Mozart*. Trans. Marion Faber. New York: Vintage Books, 1983, p. 154。

② Robert Spaethling, *Music and Mozart in the Life of Goethe*. Columbia, South Carolina: Camden House, 1987.

③ Ibid., p. 23.

位满足其美学和哲学上的需求,亦符合其作为个人所自有的口味。①也就是说,歌德与拜伦相近,都对同时代浪漫倾向相对较明显的作品有不舒服感,而对于某种18世纪的风格则产生怀旧情结。

"美学"和"哲学"等概念让问题变得复杂,其所涉及的思想深度可能超过普通的史评。比如,尽管贝多芬等作曲家所代表的时代当然不是歌剧缺席的时代,尽管任何作曲家若想达到贝多芬所享有的地位,其作品都不可能仅由单一情绪为主导,贝多芬本人的典型风格也是衍生于莫扎特和海顿等人所代表的乐坛古典主义乐风;然而,若潜入歌德本人的视角,那么相对而言,时下流行的音乐该如何更有效地处理戏剧因素呢?喜剧因素?该如何让人发笑?该如何施展讽刺功能?史派特林本人更提到歌德概念中的"丑陋因素"(ugliness):

> 同样令人印象深刻、同样富有挑战性的是歌德有关其《浮士德》剧作中各式各样的丑陋因素的发声,即:"所有那些让人反感的、恶心的、吓人的成分"(浮士德的冷酷无情?摩菲斯特的玩世不恭?)都与时下的——也就是19世纪初期的——口味格格不入,因此无论对于作曲家还是听众来说,这些因素都会让他们陷入困顿。②

这段话所记歌德之理念,应该取自《与歌德交谈》(*Gespräche mit Goethe*,1836,1848)这本书,作者是德国作家约翰·埃克曼(Johann Peter Eckermann,1792~1854),他记载了一段时间内歌德与其交谈所涉及的内容。

具体到"恶心的"等语,史派特林之前,德国20世纪作家沃尔夫冈·希尔德斯海默(Wolfgang Hildesheimer,1916~1991)在他那本著名的传记性著作《莫扎特》(*Mozart*,1977,英译本1982)中对有关交谈做了议论。谈话日期是1829年2月12日,当时埃克曼说他自己希望将来有适合《浮士德》的音乐出现。歌德说"这不大可能"。至于为何不可能,歌德

---

① Robert Spaethling, *Music and Mozart in the Life of Goethe*, p. 16.
② Ibid., pp. 106~107.

所言令希尔德斯海默略感失望。希氏期待歌德谈及浮士德与唐璜的不同,因为前者的追求涉及相对较高的智性层面,而唐璜基本只代表肉欲上的游猎,所以,即便能把莫扎特请回来,其所赋予《唐璜》这部歌剧的音乐也未必适合《浮士德》。可实情是,歌德没这样说,而是的确请出了莫扎特。原话译文如下:

> 这不大可能。若有你所说的那种音乐,它就必须包含让人反感的、恶心的、吓人的成分,而这些都与我们时代的风格相迥异。必须是《唐璜》类型的音乐才行,得由莫扎特给《浮士德》作曲才行。①

失望之余,希氏随即意识到此语所含有的"启发性",进而沿歌德的视角感悟莫扎特音乐的多点特征。负面因素只是一个方面,"优美"则是更多听众的直接印象,但西方乐评界有一个大致的共识:音乐史上以高烈度的形式较早出现所谓令人不安的和恐怖的音乐成分,正是见证于莫扎特的《唐璜》等歌剧作品,而且这些成分一经出现,就是难以超越的。不管怎样,仅从戏剧所应有的丰富性角度考虑,歌德本人不觉得哪位在世的主要作曲家能拿出合适的乐谱,口味不对了,以形式上的实验性和内容上的严肃性共为特点的时代新风让他感到可疑,而这也这涉及他反过来对其自己所著《浮士德》所含多重因素的重新认知。

另据常见史学信息,贝多芬本人则一直有意为《浮士德》谱曲,他虽不欣赏文学之外的歌德,但对于诗人歌德,他则崇敬有加,且熟谙其许多诗文。史派特林提到:"在二十年的时间里,(贝多芬)断断续续产生过给歌德的《浮士德》第一部分谱曲的念头,但作品从未成形。"因此,"可悲的是,贝多芬与歌德的《浮士德》之间的恋情最终只是一厢情愿,未得圆满"②。史派特林说,歌德若在年轻时,倒有可能愿意与贝多芬"合作",因为那时他的美学观念"更为贴近这位作曲家的那种紧绷的、高能的音乐",而晚期的歌德则更倾心于较为放松而又讲究形式的乐风,因此其所看重的质素

---

① Wolfgang Hildesheimer, *Mozart*, p. 41.
② Ibid., pp. 43~44.

变成了"形式感"、"客观性"(objectivity)、"平衡"和"比例"。① 与此成反比,歌德变得越来越不喜欢某些音乐作品中所表现出的宏大"规模"、超越极限的"力度范围"、过大的乐队、巨大"声响"、不易辨认的"旋律"等,甚至他也会因此对莫扎特某些含类似成分的作品有所保留②,似乎歌德品味到宏大中可能的肤浅及放松中可能的深刻。史派特林引用了门德尔松的书信,以后者之口说明歌德如何对贝多芬的音乐"敬"而远之。门氏说有一次他与歌德独处,见诗人表现出对贝多芬的不屑,就坚持用钢琴给他弹奏"命运"交响曲的首乐章。之后歌德慢慢念叨着说:"这激发不了什么情感;无非就是惊愕;很宏大。"史派特林紧跟着以"失控的表现力"概念为此作补充,说"力度变化和宏大构思"(musical dynamics and grandiose designs)是让歌德难以真心接受贝多芬音乐的原因之一。③

可辨认的结构和旋律、形式上的控制力,这些是史派特林在其书中较多与莫扎特类型的作曲家并提的概念,不过在所谓哲学和美学层面,老年歌德在莫扎特和贝多芬之间的厚此薄彼应该还有进一步可挖掘的余地,所涉及的思想内涵应该不会仅此而已。当然,仅凭上述所提及的零散内容看,我们至少已有理由联系拜伦了,特别是他对于平衡感、技术控制力、诗节和押韵格式之工整以及剧情的平衡等因素的偏爱,而且我们还可以转向与此相对而又相应的文思层面,去联想作为《唐璜》作者的拜伦对于过于紧绷的英雄气质、线性奔突和宏大史诗气度等因素的排斥,似乎拜伦也像歌德晚年一样,看透了一些表面上挥洒不羁而实质上少了变化、表面上严肃重大而实质上欠缺内在能量的艺术表现方式。在这个意义上,史派特林所归纳出的另一些意涵或许同样富有意义,比如他转而提到,歌德除了厌弃失控的形式和技艺,也反感"滥情的"或"黏糊不清的"(mushy)表意倾向。歌德心仪莫扎特所赋予《唐璜》的那种音乐,是因为他发现:

---

① Wolfgang Hildesheimer, *Mozart*, p. 44.
② Ibid., p. 42.
③ Ibid., p. 43.

这种音乐似既能够容纳玄学层面的恐惧,也能安置普通人的痛苦,鬼蜮能量(daemonic)或不检德行全能容得下,而又不必屈身求助于不和谐、不连贯的表意手段,也不必对其题材作滥情化处理(sentimentalizing)。

居然和谐有型的艺术形式也可以容纳大到邪魔小到不检点等各种负面因素。或者,是否只有如此才能提高这种包容性的效力,才能更富哲理呢?我们说得再直白一些:歌德意识到,并非只有搞乱了外表才能匹配内在的意乱。史派特林紧跟着补充说:

> 莫扎特作曲、达蓬特(Lorenzo Da Ponte,1749~1838)作词的那个戏台世界展现了一个装满了情绪和场景的活生生的万花筒;笑声和泪水接续而至,转化于瞬间,而诱骗与无礼、自然的与超自然的事件,统统捆绑在一起,体现于同一个视觉意象中。可是所有这些多样化的表情、所有的两极对立及相左不谐的因素全都生成于一个通体有机的音乐艺术构筑中,即莫扎特的那个音乐宇宙,它能包容那些关涉俗界、天堂和地狱的所有表象。

而且这个有机体还是"悦耳"的,"地狱的火焰"并未以其"恐怖"而挤掉了"美","深不见底的虚无理念"(profound nihilism)竟能转化为"和谐"与"正能"①,"杀生、勾引、权力的傲慢"等"众多负面的,甚至悲剧性的事件"并没有压倒音乐作品最终所能产生的"正面"效果。② 史派特林以为,这些话也可以用来评价歌德的《浮士德》。由此我们亦可以说,此类评价已经像是在谈论拜伦的《唐璜》了,尤其笑声和眼泪之说,以及虚无、俗界、天堂、地狱以及和悦等概念;在连绵不断、井然有序的八行诗体的演进中,一切都能得到安放,而安置得越妥帖,讽刺意味越浓烈。正是在以上这些意义上,我们说歌德对莫扎特的认可与拜伦对蒲柏的敬重之间出现了一定程度的吻合。

---

① Wolfgang Hildesheimer, *Mozart*, 以上几处引语都出自第107~108页。
② Ibid., p.119.

怀旧不意味着低能,追新倒可能暗含着保守。希尔德斯海默说:

> 《唐璜》首演42年之后,莫扎特去世38年之后,作为诗剧作家的歌德并不把莫扎特的这部歌剧视为旧时的产物,不认为其表意潜力有限,也不认为其手法导致不佳效果,好像它仅仅维系在一个更拘谨的时代之上,已不能有效地处理先前未曾形成的题材。正相反,他认为他在自己时代的音乐中所找不到的表意成分只为(《唐璜》式的)音乐所独有。①

这段话预示了史派特林上述所言,关键词均涉及"潜能"和"宽度"。莫扎特的《唐璜》当然不仅仅因为含有"吓人的"乐段就让歌德和拜伦兴奋起来,而是其宽度。在萧伯纳对莫扎特的热评中,其对歌剧《唐璜》的敬意尤为突出,我们若将他的许多说法融汇一下,或可粗略简化为这样一个认识:莫扎特的音乐并非因为美妙而就不强悍了。站在我们自己的角度,我们也可将其颠倒过来:莫氏音乐并非因为强悍就不美妙了。无论如何,不同的因素之间可以发生转化,形成开放的情感空间。希尔德斯海默续谈这个空间,尤其莫扎特在对所谓"负能"的再现中所能达到的、让歌德感觉到的深度:

> 歌德当然听到过客观上"美"的那一面,但他似乎也听到更多的东西:他除了听到那些主观上负面成分如何被表达出来,也听到莫扎特如何驾驭情感的宽度,而这让他能即兴而随意地处理台上的人物,并借此展示音乐化的全景世界,让我们洞见其人物的内心。②

希氏进而以"包容各种成分的宏大范围"概念强化己见,并认为此中含有"无上才艺之谜"。歌德洞见到这个谜团,因而"相比于后来的人,(他)赋予莫扎特的音乐更深更广的意义"③。

莫氏空间所含因素中,有悲剧和喜剧的互渗关系。歌德不满滥情,倾

---

① Wolfgang HIldesheimer, *Mozart*, p. 42.
② Ibid.
③ Ibid., p. 44.

意笑声与哭泣的混杂体,这也是因为他日渐强烈地感味于那种悲喜因素兼有的艺术表现手法。史派特林告诉我们:

> 有一次,(歌德)对年轻的亚瑟·叔本华(Arthur Schopenhauer, 1788~1860)说,在他看来,(莫扎特的)《唐璜》只在表面上是一部喜歌剧(a *buffa* piece,或译"谐歌剧");不过,他说,在最深的层面,这是一部严肃而庄重的作品,其乐谱很好地反映了这部歌剧的"双重特性"。

喜剧和悲剧因素可以混搭,之间的界限可以被逾越。而至于这种混杂性,尤其涉及我们所说的形式上的轻松、清晰以及富有意味的内部空间,20世纪美国钢琴家查尔斯·罗森(Charles W. Rosen,1927~2012)做过较具体的评价。罗森也是音乐和文学方面的评论家,他在其著作《古典乐风:海顿,莫扎特,贝多芬》(*The Classic Style*:*Haydn*, *Mozart*, *Beethoven*,1971,1997)一书中谈起貌似喜歌剧的(莫扎特的)《唐璜》,说:

> 《唐璜》的结构和步调为喜歌剧所特有,但剧中至少有一个人物(Donna Anna)却直接来自正歌剧的世界,这也显而易见,而且诸如Donna Elvira, Don Ottavio 以及唐璜本人,则都以不同的程度成为活跃于两个世界之间的中介。

于是,喜歌剧的界域得到"明显的扩展",《唐璜》中的悲情竟可以变得异常"浓烈",而在罗森看来,如此混搭的情状在18世纪的语境内,已经逾越了相关的界限,罗森自己所用的词是"不得体"(indecorum),而"不得体"不只关乎艺术,也奏出"政治上的弦外之音"。[①] 然而,罗森却认可这一点,歌德则更是喜欢此类的越界。可以说,歌德、莫扎特和拜伦这样的人能在悲喜因素相互穿插、平衡和相互颠覆中跨越体式,也跨越了时代。而在具体情节层面,浮士德和唐璜也恰好都是不按常理出牌的叛逆者,再加上拜

[①] Charles Rosen, *The Classical Style*:*Haydn*, *Mozart*, *Beethoven*. Expanded ed. New York & London:W. W. Norton & Co.,1998, pp. 321~322.

伦本人，他们都像是史派特林引他人之语所说的"既定界限的逾越者"（transgressors of "set limits"）①，而逾越之举让不同的世界融合为一个更大的世界。

　　无论是歌德所说喜剧性作品反倒可能拥有厚重的内涵，还是罗森所指向的喜歌剧以相对较宽的界域而让莫扎特的剧情跑题跑到了悲壮的轨道上，最终都揭示莫扎特和拜伦等类型的艺术家对生活的感味。本书序言中，我们提到现代诗人奥登在谈论拜伦的《唐璜》时如何区分"讽刺诗"（satire）与"戏谑诗"（comedy）这两种概念和体裁。奥登执着于这种区分，在其他文章中也表达了相同的观点。如此不懈，是因为涉及《唐璜》这样的作品，他想强调其戏剧性包容度。comedy这个词在字面上即有"喜剧"的意思，他坚持用它描述《唐璜》这部叙事诗体裁的作品，无非他认为《唐璜》喜剧性质的戏剧因素明显超过其作为讽刺诗的一面。奥登概念中的"讽刺"有具体所指，未必等同于我们的一般概念。他看低讽刺诗，是因为他觉得讽刺之刺，太过犀利；讽刺者所为，总像是在试图改变什么，有欠宽厚，而"（喜剧式的）戏谑诗则会说服读者都放松下来，笑纳各种矛盾的因素，将其视为生活常态，而抗击它的努力是毫无意义的"②。

　　现代学人中，另有他人也谈及拜伦的《唐璜》对逆向戏剧成分的杂拼。英国学者马克·斯多雷（Mark Storey）发表过《拜伦与欲望的目光》（*Byron and the Eye of Appetite*，1986）一书，所探讨的是拜伦作品中的"激情"（passion）或极端情绪成分。但在书中，作者也谈及与激情相对的因素，以及《唐璜》如何能在不同因素之间达到平衡。"平衡"说与我们所涉及的"越界"和"包容"概念并不吻合，却也触及相关侧面，尤其歌德所看到的那个维度。斯多雷说：

　　　　拜伦对（冲破）界线着迷，常热衷于设想我们能够在多大程度上

---

① Robert Spaethling, *Music and Mozart in the Life of Goethe*, p.114. 另见第116页。
② W. H. Auden, "Don Juan." *The Dyer's Hand and Other Essays*. New York: Vintage Books, 1968, p.388.

看到视域以外的地方。写《唐璜》时,他给自己确立了一项任务,比他以往所面对的任何任务都更苛刻:他要探索人类的情感,特别是人类激情;他拒绝认可同时代人(无论是文人或政客)给情感及其表达方式所戴上的枷锁(或划定的边界)。不过,尚有某种边界,总归要被划出来,至少这是因为,对于那种毫无约束的激情所带来的危险,他颇为敏感。他需要展示其既有能力最大限度地颠覆所谓的得体范式(decorum itself),也能最大限度地提升它的地位。①

似乎"颠覆"和"得体"成为相辅相成的伙伴。而涉及拜伦如何守护范式,斯多雷所给出的例子主要就是《唐璜》如何连续使用八行诗诗体,他认为拜伦在这方面无所突破。这个例子有些小,光凭这一点而不涉及诗体内部如何也含平衡因素,不足以体现拜伦如何"最大限度地提升(得体范式的)地位"。不过,总的看来,倘若我们再额外补充说,对得体尺度的尊重不仅仅体现防风险机制,而实际上也能提升形式与内容之间有趣的张力或戏剧性表意的有效性,那么,斯多雷的这段话俨然就是在串并拜伦和莫扎特所共有的长处,很符合歌德审美口味的那种。而我们之所以给斯多雷的这段话添加"戏剧性"效果概念,也是因为他本人并非完全没想到此点。

稍后一些,在谈论《唐璜》第一章捉奸片段时,斯多雷发现拜伦所用词语与弥尔顿《失乐园》的局部具有相似性,于是他在朱丽亚的阿尔方索和亚当之间做了类比,所涉及的是《唐璜》首章第180诗节,其中写到,阿尔方索最初的捉奸之举失败了,于是他在妻子面前显得被动,"他好像亚当站到乐园的门边,/抓耳挠腮,满怀是枉然的悔恨";而由于相应的原诗文中出现了lingering(不舍离去)这个词,斯多雷于是联想到《失乐园》结尾处亚当和夏娃被驱离乐园时也被说成是lingering。他认为,既然拜伦影射亚当,那么,"这至少在短暂时间内让阿尔方索拥有了文学层面的某种

---

① Mark Storey, *Byron and the Eye of Appetite*. London: The Macmillan Press Ltd., 1986, p. 164.

尊严";可问题是,拜伦也写到阿尔方索转眼就发现了唐璜的鞋子,因而悲情瞬间就变成了"闹剧"。斯多雷说道:

> 只有莫扎特的《费加罗的婚礼》才能被恰当地用来与此相提并论(我当然知道如此比较有何风险)。莫扎特可以让音乐去做文字所无法独立做成之事,因为他能将荒唐化为伟岸,而且让两者都拥有理所当然的分量。拜伦所使用的八行诗形式接近于产生类似的效果。①

我们尚不能确定拜伦是否是在影射亚当,毕竟他是与夏娃一起离开乐园的;我们也不能确信是否只要是音乐就能做文字不可为之事,是否仅凭八行诗体本身就能促成《唐璜》的戏剧平衡,但斯多雷能联想到莫扎特的喜歌剧,能联系一种艺术形式之内所发生的"伟岸"与"荒唐"之间的切换,而且洞见两者的同等分量,这至少已触及艺术哲学层面内容与形式的有机互动,以及某些作品对所谓负能的放置。歌德谈论莫扎特时也秉持"形式"观,但他的格局要更大一些,所及概念也更加有机而富有动感;对他来说,舍形式而放大所谓内容,最终会得不偿失,过而不及。而涉及"内容",歌德也有感于莫扎特的开放心态,如上述所示。

三、歌德与拜伦

既然歌德与莫扎特的神交可作为侧面参考,我们自然也可直接引证歌德与拜伦之间的精神互动。麦德文写到,拜伦曾说,他对有关歌德的一切都好奇,对于人们所谓两人之间的相似之处颇觉受用,等等;还说希望有人专门给他自己翻译歌德的回忆录,希望能阅读《浮士德》的原文,愿为此付出一切。② 而歌德本人是如何直接评价拜伦及唐璜身上所体现的颠覆性的呢?歌德对莫扎特的亲和感在多大程度上能与其对拜伦的感觉相互关联上呢?歌德与拜伦如何相互影响而形成西方文思领域不容忽视的一个现象呢?涉及歌德与拜伦之间的关系,有关话题自有其独立的学术

---

① Mark Storey, *Byron and the Eye of Appetite*, pp. 168~169.
② Thomas C. Medwin, *Medwin's Conversations of Lord Byron*, p. 261.

疆界,但各项研究之间可相互映照,因此,对该话题一些侧面内容稍予探讨,这也会帮助我们勾勒和定义拜伦颠覆正统史诗行为中所体现的审美观念和价值取向。

我们在本书序言中谈到英国19世纪文人阿诺德所写《拜伦》一文,涉及歌德对拜伦的赏识。该文一开始,阿诺德说他本人有时会有一种冲动,总想在阅读华兹华斯诗歌的同时也翻看拜伦的作品。凭我们对阿诺德其他著述的了解,还有一个人,也会被他与拜伦并置。拜伦、华兹华斯、歌德,相对讲,这三位诗人较多被阿诺德关联在一起,常同时萦绕于其脑海中。《拜伦》一文虽如此开篇,其实文内有一定篇幅转而专门谈论拜伦与歌德的关联,其中阿诺德说道,外国人如何看拜伦,他不大在意,但他会特别看重歌德的"证词":

> 我们不可忘记,歌德有关拜伦的说法是在后者声名鼎盛之时产生的,其时拜伦的那种劲爆而灿烂的人格正施展着强大的吸引力。歌德自己的家中充斥着拜伦崇拜的气氛,热度颇高。他的儿媳即是一位狂热的追慕拜伦者,甚至就像德国当时的蒂克和很多其他人那样,其对于拜伦诗歌的喜爱和珍视态度远高于其对歌德作品的评价。而歌德一方并不因此而感到懊恼,或产生忌妒心,反倒因其本人所特有的秉性而甘愿受这种气氛驱使,不是去降低而是拔高拜伦颂歌的调门。①

阿诺德认为歌德处在如此状态中,其所言或许可以反过来协助我们看到拜伦诗歌中的某些特质。

当然,需说明的是,至少在英国本土思想界,拜伦和歌德并不总被视作同类的诗人。比如卡莱尔所见。在其含自传成分的小说《旧衣新裁》(*Sartor Resartus*,1833~1834)一书中,卡莱尔借主人公之口,将拜伦与歌德对立起来,视前者为躁动、轻浮、不敬和唯我的代表,视后者为恭敬、

---

① Matthew Arnold,"Byron." *Selected Prose*,p. 393. 蒂克,即路德维希·蒂克(Ludwig Tieck,1773~1853),德国作家。

厚重、智慧的化身，于是就有了那句名言："Close thy *Byron*; open thy *Goethe*"（你该合上拜伦的书，翻开歌德的书）。① 此类思维模式延续下来，又有了维多利亚中期乔治·爱略特等若干著名文人，也都把歌德奉为能在阴沉的时世助人类提升心智的先哲。阿诺德也区分拜伦与歌德的差异，我们在本书序言中亦提及此点，比如他在得知华兹华斯去世后所写的《悼念的诗行》（"Memorial Verses"，1850）那首诗中，他虽通过将拜伦、歌德和华兹华斯这三大已故诗人并提的方式附带对拜伦表达了敬意，但涉及歌德和拜伦之间的不同，该诗也做了相似的划分，即成就另一处名言：拜伦代表"巨人般的战力"（Titanic strife），歌德则有着"全欧洲最圣贤而睿智的头颅"。②

如今看来，无论巨人一方还是先哲一侧，此类概念都需有所调整，比如把躁动与不敬适度还给歌德，再把拜伦的（反正他自己也不总是喜欢的）伟岸身位往下拉一拉，以此回证二人在真实历史中的相向而动。几年前，英国小说家和专栏作家费迪南德·芒特（Ferdinand Mount）在美国半月刊《纽约书评》上发表《超人歌德》一文，借一部歌德新传记英译本出版的契机而回访歌德其人，其中论及歌德"跨越边界的、能量沛的、无拘无束的"一面，说这个人"恰好也是德国（有着古典倾向的）最著名的作家"。③ 这就把我们上述所说的"越界"和"古典"两个概念关联在一起。芒特对新版传记中的内容有所提炼和引申，其所针对的是早先一些传记作家或论者有意无意将歌德"贞洁化"的倾向，说比如在 19 世纪后期，"（那个说脏话的）歌德必须得被净化一点，如此才能在当时复苏中的德国充当民族诗人（national poet，或译'国家诗人'）的角色"，而实际上"只是到了老年，甚至主要是在身后有了余晖，他才披上了崇高先哲的外衣"；在

---

① Stephen Greenblatt, General Ed., *The Norton Anthology of English Literature*, Eighth Edition, Vol. E. New York and London: W. W. Norton & Co., 2006, p. 1022.
② Ibid., p. 1359.
③ Ferdinand Mount, "Super Goethe." http://www.nybooks.com/article/2017/12/21/super-goethe/ (accessed March 30, 2021), p. 12 (Newsletter 版式).

真实生活中,从早年到后期,歌德有些积习,犹如在"冰上溜圈子",并无实质改变,即他"不只让人们着迷,也同样令人惊诧,不只是因为他的焦躁、他的突然的怒气或不期的怪相,也由于其污言秽语"①。伟人言行上欠检点,此类发现不见得都是空前的,但芒特这篇文章又让我们温习了一个世人情愿忘记的道理。以非滥情的方式发掘伟人生活的丰富性,这未必就会殃及他的伟大;净化与尊重之间无必然关联,因为净化与真相无关。虽然不能说一位名人仅因在日常生活中爱用禁语就拥有了让人再予关注的资质,但有些简单化的文评以及某些文化运作(比如芒特本人所提到的世界各地的歌德学院建制)的确将许多重要作家净化得有些失实了,至少让我们忽略歌德对拜伦气质的多侧面收纳度。总不能让歌德独享"圣贤"之名而单单把拜伦等几个同样粗言的诗人划归为异类吧。

本书第一章的一处注释中提到过 Eliza Marian Butler 这个名字,伊莱莎·巴特勒(1885~1959)是剑桥大学教授,德语文学专家,晚年发表《拜伦与歌德:析一种激情》(*Byron and Goethe：Analysis of a Passion*,1956)这部专论,系相关领域有一定经典地位的研究成果。该书文风生动,富于设身处地的想象,也因此让一些学者觉得至少其局部内容有点过于戏剧化。不过,该书倒不缺少翔实的历史材料支撑,其对于歌德的评价也比她较早时的观点更贴切,更微妙。至于歌德与拜伦的关联,巴特勒较多聚焦于他二人所共同激活的一些文学人物特质,如质疑与怀疑的习惯、不息的求索欲、躁动、对各种界限的不耐烦,以及时时的绝望感,等等。由于有了相近的兴趣或相印的理念,尽管两位诗人谁也没见过谁,他们却能跨越地域,跨越语言,甚至跨越生死,实现了遥远的灵交。这是巴特勒所给予读者的印象一种。

在史实层面,我们知道,拜伦与歌德相差 39 岁,几乎两代人之隔,拜伦又较早辞世;然而,就所谓灵交而言,虽说拜伦一方先行受到《少年维特的烦恼》和《浮士德》等文学著作的影响,但他在写出了《少侠哈洛尔德游

---

① Ferdinand Mount, "Super Goethe," pp. 2~3.

记》和《曼弗雷德》等诗作后,却可以反过来影响歌德,而歌德本人还力压众疑,甘愿认定《曼弗雷德》等作品并未抄袭他的《浮士德》。马尔尚在《拜伦传》中提到,一位毕业于哈佛大学的"年轻美国人"乔治·班克罗夫特(George Bancroft)有幸在意大利的山城蒙特内罗(Montenero)见到了拜伦,他对后者说,其本人此前与歌德有过交谈,说"那位哲人对《曼弗雷德》和《唐璜》有很高的敬意",因为歌德在其中发现了生命的活力和"天赋"。① 似乎面对毫不相关的陌生后辈,"抄袭"之说都成不了歌德的话题。巴特勒本人甚至认为拜伦对歌德的影响要比反过来大得多,于是作为受到了影响的歌德一方,亦可凭借其地位和身份,反助拜伦强化和扩散所谓拜伦式的观念和信念,或帮助我们了解拜伦。

就此我们回到自己的兴趣点。我们发现,巴特勒在梳理二人之间互动的过程中,会转向颇有意味的话题,体现其开阔视野,所及思想内容忽而变得高深。比如,《拜伦与歌德:析一种激情》这本书的末章以"拜伦主义和魔灵气质"(Byronism and Daimonism)为题,连续援引 1828 年 3 月 11 日发生在歌德与埃克曼之间的一次交谈,记录于后者所著《与歌德交谈》这本书中。埃克曼也认识拜伦,曾教过他德语。巴特勒对此次交谈所涉及的魔灵因素给予关注,说其间歌德认为,拜伦这类的人所表现出的"天才"都是"上天的恩赐,可望不可求",而如此一来,歌德就把"魔灵的"和"神圣的"这两个貌似迥异的形容词变成近义词,这就让埃克曼有了困惑。接下来歌德顺便描述了其所了解的拜伦对室外生活的热爱:

> 拜伦勋爵每天都会在室外花上几个小时,或于马背上沿海滩骑行,或驾驶帆船,或荡桨划行,然后在海水中沐浴,以此锻炼身体的机能。而这个如此生活的人也是有史以来最富有创造力的个人之一。②

---

① Leslie A. Marchand, *Byron: A Biography*, Vol. Ⅲ, p. 1000.
② Eliza Marian Butler, *Byron and Goethe: Analysis of a Passion*. London: Bowes & Bowes Publishers Ltd., 1956, p. 211.

第五章　歌德、莫扎特与拜伦：对"负能"的置放　115

简单讲,歌德认为拜伦不是一般的人。其实,在西方语言中,Daimonism(也拼作 daemonism 或 demonism 等)这个词(或与其相应的字词)本身即兼有神祇与邪魔、天使与凡人、正与邪、善与恶等意思。

　　虽热衷海边的锻炼,拜伦注定活不长久,因为歌德相信,人类中那些早早被上天眷顾者"必然得被摧毁掉";这样的人来到世上,都带着"某种使命",而使命完结后若再活下去就没有必要了。当然也不是一次性被驱离人世,"各种魔鬼一次又一次地摔打他,直至他最终被灭掉"。于是,就在这个将天才与鬼魅同质化的上下文中,歌德组合了以下这四个人的名字:拿破仑、莫扎特、拉斐尔、拜伦;歌德提到,后三个人都是三十几岁就去世了。① 拜伦与莫扎特等竟出现于同一幅思想图景中,而之所以巴特勒为读者圈定了如此罕见而富含佯谬成分的内容,是因为她要借力于此,高光处理一种文思。莫扎特、拉斐尔、拜伦,这几位艺术家才力所成,大致都有较完美的外貌,至少乍一看都无惊人异状,可何以在歌德视野中都与某种邪魔因素发生瓜葛?仅就莫扎特和拜伦而言,其作品所呈何种越轨或犯界内容才印证他们在人类社群中的异类身份,才可解释他们短命的必然呢?这些之所以能成为可供思考的问题,是因为巴特勒告诉我们,歌德本人不可能只是围观者;眼下这次谈话之前,他早就纠结于与魔灵气质有关的议题:

> 而当他几乎在不自觉中开始思考这个问题,魔灵气质的更黑暗、更难解的(problematic)一面就来困扰他,同时他也感受到拜伦的影响;于是,(其有关言论总体上)让人觉得是围绕着拜伦这个生命体硬核而结晶出来的思想,而在如此长的时间里,这个生命体一直让歌德着迷、困惑、不安,让他有点反感;它是一种非理性的、强悍的、危险的、破坏性的、不可抗拒的东西,一种他在很年轻的时候就在生命自身的纹理中隐约辨识到而一直有所感的东西。②

---

① Eliza Marian Butler, *Byron and Goethe: Analysis of a Passion*, p. 212.
② Ibid., p. 214.

"生命自身的纹理"(the texture of life itself)自然也包括歌德的生命,因此对有关因素的着迷与警惕也是对自己某些禀赋的着迷与警惕。

对于这样的生命质素,歌德的味觉可谓强烈。虽说他的态度中会含有反感或厌恶的成分,但在终极意义上,他非但没有排斥它,反而不断放纵逆向的冲动,欲更多探观其内部空间。联系上述他对莫扎特的偏爱,或可说歌德对拜伦所代表的生命体的反应不仅是思想或理念层面的,也是美学上的,而文学审美上的接受——或者说口味上对于某种形式与内容各具特色却又完美相融的艺术体的亲近感——代表了较高的或更富哲理的接受。而如果考虑到这种艺术体在歌德心目中常常意味着基本的颠覆性和破坏力,那么,再回过头来联系他的亲近感,所及话题就更有吸引力了。歌德与拜伦研究领域的国际学者较少谈论这个包含了审美因素的话题,我们也长话短说,只带着对于这些思想因素的认知而转向歌德眼中的(拜伦的)《唐璜》。他是如何看待这部长诗的呢?如此作品,形式更连贯了,内容更令人困惑,那他是如何消化这个其时空规模远非莫扎特的《唐璜》所能比拟的庞然大物的呢?

拜伦在一封写于1822年的信中有感于其在德国所享有的良好名声,特别提及歌德对他的眷顾,信中有这样一句:"歌德和那些德国人尤其喜欢《唐璜》——他们把它认定为一件艺术品。"[1]而巴特勒则告诉我们,歌德对于《唐璜》的关注度其实低于其对拜伦诗剧《该隐》(*Cain*, 1921)等作品的兴趣。她说,歌德的英文阅读能力有所不足,尽管他也曾试图翻译拜伦的一些诗文,但"他从未将那种作为拜伦诗歌灵魂的励心能量传递过来,这一点我们从他对《唐璜》开头几个诗节的德译中就能看到,或者说感觉到"[2]。当然,我们也难以就此限定歌德对《唐璜》的感触。巴特勒本人在另一个段落中提到,虽然歌德着迷于《该隐》,而且也"朝另一个方向一路沿行,但他亦不能忘怀《唐璜》的那种令人不安的精彩,有关的记忆总来

---

[1] To John Murray. Montenero, May 26th, 1822. George Byron, *Lord Byron: Selected Letters and Journals*, p. 288.

[2] Eliza Marian Butler, *Byron and Goethe: Analysis of a Passion*, p. 19.

侵扰他,纠缠他"①。根据巴特勒的梳理,拜伦去世的消息传到歌德耳中的五天前,他曾在拜伦和意大利16世纪史诗《被解放的耶路撒冷》(Gerusalemme Liberata,1581)的作者托夸多·塔索(Torquato Tasso,1544～1595)之间做了比较,说"无论在智识、人间见识还是创造力方面,他都将胜利的棕榈给了拜伦一方"②。

巴特勒更直接援引埃克曼的《与歌德交谈》,说歌德以为,尽管那位意大利人的伟大史诗能几百年声誉不衰,但拜伦所代表的是"燃烧的荆棘"(the burning bramble),虽低矮杂乱,却可烧毁高大而神圣的"松柏","仅凭《唐璜》中的一个诗行,即可毒杀《被解放的耶路撒冷》的全部"③。燃烧的灌木丛和"毒杀"之说表达了歌德的一种认知,即拜伦的《唐璜》具有相对于高端、严肃、正统事物的瓦解作用。巴特勒认为,涉及灌木的英译文所包含的 a devastating fire devouring holy things(吞噬神圣事物的毁灭性火焰)这个意思与歌德的本意十分契合,而且拜伦不只是单纯地毁灭,其所代表的能量还可以取代神圣,毕竟据《圣经》所述,上帝正是在燃烧的荆棘中对摩西讲话。④ 具体到毁灭的手段,巴特勒说,当歌德谈起《被解放的耶路撒冷》时,"他心里最先想到的就是拜伦的笑声中所含有的灭绝力(annihilating power)"⑤。笑声(laughter)即手段。当然,对于拜伦的灭绝之笑,歌德并非总是自觉顺心惬意,巴特勒在她的书中也多次提到歌德的困惑和距离感。阅读拜伦的其他著作,无论其如何沉重或极端,歌德大致都能做到经纬不乱,

> 可《唐璜》一出现,焦点转移了;某种比深深的绝望更具危害力的因素潜伏在诗中那种嘲弄的笑声里。可以说,它很像虚无主义(nihilism),溶解在精彩的幽默中,不管这种幽默是粗鲁而讽刺的,还

---

① Eliza Marian Butler, *Byron and Goethe: Analysis of a Passion*, p. 98.
② Ibid.
③ Ibid.
④ Ibid.
⑤ Ibid., p. 99.

是明媚而平和的。①

此处所说的虚无态度和此前所谓灭绝力有相近的内涵；尽管歌德对此偶感不适，但他似乎遏制不住窥测《唐璜》的冲动，对那种高超的幽默，其兴趣毕竟还是超过了他的困惑。联系到歌德对伟岸英雄主义的排斥、其对纯悲剧的不适、其对莫扎特的偏爱，再联系上述史派特林亦将 nihilism 这个概念用于莫氏《唐璜》的做法，我们大致可以触摸到歌德、莫扎特和拜伦之间由笑声等因素联结起来的藤蔓，《浮士德》和两部《唐璜》等作品以各自的方式将其体现了出来。

四、背景因素

而相对于历史语境，相对于那种以道德保守倾向为基本特点的文化背景，歌德对拜伦（和莫扎特）的解读显得太洞彻、太黑色、太邪魔了一些，对负能的态度太温和了一些。当时之英国，即具有如此文化语境，而拜伦就是选择在这样的背景下发表其《唐璜》的章节，似乎去国两三年后，其对本土的道德转向有了认识上的偏差，表面上好像高估了英国读者对于不同生命能量的包容度。1819 年秋天，英国纽卡斯尔文学与哲学学会（The Literary and Philosophical Society of Newcastle Upon Tyne）经过研讨，终于对《唐璜》的头两个诗章做出反应，决定将该诗列为禁书，这是当时英国国内较知名的文化事件。不过，根据一些学者日后的调研，该学会宣示其态度时使用了一套特有的话语方式，与所谓文学思想所特有的活动方式有些格格不入，道德尺度似定得过高，或对于道德纯洁度的要求过高。而有的研究者则提到，这种话语方式恰恰折射了当时渐趋拘谨的文化观念。

另一方面，国外政治解构阵营的一些学者则告诫我们，不宜使用今天的道德尺度去测量当时的所谓拘谨。时过境迁，今天的尺度已经变得很宽松了，《唐璜》中有一些暗示，曾让人脸红，可放在今天，它们多半已失去

---

① Eliza Marian Butler, *Byron and Goethe: Analysis of a Passion*, p. 133.

功效,因此该诗整体上也会变得比原来更无辜一些。然而,一旦我们被带入历史语境,一旦我们复原当时较普通的价值理念,那么《唐璜》的性状就会往回变,变得更猛烈一些,无关当时读者一方的所谓保守取向。哈斯莱特的《拜伦的〈唐璜〉与唐璜传奇》这本书所传递的就是这个观点。她说,纵观20世纪评论界有关拜伦《唐璜》的研究,"有无数项"为男主人公开脱的例子,都说他

> 单纯,天真,在其所遇女人主动的情势面前招架不住,相对较检点,动机基本是好的。……然而,如此这般对唐璜性格的理解,与拜伦同时代人的评论和审视截然相反,……(因为)当时的各方评价都展示了它们在解读拜伦的《唐璜》方面的一致性,都把他视为传奇故事中那个传统类型的、外在于道德范畴的唐璜。①

也就是说,在当时,有关欧洲唐璜传奇的文化理念并未失效,社会中一直存在着这个框架性质的东西,人们仍在其内,仍据此而形成自己的观念,并非忽然变得保守而辜负了拜伦;而至于拜伦一方,他也不能在冒犯了公众之后还要抱怨人家太过敏感,人家如此,诸如纽卡斯尔学会里面的那类读者没有变,是他自己变了。因此,根据哈斯莱特的推论,一旦我们把拜伦的长诗放回到这个常态的文化框架内,其不当而挑衅的一面会凸显出来。唐璜不是那么无辜,我们的《唐璜》不是时人的《唐璜》。

不管她的这个说法能否扭转众多学人的一般认识,哈斯莱特有关拜伦暗示性语言在当时并未失去挑衅性效力的研究复原了重要的历史信息。当然,她复原这些,主要是因为其所使用的女权主义批评手法倾向于让她获取这类成果。所谓"暗示性(语言)",就是"性暗示",或"性影射",这是她这本著作的焦点,她意在从言行层面解析唐璜的(拜伦的)"单纯",勾勒其实际上对女性的不敬,因此该书大致属于"揭穿动机"类型的研究,具透视性,其所依据的不仅有具体的字词和语句,以及这些词语在当时所体现的男性思维特点,也参考了许多颇具价值的历史文

---

① Moyra Haslett, *Byron's Don Juan and the Don Juan Legend*, pp. 75~76.

献。而至于诸如雪莱等人在拜伦的诗作中所看到的所谓基本道德感和"真诚"(sincerity),这与哈斯莱特所见不在一个层面,或者说她本人难免对另外一些思想维度有所舍弃,比如涉及《唐璜》文体、基本语脉及语气的一些侧面,另比如跑题现象,以及与不敬因素可能正相反的其他成分等。

伊丽莎白·博伊德指出,拜伦曾"涉猎"(dabbled in)史上欧洲文坛有关那个浪子的许多著述,"更重要的是,他也熟知歌德的《浮士德》,知晓歌德对于爱与邪恶主题所做的一般人性化处理";结果是,拜伦的唐璜有悖"传统","他既不像此前拜伦笔下那些拜伦式的男主人公,也不像传奇故事中的那位唐璜"。① 博伊德还提出另一个看问题的侧面,接近雪莱的视角,即她在试图定义(拜伦式的)"Don Juanism"(唐璜心态)这个文学现象时说道:"所谓唐璜心态,其所要着意达到的,就是带着恳切的心情搞笑(to jest in earnest),因此要想把幽默的语气与道义上的真诚分离开,是不可能的。"② 此语体现较为多思的观察方式,同样值得我们借鉴,即便这可能会被哈斯莱特归类为"开脱"式的研究。

既然谈及历史语境,过去的时代就不止一个侧面,其他的侧面也可被寻找回来,以防单方面的历史复原给今人造成错觉。或许我们可以同时考虑涉及拜伦的另一个历史情境,而且不只是拜伦,还同时涉及他与莫扎特、歌德三个人。本书第九章,我们将提及意大利18世纪讽刺作家卡斯蒂(Giambattista Casti,1724～1803),其笔下那种信马由缰而轻重不分的文学风格对拜伦产生过重要影响。传记学家麦卡锡介绍说,拜伦在踏入意大利之前,尚在日内瓦时,他就经熟人引介,了解到意大利文学中的"奇幻传奇"成分(the romantic-fantastical)和类似喜剧因素,遂即对此着了迷,尤其倾心于卡斯蒂所特有的文学实践,甚至"拜伦几乎能将(卡斯蒂的言情故事)背诵下来"③。

阿尔弗雷德·爱因斯坦(Alfred Einstein,1880～1952)是德裔美籍

---

① Elizabeth French Boyd, *Byron's Don Juan: A Critical Study*, p.37.
② Ibid., p.46.
③ Fiona MacCarthy, *Byron: Life and Legend*, pp.313～314.

著名音乐理论家,他的著作《莫扎特其人,其作品》(Mozart: His Character, His Work, 1945)闻名于国际莫扎特研究领域,此书专门提及卡斯蒂,说他引起过歌德、莫扎特和拜伦这三个人的兴趣,不仅因为其笔风,也由于其与音乐的关联:他也是歌剧词作家。似乎卡斯蒂所为,形成三人精神交集的另一个支点。爱因斯坦说,"歌德喜欢大声朗读"卡斯蒂的那些诗体情爱故事(Novelle galanti),"脸上会露出笑容";而莫扎特与卡斯蒂作品的不期而遇则成为其生涯中"一个幸运的事件","只有两年前其与巴赫作品的结识才能与这件事相比"。1784 年,莫扎特观看了卡斯蒂作词的一部歌剧首演,虽然这个经历给莫扎特所带来的"冲击"尚不及巴赫的《十二平均律曲集》和《赋格的艺术》对他的影响,但爱因斯坦说道:"它的确让(莫扎特)得了一场重病——似乎并非其所谓'一次感冒而已',而是归因于他必须努力抑制住卡斯蒂的剧本无疑给他带来的兴奋感。"①似乎激动的心情难以控制住,身体上竟呈现病状。

而联系我们自己的思路,我们从此中可获得以下信息。三位个体,都伟大不凡,可一时间都失去了稳重,因为他们都兴奋于一位 18 世纪前辈有欠恭敬的讥讽笔锋。提及时代概念,是因为根据爱因斯坦的理解,进入 19 世纪,欧洲人多已不识卡斯蒂为何人了,其所代表的敏感性已不受欢迎,文化的运作几乎把他埋没了,"有些最暗淡的诗人,其地位经过当权者对文学史的认定而得到认可,而人们很容易知晓这类诗人一辈子都写了什么,却不大了解 18 世纪意大利最鲜活、最具穿透力的心智之一";因为"18 世纪并不像 19 世纪这么一本正经(prudish)"。② 而在卡斯蒂这个支点上,三位伟人所感兴趣的却都是那种不大"正经"的风范。也就是说,歌德和莫扎特作为 18 世纪的读者或观众,喜欢上自己时代的文化产出,而拜伦以 19 世纪作家身份与他们二人认同,同样倾心于卡斯蒂,则体现了不合时宜的口味,是怀旧而往回看,而非前卫而亵渎读者的守旧。卡斯蒂

---

① Alfred Einstein, Mozart: His Character, His Work, p. 425.
② Ibid.

游历欧洲诸国,受宠于神圣罗马帝国宫廷,走红维也纳,成为桂冠诗人,这些大致印证当时文化的包容度;红线肯定有,但光凭跑题和笑讽,不一定踩得到。因此,仅就历史语境的某些层面而言,我们不宜断定欧洲公众就一向是拘谨不苟,而容不得诸如唐璜传奇中所含有的某类不雅暗示;曾经的他们已有19世纪后来人的敏感,却未必都像后者那样脆弱,或许新世纪伊始,公众的伦理观念真的变得更保守了,在一定程度上是他们的变化才让拜伦《唐璜》的所谓暗示性效力变得猛烈了。只不过,易受到伤害者才易受伤害,拜伦也会有针对时下此类读者的恶作剧意识,而把唐璜的所谓"相对较检点"留给了20世纪类型的"较落后的"受众,让他们辨认到这位新唐璜与以往传奇的不同。

  让我们再多分享一则爱因斯坦所复原的历史信息。他提到,莫扎特的父亲在一封信中说少年莫扎特性格无常形,有"非常让人舒心"的一面,有时也"有些像个调皮的小无赖(a bit of a scamp)"。这种"两重性"(dualism)合于一身,即让爱因斯坦联想到莫扎特日后于22或23岁时写给堂妹的若干信件,由于其所含不雅言词,这些信件也多在文化运作中被埋没了,或受到"净化",而这也与"19世纪的过分拘谨"有关。当然,就像莫扎特笔下许多文字那样,信件本身的确有"令人尴尬"的地方:20多岁的人了,"而且又是莫扎特,竟然给一位年轻女孩写这些幼稚的下流话,这些味道不正的恭维话"。不过,

> 我们不可忘记的是,相对于我们这个更文明而卫生的时代,在18世纪,无论人类还是动物,其身体功能(functions)都更多地完成于公开场合,而且直白谈论私密事情却不觉尴尬的人群并不限于下层社会或中产阶级。……歌剧作曲家如莫扎特者,需立足于人群,而为了与人类相处共生,他需要幽默,作为体现才智的武器,甚至有时要依赖更粗俗的手法。①

如此而已;结果是,莫扎特式的挑逗也未必全被接收为影射性的挑衅。似

---

① Alfred Einstein, *Mozart: His Character, His Work*, pp. 28~29.

乎拜伦和歌德等人也都有此类"接地气"的本能。

不过,上述哈斯莱特所见至少支持我们的某些疑问。我们提到"恶作剧",那么,回过头来具体再看拜伦一方所谓"认识上的偏差",他到底是不知情,还是明知故犯呢?发生了犯戒因素,是否就完全不当呢?时下学者大卫·斯图尔特(David Stewart)与哈斯莱特的角度不同,结论也不一,但效果上也是在说,其实有不少评论家认为是后一种情况,即《唐璜》"故意冒犯那种新的价值观",而且,涉及我们所说的文化语境,斯图尔特还补充道,拜伦所面对的挑战还可能更大一些,主要是当时在英国国内,文学与政治之间发生了并线,宗教保守派与政治保守分子也的确趋向于汇合。① 《唐璜》第四章第97诗节前后,拜伦表达了懒得与那些人计较的态度,但他介绍了自己所知:

> 但我听说,有人反对开头的两章,
>   认为那里写得太露骨而逼真;
> 连出版家也断言:若教那两章
>   传诵到家庭,那比教骆驼穿针孔
> 还要难上加难;②

所谓"难",就在于本来互不搭界的一些领域竟转而相互扶持,强化了保守氛围。这就让我们看到了一种紧绷的张力,以英国和拜伦各为两端,突发而粗暴,却又不乏滑稽和喜感,因为根据我们对事物基本情势的理解,无论拜伦对本国读者的心胸是否有误判,反正《唐璜》这头"骆驼"(至少前面"那两章")都是以不那么"端正"的姿态闯入了一个至少貌似相当"端正"的社会环境,跑了题,越了界。

我们不妨也突兀一下,随机截取《唐璜》中为现今许多读者所知晓的

---

① David Stewart, "The End of Conversation: Byron's *Don Juan* at the Newcastle Lit & Phil." *The Review of English Studies*, New Series, Vol. 66, No. 274, April 2015, 322~341, pp. 329, 333~334.

② 拜伦,《唐璜》,第四章第97诗节。

三个小片段,姑且认定其有代表性,将其中跑题的或闹剧般的情形略作勾勒,然后想象它们如何有可能给当时某些英国读者带来精神上的慌乱。选材不限于《唐璜》头两章。第一章中,唐璜的母亲伊内兹(Donna Inez)为了让儿子有"崇高的憧憬和庄严的追求",要求他系统地阅读欧洲文坛经典著作,然而,除非不认真读,否则荷马、奥维德(Ovid)、卡图鲁斯(Catullus)和奥古斯丁(St. Augustine)等人的著作中也会让人发现所谓不当的内容。这个谜局让少年唐璜心生困惑,也导致他在纠缠"天体"和"哲学"等宏大事物时经常"想起不该想到、不好言说的事情",于是有一天,他就是在如此困顿中走入一片树林:

  他想到自己,也想到整个地球,
   想到奇妙的人和天上的星星,
  真不知道它们都是怎样形成;
  他又想到地震和历代的战争,
  月亮的圆周究竟是有多少哩,
  怎样用气球探索无际的苍穹,
  天文知识之受阻很使他忧心,
  接着又想起朱丽亚的黑眼睛。①

  第二个例子也出自第一章,时间稍后,涉及朱丽亚丈夫的捉奸情节。捉奸不过就是捉奸,但拜伦忽然摆出超大的叙事架势,似带着过于高昂的情绪拉开这个片段的大幕。他说道,朱丽亚的丈夫阿尔方索手举火把,俨然带来一个团队,其中有"亲友、仆从",但大多数都是别人家的有妇之夫,竟然也都手持"火把和刀剑",而之所以大家都热心于维护他人的家庭秩序,是因为不能让一两个女人败坏了社会风气,

  所以都会毫不迟疑地去惊动
  任何坏女人的睡眠,只要她敢

---

① 拜伦,《唐璜》,第一章第 90~93 诗节。

> 容许丈夫的圣庙偷偷被占用:
> 此例岂能开？因为它传染最快,
> 只要宽放一个,大家就都败坏！

反正搞出了很大的"声势","跟他后面来的人足有大半城",直弄得"人声鼎沸,连从不会醒的死鬼／也会被这闹声惊得翻一个身"。①

第三个例子取自《唐璜》第五章。唐璜进入土耳其后宫,其与海黛的生死恋尚未在其记忆中冷却,但场景忽变,他自己经过装扮,也由男变"女";虽说这是被迫为之,但他一时间拥有了跨界的身形,即得以跨入一个新奇的外部界域。对于这种忽被强加的身份,不管他是否心存抵触,反正一下子享有了近观更多年轻女性的方便,无障,无拘,苟且,得意,迷乱,一时间五味杂品,先前的伤痛与恨意也被绵软的情绪取代,就连王妃古尔佩霞(Gulbeyaz)强行"投进他怀中"时,他也未能拿准该拿的态度;他自然应该在第一时间拒绝王妃,他所直接表现出来的神情的确"又是悲伤,又是愤慨,又是骄傲(pride)",而"骄傲"也是"高傲",绝不能屈就于她,哪怕"被剁成肉泥喂狗",反正得"英勇地站在那儿等死,／决不苟且"。只不过他没能一以贯之,其"丈夫气概""一遇到／女人的眼泪,就不免瓦解冰消",最终"不知如何,唐璜的浩气都消失了"。②

我们将会在本书后续章节中更多谈及有关的具体内容。在此我们先略微概括一下。在一定程度上,这三个例子中都发生了跑调现象,而不管拜伦本人是否有自己的言外之意,对于当时的某些读者来说,这种跑调过程都体现了对所谓世俗道德之终极红线的亵弄;或可说,三个例子都属于那种具有门阈意义的片段,似给事物从一种情状向另一种情状转化提供了通道,大致上使相对高大而端庄的成分让位于相对低俗的或消极的成分。第一个例子明显含有跑题情节,从社区到树林、从严肃的高端阅读到低俗的意识流动、从月亮的周圆到朱丽亚的眼睛,反正唐璜就是不善于扣

---

① 拜伦,《唐璜》,第一章第136～139诗节。
② 同上书,第五章第125、126、141～142诗节。

住主题,叙述脉络也出现了正剧向喜剧的滑动。

　　第二个例子展示歌德所意识到的那种邪魔式创作才情,其所及能量之足,有如炸开,此前即便唐璜与朱丽亚之间被赋予了某些温馨,其意趣也不及一场浩大的闹剧所让拜伦获得的新的快感,而被他轻慢的还不止这种温馨,更有一众守护"圣庙"的男性已婚市民;尽管诗人在他们身上所用的词语一个比一个正面,尽管这也是因为讲述者本人也把他自己定位为"朋友的家务我一概插手"的人①,但我们在一串好词的背后似也听到作者的笑声,好像他笑着笑着就站到了市井社群公认价值理念的对立面,或不禁让人联想到莫扎特在他自己的《唐璜》中对于类似人群的阶段性处理。

　　第三个例子连接起一系列的身份转化,亦富含跑题、越界和魔灵因素,涉及情感、性别、宗教、文化、阶层以及道德原则等界域,别有洞天的感觉在各个层面都发生了,而唐璜就是此间一个懵懂、紧张而又兴奋的偷渡客和探秘者,其精神状态亦从所谓正能滑向负能,心思散了,"浩气"被取代了。

　　借助上述布莱辛登夫人对《唐璜》的蔑视,我们可以合理想象,当时英国国内读者中较体面者读到这些局部,一般都不大会与男主人公认同,也不大可能都站在朱丽亚一边,而若去同情古尔佩霞,似也有违公序良俗。可是,倘若阅读过程终究还是应该产生某种程度的倾向性,那么,该去同情谁呢?唐璜的母亲?捉奸的市民?古典书籍的严肃读者?坐怀不乱的唐璜?还是软化下来的他?阅读拜伦的诗文让人挺尴尬的,他给读者留下的选项有限,甚至在效果上,他能迫使人们不得不与捉奸者认同,而同时又产生嚼蜡感,可若在伦理上松弛下来,私下里宽待唐璜,那肯定有失体面。尤其在当时,《唐璜》局部达到这样的效果,最终会让不少读者愠怒。

　　不过,说到想象,我们更主要的目的并非要揣测读者一方的反应,而

---

① 拜伦,《唐璜》,第一章第 23 诗节。

是借此想象歌德和莫扎特二人在读到同样诗文时会作何感。或者说,我们把文本中的三幅小画面确立于此,主要不是去设想公众的不快,而是想象他俩在同样场合所可能表露出的宽厚的笑意。《唐璜》是一首万花筒式的长诗,以上三个例子远不能让人窥斑见豹,因此无论歌德还是莫扎特,都不可能顾此失彼,更不可能专挑此类情节来读。然而,也正是因为万花筒之特点,歌德和莫扎特若真有机会阅读拜伦的长诗整体,也反倒会把其中的任何情节都妥帖地安放在他俩本人也擅长的全景视像中,至少助读者品味人间百态。他们三人所特有的艺术敏感性不仅能让其作品囊括相异的文思维度,他们也会主动寻求斑驳,使参差的成分共处一体,无论高低贵贱,嬉笑怒骂,无论相互间的距离有多大,都让它们各得其所,进而以多种能量促成丰富的能量,而不是在情调单一化中谋求作品的力度。甚至相对于书写不易写好的严肃正剧,他们更多是在刻画较易被看穿的人类弱点方面展示其才华,兼而寄托宽怜之心。如此一来,这些伟人就在自己的作品中建构起生动而活泼的张力,凭借对悲喜因素的兼容并包而体现其对人类社会生活常态的旁观,至少让戏谑不低于悲情,让讥讽不低于肃穆,让轻松不总是低于恭敬,有时还会在貌似不那么正向的文路中表达其浑厚的人文情怀。

第六章　启蒙式的怀疑

涉及拜伦的"消磨"说,我们可以换一个视角观察之,关乎《唐璜》局部对18世纪欧洲启蒙运动某些思维方式和思想理念的折射,由此我们可以感触这部长诗的另一个意义。无论相对于他人思想还是自我思路,拜伦都有怀疑的习惯,让他时时锁定所要解构的对象,至少从外表上看,其所谓有些像唯理性主义一侧的启蒙思想家对超然终极目标的怀疑。我们在本书第二章提及索斯列夫的评论观点,尤其他有关拜伦惯于怀疑却又不失宽善的认知。索斯列夫回顾伏尔泰等启蒙文人,说一种"伏尔泰式的亵圣言行(iconoclasm)"内在于拜伦的意识中,由他的一些作品体现出来,较容易受到"民族主义和传统思想"方面的抨击。① 即便是非传统思想界人士,对于《唐璜》行文中不时冒出的那种不屑或不恭的语气,也会予以抨击。当然,《唐璜》中并非不含宗教情怀成分,这一点也吸引了不少学者的注意力,以下会举例说明,本书第九章也将从不同侧面予以关注。

出于比我们此处视角更为复杂的原因,美国学者 M. H. 艾布拉姆斯教授(M. H. Abrams)在其《镜与灯:浪漫主义理论与批判传统》(*The Mirror and the Lamp*: *Romantic Theory*

---

① Peter Thorslev, "German Romantic Idealism." Stuart Curran, ed., *The Cambridge Companion to British Romanticism*, p. 91.

and the Critical Tradition，1953)和《自然的超自然主义》(*Natural Supernaturalism*，1971)等著作中大致将拜伦放在浪漫主义文学相对边缘的地带,有关他的文字明显偏少,其中有一个考虑就是:拜伦若有什么哲思,也多是停留在思想史早前的形态上。用我们眼下较通俗而浅表的话语讲,英国当时的其他浪漫文人多有别于18世纪欧洲大陆伏尔泰式的启蒙作家,也不同于英国新古典时代斯威夫特等擅长讽刺的文人,而是基本上都不"逗笑",某种亵圣的冲动即便有,其色调也相差甚远;从布莱克、华兹华斯到雪莱、济慈等,大家都有思想上的紧迫感,罕有"消磨"的心情。对于亵意,他们多有歌德式的警觉,却无歌德式的原宥,更不用说歌德式的着迷。

英国浪漫主义文学与启蒙运动之间的关系是个复杂的话题,启蒙思想家并非众口一致,浪漫文人也非众人一面,再加上人类思想长河般的流动难以被切分成太过明显的阶段,因此不能简单而笼统地认定后人或继承或反叛等行为的性质。继承者未必全然排斥眼下的时代精神,反叛者也未必能做到绝对意义上的标新立异。当然,国际思想界也有人不接受过于模糊的史评画面,而代表这后一立场的评论家也大有人在。1949年,老一辈美籍学者勒内·韦勒克(René Wellek)发表《文学史中的浪漫主义概念》一文,勾勒浪漫主义文学的独特倾向以及一些浪漫诗人对持续多年的机械论等思想理念的反拨,其有关认识对后辈学人有导向作用。① 1966年,法国思想家米歇尔·福柯(Michel Foucault)发表《文字与事物》一书,谈及欧洲浪漫派给人类历史或人类认知方式所带来的关键分野。②

此前的1965年,现代英籍思想家以赛亚·伯林(Isaiah Berlin)在美国首都华盛顿特区举办系列讲座,谈论西方浪漫主义思想传统,有

---

① René Wellek, "The Concept of Romanticism in Literary History." *Comparative Literature*, Vol. 1, No. 1, Winter 1949, pp. 1~23; Vol. 1, No. 2, Spring 1949, pp. 147~172.

② Michel Foucault, *Les mots et les choses*: *Une archéologie des sciences humaines*. 英译本一般以"事物的秩序"这个意思取代原题名,如:Michel Foucault, *The Order of Things*: *An Archaeology of the Human Sciences*. New York: Vintage-Random, 1973。

关文稿由后人编辑成书发表，题为《浪漫主义的根源》(*The Roots of Romanticism*，1999)。伯林笃信，浪漫主义运动代表了西方思想界所发生的一种"巨大的、根本性的转变"，具有划时代的意义，是可以界定的。① 伯林知道自己所面对的挑战，因为此前百多年来已有不少评论家撰文，指出浪漫主义思想并非为浪漫主义时代所独有，伯林更专门列举美籍思想史家 A. O. 拉夫乔伊(A. O. Lovejoy)等人对西方历史长河中诸多种浪漫主义流派和思路的清理和辨析，认为其将特定时期内的那个英国浪漫主义运动化解于无形，这样做"是犯了一个错误"。② 拉夫乔伊的观点主要体现于其著名论文《关于种种浪漫主义的辨析》。③ 其实，在其代表作《存在的巨链：对一个观念的历史的研究》④中，拉夫乔伊还是把读者一般所知晓的那个浪漫主义时期单挑出来，将其看作西方思想史变化的重要节点。然而，联系当时具体的文学产出，伯林认为拉夫乔伊的那篇辨析性文章仍涉嫌将有关思想基因追溯得太远、太散。即便伯林本人也刨根问底，他也主要是将英国浪漫主义思想渊源追溯至 18 世纪中叶德国较早期相近性质的浪漫主义哲学成分。顺提一句，对于法国式启蒙思想的延续，对于此前英国本土百年来较主要的文思蓄积及其余波，伯林看得相对较轻。

　　伯林是如何看待拜伦的呢？由于他主要着眼于革命性变化现象，因此在观察拜伦时，他较多聚焦于当时对欧洲有普遍影响的《少侠哈洛尔德游记》和《曼弗雷德》等相对凝重而深沉的诗作，也因此让拜伦贴近浪漫主义核心理念，不同于艾布拉姆斯的基本判断。伯林的断代看法具强大穿透力，其讲座中的一系列论述是对此前思想跨代派观点的重要平衡，只不

---

① Isaiah Berlin, *The Roots of Romanticism*. Princeton, New Jersey: Princeton University Press, 1999, p. 5.
② Ibid., p. 20.
③ Arthur O. Lovejoy, "On the Discrimination of Romanticisms." *PMLA*, XXXIX, 1924, pp. 229~253. 该文在多项有关浪漫主义文学的论文汇编中都有收录。
④ Arthur O. Lovejoy, *The Great Chain of Being: A Study of the History of an Idea*. Cambridge, Mass.: Harvard University Press, 1936.

过其有关划时代巨变的认知倒有可能让他忽略了一点,即《唐璜》也是拜伦所著,其规模更大,所蕴含的文学质感却有别于《曼弗雷德》等诗作。而相对于启蒙运动而言,伯林也可能稍微淡化了启蒙运动中的怀疑主义成分。比如,伯林认为启蒙运动的理论"支柱"之一就是:一切问题都可以回答,诸如"我该做什么?"这类的基本问题都可以找到答案。① 我们所侧重的是"怀疑",伯林则把"回答"与启蒙运动联系在一起。当然,在启蒙思想语境内,"回答"与"怀疑"可以成为一个铜板的两面,就好似"理性主义"(rationalism)和"怀疑主义"(skepticism)之间相辅相成的关系,因此,伯林所看到的确定性不见得与怀疑论发生了哲思上的悖逆,而且他本人也谈及启蒙式知识的碎片性质,所获答案若体现某些业绩,也不过就如同将拼图版拼齐。然而,在效果上,伯林还是让怀疑精神略微远离了启蒙运动的母体,让它较多靠近浪漫主义文学本身,这难免引起一点疑问。

1981年,美国学者詹姆斯·恩格尔(James Engell)发表《创造性的想象:启蒙运动到浪漫主义》(*The Creative Imagination*:*Enlightenment to Romanticism*)一书,同样谈论"源头"概念(sources),却把浪漫主义重要思想理念都植根于以18世纪为主要时段的欧洲启蒙运动中,如此恩格尔就淡化了"巨变"感。视点不同,一些基本的判断即出现差异,比如对于苏格兰思想家大卫·休谟(David Hume)的评价,伯林认为他立足于启蒙运动之外,能回过头来诟病启蒙的主流理念,而恩格尔则视休谟为启蒙本身的巨人之一,这在一定意义上也是把貌似与启蒙分道扬镳的(怀疑性)思维归还给启蒙。具体到英国浪漫主义诗人,恩格尔依据详尽的研究,发现一些典型的浪漫文思基因早就潜伏在英国18世纪一些作家的著述中。他从具体概念入手,多了一些对于语言作为思想载体的来龙去脉的审视,因此其视野虽未必企及伯林式思维之高广,但他强于细致和纵深,所依赖的具体文献也相对较多。

比如,对于"笃信"与"怀疑"等终极哲思话题,恩格尔未予穷究,而是

---

① Isaiah Berlin,*The Roots of Romanticism*,p. 23.

更多聚焦于"创造性想象"这个几乎与"浪漫主义文学"一词同义的、较多涉及诗人姿态和行为的具体概念。他说,是"启蒙运动创造了这个理念",因此前后两个运动应共同拥有它。① 从我们角度看,涉及不同时代对于创造性想象的重视,仍有接受进一步辨析的余地,有时只见表述内容而不看表述方式或语调,也不见得贴切,但毕竟诸如蒲柏等人对于想象力的推崇也的确有案可稽②,而且其言语所及以及其推崇的力度也的确会让人联想到日后柯尔律治等人的相近谈吐。因此,恩格尔的潜台词是,读者一方在强调英国 18 世纪文学的守成和日后浪漫主义文学的创新性时,似可再审慎一些,避免让概念的帽子将内容限定住。由于我们需转向拜伦,而拜伦又不是恩格尔的观察重点,因此我们需要附上一句:在恩格尔所呈示的历史图景中,一定如其所示,存在着浪漫后人不致谢式的思想挪用,然而即便如此,这应该迥异于拜伦式公开透明地守护前人思想基因的做法。或许拜伦带着满身的争议性而刻意站回到 18 世纪的举动反倒是印证了伯林的感悟,或许这个新的、浪漫主义的时代终究还是跨离了此前的历史时界,而拜伦一方不愿意跟行;至少拜伦让人觉得,华兹华斯和柯尔律治等人的凝思和严肃并不如此前那种富含讥讽而又不失格调的文学敏感性更让他感到惬意,就像我们在本书上一章所提到的贝多芬不被老年歌德所接受。

不信、怀疑、讥讽,这些像是与拜伦的口味相合。不过,国外也有学者不甘于简单接过有关拜伦之偏好的常见判断,他们着手做反向文章,在其著作中寻找所谓正面因素。比如伯纳德·贝蒂就曾撰写《拜伦与 18 世纪》一文③,是此种研究行为之代表,我们在本书第一章曾予以关注。与

---

① James Engell, *The Creative Imagination: Enlightenment to Romanticism*. Cambridge, Mass.: Harvard University Press, 1981, p. 3.
② 一个直接的例子就是评论界常提及的蒲柏《伊利亚特》译本自序,见"Preface to the Translation of the *Iliad*." Bertrand A. Goldgar, ed., *Literary Criticism of Alexander Pope*. Lincoln: University of Nebraska Press, 1965, pp. 107~130.
③ Bernard Beatty, "Byron and the Eighteenth Century." *The Cambridge Companion to Byron*, pp. 236~248.

伯林的处境相似,贝蒂亦清楚自己也面对着特有的难题,因为拜伦频频回眸,同时又很现代,需用力阐释才能透视拜伦的表象,而其力释的结果倒是让他的这篇文章本身拥有了深厚的思想内涵。以深厚的思想史内容解读拜伦,这在拜伦研究领域不很常见。在具体思路上,贝蒂亦让拜伦回到18世纪,认为他与著名守成派思想家艾德蒙·伯克(Edmund Burke,1730?~1797)相似,"接受了那种驶离形而上学的哲学转移,转向约翰·洛克(John Locke,1632~1704)所成就的认知理论"①。也就是说,拜伦身上那种不屑玄思而脚踏实地的气质具有可被锁定的思想渊源。但另一方面,贝蒂也暗示,拜伦也不可能完全放弃较高层级的思想活动,包括宗教信仰和玄学思考,因此我们不能片面强调拜伦的所谓倚重常识的"颠覆性"思维,毕竟拜伦也会"质疑(蒲柏等人的)抽象的怀疑论思想体系"。②不能让"颠覆"压倒笃信。总之,贝蒂意在扭转读者群中一个较偏颇的印象。人们多固守"撒旦式的拜伦",但这并非不是表象,表象后面尚有一个确立了"伦理诗歌范例"的拜伦。③ "伦理"是贝蒂的关键词,代表了重要的学术发现。不过,如此着眼点虽具洞察力,但该文的推进过程似偏离具体文本稍远,若能更成功援引具体诗文并考虑其特有的质感和思想辐射力,其伦理定性的说服力或许还可再进一步。

贝蒂之前曾有人做过类似的努力。比如,很早时布莱辛登夫人就曾反复讲述过她的一个发现,涉及拜伦宗教情怀和怀疑精神之间互为正反面而相安无事的情况,所涉案例虽不关文学文本中的作者姿态,但拜伦平日里的随口道来也并非不能指向其真实的一面。一位朋友妻子过世,拜伦不胜慨叹,临死前她曾做祷告,更令其动容,于是他有感而发,给布氏留下印象,尤其此类言语:"一个人经历苦难或病痛时,宗教能扶持于他,甚至一直到他死去。宗教有如此优势,让人看得见,因而人类不分你我,都

---

① Bernard Beatty, "Byron and the Eighteenth Century." *The Cambridge Companion to Byron*, p. 245.
② Ibid., p. 248.
③ Ibid., pp. 240~241.

会寻求这样的抚慰";然后拜伦又提到宗教所具有的软化、提振、矫正等功能,说:"这样的宗教未必能让很多人成为改宗的皈依者,但却能让不少人转而相信它的某些宗旨。"①

拜伦有感而发,即引得布莱辛登夫人有感而发:

> 有些人谴责拜伦是个无宗教信仰的人(an unbeliever),他们都错了,因为他的实质是**怀疑**(*sceptical*),而非不信(unbelieving);而且我以为,终究会有那么一天,他对许多宗教信条的那种摇摆不定的信仰会变得牢固不移,就像眼下他对于灵魂之**不死**的确信,——而他自己声称,像他这样的人,其本性的每一次搏动,无论细微还是卓著,都会让这种确信变得更加确定。我觉得这一天并非遥不可及。他与物质主义不共戴天,对于其所支配我们行为的每一种弊端,他都将其归咎于肉体凡胎这所监狱,以为是它让我们有了许多的弱点,却把天赐的星火(heavenly spark)关押了起来。他说,既有**良知**(*conscience*)这回事,那么对他来说这就是凡人之圣缘(the Divine Origin of Man)的又一证据,另外他自己对于善的自然而然的热爱也是一例。

接下来她的回忆所及,愈加接近我们所用的"情怀"概念:

> 一个明媚的日子、一个月色皎洁的夜晚,或大自然中任何其他美妙的现象,都会(拜伦说道)在那些高贵的心灵中激发强烈的情感,让其精神倾泻而出,涌向上帝,而不管我们把这叫作什么,这就是对那个神灵的固有之爱、之感恩的实质。

她还从间接引语转向拜伦直接的话语:"我很少**谈论**宗教,但我**感觉**到它,而且很可能比那些谈论它的人感受更多。我跟你无拘无束谈及这个话题,是因为我知道你绝不会笑话我,也不至于跟我争执起来。"②这些言论发生在1823年,不大能代表较早时的拜伦,但也非断然的改弦更张。至

---

① Lady Blessington, *Lady Blessington's Conversations of Byron*, p. 68.
② Ibid., pp. 68~69. 黑体字代表原文的斜体字。

少它们能配合其他维度,较立体地给写作《唐璜》时的拜伦造像;尤其是布莱辛登夫人在《唐璜》语境下多次试图维护拜伦虔敬的一面,这富有意味,其有关"怀疑"而非"不信"的定性、其有感于拜伦在景色与情怀之间所建立的关联,都精辟可依。这也是我们在本书第九章所关注的内容之一。

在现代国际批评界,有些批评家则以具体诗歌文本作为支撑点,探讨拜伦的类似"情怀"。我们在本书第一章引用过麦克·库克有关拜伦诗歌中自发性因素一文,其笔下另一篇文章《怀疑论的局限:拜伦式的确信》则有不同侧重点,具体谈论拜伦诗歌中与"怀疑"相对的"确信"(affirmation)因素。① 针对先前存在的有关拜伦怀疑倾向的评论观点,库克在诗人的相关言语中寻找"正面的哲思立场"(affirmative philosophic position)。② 拜伦本人所用过的一个短语让他产生深刻印象,即《少侠哈洛尔德游记》第三部第111诗节所说的"灵魂的严峻任务"(the stern task of soul)。拜伦如此自勉,不只局限于字面上,也体现于生活伦理,因此库克认为诗人即便戴上一副消极的面具,它也不宜被放大,毕竟拜伦爱夸张,而且自我夸张之余,他也夸大了西方思想史上以怀疑论著称的苏格拉底、皮浪(Pyrrho,约360 BC～约270 BC)和蒙田(Michel Eyquem de Montaigne,1533～1592)等人的颠覆性思想成分。③

在库克所援引的诗文片段中,《唐璜》第七和第八章涉及伊斯迈战役的部分较突出。库克以为拜伦行文至此,忽凝聚心神,一时间展示了不大寻常的严肃思考力,更有关乎终极是非的价值判断力,而具体就俄国和土耳其等各方军事行为而言,诗人能分清不同类别的英雄人物,"一步步以具体的文字,给那类不过一介武夫的英雄祛魅,给那种实践无畏精神和美德的人生正名"④。选定谁好谁坏,拜伦即可以凭局部诗节来推介自己的

---

① Michael G. Cooke, "The Limits of Skepticism: The Byronic Affirmation." *Keats-Shelley Journal*, Vol. 17, 1968, pp. 97～111.
② Ibid., p. 97.
③ Ibid., pp. 97～98.
④ Ibid., p. 102.

"双重目的":"罢黜某些行为范式,同时推崇另一些行为范式。"比如第八章有关"一位('怎么也不投降'的)可汗或'苏丹'"的十多个诗节里,诗人就让我们见识到"其对于自己所持高超原则的生动展示。一方'仅仅就是征服',另一方为了'自由'而斗争,这两种行为之间的对立在这些诗文中被充分地刻画出来"①。库克更转向第八章第 91 诗节之后有关唐璜拯救"穆斯林孤儿"莱拉的诗文,具体谈及拜伦如何让唐璜本人分摊正义之举,说此中的唐璜"已经表现出了将原则置于狂热的施暴欲和劫掠欲之上的能力"②。

　　库克如此揭示拜伦诗作中的正面因素,其本身即有正面意义,然而需要我们略作补充的是,尽管库克也在同一页上立即提到拜伦有关原则的"无条理性",也说到唐璜拯救莱拉行为不合常规的一面,可他的所谓"原则"观仍难免担一点风险,比如它有可能反过来将文学作品中惯常出现的对血腥残暴的质疑当作稀罕的作家义举,有可能忽略莱拉片段中更体现文学作品特有功能的讽刺或透视,至少可能低估了既有"确信"也有"怀疑"的混杂现象。这倒不是否认战乱中出现了体现于人类个体身上的"勇气和美德",不是说有关美德的谈论不能成为话题,而是说,相对于文学评论家来讲,美德认定的后续工作有时才更有挑战性。是美德,但是,是何种美德?是否属于含跑题因素的美德?本书后面将会专门探讨莱拉片段,此处仅简要议论:若无"灵魂的严峻任务",即根本难有文学大作本身,但体现艰巨使命的方式不一而足,文学中的"正面"因素亦可以续存于简单地划分善恶之后,比如对自我英雄主义行为的解构或也是拜伦式的正能量。或者用现今的流行语式讲,拜伦让唐璜表现得政治最正确时,也把他变得政治最模糊,从而让自己面对最强大的道德挑战,也在跨越思想和理念诸种界域的过程中,顺带做出对更大范围人类邪恶的高点审视。审视也是"严峻任务"。

---

① Michael G. Cooke, "The Limits of Skepticism: The Byronic Affirmation," *Keats-Shelley Journal*, Vol. 17, 1968, 97~111, p. 106.
② Ibid., p. 107.

英国近年有学者撰文,着眼于拜伦作品中的"真诚"(sincerity)成分,具体就麦克甘等人有关这种成分的分析和质疑提出不同的看法,认为"如此将(拜伦的)真诚仅仅挂靠于诗语修辞套式的做法忽略了有关诗文所含情感层面的张力,而拜伦则在《唐璜》中公开而自觉地拥抱(真诚)"①。指出这一点,有利于我们看穿表面而发现《唐璜》不少局部所埋伏的不那么"油腔滑调"的成分,或许也有助于我们在"怀疑"的背后挖出"笃信"的一面。当然,普利格夫柯(Michael J. Plygawko)在他的一篇文章的一个局部也揭示了另一个侧面,他在谈及拜伦的怀疑主义态度时,直接引用了诗人的这样一段话:

> 常见于我们眼前的事物一旦消失,我们对它们的印象也会消失,消失得如此之快,真是令人诧异。——一年即可虚化,五年即可抹去。——留不下什么清晰的东西,除非我**奋力**调动记忆力,——**然后**那些亮点也的确能重新亮起一会儿——但是谁又能确定那个举起火炬者不过就是想象力而已呢?②

这是一则叹息,所针对的是所谓史实和感性信息之脆弱,亦牵连上我们认知过程的许多不确定性。姑且说拜伦此语乃实话实说,无油滑语气添乱,可是其内涵显然也不像是"笃信"视角所能完全厘清的;不见得一怀疑,就油滑。

"一无所知"之知

寻找所谓伦理拜伦和严肃拜伦的工作肯定有其价值。本书第九章,我们在谈论拜伦后期对天主教的兴趣时,将会探讨这个话题的其他侧面及不同意味。仅就本章的文路而言,着眼于笃信等因素的研究者在立论之余,还需进一步品味拜伦本人如何甘于自认不恭不敬但同时又乐于自

---

① Michael J. Plygawko, "'The Controlless Core of Human Hearts': Writing the Self in Byron's *Don Juan.*" *The Byron Journal*, Vol. 42, No. 2, 2014, 123~132, p.124.

② Ibid. 黑体字代表原文的斜体字。

诩其比任何人都更有伦理关怀这个佯谬,还需思考如何拿出更多的思想理路,才能如愿对《唐璜》第十四章开头一系列思索和提问中所含有的颠覆性效果有所抑制;或者,如何不以抑制为目的,而是进一步挖掘此中难以化解的思想内涵。第十四章开篇都说了什么呢?我们在本书第三章第1节引用了此诗章第10诗节之后的一个部分,其实从第1诗节起,拜伦就让自己潜入类似怀疑论者的心境中,只是侧重点略有不同。

交代一下:唐璜当时已身在英国,正忙于结识英格兰上流社会各色人等,主要表现在他做客贵妇阿德玲女士的乡间别墅片段中。对于这个哥特式大宅,《唐璜》第十三章有详尽而逼真的描述,里里外外无所不及,有关诗段已成名篇。其间讲到唐璜如何有感于有闲阶层之闲,说他似乎能听到、看到充斥于空气中的"那个可怕的大哈欠"(that awful yawn),拜伦就此想到了法语词 ennui(厌倦而无聊的状态),并让它变得愈加富有意味。① 接下来的第十四章,拜伦拾起这个话题,续讲这个阶层的无聊和做作,然后再转到现代文明中的妇女生存状况等内容。就在这个上下文中,一连串随想接续而出,起始于该章第1~3诗节,收之不住,就像是任性地挤进故事大脉络中;但见诗人又在不期中陷入"胡思乱想"②,至少在表面上跑题甚远。他说:

> 要是我们能对宇宙有所悟解,
> 　或从自己的内心获得一点良知,
> 人类也许会知迷而反,但那就
> 　使许多精彩的哲学受到损失。
> 哲学体系也是一个吞没一个,
> 　很像大神沙特恩吃掉他的儿子,
> 尽管他的好老伴把儿子换成

---

① *Don Juan*, Canto 13, Stanza 101. George Byron, *Lord Byron: The Major Works*, p.790.

② 拜伦,《唐璜》,第十四章第7诗节。

石头给他吃,他也吃得一点不剩。

但哲学却和泰坦族的吃法相反,
　　它是子嗣把父母当早点,虽然
消化起来不容易。请问谁能够
　　对任何问题都坚守自己的信念?
你考察古昔各大家,选中一个
　　你认为最好的,就信守而不变;
其实呢,人的知觉最是不可靠,
但除了它,你还有什么凭据可找?

而我呢,一无所知;我什么也不
　　否定、承认、拒绝、或蔑视;至于你,
除了知道生而必死,还有什么?
　　其实连生死大事,到头来也许
都是假的,可能会有那么一天,
　　生命无所谓老幼,都复返无极。
呵,人都对所谓的"死"哀哭,但人生
有三分之一就消磨在睡眠中。①

　　总体看,尤其就思想元素而言,一上来的这三个诗节在《唐璜》全诗中并非独此一处,含类似哲思意味的片段在先前章节中早已存在,此后也会继续出现。但这几个开篇诗节的表意方式较直白,明显充斥着不信的情绪,所针对的是人类寻找终极精神依托的努力,对其表现出直截了当的怀疑。看得再具体些,拜伦的思路则比其语气所及更为复杂。开篇的"要是"(If)富有意味,它就像是确立了个假定的或假而不定的调子,其所引出的思路至少可以从两个角度解释。积极一些,我们可以认为拜伦在终

---

① 拜伦,《唐璜》,第十四章第1～3诗节。

极知识的各种来源中锁定两大源头：大自然（great Nature，即译文中的"宇宙"）和"自己的内心"。自然和自我都深不见底，有各自的渊谷（abyss），需要我们深探或内视，以便寻获某种确定性，或可以确信的东西（certainty，即译文中与"损失"和"儿子"押韵的"良知"）。若视这些为埋藏在这几个诗行中的暗示，则我们可说拜伦至少于瞬间认真地品味了一下诸如柯尔律治和华兹华斯等人所特有的笃信或哲思；若想找到精神依托，就需内省，或需阅读大自然这本书，而那种较抽象的、智识领域的研求则往往是治标不治本。因此拜伦说，"精彩的哲学"所能提供的帮助都相形见绌，而若相信那个（大自然和自我），就意味着让这个（哲学体系）"受损失"。不能排除此中所埋伏着的这个认知。然而，若消极一些，我们也可以说，拜伦即便着眼于大自然或自我，可他对两者之效力也并无十足的确信，毕竟也不能排除"要是"中所可能包含的怀疑态度。此外，仅仅五个诗节之后，拜伦就在一个令人不快的语境中复用了渊谷意象。

不管怎样，若刨除这两大源头，那就很难再从别处找到确定性了。再看诗文中的其他内容。相对而言，史上的哲学体系都羸弱不堪，够不上确然之源；它们都命不久长，一个吃掉一个，只不过有别于神话中泰坦族巨人吃掉儿子的做法，而是"吃法相反"，后来的把先前的吃掉，各领风骚若干年而已。接下来就有了拜伦在第 2 诗节中的提问："请问谁能够 / 对任何问题都坚守自己的信念？"换一种相近的句式稀释此处英文原文：有哪个人——经过应有的自省后——能告诉我，你（对于某种哲学理论）的笃信禁得住任何质疑吗？自省（search）也关联着对人类历史的审视，于是拜伦在此诗节的这一问之后，立即给出了含经验主义常识性成分的劝告，放在第 5、6 两行中（"考察古昔"等文字）。这两行的英文原文是一个祈使句：Look back o'er ages, ere unto the stake fast / You bind yourself, and call some mode the best one. 倘若也借助一般散文将此中的原意舒展开，同时也抚平查先生押韵的诗体译文所牵涉的寓意，则应该有这样的内容：在你信誓旦旦把自己捆绑在（某些高论的）柱桩上并把某个体系认作最佳之前，你该回顾一下历史的往昔；可曾有过任何靠得住的思想形态吗？Stake一词含讽刺性双关意味,也暗指哲学笃信行为的赌博性质。接下来的两个诗行展示了更易辨认的启蒙思想成分。纠缠抽象理念的哲人们都告诫我们,不能太相信肉体感官,眼见未必为实,有许多真谛都超越了感性"知觉"。如此告诫再正确不过了,可话说回来,若都不相信有感而知,"你还有什么凭据可找？"拿得出其他的证据吗？关键词"凭据"（evidences）,尤其是从客观感性经历中寻获的实证概念,代表了18世纪欧洲典型的唯个人经验理性的怀疑论观点,即英文词skepticism一度所及。

第十四章的第3诗节继而推出与怀疑论相关联的不可知论,具体所针对的则是某些终极的精神或生命形态,"一无所知"（I know nothing）云云,也埋伏着相对于哲学和宗教领域终极追求的瓦解效果。借力质疑的势头,拜伦变得愈加极端,类似《曼弗雷德》一诗中的某些思想情绪被复用过来,体现在与跨越生死两界有关的诗性表述中。人类求知的野心太大,所获知的太少,到头来能被知道者,最多也就是生和死亡这两件事。更何况若追究起来,无论生还是死,也都算不上人类可以放心拥有的终极认知成果;会有那种让生与死、老与幼都变得相对的境况。如此思维,跨越终极的界限,都在有意无意中弥发着颠覆俗世伦理、正统道德观念以及某些精神信仰的功效。这三个诗节之后,拜伦再借势死亡主题,略作推进,但很快就倒退几步,转而在一定程度上去反思曼弗雷德式对死亡等极端状态的探秘冲动。在第5诗节中,他把拥有这种欲望的人说成是孤独的旅者,这样的人有如站在山顶,"下临万丈深渊,/你望着悬崖峭壁而不禁颤栗",于是会产生"往下冲"的欲望,这与曼弗雷德站在瑞士少女峰（Jungfrau）上的精神状况有些相似,好像要跃出生命的界限,也是一种跑题。

但是唐璜"没有冲,而是吓得脸发白",只有在事后的反省中他才能意识到自己的问题：

> 因为在你的心深处有一种倾向
> 要去探寻那"**不可知**",不管它是

> 真理或虚妄,你却秘密地渴望
> 一跳而了之——到哪里? 不知道,
> 也就因此你就要跳,或者站住脚。①

最初因"颤栗"而想"往下冲",这个境况富含着佯谬成分。两种因素,一种是欲跨越终极界限而一跳了之者所具有的勇气,一种属于对于某些生命形态的恐惧感,两者往往掺杂在一起,因此有关的冲动虽昭示胆量,或也是懦弱的一种,亦与无知有关,这也是启蒙思想家乐于讽刺的,尤其被各类信徒行为所体现出来的典型精神状态。这段诗文中提到的"真理或虚妄"(truth or error)更是启蒙思想家经常谈及的话题。若让 truth 概念靠近"不可知"(the *unknown*)一侧,以体现追求者对于某些真谛的"秘密""渴望",那就有可能使 truth 和"虚妄"之间变得割舍不清,毕竟在启蒙者看来,西方传统宗教话语或玄思中,"不可知"常指向包括上帝在内的某些终极而可疑的现实。而若以常识性或怀疑论心态更多将 truth 用作"真相"讲,则它倒可能帮助人类避开一些谬误。仅就局部这几个诗节而言,其所呈示的诗人心绪似触及如此一幅思想画面:不受"不可知"诱惑而满足于"一无所知",这也是一种悠然自得的认知;而另有一些人,他们不谙回头是岸的道理,都纷纷启航,去追奉一个个思想体系,不屑跑题者都跑了题,可无论个人或体系,终究难得善果,尤其玄学等层面的终极追求,如崖边而立,弄不好更会吓出一身冷汗。这些是我们在这个诗文局部所能梳理出来的思想成分。

当然,在第十四章第 7 诗节中,拜伦立即就把这些统称为"胡思乱想",似乎是在另一个层面跑题,于是赶忙为这种时不时令他自己猝不及防的忽然深沉而开脱。善于深刻,有这个能力,但不能太深刻,否则反倒是认可了"深刻"的合法而高端的地位;更何况在内容上,此处"深刻"所及,毕竟有别于他人所思。无论如何,他急于为自己这种类似意识流的推

---

① 拜伦,《唐璜》,第十四章第 6 诗节。The *unknown*(不可知)的斜体字为原文所用。

进方式定性,说"不管场合是不是恰当,/ 我只要写出我脑中浮现的东西"①。这似乎解释了所谓"散漫"的缘起,或是就其实质做出了交代。经历过现当代批评理论洗礼的读者大多都会就此提醒自己,不可轻信拜伦的自我开脱,至少不要以为作家们都会像他那样随性而为;所谓无迹的"浮现"(what's uppermost),可能只是个神话,洒脱的表述可能只是给自己戴上了一副洒脱的面具。读者一方的这个自我告诫是必要的,因为它至少可以让我们警惕自己也以随意的方式对待文学大作的倾向。然而,我们也同样需要警惕,若总不直接相信作家自己的告白,或也会遭受损失,比如以其他层面的意义为代价而无睹文字本身的明显面值,或以为面具不重要,略过"一无所知"这个说法中所可能标示出的亦含某些哲理的真切意念。

在此,我们不妨把《唐璜》第十四章第 7 诗节余下的诗行和第 8 诗节整体也引用一下,权且当作来自一位重要诗人的、可供现代学人参考的提示:

> 这篇叙事诗本来就是基于幻想
> 所搭的空中楼阁,用意不在叙述,
> 而在用家常话串起日常的感触。
>
> 您也许知道,伟大的培根说过:
> "扔起一根草,就可以知道风向。"
> 诗歌正是这样的一根草,由诗人
> 一气呵成,随着心灵的光而飘荡。
> 它是扶摇在生死之间的纸鸢,
> 是前进的灵魂投在后面的影像;
> 我的诗好似肥皂泡,但不为赞誉
> 而吹出,它只算得儿童的嬉戏。②

至于第 7 诗节的后三行,我们可以更直接地对待原诗文的字面意思,以还

---

① 拜伦,《唐璜》,第十四章第 6 诗节。The *unknown*(不可知)的斜体字为原文所用。
② 拜伦,《唐璜》,第十四章第 7、8 诗节。

原其丰富意趣,或那种令人忍俊不禁的诙谐。后三行的原文是这样开始的:This narrative is not meant for narration(本部叙事诗本不是为了叙事);而真正的目的,如译文所示,不过就是以虚幻而缥缈的念头为材料而整出一块地基(basis),以供诗人自己在其上面用类似"家常话"的语言搭建起"日常的感触"。叙事诗不为叙事,这里面又有了强烈的佯谬,其道理大概为我们所不能立刻意识到。所谓叙事诗,不见得仅因为拥有了"叙事"这个名字就变得诗格高古而厚重。拜伦的这块地基,抑或他人笔筑,大概并不那么实在,它会变得不可丈量,不涉深浅,没有边际,因为铺垫它的材料可以是奇异而虚幻的(fantastic)。不止如此,拜伦同时还使用了空灵(airy)意象,因此所被"基于"者,是个空灵的地基,此上所搭建起的无论何种"楼阁",都受这个地基制约,或成为译文所定性的"空中楼阁",更何况楼阁本身的材料也不过就是拜伦自己所说的"(用家常话串起的)日常的感触"。

第8诗节将虚幻和空灵意象推向极致,是一个忽然诗意盎然的诗节,让人觉得诗歌中也存在着犹有诗味的行段。轻灵的意象一个接一个:稻草、风筝、气泡、影子、"心灵的光"、"飘荡"、"风"。大概除去"心灵的光",单看其他每一个意象,都平淡无奇,但若一并串联起来看,就有些异乎寻常了,诗意辐射出睿思。它们竞相轻灵,却异曲同工,每个意象都揭示"诗歌"的一个侧面,促成拜伦此时所看到的特质,其所强化的捉摸不定感大概超越了我们许多人的想象,尤其那些喜欢把诗歌内容适当还原为文化符号的读者。"诗歌"一词的原文是 poesy,自然可作"诗歌"讲,但在英国浪漫主义等时代,其含义有时会大于 poetry(诗歌)这个字,比后者多了些诗性意味。比如它可指向广义的诗性表述或诗性思维本身,让诗思大于诗作,因此其轮廓也会比具体作品更难确定,或更有雪莱与柯尔律治等人概念中(并无贬损成分的)空中楼阁意涵。拜伦接过培根一语,舍去上下文,只品味风中的草叶这个画面,于是联想到诗性思维"正是这样的一根草"。而所谓"由诗人一气呵成",重点在于"气"字,它对应原文的 human breath 这个词组,指诗人自己呼出的气息。就像是外部的气流能够抛起草叶,生命的气息也能托起诗性文字。但是与外在的风势一样,内在的"风"也不好预期,因此就有了"随着心灵的光"(as the mind glows)这个条件状语。直接说,是否有风,是否能维系诗性创作活动,取决于心灵是否闪烁;诗魂不兴奋,诗人的气息即被断供,诗歌这个草叶也就"飘荡"不起来了。作者个人心灵大于作品,先于文字,别于符号,这也呼应西方哲学中常见的一脉思考。

拜伦继而再喻,说灵魂若不活动,其"影像"(诗歌)就不得见,或那个"生死之间的纸鸢"就不会"扶摇"而上。这样的文字表述,尤其气息和闪烁等意象所及,首先追溯了诗歌产生的渊源,让心灵拥有决定性的首要地位。我们在本书第三章第 2 节谈及"诗人主体"和"诗人大于诗文"等内容,本书第四章较早的几个局部也涉及比作品更有趣的诗人"随性的心灵"等概念。这些都指向心灵(相对于诗作)的较大空间和自在秉性,而认定了这一点,当有助于我们体味为何对于 poesy 先于 poetry 的认知有着微妙的意义。当然,重视心灵,也会给我们对《唐璜》等具体作品的理论解读带来困难和挑战。但同时,带来挑战的并不止这一个侧面,因为无论闪烁的一方,还是风筝一端,都轻盈得不得了,而由于其即兴而动的特点,拜伦此处这个心灵也就与玄学家认识中那个实在而绝对的本体有所不同,它本身不断跑题,飘忽不息,导致以它为主要因素之一的拜伦诗论更让人难以捉摸,难免衍生出解构性,挫败我们对所谓系统诗意的挖掘行为。而若尽显心灵本体的自由,如此解构又是必需的,甚至诗人是通过自我怀疑而达到质疑他人的目的,或许也颠覆日后我们学人一方的某些理论解读。换一种说法,他可以通过认定自己的不严肃而瓦解我们的严肃;自我挫败,挫败他人,乐此不疲。第十四章第 99 诗节,他做出承诺,说要纠正个人的毛病,让自己写诗的态度变得"更严肃"一些。读到这样的话,我们当需一笑了之。在该章第 8 诗节接下来的诗文中,拜伦的自我颠覆如期而至,他具体借助气泡比喻,似看到诗文就像是吹出的肥皂泡,凌乱地"浮现"在空中,由小孩子随意吹出,或也被其随意捅破,只不过这样的消遣倒无需别家的儿童帮忙,拜伦视自己如孩童一般,亦可以玩这种"儿童的嬉戏"。

而出现了"嬉戏"一词,"逗笑"说又隐隐变得相关,似乎上述字里行间让人找到所谓消磨和逗笑的理由之一。这尤其让我们意识到,拜伦在其有关诗性灵动空间的表述中,无形地树立起一些可被嘲弄的对象,因为无论散漫、逗笑还是嬉戏,其本身都不值得着力标榜,而至于对诗意的颠覆和对解读者的挫败,这些也不能成为其本人为了追求而追求的目标,更大的相关意义应该体现在拜伦的问题意识中。跑题——谈诗——嬉戏——自我颠覆——颠覆他人,在这个链环中,拜伦瞄向一些较大的标靶,如以上其调侃宏大哲学体系和讥讽"不可知"之探寻者的诗文所示,而这些靶子也代表了启蒙论者典型的怀疑对象。拜伦的逗笑和散漫都可以成为手法,反衬出欧洲史上一些所谓毋庸置疑的真理的虚妄性。以"一无所知"的面具应对人类的精神自诩,以"散漫"的态度撩弄使徒般的凝思,一边跑题,一边顺手将各种泡沫捅破,如此一来即可在谈笑间平衡那种欲跳入深渊的痴迷。各类玄思、理论体系、史诗、文本,都可以成为渊谷,在拜伦眼中都可能拥有致命的诱惑力,也都会被他那些无所不瓦解的怀疑主义招数锁定。

说到怀疑论式的普遍颠覆性,这并不是我们强加给《唐璜》的标签,该诗第十五章亦有佐证,似乎更直接标示出拜伦的自我定位。第十五章中,唐璜仍客居阿德玲的乡下豪宅,每天周旋于贵妇们之间。一天,主人举办晚宴,盛大而斑驳,唐璜迷离于"缤纷杂陈"中,蓦然发现"他的座位恰好 / 落在奥罗拉和阿德玲夫人之间"。① 奥罗拉(Aurora Raby),一位 16 岁的美貌少女,信奉天主教的贵族孤儿,与海黛等唐璜结识过的年轻女性有些可比性,本书第九章谈论天主教话题时还会较多涉及她。这位少女"很少旁顾",对唐璜"半搭不理";唐璜坐在她与阿德玲之间,"要他从容用餐我想确是很困难",因为两位女士都高冷无比,让唐璜觉得自己"好好一只船",竟要穿行于冰砣间。② 随着唐璜与奥罗拉似有似无的互动,拜伦自

---

① 拜伦,《唐璜》,第十五章第 74~75 诗节。
② 同上书,第十五章第 75~78 诗节。

己的思绪又涌动起来,开始琢磨人类爱美之心这件事,当然主要是少女爱唐璜之"美"(good looks),于是他把16岁的奥罗拉与70岁高龄的苏格拉底相联系,说后者作为"嘉言懿行"的典范,很像这位少女,或者这位少女很像那个苏格拉底,两人都"对美抱有幻想",也都不"越礼",云云。① 话题变大,扯得太远,有些拢不住,于是拜伦阶段性草草了事,说自己的确有失连贯,貌似兼及相对的观点,实则后言挤掉前语;甚至新观点续出不止,或者实际上什么观点都没有,虽然这最后一点坦白像是跟读者开了个"对不起的玩笑"。② 当然他立刻自我开脱,说文字的前后不一倒是与现实状况相符,不矛盾就无法"写出现存的事实"。

因开了个"玩笑"而觉得对不起严肃的读者,这是《唐璜》中反复出现的行进路数。不过,虽有此自省,可拜伦作为叙述者的自律又有所松动。此前,他曾于第十五章第84诗节责备自己又要因"跑题"而误事,而此刻他注定要"误事"。有感于上述"前后都(不)一致"的问题,拜伦一时再别唐璜,一举移游出去,又一次让自己陷入怀疑论的遐思之中。他说:

假如人人都不免于自相矛盾,
　我怎能避免冲撞他们每一位?
甚至违背我自己?——但这是瞎说,
　我从不否定自己,将来也不会。
凡怀疑一切的什么也不会否定,
　真理之源固清,但下流就污秽,
而且要越过"矛盾"的许多运河,
　以致它常常要藉"虚构"而通过。

寓言,神话,诗歌,小说,都是假的,
　但只要播种在适宜的土壤里,

---

① 拜伦,《唐璜》,第十五章第84~86诗节。
② 同上书,第十五章第87诗节。

> 它们也可以由假变真；真奇怪，
> 　　虚构的故事连乾坤也能转移！
> 据说它能使现实较易于忍受。
> 　　但现实是什么？谁知道它的底细？
> 哲学吗？不成，它否定了太多事物；
> 　　宗教呢？行，但哪个教派才算数？①

所谓就连与自己发生矛盾的可能性都不存在，是因为"凡怀疑一切者什么也不会否定"（He who doubts all things, nothing can deny）。逆来的都可顺受，反正全都靠不住。如此一句话，连同以下内容，虽仍不乏调侃成分，但仅就语言表述层面而言，这句话与拜伦平时对自己精神信仰的描述相吻合。

早在 1811 年，他就于一封信中直言："我有一种无法摆脱的无教徒秉性（something Pagan）。简言之，我什么也不否认，但怀疑一切（I deny nothing, but doubt everything）。"②此外，这两个诗节也让我们觉得，拜伦心绪中出现了西方思想史上典型的"诗辩"姿态，所及立场为文学家所持，所针对的是玄学和神学等方面对终极现实的探究。具体再看这句"什么也不会否定"的话，其在表述方式上也接近英国 16 世纪诗人菲利普·锡德尼（Sir Philip Sidney, 1554～1586）的一句名言。锡德尼在其论说性著作《诗辩》（The Defense of Poesy, 1595）中，面对人们对诗歌的第二项指责（即：诗人都是骗子），做出了他的经典表述：Now, for the poet, he nothing affirms, and therefore never lieth.（说到诗人所为，其实他什么都不确认，因而也从不撒谎。）③而至于锡德尼本人在《诗辩》中所使用的

---

① 拜伦，《唐璜》，第十五章第 88、89 诗节。
② To Francis Hodgson, Dec. 4th, 1811. George Byron, *Lord Byron: Selected Letters and Journals*, p. 351.
③ Philip Sidney, *The Defense of Poesy* (excerpts). George M. Logan et al., eds., *The Norton Anthology of English Literature*, Eighth Edition, Vol., B. New York & London: W. W. Norton & Co., 2006, p. 968.

一些话语方式,其本身又很接近亚里士多德在他的《诗论》中有关诗歌等文学体裁在地位上高于史学和哲学的说法。

此处的拜伦,正是站在诗人角度,表现出锡德尼式对硬性思维方式的排斥,也表达了对宗教和哲学领域貌似全知者的怀疑。退一步讲,即便有"真理",即便真理的源头"固清",但真理一经流淌,尤其来到人间,其水流就会渐变浑浊;它必须沿流于许多充满"矛盾"的"运河"中,被矛盾运送,以至于"它常常要藉'虚构'而通过"。"虚构"(fiction),或文学体裁,成了真理的载体。因此,虽然有人蔑视文学,虽说神话和诗歌等文学体裁"都是假的",甚至拜伦本人也会调低对文学作用的预期,而且还曾将"骗子"一词用在某类作家身上①,但此时,在第十五章第 89 诗节中,他确信"假的"东西也能创造奇迹,"连乾坤也能转移!"而且,无充满疑惑和矛盾因素的文学,无灵动的思想空间,就无以"忍受"充满矛盾的"现实",这一点已经很接近济慈和雪莱等人所见。当然,启蒙时代算不上对诗性思维大力推崇的时代,质疑其污化客观真相的启蒙式观点倒是时隐时现,然而拜伦此处的提问却体现更基本的启蒙立场,是典型怀疑论性质的提问:"现实是什么?""哲学"(即传统玄学)也好,宗教也罢,它们各方"谁知道(现实的)底细?"传统玄学对物界的"否定"太多,拜伦也会觉得它瞧不起人间世,而宗教的"教派"(sects)繁杂,本身就自相矛盾。似乎相对而言,满足于半知,做他自己这样的诗人,反倒具有常识性。

诗文如此又牵扯上哲学和宗教领域大事,我们似能看见拜伦于此中的不情愿,但即使不情愿,也停不下来了,甚至他让话题变得更大,观察点瞬间升高,远及,于接下来的第 90 诗节推出《唐璜》全诗中不多几处较明显达到革命性思考程度的诗文一例。而思想一有热度,自我瓦解程序即随之启动,由此可见,后一过程所发生的当口,往往就是在他自己如此严肃的时候,而不是相反;观点富有意味,仍自我解构掉,也就富有了另一番

---

① 见拜伦信件:To Annabella Milbanke. Nov. 29th, 1813; To John Murray. Apr. 2nd, 1817. George Byron, *Lord Byron: Selected Letters and Journals*, pp. 82~83, 335。

意味,否则文字中就会出现低质伴谬,无论对别人还是对自己的质疑都会相应少了些意义。第 90 诗节如下:

> 显然,必是有千百万人信错了,
>   也许最后证明大家都很正确。
> 天保佑我们!因为我们的事业
>   总需要神圣的明灯来给照耀。
> 现在正是新先知出世的时候了,
>   不然就使老的再拿新启示告诫:
> 一千多年的意见早已磨损完,
>   必须由天界充实一下才灵验。

"一千多年的意见",此说凝结了拜伦的压抑感。人之为人,既然我们总需要引领,那就该在指路的"神圣的明灯"(holy beacons)被用了漫长的时间之后,将其更换一下,而若仍固守旧灯,至少也该拿出"新启示"(a second sight),或"由天界"将旧的更新一下。总不能没完没了地沿袭老旧思维,最好是旧的灯光该让位于"新先知"(new Prophet)。总之,需有大的变化,在千年之上跑题。"新启示"的原文也有新的视野或远见的意思,而"明灯"、"天界"和"先知"这三个概念也都与圣光或视力意象有关。显然,拜伦是在反其意借用宗教领域惯用术语,呼唤一种超越传统圣灯的新光线,以神圣的表述方式接引一个无需那么神圣的新世代。欧洲启蒙的百年常被称作"光的世纪",拜伦此处正是以反讽方式,以"明灯"等意象,暗指启蒙思想形态之前某些传统理念的暗淡,也间接或直接呼应一些人将启蒙思想比作新福音、将启蒙者比作新先知的做法。

要么"千百万人"都错了,要么"大家都很正确"。这第二个判断等于在说:"(要么)我一个人错了。"至于此中意味,拜伦在《唐璜》第十七章中讲得更直白。第十七章是最后一章,未完成,仅有 14 个诗节,其中一个主要的部分就关乎对新思想的维护。在第 5 诗节,他说有一种理论,被众人在自己的小本子上抄来抄去,"百用不厌"。"每当有谁敢于发挥新的见解

(a new light，字面上也有'新光线'的意思)"，他们就会搬出这个理论，且"振振有辞"，说："好，如果你对，那么别人都错啦？"不可能所有人都处在错误的一方吧？对此，拜伦让大家反过来想一下："要是我不对，那么人人都对了？"①人人都错而只有一个人对的情况并不鲜见。他继而以欧洲历史上马丁·路德、伽利略、约翰·洛克、毕达哥拉斯和苏格拉底等人为例，说许多有独到见解的"圣贤"都曾有可悲遭遇，在世时往往"被认为是个怪物(a Bore)"，但他们的那些思想看似谬误，实则体现"崇高的智慧"，且都"超越过其时代"，成为"现在的真理／或正统的东西"。② 不过，一想到就连一个个思想巨人(intellectual Giant)都要遭遇挫折，拜伦说自己作为小人物，对"小小磨难"还是"俯顺一些"吧，"只要我的肝火不太大"。可肝火终究还是大了些，他说每当他决心让自己"滑头"一些时，"偏偏风来了，弄得我又怒火上冲"③。

回到《唐璜》第十五章第 90 诗节。问题来了。"新先知"之谈本身固然让人惬意，但惬人的语调又激起拜伦的警觉；哪怕以内容为代价，也要颠覆如此高亢的论说姿态，因为面目太崇高，反倒有悖怀疑论宗旨，自身也变得可疑，更何况在内容上，也不必如此深入机理。于是，第 91 诗节好似端起一盆冷水，及时泼醒了自己：

又来了，为什么我偏要和玄学
　纠缠不清？没有人比我更憎恨
任何形式的争吵了。可是不知
　该怪我的命呢，还是我的愚蠢，
我总还是常常为了现在、过去、
　或未来的牛角尖，碰得头发昏。
其实凡有争吵，我都两不得罪，

---

① 拜伦，《唐璜》，第十七章第 5 诗节。
② 同上书，第十七章第 6～9 诗节。
③ 同上书，第十七章第 10 诗节。

因为我信奉的教门是长老会。

无论涉及内容还是语气，前一诗节所言都无可非议，可是紧跟着，此诗节立刻抛出"又来了"（But here again…）一语，带出对自己的埋怨情绪。本来对形而上的哲学敬而远之，"更憎恨／任何形式的"论辩，可自己所为，竟像是交了厄运，时不时总被卷入宏大话题，让自己"碰得头发昏"。"两不得罪"那一行的原文是 Yet I wish well to Trojan and to Tyrian。这个意思拜伦在下个诗节中又重复了一遍：[…] Impartial between Tyrian and Trojan。查先生的译文避繁求简，不失明智，因为原文中此类表述大致已成为"各不歧视"或"两不得罪"的平常代用语。其本身出自维吉尔《埃涅阿斯记》第一卷迦太基女王狄多的一段话，大意是：应平等对待本地的提尔人（Tyrian，也有"推罗人"译法）和外来的特洛伊人（Trojan）。① 稍引申一下：拜伦忽然搬用女王的话，或也暗含对所谓本教和异教、宗教和哲学等方面极端立场的怀疑。拜伦的母亲一脉有苏格兰背景，因此与苏格兰有较多关联的长老会教派（Presbyterian Church）被他提起，说他本人被教育成了这个地方教派中较温和的信徒，意指自己注定做不到太极端。在接下来的第 92 诗节，他继续自诩平和温顺，而这些都并非言不由衷的话。后面第十七章第 11 诗节对此有更明晰的交代，说他自己不只有单一的面目，皮囊之内有多个灵魂云云，以此喻及不同性情之间的相互中和与消解。

鉴于以上谈到"深渊"与浅滩这两类概念及其所代表的各脉思想因素之间的张力，我们不妨再引用一下《唐璜》前面第九章的一个局部，让拜伦本人以又一段诗意浓烈而思绪涌动的文字来协助我们强化本书这一章有关怀疑和嬉戏的话题。有意思的是，渊谷、泡沫和浅滩等诸多意象都曾在这个局部显现过，且意味上与我们以上所谈并无大异。在伊斯迈战役中立功后，唐璜等启程赴圣彼得堡受奖。在这个话题转换的空档，拜伦想到

---

① 可参见 Virgil, *The Aeneid of Virgil*. Trans. Allen Mandelbaum. New York: Bantam Books, Inc., 1971, p. 21, ll. 808~809。

战功、声名和死亡等内容,于是启动跑题模式。他先两次直录 To be or not to be 一语,明显让自己沉浸在哈姆雷特式的情绪中。他纠结"生存"的定义,不断想象死神对人类的"嘲笑",重复使用大笑和嬉笑等概念,进而觉得我们亦可以死神为榜样,瞄准人类每天每日的追求,"以一个微笑把一切夷为虚空",就像扑灭海上的"泡沫"。① 话的分量渐重,让人联想到本书上一章所提及的歌德印象中的"灭绝"之笑。而拜伦把自己的心境调节到这个温度之后,即写出以下两个诗节:

"余何所知哉?"这蒙田的座右铭
　也成了最早的学院派的警语:
人所获知的一切都值得疑问,
　这是他们最珍视的一个命题;
自然,哪儿有确定不移的事物
　在这瞬息万变的大千世界里?
我们此生何所为? 这真是个谜,
　连怀疑我恐怕都可加以怀疑。

在冥想的海洋中像庇罗似地
　随意漂流,也许真是其乐无穷,
但万一帆船被吹翻了怎么办?
　你们的智者对航海并不高明。
在思想的深渊中游久也疲倦,
　假如你的能力只是普普通通;
倒不如在浅滩,避开大的浪潮,
　一弯身就能拣些美丽的贝壳。②

庇罗即本章前面提到的古希腊怀疑主义思想家皮浪,此处拜伦原诗文的

---

① 拜伦,《唐璜》,第九章第 11~16 诗节。
② 同上书,第九章第 17、18 诗节。

含义似有些模糊,好像把皮浪树为负面典型,但若追究一下,拜伦似主要在说,作为怀疑论先驱的皮浪有思想上"随意漂流"的境界,其所为本身多少有些可疑,可我们自己若想模仿他,只学会漂流而不分海域,问题就严重得多了,多半会有乐极生悲的后果。"冥想的海洋"原文是 a sea of speculation,这常常是受培根和蒙田等人影响的启蒙作家所诟病的对象,因为 speculation 较多指抽象而空洞的思辨行为,与常识性思维相对立。所以,启航于如此海域,又把帆扯得很满(carrying sail),弄不好会让船被自己的大帆弄翻,这是针对抽象玄思者的诗性讽刺。"思想的深渊"(abyss of thought)意味更明确,在此中"游久"(swimming long),当然也是致命的。至于"余何所知哉?"(Que sçais-je?),蒙田这个著名的命题预示了《唐璜》第十五章"一无所知"等说法,而对于"确定不移的事物"的怀疑,由于涉及后面的 certainty 概念,也体现拜伦一定程度的连贯思维。连"怀疑"这种心理活动都可以成为被怀疑的对象,寓于怀疑论中的这个躲不过的逻辑更折射受蒙田等人启发的启蒙式惯常思维,极具颠覆性。

洛克和牛顿之后,英国思想家以小博大的务实精神愈浓,对于毋庸置疑的真理的确信度则愈弱;因此,拜伦此处诉诸"浅滩"和"美丽的贝壳"之说,不过是将另一组一脉相承的文学意象强化了一下。"普普通通"的泳者(moderate bathers)和"一弯身"(stoops down)等诗语也都话里有话,指向新型思想者的收敛与谦卑,而所谓"避开大的浪潮",英文原文所含与"浅滩"相关的 shallow(浅)一词,则是以佯谬手法表达了对所谓肤浅或浅薄等状态的敬重。或可说,纵观《唐璜》全诗,里面的肤浅比比皆是,但拜伦的此类诗文至少表明,他不只是单纯地浅薄,也不是单纯地逗笑,或许浅薄之如此,已经包含了作者对浅薄的信任。虽然对于诗人本人或有些读者来说,我们如此把更多思想意义赋予《唐璜》局部,这多少有些扫兴,然而,拜伦有时候的确能在欧洲思想史中看清楚自己可以归属的大立场,尽管从大立场中逸溢出来的不过就是嬉笑。

我们前面提到,评论家贝蒂不愿简单认同拜伦思想中的"不确信"成分,但他在论述中倒是提及,拜伦对史上几位法国思想家很感兴趣,主要包括"培尔(Pierre Bayle,1647～1706)、伏尔泰、狄德罗(Denis Diderot,1713～1784)和达朗贝尔(Jean le Rond d'Alembert,1717～1783)",而贝蒂直接把他们统称为"大陆上的怀疑论者"。[1] 涉及狄德罗,我们补充一则历史信息,为相关领域一般史学文献中经常出现的内容。狄德罗去过圣彼得堡,滞留时间从1773年10月起,长达五个月,其作为法国启蒙时代思想家的身份博得叶卡捷琳娜二世女皇(1729～1796)的赏识,尤其他崇尚自由思考,这个姿态更引起女皇的好奇。二人有不少私处的机会,女皇得以向狄德罗了解有关的思想和理念。《唐璜》第九章,拜伦也"安排"唐璜进入圣彼得堡,也让他在皇宫中与女皇享受私密时分,置宫中众人的闲言碎语于不顾。这里面无论有何调侃意味,多少也是拜伦不甘心让他自己意识中狄德罗的影子闲置无用,尤其他让唐璜产生相对于强势君主的厌烦情绪,更呼应狄德罗的类似醒悟。

怀疑论者当然不限于上述这些思想家,毕竟欧洲18世纪重视理性、常识、自由的思考和怀疑精神,所形成的是一个很大的传统,其背后还有一些著名先哲,比如在《唐璜》中出现过的皮浪、培根和蒙田等人,他们让怀疑论思想有了一定的根基。根据拉威尔的了解,"《唐璜》以外,拜伦很少提及蒙田,然而利·亨特(Leigh Hunt,1784～1859)记述道:'过去的伟大作家中,唯一能让他直言自己读后多么满意的,就是蒙田。'"[2] 当然,本书此章意旨所在,不是要系统深究蒙田等前辈哲人到底都说了什么,甚至也不是要审查拜伦本人对他们的理解到底是否准确无误,而主要是视拜伦为一脉思想传统的受众中的一员,无论他如何阅读前人所言,他终究形成了个人的印象,其所谓归属感本身即能够成为相对独立而可被观察的对象,就如以下一些学人的观察。

20世纪60年代,美国学者C. N. 斯塔夫罗(C. N. Stavrou)撰文谈

---

[1] Bernard Beatty, "Byron and the Eighteenth Century." *The Cambridge Companion to Byron*, p. 237.
[2] Lady Blessington, *Lady Blessington's Conversations of Byron*, p. 205, note 94.

论拜伦的宗教倾向,他较多站在18世纪怀疑论一侧,所持观点与当时包括马尔尚在内的一些学人所代表的立场大致相左,文章的主要目的也的确是要与他们商榷。我们先与该文拉开一点距离。斯塔夫罗所用手法偏于纵览类型,一些表述介乎真知和宏论之间,有时略欠贴切,因此一些断言也会令人迟疑,比如他认为《唐璜》所展示的是"如一而不变的怀疑论"①,等等。另外,作为尼采研究方面的专家,他似较多从尼采角度回顾拜伦。不过,斯塔夫罗力求细品和坐实拜伦的怀疑论这个基本目的并非不成立,尤其他的一个主要判断,即:

> 拜伦的怀疑论是其固有的信念,确信程度之深远超过一般认识,而即便(一些研究者)持相反见解,即便他是一位诗人,但这并未妨碍他去拥抱——就像马尔维尔(Herman Melville,1819~1891)同样乐于拥抱——培尔、休谟和伏尔泰那种冷静不偏的理性主义。②

这应该成为我们阅读《唐璜》过程所依循的路标之一。

冷静,理性,因此才怀疑。斯塔夫罗在较长的综论之后,即转向《唐璜》中的具体例子,最初从第七章第2诗节"对一切好笑"(To laugh at all things)等局部开始,牵出此前此后一系列怀疑论式的诗语。即便被其他评论家用作拜伦宗教情怀证据的第三章"福哉玛利亚"(Ave Maria)片段和第十三章对哥特式建筑的描述,斯塔夫罗也认为里面异教的或泛神的成分占据了主导地位。而既然涉及泛神因素,那么拜伦式的怀疑论也就成为一种并无最终破坏力的立场,因此斯塔夫罗文章中的另一个重点也值得我们知晓。他说:

> 有人以为,《唐璜》所宣扬的是:倘若世上并无真谛,那么一切都是可被允许的。不是这样的。拜伦的虚无主义是尼采式的,一种体现强大心智的虚无主义(a nihilism of strength);它可被解释得通,

---

① C. N. Stavrou, "Religion in Byron's *Don Juan*." *Studies in English Literature 1500—1900*, Vol.3, No.4, Nineteenth Century, Autumn 1963, 567~594, p.573.

② Ibid., p.568.

就像所有伟大的讽刺性文字都可被解释得通,其指摘世事的首要目的是为启动改革。它不是皮浪主义;它既不谋图毁灭,也不追求自我牺牲(immolation)。对一切真理的怀疑并不预兆着无序。对一切真理的怀疑其本身即是一种求真的行为,而此中的真或许是最高的真——或许是人类真正知晓或真正需要知晓的真。①

只是,"是为启动改革"(to engender reform),这个说法未免让拜伦显得过于乐观了。

本章较早时说到,库克认为拜伦放大了蒙田思想中的怀疑倾向。蒙田的确是一些研究者拿来与拜伦做类比的思想家。斯塔夫罗文章发表几年之后,另有学人倒是拾起"允许"这个概念,所用具体词语是"准许"(license,或"特许"),主要出现在其所用 liberty of license 这个词组中,指向宽容精神中所特许的自由度。持此见解者是美国学者利昂纳德·迪恩,他认为拜伦的"自由观"是无限的,没什么障碍可以阻挡它,除非遇到 truth,这是唯一可制约它的因素;而在迪恩的概念中,truth 这个词更靠近"真相",而非斯塔夫罗所说的"真"或"真理"。在这个上下文中,迪恩认为拜伦所说的《唐璜》之灵魂,正在于其所含的无所不许的思想成分。如此迪恩就将拜伦和蒙田做了比较,说拜伦在展示其本人作为一个自由思考的个体以及其个人生命和心智的复杂性方面很像蒙田,并指出:"《唐璜》就像蒙田的《随笔集》(*Essais*,1580,1588,1595),具有无章法而富于试验性的特点。"②而此处的"试验性",指的就是思想上灵活的探索精神。

后来的国际学界,陆续有人投入有关拜伦怀疑论倾向的研究,其中多有谈及蒙田者。我们跨度大一些。新一代的学者中有人专门以《拜伦与蒙田》为题发表文章,谈论两位思想家的关联。文章作者安妮·弗

---

① C. N. Stavrou, "Religion in Byron's *Don Juan*." *Studies in English Literature 1500—1900*, Vol. 3, No. 4, Nineteenth Century, Autumn 1963, 567~594, p. 589.

② Leonard W. Deen, "Liberty and License in Byron's *Don Juan*." *Texas Studies in Literature and Language*, Vol. 8, No. 3, Autumn 1966, 345~357, pp. 346~347.

莱明（Anne Fleming）开篇即对准《唐璜》第九章第 17 诗节，引用拜伦所引用的蒙田提问"Que sçais-je?"（余何所知哉？），并以此为出发点，梳理拜伦与蒙田的相似之处。蒙田是天主教徒，终生秉持该教教义，但弗莱明说：

> 抛开其宗教信念不提，蒙田与拜伦一样，也是一位怀疑论者。蒙田写道："只有傻瓜才总那样心意已决，信而不疑。"另外他也相信，"一个人对一己之见有如此高的估价，此中的自爱和傲慢成分一定是太多了，于是为了确立己见，你就会扰乱公众的安宁，还觉得这是自己的义务"。时至 1819 年 10 月，流浪意大利期间，拜伦已得出同样的结论，并申明，其"对于革命的偏好"（taste for revolution）已经"缓解了"。①

蒙田所审视的"扰乱"和"义务"，加上拜伦所回顾的"偏好"，大致能让我们联想本书第四章所提到的所谓史诗级宏大叙事倾向，而这也会成为蒙田式思想家所怀疑的对象。弗莱明这篇文章较多关涉文本的表层意义，局部的比较时而略显机械，但是在一定意义上，对于外表相似性的比对并非避重就轻，反倒更能直接引起我们的兴趣。

更近的 2013 年，英国学者安东尼·豪发表《拜伦与他的思想形态》一书，我们在本书序言中曾予提及。豪的这本书也论及拜伦的怀疑论思想，但作为一本书，其所及议题比弗莱明文章更深入，所涉维度也更多。不少读者都知道，在西方的拜伦研究领域，英国现代哲学家罗素也留下了自己的声音，他在《西方哲学史》一书中论及拜伦，主要视其为思想界的一个现象，以为其光环所及，大于实际。这一点我们在本书第三章提起过。持此认识的当然不止罗素一人，而豪则是要超越此类认识，去探察拜伦的思想实质。"思想"一旦被放大，大过了"光环"，史上一些哲人的影子即从拜伦

---

① Anne Fleming，"Byron and Montaigne."*The Byron Journal*，Vol. 37，Issue 1，2009，33～42，p. 35.

的背后显现出来,因此豪一边与此前文学评论界相关研究者互动①,一边将那些哲人请上前台,被简略提及者如笛卡儿和伏尔泰,休谟受到较多关注,而蒙田的影响则占据更多篇幅,这些前辈与怀疑论传统有着不同程度的瓜葛。有趣的是,欧洲启蒙运动、卢梭和狄德罗等人基本被略去了。

怀疑论是豪这本书的焦点之一,但是他首先指出"怀疑论"这个概念难界定。豪说道,拜伦本人从未"将自己认同为怀疑论者"。为了维系拜伦这个自我评价的清晰度,豪引用了他的一封信,其中有这样的文字:"我无任何定见——但是我很遗憾地认为,无论哪种怀疑论式的偏执,都与那种最轻信而不容异说的态度(credulous intolerance)同样有害。"因此豪提出,即使拜伦变成了怀疑论者,其类型也属于他自己所独有,与他的话语表述方式融合在一起,而对于由皮浪等人所代表的西方怀疑论传统,拜伦有距离感。② 当然,至于拜伦能否完全独立于前人留下的思想遗产,由于其所言多是缘起于具体场合,因而我们不宜只看任何一封信的字面意思。好在豪也并未说太绝对的话,比如,涉及拜伦怀疑视野中一个较特别的猎物,豪把它圈定为"体系"(system)式思维,认为拜伦若的确可被认定为怀疑论者,那主要是因为他尤其不喜欢这种思维方式。审视拜伦的这一倾向,即成为豪这本著作较重要的内容之一;可以说,这是抓住了一个关键点,尽管豪也提醒我们说,拜伦自己也并不能完全摆脱常见于英国浪漫主

---

① 豪具体提到一些有关的著述,如:Michael. G. Cooke, *The Blind Man Traces the Circle*: *On the Patterns and Philosophy of Byron's Poetry*. Princeton, New Jersey: Princeton University Press, 1969; Donald H. Reiman, *The Skeptical Tradition and the Psychology of Romanticism*. Greenwood, Florida: Penkevill Publishing, 1988; Terence Allan Hoagwood, *Byron's Dialectic*: *Skepticism and the Critique of Culture*. Lewisburg, Penn.: Bucknell University Press, 1993. 我们粗略看,第一本书较强调拜伦的所谓持续而不渝的哲学思考,也提到拜伦如何凭借一种独有的意志力和苦行来抗击生命的衰老及失落。第二本书借用心理学分析手法,谈论主要浪漫诗人在家庭环境中的疏离和异化,由此他们也就倾向于抵御主导的社会理念。第三本书对拜伦作品的覆盖面较广,尤其对诗人的散文类文字有较多关注。仅就话题而言,这三本书与我们的兴趣点略有偏差。

② Anthony Howe, *Byron and Forms of Thought*, p.16. 拜伦这封信的出处见:Leslie A. Marchand ed., *Byron's Letters and Journals*, 13 volumes. London: John Murray, 1973~1994. Vol. Ⅳ, p. 60.

义文学作品的体系成分。

　　既提到对"体系"的不适,豪也就必然要把拜伦和史上一些思想家关联上,因为他们中不少人也曾以不同方式质疑宏大叙事倾向。豪提到英国复辟时代开明保守派思想家沙夫茨伯里伯爵三世(Anthony Ashley Cooper, the third Earl of Shaftesbury, 1671~1713)的经典观点:倘若某些哲学家的哲学变得不着边际,与人们真正可以称作自己的利益及其所关注的东西毫无干系,那么这种哲学"一定会比无知或白痴(idiotism)更坏一些。要想变得愚蠢,最快捷的方式莫过于取道体系;而若要阻拦理智(good sense),最好用的手段莫过于在'体系'的地盘内做些文章"①。豪认为,沙夫茨伯里所言体现其对所谓"进步的"但却"在人文层面不切实际的哲学理论"的不满,因为在沙氏看来,这些理论"总是注重那些深奥而普遍的概念,而不是具体的伦理现实";豪借此反观拜伦的《唐璜》,发现了后者的思想共鸣,认为这部长诗的局部有英国18世纪一些崇尚常识的思想家的影子。②

　　崇尚常识,自然要怀疑大而无当的东西,而这后一方面也体现启蒙运动的一个侧面。沙氏/拜伦式的怀疑成分之如此,大致也可以解释为何后者对于过高的史诗姿态或过大的话语体系会感到不舒服,这亦可支撑本书题目中的"跑题"概念,以及本书第三、四章等处对于拜伦的散漫的、"胡乱穿插"式的文学敏感性的交代。若是大家都"不着边际",那么可以说,沙氏所诟病的哲学家是失之于体系,而拜伦则是失之于无体系,然而若看得正面一些,只要摆脱体系式宏大思维方式,只要不总被"扣题"的指令所困扰,拜伦式的文人即可给自己赢得较大的精神灵活度,像是自我启蒙了一般。

---

① Anthony Howe, *Byron and Forms of Thought*, p.30.
② Ibid.

第七章　拦截那个变得深沉的自我

前一章谈到，拜伦会对自己忽然高亢的语调有所警觉。警觉的对象还可能包括深沉、严肃，以及悲痛，也都表现在他自己身上。警觉的次数多了，就成为写作套路。这个现象让我们有理由另辟一章，以便继续观察拜伦有关"跑题"等倾向的自我认知。可以说，在《唐璜》的演进过程中，其不少局部文路都会让读者产生一种印象，即：一旦他觉得自己变得话多了起来，一旦他意识到自己渐变深沉，他会把自己拦截一下；似乎他觉得有这个必要，可以借这种拦截性质的举动在正剧中添加喜剧成分，以体现一位诗人的逆向担当。涉及"跑题"或"散漫"等概念，本书此前各章所谈到的意义之间有互为侧面的特点，其被观察的角度各不相同，本章补充一个侧面，所涉及的主要是这种拦截行为所造成的诗意气氛上的跑题。此种跑题我们此前多少已有所关照，如本书第三章局部所及。此前的章节更多谈及拜伦如何在讲故事的过程中忽然跨越到其他的境域，造成主题、叙事脉络、思想层面和时空关系等方面的跑题。所谓气氛上的跑题，说得具体些，主要指拜伦轻重不分的做法，本来调动了情绪，构筑了严肃而深沉的诗场，却在达到高潮时全身而退，硬将气氛挪移，不惜让大好诗文毁于笑场；这也好似忽然识破了自己的一个面目，将那个正在变得庄重的诗性自我抓获，无论所涉及的是自己观点的表达，还是自己处理其他情节时所用的表述方式。总之，跑题成为跑调,而这也形成一种结构性策略,或称另一种越界程式,《唐璜》之为《唐璜》的一个特点也由此产生。

不分场合搞笑,这一点无需我们定性,拜伦本人早有直接的昭告。《唐璜》第一章初稿大致完成后,拜伦将其进展告知自己的好友、爱尔兰抒情诗人托马斯·莫尔(Thomas Moore,1779~1852)。他说眼下的这首诗:

> 名字叫"唐璜",其初衷就是要不动声色、不分场合地对一切事物都开开玩笑。不过,仅就刚刚写完的这个部分来说,我拿不准这个作品是否有些太过放肆了,毕竟如今的时代这么拘谨。可不管怎样,我还会尝试下去,匿名写,而它若是不受待见,我就中途停笔。①

"开开玩笑"那一句的原文使用了 facetious 一词,原本就含"不分场合搞笑的"的意思。此后拜伦多次致信友人,谈及《唐璜》的写作意图,并对他们的反馈予以回应。比如大约一年后,他在另一封信中再次给《唐璜》定位,并试图矫正友人的态度:

> 对于一部根本就不想严肃的作品,你太认真、太热切了;——你以为我除了咯咯发笑(giggle)和让人咯咯发笑之外居然还可能有任何其他的意图吗?——只是一部闹着玩的(playful)讽刺作品,而至于诗意,少之又少,能过得去就行——这就是我的本意……②

意图如此单一,此类自白我们当然不会轻信,但若以为拜伦私下里对这些好友不说实话,这也会拿捏失当。针对友人的太过认真,拜伦未必没有自己的焦虑;过于"热切"(eager)大概比过于淡漠更让他担心。先不管这背后是否有什么理念支撑,拜伦之于"搞笑",有时会摆出捍卫者的姿态。

发现 facetiousness,这对研究者来说不应该有什么困难,《唐璜》局部与这些信件相互印证的情况明显可见。但发现归发现,却仍难免让读者

---

① To Thomas Moore, Sept. 19, 1818. George Byron, *Lord Byron: Selected Letters and Journals*, p. 180.

② Ibid., p. 328.

困惑。早在1824年,拜伦尚在世,作为评论家的威廉·哈兹利特就曾表达过自己如何饱受《唐璜》的困扰。哈兹利特写过许多有关当时著名人物的散文,都有如用文字给他们作像,达到一定规模后汇集成书,于1825年发表,题名《时代精神》(*The Spirit of the Age*)。拜伦自然也被记述在内,哈氏还特别注意到《唐璜》前面几章里面不时出现的情调冲突,并予以评说,体现了他的困惑。其态度复杂,赞叹与拒斥,兼而有之;文笔上也超拔于其别处对拜伦的一般评价,好像一涉《唐璜》,论者自己的才思也近朱者赤,形成英、美此研评领域一整段绝佳的文字,似能穷尽后人所欲抒表的意思,值得翻译过来:

说到《唐璜》,的确很强悍;但其强悍却来自两类因素之间那种怪诞的反差,一方面是严肃文字所具有的气势,另一方面则是穿插其间的那些浮光耀目的随语。从庄严到滑稽,不过一步之遥。你会笑出来,也会诧异于一个人何以能调转矛头而 *travestie*(嘲弄)他自己,毕竟如此搞笑的恶作剧(drollery)体现了思想与情感之间完全的断裂。他让美德成为邪恶的陪衬;让才华蜕变为公子哥的浮华(只由于不善他技)。陈年佳酿本来醉人,转眼就掺入苏打水,其实就是那种仅因普普通通的肝胆不调而泻流出来的多沫怒液。前有风雨雷电,过后我们即被领引向斗室内景或脸盆中的浑水。伟岸的悲剧主角转而在闹剧中扮演了个 *Scrub*(草民)。正所谓"可以原谅,但不可忍受"。卖身一般作践(has prostituted)自己的才能,在这一点上这位高贵的男爵大概是绝无仅有的作家。他着手圣化,只是为了亵圣;他自己亲手打造了美的形象,却将其毁容,以从中得到快感;他无限提升我们的人生憧憬和我们对善的笃信,只为于瞬间将其摔向地面,而提升得越高,越能将其摔成碎片。对于天才,或对于美德,我们本抱有热望,但我们的热情却被变成笑料,而导演这件事的正是点燃我们热情的那个人,他就是用如此致命手法把这两种希冀的火星全都扑灭了。所以,拜伦男爵的问题并非时而严肃,时而琐碎,或时而不检,时而正经——而是惯于在最严肃、最正经的当口及时着手耍弄那些不加设防的读者,只图大败其兴,这般招数,算不得光彩。如此不按规则行文,完全不可理喻。观其所为,就好像是让雄鹰筑巢于路边地沟中,或让猫头鹰于大白天飞向烈日。此类画面或许会让人发笑,但我们不会希望、不会期待它们出现第二次。①

一句话,江海于瞬间就缩小为洗手盆,"路边地沟"忽变成鹰巢,无辜的读者似被强迫接受这种反差,所受到的待遇说粗暴也不过分;这样的作家史上少见。《唐璜》文字中有此类效果,促使《英国浪漫主义作家》(*English Romantic Writers*,1967)这本作品选集的编者大卫·珀金斯(David Perkins)从"瓦解一切的"(nihilistic,也作"虚无主义的")概念角度解释哈氏印象所及,说在一定意义上,拜伦"总对其最强的诗段做釜底抽薪的事(undercut),非做不可,很怪异"②。的确,上述引文中的"扑灭"(fatally quenches)和"败其兴"(mortify)等词语的原文都意味强烈,蕴含"置人死地"的本意。对于诗人一方何以如此搞笑,哈兹利特并无太多解释,而主要停留在诧异的层面,甚至最终将拜伦的"怪异"归结为"不按规则行文"之举(anomaly),令人莫名其妙,是"不可解释的"(unaccountable)。

哈氏观点中的惊诧成分自有其成立的理由,史上有类似反应的读者并不少见,但具体就暴风雨和脸盆类型的反差,或许我们也可以从不同侧面查验《唐璜》,以及时"帮助"拜伦略做一点自辩。比如有关盆中的浑水(contents of wash-hand basins)之说,不妨插入一则临时信息,以便于读者对其他文人不尽相同的感受有所意识。英国维多利亚时代后辈诗人斯温朋曾谈起拜伦的《唐璜》,认为其整体效果起伏并不大,基本就是海洋感:

---

① William Hazlitt, "Lord Byron." *The Spirit of the Age*. David Perkins, ed., *English Romantic Writers*. Orlando, Florida: Harcourt Brace Jovanovich, Inc., 1976, p.698. 引语"可以原谅,但不可忍受"一句的原文是"very tolerable and not to be endured",改写自莎士比亚喜剧《无事生非》第三场第3幕(... for the watch to babble and to talk is most tolerable and not to be endured)。

② William Hazlitt, "Lord Byron." *The Spirit of Age*, p.829.

掠过《唐璜》的一个个诗节,我们就像在"大海的宽厚的脊背上"游去;这些诗节或激出浪花而闪烁,或嘶嘶鸣叫而又大笑,或默默低语而缓慢移动,就像是波涛一般,发声,平息。诗节间有一种张弛有序的动势,饶有兴味,只为咸水所有,淡水所无。它们所展示的是一个广阔而宜人的空间,充斥着鲜艳的辉光和不息的风,只有在海上才能感受到这些。

即便有什么突变,也是海洋般的习性,就如波涛所特有的"暴烈和疲弱",而与这部长诗相比,拜伦此前的诗作才缩减为"湖泊"等较小的"淡水"水域,即使涉及《少侠哈洛尔德游记》这样的长诗。① 斯温朋言辞多极端,对于拜伦也并非没有差评,但此处的评说很生动,也成为名言,像哈兹利特的怨语一样,亦可供赏析。

另比如,除前面所提拜伦在书信中给出他的某些反馈,他也曾多次表达其对有关艺术手段的理解,认为"高大"(the sublime)与"滑稽"(the ridiculous)之间本来就相距不远,未必不能施展近似张冠李戴式的比喻策略,似乎手法及情调上跑了题也无伤大雅。根据布莱辛登夫人的回忆,她和拜伦多次结伴骑游,而每当他们面对一片悦目的景色,拜伦会停下来静观之,事后一段时间内也会变得"安静而茫然";一次,

> 他告诉我说,从他很小的时候起,他就对凄寂的情景有强烈的偏爱,而大海尤让他产生深厚的兴趣,无论它宁静平和,还是风暴袭来。拜伦笑着说道:"我有一位熟人,是湖畔派或头脑简单派(the lake, or simple school)的拥趸,我曾对他表达过大海的景象如何作用于我,我说我会于此时此地说,海洋为我所用,就像一个巨大的墨水瓶座(a vast inkstand)。若把这也算作诗性意象,你觉得怎样?这让我想到一个人,他谈到从远处一座山上遥看勃朗峰的效果,说这让他联想到一位洗漱时的巨人,他的双脚泡在水中,脸颊上已做好了刮胡子前的

---

① Algernon Charles Swinburne, "Mr. Swinburne on Byron." *The London Review*, May 24, 1866, p.342.

准备。有此类观察,即可证明,从高大到滑稽,不过一步之遥,因而真能让人觉得头脑简单派挺不堪的。"①

"湖畔派"是否都思维低弱,我们不必细究,但拜伦拒绝简单或浅显,这个态度本身尚不算异端,人的意识总不能一味拘泥于顺喻——见大海只说"浩瀚",看山峰只说"巍峨"——而排斥了墨水瓶和剃须膏所体现的逆喻吧?或许拜伦可能是在有意识地拉近崇高与低俗的关系以表达其对两者距离之近的理解呢?或许他本就乐于制造哈兹利特所说的那种落差而并不需要他人来揭秘呢?

再补上一则可能的解释。在哈兹利特上述这段文字的后面,他还另有评说,也会引起读者的兴趣。当他不再单一聚焦《唐璜》,而是笼统观察拜伦的文字总量,他清点出诗人的一些癖好。比如他说,虽然拜伦的诗作在手法和比喻上都平淡无奇,连他的诙谐和幽默也不过是"家常便饭","其精彩只是因为其突兀",但拜伦并不满足于家常便饭,而是常常纠缠"形而上的玄思"(metaphysics)。"本来那种抽象的理论辩思和吊诡辩术(subtle casuistry)都是(诗歌的)禁地,可拜伦男爵惯于溜达到这个区域——恣意地,固执地,无理无据地。"②这个评价体现哈氏较强的洞察力,尽管这与拜伦的自我表白有出入,与后人对拜伦的评价也不完全一致。而更让我们注目的是,对于拜伦诗歌中所发生的这种挡不住的论辩欲或说道欲,哈氏给出了他的解读。他着眼于拜伦的出身,认为其贵族背景、其得以养尊处优的物质环境、其天生即有的才华等,让他拥有了"恃才傲物"的条件和心情;他于是变成了个"坏脾气"的人,对一切都"看不惯"。而如果只看得惯他自己,那么抱怨的惯性也会让他自己成为靶子。反正对任何事物他都可以逆而不从:

> 倘若只有我们自己才匹配得上我们所心仪的完美人格,那么我们会轻易厌倦自己这个偶像。而一旦一个人厌倦了自己之为自己的

---

① Lady Blessington, *Lady Blessington's Conversations of Byron*, p. 84.
② William Hazlitt, "Lord Byron." *The Spirit of the Age*, p. 699.

现状，那么，天性使然，他就会认同于自我的对立面。他即便是个诗人，也会摆出玄学家的姿态；即便无论在地位或情感上都是属贵族一类，他也乐于成为人民中的一员。若说他的主导动机是爱，那么他所爱的不是人民，而是做事不落俗套；不是真理，而是独行。①

为了不同而不同，为了悖逆自己而变得深刻，或反向而变，这也是有关拜伦惯于越界和跑题的一种解释，也因此是对我们的一个提示：最好整体观察拜伦，不可将其任何一面太当真。比如，不必总片面夸大拜伦所谓斗士的一面，也无需过于强化其玄思的意义；跑题的行为比跑题的内容更重要，而且跑题可以是任何方向的。

一、浪漫与反讽，不笑与笑

再看哈兹利特有关拜伦的情调突变而无法解释的结论，我们若转向现代欧美学界对此类问题的反应，则会发现大家多已见惯不惊，研究上的焦距也不再只对准拜伦的《唐璜》，而是扩展到此前此后其他作家类似的文学作品，一些常见的写作套式被归纳出来，有时学者们会将有关手法称作"浪漫反讽"（romantic irony，或译"浪漫的嘲弄"），与 romantic paradox（亦可译作"浪漫反讽"）概念相近。romantic irony 这个词组体现矛盾修饰法，因为"浪漫"和"反讽"代表了相逆的思想质素。关于这种手法以及与其相关的具体文学实践，所涉及的话题较大，具有独立的探讨价值，我们在此只作辅助材料提及。简单讲，在 20 世纪上半叶，英、美等国一些新批评（New Criticism）阵营的评论家对这种浪漫反讽现象给予较多的关注和梳理，若干理论性研究著作得以产生。稍早时，美国新人文主义批评家白璧德在其《卢梭与浪漫主义》（*Rousseau & Romanticism*，1919）一书中专辟一章，从不同角度对有关手法做了批判性的审视。这是评论家在归纳作家的套路，而对于评论家本身的此类学术产出，其他学人也有相应的归纳，比如美国康奈尔大学教授艾布拉姆斯就曾在他所编辑的《文学术语

---

① William Hazlitt, "Lord Byron." *The Spirit of the Age*, p. 699.

汇编》一书中就做过介绍,并推荐了有代表性的研究成果。他以 romantic irony 为独立词条,也借此传递了他自己的认识:

> 拜伦那部伟大的叙事诗《唐璜》就持续地使用这种手法,以达到反讽的和滑稽的效果。该手法会先让读者成为叙事者的知心人,进而暴露叙事者是个难以为继的编造者,他时常搞不清该续用何种虚构材料来维系他的故事,不确定如何将其继续下去。①

似乎叙事者过于信任读者,露了底,让读者和他本人都有些尴尬。与白璧德等人一样,艾布拉姆斯指出,最早是德国浪漫主义文学家、思想家弗里德里希·施莱格尔(Friedrich Schlegel,1772~1829)以及其他一些 18 世纪末和 19 世纪初的德国作家创立了"浪漫反讽"这个概念,其所指向的写作模式具有这样的规律:"某位作家,先构建起一个幻象,好像他所讲的都贴近现实,然后即暴露他本人作为艺术家,其实只是个任意创造、任意操控笔下人物及其生活情节的人,于是他用这种方式一下子将幻象打碎。"姑且换成我们自己的话:先浪漫,再反浪漫,即成就所谓"浪漫反讽"。而德国作家的上述概括,则主要参照了英国 18 世纪作家劳伦斯·斯特恩(Laurence Sterne,1713~1768)在其小说《项狄传》(*Tristram Shandy*,1759~1767)中所使用的叙事方式。② 此外,艾布拉姆斯还告诉我们,一些评论家会把浪漫反讽与一部作品的高低贵贱关联在一起。无浪漫反讽而只基于单一观念的作品往往属于"低下的档次","而最伟大的诗歌则无惧外来的嘲讽,因为诗人本人以其'嘲讽的'眼光,已经意识到那些相互对立或相互补充的态度,已将其汇入自己的作品中"。③

当然,哈兹利特本人所言,未必会因为后辈评论家的博学多闻而显得

---

① M. H. Abrams, *A Glossary of Literary Terms*, 6th ed. Fort Worth, Texas: Harcourt Brace College Publishers, 1993, p.100.
② Ibid.
③ Ibid.

暗淡,他所诧异的(以及本书所关注的)问题也不见得与论者所思完全一致;拜伦的才华也不见得能被一个概念化的文学术语完全涵盖住。从我们自己的角度看,或许哈兹利特之所以感到《唐璜》前几章所出现的情调反差不可解释,除了对浪漫反讽套式尚无足够的所谓理论认知外,可能也是尚未觉得有必要在更大视野内考虑拜伦的问题。本书第四章至本章所及,即试图探索西方思想史有关领域,以期开辟相关视野。诸如启蒙式思维、反史诗倾向、对负能的置放以及对严肃气氛的破坏等话题,我们对它们的探讨都旨在说明拜伦一些做法的背后,有其得以产生的思想和文化语境,因此其所为具有超越直接意义的更大意义,而倘若完全不从这些角度观察《唐璜》,就可能出现哈兹利特式的困惑,拜伦就可能显得仅仅是为了滑稽而滑稽,为了反讽而反讽。此外,联系思想史内容,也未必就意味着把《唐璜》的各类颠覆性文字全都说成是刻意而为,似乎一切都有着自觉的理论依托。拜伦本人自然拥有丰富的学识,视野也广阔,因此他拥有忽变深沉的资本。不过,如本书前面章节所示,我们无需过于追究拜伦在实施搞笑或逗趣等"恶作剧"时是否都刻意联想荷马或但丁,或心怀启蒙理念。不管他是否有此自觉,不管他是否有那么多理论准备,我们至少可以从这些相关的角度观察他。

说到诗人对于自己深沉情势的拦截,以及这样做的意味,乃至利弊,其实《唐璜》文本内部自含相关的思考,倒是在一定程度上体现了拜伦对有关问题的自觉。最明显的反思出现在第十三章开始有关"塞万提斯把西班牙的骑士风 / 笑掉了"(Cervantes smiled Spain's Chivalry away)的那个跑题片段。跑完题,在该章第 12 诗节,拜伦说他"又犯了老毛病——胡扯了一通",但冷静地看,此前涉嫌"胡扯"的四个诗节可谓含义丰厚;借用哈兹利特的"难解"概念,它们外貌所示,似是要收敛那种令严肃读者不解的嘲弄情绪,克制笑欲,可这些间接自省的文字本身也变得难解。到伦敦后,唐璜忙于观景与应酬,一边处理个人事务,安置好穆斯林孤儿莱拉的生活和教育,然后随第十三章的展开,他将结识以阿德玲女士和她的丈夫亨利男爵为代表的伦敦上流社会。第十三章第 2 诗节起,拜伦潜入唐璜的视角,提到了"高贵、富有、美丽"的阿德玲,之后他替唐璜感叹道:男人一过三十,生命精华不再,尤其来到"美人窝的英国",他们会对自己的"面孔或身材"产生自卑感,再加上男人们在这个年纪,正赶上人生的爱渐少、恨渐多的过程,"智慧"也将很不幸地取代"热情";大家都开始"用红葡萄酒 / 来灌溉他们这下坡路的干旱",此外还学会从别处寻来"一点安慰",比如他们可投入"宗教、改革、和平、/ 战争、赋税、和称做'国家'的东西",另外"还有地产和金融上的投机生意",以及让"相互仇恨"给自己带来生命的热度,等等。①

出现了"恨"的概念,这让拜伦从唐璜的角度移向其个人对眼下自我精神状态的意识,他觉得自己作为诗人,虽然也已三十多岁,但恨意倒并未加剧,而是多了几分平和,或者说不像原先那么严肃认真了。本书第三章第1节结尾处,我们曾短暂谈论过《唐璜》第十三章第7、8诗节的内容,引用了含"作壁上观"等态度的诗行,并就诗人的旁观与讥笑到底是代表了他的成长还是堕落表达了好奇。仅就接下来拜伦所要传递的意思而言,至少从表面上看,他还是觉得该对自己笑或逗笑的冲动有所检讨才好。这也是为什么第十三章一上来他就说道:

> 我现在要严肃起来——是时候了,
>   因为如今"笑"已被指为太认真;
> 美德对罪恶的嘲笑成了罪恶,
>   批评家都认为它很有害于人。

因此他高调宣布,"我的歌要庄严地高翔了"②。当然,如此自勉,虽言简意赅,但"我现在"、"要严肃起来",再加上"是时候了"等说法(I mean now to be serious;— it is time),却是意味杂乱,其所拼凑出来的姿态难免又让人不禁,我们在本书上一章曾简略提及此细节。查先生的译文考虑押韵,将"太认真"(too serious)放在第二行的行尾,同时也是为了承接第一

---

① 拜伦:《唐璜》,第十三章第2~6诗节。
② 同上书,第十三章第1诗节。

行 serious 一词所含有的意韵,因此也强化了"不笑者反而不太认真"或"嘲笑才体现严肃"等可能的哲思内涵。"太认真"的英文原文更直接的字面意思是"太严重了",拜伦应该也是借助这个意思,替时下评论家们表达其所发现的问题之严重性。然而他对时风的退让却又是满腔不情愿,其每一项对庄重笔法的屈从都伴之以对笑的维护。"对罪恶的嘲笑"本是"美德",却反倒被认作"有害于人"的"罪恶"。在该诗节余下的诗行中,拜伦说"悲调"文体虽然显得"崇高",可"若是太长,它也令人发困";而所谓"庄严地高翔",这也要付出代价:"就像古庙只剩立柱那样萧条。"①

不管怎样,拜伦还是滞留片刻,先把那个不深沉的自我看管起来;他要反省一下不严肃的后果,尤其相对于作家而言。我们尽可能试析拜伦在第 8 至第 11 诗节间一步步都想到了什么。第 8 诗节中,就英文原文本意而言,他说观其眼下状况,已与先前判若两人,先前自己较认真,或爱或恨,都极尽所欲,而现在的他却是爱旁观,爱讥笑,"不笑就不行";而且,讥笑不仅是个人强项,该风格目前"也适合于我的诗"。他反思自己的这个变化,说他本来很想弃文就武,以室外的行为去"挽救世道","遏止"罪恶,而不能仅仅是事后埋头伏案,对罪恶施以笔伐;而自己之所以未能够成为(堂吉诃德那样的)行动派,则都是塞万提斯给造成的,都是因为有关堂吉诃德的那个太可信的故事(that too true tale)所呈示的一个现象,即:所有那些立志直接救世的努力"都是冬烘"。读《堂吉诃德》,竟读出了问题。于是就引出了第 9 诗节:

> Of all tales 'tis the saddest—and more sad,
>   Because it makes us smile: his hero's right,
> And still pursues the right; —to curb the bad,
>   His only object, and 'gainst odds to fight,
> His guerdon: 'tis his virtue makes him mad!
>   But his adventures form a sorry sight; —

---

① 拜伦:《唐璜》,第十三章第 1 诗节。

A sorrier still is the great moral taught
By that real Epic unto all who have thought.

（呵，那确是太真实而可悲的故事！
　　尤其可悲的是：它竟使我们发笑；
吉诃德是正确的，他唯一的目的
　　是防恶锄奸，而他得到的报酬
是众寡不敌，美德倒使他发了疯！
　　他一生的遭遇是多么穷途潦倒；
但更令人灰心的是，这篇杰作
对一切深思的人所上的一课。）

　　太"可悲"，是指在所有故事中，这本《堂吉诃德》最可悲（the saddest）。主人公所为无可指责，其唯一的动机就是"防恶锄奸"，再无他念。根据此诗节英文原文中 but 一词的位置，另考虑原文第 5 行所使用的冒号，第 4 至 6 行译文的语气似需有所调整。堂吉诃德德行"正确"，纯粹而执着，因此途中虽困难重重，却都被他这样的人视为"报酬"，好像唯此才励志；而困难之多，也是因为他的"美德"过强、过多，让他过于乐此不疲，像是"发了疯"似的。可结果呢？结果是他一次次的征程多以被挫败而告终，所涉画面令人观而唏嘘。但是还有一点比这更令人悲哀，那就是这部最可悲的故事"竟使我们发笑"。作家似以其文学手法给我们上了"一课"。内容和效果严重不一，这里面出了问题。此处我们需插上一两句话，以便及时自我提醒：此诗节对待塞万提斯的态度要比上一诗节更复杂一些。拜伦语气中当然含抱怨成分：怎能竟让人发笑呢！可他在上一诗节称《堂吉诃德》"太可信"，此诗节更认其为"杰作"（that real Epic），是真正的史诗，调侃之意应该不强，因此他也是利用局部文字，暂不管传奇小说给思考者带来多少困顿，先对作品整体表达敬意，字面上不排除把含有反史诗因素的史诗（或颠覆骑士文学的骑士文学）定性为真正史诗的意思。

《堂吉诃德》让拜伦看到了什么呢？接下来第 10 诗节出现了"哀哉"这样的感叹，引出了以下四个诗行：

> Alas! Must noblest views, like an old song,
> Be for mere Fancy's sport a theme creative?
> A jest, a riddle, Fame through thin and thick sought?
> And Socrates himself but Wisdom's Quixote?

> （哀哉！难道狭义胆肠竟成了滥调，
> 只能被游戏文章搜出来作践？
> 只成了滑稽，不管那美名多难得？
> 难道苏格拉底也是心智的吉诃德？）

这些大概都属无解之诘。若是抛开格律和押韵格式的牵制，此诗节译文的语气亦可微调一下，以更简明而适中地体现以下意味。从英雄救美到帮助某些当地人"推翻外族的压迫"，这些行动，从小到大，都是实实在在的义举，可文学家都做些什么呢？一转向他们的本行，就令人哀叹了。虽然文学家与吉诃德有可比性，他们也渴求名声，亦坚贞不渝，也因此多似文坛上的吉诃德一样要经历周折和困苦，可他们只做转化性工作；比如塞万提斯，就是将人家最崇高的（noblest）具体行动场面转化为自己的创作题材，甚至转化为笑料（jest）、谜题（riddle），以供 Fancy 消遣，而 fancy 这个词在历史上就常被英国诗人用作"文学想象"或"文学虚构"的代名词。可何以如此谋事、非把吉诃德变成文学人物、非取笑他不可呢？拜伦似在问责，情绪收不住，意识流一下子伸展到哲学界：哲学家们怎可以像文学家对待吉诃德那样，把苏格拉底这位有信念、有行动、有美德的人也仅仅处理成哲学家书本中的题材呢？不同领域的文人所为，都与别人的现实行动形成反差。

但"哀哉"所含，也非单纯抱怨，其中既有对所见弊端的（未必不含些许逗趣或夸张成分的）点破，也体现真实的叹息。拜伦也是借机呈示其所感味到的两难局面。一方面行动派不可菲薄,另一方面作家也不可能不写作。因此,用 must 引出问句,难免含有将埋怨和无奈这两种成分兼容并表的语气。可问题是,作家一动笔,就可能抢了现实的戏,尤其伟大的文学作品,本身写得好,又多蕴藏对立成分,既令人肃穆,也引人发笑。至少从动机上看,尽管吉诃德其人也非完人,可塞万提斯倒未必是要"作践"他,也无意将其所为按"滥调"处理,他大概反倒是为后辈作家确立了范式,似乎巨著就是这样出现的,无笑料、无嘲弄,即无《堂吉诃德》式的大作;至少仅看效果,作者声名所系,很大成分就在"笑"上面。拜伦突然说塞万提斯所写出的也是个谜一般的作品,就表达了对于所及问题难解性质的直觉。

而既然可以多审视效果一侧,拜伦对此还有进一步的感叹。第十三章第 11 诗节:

> 塞万提斯把西班牙的骑士风
> 　笑掉了。一笑而把本国的元气
> 摧毁无遗。自从那以后,西班牙
> 　很少英雄了。固然,小说有魅力,
> 不料世界竟被它的光彩所夺,
> 　而忘了本。由此足见那本传奇
> 害莫大焉。无论它怎样名扬天下,
> 那是以祖国的沉沦做了代价。

好像文学误国,西班牙真的因为一本书而丢光了男子汉气概。而之所以发生了这种情况,都是因为作者笑了一笑(a single laugh),于是那种本该被弘扬的英雄品德就被他给笑没了;小说本身的"光彩"也夺走了真实世界的"魅力"。一般人大概十之八九都看不到此中竟有如此因果关系,但眼下拜伦本人作为与塞万提斯风格相近的作家,应品味到某些文学手法的效力。仅仅一部作品(a composition),一日成就文坛功业,却让整个国家受到诅咒(his land's perdition),代价太过昂贵。不过,哪怕仅看文字表面，诸如"一笑而把本国的元气／摧毁无遗"以及"自从那以后，西班牙／很少英雄了"这样的表述，也不可能都是不含杂芜的由衷之言。事物之间如此不成比例，夸张起来竟如此海阔天空，以至于反讽、反思、灼见、误读、严肃、嬉笑、佯谬、真谬等，诸种成分都被乱炖在一起，体现了歌德所感受到的那种所谓鬼蜮才情。貌似的诟病，或也是间接致敬于《堂吉诃德》：文学作品的威力不可小觑。说不定在这隐性而变形的赞叹中，那类不苟言笑的文学所占有的道德和艺术高位反倒被拜伦顺手拉低了一些，比如他自己写于《唐璜》之前的某些诗歌作品。

另一方面，此诗节若含有真知和反思等可能的成分，这即可解释其直白而强悍的陈述性；也就是说，并不存在夸张，并无谬见，几个诗行只不过是对历史和文学的合理拿捏，体现拜伦自己作为塞万提斯式作家的自我审阅。文学盖过行动，拜伦对此有习惯性的忧虑，同时其个人又难以摆脱常年勤奋笔耕的宿命，因此其在与塞万提斯认同的瞬间，亦会对他自己这部《唐璜》的造笑倾向感到窘困或不安，好像他本人也会给人间带来麻烦似的。当然，虽有不安，也尚不足以自我推翻；此诗节意旨所在，主要是拷问，而非纠错。对于同时代不少浪漫文人所合力促成的深沉文风，拜伦本人虽未必能做到洁身自守，却对其有真心的警觉，常觉不合意，因此，他自己虽洞悉讽刺性传奇文学在大时代中可能的弊端，虽也旁观堂吉诃德不幸成为笑料，但他自己并未放弃在《唐璜》中呼应塞万提斯的一些做法，于是也做了因不合时宜的讥笑而令哈兹利特等读者怨怅的事情，比如他不断挫败剧中人物的严肃，不断捕捉并挫败包括他自己在内的一些吉诃德式忽变深沉的个体，由此凑成我们前面所说的《唐璜》中一种频现的套路。

说到拜伦做不到洁身自守（不能持之以恒地不严肃），我们可以借此反观塞万提斯的笑与堂吉诃德的不笑。说来说去，这两种敏感性当然都为作者一人所有，一切都是他自己的创造。我们在本书第六章一开始曾划分了这两种敏感性，提到英国浪漫主义文学时代其他主要诗人所共有的严肃性和紧迫感，而拜伦一方却游离出去，独纵"消磨"或"消遣"的心情。这大致符合实情，至少仅就局部的文字表情而言。但这也只是粗略的划分,需予进一步说明。如本书前面所提,《唐璜》本身即有诸多例子,显示拜伦既能抛出最逗笑的瞬间,也能写就最沉重的诗文,海黛之死就是后者典范;他当然也是这两种敏感性的单一著作人。因此,我们重复一句:《唐璜》所含,并非只笑而不严肃,而是如哈兹利特所说,情调突变。"消遣"作为情状,也寓于这种突变中。而谈及此话题,我们仍可以在哈兹利特的基础上再前行一步,略作所谓学术思考。

英国战后知名学者华莱士·罗布森(William Wallace Robson)曾著文一篇,颇值得参考。该文是他在牛津大学任教期间有关拜伦讲座文稿的节选,题为《作为即兴发挥者的拜伦》("Byron as Improviser", 1958)。本章前面我们提到,艾布拉姆斯介绍过学界有关"浪漫反讽"的研究所获,罗布森对这个概念也有他自己的解读。他说,《唐璜》并非只展示单一的文学敏感性,而是常常凭借短暂的局部内容,让诗人既成为"浪漫派",又成为"奥古斯都派"(Augustan),然后让这两个面目发生"辩证"的互动,共同构成"《唐璜》的生命机制"。接下来:

> 值得补充的是,拜伦之特色,既非浪漫主义,也非嘲讽,也不是因为这两种风格都出自其一人笔下。所谓浪漫反讽,有现实案例,可见于海涅(Christian Johann Heinrich Heine, 1797～1856)或缪塞(Alfred Louis Charles de Musset-Pathay, 1810～1857)的作品中。而明显独属于拜伦个人的,则是那种对于矛盾情感的短时平抑,此过程所用的手法既非浪漫式的,也非嘲讽的。达到此效果,当然不是通过计算,而是凭借贯穿于其任意妄为的诗文推进过程的一种内在控制力,一种在 W. H. 奥登等人那种半严肃(semi-serious)诗歌中所缺失的手法;拜伦对其所作所为有自知;在任何特定场合他都知道他能变得多么严肃,或多么不严肃。①

---

① W. W. Robson, "Byron as Improviser." Paul West, ed., *Byron: A Collection of Critical Essays*. Englewood Cliffs, New Jersey: Prentice-Hall, Inc., 1963, p. 92. "奥古斯都派",英国18世纪新古典主义派文人的别称,其所崇尚的文风由古罗马第一代皇帝奥古斯都时代维吉尔、贺拉斯和奥维德等作家所代表。

可见,罗布森将"浪漫式"概念等同于我们所谓的严肃深沉倾向,以"奥古斯都派"或"嘲讽"等概念对应我们所提到的讥讽情调。而所谓"平抑"(stabilization),即指这两种相对倾向之间的"和解"或"共处"(reconciliation),而且其所发生的时间不是延伸的,而是"短时"的,似让两种情味双拼,以至于其结果既不能用"浪漫"也不能用"嘲讽"这两个词的任何单一一方来定义。我们得到的启发是,可以从罗布森的"共处"角度回过头来,再看 romantic irony 这个词组。一边是浪漫,一边是嘲讽,一边指向华兹华斯式的拜伦,一边代表塞万提斯式的拜伦,一个短小的概念,仅以局部的时空,竟捏和而浓缩了两类难以互容的诗性气质,成为可以定义拜伦诗风的矛盾修饰法(oxymoron)。忽联系华兹华斯,是因为罗布森本人也的确提到他,说《唐璜》恰恰就是《序曲》的"对立面"。他说,《序曲》的诗文常起于平凡,"平和推进",时间虽延伸,却无需跑题或"变调"(transposition),如此单方向前移,慢慢引人入胜;而再看拜伦一方,他却是不加掩饰地即兴演奏,华彩于特定场合,以此缓解长诗之冗长感,解决了华兹华斯等人"未能解决"的问题。①

　　罗布森的有关评价显然尚有更大的划分功能,涉及文学时代和传统,而不只局限于拜伦与华兹华斯的区别。"奥古斯都派"这个词作为文学概念,就把蒲柏等人所代表的英国 18 世纪一些所谓新古典派作家囊括在内,与典型的浪漫派诗人形成不同阵营。罗布森更具体使用"浪漫而悲剧的"(Romantic-tragic)和"老到而玩世不恭的"(sophisticated-cynical)这两个定性的词组,似乎也帮我们注释了不笑与笑的分野。就后一种笔调而言,他列举了拜伦对爱尔兰作家理查德·谢里丹(Richard Brinsley Sheridan,1751~1816)的偏爱。谢里丹以讽刺性喜剧作品闻名,拜伦说他"击败了"包括艾德蒙·伯克(Edmund Burke,1729~1797)在内的同期严肃派作家,而谢里丹所代表的气质就成为《唐璜》所参照的"正面判断

---

① W. W. Robson,"Byron as Improviser." *Byron*: *A Collection of Critical Essays*,p. 92.

尺度之一";另一种尺度则体现"拜伦的浪漫主义",拜伦"并未脱离那个浪漫的自我",而是由它投射出另一个"角色",两个角色之间的"正面关系"是促使《唐璜》成功的主要因素,这也是拜伦"人格的胜利"。① 我们前面提到罗布森所谓拜伦的"内在控制力",这大概有别于外在控制力,似乎有拜伦其人,即有拜伦其文,人格高于计算;所谓演奏,虽即兴,结果却不失必然性,而就在他我行我素的过程中,新古典主义与浪漫主义、蒲柏与华兹华斯、谢里丹与伯克、塞万提斯与堂吉诃德、悲剧与喜剧、不严肃与严肃,等等,诸种大的因素都可瞬间显现于《唐璜》文本中那些折射着"浪漫反讽"这种矛盾统一状态的诗段中,拜伦之即兴,应该就是随意而有机地使用着这些对立的资源,用一种制衡另一种。

对于罗布森所谓的"共处"或"平抑"等概念,我们也可有所调整,因为就具体诗段而言,发生于两类因素之间的关系,与其说是平衡,倒不如说是另一种更为戏剧性的类型,即体现在本章前面所提到的"拦截"或"捕捉"等动态机制中。两种因素所出现的顺序也先后有别,往往不是"浪漫"捉住"反讽",而是"反讽"捉住"浪漫","平衡"可被颠覆,扣题而离题,先出现者有如犯了道德错误,被笑斥。就像是塞万提斯及时勘破那个总梦想变成真骑士的堂吉诃德,拜伦也会在忽然跑题或变调中猎获那个渐趋严肃的拜伦,或唐璜,或任何其他变体。需注意的是,白璧德曾告诫我们,不必为这种颠覆式写作方式寻找权威后盾;白氏曾着力对颠覆进行颠覆,说践行浪漫反讽手法的文人其实与莎士比亚和塞万提斯等伟大作家有很大距离,比如具体到塞万提斯,我们并不能以为他与自我擒获有多大关联,尽管我们能频闻其笑。这是因为:

> 塞万提斯的笑并非吉卜赛人的笑。有一些作家,其所著以尽可能贴近人性内核为特征,在这方面他们仅次于莎士比亚,因而该享有我们的赞誉。塞万提斯就是其中之一,因此他只能在很低的程度上

---

① W. W. Robson, "Byron as Improviser." *Byron: A Collection of Critical Essays*, p. 89.

被归入浪漫反讽派的行列。①

也就是说,塞万提斯更持重。但拜伦本人大概无意细鉴塞万提斯之笑的性质,他时时混淆自己与唐璜的界线,也乐于联想发生在《堂吉诃德》中的浪漫与去浪漫机制有着多么紧密的关系。此外,拜伦如此急于截获浪漫的自我,也是以文思的活跃性抗衡某些文化理念的单一性,其本身也未必不折射另一类信念或认知。

而具体到一个拜伦对另一个拜伦的警觉,这当然并非我们随机戏用的异类概念,本书前面提到过《唐璜》文本本身所明显展示的诗人自我拦截的案例。另看《唐璜》第四章,在我们所说的海黛之死那个沉重片段仍余味未凉之时,拜伦忽然打断自己,说:

> 调子太悲了,还是改改话题吧,
> 　这哀情的几页应该置之高阁;
> 我本来不太愿意描写人发疯,
> 　唯恐自己被疑为如此;②

"太悲了"、"改改话题""几页"(this sheet)等,这样的表述像是印证着诗人的自我评阅行为,而"唯恐自己被疑为(同样发疯)",更体现某种顾虑,似乎他在呵护着自己的外在形象。这一句的原文是 For fear of seeming rather touch'd myself,直接的意思是:怕显得竟然被自己所讲的故事感动了;不能那样,不能向悲情妥协。

1831 年,托马斯·卡莱尔在《爱丁堡评论》上发表了一篇名为《特征》("Characteristics")的评论文章,广纳时代议题,其中也谈到浪漫诗人典型的自我意识,他就此使用了的 reviewing 一词,其字面意思指书评等活动,但在他的上下文中也具体指诗人的自我回眸行为,比如他把拜伦当作这类诗人的代表,认为他们在完成某些文字后还意犹未尽,会热衷于回过

---

① Irving Babbitt, *Rousseau and Romanticism*. Austin & London: University of Texas Press, 1977, p.206. "吉卜赛人的笑",原文 gypsy laughter,大体指自我嘲笑的能力。

② 拜伦,《唐璜》,第四章第 74 诗节。

头来评鉴自己作品之意味,或反观作品中所折射的自己作为诗人的面目。卡莱尔认为这样的举动不受遏制,竟成了癖好:

> 眼下这种病态的自我意识已经成为文学界的现状,而这难道不正是表现在这种泛滥的、离我们如此之近的回眸现象之中吗!……(而且)拜伦这样的人竟然将回眸者和诗人视为同类。①

卡莱尔所言,未必契合于我们所指,毕竟回眸行为种类不一,意义有别,有些举动也无关弊病,但卡莱尔大致看到相近的技术套式。仅就《唐璜》而言,拜伦把自己拦住而施以自评的事例并不少见,并且逗笑因素几乎成为如此自评过程的标准配置。本书下一章,我们再具体观察三个较明显的例子,主要在言语表述和诗文推进上,看拜伦式的所谓浪漫反讽会有何种轮廓,何以他的自我反观会把泪水变成笑声,让哈兹利特式的读者产生异样感。

二、自我拆台与自我救赎

需说明,"浪漫反讽"作为评论术语一则,其所指向的讽刺特征并不能涵盖《唐璜》中所有的讽刺手法,此点显而易见。多年前,国外已有若干学人就《唐璜》中所谓"浪漫的讥讽成分"做过相互间的交流,他们认识到诗中讽刺手法的多样性,其交流中所涉及的议题进而包括:既然这部长诗中有多种类型的讽刺,那么,再加上那些非讽刺性质的诗文,读者就需考虑诗中是否出现了多位语者,多重语声,抑或是不管有多少种讥讽或讽刺,实际上"只有一位语者",只不过他的诸类讽刺各有侧重点,却又"以不同的方式、不同的作用相互关联",形成一个复杂的"讥讽体系"(a system of ironies);此外,我们的关注点还需超越讽刺,将其视为为达到更大的目的而使用的"工具",而不宜把有相关性质的表述仅看作诗人所要到达的"终

---

① Thomas Carlyle, "Characteristics." George Levine, ed., *The Emergence of Victorian Consciousness: The Spirit of the Age*. New York: The Free Press, 1967, pp. 57~58.

点站"(the terminal),等等。① "讥讽体系",这是个很正式的概括,此中对读者一方的提醒无需我们再做补充。而至于更大的目的,这的确也是本书一些章节所欲探究的对象。在一定程度上,在反讽手法后面寻找意义,这也像我们试图在"跑题"和"越界"等现象的背后寻找某些基本价值理念的做法。

另外,谈论拜伦《唐璜》中的反讽因素,即便不紧扣"浪漫反讽"一类的专业术语,也应该做到有话可说,或许还可因此而踏入临近的思想界域。本章这个部分,我们先调低自己的角度,试着接近平常生活空间中的拜伦,然后引入有关拜伦自我精神救赎的较高视角。前面所引哈兹利特的大段文字中,自我"嘲弄"和自我"作践"这两个概念比较醒目,或压倒其他观感,不宜被我们略过。所被拜伦作践的当然不限于哈兹利特所说其个人所特有的文学"才能",也会涉及其人本身。布莱辛登夫人的《拜伦男爵交谈录》中,有一段文字较生动,且富有意味,可供读者一阅。她说:"一旦拜伦评论起他自己的失误或弱点,就会表露出一种挡不住的滑稽感,半笑不笑,且无论笑还是严肃,一种调皮的成分支配着一切,如此表情犹能助他言而达意。"而他会谈到什么呢? 布莱辛登夫人记录下拜伦的话:

> 激情使然,我会信誓旦旦投入某项事业中,而对于此中的愚蠢,我自己的眼睛却一向视而不见,直至我走得太远,都退不回来了(不失体面的退出尤其难),这之后我的那种 *mal à propos sagesse*(不合时宜的明智)才现了身,把热情吓跑了,而就是这种热情,最初把我引向那个事业,接着往下做也同样少不了它。我陷入如此窘境,难道不是很糟糕吗? 此后就是往高处爬的路了,因为我再也无法 *échauffer*(重燃)自己的想象力了,而身位一经抬高,即搅动起我心中那些荒唐可笑的意象和意念,以至于原先的企划竟变得面目全非,本来透过激情的纱幔看,那个企划属于宏大史诗的素材,我是主人公之一,而此

---

① 有关话题见:George M. Ridenour, "The Mode of Byron's *Don Juan*." *PMLA*, Vol. 79, No. 4, Sept. 1964, pp. 442~446。

刻它只适于用来被嘲弄,我那倒霉的自我也变成了斯特金少校,行军或反向行军,不是从阿克顿到伊灵,或从伊灵去阿克顿,而是从柯林斯到雅典,从雅典到柯林斯。①

根据上下文,也根据希腊城郭名称"柯林斯"(Corinth)和"雅典"的提示,所提到的"事业"或"企划"指的是他承诺去希腊投身当地民族独立运动这件事。拜伦看得见自己的"热情",也能在恢复理智后("往高处爬"之后)冷眼俯瞰自己原先的"想象"和冲动中的滑稽,而涉及史诗人物如何瞬间变成假史诗人物这个现象,他更意识到两者距离之近,还援引拿破仑所言,"崇高与滑稽之间仅一步之遥",并说他自己若能活着回来,

> 我会就此事写两篇诗作——一篇是史诗,另一篇是戏仿风格的滑稽诗剧(a burlesque),而且我不会给任何人留情面,尤其我自己。的确,你得承认(拜伦继续说),虽然我对朋友说话不讲分寸,我对自己更甚。②

有此双重视角,有两种文体可用,自己即可剖析自己,自己的行为亦成为反讽的目标。有关拜伦的希腊之旅,读者当然不能仅凭布莱辛登夫人对一次交谈的回忆就去评估其深浅,史家对此事也多有另外的把握,但仅看这个局部语脉,仅考虑我们有关自我拦截的话题,拜伦的场合所言也是有意义的。在行动上,他虽然未拦截自己,也未必真觉得该拦住自己,毕竟最终他还是去了希腊,可歌可泣;然而,在意识上,他已经对自己的热情有所解构,似乎向一位听者展示自己有足够能力,可看穿史诗背面的滑稽剧,而且也宣示了其对自己比对他人更加不留情面的态度或境界。

在这个语境下,布莱辛登夫人有关"半笑不笑"(half laughing and half serious)的评价就有了象征意涵,一半一半,两种剧情共处一张脸上,

---

① Lady Blessington, *Lady Blessington's Conversations of Byron*, pp. 182~183. 斯特金少校(Major Sturgeon)是18世纪英国剧作家塞缪尔·福特(Samuel Foote,1720~1777)的剧作 *The Mayor of Garrett*(1763)中的人物。伊灵(Ealing)和阿克顿(Acton)都是大伦敦地区地名。

② Ibid., p. 183.

一体化的材质,亦能在表面上演示着近距离的相互制衡和拆台。而且她还插入自己的一段点评,颇像其书中多次所发生的那样,又一次例证了其眼光之犀利。她说,拜伦对某些高谈阔论的现象憎恶之深,

> 甚至不惜因此而践踏他自己的人格,对他自己的有欠公允远超过各方敌人经他的手所受到的待遇。我们在倾听他坦言自己如何有过失时,需小心一些,因为他不光会夸大其行为之不妥,也会言过其实地谈论其观点上的毛病,而由于他又乐于对思绪的泉水追根寻源,他就会让自己陷入疑团中,于是,为了挣脱出来,他会很唐突地将一些似有非有的动机和感觉全都算在自己头上,而其实它们不过都是些影子,蛛丝马迹而已,一些掠过其心灵而未曾被刻印下的东西。如此捕风捉影,补偿多大的闪失都绰绰有余,哪怕不在其所自责的真错之内。当拜伦因随意品评其友人的毛病而招致其读者的谴责时,读者一方也该想一想,他对待自己毛病的态度反而更加严厉;由此我们也可以让他这种夸大而错置的坦诚成为我们谅解他的依据。①

这段话似给我们提供了拜伦自我拦截过程的某些心理因素,也让我们意识到,拜伦乐于捕捉自己某些毛病的"蛛丝马迹",或许也是有意无意地拒绝从单一角度看待自己,从而在个人生活中也建立起史诗和戏谑剧之间的张力。

不同层面的自我拆台,是否也可以从哲思角度观察呢?是否也可将其看作精神自我完善过程的有机环节呢?或者,既谈及"过程",而它又涉及自我解构和建构,那么,是否可以用所谓辩证的方法来把握这个过程呢?相对于上述布氏所记,这个哲思层面要更高一些。1983年,国外学刊 *The Byron Journal* 上发表了一篇直接以"拜伦的笑"(Byron's laughter)为焦点的文章,作者是爱德华·普罗菲特(Edward Profitt)。该文不长,只扣住《唐璜》这个单一作品,观察其中"笑"的成分,但文章体现较高的视点,犀利而深及。所谓不只靠专业术语引导也可谈论同样的问

---

① Lady Blessington, *Lady Blessington's Conversations of Byron*, p.184.

题,该文即是一个范例。作者着眼于笑与不笑之间"黑格尔式的辩证关系",归纳出"笑"的几项重要意义。他首先将《唐璜》与《少侠哈洛尔德游记》等较深沉的作品对置,然后说道:

> 从许多方面看,《唐璜》都是一部戏仿性质的作品(a parody),具体戏仿的是《少侠哈洛尔德游记》,而大面上则是针对拜伦式男主人公身上那种做作、摆姿态以及自大狂的倾向。也就是说,《唐璜》标志着拜伦一方以滑稽而健康的手法拒绝了其读者群对他的期待;另外,它也标志着拜伦拒绝像海明威等人那样成为自己笔下主人公的活仿品,或排斥那种非故意的戏仿(亦如海明威所长)。通过其对唐璜的处理,拜伦逃避了他这种声望的作家较容易落入的陷阱。①

这段话谈及"笑"的两个原因:一是为了自嘲;二是为躲避名声陷阱。为了这些,才以自己或自己的作品为对象,实施嘲弄的手段。普罗菲特说,还有"第三个答案",关乎拜伦自己的精神救赎(spiritual salvation):

> 由于无力越离自己的青春期心态,拜伦式的男主人公落入一种异化了的身态造型;然而,身态由虚的变成真实的,变得让拜伦本人无法忍受。于是呢?于是少年维特朝自己开了枪,而拜伦则可以笑。如此可说,对于那个不能越离青春理想主义和自恋心态的心灵来说,笑就成了它的最后的防线。②

我们让这里的意思变得更通俗一点:不能接受不理想的现实,即可笑对它,这居然关系到艺术和精神层面的自我救赎。至于是否可以把拜伦式的主人公完全等同于青春期心态的化身,是否哈洛尔德与少年维特总还有些微妙的不同,应该有不尽一致的理解,但普罗菲特谈到以"笑"自救,这个见地的确值得我们品味。

---

① Edward Profitt, "Byron's Laughter: *Don Juan* and the Hegelian Dialectic." *The Byron Journal*, Issue 11, 1983, 40~43, p.41. "非故意的戏仿", inadvertent parody,其所暗含的意思是:刻意而为的戏仿反倒无伤大雅,怕就怕作家一方那种不自觉的但却产生戏仿效果的写作行为。

② Ibid., p.42.

而且,他并未止步于此,却还要引申出去,让哲学家黑格尔的话成为他的论据。在本书序言中,我们曾结合奥登等人的观点提及笑与成熟之间可能存在的关联,普罗菲特则倾向于更果断地坐实这种关联。根据他的意思,包括自我嘲笑在内的各种文路的确体现一种能力,而有此能力即印证一位作家的成熟,或者说,这是其成熟世界观的表现。何以如此?普罗菲特解释道:

> 笑可以被视为一种以更成熟的眼光看待事物的能力。也就是说,我们可以用黑格尔的话语框架来观察《唐璜》。谈及"精神"和"意识"的进阶,黑格尔在《精神现象学》中写道,精神需能够意识到其自己的意乱和分裂的局面,并能据此表达自己,——也就是对于存在,对于弥漫于整体状况之上的混乱,也对于其自身,都能泼洒笑意;此过程进行之时,整体的混乱也在消逝,而精神也意识到这是其主动为之。

笑就是以如此方式将我们提升至较高状态的自我整体化过程,或如黑格尔所言,是"自我异化过程……将自我塑造为自己的对立面,然后以这种方式让那个对立面的性质也发生逆转"。当拜伦冲着他自己泼洒笑声,他(这个在此意义上最现代的人)所着眼的或许正是那个整体性,那种黑格尔所假定的或叶芝所洞见的整体。如后者所写:

> 因为一件东西若未被撕裂过,
> 就不可能成为完好的整体。
> (For nothing can be sole or whole
> That has not been rent.)①

简言之,思想意识若求提高一步,需以笑的方式创造一个可被笑弄的自我,而有了如此的异化,才能重新找回所失去的自我整体,对立而统一,仅凭无异化的固守是守不住的。笑声居然有了此般积极的意义。

---

① Edward Profitt, "Byron's Laughter: *Don Juan* and the Hegelian Dialectic." *The Byron Journal*, Issue 11, 1983, 40~43, p. 41. 叶芝诗文出自"Crazy Jane Talks with the Bishop"这首诗。

那么，我们如何梳理发生在拜伦写作生涯中的那个对立统一的思想脉络呢？谁被拜伦笑呢？或者，谁被拜伦截获呢？普罗菲特本人似不觉得有必要直接说明《唐璜》中所谓对自我的异化，有时需要有一个化身或代理人来承接诗人的笑讽；他只是接着补充道，被笑的就是诗中那位随波逐流、任人摆布的唐璜（a passive Juan）："是的，他就是需要撕裂而再被泼洒笑声的目标。"①普罗菲特看到两个分二合一的境况，一个发生在拜伦的唐璜与他的哈洛尔德之间，另一个在他的唐璜与欧洲唐璜传统之间。这有些像我们所说的解构和建构机制。最后，普罗菲特总结道："虽然其初衷是为了守护自我，但拜伦的笑也具有潜在的解放功能；他对唐璜的处理方式一方面体现自我保护策略，而另一方面也是一种个人成长策略，这后一方面则折射浪漫派最首要的价值观。"②这又关乎笑声中的成长。如此一连串推论，为我们从哲思平面认识《唐璜》中笑的成分提供了参照点和立足点。

本书这一章第一节的后部，我们举了拜伦在海黛之死片段中自我拦截的例子，提及他意识到自己的诗文"太悲了"，得保护自己的形象，防止显得"发疯"等。无论此中的态度是否能完美嵌入普罗菲特的概念，无论这个自我提醒的一刻是否能和"成长"之说扯上关联，拜伦引笑的效果多少还是出现了，而且他大致也是在抑制一个被他主动视作异化了的作者自我，也是在实施某种救赎行为，最终所确立的是他的二元合一的、更大更复杂的、表现出有更多主动控制力的完整自我。我们也可转向《唐璜》文本中更多的细节，借以进一步探讨它们是否展现相关的思想基因，是否标示出相对于诗人较早一些较严肃作品的才思演进，是否拜伦果真是在《唐璜》内部不断掐灭或平抑所冒出来的宏大叙事苗头，似乎证明他有能力做到宏大，也有能力逆向而为。

---

① Edward Profitt, "Byron's Laughter: *Don Juan* and the Hegelian Dialectic." *The Byron Journal*, Issue 11, 1983, 40~43, p. 43.

② Ibid.

第八章 拦截(续):另外三个例子

转入此章,我们不妨也首先确立一个感性画面,涉及拜伦自己写作《唐璜》的实际过程。有时候,拜伦写着写着就产生了笑欲,克制不住,于是停下笔来,自我欣赏一下刚刚写出的文字,再说些跑题的话,如此也等于把自己"拦截"了一下。不过,所涉诗文本身既然引他发笑,既然不属于深沉类,这个画面相比本书前一章和本章将要涉及的内容,就可能有些跑题,毕竟我们的话题主要与作者对于深沉语脉的拦截有关。我们姑且仅借此画面来感受拜伦写《唐璜》时的行为多变及情绪不一。画面又与年轻贵妇特蕾莎·古奇奥利有关。根据马尔尚《拜伦传》所示,拜伦在意大利比萨市写《唐璜》的日子里,古奇奥利夫人常伴其左右,目睹了拜伦工作时的情形,日后对有些场景仍记忆犹新,特别是拜伦写第六章土耳其后宫片段时,其音容尤不能让她忘怀。她回忆说,当时的拜伦总处在一种"调皮的心情"中,而且

> 他的笔在纸上移动得如此之快,于是有一天我终于忍不住对他说:"你几乎让人觉得有个人把所要写的东西口述给你!"他回答说:"的确,有一位恶作剧的精灵,就是他总让我在不自觉中写下所写的东西。"①

---

① Leslie A. Marchand, *Byron: A Biography*, Vol. III, p. 1014.

甚至拜伦有时不在正式的纸张上写,而是随手写在"戏票或手边的碎纸上",还"一杯一杯不停地喝着 gin-punch(杜松子酒饮品)",

> 然后(拜伦)会冲出他自己的房间,把刚写好的诗文读给我(古奇奥利夫人)听,一边随意地改来改去,还不加收敛地大笑。①

土耳其后宫片段本身自然含有喜剧般的情节,但同样不乏阴郁的场面,因此不至于总让作者以如此方式与年轻贵妇共赏奇文。不管怎样,《唐璜》中有不少局部文字,都是在诗人心神活跃的状态中完成的,并不限于这个片段。

我们再补上另一个维度,以便读者从其他侧面观察拜伦式诗兴杂涌的特点。近来有国外学者发文,把拜伦的出身背景列作一个因素,试图解释拜伦笔锋急转弯的现象。此类研学视角在拜伦研究领域并不罕见,但具体到该文,它只聚焦《唐璜》这部作品中的所谓"纨绔气"(dandyism),以个体事例呼应前人所谈论过的"纨绔子弟"这种人所具有的"双重"性格。而双重性格往往体现在双重的言说手法上,如文章作者所言,《唐璜》中的诗文经常出现对立的情绪因素,"既述及行为(performative),又淡然;既有禁欲者的苦相,又火爆;既 funny(逗趣),又 *funny*(冰冷),全都同时发生"②。这个归纳有助于我们领略拜伦在《唐璜》中于不同话语或不同情调之间的跑题和切换。

出现了快速的切换,即让诗文增加了戏剧性,因此我们在转向《唐璜》文本中其他具体案例之前,还有必要援引另一位学者谈及戏剧因素的观点。西方文评术语中有一个词叫 aposiopesis,是"话语中断"的意思,其所具体指向的是一种自我打断或言路跳脱的修辞方式,其内涵有别于我们的兴趣点,但也并非全然不搭,因此有关研究也值得借鉴。英国学者乔纳森·谢尔斯(Jonathan Shears)以这个概念为焦点,撰文谈论拜伦一些叙

---

① Leslie A. Marchand, *Byron: A Biography*, Vol. Ⅲ, p. 1015.
② Frank Lawton, "Addressed to Impress: Byron's Dandy Style." *The Byron Journal*, Vol. 46, No. 1, 2018, 21~35, p. 22. 斜体字为原文所用。

事诗中所存在的戏剧性成分。他回顾了领域内先前不少评论家对各类戏剧因素的关注,文中频与麦克甘等人对话。谢尔斯自己认为:

> 拜伦使用了很多策略,以创造剧场感,以让读者意识到'使拜伦成为拜伦'的那种自我建构。不过,所反复出现的一种策略却被(评论家们)忽略了。说到拜伦所创作的诗剧或叙事诗,其最独特的特色之一就是 aposiopesis,即一个人物或叙事者本人在说话过程中突然中断,或将话题突然岔开。尤其值得我们关注的是,aposiopesis 之出现,并非因其他人物将话题截断,而是语者本人所为,而这种技法被拜伦反复使用于他的那几部"关于东方的故事",亦成为《唐璜》叙事者的某种 modus operandi(运作手法)。①

谢尔斯在此谈论的是修辞技法,但他并未停留在这个层面,因为他意识到,"语脉的断裂"应该也是一种可以从哲学角度观察的现象。他说"aposiopesis 不仅仅是从剧场移来的成诗把戏",其所引出的议题甚至"与玄学(metaphysics)有关"。② 不过,作者虽有此联想,但其所看到的断裂与我们在本书前一章所提到的黑格尔式"分裂"概念相比较,大致仅有外表上的相似度,实际上尚未正面触及精神上的自我救赎等机制。谢尔斯也无意专谈《唐璜》,也未深探里面的气氛突变或跑调,因此我们可以在借鉴了他的 aposiopesis 概念后,再回到我们所关注的拜伦在思绪深沉时自我拦截这种亦含戏剧因素的现象。

一、裙摆

对于我们所说的自我拦截,除本书前一章所简介的例证之外,我们在《唐璜》中另选三个例子,以示拜伦如何使用突然离题的方式,挫败一个他自己觉得正在跑题的语者。其中一个例子来自哈兹利特并未重点诟病的

---

① Jonathan Shears, "Byron's Aposiopesis." *Romanticism*, Vol. 14, No. 2, 2008, 183~195, p. 183.

② Ibid., p. 184.

《唐璜》后部。第十四章,在谈及英国上流社会"这充满欢娱和无聊的天堂"时,拜伦说,描绘这个阶层其实是挺难的一件事,因为作家们所知,往往还不及人家"府邸的看门人",也因为那个世界也"没有什么值得一书"的,更何况有些内情的确也不好对"外行人"直说。① 在这种欲言又止的情状中,拜伦突然启动一段类似社会批判性质的文字,讲起妇女的生存处境,局部文字之犀利和严正,在《唐璜》全诗中也较醒目,其关注点比第六章唐璜对妇女感情生活的若干议论要更具体。他说,过往的史家,都礼不下女人,就认准了她们是人类堕落的始作俑者。而女人一方呢?拜伦说,在殃及人类这件事上,夏娃之后,女人们倒也从未收手。然而,换一个角度看:

> 传统的奴隶呵! 你们身不由己,
> 　做对了,自我牺牲;错了,则受罚;
> 生育是你们的刑罚,有如男人
> 要用刀刮脸,作为罪过的处分。②

所谓"传统的奴隶",即受制于"传统"或社会习俗(Usages)的人们。她们被压制,被胁迫(Coerc'd, compell'd),无论做对做错,都是受害者,甚至因处在正义的一方而成为烈士(martyr,也作"殉道者")。

看这处引文的前两行,措辞阴森,简练而深刻,似乎对史上妇女地位的总评也不过如此。貌似怕自己太精辟,拜伦又是很突兀地做了局部的情调解构,忽转入对女人生育和男人刮脸这两件事的并题调侃,继而在下一个诗节说,男人刮脸虽亦属天罚,但一辈子即使"天天"刮胡子,所生成的痛苦相加之总和才"大致相等"于"女人(一次)分娩的阵痛"。刮脸与分娩,这种联想所及又是不成比例,风马牛不相及,但究其内里,或也体现对于所谓男性痛苦的自鉴:与女人相比,男人之为男人,好像在正常情况下,其人生并不经历肉体的疼痛,大概刮胡子勉强算作一项,毕竟是麻烦事,

---

① 拜伦,《唐璜》,第十四章第 17~22 诗节。
② 同上书,第十四章第 23 诗节。

可这也拿不出手,最多也就是以其量比人家的质,此中才是真正的不成比例。可以说,在跑题中,诗人的比喻手法足够怪异,但在效果上,这或许倒能引起人们对女性一方的同情,于是这里面居然也含有出人意料的真诚,正所谓让人哭笑不得。

因为有真诚,所以拜伦接着说:

> 不过,关于女人,谁能深切理解
> 　她们特殊的处境的真正痛苦?
> 男人即使同情女人,也多半是
> 　出于自私,更多出于疑心重重。
> 女人的爱情、德性、美貌和教育,
> 都为的做好主妇和生儿育女。①

"她们特殊的处境"(their she condition),这个概念体现拜伦接过英国早期女权思想家的观察视角,对准各种文化理念和机制,反思其伪善。要么提倡女子有貌有德而无才,要么应允通过某种特定的教育手段(education)让她们有才;不管有才无才,最终都折射男人们的"自私"和戒备,其真实目的,不过是把她们定制为理想的主妇而已。而生活在如此套路中的妇女一方又如何呢? 拜伦在下一个诗节说,若只是单纯接受这种德才镀金,那也就罢了,但在实际生活层面,"镣铐的镀金很快地磨光了",因为女人所面对的各种烦恼实在太多了,"女人自出生起"就要陷入男人所不陷入的困境,最终也不见得能成为德容兼有的典范主妇,因此,女人一旦到了"三十岁以后",概都能体会到男女性别之间的优劣,哪怕在女王和男孩之间选择,她们也知道该选择哪种生存方式。② 也就是说,拜伦悟见一道富含讽刺意味的情景:在现有的社会环境中,男人希望女人做女人,而一些女人私下里渴望做男人。

可以说,《唐璜》第十四章第 23 至 25 诗节这三个诗节关联在一起,组

---

① 拜伦,《唐璜》,第十四章第 24 诗节。
② 同上书,第十四章第 25 诗节。

成一个小群落,其含义所系,已关乎文化运作等方面对女性不公的问题,思想分量不轻。《唐璜》中还有其他局部,如第六章中的若干诗节,也都展示有关女性处境的思考。读到这类诗语,一般读者多半会期待他多说一些,而不是吊起人的胃口就草草了事,可是他的确是草草了事,或可说是干干净净跑题跑到了别的领域。在眼下这个片段,他无时差转入轻薄模式,由女人想到女装,再想到裙摆,恰似哈兹利特所说的那样,顷刻间即在陈年佳酿中掺入苏打水,又要"不分场合搞笑"了。当然,在某种意义上,这样的文学敏感性未必就能让人一看看穿,拜伦自用的"搞笑"概念也未必能一语而打发之,搞笑的后面,活跃的文思或也触及女性的立体生存空间,不仅涉及文化和社会因素,也牵连上自然、身体和服饰等层面。此外,如此轻重不分,对于一些现代权利平等理论中偶现的极端倾向,多少也有些泄力的效果。说得再远一点,或许我们还可联想到本书第五章有关歌德对莫扎特和拜伦作品中悲喜因素皆有的那种推进策略的美学认可。

但不管怎样,拜伦的意识一瞬间就跳跃到了裙子的影响力;他说,无论凭何种机缘巧合,反正最终我们一定都是"从裙下来到世上",可却有很多人急于撇清与裙带关系(Petticoat Influence)的关系,特别是那些靠女人而得到好处者。① 如此对于女性地位的维护,显然含有杂糅的味道。拜伦更借裙子意象引申而去,说他自己"就很尊敬裙子",因为它怎么看都"神秘而庄严",而且不限于布料的好坏。② 于是他又用了三个诗节,在介乎认真和搞笑的语脉上开始了他的文字游离。他说当他还是少儿的时候,就常常"崇拜那贞静的帷幕",觉得那一层布就"像守财奴在守着一宗财宝,/ 越是想遮掩,越令人神魂飘忽"。还把裙子比作"大马士革剑"的"黄金鞘",比作"被红漆神秘封住的情书",说"一副长裙",再加上偶尔一露的脚踝,就凑成了医治人类病痛的良方。他更暗示地中海的南风不能将热力送到英国,因此,说到能让人悦目的事物,北边的那个国家真是乏

---

① 拜伦,《唐璜》,第十四章第 26 诗节。
② 同上。

善可陈,而在南欧诸国,夏天的海边会闷热而阴沉,你会看到"大海翻着浪花",但也会瞥见有漂亮的农家女出现在画面中,如此"会是多么爽神!"①相比于片刻前对妇女生存状况的思考,此处这些唐璜(浪子)式的联想已经岔开太远了,诗人像是主动遏制住自己的深刻下去的潜能。

二、月亮之过

第二个例子选自《唐璜》第二章,其中的自我拦截更显突兀,深沉抒情与放荡不检之间发生了更刺目的反差,尽管表现后一种因素的诗文中并非全无思想寓意。海黛在岸边发现了半死的唐璜,有如捡到大海送给她的一件礼物。二人相爱了。拜伦自己也着手调动诗才,描述他俩之间一段甜美的时光,于是从该章第181诗节起,他倾心推出了全诗中极尽抒情的一个片段。这一天,海黛的父亲"已游弋海上",两位恋人得以自由地漫步于海滩,海波"正和天空一样平静"。② 太阳落山时,

> 大自然鸦雀无声,幽暗而静止,
> 　好像整个世界已融化在其间;
> 他们一边是平静而凉爽的海,
> 　一边是有如新月弯弯的远山,
> 玫瑰色的天空中只有一颗星,
> 它闪烁着,很像是一只眼睛。

二人"就这样手挽手往前游荡,/ 踩着贝壳和五色光灿的碎石",陶醉于"紫红的晚霞"中,而大海也变得"赤红","广阔而灿烂","一轮明月正升出海面"。③ 如此浓墨重彩,只是为了铺垫,似要以恢宏气势引出恋人接吻这个小小的"焦点"举动。尽管这个局部的诗文也偶现俏皮,比如拜伦说接吻的力度就在于长度(duration),但这并不影响整体画风的美好,更何

---

① 拜伦,《唐璜》,第十四章第27~29诗节。
② 同上书,第二章第181~182诗节。
③ 同上书,第二章第183~185诗节。

况他是在认真地讲述那个"天知道多久"的"一吻",说这个漫长过程的每一秒钟都富含"美感",能引起地震一般的心震(heart-quake);"那时灵魂、心和感官和谐共鸣,/ 血是熔岩,脉搏是火","仿佛心灵和嘴唇在互相召唤,/ 一旦汇合了,就像蜜蜂胶在一起,/ 他们的心是花朵,向外酿着蜜"。①

接下来,在该章第 188 至 204 诗节之间,拜伦凝神旁观年轻恋人的自发行为,全情倾注了其相关的思考、信念和同情心,成就很多感人的诗行。他暗示,两位恋人虽言语不通,互为外国人,但他们更像是两个逾越了许多界限的大自然的公民,其共同的心思即共同的语言(they thought a language there)。他说,诸如"盟誓"、"诺言"、配偶、欺骗、怀孕等概念都不在海黛的意识中;不知何为"变心",当然也就无从说起"忠贞"。人类社会的各类俗见都与她不相关,"她真纯而无知得像一只小鸟,/ 在飞奔自己的伴侣时只有快乐"。②"鸟"这个比喻,其本身较轻盈,却也较早标示出拜伦的心绪渐变沉重的趋势,因为恋人像鸟一般飞向伴侣,这个意象能让人联想到西方文学史上很著名的一众"鸟雀",即在但丁《神曲·地狱篇》第五歌中被如此比喻过的、在永恒的风暴中飞旋不止的纵欲男女。而由于但丁的地狱中那些"鸟雀"的知名度,《唐璜》此处这个先期的细节也就具有了遏制不住的关联性和相近寓意,比如它会折射但丁式对于恋人行为的自发怜悯,同时也预示此类恋人所注定要经受的惩罚。阴影显现了出来。于是,当我们由此续读下列诗行时,所见画面虽仍不失甜美,但也会显现悲情的色染。第 191 诗节,无所顾虑的海黛自然而然地让自己的情欲达到完满,两人的"神志"刚一"清醒",即"又一次沉迷",而此刻拜伦的心矛似再次瞄向天堂与地狱、灵魂与肉体等道德俗套,忽评价说:"如果灵魂能死,它已死于热情。"③"热情"(passion)即今人所谓"激情"。此中的寓意是:人们不必总夸大灵魂,或者,即使灵魂果真会经历某种方式的死亡,也不妨放任它被那个比它更大的东西淹没,即那个激情之海

---

① 拜伦,《唐璜》,第二章第 186~187 诗节。
② 同上书,第二章第 190 诗节。
③ 同上书,第二章第 191 诗节。

(Their intense souls … had perish'd in that passion)。读到这样的诗文,读者该会被触动,或也多了一些不祥的感觉;美好的和悲壮的,这两类因素互为同一物体的反正面,让人叹息。

拜伦本人就是如此叹息,在此后的若干诗节,他开始复用感叹句,强化悲哀、壮美和壮烈等感觉。在第192和193诗节,他更直揭诗文所含意味与《神曲·地狱篇》第五歌所涉意象的互动:

> 唉,他们是这么年轻,这么美,
> 　这么孤独,这么爱,爱得没办法,
> 那一时刻心灵又总是最充沛,
> 　他们谁也没有力量把它管辖,
> 于是犯下了死后难逃的罪孽,
> 　必得让永恒的地狱之火来惩罚
> 这片刻的欢娱,——凡人要想赠给
> 彼此以快乐或痛苦,就得受这罪。①

"爱得没办法"(helpless)之说折射拜伦的怜悯,而"永恒"与"片刻"之间的巨大反差则强化此诗节字里行间的诘责内涵。两位情侣仅仅因为在人心"最充沛"的时候随其所欲,他们活着的时候仅仅因为在某个瞬间"想赠给/彼此以快乐或痛苦",其死后就得接受"地狱之火"算总账式的无穷无尽的惩罚。当然,既提到拜伦的意识,那么其思绪之活跃,并不会止步于回眸但丁,并不限于分享但丁那种肯定存在却也并非十分昭彰的同情心;拜伦注定要退得更远一些,跨越那些构成但丁另一个侧面的基督教伦理成分,而回到希腊精神,似乎拯救或安置两位恋人更好的法子就是为他们复建希腊时空:

> 他们彼此望着,他们的眼睛
> 　在月光下闪亮;她以雪白的臂

---

① 拜伦,《唐璜》,第二章第192诗节。

> 搂着唐璜的头,他也搂着她的,
>   他的手半埋在所握的发辫里;
> 她坐在他膝上,饮着他的轻叹,
>   他也饮着她的,终至喘不过气,
> 就这样,他们形成了一组雕塑,
>   带有古希腊风味,相爱而半裸。①

具体端详两个躯体在月光下所"形成"的姿态,再审视最后两行英文原诗文所用字词(And thus they form a group that's quite antique, / Half naked, loving, natural, and Greek),尤其 antique 和 Greek 这两个字所直接指向的古希腊文艺作品(antiquity)概念,我们不难看出这是用文字塑造了一尊希腊风格的雕像,如此就于此时此地将"片刻"恒久化了,连英语时态都忽然在这个诗节变成了现在时。后面一些诗行也意在稳固此画面,比如拜伦一再烘托恋人相拥时那种静止、安恬或肃穆的状态,还强调说:"别处的事情她不管;天堂,地狱,/ 和她无关:她的心只跳在这里!"②

诗文沿此思路,于该章第 204 诗节达到一个局部的高潮。拜伦不回避婚姻概念,反倒好似一位刻意引起争议的挑战者,大致以想象中基督教之前的(pagan)某种富有诗意的婚仪取代之后的教堂婚俗,具体以一组发生于外部自然界的仪式环节对应另一组常见于西方人类社区的室内套式,像是一对一的越界之举:

> 好了,在这荒凉的海边,他们的心
>   已经订婚,而星星,那婚礼的火把
> 把这美丽的一对照得更美丽,
>   海洋是证人,岩洞是新婚的卧榻,
> 情感为他们主婚,孤独是牧师——
>   他们就这样结了婚;这岩壁之下,

---

① 拜伦,《唐璜》,第二章第 194 诗节。
② 同上书,第二章第 202 诗节。

在他们看来就是快乐的天堂,
他们看彼此也和天使没有两样。①

从热恋到如此婚礼,第 181 至 204 诗节之间的这个片段也含短暂的、类似于后面第十四章中所出现的女权思考,说起女人的一生如何像押注一般押在爱情上,男人如何让女人"绝望",女人如何难以改变其"不自然"的"处境",以及婚后的女人如何只能在着装、育儿和祷告中度过余生等。② 有关的表述带出了略感不同的语气,意境有些移位,却也添加了思想意义,大致都不算跑题。总体看,这个海滩片段所涉二十几个诗节基本都专注于对相爱行为的诗性圣化,情调上、思绪上、诗性意象和表述语势上,都给人一气呵成的感觉,似乎拜伦一时忘记了设防,尽情展现其端正而深沉的一面,思维所及也变得丰富而厚重。未跑题,但若搬出欧洲文坛别人笔下的唐璜,这个片段也算整体跑了题,因为写的毕竟是唐璜这个人物,竟出现这样的诗语,令人诧异。

然而,从《唐璜》第二章第 208 诗节起,风韵有变。当然,从更大的情节脉络看,叙述者重翻旧账,回切到西班牙的塞维利亚市,颇有些不合时宜地提起唐璜的"旧人"朱丽亚,这倒也不外乎情理。《唐璜》后面的第五章中,类似的安排又被重复了一遍,唐璜面对苏丹王妃的情爱攻势,一时想起此前的恋人海黛。③ 至少就眼下海黛片段而言,似乎拜伦是在让他的主人公温习先后有别的道理,总不能"这么快"就把前人"忘掉了"吧,毕竟他与朱丽亚也共享过惊世骇俗的时光。读者一方自然也能体会到这层道理,比如当我们被带入唐璜与海黛爱情故事的高潮节点时,或许也会主动想起朱丽亚,甚至像拜伦所说的那样,会困惑于那个(有关频换恋人的)"难解答的题目"。④ 此外,拜伦似乎也有意无意承续此前有关海黛意识中并无"变心"和"忠贞"等概念的文思,变换一种异样的方式将其变奏一

---

① 拜伦,《唐璜》,第二章第 204 诗节。
② 同上书,第二章第 199~201 诗节。
③ 同上书,第五章第 124 诗节。
④ 同上书,第二章第 208 诗节。

下。总之,无论因何而起,拜伦转瞬即关闭严肃模式,像是自我阻拦了一下,然后就开始以半开玩笑的语气玩味起"永恒的爱情"与"一再的爱情"之间的同义关系,反正英文都是 constant love,轻薄起来也很方便。他先是替唐璜开脱,让他自己所想与唐璜所思之间的界线模糊化。他说,心动之频,遏制不住,"不然,何以一见新姿色,/ 我们可怜的心就被她俘获"。似乎移情别恋成了不容否认的人间通则,而既然有了这个规律,个人也就无力背道而驰,而若非追责不可,那就得问月亮了,都是她"惹起了这一切"。结合紧接下来的若干局部诗文,就好像一切都是自然力使然,因此,月亮之所为,弄不好也是助益人间(Does these things for us),这可被看作上天的恩泽(her boon)。① 请出天上的月亮为借口,既高端,又现成,又能让人瞬间脱困,当然这也未免显得太牵强,似强行免责。

　　既扯上月亮,我们为丰富自己的阅读收获,不妨暂离此处直接的上下文,以这个银色的意象为临时焦点,看它如何在《唐璜》几处诗性幻绘中成为一种不可或缺的因素。比如,如上面几例引文所示,涉及唐璜和海黛之间的浓情高点,它的确就是在月光下发生的。若从整体画面中把月光拿掉,或许会与读者的审美直觉相抵触。而更有趣的是,此前唐璜与朱丽亚的越界一刻也发生在月下,并且拜伦也是视点上移,说那个时候"魔鬼就躲在月亮里尽情作祟"(The devil's in the moon for mischief),说即使在夏至那个最长的白昼"所犯的罪","也不及月光微笑的三小时内/ 所做的坏事的半数"。接下来的诗节也值得我们留意:

> 在月夜下,有一种危险的安静,
> 　它如此安静,能使胀满的心胸
> 整个倾泻它自己,而且丧失了
> 　那完完全全克制自己的本能;
> 银白的月光不仅给树木和楼阁
> 　一种柔美,把整个景色化为朦胧,

---

① 拜伦,《唐璜》,第二章第 208 诗节。

它也洒进人的心,给心灵充满

缱绻之情——可绝不是使人安恬。①

这有如在说:人在月下,心不淡定。

另比如,唐璜入住土耳其皇宫后,凭男扮女装,得与宫女杜杜同榻共眠。夜里三点半,杜杜一声尖叫,惊起整个后宫,"只见裙带飘舞,长发飞扬",宫女们"像海潮般"涌向她的床头;可到底发生了什么,杜杜又难以直言,编了一个故事也不能让大家满意,于是惹得"妈妈"责怪她小题大做,说她让人觉得"好像是月圆作怪!"②如此训谕,至少在表面上又是拜伦能扯多远就扯多远的手法,其所首先引出的,大概又会是读者的笑意,但笑过之后,我们或许也能意识到,"妈妈"因懑怨上胸而随手借月亮之圆说事,这当然能放大杜杜所言之荒唐感,因为这可以让她的跑题与杜杜的跑题互映;然而在效果上,"月圆"云云,多半也是帮拜伦找到一个现成的答案,它既显得遥邈、异逆、附会,甚至这种附会的叙事本身更加荒唐,可另一方面,这个答案未必不含紧凑、深探、终极的一面,好像无意中竟定义了发生在唐璜和杜杜之间那个难言之隐的性状,与上述自然力与人类欲念之间相关联之说一脉相承。当然,作为诗性构思,写男女情爱而牵扯上月亮,这大概在任何文学中都不属罕见。我们无需在此帮拜伦探讨缘由,倒可像现代英国诗人狄兰·托马斯(Dylan Thomas)在小诗"In My Craft or Sullen Art"(1946)中所做的那样,简单认定恋人与月光的关系,甚至借他的话宣称,有些诗人不会为那些"与月亮毫无干系的"人群写作。

眼下《唐璜》第二章的问月之后,拜伦就说道起来,继续穿插在道理与歪理之间,来回跑题。他说:"我最恨朝三暮四(inconstancy);我厌恶,唾弃,/ 深恶而痛绝之。"说他最见不得心中无"永固的基础"的人,这是因为他只容得下 constant love。反过来看,其所提倡的到底是有爱必专,还是每爱必专,这已经略有些模糊了。反正他自己迅即自我颠覆了一下,说:

---

① 拜伦,《唐璜》,第一章第 113~114 诗节。
② 同上书,第六章第 70~72、80 诗节。

> 但昨夜的舞会上,我遇见一个人——
> 她刚从米兰来,真是美似天仙,
> 一阵激动,我感到自己成了坏蛋。①

姑且说,"一再的爱情"这个可能的寓意指向希腊文学中奥德修斯滞留岛屿的经历,"昨夜的舞会"则更让拜伦体会到意大利式的浪漫袭击,当然也是"舞会"等天主教欢娱文化的侵袭,于是一位大好诗人,隔夜就变成了"坏蛋"(a villain)。行为上把持不住,诗文上也把持不住,从悲意层面离开,急速跌入轻薄。哈兹利特式的读者应该就是瞠目于这类频频作祟的局部,如此"调转矛头"而自我"嘲弄",尤其考虑到几个诗节之前刚刚出现过那么感人的诗文。我们也可依据拜伦书信等历史文献所提及的信息,联想英国更多读者的不安。更何况拜伦继而戏仿诸如文艺复兴时期意大利和英国等地诗人有关"把持不住"的类似构思,说佳人只凭脸蛋上几个美好的局部,即能软化男人立誓收心养德的豪言。第二章第210诗节,他说就在那个舞会上,有个人注意到了他。一位女先生,类似我们概念中的道学家,带着威尼斯人的假面,却秉持希腊哲人的形而上。女先生见他有些失态,及时提醒他莫忘记"神圣的"婚姻纽带。他虚心聆听,却也不羞于自我开脱:

> "亲爱的哲学,我一定想着",我说,
> "不过,她的牙多美! 天呵,那眼睛!
> 我只想打听她是太太还是小姐?
> 或者全不是?——这都出于好奇心。"②

如此就让自己显得更调皮了。思想欠检点,还振振有词。

不只感性自辨,更上升到理论,而且又是真谬、佯谬混说,悲喜因素搭配。被女先生喝止后,他说他还有话要讲,于是高谈阔论起来:

---

① 拜伦,《唐璜》,第二章第209诗节。
② 同上书,第二章第210诗节。

> 一般所谓用情不专,
> 不过是由于自然对某个宠儿
> 　赋予过多的美,以至使人看见
> 由不得心向往之;

似乎上天若偏爱某人,你就不能辜负天意,于是"用情不专"就被等同于"心向往之";并且拜伦还申辩说,爱美就像敬神,敬神拜向真材实料的雕塑,才得以让精神升华,而爱美"景仰"肉体凡胎,同样是为了"崇敬于"理想的美。① 这几乎等于把文艺复兴时代意大利外交家和作家巴尔达萨雷·伽斯底里奥内(Baldassare Castiglione,1478~1529)等人的理论搬了出来,因为伽氏在其《侍臣论》(*The Book of the Courtier*,1528)一书中就系统地阐发过类似的思想。而既有理想形态,就要凭借视觉而仰望之,然而也不能太柏拉图主义,或者说柏拉图主义的要旨也含自下而上这个道理,因此除了靠眼睛,还要动用另外"一两个"小感官(small senses),如此才能"表明 / 肉体本由易燃的泥质所揉成",然后再去感知美,"人生"才不会"显得太沉闷"。②

而一想到视觉之外的感官,拜伦似愈加变得不三不四,笔端的漂移已顾不上是否得体,于是转而诉诸"解剖学"上的术语,说所谓见异思迁,不过是顺应心脏与肝脏的本质,而这其实也是挺辛苦的一件事,比如若考虑心与肝的健康,有谁不愿意像遇到夏娃一样专爱单独一人,那样既省钱,又省心,"对肝也有益!"③八行诗体未变,但一路至此,读者若比较前面的悲悯,其所见已然判若两诗。虽不能说拜伦此处慨然所陈都属雌黄妄语,可他引笑的功夫却好似达到极致。甚至他仍觉不尽兴,在心与肝上华彩,乐此不疲,说这两个脏器本身也的确是天生不消停;命定造次,早晚的事。他把心脏比作天空,而既如上端的自然,自然就会阴晴不止,云驰雷动;这

---

① 拜伦,《唐璜》,第二章第 211 诗节。
② 同上书,第二章第 212 诗节。
③ 同上书,第二章第 213、216 诗节。

个蕴涵着能量的天空"一旦被烧灼,刺破,和撕裂",它就会以雨水的形式宣泄自己。① 而肝脏呢?肝脏被比作"七情六欲"的"储藏室",亦蕴含变数,"好似在粪土上交缠了一群蛇":

> 愤怒,恐惧,怨恨,复仇,懊悔,嫉妒,
> 一切坏事都从这一脏发出来,
> 就像地震是从地心的火传开。②

心脏与肝脏,天宇与地心,玩笑中又不忘添加极限的恢宏气度。或许胡言也是妙语,但读者一方受到如此语言冲击,大概短时间内反应不过来此中是否也传递着某些可能的寓意。

纵观第二章第181诗节至该章结尾这个部分,的确发生了"不分场合搞笑"的行为,拜伦似在悲剧中迅速离场,把前一部分的情感建构弃掉,让人觉得他好像无论如何都不甘于让局部诗文进程落在眼泪上,而是必须用笑声标注自己的身份认同,哪怕所废弃的是最好的诗文。捉住那个浸淫于深情的自我,就有如护住了受到威胁的、更昂贵的喜剧瓷瓶。当然,在较深的层面上,拜伦所为未必能殃及唐璜与海黛之恋,反倒有可能在实际不殃及的前提下,瓦解人们有关与爱情的情绪化俗见,或尽量阻碍读者从狭隘角度或欣赏或诟病自发的情爱,亦扩展创作过程的心灵对于其自身复杂程度的认知。在这个意义上,笑声本身亦可被颠覆,轻浮的自我也会成为被抓获的对象,跑题也可以是反向的,比如在《唐璜》第四章,拜伦再次入场悲剧,尽管他很快即切换场景,让海黛成为过去。此外,在悲与喜、笑与不笑之间转换,这也是让各类剧情都低于或小于诗人心中的诗剧,在更大的空间内并不跑题,这让我们又记起前文罗布森有关"人格高于计算"的说法。而提及罗布森,感悟拜伦对文思维度的扩展,都不过是不甘于简单谈论"搞笑",随之引入一点稍严肃的思考而已。

当然,我们也需要指出,罗布森有此归纳,体现其对浪漫反讽派较中

---

① 拜伦,《唐璜》,第二章第214诗节。
② 同上书,第二章第215诗节。

立或较正面的评价,但类似的理解在白璧德的话语中则会倾向负面。白璧德所用的定义是"心情"高于"得体"(the supremacy of mood over decorum)。decorum(得体,或规范得体的文风)是英国18世纪新古典主义文学家所崇尚的价值理念,《唐璜》若对其不恭,即成为浪漫反讽手法的负面代表。让我们看看白璧德具体所言:

> 我们应当记住,就其负面性质而言,某作者使用讥讽手法,就是要凸显其如何逃脱传统和常规的控制,就是让心情变得至高无上,凌驾于"得体"之上。……从一种心情快速移向另一种心情(*Stimmungsbrechung*),他就是借此表明他不受任何中心因素的制约,而至于这种做法的效果,我们往往会看到诗人的自我(ego)突然介入诗作的语脉中,瞬间就将其折断了。最明显的例子就出现在《唐璜》这部浪漫反讽的顶尖大作中。①

白璧德给出了《唐璜》第三章第107诗节之后的该章余部,作为情调突变的现成例子。白氏有其视角,亦言之成理,还帮助我们坐实了文脉断裂感。然而,若把拜伦此类所为一并归纳为"心情"主导一切,或许这也会失之简单,好像白璧德有意无意忽略了拜伦一方任何可能的道理,或某种无道理、无意义中的道理和意义。

三、哀希腊的诗人

我们的第三个例子出自《唐璜》第三章,具体涉及所谓《哀希腊》片段,本书第二章曾对相关局部内容略有引用。拜伦在第三章中讲到,唐璜和海黛二人私密热恋之余,寻机与其他岛民的欢娱,诗文推进至第78诗节,叙述者快速环顾一下前来捧场的各色人等,最后将视点落在一位现代希腊诗人的身上。由于要展示此人多才多艺的特点,拜伦在该章第86诗节之后插入一个以不同诗体写成的诗段,共含16个诗节,每节六行,明显有

---

① Irving Babbitt, *Rousseau and Romanticism*, p. 207. Stimmungsbrechung,德语,"气氛突变"或"情调断裂"的意思。

别于与此前此后的八行诗节;内容和情调上也相对独立,体现对古希腊自由精神的缅怀和对当今希腊不自由状态的"忧思"。让这位诗人吟完这个诗段后,拜伦接着写第 87 诗节,回到夹叙夹议或出言不逊的粗线条。由于所插入的这个诗段在各方面都具有自成一体的特点,许多读者将其剥离出母体,对它的偏爱渐渐盖过对上下文的知晓,再加上也有读者刻意将语境忽略掉,于是使其一度以独立诗作的名分传播于英国内外,脍炙人口,乃成为拜伦诗人面目的代表性诗文一则。人们读这样的诗歌,心仪拜伦的形象,形成某种定见。汉语所谓"哀希腊",是一度流行于我国文坛的称呼。20 世纪初,思想家和学者马君武(1881～1940)等人开始用这几个汉字对应此诗段首行 the isles of Greece 一语,谐音而切意,即让整段诗文有了一个较为传神的汉语题目。

我们介绍这样的信息,不是暗示读者一方有何错觉;拜伦本人一定也会惬意于人们凭借《哀希腊》而结识他,毕竟它承载着他的真实思想和真诚信念,其如何被强化都不过分。我们只是说,诗文的粗线条亦值得读知,因为无论读者一方如何将这个诗段剥落成一个上下不靠的作品,拜伦本人显然很乐意将其置入那个所谓的母体中,让各种不严肃的杂质围拢住一段不含杂质的严肃。而且,自己写了诗,却把成果计在别人头上,虽然这瞒不过有经验的读者,但仅从技术上讲,拜伦显然也希望他自己能凭借这个段落,从第三者的角度观察那位诗人同行,如此能让他和他之间拉开一点距离,哪怕他暂不能说清这样的距离到底有何用途。拜伦应该很得意于他的安排,不见得是一不小心造成了不尽人意的局面。因此,从拜伦本人的角度看问题,了解粗线条上的因素,或许会让读者有额外的收获,我们所领略到的总体画面未必不更加富有意趣。

简单讲,原本自成一体的深沉和肃穆被放入一个不伦不类、滑稽可笑的外围脉络中,像是反过来往苏打水中倒佳酿红酒,产生出强烈的不协调和断裂感,而读者虽能感觉到发生了跑题的情况,却也不好立即确定拜伦到底是从哪个线索上跑了题。《哀希腊》诗段通体自含哀婉如歌、怀古思今的气质,比如查先生的译文中有如下佳句:

起伏的山峦望着马拉松,
　　马拉松望着茫茫的海波;
我独自在那里冥想了一时,
　　梦见希腊仍旧自由而快乐;

……

　　但是,望着每个鲜艳的女郎,
我的眼就为火热的泪所迷:
这乳房难道也要哺育奴隶?

……

　　让我登上苏尼阿的悬崖,
　　　　在那里,将只有我和那海浪
　　可以听见彼此的低语飘送,
　　　　让我像天鹅一样歌尽而亡;①

这的确感人至深,虽归在那位希腊诗人名下,当然也是拜伦本人的作品,展示他自己的才华,记录其时时涌出的信念。

那么,什么是上下文呢?诗人把线条弄得复杂,意欲何为呢?第三章第 87 诗节,拜伦返回到八行诗节的主体,立即说,如此挽歌,也就算过得去吧,而眼前这个希腊人只要一有机会,多半就想、就会、就该这样唱(…would, or could, or should have sung…)。几个助动词连用,让刚才所凝聚的神意骤然散落,而如此无间歇地凑趣于一腔正气,这显然发生了气氛上的突变。可拜伦就是这样,竟说《哀希腊》不过应景之吟,尚且过得去而已(tolerable);这貌似度人,实则自评,似乎名品于手,赶紧作践,

---

① 拜伦,《唐璜》,第三章第 86 诗节之后的"哀希腊"片段第 3、15、16 诗节。

快感尤多，而且无需正言重语，仅凭语法和语气上的些许调整，亵渎起来即有事半功倍的效果，反正才华这么大，也伤不到自家根本，更何况通过自伤还可伤及自己所不喜欢的人。当然，拜伦也捎带上这位现代诗人的品格，说在如此不堪的时代，他能写成这个样子，真就不错了，因为如今的文人多言不由衷，尽是眼下这类的"说谎"者，"变起颜色来就和染工的手一样"①。这也等于说《哀希腊》诗段是一位靠不住的人写的，似给读者一方的热评再多添一点冷却因素。

这个诗段启动之前，拜伦已先期预设好颠覆性机制，以不同的情调，从不同的侧面，较充分地介绍了那位将要吟唱《哀希腊》的诗人。假如我们反向阅读所有相关的文字，应该会感受到《哀希腊》诗文与其"作者"之间所存在的过于粗粝的反差。拜伦说，这位诗人并不讨人嫌，"与人相处倒是个可爱的家伙"，因此"在许多次宴会上他都颇受宠幸"，他的"半醉"演说成了保留节目，为宾客们所期待，主要是这能让他们有"打嗝"或"喝彩"的机会。② 但此人所长，并不局限于赶场餐宴，他在政治立场等方面也是个"可恨的两面派"(a sad trimmer)③，因此从一开始，拜伦就未把他定义为人们一般概念中的诗人，而是以略显粗鲁的手法，将其放入一班各怀绝技而专事娱人的江湖"人马"中。在唐璜和海黛兴致正高时：

　　现在侍从开始献艺给他们取乐，
　　　有侏儒，有黑太监，诗人和舞女——
　　这构成他们新府第的全班人马。

然后，拜伦在这个斑杂而怪诞的名单中圈定了这位诗人，说此人"爱炫耀"，倒也不缺才气，只是他无论"讽刺或奉承"，都是被人"雇来"的；只要有利可图，一切皆可成诗(inditing a good matter)。④

---

① 拜伦，《唐璜》，第三章第 87 诗节。本书第二章在不同的上下文中使用过这个细节。
② 同上书，第三章第 82 诗节。
③ 同上。
④ 同上书，第三章第 78 诗节。

尤其此人惯于在大是大非问题上"摇身一变",变来变去,终变节为希腊这边的反雅各宾派(an eastern antijacobin),不再抨击时政,而是转谋稻粱,因此无论其诗歌是否曾经表现出"无所顾忌"的勇气,终究还是像罗伯特·骚塞等人的作品那样专门"歌颂"当权者,其所咏都不足为据。①有了具体的影射对象,拜伦更加辛辣起来,说诗人之如此,其实质非"变"莫属;这种人见惯了外部的变化,其自身也就变得不一,不仅晃来晃去像一根"罗盘针",就连"他的北极星",本是恒星,本该体现终极信仰,竟然也"变幻无常"。而一旦一个人谙熟"甜言蜜语"之道,一旦他恶劣到如此程度,他反而能逃脱"遭劫"的命运,反而"获得了那桂冠的年金"。② 而眼下的他,"既已跃升到上流社会","又东鳞西爪地从旅行中"拾了些"自由思想",于是,当他看清楚在这希腊孤岛上"绝不致有暴乱之虞",他产生了追随真理、吟出好诗的心情,亦可修补因长期撒谎而给自我造成的残缺。③再加上其所信奉的"在罗马要学罗马人"这个格言,就像在英、法、西、葡、德、意等国他都能以速变而贴切的诗文"给当地人以当地的货色",因此,面对希腊的听众,他也会唱起(如《哀希腊》这样的)某种类似于颂歌的东西(some sort of hymn)。④ 于是就有了一个非常感人的诗段,乃至被一些后来的读者珍视为独立的诗篇。

诗段虽美好,但以如此背景信息推介《哀希腊》,并于事后以"染工的手"等说法概评所谓作者其人,拜伦此举颇有些不合时宜。尤其纵观唐璜与海黛恋爱故事整体,我们多半还会觉得,即便不考虑在大的抒情脉络中忽插播文人骑墙行为这个做法是否协调,就是《哀希腊》这个诗段本身的内容也有些跑题,尽管它很端正;这是因为其所涉及的政治和历史信息都不在唐璜和海黛的经验范围之内,一般读者也未必都期待这则爱情故事关联上太多其他的意义。当今国际学人早已接受了有关《哀希腊》的一个

---

① 拜伦,《唐璜》,第三章第79诗节。
② 同上书,第三章第80诗节。
③ 同上书,第三章第83诗节。
④ 同上书,第三章第84~86诗节。

研究结论,即这位所谓现代希腊诗人的身上主要有骚塞的影子,而具体在《唐璜》第三章的第83至86诗节之间,拜伦本人的影子也一同闪动起来,他自己倒更像是那位游历诸国、入乡随俗的旅者。在其发表于1992年涉及拜伦多重面目的一篇文章中,麦克甘认为拜伦在《哀希腊》片段中"推出了一台复杂的假面剧",说那位诗人的衣着及外表虽然令人想到骚塞,

> 但是,这位戴着面具的人物也是诗人(拜伦)本人的投射体(emanation),因此他自己就是以这种双重的伪装进入了文本。于是,随着对骚塞讽刺性的曝光在诗文中展开,讽刺的矛头折返回来,刺向它的始作俑者,诗作中因而也就出现了拜伦与他自己最痛恨的"自我"——即桂冠诗人——的不可思议的认同。①

似乎不把自我连带进来,就不能尽讥讽之兴。

有鉴于此,我们在试图消化拜伦在第三章这个局部的跑题或变调行为时,似首先可以笼统一评:不管场合如何,不管是否得当,反正他要特许自己的思想漫游,而一旦稍感有机可乘,他一定要在漫游中把自己所要捉弄的(包括他自己在内的)人物拖曳进来,这样做应会自感酣畅。自由高于分寸,才华大于作品,诗人大于诗歌;再就是行为(或行动)也大于诗歌,此类拜伦式的衍生意义偶尔会溢逸于字里行间,让我们得见一个多维的、见证于作品而又大于作品的总体创作空间,这一点本书在前面提到过。当他说到这位多变的诗人眼下不管如何吟唱,其实并无近身的危险,当他将其放入江湖,让他与侏儒等为伍,拜伦至少在效果上都是在暗示文学小于现实中的行动,尽管换一个场合,他也会感叹文学作用之大。当他不管不顾,执意让宴会上侍人的墨客小于被侍的海黛,他似乎也在感叹,似尚有某种理想的境界,或封存于诗歌圣殿,或简简单单为海边的恋人所实践,反正都为现实的诗人所难以企及,而只要其所著尚不能吻合于理想的诗作,只要诗人们或多或少还都有着自身人格上的瑕疵,那么他们何以就

---

① Jerome J. McGann, "Hero with a Thousand Faces: The Rhetoric of Byronism." *Studies in Romanticism*, Vol. 31, No. 3, Fall 1992, 295~313, p.308.

不能成为被调侃或自我调侃的对象呢？

再重大的文学创作现象都是可以被解构的，何况《哀希腊》。即便其所吟唱的诗文委实是端庄无暇，即便其以一腔深沉去感动人，吟唱者本人或也是可被解构的，而这也体现解构者一方的视野之广及、灵魂之无束，或印证其对终极真相的喜爱和不息追究。而既说到"本人"，我们不妨侧移一步，搬出乔叟的一个故事，以窥探拜伦如何凭借其于《哀希腊》片段之所为，客观上呼应了乔叟式的讥讽手法，亦再现乔叟式拦截过程的快感。当然，写《唐璜》时，拜伦对天主教的态度肯定不同于中世纪后期乔叟等人所持有的印象，其所看重的事物或正是乔叟所看轻者，然而他可以接过这位诗坛前辈的讽刺策略及其颠覆性。杰弗里·乔叟的巨作《坎特伯雷故事集》在其所能提供的相关事例中，有一个尤其鲜明，即我国译者所称《赦罪僧的故事》("The Pardoner's Prologue and Tale")。概括讲，乔叟让一个从灵魂到肉体都败坏不堪的人讲了一个最有道德教化功能的好故事。好故事紧凑，完整，有震撼力，涉及贪欲对友情和人性的毁灭，但这个相对独立的故事被嵌入一些外围材料中，包括作为讲者的赦罪僧有关其个人嗜好的告白。

在欧洲中世纪天主教文化中，教会机构理所当然认为民众的灵魂需要其救助，这个认识成就了赦罪僧等人的职业，尤其在中世纪后期。根据史家一般的介绍，这些人不完全在"圈子"内，但依附于机构，像寄生生物，亦可给教众布道，助教会增加其影响力和财源。而一旦寄生者额外拥有一副好口才，那么就如拜伦在介绍那位诗人时所言，其道坛上的演说也同样会成为保留节目。可问题是，至少在英国当时的历史环境中，教会内外这些从业者并不管控自己的灵魂，其人格往往破碎不堪，若尚有什么能让他们兴趣不变，那就是个人的敛财和纵欲；通过讲述而打动听众，是为了让他们自戒而疏财，拿出钱币或首饰等值钱的东西，放入说教者肩上所挎着的那个布袋子里，以换取所谓的赦罪券（pardons）。而乔叟的那位赦罪僧在讲故事的同时，亦能将自己的品行不端坦言相告，反正所面对的只是一众萍水相逢的香客，不妨自我亮相，享受一时的宽松。

结果是,故事和外围文字之间、故事和讲者之间,都形成陡峭的落差。坏人讲了个好故事,这让我们意识到,优秀的文学作品不见得全都是文如其人,因此听者一方不能太被动。比如,听众不能只把自己当作受众,止步于让自己受到了教育或被感动,甚至满足于自己的灵魂果然变得更好,于是不觉得还有必要去审视一下所听故事与其讲者之间在道义上是否有什么不连贯,客观上帮助赦罪僧那样的人免责于虚伪或邪恶,无形中成为中世纪天主教会那种腐败的间接参与者。乔叟所看到的画面不是这样的,它所囊括的至少有两个侧面:听者和讲者,两者加起来要大于一般的文化产业图景。就像我们读《哀希腊》片段不必只注目那十六个抒情的六行诗节,我们读《赦罪僧的故事》也不能只聚焦里面的那个故事(the Tale)本身。

拜伦也看到乔叟式的画面,他也如乔叟一样,乐于给他自己笔下的某些诗人去浪漫化,既瞄准其情操,也捎带上其肉体,于是也让严肃和低俗成为一个铜板的两面。遏制住单向的或单线的阅读,不止步于《哀希腊》作为独立文本的感染力,这也是一种启蒙式的捅破之举,所使用的典型"武器"就是 irony(讥讽)。无论赦罪僧还是希腊诗人,当然都是乔叟和拜伦本人各自所创造的人物,因此无论他俩谁被拦住,效果上也都是两位大诗人的自我拦截,即可以借此表现其才思的多样性,但或许也是为了给读者多一点启发,或额外提供一点阅读和思考的趣味,为他们展示一般人所意识不到但可能存在于一些领域的表里不一的现象。这也可以解释为何拜伦会像乔叟那样,不让一些较深沉的诗段成为局部文本的全部,而是常常给它们划定疆界,然后自己再越界出去。比如他让感人至深的《哀希腊》片段无论在形式还是内容上都有别于前后诗文,让它既有己域,又有外围,坐落于调侃和讥笑中,这很像乔叟对于赦罪僧所讲的那个劝谕性名篇的处理。名篇已讲完,却也没完,它被客栈主(the Host of the inn)接了下文,其精彩和沉重被后者的玩笑和粗俗糟践了。赦罪僧所自恃的是文采和口才,故事好,讲得也好,让他有些飘飘然,于是趁热号召听众争先解囊,唯破财免灾,才显诚意;或钱或物,都可跟他换取票券,还可上前跪吻其所携带的所谓圣物,一时间搅动全局,意兴盎然。这时,客栈主忽对他说,你让我们亲吻的那个物件,其实就是"你个人的脏内裤",可我倒是很想把你裤内的东西"切下来",当成圣物"托着",再帮你把它"供奉在猪粪里"。周围一片笑声,赦罪僧则戛然再无一语。① 寥寥几句,也不切题,却是四两拨千斤,揭短而伤人,再加上嬉笑,尤有挫败力,或许与其他外围内容合并在一起,构成所谓早于拜伦的拜伦式拦截套路的一个极端样本。

---

① Geoffrey Chaucer, "The Pardoner's Prologue and Tale." ll. 616～669. *The Canterbury Tales* (excerpts). Alfred David & James Simpson, eds., *The Norton Anthology of English Literature*, Eighth Edition, Vol. A. New York & London: W. W. Norton & Co., 2006, pp. 297～298. 乔叟文本这个部分的其他寓意不在本书探讨范围。所谓"揭短",是因为赦罪僧被乔叟说成是不男不女,有阉人特点,因此客栈主说"切下来"等,尤其伤人。

第九章 "轻薄"之于天主教

上一章结束于"解构"和"一片笑声"等概念,本章对此话题做些引申。具体说到拜伦扫人之兴和扫己之兴的做法,不妨让我们引入一个与天主教有关的维度,借以从另一侧面观察《唐璜》中的情绪落差,即指望给上一章中刮脸、裙摆、忠贞和月光等事例所含有的跑题成分提供一点所谓"理论的"支撑。仅看英国国内的情况,不同作家展示不同的文学敏感性,这或许也与宗教领域不同支脉的思想倾向有关。倘若此中的逻辑欠清晰,我们还可以转向国际语境,因为国家或地区之间会有不同的宗教文化,影响到各地的文坛,所带来文风上的差异可能会更明显。于是,我们会看到有些作家,他们借助他域风格来反制原域的熟悉创作套路,至少能扩展后者的文化敏感性。此处要说的是,拜伦成长在英国,其背景也与天主教无甚瓜葛,可他日后却对天主教文化产生亲和感,精神上跑题甚远;而爱屋及乌也好,由乌及屋也罢,与该教关联在一起的一些文化质素,或某种艺术口味,也会成为拜伦亲和的对象,或也促成其个人文风的某些变化。

比如,有一种被称作"轻薄"(英文 levity)的因素,与狂欢和玩乐等现象关联在一起,貌似该与宗教情怀大相异趣,然而竟有如受到天主教文化的庇护,轻薄者犹似获得一个地域的特许,就好像有彼才有此。在一些学人看来,拜伦对这种因素有所品味。人们身为教众,可以笑,可嘲笑,可以欢闹,可容纳各自的有欠检点,亦可转瞬间就严肃起来,或也反向而行,从严肃中松弛下来。历史上,不少英国文人和观光客来到欧洲南部,在天主教文化覆盖的地区感受到这种在他们看来具有当地文化特色的因素,尤其在意大利各地,游客们或闻之于言谈,或见之于行为,而对其所见所闻,大家的反应各不相同。拜伦《唐璜》不乏局部文路,即可说体现了一位近距离观察者的心得。在国际拜伦研究界,如何触摸或把握拜伦与"轻薄"之间可能的筋络,在多大的程度上对轻佻的内容做严肃思考,这都成为具有诱惑力和挑战性的话题,也的确引来一些学人的学术投入。

需要略作说明的是,拜伦当然也有针对所有宗教的不亲和感。尤其在其生涯较早阶段,无论涉及哪种教派,他都远无教徒般的耐心,童年的苦涩记忆还都来不及淡忘掉。一般文学史书都会对此有所记载。本书前面第六章已谈及拜伦与欧洲启蒙思想的瓜连,借以勾勒有关《唐璜》散漫风格的所谓意义之一;我们窥探了他的怀疑倾向,呈示其无神、亵圣以及颠覆一切这个为许多读者所熟知的一面。即便他一时贴近作为清教一脉的卡尔文教派,也主要是借此表达其与英国国教的不相为谋。因此,他自己在宗教信仰上不很认真,读者亦不必对此太认真。不过,说到个人所声称的基本世界观,这倒未必妨碍他对某些教域的生活意趣产生好感,两者之间有时并不矛盾。尤其涉及文学审美,我们不能排除拜伦与天主教地区某些价值观的互动关系。或者说,先不管其信仰是否仅关乎审美,是否也上升到了生活理念,至少他会心动于诸如"轻薄"一类的文化姿态,会借用一些手法或套路,甚至欣然展示其惯于胜于蓝的本领,藉以反过来笑对极端新教或清教理念中那些过于务实的或过于不苟言笑的成分。

一、拜伦　意大利　天主教

在谈论"轻薄"话题之前,我们先借助国际上有代表性的几则观点,粗略介绍一下成年拜伦的宗教立场,亦牵扯他与意大利及当地天主教的关联。"拜伦"、"意大利"、"宗教(或天主教)",这三个概念之间形成张力,为我们从《唐璜》的外围反观它提供了又一个立足点。温习一下:时间上,拜伦于1816年10月进入意大利,一直待到1823年4月,翌年病逝于希腊,其间从未回过英国。大约从20世纪30年代起,国际学界有关拜伦与意大利之间关系的研究有所升温,多涉及意大利文学和文化对拜伦的影响,并不局限于宗教范畴。我们在本书第三章提到,1935年,威廉·卡尔弗特发表《浪漫反讽》一书,其中他对《唐璜》所体现的文学敏感性做了一定的辨析,比如他认为,虽然《唐璜》局部确实含有苦涩或辛辣的成分,但若从其讽刺语脉的"主调"上看,它与德莱顿和蒲伯等人所特有的风格并不一致,因为"(主调)根植于意大利作家所代表的那种更粗犷、更具包容性的传统中;其讽刺的基因与其说是愤世(indignation),不如说是嫉俗(cynicism)"①。

变更自己的表述方式,调整其原有的英式风格,无论实质上拜伦是否真有过此种转向,但这个可能的现象的确受到一些论者的关注,维系着一脉学术研究上的投入。之所以提及"实质"层面,是因为领域内的研究者并非都看到单一的景象,也有人兼顾多个侧面,在谈及拜伦如何接受意大利文化影响的同时,亦能发现其身上所保留的英国作家特色,因此他们认为拜伦到底还是写出了若干与意大利诗人所著不尽相同的作品。涉及这一点,若暂不管宗教层面,近年一本新著具代表性,可供读者参考,即国际拜伦研究领域专家彼得·考克伦(Peter Cochran)发表于2012年的《拜伦与意大利》一书。② 这本书信息量大,汇入许多已知的、涉及拜伦在意大利生活轨迹的史实性公共材料,亦适合普通读者阅读。仅就相关的内容而言,该书既认同意大利文化对拜伦的熏染,尤其意大利文学对拜伦的吸引,同时也指出,拜伦虽试图在意大利寻找新的自我身份感,但这份努力也并非很成功,有时他倒是对于自己作为英国作家的特点多了一分自知。

涉及拜伦的宗教立场,尤其他在意大利写作《唐璜》那几年的精神倾向,学者之间有分歧,但所及立场尚不是非黑即白。仅就分歧而言,有学

---

① William J. Calvert, *Romantic Paradox*, p.184.
② Peter Cochran, *Byron and Italy*. Newcastle: Cambridge Scholars Publishing, 2012.

者对于拜伦生命中虔诚的一面有相当的确信,以为若勾勒拜伦的文学敏感性,需要先认识他的宗教情结。2010 年 4 月,一些国际学者参加了由英国本土机构主办的一个研讨会,主题为"拜伦的诸项宗教信仰"(Byron's Religions),会议论文以文集形式于翌年发表。考克伦就是这部文集的编者,他为其作序,一上来就指出,有关拜伦是无神论者(atheist)的说法是一种误解,也形成经年不衰的"套语"(cliché),而实际上"拜伦并没做过哪件事能让他配得上'无神论者的名声'"[1]。考克伦说道,拜伦只不过的确反对英国国教;因为反感国教,他于是显得不敬,可"他的那种不分场合搞笑的行为是富有意味的"。也正是因为这种反感,拜伦反倒对其他的宗教产生了很大的兴趣,包括卡尔文教派和天主教等,而不同的时期也见证了拜伦对其他宗教的缠恋。考虑到这些,作为国教象征的西敏寺(Westminster Abbey)才拒绝了将拜伦遗体迁入其墓地的提议。[2]

否认拜伦是无神论者,这类观点不算新鲜。比如,国外学界较多提及的此类著述中有一篇题为《拜伦、天主教及〈唐璜〉第十七章》("Byron, Catholicism, and *Don Juan* XVII", 1997)的文章,作者大卫·戈德韦伯(David E. Goldweber),其态度鲜明,否定了许多学人有关拜伦之不恭、不羁、不屑倾向的一般见解,转而强调他的虔敬与真挚。的确鲜明,但也有些出乎意料。作者说"拜伦从未说过任何一句真正诋毁基督教或天主教的话"[3],反倒是写了不少"有关《圣经》题材的诗作",而且"均不失得体"。[4] 戈德韦伯承认评论家们有理由对拜伦的宗教兴趣表达怀疑,他也列举了诸如麦克甘和马尔尚等若干较知名的学者于领域内所发表的观点,但他认为拜伦的情怀是真诚的,他甚至说:"拜伦有关宗教的最笃信不

---

[1] Peter Cochran, ed. *Byron's Religions*. Newcastle: Cambridge Scholars Publishing, 2011, p. 1.
[2] Ibid., p. 7.
[3] David E. Goldweber, "Byron, Catholicism, and *Don Juan* XVII." *Renascence*, Vol. 49, No. 3, Spring 1997, 175~189, p. 176.
[4] Ibid., p. 175.

疑的诗文即出现在其最伟大的诗作《唐璜》中。"①"情怀"等概念被提了出来，或让我们联想到本书第六章所引布莱辛登夫人有关拜伦宗教情怀的言谈。

光看《唐璜》本身，戈德韦伯的这个评价所基于的文本资源尚欠充分，他主要援引了该诗第三章"福哉玛利亚"(Ave Maria)片段和第十五、十六章有关天主教背景少女奥罗拉的局部诗文，其对奥罗拉的关注实际上构成戈氏这篇文章解读性文字的重心。当然，所用文本材料虽有限，所做的解读也有可商榷之处，但其所涉立场并非无效，至少它可揭示拜伦如何能在瞬间表达浓烈而真切的宗教情感。即便拜伦时而显得欠真挚，甚至会用信仰开玩笑，可戈德韦伯认为如此玩笑也会成为信仰的旁证。比如，他在拜伦的书信中发现一则有趣的事例：

> 同样值得提及的是拜伦写给他最要好的朋友约翰·霍布豪斯(John Cam Hobhouse)一封搞笑的信，信中拜伦假冒他自己的男仆威廉·弗莱彻(William Fletcher)。本来是他自己写自意大利的信，拜伦却让所谓的"弗莱彻"对霍布豪斯说，拜伦已经死了，不过他在过世前已经皈依天主教……

戈德韦伯以为，若不是拜伦事先知道霍布豪斯一方相信其有皈依的可能，他也不会给他写这封信。②

具体到天主教，戈德韦伯认为其吸引拜伦的原因共有三点。"第一，它迎合了他一生对传统的热爱(his lifelong love of tradition)。"③也就是说，拜伦有保守的一面。保守的一面拜伦肯定有，此为学界共识，但一生热爱传统云云，则可能让人立刻想到拜伦也有反传统的一面。戈德韦伯自己基于其核心认识，将拜伦与艾德蒙·伯克的文化守成立场做了正面

---

① David E. Goldweber, "Byron, Catholicism, and *Don Juan* XVII." *Renascence*, Vol. 49, No. 3, Spring 1997, 175～189, p. 175.
② Ibid., p. 176.
③ Ibid., p. 179.

的类比,认为他俩都认同时间长河的作用,尤其其对于思想与信仰"形态"的筛选与维系;被验证的传统、被长久验证的传统,才是"真正的传统"。① 将拜伦与伯克并提,大致还需要更复杂的视角,毕竟二人在不少方面意趣相悖,至少说话的语气不总同调。然而,在英国语境内,伯克能够对天主教等传统习俗和礼仪表现出悖逆时风的敬重,对人类社会一些标新立异之举表现出本能的警惕,这些的确可以解释拜伦何以对这位前辈思想家有认同感。

戈德韦伯所列举的第二个原因与文学史家共同的认知有关,即:拜伦觉得"(天主教的)教义能够让从教者得到实际而明显可见的好处"②。相比之下,其他教会的教义或实践多显得"抽象"而"模糊",让人有不踏实感。我们在本书第二章提到拜伦有关"文字就是实物"的认识,它的背后即有他对于文化被过度抽象化这种倾向的担心,体现其对形式和具象的重视。戈德韦伯提及拜伦如何愈加看重可被感知的精神媒介:"(天主教仪式中的)物质因素具有吸引力,但对于拜伦来说,它们也是手段;正是它们,使宗教得以发挥作用",因为它们能让信教者有所"把握"。③ 所谓看得见,摸得着。而拜伦来到意大利后,行走于街宇,访问教堂和会所,浸淫于可视、可闻、可触的各种有影响力的因素中,对此尤有感味。有关这一点,我们在本章后面第三节局部还会有所涉及。

第三个原因与第二个关联在一起。根据戈德韦伯的认识,在哲思层面,天主教与"拜伦的经验主义思维模式(empirical mind-set)"相契合,这是因为拜伦不信任"先验的逻辑",而是着眼于人间所具体展现出来的东西。戈德韦伯重复自己的观点:"拜伦喜欢天主教,是因为它'可被感知',是因为它可以实实在在地给此时此地生活在世间的人们提供明显可见的

---

① David E. Goldweber, "Byron, Catholicism, and *Don Juan* XVII." *Renascence*, Vol. 49, No. 3, Spring 1997, 175~189, p. 179.
② Ibid., p. 180.
③ Ibid.

益处。"① 这样的话不完全属于解释性文字,毕竟说到先验不如经验,拜伦本人已有较明确的自白,无需再予释义,此为不少严肃读者所共知。大致就是这三点,系戈德韦伯所归纳出来的原因。这之外,一定还会有其他原因供读者借鉴,比如在英国占主导地位的新教及清教氛围,似乎拥有反作用力,也会让拜伦在信仰上越界,跑题,即为其寄居意大利的经历补上一个缘由。可以说,戈德韦伯所给出的第二和第三个原因即可从反面印证拜伦对于清教传统过于强调内向性而轻视外在形式因素的不满。

戈德韦伯在文中与马尔尚等前辈商榷,其实马尔尚与他大致相向而行,只不过其立场更缓和一些。在他发表《拜伦传》约十多年之后,马尔尚又推出《拜伦肖像一幅》(*Byron: A Portrait*, 1971)一书,对前书所记多有重复,时而原封不动将原先的文字搬用过来,似不觉有调整的必要。比如以下这段话,我们简单录下,作为参考:

> 对于那种有真诚宗教情怀的人,拜伦几乎抱有迷信般的敬畏。当然,无论是宗教方面的做作或伪善,还是神学内部自相矛盾的因素,他都一律排斥,态度足够坚决,只不过他对于自己的怀疑主义也并非就深信不疑。他意识到生命和宇宙的神秘,对其之纠结达到强烈而痴迷的程度,因而不大可能一味安于个人的否定式理念。在《该隐》《天与地》(*Heaven and Earth*, 1821)和《唐璜》这几部作品中,他都纠缠神学的和宇宙论方面的问题,其好奇心有如一位探索者,这个人欲探入深藏的谜团,并且最终能意识到,透过形象看其背后,这比仅仅把形象击碎更能让人兴奋。此外,尽管他不会放弃其对于一些话题禁区的思辨习惯,也不会停止对时髦说教的鞭挞,可若有国人认为他无宗教信仰,这也会让他感到不快。②

---

① David E. Goldweber, "Byron, Catholicism, and *Don Juan* XVII." *Renascence*, Vol. 49, No. 3, Spring 1997, 175~189, p. 181.

② Leslie A. Marchand, *Byron: A Portrait*. London: Futura Publications Ltd., 1976. p. 414.

怀疑和确信,这两个方面都得到关照,侧重点则是在后一方面。不过,马尔尚使用了"纠缠"一词(had wrestled with,亦含"斟酌"等意思),这无形中稀释了其观点中较正面而确认的成分。单看《唐璜》,其局部的确展示了极高的终极探知欲,但我们若读完《唐璜》全诗而产生拜伦很"痴迷"的印象,那肯定欠准确,至少对拜伦的思想空间有所挤压。

除非是给拜伦增加一个竖向的思想维度。英国学者加文·霍普斯(Gavin Hopps)也专攻拜伦思想中的宗教因素,他曾发表《"伊甸之门":〈唐璜〉与〈少侠哈洛尔德游记〉中的多通的世界》("'Eden's Door': The Porous Worlds of *Don Juan* and *Childe Harold's Pilgrimage*",2009)一文,与强调拜伦世俗性的学者对话。该文首先确立了其题目中所提到的两部主要诗作的开放性特点,即它们孔隙多,有多种出口或入口,通向他处的境界。以这个判断为基础,霍普斯转向其主要兴趣所在:他力求确立拜伦一方所谓竖向的意识。文内一句话可概括作者的意思,他说,《唐璜》中当然不乏环顾人间式的横向关怀,"但我所要提出的论点是,(《唐璜》)也是一首其'入世的横向因素'(earthly horizontality)一再被'精神层面的竖向因素'(spiritual verticality)所打断的诗作"①。霍普斯此言似有显见的弱点,因为另一侧的学人立刻会说,既然出现了所谓打断的情况,那就不能排除两种因素之间相互打断的可能,无需把一切都归结为入世因素被仰望因素打断,毕竟反之亦然。从另一个角度看,霍普斯多搭建一个维度,也的确能让拜伦的敏感性更加立体化,再加上他所用于《唐璜》的"外移"(immigration)等移动概念,我们即可借助他的视角而进一步强化我们自己的越界和跑题观。观察《唐璜》中所展示的作者一方的精神活动,无论它向更大的疆域移动,还是断然停止于一种倾向而去追随另一种势头,它都越界了。

有关拜伦宗教情结的一般轮廓,我们再多知晓一个信息源。就其内

---

① Gavin Hopps, "'Eden's Door': The Porous Worlds of *Don Juan* and *Childe Harold's Pilgrimage*." *The Byron Journal*, Vol. 37, No. 2, 2009, 109~120, p.115.

容的可靠性而言,麦德文的《拜伦男爵交谈录》一书不见得无可挑剔,但其所述却让人觉得近切、逼真。交谈发生在意大利的比萨市,从 1821 年秋到 1822 年春,与《唐璜》局部的创作时段重合。在拜伦的宗教信仰上,麦德文近水楼台,其所得印象与戈德韦伯的认知相似,但他也辨认出许多不确定的因素。根据其对拜伦各类文字的了解,麦德文先给出这样一则评价:"从他的著述之间相互矛盾的情况看,我们很难判断拜伦的宗教观点到底如何。"①因此,麦德文希望把他与拜伦面对面交谈的一些瞬间拿出来与读者分享,以缓解大家的疑惑。当然,拜伦在不同时间点所说的话也并非都一致,说不定还会让人更加疑惑,这也是我们需要留意的。麦德文先交代了他的一般印象:"总的来说",虽然拜伦心中偶尔也充满对宗教理念的怀疑,但"他的摇摆从未上升到不信"的程度。

说完这句话,麦德文立即调转方向,直接录用拜伦自己站在不同角度所讲的话,比如他曾说道,其本人虽对宗教礼仪颇有好感,

> 但对于一位诗人来讲,基督教并非灵感的最好来源。任何诗人都不应该让信教的誓约将自己束缚住。玄学的思考却能打开广阔的天地;还有大自然,以及有关世界起源的反摩西律法的思考(anti-Mosaical speculations),这些也能开拓宽广的思域;尚且还有那些被基督教排斥在外的诗性资源(也能开阔眼界)。②

说得普通一点,教堂外面还有世界。即使无关信仰之对错,不涉其有无,然而从诗人们所需的思想资源上看,基督教所能容下的空间尚不够大。拜伦这段话中所说的"基督教",应该是广义概念,兼及天主教和狭义上的"基督教";场合一变,他也会让这个词指向后者。至于拜伦讲这样的话时所自谋的身位,我们若允许自己大胆联想一下,可以说他的背后隐约出现了西方思想界那些在宗教信仰上不越终极红线但却能容许精神漫游的哲人的影子,比如蒙田、托马斯·布朗、斯宾诺莎以及柯尔律治等人。而且,

---

① Thomas C. Medwin, *Medwin's Conversations of Lord Byron*, p. 77.
② Ibid.

拜伦心境如此之开放，还不止于此。麦德文回忆说：

> 在另一个场合，他说："崇拜模式各不相同，一个让位于另一个；还没有任何一门宗教能延续两千年以上。在地球所承载的八亿人中，只有两亿人是基督徒。提问——不信此教的那六亿人又如何呢？还有基督教之前那些数不胜数的生灵们？"①

并没有一成不变的宗教教义，似乎若视点不够高，就看不到这一点，而如此视野显然已然跨越了诸类信仰之间的界线，或属于骑线的认知。

麦德文还告诉我们，拜伦认为一个人不能仅仅因为不信别人的宗教就反对它，亦不宜给人家打上派系的标签：

> 我被人称作摩尼教徒（Manichaean），可我宁愿被叫成无所不信派（Anychaean），或无所不至上论者（Anything-arian）。你觉得我们这个教派怎么样？无所不至上论者的宗教听着不错，是吧？②

言论之如此，当然含有异端的、颠覆性的意味，但如前面所说，字里行间拜伦所在意的，也关乎一个人所能享有的思想活跃度；不必仅凭个人所信奉的某派宗教信条就将思想局限在某个单一的界域内。在这个上下文中，拜伦讲过这样一句话："A man may study any thing till he believes in it."③此语意涵蹊跷。直译过来："一个人可以探究任何事物，直至他开始信仰它。""直至"也含"除非"的意思，整句话于是也可被理解为："一旦把所探究的客体变成信仰的对象，一个人的探究空间就有限了。"不跑题的代价是变得狭隘。

如此我们即可转向拜伦信仰轮廓的另一侧了。麦德文提到，还有一些交谈内容，与上述所及有出入，其中包括拜伦如何希望自己生来就是天主教徒、如何有感于新教改革派弃掉人家的东西却又无以补缺、如何不理

---

① Thomas C. Medwin, *Medwin's Conversations of Lord Byron*, p. 78.
② Ibid., p. 80. 摩尼教，由摩尼（Mani, 216~274?）创立于公元3世纪的波斯宗教，相信善恶二元论，汉语中有"明教"和"牟尼教"等旧译。
③ Ibid., p. 79.

解自己何以被划为宗教的敌人、何以自己并无雪莱式的玄学兴趣等方面的言谈。① 麦德文引用了拜伦的一句原话,作为其书中这个有关宗教信仰片段的了结:"没有人比我更是基督徒,无论我本人的著述如何让(他们)起疑。"② 以上所及,大致涉及两大类言谈,指向不甚相近的宗教立场,让麦德文时感迷茫,但是到头来他还是偏向于认定拜伦虔诚基色。而涉及后一点,麦德文还记录下另一个事例,帮我们从不同角度、在超拔的理念平面上认识诗人群落与宗教信仰的复杂关系。一次,拜伦与雪莱谈起蒲柏和伏尔泰等人死后所受到的不公待遇,他认为仅就这两位前辈而言,这分别与他们各自的宗教信仰不逐流和不鲜明有关,于是说:

> 何时才能不再有这种偏执呢?难道人们永远搞不懂每一位伟大的诗人都必然是个有宗教情怀的人(a religious man)吗?——至少柯尔律治这样说过。
>
> "是的",雪莱回答道,"而且(柯尔律治)也可以反过来表达这个意思,——即每一位真正有宗教情怀的人都是个诗人,含义是:通过诗歌可以强有力地传递有关人类和自然的剧烈而激昂的感想。"③

这是两位诗人之间的互动,涉及诗歌与宗教,其间两大符号之间的边界似被他俩一举虚化了,而此段对话所传递的理念可协助读者一方跨越有关领域的许多思想障碍,更自然地看待《唐璜》中的宗教成分。

二、天主教与情感宽度

对于与天主教有关的某些文化质素,拜伦对其有好感,这是我们更具体的关注点。拜伦曾涉足英国政坛,一度致力于废除英国国内针对天主教徒的一些压迫性政策,这个话题大致独立于文学研究之外,有自己的来龙去脉,我们不谈。我们仅略以他的个人好恶和文学手法层面为坐标,看

---

① Thomas C. Medwin, *Medwin's Conversations of Lord Byron*, p. 80.
② Ibid., p. 82.
③ Ibid., p. 198.

《唐璜》文本如何呈现诗人对天主教等非新教文化的所谓爱恋。以下有几个小例子,还能让"爱恋"概念名实兼有。唐璜到达英国后,虽近距离接触各类女性,但最让他着迷的则是出现于《唐璜》第十五章的16岁少女奥罗拉。至于何以喜欢她,在唐璜(拜伦)凭直觉随手给出的诸种理由中,就包括这三点:首先是青涩而漂亮,惊为天人;其次她作为英国本土女孩,却是天主教徒,而且还立志固守这个信仰;再次,由于美貌和信仰,她经常以漠然傲物的眼光环顾周围一切,一副冷冷的样子。简单讲,她站在主流因素的域外。

国际上有不少学者都曾聚焦于这位少女,从不同侧面谈论这个人物在《唐璜》的英国诗章中所起到的作用。其中有一位学者以较生动的语言勾勒了奥罗拉的出现对于唐璜的意义:

> 她像曙光一般,点亮了唐璜人生历经的长夜;她宛若一颗星星,代表了消失于诗作中很久的一种可能性。她是浪漫传奇的精髓(the essence of romance):一位孤单的、丧亲而独处的、美妙的公主,高贵(不同于唐璜爱过的任何人),神秘、貌美、清纯到了圣洁的程度。她有自己的原则,坚守不移,以一己之身传承那个崇尚原则的往昔,同时也能活在一个既暗淡又邪恶的当今,靠的是不让自己跟它有太多瓜葛,并凭借深层的感受而让自己的目光超越跟前的现状。如此这般,她就是理想的化身。①

说这话的学术文章所探讨的是《唐璜》中浪漫传奇因素所遭受的常态性挫败,与奥罗拉有关的内容在文中占有较大篇幅。美好的描述,涉及一连串的品质,我们还需在其后面添加一个天主教的信仰。

美貌而高冷的少女天主教徒——这个短语浓缩了四个因素,促成单体形象,让唐璜意马心猿;尤其再加上这位少女是孤儿,一个个理想的符号就凑齐了。想接近她,不只是探测浪漫的空间,也是想端详和解析一种

---

① Paul Fleck, "Romance in *Don Juan.*" *University of Toronto Quarterly*, Vol. 45, No. 2, Winter 1976, 93~108, p.100.

异类文化的结晶。或者说,拜伦把唐璜植入英国社会,把自己带入该人物中,然后如此费笔墨勾勒唐璜的审美倾向,这当然不可能都是歪打正着的安排,应该体现其一边有意作践英格兰当地的"暗淡"文化、一边标示"神秘"异域文化的用心。此外,我们还可联系此前唐璜对希腊少女海黛和土耳其后宫宫女杜杜的迷恋。尽管唐璜的游动路线在客观上决定了其所邂逅对象的国别,但仅看结果,无论其对海黛的倾情,还是接下来对杜杜的着迷,这样的际遇也的确都发生在远离新教文化的地区,更何况拜伦本人在描述男女互动时那种不吝周旋而乐此不疲的笔法多半也会刺激到某些新教读者的神经,尤其广义新教阵营中那些相对更深沉的清教派读者。除非已知晓拜伦所谓的"东方"兴趣,否则这类读者至少会觉得,《唐璜》所示,从内容到笔调,都像是很遥远的外来物,或许有趣,但肯定不靠谱。

《唐璜》中的此类安排一经串联起来,对我们或许是个提示,鼓励我们更认真地感味文本中可能的寓意。奥罗拉并非一味淡然。尽管拜伦在海黛和奥罗拉之间做了对比,称前者是"鲜花",后者是"宝石",但也说她俩都在各自的天层中"闪着光辉"。① 拜伦更把奥罗拉描绘成兼有不同气质的个体:

> 她年纪弱小,容貌更显得幼稚,
> 然而在她那忧郁的、像天使般
> 闪耀的目光里,却有一种庄严,
> 她焕发着青春,深沉而又光灿;
> 仿佛她处于时间之外,在怜悯
> 人的衰亡,为人的堕落而悲叹,
> 又仿佛她是坐在伊甸的门旁,
> 为了别人的不能复返而哀伤。②

---

① 拜伦,《唐璜》,第十五章第 58 诗节。
② 同上书,第十五章第 45 诗节。

"天使"、"庄严"（sublime，亦含"超凡"的意思）、"光灿"、"时间之外"和"伊甸"等词结成一组概念，明显迥异于"深沉"、"悲叹"和"哀伤"等词语；这后一组词汇的原文，grave，mournful，grieved，都与死亡等意象有些关联。"而又"（but）和"又仿佛"（but）等连接词将这两组词汇关联在一起，像是展示一个事物的不同侧面。

《唐璜》第十六章，拜伦又在阿德玲女士和奥罗拉之间做了比较，揭示两人的不同才华和趣味，说奥罗拉更像"莎士比亚的女角"，说她不为俗界所限，其情感之深厚、之多维，更让她"拥抱"如"太空"一般无垠的、深层的而又无声的思绪。① 稍后，拜伦讲到唐璜和奥罗拉的短暂对视，说唐璜"红了脸"，而奥罗拉却"不跟着他脸红"，而且，她虽不再看他，却并不"垂下眼"，"不显得难为情"，一时弄得唐璜意乱神迷，以致他觉得她脸色之微妙就好像"太阳照耀下的"幽深的海域。② 此类诗语都指向奥罗拉既清白又复杂的逆向特点。而说到海黛和杜杜，虽然也都是青涩单纯的少女，但由于二人各自的故事都还发展到行为层面的所谓越界，因此其兼具不同情感质素的特点就更易见了。如此一来，海黛、杜杜、奥罗拉，三位女性，都是少女，都像是清纯与激情、简单与神秘、神圣与世俗等因素的集合体，其生命也因此都蕴含着不同方向爆发的潜能，因而也都以一己之身而体现出异域文化相对于英国本土氛围的特色，让拜伦和他的唐璜体会到更强的美感，感受到更大的兼容度。或者说，她们每个人身上都折射着别样人类经历的简洁和宽度、轻盈与浑沦，似乎她们都现身说法，让人看到天使与凡人如何能共有一个躯壳，却相安无事。

在此，若把奥罗拉单挑出来，姑且让我们引申出去，简略探访日后英国文坛所出现另一位年轻女性人物，她也叫奥罗拉，也被植于天主教背景，也是孤儿，其作者伊丽莎白·勃朗宁（Elizabeth Barrett Browning，1806～1861）也是一位久居意大利而不归的英国诗人。当然，其长诗《奥

---

① 拜伦，《唐璜》，第十六章第48诗节。
② 同上书，第十六章第93～94诗节。

罗拉·李》(*Aurora Leigh*，1857)无论在基本构思、情调或价值理念等方面都与《唐璜》相去甚远，但仅从该诗第一卷中所出现的表述和意象看，这位下一代诗人之所为，就好似给拜伦的巨著提供了一点辅证，或做了一些旁注，特别是其不少诗文都在效果上呼应拜伦的做法，也将涉及地域间差异的认识带入重要文思之中。奥罗拉·李在意大利的佛罗伦萨市长大，父母双亡后被送回父亲的祖国英国。佛罗伦萨与英格兰，两个地名并置在一起，象征意义自动生成，因为在很长时间内它们都代表英国文人眼中涉及文化或艺术审美观的两极。因此，以她的背景，奥罗拉·李初到英格兰，自然觉得此地处处都乏善可陈。不过，我们在此不是要比较两位奥罗拉，而是要聚焦后一位奥罗拉与拜伦笔下唐璜这个男性人物的相似处，以体会一些英国作家如何都用迂回方式来表达精神层面孰亲孰疏、孰为舒适家园、孰为权宜居所的思想成分。两位年轻的旅者，以南欧国家为故园，带着相近的观察视角来到英国，也因此都经历了初来乍到的不适，甚至都目睹了文化的差异如何竟导致物理环境的差别。

《唐璜》第十章，唐璜初见伦敦——"那座伟大的城市"，而"伟大"的事物中首先让他诧异的，就是笼罩全城的雾霾，诗人称之为"煤烟的华盖"，并在诗文局部密集使用与这个意象相关的词语，说到唐璜赶上了天色"昏黑"的时分，又脚踏高坡，于是得以俯瞰这座令他感到压抑的城市，看见"烟雾像从半灭的／火山口腾起来，弥漫着天空"，因此他觉得伦敦俨然就是"魔鬼的客厅"。① "魔鬼的客厅"原文是 Devil's drawing-room，的确是"客厅"的意思，但字面上难免让人联想到魔鬼作画的地方。景色如画作，画作中有具体的局部团块，包括建筑和码头等："巨大的一片砖瓦、烟雾、船舶，／污浊而幽暗。"②唐璜从如此一幅幅技拙、脏污、混晦的画面中亦看到"炼金的火炉"，而既炼金，就得冒烟，所谓炉子里冒出了大量的"财宝"，即等于冒出了大量的"赋税和债券"。③ 而转向奥罗拉·李，她也有类似

---

① 拜伦，《唐璜》，第十章第 80~82 诗节。
② 同上书，第十章第 82 诗节。
③ 同上书，第十章第 83 诗节。

的第一印象,其初至英国,立即自问:"如此浓雾,我在那些猥琐的 / 红砖房子中能找到一个家一样的地方吗?"然后,随火车前行,她又问道:"难道这就是我父亲的英格兰?伟大的岛国?"一切事物"都污昧、暗淡、模糊。难道莎士比亚与他的伙伴 / 就是在如此光线下生活?"①所谓英国环境之"暗淡",更涉及文化层面,而一位焦点人物即可成为其缩影。奥罗拉来到姑姑家,但见后者

> 僵直而静穆地站在那里,
> 她的额头有些局促,上面紧扎着发辫,
> 似用来压服额角上可能的脉动,以防它
> 带出偶然的念头。②

克己如此,姑姑也怕别的女人偏离她的范式:"她不喜欢那种轻浮的女人。"③其本人不算年老,但"双眼已暗无光彩","曾几何时它们可能也曾流露过笑意,/ 可即使笑,它们也从未、从未摆脱过 / 自我意识"④。有人如此,有环境如斯,奥罗拉很快做出了自己的判断:"说到真正的生命力(true life),全英格兰所有的加在一起,/ 也不如我父亲坟中的多。"⑤父亲的坟在意大利。笑、无束、偶发思绪,似乎缺失了这些,就缺失了生命力,而这些意象和概念组合在一起,帮我们回到眼下的话题。的确,"奥罗拉"这个名字让我们把拜伦和伊丽莎白·勃朗宁关联起来,让我们看到两位英国诗人,一位选择西班牙人物为其代言,一位让意大利人作其主人公的生母,并反过来将英国处理成外国一般的文化地域,似以此宣示其所亲和的目标和诧异的对象。读者自己也可随他们回望其情感原籍,想象作

---

① Elizabeth Barrett Browning, *Aurora Leigh*, Book 1, ll. 252~267. Carol T. Christ & Catherine Robson, eds., *The Norton Anthology of English Literature*, Eighth Edition, Vol. E. New York & London: W. W. Norton & Co., 2006.
② 拜伦,《唐璜》,第十章第272~275行。
③ 同上书,第十章第406行。
④ 同上书,第十章第282~284行。
⑤ 同上书,第十章第375~376行。其父死后葬于意大利。

家笔下地中海沿岸不同的文化敏感性。

《唐璜》中上述几位女性体现了情感宽度,但长诗中有关的思想成分不只是寄托在这几个文学人物身上,读者也可由此转移视线,去掂量其他一些貌似无关而实则相涉的文本成分,比如结构性因素,或诗文推进手法等,也都体现"宽度",亦有助于其增大。除了每个个体人物情感世界所自含的纵向变调,《唐璜》的材料编排上也有横向的情调突变,出现了异样的文学审美,具体体现在无拘无束而不知轻重的叙事和议论环节上,这是本书前一章借助三个例子所谈论的内容。仅就刚才所聚焦的几位女性人物而言,拜伦当然是真诚地对待她们,但在铺陈过程中,最真诚的时候他也会贸然转用意味轻佻的言语,只是程度有所不同罢了。诗文中有真心实意的虔敬,也有异样的或相反的情绪,它们可共处于一个大的段落中,像是形成一个矛盾集合体。比如即便涉及冷艳的奥罗拉,诗人也可以采用幽默的比喻;对美的着迷以及对美妙诗行的自爱随时都会被突破,接以另类敏感性。换个角度看,这或许也是启动天主教文化可容纳的所谓轻薄因素,用它来拦截清教式的凝重。的确,我们似看到一种凌驾于清教理念之上的自由运笔空间,一旦将它开启,拜伦即可助其自己避免于高昂或凝重中走得太远,避免因此而激活那种史诗般的线性历史写画,避免陷入因宏大和深沉而可能惹上的精神麻烦;于是他就可以在非线性更广空间内尽意流连,或尽可能让其笔锋更长时间滞留在多维度人类经历刻画中,所及内容最好发生在斑驳的现实场所,所涉事物或人物的功利性和目的性却都不明显,而明显的则是那种美好而神秘的、富于南欧式浪漫传奇的色韵。

三、天主教与"轻薄"

就此,让我们再缩小焦距,转入"轻薄"话题,兼及国际学界的有关探讨,以进一步观察拜伦眼中天主教文化在一些方面的相对包容性。在一定程度上,无论直接或间接,相关领域内的学术研究者首先都要面对拜伦友人雪莱最初所说过的一些话,就像是承接过他有意无意给大家确立的一个命题。1819年,拜伦身在意大利,雪莱也在那儿。是年,雪莱被一幅藏于罗马市科隆纳宫(Colonna Palace)的年轻女性肖像画所打动,获得灵感,进而创作了他的五幕诗剧《钦契》(*The Cenci*,1819)。① 该剧取材于发生在16世纪后期意大利真实生活中的伦理罪案,后人多从中看到虔诚与罪恶因素的共存与反差,雪莱在他的这部悲剧中即对此做了强化处理。在其为该剧所写的前言中,雪莱还专门提示读者需注意这种反差。比如他说,无论在剧内还是剧外,他都有感于当地意大利人的一些特点,他们会跨越伦理底线,但同时又稳稳当当地做着"深深染上宗教色彩的天主教徒"。涉及剧中的情节,雪莱说,相对于"新教徒的理解力","上帝与人类之间的关系中所体现的那种热切而持久的情愫"会显得特别"不自然"。具体看,

> 一方面是对这种教众众多的宗教所含真谛的毫不迟疑的笃信,另一方面则是执意于滔天大恶,而且作孽时还能做到从容而决绝;这两种质素竟能集于一人之身,对此,(有新教观念者)尤其会感到惊诧。②

"一人",主要指女主人公的邪恶父亲。就是这个人,孑然一身,怎可能一边严肃,一边放纵,而且两边都心安理得呢?雪莱本人的解释是,天主教这种宗教弥漫于意大利的公共空间,"与生活的全部机体交织在一起";生活于此中的人们惯常于以各种形式体现其教民身份,包括敬拜、忏悔、盲信等,但并不把宗教直接当作具体的"行为尺规","(天主教)与任何

---

① 关于该诗剧的剧名,也可以较直接地理解为"钦契家族的那一员"。肖像画中的那位女性一般被认作钦契伯爵的女儿比阿特丽斯(Beatrice),而至于画家,多年来都被认定为意大利早期巴洛克派画家圭多·雷尼(Guido Reni,1575~1642),后有研究者认为应出自意大利女画家吉内弗拉·坎托弗里(Ginevra Cantofoli,1618~1672)的手笔。另外,也有人根据考证,说画中的人与比阿特丽斯·钦契无关,而是古代女先知的形象。当然,雪莱当时不能预知后人的争议。在其为这部诗剧所写的前言中,他介绍了自己最初如何注意到这幅画,以及如何被画面上的那张脸庞所触动。

② Percy Bysshe Shelley, *Selected Poetry and Prose*. Ed. Kenneth N. Cameron. Orlando, Florida: Holt, Rinehart & Winston, Inc., 1979, p.396.

单一的美德之间并无必然的关联"。① 当然,雪莱的这些话仍然是叙述性大于解释性,将进一步思考的空间留给了后人。而当代学者受到启发,力图解答雪莱等人对意大利天主教文化的近距离观察中所感受到的困惑。不过,学者们所见,却也不再拘泥于雪莱所辨认出的较大规模的矛盾,他们也把眼光移向较小的"罪恶"上,比如轻薄,它也会在弥漫着宗教因素的空间里游离于任何具体的"尺规",而且更不伤及文化环境这个母体,最终还可能无关邪恶。微观小恶中所引出的话题还可能更有意味。

顺便提一下,英国维多利亚时代小说家乔治·爱略特的第四本小说是《罗幕拉》(Romola,1862～1863),其所讲的故事也发生在意大利,具体涉及15世纪文艺复兴时期的佛罗伦萨。小说的序言部分(Prologue)设想了一位幽灵般的个体,本地人;这个幽灵重访佛罗伦萨,而就在他身上,爱略特本人同样看到了相互矛盾的质素,其有关描述比雪莱所言更加精炼而富有力度:

> 如此一个复活的幽灵,他既不是多神时代的哲人,也不是那个时代富有哲思的诗人,而是15世纪的人,其身上所继承的,是时下所特有的那张奇妙的网络,而将它编织而成的是各种各样的因素,既有信仰,也有不信;既有伊壁鸠鲁式的轻浮(Epicurean levity),也有拜物教徒般的忧心忡忡(fetichistic dread);既有学究一般一字不落高谈阔论出来却又大而无当的伦理信条,又有凭孩子般的冲动而表现出的赤裸裸的激情;既有对于多神时代那种自我放纵的嗜好,也有挡不住的对于人类良知的服从,而正是这种良知,其时方兴未艾,正绵绵不断让奇妙的预言和征兆弥漫于空气中。②

所谓"轻浮",即我们自己上下文中的"轻薄",英文词都是 levity。

前面我们提到于2010年举办的一个有关拜伦宗教倾向的国际研讨

---

① Percy Bysshe Shelley, *Selected Poetry and Prose*. Ed. Kenneth N. Cameron. Orlando, Florida: Holt, Rinehart & Winston, Inc., 1979, p.397.

② George Eliot, *Romola*. Oxford: Clarendon Press, 1993, pp.7～8.

会,英国学者玛丽·赫斯特(Mary Hurst)也参加了这个会,并谈及拜伦如何在一些诗作中对天主教做审美处理的倾向(aestheticisation of Catholicism)。赫斯特于两年后发表一篇正式的学术文章,题目可译作"拜伦诗作中的天主教告罪情节"("Byron's Catholic Confessions",2012)。该文并非以《唐璜》为焦点文本,而是圈定拜伦发表于1816年之后的另两部诗作,研究其所展现的有道德疑点之人的宗教告罪之举。不过,该文内容所及,也指向拜伦当时其他作品中所普遍呈示的一种变化,亦涉及《唐璜》。关于这种变化,她归结道:

> 在《帕利希娜》(*Parisina*,1816)这部作品中,拜伦对于天主教告罪行为的理解改变了其对拜伦式主人公的理解。同时,他与天主教的纠缠也开启了《贝波》(*Beppo*,1818)的狂欢世界,而且还让唐璜的种种越界行为和奥罗拉·雷比的安详都成为可能。换句话讲,天主教以开放态度包容对立因素,这对于拜伦写作生涯的全部轨迹都有着巨大的影响。①

天主教对于对立因素的"开放态度"(openness),这是赫斯特文章的关键词,与雪莱和爱略特等人所谈及的黑白共融概念很相似。赫斯特说,拜伦在意大利过日子,体验到那种让他可以于两个端点之间自由摇曳的生活空间,比如涉及虔诚与放荡等两端,于是"拜伦在威尼斯比他在伦敦显得更自在"。威尼斯居然有了家的感觉。当然,她补充说:"我们尚并不能确认拜伦是否由此就倾向于成为天主教信徒","但我们的确可以做一些梳理工作,看拜伦的诗歌都是以何种方式将天主教处理为一种能容纳对立因素的思维方式"。②

既然能包容,那就说明对立的两端都具有存在的合理性,甚至各自都体现某种真诚。比如天主教徒的告罪行为(confession,亦指一般的自白

---

① Mary Hurst, "Byron's Catholic Confessions." *The Byron Journal*, Vol. 40, Issue 1, 2012, 29~40, p. 38.

② Ibid., p. 32.

或忏悔),即便是坏教徒所为,但在告罪的那个时段他也不见得是逢场作戏。于是问题就来了。赫斯特意识到,学界对此并无共识,尤其涉及告罪题材。她提到,在领域内的批评家麦克甘等人看来,拜伦描述其人物面对上帝的告罪之举,实际上是在"揭露告罪的虚伪性","强化了'所有虚华辞令中最自欺最虚伪的那一种'"。① 赫斯特则说:"我完全不认为这是拜伦看问题的角度。"因为她觉得拜伦有更复杂的视角,非"揭露"云云所能限定。否认了告罪者表意的真实性,即是把天主教文化简单化了,也把此中的个人经历单维化了。告罪只是教民惯举,所追求的是"赦罪",由不得不上心,因此"无涉修辞";而拜伦本人所为,也是要恢复天主教一些概念的本意,"他固守寓于诸如'受补赎者'(penitential)、'赦罪'和'罪孽'等告罪词汇中的本来意义"②。远观赫斯特与麦克甘的商榷,可以说她反驳他的认识,认为告罪过程能体现个人心意的可信性,这当然不只是为了澄清告罪行为是否仅与辞藻有关,而是协助拜伦确立其所感知的一种多维度的、相对较开放的文化价值观或敏感性;虔诚与放荡之间的相互跑题不涉文化乱序。

就在如此脉络中,赫斯特的文章提到了 levity 概念。实际上,她开篇即在严肃和轻薄之间建立了张力关系。她甚至检讨学界本身有关研究中所出现的问题:

> 无论所涉及的是卡尔文教、怀疑论,还是天主教,人们在讨论拜伦的宗教信仰时,其语气都往往变得很严肃,可拜伦本人一般不会在严肃和轻薄之间做出区分,不会做华兹华斯等人所擅长的事。③

学者们该对此有所感知,研究起来即可更加放开一些。我们刚才使用过对立的"两个端点"概念,赫斯特更直接确立了严肃和轻薄这两端,而

---

① Mary Hurst, "Byron's Catholic Confessions." *The Byron Journal*, Vol. 40, Issue 1, 2012, 29~40, p.36.
② Ibid.
③ Ibid., p.29.

无论包容还是开放,其所面向的客体即可以简单归结为这两个因素。她说,拜伦"特别着迷于'一个社会竟把如此多的能量投入玩乐(gaieties)之中'"①。另一方面,她认为拜伦与雪莱有所不同,不会有意无意拉开宗教信仰与社会行为的距离,不认为神圣和世俗(或虔诚与放荡)这两个"体系""分属于不同的世界";她认为拜伦把这两个方面关联得更紧密了。② 她说:"相对于清教徒,天主教徒貌似让宗教与道德脱钩,但实际所发生的却与此相反,他们在某种意义上更诚笃(stricter)。"只不过根据拜伦自己的"观察",诚笃的天主教徒"相比新教徒却也更欠检点(lax)"③。strict(严苛)和 lax(松弛)这两个字面意思截然相反的词竟然相互贴近了。

读到这样的文字,不少读者大概会立即联想到天主教文化中的狂欢行为(carnival),的确,这个现象即富含越界因素,或者说,一些悖逆的成分即可能接续发生于同一时空中。赫斯特说:

> 尽管狂欢节本身并不会成为教会年历(liturgical year)上的一个时节,但它与后者相关联,因为它是大斋节的序幕(the preface to Lent)。拜伦在威尼斯所观察到的狂欢节展示了天主教徒如何纵情于越界和作乐行为中,以此作为斋戒、避欲和告罪的前奏。狂欢中的越界行为成为先决条件,预示着接下来对越界行为的告白和大斋节期间的苦行。拜伦对此着迷,正是因为其所见与他自己拒绝对严肃和轻薄进行分割的做法相并行,这对于雪莱来说是很陌生的。④

简言之,一环套一环,浅薄与深沉之间存在着有机的互动,生活就是这样进行下去的。仅就"轻薄"概念而言,赫斯特此文的纵观性还是强于解析性,尚欠审美层面的展开和关键概念的深度辨析。好在其能聚焦所谓负

---

① Mary Hurst, "Byron's Catholic Confessions." *The Byron Journal*, Vol. 40, Issue 1, 2012, 29~40, p. 29.
② Ibid., pp. 29~30.
③ Ibid., p. 30.
④ Ibid.

面因素,这对我们来说已经有了很大的参考价值。总之,无论其为何物,具有天主教文化特点的轻薄因素一经汇入拜伦的意识,拜伦式主人公就不再一味深沉了。

国外另有学者专谈轻薄概念。赫斯特上文发表约一年后,加文·霍普斯跟进一篇文章,题为《玩乐与圣宠:拜伦与天主教的特有语调》("Gaiety and Grace: Byron and the Tone of Catholicism", 2013)。霍普斯平时对神学与艺术想象之间的关系有研究心得,具体在这篇文章中,他直接聚焦轻薄,对赫斯特所谈内容更有直接呼应。所谓"语调",是霍普斯借自英国19世纪皈依罗马天主教的思想家与神学家约翰·亨利·纽曼(John Henry Newman, 1801~1890)用语。纽曼抓住天主教的一些特有调门,其中即有与轻薄相关的因素。无论凭借纽曼的启发,还是依据个人领悟,霍普斯都视轻薄为天主教文化的关键表征或天然味素,乃至认为我们可以把天主教所谓语调简单等同于轻薄。与赫斯特等学者相似,他也是先行意识到天主教文化对于各种悖逆因素的容纳。

《唐璜》第三章第101~103诗节之间的"福哉玛利亚"(Ave Maria)片段为不少读者所熟悉,它也是霍普斯所采用的焦点文本内容。希腊海岛上,"筵席散了",侏儒和(吟诵《哀希腊》的)诗人等"也离去",黄昏与寂静一同降临,"只剩下女主人和她的情郎 / 独自观赏着晚霞烧红了天际"①。而接下来两位恋人所为,不止于观赏景色而已。读到此段诗文,一般人多会被感动,会觉得这个局部出现如此气氛建构,说明拜伦此时肯定是肃穆了起来;他似把 Ave Maria 当作颂歌音符,将其反复奏起:

  福哉玛利亚!祝福那一个角落、
    那一刻和那地方吧……②

一时间整个片段的美感加上天主教颂咏元素,让虔诚意味变得十分浓烈。情爱与恭敬,世俗与美好,自然与神圣,这些成分都同时发生。评论家戈

---

① 拜伦,《唐璜》,第三章第 101 诗节。
② 同上书,第三章第 102 诗节。

德韦伯认为这个片段应属于"拜伦所写过的最动人心扉的诗语之列"①,这个评价代表了不少读者的感受。

有诗段如此,有张力如此,学者们当然也就不会放过它。麦克甘以及受其影响的学人多认为此处的赞美诗夹带了私货,而在另一侧,后来的一些学者并不认同他们的判断,比如赫斯特和霍普斯,其发声的主要动机之一就是与麦克甘等人商榷。麦克甘善于在拜伦的诗作中发现言不由衷的成分,比如他在拜伦对天主教告罪行为的一些表述中看到虚伪,在"福哉玛利亚"片段中辨认出虚假杂质,前一种发现引出赫斯特的疑问,而后一种则让霍普斯不满。《唐璜》第三章第103诗节中出现了"画像"概念,而由于西方宗教文化领域有关圣母玛利亚的造像种类较多,因此麦克甘曾在他所做的文本注释中指出:"此处局部细节表明,所指向的画像画的是无沾成胎(Immaculate Conception)这件事,而非天使传报(Annunciation)或圣母升天(Assumption)。"②霍普斯告诉我们,麦克甘在其他场合也坚持这个认识,还在写给他自己的电子邮件中说,"(拜伦的)祈颂之'机俏'(wit),就在于叙述者唤出了圣母玛利亚,还对一幅无沾成胎的造像作出反应,而与此同时,后台的唐璜正在让海黛受孕"。

在一定程度上,麦克甘一脉学术研究所欲达到的效果,就是让读者能够从有关诗文中读出"讽刺"、"淫荡"、"不敬"等内涵。也就是说,依据此类解读,当拜伦频诵"福哉玛利亚"时,他脑子里所想到的,可能不过就是圣母和海黛两位女性不同的受孕方式。然而,霍普斯认为这有些想当然了;诗内若有什么轻薄因素,可不是这么发生的,因为拜伦不可能是借此诗段来亵渎圣母,或戏弄天主教文化。霍普斯所诟病的是这样一条研读逻辑链:首先是并无缘由地认准那幅画就是关于圣母的无性怀胎,然后在此"基础上"继续无所依据地断言唐璜此刻正在让海黛受孕,于是麦克甘等学者就在画内和画外两个场景的并置中发现了拜伦的讽刺和不敬。霍

---

① David E. Goldweber, "Byron, Catholicism, and *Don Juan* XVII." *Renascence*, Vol. 49, No. 3, Spring 1997, 175~189, p. 177.

② George Byron, *Lord Byron: The Major Works*, p. 1050.

普斯认为如此逻辑链环出了"问题",是"不加解释的认定",其本身作为误读,才是"不敬的"。① 用我们自己的话讲:轻薄与虔敬可以共存,常常有先有后,各自都可以是完整、有实、自立的,以促成相互间的张力关系,以及可能的颠覆因素;而某处出现了轻薄因素,并不意味着虔敬本身必然就含有什么不雅的杂质。霍普斯甚至在文章摘要中概括说:"轻薄与崇敬可以共处,前者不会颠覆后者。"② 如果出现了颠覆的情况,大概也是拦截或跑题式的,而不是败坏其内在性质。

根据霍普斯本人的认知,麦克甘等学者误解了无沾成胎的含义。他指出,涉及这个概念,有关教义指的是圣安妮怀上玛利亚时的无沾,于是让婴儿玛利亚"免于对原罪的传承",因此这"与玛利亚怀上基督一事无关"。③ 此外,霍普斯认为,拜伦所面对的画面"也并非明确指向任何具体教义或圣象传统";描绘圣母需依赖"各种不同的意象",但拜伦的目光也会一并"超越"它们。④ 澄清这两点有何意义呢?霍普斯说,这会让我们不再去联系所谓台前幕后的场面并因此而"联想唐璜与海黛的交媾";"而若并不存在这种被认定的讽刺性场景并置,那种'不敬的'解读就站不住脚了"。⑤ 那么,何种解读才贴切呢?正面的解读。因为霍普斯最终的目的是要确认拜伦对天主教元素的敬意,而具体涉及"福哉"片段,他的结论是,其本身不但不"轻佻",而且内含"崇敬"。⑥ 可何以确认了敬意之后还要谈及轻薄呢?这是因为在时间顺序上,《唐璜》的"福哉"片段之后的确出现了轻薄,也因为在天主教文化中,接续出现的虔诚与轻薄之间能做到有机地相互维系。因此,检讨麦克甘等人的解读成果,事关如何厘清拜伦对待天主教的态度,以及他如何吸纳有关的价值理念。

---

① Gavin Hopps, "Gaiety and Grace: Byron and the Tone of Catholicism." *The Byron Journal*, Vol. 41, Issue 1, 2013, 1~14, p. 2.
② Ibid., p. 1.
③ Ibid., p. 2.
④ Ibid., p. 3.
⑤ Ibid., pp. 3~4.
⑥ Ibid., p. 4.

当然,麦克甘的怀疑眼光并非有关观点的唯一源头,较早时其他学者也在这个赞美诗般的片段中发现杂质,而且也有所依据。我们在本书第六章提到前辈评论家斯塔夫罗,他从自己的角度质疑一些同行对于此片段过于端正的解读。即便片段中的确含有宗教情怀,斯塔夫罗也认为,其所"调动的情感更多地属于异教的性质,而非基督教范畴,因此,就像有人直接把(这个片段)理解为虔诚的上帝荣耀颂(doxology)一样,我们亦可反过来将其直接解释为泛神论观点"①。也就是说,虔诚归虔诚,但若透视一下,里面多少还是出现了接近怀疑论一脉的成分,尽管泛神因素的破坏力低于虚伪。不过,尽管先前学人从不同侧面所发现的问题会妨碍日后学人对于天主教因素的确立,但只要强调拜伦式文学敏感性对于极端对立因素的包容度,即可越过诸类概念上的障碍。所谓杂质,并不添乱,而若也关联上搞笑的维度,问题反倒更好解决了。我们多次说过,拜伦本人轻描淡写地说他写《唐璜》的主要动机就是为了逗笑。然而,姑且认为他是实话实说,这也是因为"逗笑"这个不扣题的概念中埋伏着一般人所不易察觉的意义,其所带入的,或许也含天主教文化中特有的态度。

我们曾说过,哈兹利特曾对拜伦不严肃的自我作践大感不解,但对于另一些评论家而言,这个疑团还是不难解析的;他们就喜剧和幽默等一般话题提出过"相反的理论",认为幽默是"信号",其所标示的是"超脱":

> 根据这些理论,在实历轻薄的过程中,会出现一种摆脱有限性的短时感觉。由小见大,这种临时的感觉也指向——也会让人以"疯狂而无理性的期冀"去面向——那个从人类有限生存状态解放出来的终极目标。

尤其是当一种宗教认定有来世,这种解脱感就不仅仅是"幻觉"了。② 此

---

① C. N. Stavrou, "Religion in Byron's *Don Juan*." *Studies in English Literature 1500—1900*, Vol. 3, No. 4, Nineteenth Century, Autumn 1963, 567~594, p. 578.

② Gavin Hopps, "Gaiety and Grace: Byron and the Tone of Catholicism." *The Byron Journal*, Vol. 41, Issue 1, 2013, 1~14, p. 5.

种理论视角即为霍普斯等所援引,为的是说明拜伦并非不擅长理性思考,只不过他把自己植入"天主教的别样传统——有别于那种与英国其他浪漫诗人关联在一起的新教不服从派的传统"①。另外,霍普斯此举也是为了帮拜伦表明,"一位诗人可以拿宗教题材搞笑,同时又不至于沾惹上亵圣(blasphemy)的罪名"②。亵渎和逗笑都可以发生在天主教文化大的框架之内。

上面提到,让霍普斯受到启发的是纽曼主教所说过的话,甚至他因此而意识到,"轻薄本身即可能是一种宗教的姿态"③。他提及纽曼于1850年所做的一个题为"天主教国家的宗教状况"("The Religious State of Catholic Countries")的讲座,其中纽曼一上来就声明:"他所关注的种种特点都只与宗教有关,而不涉'国家间的区别'。"④具体就纽曼所见到的"特点"而言,其见解与雪莱的反应有所同,亦有所不同。

> 简言之,纽曼显然认为,虽依据新教视角,信仰与实际行为的关系更紧密,乃至两者互为对方的标志,可是在天主教徒看来,信仰独立于实际道德,反倒关乎精神愿景,或涉及一种与看不见的精神实体相伴而生的感觉。⑤

宗教信仰与行为的关系一旦可以松动,具体言行一旦可以游离于终极远视,有关的文化氛围中即能形成如前面赫斯特所看到的那种开放和包容。根据霍普斯所引用的纽曼原话,我们看到纽曼如何有感于天主教民众所居住的那个"奇幻的世界",无数的艺术作品、彩窗、蜡烛、念珠以及圣牌等等,让他看到上天与俗界之间的中介因素,于是纽曼认为:"那种为天主教所特有的想象可被恰当地称作以物通圣的(sacramental)想象,它视现实

---

① Gavin Hopps, "Gaiety and Grace: Byron and the Tone of Catholicism." *The Byron Journal*, Vol. 41, Issue 1, 2013, 1~14, p. 5.
② Ibid.
③ Ibid., p. 6.
④ Ibid.
⑤ Ibid., p. 7.

造物为'标志'（sacrament），或者说是对上帝之在的显示（revelation）。"纽曼也把这种想象称为"宗教敏感性"。

而接下来是霍普斯与纽曼的精神互动：

> 天主教文化地区有大量的中介物形，它们揭示了、培育了这种"以物通圣"的视力，而正是如此视力，脱离了与具体道德的关系，即促生出"严肃与轻薄的混合状态"，这也是"一个天主教国家的特有秉性"。有鉴于此，（纽曼）论辩道，天主教徒"在谈及神圣话题时能做到自然、不做作、轻松、欣悦"；而且也同样是出于这个缘故，天主教徒虽不失对上帝的信仰，却可以"轻蔑地谈论（他）"，可以唱起"搞笑圣母玛利亚的歌曲"，或者"以轻薄的语气"讲述"恶神灵"的故事。（纽曼）声称，正是这些因素让天主教徒变得"该恭敬时粗鲁，该深沉时搞笑"。①

也就是说，仅就我们自己的话题而言，轻薄非但不是与宗教无关的因素，反而是生成于天主教的信仰，好像若不在态度或情调上跑跑题，就配不上天主教文化所该有的性状，于是轻薄竟可以成为验证真伪的密码。换句话讲，无论信仰或宗教本身，因其高高在上，都未被伤及，而作为个人一方，言行上自可以尽量轻松一些。而至于拜伦，霍普斯说，"他不见得去分享那种以物通圣的（宗教想象力）"，但他"可能会拾起"因这种想象力而形成的"天主教的特有语调"。② 另外，除了天主教的某些因素，读者"还可能在《唐璜》中发现一种潜在的'末世论的'（eschatological）思维角度，它支撑着叙述者的轻薄，并且让人觉得轻薄因素会并入'笑与泪之间那种莫扎特式悬浮不定的状态'"③，莫扎特的影子忽然再现，也帮着我们把本书此章与前面的第五章的某些局部关联起来。

现代学者的此类研究都有借鉴意义，它们都旨在说明，拜伦后期作品

---

① Gavin Hopps, "Gaiety and Grace: Byron and the Tone of Catholicism." *The Byron Journal*, Vol. 41, Issue 1, 2013, pp. 7～8.
② Ibid., p. 8.
③ Ibid.

的线条和情调具有多重性和复杂性,而天主教文化的特定因素为我们提供了又一条可能的解读途径。当然,宗教与轻薄之间的关系尚待进一步厘清,尤其是逻辑关系。比如,天主教的圣事或礼俗到底如何就能促生或连通轻薄这种敏感性,如何笑声就能挂靠上信仰,拜伦文本中到底有哪些具体片段能直接印证天主教式的宗教想象,等等。这些给学人和严肃读者留下继续探索的空间。此外,涉及幽默、滑稽、嬉笑以及广义的喜剧因素等较大话题,欧洲文学中的相关资源十分丰厚,像法国、西班牙、意大利等地文艺复兴前后的经典作品中都富含生动的例证,可供博采。更何况拜伦本人也同样继承了英国本土的经典资源,其中也包括与天主教有不同程度瓜葛的莎士比亚、本·琼生、斯威夫特和蒲柏等人的才思成果。不仅文学作品,有关的文学评论也已自成藤蔓,且跨越了国界。提及这些,只是为了说明,信念与轻薄这两个概念可并置,其关联不像我们可能以为的那样突兀,英、美现当代专项研究所及,大面上已经到位。通过扩展眼界,我们尚可触摸到更大的脉络,不仅看到树叶,也见树干,或森林。

另需指出,涉及轻薄与母体文化因素的关系,可用的视角并不局限于宗教或文学传统本身,而且一旦换用其他角度,研究者还能看到不尽相同的历史画面。举一个有代表性的例子。2010年,法国现代作家和文学研究者让-马克·牧拉(Jean-Marc Moura)发表《幽默的文学含义》(*Le sens littéraire de l'humour*,2010)一书,以政治的或社会学式的眼光观察人类生活中的"喜剧因素"。其中他认为,"笑的发展水平与社会等级程度成反比":

> 一个社会越是等级森严,人们越不能放声地笑(正如许多独裁专制社会所呈现的那样)。因此,米·巴赫金注意到,中世纪时,笑是被严格管控的,只是狂欢节这种欢庆的场合除外。而在社会的高低贵贱渐趋平等时,笑则更容易被听到。欧洲资产阶级的兴起以及城市的发展也因而有利于喜剧灵感的诞生。①

---

① Jean-Marc Moura, *Le sens littéraire de l'humour*. Paris: Presses Universitaires de France, 2010, p. 38.

这个判断具有显见的常识性,也符合一般人的认知。可是,这样的认识也会导致一种结论。我们姑且设想拜伦和纽曼等人离开英国而来到意大利,原因之一就是为了领略轻薄的语调,看它如何能让人"摆脱有限性",那么牧拉大致会说,这是舍近求远、舍包容而求拘谨了:

> (幽默)诞生于自由的社会,因为在这类社会中,幽默所连带的怪诞可以被表达。人们常常将英国社会中幽默的重要地位与其政治体制(constitution politique)相联系,因为这种政体更加宽容自由,不但促进了社会的多样性和包容性,甚至能宽容个体的古怪而反常的行为。相反,专制政体所强调的一致性和形式主义则不利于笑。①

我们前面提到,一些评论家也用过"包容性"概念,但此处牧拉所用,显然与前者貌合神离了。当然,"幽默"不见得与"轻薄"完全是一回事,而且牧拉所看到的现代国际景观应该也与历史上的情况有些出入。不过,牧拉自己所说的"笑"(rire)和"幽默"等因素其本身也不见得都拥有相同的内涵或色调;即便都是笑,也未必都由同等材质构成。此外,法国大革命开始前,不少法国人其实已将英国视作经济上更先进、政治上更自由的国家,然而拜伦离开英格兰,却是因为他觉得本国政体更压抑,文化上更让人厌倦,比如他觉得那些同时代的文人专门故弄玄虚,都不怎么笑。我们以"不过"这个转折词对牧拉所言作出一点反应,不是在争辩哪种文化观或哪个结论更贴切,而是说,我们在认可了牧拉的可参照性和可靠性的同时,亦可意识到政治制度与幽默之间的因果关系仍有辨析的余地。个人的感受有时可以独立于宏观上的社会发展趋势,而且一些作家因为立足点有别,因为所涉问题的层面不一,他们或许会发现不同的精神资源,并因此而获得更专门的心灵养分。牧拉所提到的巴赫金会说狂欢节"除外",可拜伦多半会说不能除去它,因为威尼斯等地的狂欢节时间并不短,而且该传统不局限于中世纪,因此游客们可以对它多做一点文化的思考。若将宗教理念和哲思传统也带入思考,所体味到的笑声应

---

① Jean-Marc Moura, *Le sens littéraire de l'humour*, p. 39.

会更加异样。

而且在施用社会批评式研究策略时,大概本来就不能完全脱离对宗教因素的考虑,尤其相对于欧洲社会而言。换一种表述:即便大家的参照点都放在社会政治和经济的发展上,可由于所考量的相关因素有多有少,所得出的结论也就未必吻合。另举一个例子。现代马克思主义学派的意大利批评家佛朗科·莫莱蒂(Franco Moretti)写过一篇文章,题目可直译作"严肃的世纪"("Serious Century"),文章作为一个章节录入其所主编的评论文集《小说》(The Novel,2006)一书中。与牧拉的手法相似,莫莱蒂的这篇文章亦立足于社会学和经济发展角度,探讨欧洲一个时期的文学形态。不过,虽然其主要认知都勾连马克思主义的一些基本理念,但他在文学的社会背景和经济基础之外也顺带添加上了新教文化维度,这有些像德国思想家马克斯·韦伯(Max Weber)通过其所著《新教伦理与资本主义精神》(The Protestant Ethic and the Spirit of Capitalism,1905)一书,在效果上为马克思有关资本主义社会发展的研究补充上了一个宗教因素的侧面。

莫莱蒂推出 17 世纪荷兰画家约翰内斯·维美尔(Johannes Vermeer),借助其人物画像所体现的普通生活质感,转向欧洲日后广义现实主义风格的重要小说家,其所谓始自歌德而止于 20 世纪初一些欧美作家的创作实践是其关注的重点。所谓"严肃的世纪",说的主要就是被囊括进来的 19 世纪;所谓"严肃",主要是莫莱蒂纵观这一个世纪的小说鼎盛期,发现作家虽不同,但各家的小说大致都呈示一种相近的质感,可以用"严肃"一词涵盖之。他帮读者问道:"文学中的'严肃'到底指什么呢?"他说,是法国 18 世纪启蒙思想家德尼·狄德罗首用了"严肃的体裁"(genre sérieux)这个概念,说狄德罗将所涉及的体裁

> 大致放在喜剧与悲剧之间中途半端的位置。这是一种很棒的直觉,如此就更新了文体与社会阶级之间久而有之的关联。上有贵族式的悲剧情感高峰,下有庶民式的喜剧因素低洼地,在这两者之间,中

间的阶级添加了一种形式,其本身即成为中间的形式,居间而处。①直白一点:既不沾惹悲剧的剧烈情感,也不陷入喜剧的低俗情调,所谓"严肃",即体现于这两者之间的某种体裁或创作态度。

然而紧接着,莫莱蒂补入了狄德罗的说明,即:严肃的体裁虽身居中间,却也并非与上下两端都持均等距离,而是相对更接近"旧时统治阶级的'高端'风格",并以其严肃性而更远离"那些劳动阶级的'狂欢节式的'喧闹";而就在这个界定的过程中,莫莱蒂使用了一系列相关词,以解释严肃体裁何以距离情调的"低洼地"更远一些,比如"阴沉的、冷漠的、无痛感的(impassible)、寡语的、沉重的、庄重的",这些与"严肃的"几近成为同义词。② 此外,在其文章的推进过程中,莫莱蒂还以宏观和微观的视力,为小说这个体裁圈定了另一些相关的定义性概念,如"资产阶级的"、"日常的"、"填充叙事空白的琐事"(fillers)、"日常情节在小说中的常态化或合理化"(rationalization of the everyday)、"现实主义",等等。根据他的这些勾勒,我们大致可以领悟"严肃"一词所内含的意思,甚至可以对那种主要涉及资产阶级(或称"中产阶级")的、以现实社会日常生活为主要内容的文学作品所表现出来的气质做一个更简单的描述:相对说来,"严肃的"就是"不苟言笑的"。也就是说,莫莱蒂的文章中含有这样一种认知:一旦社会越来越中产化,人们的政治地位相对越来越平等,那么贵族和草根上下两端所代表的敏感性就会越来越弱化,因而涉及文学和艺术领域,无论强烈的戏剧冲突,还是怪异而媚俗情景,也都会相应减少,而不苟言笑的因素就相对多了起来。这个认知相比牧拉有关"笑"的观点,有了微妙的差别:不见得社会越发展,人们就越幽默。

还有一个修饰语,也是关键词:"新教的"。莫莱蒂自己提及这个维

---

① Franco Moretti, "Serious Century." Franco Moretti, ed., *The Novel*, Vol. 1. *History, Geography, and Culture*. Princeton, New Jersey: Princeton University Press, 2006, pp. 368~369.

② Ibid., pp. 369~370. "狂欢节式的",原文为 carnevalesque,靠近意大利语拼写方式,即英语的 carnivalesque。

度,也因此引出另一个有别于牧拉的地方。当然,莫莱蒂无意对不同的宗教教域做比较,其对严肃或不严肃的观察也不基于这种横向的差异,这也是他有别于拜伦等人之处。他所论及的小说家包括简·奥斯汀、乔治·爱略特、福楼拜、巴尔扎克和托马斯·曼等人,他们来自人们概念中不同的教域,但是其有些做法却可能趋同。这是因为,作为马克思主义批评家,莫莱蒂认为社会和经济的纵向潮流对作家的影响更大,其势力可以超越国家、文化或教域之间的界别,只不过资本主义的发展过程本身与新教的一些伦理观念紧密关联在一起,两者一起经历着纵向的演化和相互的融合,乃至于只要身处中产主导的世纪,不管你成长于哪种宗教文化中,你的作品都会在一定程度上折射新教类型的严肃敏感性。这是我们对莫莱蒂观点的释义。

莫莱蒂本人爱使用"韦伯式的"(Weberian)这个词,他说:"(小说体裁中有一些)韦伯式的影子。《新教伦理》中说道,宗教改革(the Reformation)之后,西欧大部地区都'从原先那种对于日常琐事的漫不经心'发展到'对其普遍的管控'。"受到清教伦理影响,小事变成了大事,人们更加理性而精心地对待自己的日常生活内容,于是在小说中,很大的篇幅也就被上述所提到的 fillers 所占据,这也变成常态,因而"惊奇变少了,历险情节变少了,奇迹变没了"①。渐渐地,"与现实共处而相安无事",甘于平凡而琐细,"这成为一种'原则',一种价值。而在这个意义上,克制自己一时的欲念,这不能只被说成是压抑;这是**文化**,是风格"。② 文章结尾处,莫莱蒂又提炼并强化了自己的观点,直接称小说为"韦伯式的形式",并说:

> 这种半资产阶级的、半保守的形式,它从未真正超越自己的社会政治的出身(sociopolitical origin),而说到该形式所体现的基于历史的智识,在很大程度上其生成正是因为它有这个出身。就是这种严肃的形式,

---

① Franco Moretti, "Serious Century." Franco Moretti, ed., *The Novel*, Vol. 1, *History, Geography, and Culture*, p. 381.
② Ibid., p. 385. 黑体字代表原文的斜体字。

它以前所未有的烈度,试图让欧洲的文学想象变得**不那么新奇**。①

大概我们汉语的"小说"这个词,以其字面上的卑微外表,倒是能更好地体现该体裁与诸如中世纪意大利天主教地区所曾流行的那些"浪漫传奇"(romance)的迥异。莫莱蒂本人问道:"(这种严肃的体裁)成功了吗?"他说,若"从长远上看",不算成功,因为"英语所称的那种'romance'拥有对大众的吸引力,它从未真正地被歌德、奥斯汀或爱略特(更不用说福楼拜)等人所撼动"②。至于莫莱蒂的这些结论性认识是否能涵盖所有小说或所有"大众",我们无意追究。仅从我们自己的角度看,或可说拜伦在其生涯后期所为,说他是舍近求远也好,人往低处走也罢,反正这至少间接证明仍有人感受到了莫莱蒂所说的严肃潮流,并从中脱身出来,来到意大利,去寻找不那么韦伯、不那么小说的东西。

四、拜伦的感知

本书这一章旨在扩展我们对于《唐璜》所含轻薄成分的所谓"理论"思考,重点不在于清点含轻薄成分的文本局部,毕竟此前的章节已有所关涉,未被提及者也基本都是明白可见的。现在我们回到拜伦自己的世界,看他来到意大利后,其新的精神归属感如何日渐增强,如何能帮助我们继续观察轻薄诗语背后的涉意因素。拜伦本人倒是乐于横向比较,也因此早早在"严肃的世纪"中触摸到狄德罗所说的山顶和低地,本书第七章哈兹利特在其感言中对于"悲剧主角"和"草民"的划分可对应这两个概念,成为其辅证。那么,拜伦是如何直接谈论意大利的呢?比如其风土民情,给他留下了何种印象呢?他是在何种环境中创作《唐璜》的呢?拜伦逗留于意大利天主教文化地域,时间不短,对人对物都有近身体会,或爱恨交

---

① Franco Moretti, "Serious Century." Franco Moretti, ed., *The Novel*, Vol. 1, *History, Geography, and Culture*, p. 400. 黑体字代表原文的斜体字。"新奇", novelistic. novel(小说)这个词大致是从拉丁词 novella 演化而来,本有"新鲜事"的意思,因此,说 novel 的想象不再那么 novelistic,也含"小说不再像小说"这个诙谐的意味。

② Ibid.

加,其身份逐渐超越一般游客或流浪汉。他曾称威尼斯城为其心目中"最翠绿的海岛"(the greenest island),可另一方面,他与当地女性常纠缠不清,与上层统治者有过不愉快,其对该城的好感也因而变得复杂。对若干其他城垣,他也广泛涉足,广泛交结,形成对当地风物的印象。

我们知道,拜伦一些较长篇诗作中常出现教堂意象,而文字每及于此,语调往往高昂起来,亦肃穆有加。此类文字也成为点缀,出现于《唐璜》有关英国局地和欧洲腹地莱茵河畔等诗段。长诗《少侠哈洛尔德游记》第四卷(1818)作于意大利,其中拜伦写了不少诗节,都用来描述当地的文化遗产,尤其涉及罗马城各处的建筑和废墟,诗文所达到的恢宏程度之高,为拜伦全部诗作所罕有。特别是一连串献给天主教著名殿堂的诗节,铺设出思想和情感的节律,纵横捭阖,在有关圣彼得大教堂的第 154 诗节达到高潮:

> 可是,无论古往今来有多少圣殿与庙堂,
> 只有你才能孑然独立,无可比拟——
> 最最配得上上帝的、圣徒的、诚者的欣赏。
> 自从锡安圣山成为荒场,自从他离弃
> 他的圣邑,还有哪处为了他而建造的
> 人间建筑能比你更加辉煌而庄严?
> 大气、雄浑、荣耀、力量,还有美丽,
> 这一切都遍布于你的那些通道与廊间,
> 你这庇护着未污信仰的永恒的巨船。①

一处天主教圣地,把拜伦震撼到了,此为一例。

拜伦在其书信或日记性随笔中也多次谈及意大利,所涉内容甚广,其中他写于 1820 年的一段文字尤为突出,体现他所以为的天主教文化的兼

---

① George Gordon, Lord Byron, *The Complete Poetical Works of Byron*. Ed. Paul Elmer More. Boston: Houghton Mifflin Co., 1933, p.78. 锡安山(Zion)大致指耶路撒冷圣城(圣邑),或作为圣城代表的锡安圣山。"他"应该指以色列人的上帝耶和华(Yahweh),公元前 586 年耶路撒冷被古巴比伦人攻陷后,流浪的以色列人一直想重归圣城,再遇耶和华。含"荒场"、"离弃"和"圣邑"等词语的两行诗文体现拜伦使用了《圣经·旧约》中的表述方式。

容性,因此也值得译成汉语。他说他感触良多,难以尽言,写下来更怕言不达意,但仍觉得自己比"大多数英国人"都更了解意大利人。

> 他们的道德不是你们的(英国人的)道德——他们的生活不是你们的生活——你们不会明白这种生活——它既不是英国式的,也不是法国式的——也不是德国式的——这些式的你们都了解——可那种修道院式的教育(Conventual education)——那种男子专陪有夫之妇的风流行为(Cavalier Servitude)——其思维和生活习惯种种,全都与你们的大不相同——而且你越是和他们紧密相处,所看到的差异就越醒目——于是我都不知道该如何才能让你了解如此一国民众——他们既温和,同时又放荡——性格严肃,娱乐时一个个又都能插科打诨——他们善于表达感想,表现激情,其效果既**突然**,又**持久**(为任何其他的国家所不见),另外,从他们的那些喜剧看,他们**实际上**并没有**社交界**(就是我们所说的那种)——他们并没有真正的喜剧,连哥尔多尼的剧目中也没有——这是因为他们并没有喜剧所赖以产生的社交圈。——
>
> 他们的言谈交往(Conversazioni)根本就不是所谓社交(Society)。——他们去剧场看戏是为了交谈——私下相聚时却默不作声——**女人们**一般都坐成一圈,男人们相聚成伙——或者他们会玩那种索然无味的法罗纸牌(Faro)——或是"填数字的乐透"(Lotto reale)——只图中一点小彩。——他们的音乐会跟我们的差不多——音乐水平却更高——形式上也更讲究。——他们最好的东西就是狂欢节的大舞会——和假面舞会——到时候每个人都会疯狂起来,一连六个礼拜。——吃过晚宴或晚饭,他们会即兴赋诗——一边相互打趣——不过一切都发生在你们所不愿涉猎的情调中——你们这些北方的人。——①

---

① To John Murray, Feb. 21st, 1820. George Byron, *Lord Byron: Selected Letters and Journals*, p. 227. 黑体字代表原文的斜体字,标点符号基本依从原文。哥尔多尼(Carlo Osvaldo Goldoni, 1707~1793),意大利著名剧作家。

简言之,意大利人的性格中包含了相悖逆的因素,尤其让拜伦看到了不同于英国式社交圈的社交方式,以及那种不苟言笑和滑稽搞笑两极之间的相互轮替,而社交方式不同,所出现的"喜剧"作品也就有别于英式的言情剧种。"情调"这个词的原文是 humour,也有"性情"或"情绪"等意思。这也是拜伦所言较接近霍普斯和纽曼所用"语调"概念的地方。

上述这段文字出自拜伦写于 1820 年的信件,此前此后,他一有机会,都会跟友人谈起英国人如何不了解意大利人。根据布莱辛登夫人的回忆,一次,拜伦说起一位意大利贵妇如何自认为学会了更客观地看待英国人,可是,

> 拜伦说道:"意大利人不会明白英国人是怎么回事,的确,他们怎么可能呢?因为他们(意大利人)都生性坦白,单纯,开放,随心所欲,而且不以为这与邪恶有什么关系;而至于英国人,他们为了掩饰自己的弱点,每天都具体做着伪善、虚假、无情无义的事,不过一时的闪失,竟用许多罪恶来摆平。"①

在另一次谈话中,她说拜伦又提起意大利人的"敢爱敢恨",不像英国社会,有那么多"造作的"(artificial)因素:

> 在那个很道德的英格兰,你会听到人们如何表达他们对于意大利人的自由和不道德的强烈反感,可他们的过失不过就是些杂草,阳光太暖了,就长出来了;而我们的过失则是都是大荨麻(stinging-nettles),土壤太肥沃,变得腐臭,就有了它们。在意大利,大自然主导一切,而人既有过,什么样的人才会避开其(大自然的)繁茂所致之过,而去首选那些造作的人为之过呢?②

所见如此差别,即可用率性与虚伪、开放与盘算等概念来界定。当然,布莱辛登夫人不会对拜伦所言毫无保留,她曾评价说,拜伦对意大利的偏爱

---

① Lady Blessington, *Lady Blessington's Conversations of Byron*, p. 29.
② Ibid., p. 113.

妨碍了他更全面而客观地看待一些具体问题。①

　　说到个人的信仰，我们仍不妨直接转向拜伦自己的感言。较早时他对天主教并无真切的兴趣，甚至他说他对其他宗教支脉的兴趣也不大，而是更看重孔夫子和苏格拉底等哲人的道德教诲。我们在本书第六章提到拜伦"怀疑一切"的"无教徒秉性"。20岁时，他说他赞成在英国国内解除对天主教徒的压迫，但是对于教皇，他"不予认可"，还说："我一向拒绝吃圣餐，因为我不认为仅凭吃下了一位其自身也是凡夫俗子的牧师所递给我的面包或酒就能让我成为天堂的继承人。"②然而，来到意大利后，他对天主教的认识逐日增加，比如具体对于圣餐，其态度变化之大令人愕然。而在一般意义上，拜伦不限于教派的宗教情怀也日渐增强，在信件中多次谈到他如何越来越相信灵魂之不死、如何比自己的友人更虔诚或正统，如何提醒他们莫要因为他创造了撒旦式的文学人物就以为他本人亦持同类信仰，等等。这些与他那些不那么笃敬的言辞相映成趣。而具体说到天主教，其本身则更多了一波对拜伦的感性冲击。他曾对友人说："等我到了30岁——我会变得虔诚——每当身处天主教教堂中——尤其当我倾听着管风琴的演奏——我就会感到有一种召唤让我变得那样。"③

　　读者一方若对拜伦写于《唐璜》之前的某些诗作有所了解，或许也会意识到不同作品之间所体现的拜伦宗教态度的变化。比如《曼弗雷德》这部诗剧，其第三幕第1场中有一段对话，发生在曼弗莱德和圣莫里斯修道院院长之间。院长来到曼弗雷德的城堡，规劝他收敛心性，学会虔敬与忏悔，尤其该与教会"和解"，并"通过教会而上天堂"。曼弗雷德说：

> 我听明白了。这是我的回答：无论
> 此前或眼下我所为何人，都只是

---

① Lady Blessington, *Lady Blessington's Conversations of Byron*, p.177.
② To Robert Charles Dallas, Jan. 21ˢᵗ, 1808. George Byron, *Byron's Letters & Journals: A New Selection*. Ed. Richard Lansdown. Oxford University Press, 2015, p.29.
③ To John Murray, Apr. 9ᵗʰ, 1817. George Byron, *Lord Byron: Selected Letters and Journals*, p.352. 时年拜伦29岁。

上天与我自己之间的事。——我不会

选一个肉体凡胎的人做我的中保(mediator,也作"中介")。

然后他接着说,教堂内的各种圣礼都徒劳无效,低于他自己内在的精神世界,因为他拥有一个自足而活跃的、自我评判的、不受教堂围墙限制的灵魂(the unbounded spirit)。全剧结尾,曼弗雷德再次强调其灵魂无需中保而自我拯救(或自我毁灭)的立场。① 这类表述中既含日后尼采等人的理念,也折射雪莱式的普罗米修斯形象,而至于对"中保"和礼俗的不屑,还接近史上新教阵营与天主教会的分歧。作为文学人物,曼弗雷德未必能被等同于拜伦本人,而且较早其他诗作中并非不含有关天主教景观的正面描写。但是仅看其个人信仰和理念,运笔于《唐璜》的拜伦显然已不大有心情针对罗马天主教会再说同样的话了。

1821年,由于关乎自己4岁女儿阿莱格拉(Clara Allegra Byron,1817～1822)的教育问题,拜伦的有关态度愈加严肃起来。阿莱格拉是他与克莱尔·克莱蒙特的私生女,因此拜伦特别不希望她去接受"英式教育",而是寄望于她成为"罗马天主教徒",说他认为"(天主教)确确实实作为基督教诸多分支中最古老的一种,是最好的宗教"②。根据文学史家的一般记述,阿莱格拉被送到意大利后,拜伦带着她来到拉文纳市以西12英里处的一个名叫Bagnacavallo的小镇,然后将其送入附近施洗圣约翰教堂(San Giovanni Battista)所属的一所女修道院。此地大概就是拜伦在日后一封信中所提到的那个天主教机构。

这封信写于1822年,其中他先说道,他自己认为"人们不管信什么教,只要信,就不可能有信够了而适可而止的时候"。而由于他本人"非常倾向于天主教教义",所以为尽可能地"证明"其虔诚,他要"把(自己的)私生女送到罗马涅阿(Romagna)一带的修道院里,把她教育成不折不扣的

---

① George Byron, *Manfred*, Act Ⅲ, Scene i, ll. 26～78; Act Ⅲ, Scene iii, ll. 122～141.

② To Richard Belgrave Hoppner, Apr. 3rd, 1821. George Byron, *Byron's Letters & Journals: A New Selection*, p. 382.

天主徒"。① 信是写给爱尔兰诗人托马斯·莫尔的,几天后他再次致信这位挚友,让他不必担心自己有什么不恭的倾向,并又一次提起女儿和天主教:

> 就像我先前说过的,我非常敬仰那种可触知的宗教;眼下也在致力于把我的一个女儿培育成天主教徒,这样她的双手就可以有所触摸,有所持有了。这种教仪之优雅(elegant),远胜于任何别的仪俗,乃至连希腊神话都不能幸免被超过。看那些香火、画像、雕塑、祭坛、神龛、圣物,再加上圣餐所体现的真在(real presence),以及告罪、赦罪,——此中有一些可感知的实物能让人把握。此外,这种宗教不给怀疑态度留下可能的空间,因为人们若在圣餐变体过程(transubstantiation)中能实实在在地吞食下其所敬奉的圣主,多半再找不到比这更易消化的东西了。
>
> 这话说的恐怕有点轻浮,但我不是故意的;要说我这个人,生性就偏爱从荒诞的视角看事物,以至于时不时竟不能自控。不管怎样,我还是向你保证,我是个很不错的基督徒。②

好好说着话,轻薄的成分又冒了出来,伴之以及时的自我开脱。不过,"消化"之说虽然跑了题,但上下文内容因涉及自己女儿的教育,大概也由不得拜伦不认真。此外,涉及这段话的其言外之意,或可能内含的争议性,也让人感到不期的沉重,因为对于圣物之可触及和仪式之讲究等因素的坦然感佩,已经大大有别于韦伯所谈及的那些新教理念和实践了,效果上像是对欧洲宗教改革后历史进程的刻意轻慢,或也会冒犯英国国教内部的各脉教民。当然,拜伦的此类文字主要还是体现其本人在宗教态度上的转变,似乎他为自己找到了一处可寄宿的精神居所。本书这一章

---

① To Thomas Moore, Mar. 4ᵗʰ, 1822. George Byron, *Byron's Letters & Journals: A New Selection*, pp. 406~407.

② To Thomas Moore, Mar. 8ᵗʰ, 1822. George Byron, *Lord Byron: Selected Letters and Journals*, pp. 285~286. "圣餐变体",天主教神学概念,指圣餐(面饼和葡萄酒)在天主教弥撒中所谓转化为耶稣"真在"(肉身与血)的过程,据称信徒们此间得以在自己体内"消化"神圣。

开始所及,大致涉及敏感性、审美、意趣品位等概念,此处引用拜伦直接谈论信仰的信件,无关我们自己对于西方不同教派的看法,也不过多涉及诗人生平之外的信仰问题,主要是为说明拜伦后期对天主教本身的上心程度。而涉及"轻薄"这种语调,拜伦在各类散文中并未全面而系统地像他的研究者那样去谈论它,但其宗教兴趣的确是多方位的,而兴趣一旦超越了文学审美的层面,一旦个人鉴赏力获得了信仰的支撑,回过头来再看拜伦的审美和偏好,尤其具体反观其诗作中确实存在的轻薄因素,会让我们意识到他对天主教文化较透彻的认同;爱而爱及语调,又发展为得心应手的文学创作方式,可见其对此浸淫之深。或者说,我们也能感悟到他如何带上笃信和好感,而多维度地将意大利文化和宗教养分转化为个人可用的文学资源,尤其让它们与自己本有的禀赋纠缠不清。如此一来,拜伦的笑与轻薄中的确会含有较复杂的味道。

"轻薄"作为文化因素,也一定会在当地的文学作品中反映出来,因此,除了其个人对于意大利天主教文化的实际体验,拜伦所阅读过的史上意大利文学名著也促使他发生态度上的转变,让他从相关的而又略有不同的侧面认识他所身处的文化环境。本书第三章,我们提到美国学者林赛·沃特斯写于1978年的一篇文章,其内容即涉及意大利15世纪文艺复兴诗人卢吉·蒲尔契如何成为拜伦的"楷模"。蒲尔契的作品富含调侃和逗趣因素,拜伦诗作中的相似成分会让人联想到前者,《唐璜》尤甚。影响过拜伦的意大利诗人当然不止蒲尔契一人,另有但丁、文艺复兴时期长诗《疯狂的奥兰多》的作者阿里奥斯托和18世纪以讽刺诗及喜歌剧剧本等作品闻名的卡斯蒂等人,他们的文字分别体现虚构与真实的融合、跑题或游离、情调的多变、不分轻重的调侃以及不着边际的言说等成分。拜伦的背后有这些渊源,其作用不可低估,可是,就欧美评论界对有关议题的关注度而言,总体上尚有所欠缺。对于这个局面,拜伦本人并非无责,因为他较少提及自己作品所折射的意大利作家身影;一味提及天主教风物对他的影响,少了文学的维度,难免让整体的画面变得不完整。

20世纪80年代,马耳他大学教授彼得·瓦萨洛(Peter Vassallo)出版《拜伦:意大利文学的影响》(*Byron*：*The Italian Literary Influence*,1984)一书,是有关领域值得关注的成果。如果说拜伦对其所受到的影响欠交代,或交代得不够清楚,那么瓦萨洛认为,这并非意味着这种影响较弱。作者似乎借用哈罗德·布鲁姆在其《影响的焦虑》(*The Anxiety of Influence*,1973)一书中所使用的一种逻辑,说拜伦之所以对其灵感的某些来源闪烁其词,"主要是因为他非常清楚自己欠了意大利作家的债",而面对公众"对其剽窃之斥责,他也愈加敏感"。① 这等于在说,越是被淡化的事情,越可能是最要紧的。当然,瓦萨洛也指出,拜伦并非被动地照搬他人所著,他也有自己的演绎和发挥。②

瓦萨洛本人未提之前沃特斯发表于1978年有关蒲尔契的那篇文章,但他的书内容所及,更广泛而细致,尤其对于意大利原著的重审,占据较多篇幅。他基本不谈拜伦于意大利境内的实际见闻,而是注重其在该国文学世界的浸淫,一路从拜伦早年对意大利文学的兴趣谈起,提到诗人年少时即学习意大利语,日后有足够的能力阅读原著。该书推进过程中,作者认为拜伦平生与意大利的纠葛不乏重要节点,其一就是他阅读法国浪漫主义文学先驱之一德斯泰尔夫人(Germaine de Staël,1766~1817)的小说《科琳或意大利》(*Corinne or Italy*,英译本出版于1807年)这件事;拜伦读完小说,然后与里面的主人公认同。根据瓦萨洛的介绍,那位主人公是个年轻的苏格兰人,他到达意大利后,"其狭隘的清教徒观念随着他在意大利各地的游历而得到扩展",而小说字里行间亦表露出德斯泰尔夫人本人对意大利的印象,这更引起拜伦的兴趣,他在《少侠哈洛尔德游记》第四卷中对有关文字多有呼应。③ 我们于此中所能捕捉到一个意思是:一位英国人,带着清教背景,来到意大利后才有机会调整他的宗教理念,跨越了教派间的界线。根据瓦萨洛的推测,这层意思被拜伦看到了。我

---

① Peter Vassallo, *Byron*：*The Italian Literary Influence*. London：Macmillan Press Ltd., 1984, pp. 61~62.
② Ibid., p. 81.
③ Ibid., pp. 15~19.

们若联系本章上述所谈到的拜伦自己宗教态度的变化,则可以说,德斯泰尔书中所写和拜伦亲身所历这两条线索之间发生了并行。

具体到让拜伦受之点拨的文学风格,瓦萨洛提到"口若悬河体"(the style of volubility),他认为这个概念尤其可被用来定义卡斯蒂等人的文学实践,而且研究者也可借其评价《唐璜》的最初几章。① "口若悬河"一旦成为风格,严肃与不严肃等文学语脉就都可能被包滚进去。此外,瓦萨洛这本书的第五章涉及意大利式 burlesque(轻重不分的调侃诗)传统,其中作者说道,阿里奥斯托等人的浪漫传奇叙事风格让拜伦学会自由地回旋于"失真"与"逼真"之间,"无需对任何单一的语气从一而终";再者,文学也可以嘲弄文学,比如,"卡斯蒂对骑士传奇作品的讽刺性调侃虽不乏局限性,却能让拜伦意识到,诸类传奇作品中那种令人眼花缭乱而荒诞不经的笔法只需做些调整,即可用于今天的情境"。② 不必"从一而终",这似乎给拜伦的跑题提供了支持。我们再把本书第五章所及内容重复一下:歌德和莫扎特也都喜欢卡斯蒂的开放风格。③

蒲尔契是瓦萨洛这本书所关注的焦点作家,其典型调门被认为含有"轻薄的"因素(levity of tone)。作者以拜伦对蒲尔契作品的翻译为例,说他也是"间接地为《唐璜》中的(类似)不当成分进行自辩",

> 因此,就其译文的效果而言,拜伦指望借此而让他的读者们看见这样一个事实,即:他本人是在追随一种诗歌传统,而根据这个传统,偶尔嘲笑一下神圣的事物是有益健康的。

紧接着,作者又援引了拜伦本人对出版商所说的话:

> 你会看到,即便是在一个天主教国家,在当时(蒲尔契所处的)那个盲信盲从的时代(a bigotted age),一位信徒仍能享有何种程度的

---

① Peter Vassallo, *Byron*: *The Italian Literary Influence*, 第 64 页及之后。
② Ibid., p. 105.
③ Alfred Einstein, *Mozart*: *His Character*, *His Work*, p. 425. 本书在第五章中提到这一点。

包容,而这反倒有赖于那个宗教;——请把这一点告诉那些可笑的蠢货们,那些谴责我攻击国教礼俗的人们。①

而当他被告知时下的英国公众愈加不能忍受"不敬的打趣言谈"时,拜伦进一步阐明自己的意旨,如瓦萨洛以下文字所示:

> 为了让读者一方有关得体言行的观念得到教化,拜伦觉得有必要给他们展示一则实情:蒲尔契在世时,尽管那个审查异见的宗教法庭(the inquisition)非常专横,但那种打趣的意兴仍能存活下去,然而在今天,在19世纪初英国这个正襟危坐而虚伪的社会环境中,它却正在被逐渐地扼杀掉。因此,他翻译蒲尔契的首要目的就是要证明,一位诗人可以就宗教内容搞笑,而不至于招致亵圣的指控。②

拜伦生平的意大利时段富含多种议题,尤其其创作势头之强劲、想象力之活跃,都不是一两项研究所能穷尽的,但有关学者的学术努力能帮我们立足于更多的侧面,以观察拜伦如何从意大利天主教文化和文学中获得启迪,亦能加深读者一方对于《唐璜》所含意趣的感受,也有助于我们探知拜伦"轻薄"言谈背后的问题意识。

---

① Peter Vassallo, *Byron: The Italian Literary Influence*, p.152. 英文拼写依照原文。
② Ibid., pp.152~153.

第十章　表意套式上的跨界

此前我们谈论了《唐璜》诗文中所出现的思绪、气氛与情调等方面的越界和跑题现象，也谈及拜伦这些习惯性动作所内含的意义，或所指向的诸种可能的思想成分。谈论此话题，亦需连带考虑《唐璜》中另一类至少同样明显的跑题现象，以观察各因素之间相辅相成的关系。比如我们常说的文学类型、风格或体裁等因素，在这个层面上跨界，或换来换去，可以说是一种更直接、更机械的"跑题"。虽然在基本技术手法上，这部长诗是以押韵的八行诗体写成，看上去一而惯之，几无外貌的变化，但是在外表的下面，拜伦会左突右奔，频频撞破套式的藩篱，似乎他并不在意其长诗是否能成功固守一种主导文类，而是该换就换，甚至乐于染指同行诗人各自所长，以展示其尚能胜之一筹的多样化作为，亦指望更好地服务于这首长诗的整体构思。

当然，我们不能生硬地将诗文切割成若干个风格孤岛，忽略其边际的模糊性。或者说，我们不能将故事情节上必然的变化都等同于诗歌体裁上的转换，毕竟一部有相当规模的文学大作总归要依赖各种变化因素往前推进，进行到不同内容环节时，诗文会自然而然出现相应的情调，这都是普遍的、理所当然的文学现象。但另一方面，即便情节和情调如是而已，写法却可有所不同；内容有变，手法也可随之。本章所观察的，即是西方诗坛那种处理具体内容所常用的外部套路，其不一而足，各具特有的艺术表现方式,能让我们较方便地辨认出诸如讽刺诗、叙事诗、抒情诗或田园诗、诗剧、挽歌、哥特式恐怖诗风、书信体、异国情调诗文、史诗、赞美诗等常见体裁。《唐璜》这部长诗折射或套用了这些诗型,在它们之间频频切换,常刻意为之,汇成一个风格的展窗、万花筒,这也是拜伦研究领域内一些学者所持共识。而在终极意义上,对于表意体裁和技术套路的汇拢和容纳,也是对人间百态的包容。

我们往回退半步。说到不能将长诗切割成诸种风格的孤岛,其实的确有研究者做过此类的切分。既然谈及套式,既然审视套式间的跨界,那么,若仅从粗线条上看,未必不能将拜伦的《唐璜》看作几大文学风格的合集;《唐璜》中有那么多的片段,它们未必就不能被镶入一些主要的推进套式中。比如,国外学者查尔斯·拉尚斯就表达过这个认识,他在其文章《〈唐璜〉中的虚无主义、爱与体裁》("Nihilism, Love & Genre in *Don Juan*", 1997)中,很果断地把《唐璜》概括为"七个主要片段"的集合体,具体就是:

> 在朱丽亚片段(第一章第1~222诗节)中,主导的体裁属于戏仿或闹剧式的浪漫传奇类型。在海难片段(第二章第1~110诗节)中,我们看到旅途中历险类的表述。在海黛片段(第二章第111诗节~第四章第73诗节),类型涉及两种:田园传奇和哥特传奇。在古尔佩霞片段(第四章第74诗节~第六章第120诗节)中,途中历险和喜剧式传奇成为主导。战争片段(第七章第1诗节~第八章第141诗节)所用的套式来自史诗和讽刺诗。而在叶卡捷琳娜片段(第九章第1诗节~第十章第48诗节)中,类型换成历险传奇。然后在英格兰片段(第十章第49诗节~第十七章第14诗节)中,途中历险、讽刺诗、浪漫传奇、哥特体以及戏仿哥特式惊险故事体这些套式都被包括在内。

然后拉尚斯紧接着说,拜伦以"调侃式虚无主义"(burlesque nihilism)的手法"重新定义了"上述以浪漫传奇为主要类型的诸类套式。[1] 虽经过处

---

[1] Charles LaChance, "Nihilism, Love & Genre in *Don Juan*." *The Keats-Shelley Review*, Vol. 11, No. 1, 1997, 141~165, pp. 142~143.

理,但诸种大的片段,大的类型仍可被辨认出来。然而,一旦我们深入所切割出来的任何一个片段中,多半也会发现文章作者的分类手法稍嫌粗放,大概会淹没《唐璜》局部那些难以简单归类的华彩瞬间,而作品的众多闪光点就埋伏在其间。拉尚斯大类划分方式的主要意义在于其能够在眼花缭乱的局面中确立七个路标,便于读者确定方位。

一、别人的套路

在套式间频入频出,而套式又多为他人已用,于是我们首先要面对一个具有佯谬意味的局面,关乎原创与借用这两种行为对立共存的现象。在其《拜伦的〈唐璜〉》一书中,伊丽莎白·博伊德以第七、第八两章的篇幅谈论《唐璜》的"文学背景",分别涉及"事件"与"思想"方面的渊源,所列举的前辈文人及其作品众多。而当今的文学评论界谈及作家之间的瓜连,已不再仅凭"套用"这个单一概念,不再简单到削足适履,还会用及其他词汇,如"引用"、"重复"、"呼应"、"互文性"、"受影响"、"致敬"以及"剽窃",等等。这些词语所指向的情况与"套用"所及不相等,但也并非完全不同;反正无论如何,史上许多思想成果专属领地被人越入了。

本书第三章,我们援引了评论家简·斯塔布勒有关拜伦若干作品中后现代主义成分的观点。在斯塔布勒的概念中,拜伦"对其他文本的引用",大致相当于我们所谓"套用别人的东西",而她试图站在后现代主义角度观察这一现象。她借鉴其他评论家有关后现代派和现代派的区别,说现代派看重"独特性"和"正品性"(authenticity),而后现代派则能容得下"各种形式的重复";联系到拜伦,这就有了讽刺意味,因为她说,当时的浪漫派文人都笃信"首创"精神,而拜伦则"频频引用先前的典籍和'事实'",而如此互文的做法"就削弱了作者的原创身份"。① 斯塔布勒当然无意矮化拜伦,她只是针对技术性事实做思考。但是换作我们自己的视

---

① Jane Stabler, "Byron, Postmodernism and Intertextuality." *The Cambridge Companion to Byron*, p. 273.

角,只要是过于局限在学术术语或流派概念层面做文章,只要过分抑制了人文和哲思方面的关怀与味觉,那么这至少在效果上就可能让读者产生"削弱"的印象。可以说,即便拜伦本人意识到文人作用的有限性,他的原创作者气度也要比我们所能想象的要大;我们甚至可以思索一下,为何拜伦在套式上跑了题、为何其对一己之力有限性的反思恰恰可以成为其作者身份得以变大的原因,而他的反思也预示了日后后现代派作家所特有的对自己写作行为和作品所含复杂因素的意识。

用了别人的套路,还可能因此而变得独特,刚才这最后一句话的部分意思或可被如此简括,而这反倒是为了强调拜伦式作家创作过程难以被简析的特点。的确,在诗人实际写作层面,会出现稀奇古怪的情况,有时不为粗放式分类法所涵盖。根据麦德文的记载,有一次,拜伦很惊讶地发现,其本人自以为独创的诗性表述早已在前人作品中出现过。① 从上下文看,拜伦之惊讶,诚实可信。可以说,发生了所谓英雄所见略同的情况,因此这个发现也说明他天生拥有多样才能,而这在一定程度上也替他抵挡了外界有关其抄袭的议论,尽管人们在这方面也并非全无依据。但即便涉及争议,拜伦有时也不很在意,表现出另类的"诚实"。比如,他的确承认了其在较大套路上的"借用",提到《唐璜》第二章的"风暴"(即海难)片段,说其背后能牵出"许多有关沉船的著作"。② 他还说,他的《唐璜》就是现代版的《伊利亚特》,因为他搬来荷马的套路,甚至"就在第一章,你也会遇到一位海伦式的女性"③。似乎我们自己若不这么读,就看不到拜伦对经典史诗的所谓致敬,或者就像拜伦所抱怨的那样,总无视其已有建树而仍然"没完没了建议(他)写一部史诗"④。

另据麦德文回忆,拜伦曾感叹独创之难。英国小说家沃尔特·司各特是一位拜伦所挚爱的作家。那一天,拜伦在读司各特的一本小说,忽发

---

① Thomas C. Medwin, *Medwin's Conversations of Lord Byron*, pp. 139~140.
② Ibid., p. 140.
③ Ibid., p. 164.
④ Ibid.

现里面一些局部与前人所著雷同,这让他瞠目,于是感叹道:

> 要想说出一些有新意的东西太难了!古代是哪个酒色之徒说谁要是想出寻欢作乐的新花样就奖赏谁来着?可不管自然还是艺术,加在一起也再不能提供任何新的意念了。

然后他列举了那本小说中的一些局部如何搬用莎士比亚和理查德·谢里丹等人的原文,并接着说:

> 当然,原来的那些创意都被司各特赋予了新的形状——再说他可能真没意识到那些文字属于剽窃。一个人记性太好是件坏事。
>
> 我随评了一句:"要是我的话,就不会愿意让你这样的人评价自己的作品。"
>
> "让贼捉贼"(Set a thief to catch a thief),这是他的回应。①

拜伦本人也有过目不忘的好记性,文学史家多知道此点;再考虑到"让贼捉贼"这句话的意味,可以说,此处的拜伦也表露出自我意识。稍后,拜伦又提到司各特曾抄用柯尔律治的诗句,并说"他像我们许多人一样,都受惠于柯尔律治的文字"②。拜伦自己能有如此评说和自白,或许在效果上也能将日后学界"剽窃"论之力道卸去一些。

拜伦将今人热评的"互文"现象归咎于"记性太好",这个借口他用过不止一次。布莱辛登夫人也有她的回忆,印证了麦德文所述。她先提到拜伦的一次自辩:

> 在英国国内所有有关我剽窃的指控中,(拜伦说道)你听到过有人说我的"阿比多斯的待嫁女"开篇那几行是偷自德斯泰尔夫人吗?据称她自己的那几行是从施莱格尔笔下借来的,或是偷自歌德的"威廉·迈斯特";所以,你看,我是个三手或四手的偷人家所偷的东西的小偷(a third or fourth hand stealer of stolen goods)。你读过德斯泰

---

① Thomas C. Medwin, *Medwin's Conversations of Lord Byron*, pp. 199~200.
② Ibid., p. 203.

尔的诗行吗？（拜伦继续说）因为，若说我是个贼，她就肯定是被偷者，毕竟我不懂德文，懂法文；但我落笔时从未看过她的诗文，现在也没记住它们，你让我发誓都行。

有此表白，他即抱怨："英国容得下出版自由，但远未能包容思想或言论的自由。"①似乎"指控"太频，限制住了思绪的自由流动，而且会排斥诗人之间不谋而合的可能性。

然后，布莱辛登夫人又回忆到，拜伦曾谈起蒙田："说他是让他最觉有趣的法国作家之一，这是因为，抛开他观察事物的奇特方式不提，读他的著作就像在课堂里背书，让你得以温习曾学过的古典文章。"此言所指，是蒙田对于古人著述的博识多闻，因而拜伦直言，"蒙田是有史以来最大的剽窃者"，而且还很善于利用他所读过的东西。不过，拜伦也说道：

> 无论有意无意，有哪位作者不是剽窃者呢？可我相信，无意者要比明知故犯者多得多，因为一个人若读了很多书，就很难避免采用人家的思绪，甚至人家的表达方式，虽说做到这一点也并非不可能。主要是人家的东西储存在我们自己脑子里，存了一段时间之后，就像密涅瓦（Minerva）从朱庇特（Jupiter）的脑子里跃出，现成而完整，让我们以为是自己的子嗣，而非领养的孩子。

用今人的话讲，互文的演化过程很难划分时段和界线；或者，影响因素之多，让人难以妄称创新。对于这种困境，拜伦接下来直言道：

> 要想做到绝对的首创，一个人就必须多思考，少阅读，可这是不可能的，因为你必须读过很多东西，才能学会思考。反正我不相信有那种天生固有的思想，不管我自己是否有某种天生固有的秉性。

---

① Lady Blessington, *Lady Blessington's Conversations of Byron*, pp. 186～187. 标点符号依照原文。《阿比多斯的待嫁女》(*The Bride of Abydos: A Turkish Tale*, 1813)，拜伦诗作，"有关东方的故事"(Tales, Chiefly Oriental) 系列之一。施莱格尔 (Friedrich Schlegel, 1772～1829)，德国浪漫主义文学核心作家之一。《威廉·迈斯特》(*Wilhelm Meister*) 指向歌德该系列小说之一。

因此他以为，一位作者所能做的，无非就是尽量"消化"其所读，然后在这个"基础"之上，凭借我们个性化的才思，去搭建"一个上层结构"（superstructure）。①

再看上述拜伦与麦德文的对话，诗人所谓"赋予了新的形状"之说很像他跟布莱辛登夫人所谈到的"上层结构"这个概念，以这些说法去碰撞"套式跨界"这个较专门的概念，都会给它增添复杂的内涵。我们在本书第四章谈到"反史诗的史诗"时，已提及拜伦对传统史诗元素的改写，只是侧重点有所不同。在此我们需要补充说明，拜伦并非简单套用模式，也不是单纯地在别人的地基上面搭建自己的楼层，而常常是一边沿袭，一边致敬，一边戏弄，一边颠覆。有些巨人的身影是躲不开的，但这并不意味着在影子里面生活就必然不自在，也并非无可施展。的确，在大的方面，英国浪漫主义诗人都受到荷马等古代诗人的影响，这个现象为许多读者所熟悉。特别是荷马，雪莱、济慈和拜伦等人频频回望之，拜伦尤甚，而有关的研究在国际相关领域也较多见。多年前，国外有人著文，以若干段落专门梳理《唐璜》对于荷马的"呼应"，并具体列举了该诗第三章所谓《哀希腊》片段、第四章第76诗节起对景色的描写、第八章有关伊斯迈战役的表述等局部内容②，如此即在拜伦与荷马之间建立起简单易见的关联。

但当然不止荷马一个人的影子，还有身影中的身影，太多了，难以尽数。我们再引介一篇较新的文章，其篇幅不长，主要涉及《唐璜》的一个局部。作者凯伦·凯恩斯（Karen Caines）一上来就指出，虽然拜伦在《唐璜》第一章第200诗节中说他遵循维吉尔和荷马的模式，但他实际上跑了题，跑到了古罗马诗人贺拉斯的"内向抒情模式"（introspective lyric mode）；比如在第212～216诗节之间，诗人就用了40行的篇幅，表现他

---

① Lady Blessington, *Lady Blessington's Conversations of Byron*, pp. 206～207.
② Lloyd N. Jeffry, "Homeric Echoes in Byron's *Don Juan*." *The South Central Bulletin*, Vol. 31, No. 4, Studies by Members of SCMLA, Winter 1971, 188～192, pp. 190～191.

如何"紧随"贺拉斯的风格。① 然后凯恩斯说,拜伦很快再次越界,回过头来又把贺拉斯模式"颠覆掉",换之以"截然不同的语气",以适应一批小众的、"贵族的、主要是男性精英分子的"阅读口味。② 这篇短文聚焦文本的局部突变,借此说明拜伦如何模仿和摆脱前人的套式,文章体现较细致的研究手法,尤其贵在勾勒出贺拉斯的身影。当然,拜伦既不可能真的去照搬荷马,也不会一路追随贺拉斯到底,他在套式间的转换之飘忽,超过了此文作者所界定的现象。有时都提不上转换,例如拜伦在上述第 200 诗节中提到荷马的名字(Homer),也只是因为要与下一行表达"徒负虚名"这个意思的英文尾词 misnomer 押韵罢了。

的确,如此有意无意在前人身影之间腾挪,《唐璜》中的例子比比皆是,比如《唐璜》第二章,到了吃人和海难等片段,相应的表述套路就更加显而易见。下面我们还会专门谈及该章内容,仅在此先插一句,近期有美国学者在探讨拜伦的《唐璜》和短诗《黑暗》("Darkness",1816)中的天灾人祸现象所涉及的复杂因素时,提到《唐璜》第二章亦折射史上典籍中已有的话语方式,像吃人情节所发生的第七日,就体现《圣经》叙事,是"具有《圣经》式含义的日子";而至于唐璜的老师彼得利娄(Pedrillo)被放血而死的情节,则是"对(另一位古罗马先哲)塞涅卡(Lucius Annaeus Seneca,4？BC～65AD)的(对残忍行为'编排手法'的)呼应"。③

二、路径上的急弯:赞美诗与闹剧

我们自己也需借助各处的文本细节,有所筛选,具体观察《唐璜》推进过程旁逸斜出的文学敏感性类型,看拜伦如何在既有文学路径上频转急弯,如何常常转离了原路。本书上一章,我们提及《唐璜》第三章的"福哉

---

① Karen Caines, "'Horace said, and so / Say I': Generic Transgression and Tonal Dissonance in *Don Juan* I, Stanzas 212－16." *The Byron Journal*, Vol. 45, No. 2, 2017, 127～134, p.127.

② Ibid., pp.132～133.

③ Alexander Regier, "Byron's Dark Side: Human and Natural Catastrophe in *Don Juan* and 'Darkness'." *The Byron Journal*, Vol. 47, No. 1, 2019, 31～42, pp.35～36.

玛利亚"片段,说到拜伦如何反复使用 Ave Maria 这个祷词,体现一般赞美诗的写法。同时,他也按照此类诗歌的常见路数,让天地间一些特有的事物共同助力于那种肃穆而圣洁的调性,比如海洋、夜幕、晚钟、森林、山峦、星辰,以及朝圣的旅人和自然界其他的生灵。另比如,《唐璜》第一章,在始于第 122 诗节的一个共含六个诗节的片段中,叙述者沉浸于类似的赞美情绪中。这个局部也捎带讥讽了一下俗世的别样欲念,但大致不含那种为了调侃而调侃的成分,其主要目的是以忽然拔高的诗性格调,强化他在唐璜与朱丽亚的爱恋关系中所见美好的一面,为其定性为"甜蜜"(sweet)。需多言一句,叙述者所看到的恋情当然也是奸情,因此,不管其自己有何上下文,不管其是否明知故犯,刻意引起争议,他的赞美诗肯定踩了人间法理的某道红线,冒犯有些读者,在所必然。另一方面,仅就文学体裁而言,此中刻意的争议性并不影响赞美诗的基本形状。

  sweet 这个词被频繁使用,所涉诗节仅六个,而它被重复的次数却达 18 次之多。查良铮先生似顾及汉语的韵味及句法结构,因而在译文中仅于两处直用"甜蜜"一词,这在效果上让译文显得地道,推进过程不失顺畅。相比而言,朱维基先生的译本不怕重复,只复用"甜蜜的"这一个形容词,忠实于原文,这未必不是更简单而有效的策略。① 虽然查译所强,在于其对英文句法关系及字面语气的掌控和消化,在于较圆熟的汉语诗性再现,但若只看此处这个局部的外表,他的安排难免溶解掉赞美诗的一些物理特点,不能让汉语读者直接耳闻"甜蜜"这个词作为音符在被密集重复过程中所编织出的音乐效果,尤其考虑到拜伦在最后一次使用"甜蜜"这个词时,还要把它变成了比较级,说所有的"甜蜜"都比不上"热烈的初恋",那个偷食禁果的时刻弥漫着芬芳,后世再无其他的甜美可以与它并提。② 在英语拼写上,表示比较级的 sweeter 这个字也显得比 sweet 大,因此诗人让这一整段诗文的内容在重复和升华中变得充满张力,意蕴渐

---

① 拜伦,《唐璜》(上、下),朱维基译,上海:上海译文出版社,1978 年。见第一章第 122~127 诗节。

② 拜伦,《唐璜》,第一章第 127 诗节。

强而至最强。当然,在更大的甜蜜之前,其他方面的甜蜜也并不弱小;就像"福哉玛利亚"片段所及,第一章这个完整的"甜蜜"片段也同样配用了其他较典型的甜美意象,比如夜幕、月色、星辰、彩虹、海洋、鸟禽、乡间等,以及与美好因素有关的人类经历,这些大致都符合赞美套路,以烘托接下来要提到的更大的甜蜜。

我们在本书上一章提到,美国等地有评论家认为,拜伦在"福哉玛利亚"片段暗示了唐璜的虚伪。然而,尽管诗人所使用的赞美套式并不能使主人公自动免于"虚伪"的指控,但技术手段与作家真实态度相匹配的情况也是经常发生的,赞美的体裁有可能决定了某个客体确实是在被赞美,感性的东西又可能决定理性的质量。更何况,具体就上述这两个片段而言,拜伦也不大可能让海洋、夜色、山峦与森林以及云雀与夜莺等意象都帮着颠覆圣洁与甜美,成为讽刺的佐料。当然,我们此处所谈,主要涉及拜伦在风格上的跨界。因此,若回到"福哉玛利亚"片段,我们可顺便补充一句:拜伦是在刚刚发表了一通对华兹华斯等人的揭批性"离题议论"[①]之后才一举启动对年轻恋人的赞美之辞的,前者充斥着文学典故与知识,诗人得以在其间散漫佚游;而后者专事颂咏,这两者之间有内容上的反差,也辅以成诗方式上的激变,而且诗人竟还在这两类诗文之间插入"(还是)讲我们的故事吧"这句话,似在道路的急弯处立起一个标识。

这个弯虽急,但读者尚可发现更急的套式转向。赞美诗不限于以上提到的这两处,即便极致抒情者,也并不少见;因此,我们不妨把此类诗文当作一个不大不小的背景板,去观赏《唐璜》中那些风格过于迥异的写画。比如在长诗的一些局部,抒情性的诗歌会忽然间变成热闹的诗剧,引号多了起来,说话的人多了起来;即便有不同的手法,可供处理同样的情节,可拜伦却着意展示自己的戏剧性写作才能。有一个局部,代表了拜伦在这方面的造势水平,就是我们曾简要提到的《唐璜》第一章所谓捉奸片段,涉及唐璜、朱丽亚、朱丽亚的丈夫阿尔方索和女仆安托尼亚这四个人物。

---

① digression,这个字出现在《唐璜》第三章第 96 诗节,用以定性此前一段评论性的诗文。

"甜蜜"片段之后,唐璜成为朱丽亚的婚外情郎。在阿尔方索捉奸的情节启爆之前,拜伦让诗文中出现过短暂的沉重和安恬,反差与节奏上的考虑十分明显。诗人环顾了一下人间,想到"寻欢"和原罪(sin)之间的怪异关系,觉得这有时让人无所适从,而至于其他一些被人类"追求"的对象,如"财富、权利或光荣",则都要"必经百般波折才能拿到手,/而等拿到时,我们死了"。① 这之后,拜伦立即转动身位,为一段喧杂的剧情做逆向铺垫:

> 那是在十一月,晴和的日子很少,
> 在雾色中,远山变得更为淡远,
> 并且在蔚蓝的肩上披着白巾;

还有涌动的海洋、阴沉的落日、万家的炉火。好像让赞美和肃穆的情绪达到高点,主要就是为了让闹剧与其对接。拜伦说,他自己也爱在如此时刻"坐在炉边,伴以香槟,/虾杂拌,蟋蟀声,和随意的谈心"②。

如此绵绵诗意,竟宛若纤薄的纱帷,立即被突发的事件撕裂了。此刻的朱丽亚,倒是比拜伦更放松,她"卧在床上","也许是睡着了吧"。忽然,"人声鼎沸",再加"捶门之声",就连"从不会醒的死鬼 / 也会被这闹声惊得翻一个身"。女仆安托尼亚喊了起来:

> "老天哪!太太,太太,老爷回来啦,
> 跟他后面来的人足有大半城——
> 噢,谁听说过这样天塌的大祸!
> 别怪我,我可没透过一丝口风!
> 呵呀,快些吧,快把门闩拔出来,
> 他们正上楼梯,转眼就到屋中;
> 也许他——他还来得及往外面跑,
> 那个后窗户我看也不十分高!"③

---

① 拜伦,《唐璜》,第一章第133诗节。
② 同上书,第一章第134~135诗节。
③ 同上书,第一章第136~137诗节。

喊是喊,但八行诗节的押韵格式丝毫不变,只不过诗文的可读性和格律的可辨识性似都在无意中让位给挡不住的舞台氛围和台词效果。说一切都不赖自己,还建议唐璜从后窗往下跳等,画面的可视性可谓强烈。

再看朱丽亚的反应,也完全配得上这种事情的套路,似乎按规定动作进入角色就好。片刻前,安托尼亚急中生智,将床上的被褥拢成一堆,此刻但见朱丽亚蜷坐其中,面随阿尔方索而来的一众同仇敌忾的有妇之夫,其直接的表现不是羞愧或自责,而是立刻"开始尖叫,啼哭,还打着呵欠",然后说:

"老天在上!阿尔方索,你是干什么?
你可是发了疯?我为什么不早死?
　免得今天受你这恶鬼的折磨!
深更半夜你竟带着人来胡闹,
　是发了酒疯呢?还是另有邪火?"①

如此频用引号,划定各有所属的语声,让人物更像戏角,让诗文成为多语体系中的台词。剧情上,朱丽亚越叫喊,阿尔方索越执着,拜伦的笔触也就越加不吝琐细。阿尔方索与同伙搜查了"五百个角落",把家里的东西全弄乱了,小的物件如"内衣,带子,刷子,笸梳,／长袜,拖鞋,以及其他一些零碎",大件的如"壁毡和帷幔"及百叶窗等,但是,剑挑各处,唯独不去捅一下床上明摆着可以罩住两个人的那堆"被褥"。②

其间,"朱丽亚的嘴／一直不歇",说这是奇耻大辱,想当年凭自己的条件,竟嫁给这么个人,还与他"同枕共榻",所等来的却是今天这一切;"可是够了!只要西班牙还有法律,／我就一天也不能再留在这里"。③ 越说越委屈,尤其想到阿尔方索都这么大年纪了("你都六十了——／五十,或六十,反正一样"),还这么胡来,而自己一直以来竟为了如此不堪的丈

---

① 拜伦,《唐璜》,第一章第 140、142 诗节。
② 同上书,第一章第 161、143~144 诗节。
③ 同上书,第一章第 145 诗节。

夫而守护名节,一度"只看斗牛,作弥撒,听戏和宴饮",全都是为了避开塞维利亚本地那么多的美男,更别说还怠慢过远征的将军、意大利的音乐家、俄国人、英格兰人、爱尔兰的贵族,此外还有先后两个对她倾心的主教。① 如此悲愤,却又夹带着些许荣誉感而开列出受她冷落者的名单,这让我们有理由揣测拜伦的意识中是否还真是出现了正宗剧作的影子,尤其那种一度让现代观众忍俊不禁的喜剧成分,因为正如本书第五章所及,朱丽亚之列举,颇有些像莫扎特歌剧《唐璜》中莱波雷洛清点被(唐璜)征服者名录的那个情景;两种情况虽规模有别,但都体现所谓业绩感,都是能夸张就夸张,尽管在伦理内涵上相互颠倒,尽管眼下自证清白的朱丽亚实际上给歌剧中的那个名单贡献了一个人数。当然,在拜伦的这个"剧"中,朱丽亚尚需摆脱眼前的困境,而他本人也尚待穷尽编剧的兴致。于是拜伦让口干舌燥的朱丽亚稍停片刻,让她用一句"呵,安托尼亚!给我倒一杯水来"②,把女仆又扯进画面,像是也给她发声的机会。而安托尼亚一方则把握住机会,她对阿尔方索翘起鼻子,反衬着后者的"扁鼻子",然后乘势插话道:"得啦,老爷,请出屋子,别再说啦!/ 不然太太会死",引得他嘟囔了一句"见她的鬼!"③也引得拜伦从一般读者所较为熟悉的、由诸如上述"远山变得更为淡远"一类的诗句所代表的浪漫抒情诗歌的疆域中又往远处跨越了一步。

　　捉奸的队伍败兴而"撤退后","小唐璜被闷得半死,爬下了床铺"。而至于他到底藏于床被中何处,拜伦以统揽全局而无所不知的姿态说他不能妄称自己无所不知,反正唐璜"年轻瘦弱,易于收缩"。④ 而至于后续戏路,仍有待达到高潮,拜伦本人更是意犹未尽,要加大对"严肃"读者的刺激力度。阿尔方索总还要返家,而一对情人虽"处身绝境",此刻却只顾相互安抚,这让安托尼亚有些恨铁不成钢,于是低声喊道,"喂喂",得"把这

---

① 拜伦,《唐璜》,第一章第 146~150 诗节。
② 同上书,第一章第 155 诗节。
③ 同上书,第一章第 159、160、163 诗节。
④ 同上书,第一章第 164~166 诗节。

位漂亮的公子搁在壁橱里";都有血腥味了,怎么还笑(giggling)得出来呢?你(唐璜)得明白,"你会丢掉这条命,我砸了饭碗,/ 太太一切都完,就为了这张小白脸(that half-girlish face)"。于是,在拜伦所呈示的掺杂着险情和笑声的戏剧画面中,安托尼亚一边把"小唐璜"往壁柜里塞,一边抱怨女主人志趣不高:"假如他是一个年近三十岁的 / 身强力壮的骑士",那也倒值了,可眼前的这位,就这么一副小身板(what piece of work is here!),"我真不懂您的口味";然后她嘱咐唐璜在柜子里"千万不要睡觉!"①

  阿尔方索一无所获,夫妇双方的气势就逆转了,尤其是朱丽亚手中也稳攥着丈夫一方已先行不忠的把柄待用;而之所以未用,只是考虑到其偷情的对象还涉及唐璜的母亲。剧本编成这样,似有些过了,可这还不算完。阿尔方索沦落到请求妻子"宽恕",就有如亚当失了"乐园",可是"就在这时,呀,他踢到了一双鞋!"而且一眼望去,就知道是男人的鞋。② 拜伦心怀喜剧作家心态,自然是看热闹(说热闹)不嫌事大,表面却哀鸣道:"呜呼,悲哉! / 我的牙开始打战,我的血冷了!"阿尔方索二次爆发,去屋外取那把刚刚入鞘的剑,而朱丽亚则"奔向壁橱",大叫着"快跑吧,唐璜!"但是太晚了,阿尔方索截住了唐璜,"——唐璜就把他打倒在地"。③ 声音上,同步多语体系真的发生了,"安托尼亚喊'强奸',朱丽亚叫'起火'!"阿尔方索誓言"报仇",唐璜"更骂得 / 高一音阶",都是我们得以在剧院舞台上见闻的场面,尤其涉及闹剧。④ 一通扭打,地上血迹斑斑,唐璜打至全裸,最后得以逃脱。而至于事后当地人如何津津乐道,以及阿尔方索的离婚起诉等,拜伦则远望英国,说那边的"报纸上(肯定)都已有记述"⑤,好像就此回过头来,把所发生的一切顺手再往"八卦体"上靠一靠,也就此截

---

① 拜伦,《唐璜》,第一章第 169～172 诗节。
② 同上书,第一章第 180～181 诗节。
③ 同上书,第一章第 181～183 诗节。
④ 同上书,第一章第 184 诗节。
⑤ 同上书,第一章第 188 诗节。

停这一段戏剧体裁的文学再现。

　　截停了,却也仅仅于两个诗节之后,就立即切换到一段与上述诗风迥然相左的诗文,我们称之为"书信体",而这样的跨界至少展现出局部诗歌表情之丰茂、姿态之多样,或也算是一步跑入另一个套式的题域。唐璜被其母送出国后,朱丽亚从市井转入"尼庵",生活跌入"淡泊"①,拜伦的诗语亦落入沉静。但拜伦不是去自述朱丽亚余生所历,而是把所谓叙事的权限交到她自己的手中,让后续诗文变成其以第一人称写给唐璜的一封信,借以把他自己的语声女性化,也像是把我们从剧场观众变回到文字读者。阅读她的信,尤其领略其局部的一些话语方式,我们难免联想到一度流行于英国18世纪中后期的那些书信体小说,小说中书信的写者往往是女性,有其常用的表意套式。比如她表白说:

　　　　"我唯一的圈套
　　　是爱你爱得太深;——呵,这儿落有
　　一些污迹,只怪我写得太匆匆,
　　　我没有泪,我的眼睛只感到灼痛。"②

眼泪、不哭、"太深"等,多已成为符号性的语言成分,排列出常见情感载体。另如:

　　　"我有颗女人的心,它偏颇、执着于
　　　一个形影,对别的都无动于衷;
　　有如摇摆的磁针是对准北极,
　　我的心的跳动也只是朝向你。

　　　……
　　我这一生是完了,只剩下余年
　　　来把耻辱和悲哀埋进我深心!

---

① 拜伦,《唐璜》,第一章第191诗节。
② 同上书,第一章第192诗节。

> 然而我宁可忍受这一切,而不愿
> 　弃绝我这依旧沸腾着的热情;
> 呵,永别了,请原谅我,爱我吧,——不,
> 　这字眼已没有意义,我很清楚。"①

我们并非暗示朱丽亚的这些话都是言不由衷的场合套式,而是说,即使她所表达的都是肺腑真情,都是私下的感受,拜伦也完全可以直接采用"女人的心"、"只是朝向你"、"一生是完了"以及"永别了"等这类较常见于言情小说的词汇和句式;一边写自己的诗,一边也顺便观照现成的风格,这个考虑不见得低于简单表意的需要,至少可让读者多接触一个与书信体小说相关的侧面。国外近期有学者认为,朱丽亚的情书体现出"不真诚"与做作的一面,认为唐璜在船上读她的信,然后呕吐不止,这个行为"代表了拜伦借生理现象对她的虚情假意(insincerity)和谎言的抗击"②。这个解读似言之过甚。先不管海船上是否有其他乘客也都在呕吐,只看朱丽亚的情书本身,即便其确实显得有欠真诚,那也主要是拜伦自己转入了一种现成的表意套式,未必是在让朱丽亚本人说心口不一的话。麦克甘在其《拜伦与浪漫主义》一书的第三章谈到"女性思维",提及朱丽亚的信,也揭示其所体现的套路成分,以至于指出其虚假的一面,说它很像"女性式"的"谎言"。③ 这个评价中的性别定型成分稍多了一点,"女性式"之说既涉及"式",倒是变相印证我们的"套式"概念,只不过它基本挤掉了个性的成分。可只要阅读朱丽亚的如此信语,在一定程度上总会读到套式,但套式也并非不能表达真实意旨。

---

① 拜伦,《唐璜》,第一章第 196、195 诗节。《唐璜》英文原著的不同版本中,这两个诗节的先后顺序有别,此处依据较多见的排列,将汉译顺序颠倒过来。

② Marketa Dudova, "Insincerity Overboard: Sincerity and Nausea in Byron's *Don Juan*." *Christianity and Literature*, Vol. 67, No. 1, 2017, 163～181 (Paper delivered at The Conference on Christianity and Literature, 2017), p. 164.

③ Jerome McGann, *Byron and Romanticism*, pp. 67～68.

三、哥特体裁

　　说到拜伦对流行于文坛的体裁或小说中的套式有自己的印象和意识,《唐璜》中还有其他的例证,说明拜伦一旦有了机会,也会展示其他类型的模仿或戏仿行为。拜伦在世时,哥特小说(the Gothic novel)或诗歌领域的哥特式敏感性是方兴未艾的文坛风尚一种,《唐璜》的一些局部对此有观照。其他浪漫诗人的作品中也多含哥特因素,与局部诗文交融在一起,诗人们时而蔑视哥特俗套,时而克制不住对它的着迷,形成当时诗坛常见现象,为后世研究者所熟悉。对于这个话题,我们在此无需作专题研究,也不必转向某些具体的哥特小说作品以列举此类文学的典型要素;我们只需简单指出,虽然有些意象并非为哥特文学所独占,但它们在该类文学作品中却是较常出现,而且往往是浅表易见,比如说古迹、废墟、荒野、峭壁、巨宅、寺院、石雕、盔甲、月光、夜色、鬼影、风声、鸦鸣、古树、瀑布,等等,一度都曾是屡见不鲜的哥特符号,而拜伦一方则依旧照用不误,有时还恰到好处。

　　我们主要指的是《唐璜》第十三章套用哥特体的诗文,具体如第55诗节之后有关阿德玲女士乡间别墅的描述性片段,可以说它代表了拜伦此类诗文中最卓越者。别墅的名称是 Norman Abbey,译文作"诺尔曼寺院",仅就其建筑结构而言,也的确是哥特式的。英文 abbey 这个词也可以指向曾经为新教寺院的乡间宅第。文学史家一般认为,这个大宅有拜伦本家祖宅 Newstead Abbey 的影子。拜伦在这个段落对它的介绍非常细致,从里到外,从摆设到景观,无所不及,且贴切而逼真,非亲历者难有如此笔力,这或许也能支撑史家的判断。另外,若考虑《唐璜》故事的整体脉络,拜伦对这所宅院的介绍所用篇幅较长,让人觉得所占比例有些失调,可谓跑题一例。大概这也体现拜伦的随心所欲,有了越界的冲动,就满足之,似乎被一个新套路带向不同方向,稍耽搁一点也无伤大雅。

　　早在《唐璜》第十章,作为叙述者的拜伦就曾走向前台,直接表达了自己对哥特景象的仰慕。唐璜被俄国女皇叶卡捷琳娜二世选作特使,派往英国;一路向西,需途经德国的柏林和德累斯顿等地,"最后到了城堡林立的莱茵河"。对于"康德教授"的威名,唐璜没什么感觉,因为他"对哲学一点嗜好也没有",而德国的景色却让他兴奋起来。拜伦替他感叹道:

> 辉煌的中古景色呵,你是多么
> 　　引动幻想:那灰色的一片城垛,
> 生锈的矛,或碧绿的古城荒墟,
> 　　都能使我神往,好似悠然飘过
> 那隔开古今两世界的子午线,
> 像醉酒似地,游荡在虚无缥缈间。①

"中古景色"的英文原文即是 Gothic scenes(一处处哥特式景观),而涉及"林立的"建筑,往往就是指中世纪带尖顶的教堂。所谓"碧绿的古城荒墟"(a green ruin),也不排除锈迹斑斑的金属屋顶所呈现的沧桑奇变这个内涵,因此,"生锈的矛"(rusty pike)也可能指作为教堂等尖顶建筑一部分的金属构件,抑或尖顶本身,有别于一般的矛。补充这些可能的含义,是为了更具体地坐实拜伦的口味。即使其所见景象不支撑一般的哥特美学,它们也会引发有关哥特建筑美学的思考。这些哥特景象能"引动幻想",拜伦说它们甚至能激发他这种走过、见过的人的幻想(not even excepting mine);看着中世纪的教堂或城堡,他的灵魂即可跨界于古今两个世界之间巨大的鸿沟(their airy confine, half-seas-over)。艺术能助人拆除一些界限,让我们的灵魂更自由。

回到诺尔曼寺院,我们来看一看拜伦如何使用常见的哥特式表意手法去持续描述这处所的风貌。他先介绍说,这个寺院处于山谷中,有一棵高大的橡树遮护它:

> 那曾是一座很古、很古的寺院,
> 　　现在成为更古的巨厦,杂陈着

---

① 拜伦,《唐璜》,第十章第 61 诗节。

> 哥特的风格和雕饰,很是稀见;

府邸周边既有安恬而和缓的田园景观,也有"湍急的瀑布","波涛闪闪倾泻,／发出清脆的回声"。① 就像许多哥特式的文学再现一样,废墟是少不了的。此处的废墟几乎与寺院相接,而富有意味的是,它曾是天主教堂:

> 在附近,还有一座哥特式教堂
> 　留下的庄严遗迹:它令人想起
> 罗马管辖它的时代;一座拱门
> 　曾荫蔽过多少条走廊,但都已
> 无迹可寻了——真是艺术的损失!
> 　只有拱门还阴郁地俯瞰大地;

很久以前,这座拱门曾经俯瞰着堂内许多的廊道,眼下这些廊道早都被毁掉了。还有那些神龛,基本也消失殆尽。就此,拜伦议论道,许多古老的建筑被挪作他用,比如"成了(军事)堡垒",多是因为"朝代更替",而战争与破坏行为的产生,其间接原因则是"有人天下坐不好,却又不肯退位"(those who knew not to resign or reign)。遗迹内单单只有一座神龛,侥幸留了下来,让人们虽身陷一片荒凉,却还能看到那位高高在上"怀抱着婴儿"的圣母。提到圣母,拜伦俨然就像一位天主教徒,怀着对"圣物"(relics)的"迷信"感叹道:"任何庙堂的遗址 / 只要稍有圣物,就给人以灵思。"当然,除了给"灵思",还让我们得以审美。拉开一点距离看,一片残迹之上,那座拱门成了视觉的焦点,巨大(grand),辉煌(glorious),高古(venerable),孑然独矗,"阴郁地俯瞰大地"。② 这是拜伦用文字绘制的哥特图景。

"镜头"拉近一些,我们的视点落在残壁上的巨窗,它失去了"色彩万千的玻璃",像是空张着大嘴,凄凉地打着哈欠(yawns),而其他的事物则帮着它弄出声响,竟如残垣中的唱诗班:"风吹过窗格的声音忽高忽低,／

---

① 拜伦,《唐璜》,第十三章第 55~58 诗节。
② 同上书,第十三章第 59~61 诗节。

伴以夜枭的号叫。"①夜枭(owl)即我们一般所说的猫头鹰,哥特要素之一。然后是月光,如期而至,而月色中更有另一种奇异而超然的(unearthly)声音,如呻吟一般:

> 但在月光如水时,当一阵夜风
> 　来自天外,就能听见幽怨之吟
> 不像是人间所有的,却很悠扬,
> 　郁郁地随风吹过巨大的拱门,
> 在那儿回旋一阵就趋于沉寂。
> 　有人认为那只是遥远的回音,
> 是夜风带来的瀑布的繁响,
> 　碰上了谐音的古墙,更加回荡。

废墟以如此方式体现自己的存在,有些阴森了,荒野似变成鬼域。而拜伦说这是他"听得太多"的声音,与其他任何声音"都不同"。②

经过院落里那座"哥特风的喷泉",介绍过那些或似"圣徒"或如"妖怪"的雕刻,拜伦将我们领入府邸的内部。内部厅堂相接,旁门左道之间有各种陈设,体现世袭传承的一幅幅肖像画则仍在俯瞰着来访的宾客,更有排列不绝的其他油画大作,都出自欧洲史上诸如提香、卡拉瓦乔和伦勃朗等画坛巨匠之手。这一切加在一起,展现出室内环境超越时间空间而又炫目提神的气势和格调。于是拜伦概论道,将所有这些饰物如此组合在一起,这虽然未必得体,但总体效果也不见得差:

> 异常广阔的大厅、居室和长廊,
> 　再加以不合艺术法规的配合,
> 足能叫识家摇头;但作为整体,
> 　无论每一部分看来怎样奇特,
> 总体印象却是壮观的,至少对

---

① 拜伦,《唐璜》,第十三章第62诗节。
② 同上书,第十三章第63~64诗节及第64诗节"拜伦原注"。

那些心灵上长眼睛的人来说；
我们看巨人就是看他的身材，
最初并不管他哪里生得古怪。①

"不合艺术法规的配合"(join'd / By no quite lawful marriage of the Arts)即是指各类艺术品被以不大合乎法理的方式关联在一起。对于这个诗节，读者或许不会停下来注目细品，但就其局部言辞所涉及的具体观点而言，它已经很接近所谓正宗的哥特美学理论。拜伦之前之后，欧洲文坛都有类似的论说，当然也会更加详尽，构成一串思想的链接，日后更有艺术理论家约翰·罗斯金(John Ruskin, 1819～1900)和诗人罗伯特·勃朗宁(Robert Browning, 1812～1889)等人以各自的方式、以更多的笔墨呼应拜伦此处这个诗节所折射的思想。明明面对一个哥特建筑的庞然大物，有的人却一上来只盯住细部，追究它们是否与事物应有的样子相符(true to Nature)，然后给出所谓行家的鉴定意见。然而，无论凭哥特作家所为，还是如浪漫诗人所知，观者都需以心灵的目光洞见局部与整体的有机关系，都应认识到，"总体印象"(a grand impression)比什么都重要。因此，不必吹毛求疵于局部，即便它们都不合常规(irregular in parts)；而应看它们如何共同促成一个可以感动观者的艺术整体。拜伦也是在教我们如何让第十三章的这个诺尔曼诗段独立出来，作为一个有自身套路的整体来读，尽管在更大的整体中，它可能因为跑了题而不合"艺术法规"。

四、惊悚叙事

就是在诺尔曼寺院这样的内部空间里，居然还发生了不那么凝重但却同样具有哥特意蕴的惊恐事端，从一个侧面同样反映了拜伦如何以跨界者姿态潜入时下渐热于他人笔下的一种文学体裁，即那种为今人所熟知的 thriller(惊恐故事)一类的作品。当然，拜伦所为，是堂而皇之的潜

---

① 拜伦，《唐璜》，第十三章第67诗节。

入,是信马由缰的跨界。唐璜在大宅中住了下来,终体验到瘆人的一面。《唐璜》第十六章,有一天深夜,"唐璜感到有些惆怅",失眠了。但闻湖水泛起涟漪,"带着午夜的一切神秘,袭进了 / 他所居住的那哥特式的房屋";"而他呢,正倚着 / 一座嵌满哥特风装饰的壁龛"。简单讲,唐璜此时被哥特因素包围着。① 然后,

> 因为月光如水,虽然有些冷峭,
> 　　他还是把房门敞开,借着月色
> 走进了一排幽暗沉郁的画廊;
> 　　它很长,挂着许多古代的名作,
> 那都是骑士和淑女:男的英豪,
> 　　女的,既然是名门,当然也贞德;
> 但这些死者的画像在幽光下
> 　　未免显得凄凉、阴森而可怕。②

伴着这阴森,唐璜开始茫然挪动脚步,而脚下微弱的动静竟让他觉得"从那尸灰瓮里 / 仿佛有声音苏醒";肖像画面上,"美人"们眼睛也都像"幽洞的晶石, / 令人看进去只觉得死影幢幢"。

陷入如此氛围,唐璜"想到世事无常"(mutability),间或也想到那位难以捉摸的女主人(mistress)阿德玲,而拜伦及时评论说,mutability 和 mistress 这两个词其实就是同义词。但眼下由不得唐璜像他的作者一样走神,尤其不必走到词汇学方面,跑题是作者的事,他自己顾不上,因为他忽听到异样的声响,就在近旁,像是来自某个超然的声源(a supernatural agent),或者是老鼠所为,"这种东西"弄出来的"嘎嘎声会使人们毛发悚立"。

> 但那不是老鼠——咦!是一个僧人
> 　　戴着念珠和头巾,穿着黑法衣,

---

① 拜伦,《唐璜》,第十六章第 15~16 诗节。
② 同上书,第十六章第 17 诗节。

>　　忽而在月光下,忽而没入阴影,
>　　　　脚步走的很重,听来却无声息。
>　　只有他的袍服沙沙地发出轻响,
>　　　　而行迹飘忽得像司命的妖女;
>　　当他缓缓地走过唐璜的身边,
>　　　　转脸一顾,露着晶亮的一只眼。①

月光下的黑影,脚步重,却无声响,还射来逼人的目光,并且来来回回在他面前飘过,这可把唐璜吓坏了,让他一时动弹不得,"感到自己的头发根根悚立,/又像一丛蛇麻木地盘在脸上"②。第二天,唐璜一直处在"又有病,又没病"③的状态中,而作为局部惊悚故事讲述者的拜伦,则趁机在惊恐的框架内又嵌入另一宗惊恐叙事,即第十六章第40诗节之后阿德玲所吟唱的、以不同格律写成而持续六个诗节的"一个灰衣道僧人"之歌('Twas a Friar of Orders Grey),涉及一位"黑衣僧"(Black Friar)如何像幽灵一般守护寺院的旧事,竟好像史上实有其人。如此暗示异类生灵的存在,当令人更加惶恐,不过,这也让唐璜免去了对于更坏的可能的担忧,至少在第二天一段时间内他能在表面上又行止如常了。

虽有这个上下文,但似乎为了重温其对哥特古迹的爱惜,拜伦把黑衣僧的话题悬了起来,跑了个题,说有一位"现代的哥特人"(a modern Goth),一位自诩通晓哥特式建筑的所谓行家,他被阿德玲的丈夫亨利勋爵请来对寺院是否需要维修做一个判断。这位建筑师果然拿出"一个计划",那就是把旧的拆掉,然后建新的,因为他认为 restoration(修复、复原)的含义就是"拆毁旧的"。④ 既已跑题,拜伦在话题上的移游还要继续一阵,他进而谈及其他乡间事物,其间提到一起发生在真实生活中的越界实例,迥异于文人的文字越界。一位"乡下姑娘",身穿红衣,脸色苍白,在

---

① 拜伦,《唐璜》,第十六章第 18～20、21 诗节。
② 同上书,第十六章第 23 诗节。
③ 同上书,第十六章第 33 诗节。
④ 同上书,第十六章第 58 诗节。

法庭上不住地颤抖,整体形象似为文学虚构所不及。姑娘被乡警抓住,只是因为她不守"妇德",而"闯进'天性'(Nature)领域"去"偷猎",此刻面对众人,需交代谁是"孩子的爸爸"。① 显然,此类内容具有评论家们常说的现实主义性质,可信而沉重,展示着时不时浮上表面的拜伦式正义感,有如在黑色意象之上强行划出一道红色的笔痕。换一种方式讲,以如此手法在惊恐故事的外围脉络中植入乡间案例,这就让荒诞不经与真实无华——让上流社会的无事生非与底层个体的常见苦楚——这两种因素发生碰撞,形成最近距离的互衬,或于局部促成题材、维度、体式及思想等方面复杂而丰茂的状态,亦反映拜伦本人不拘一格的创作心绪。

至于唐璜,本就不属于处变不惊的人,因而他很快又一反常态,在接下来的宴会片段中变得沉默寡言。拜伦说唐璜重又纠结见鬼的经历:"那个鬼至少有这么一种好处,/ 就是把他变得和鬼一样安静";因"安静"而缠绵,一会儿怀旧,一会儿憧憬,进而"怀着悒郁的心情,悠悠然 / 像起伏在阴阳两界间的波浪",终在午夜时分"回到 / 自己的房间"。② 于是,这宗亦滥亦俗的惊恐故事就续上了它的下半部,而至于是否俗中见雅,反正拜伦忙于搬用文坛俗套,无暇他顾,对此也并不在意。他先让唐璜像往常一样,换上睡衣,而唐璜的睡衣即等于无衣(an undress),反正是无甚可脱的状态;然后,对于昨夜的幽灵,唐璜让自己处在既恐惧又期待的矛盾心态中。③ 让我们插入国外学者的一则解读。一篇题为《拜伦的〈唐璜〉:作为心理剧的神话》("Byron's *Don Juan*: Myth as Psychodrama",1980)的文章曾比较拜伦的《唐璜》与欧洲唐璜神话传统,其间作者认为,拜伦的主人公在夜里所遇到的黑衣幽灵有文学渊源,它对应传统故事中从修道院移动出来找唐璜复仇的那座石头雕像。④ 不管这样的类比是否完全契

---

① 拜伦,《唐璜》,第十六章第 61~67 诗节。
② 同上书,第十六章第 105~110 诗节。
③ 同上书,第十六章第 111 诗节。
④ Candace Tate, "Byron's *Don Juan*: Myth as Psychodrama." *The Keats-Shelley Journal*, Vol. 29, 1980, 131~150, p.132. 石头雕像中的人物即传统唐璜传奇中被他杀死的骑士长(Commendatore)。

合拜伦的上下文,至少此解让我们意识到,唐璜"遇鬼"一案的惊悚成分可能超过我们印象所及。

很快,诡异的声响再次传来,像"轻悄悄"的猫步,像小姐的"偷情",像深夜的"凄风",或像"汗湿的手指／擦过玻璃,听来令人牙齿打战",让唐璜"心惊耳鸣"。① 这声音由远而近,一时间三样东西全都打开了:他的眼睛、他的嘴巴、他房间的门。房门竟变得像是但丁笔下的地狱之门,另一侧应该就是鬼魂的界域:

> 门打开了,却缓缓地,好像海鸥
>   伸展着翅膀,平稳地掠过海洋;
> 以后门又关上,还留着一条缝,
>   把一个黑影投在漏光的地上,
> 因为唐璜屋中燃着两只蜡烛,
>   从高烛台上把屋子照得通亮;
> 就在这门前,比黑暗还黑得多,
>   一个披黑巾的黑衣僧默默站着。②

这可把唐璜吓了一个灵魂出窍。而至于拜伦,他迅即转入貌似高潮而实则反高潮的阶段性收尾步骤,其所最终颠覆的是幽灵,是鬼蜮伎俩,也是他所刻意把玩的惊恐类文学套式。把它们建构起来,图谋解构之。因此他让唐璜变得不耐烦,"由恐惧转为愤怒",虽仍然裸露着躯体,却果断前移,"决心弄一个水落石出"。其所伸出的手先摸到墙,又触及"一个结实、火热的胸脯",还闻到温柔而甜蜜的气息,更瞥见红唇、皓齿、酒窝和"玉洁的颈"。他正困惑于是否有"迷人的"鬼,却见黑色的罩衣等等都"朝(她的)背后脱落",展现出一个"丰腴可人的体态",不涉阴阳,不涉海洋,也牵扯不上"掠过海洋"的海鸥,居然只是一位再真实不过的人类个体,即那位不甘于贵族生活之无聊而乐于在绅士淑女间搞出点事情、于是以个人真

---

① 拜伦,《唐璜》,第十六章第 112~114 诗节。
② 同上书,第十六章第 116~117 诗节。

身去扮演民间歌谣中的惊恐角色的"嬉戏的费兹甫尔克夫人(Duchess Fitz-Fulke)"。① 当然,她的这种扮演,倒也是现实与文学之间的跨界。

跟读至此,或有读者会觉得拜伦在阴森气氛的起落之间过了一把惊悚文学的瘾。在一定意义上,此感并非不成立,因为刻意跑题而以此为乐的痕迹不难被发现。美国普林斯顿大学教授苏珊·沃尔夫森(Susan J. Wolfson)曾谈论拜伦一些主要作品中的幽灵(ghost)因素,顺势转向《唐璜》第十六章中夜访唐璜的这个黑衣"幽灵"。为了强调拜伦如何热衷于推展幽灵情节,她帮我们把诗文脉络中一些有意义的局部梳理了一下,说在费兹甫尔克公爵夫人到来之前,拜伦已经用诺尔曼寺院中那些肖像做铺垫,积极培育氛围,因为画中的女人们大多已成为幽灵:

> 拜伦很巧妙地将唐璜初次遇鬼的经历植入与旧日有关的场景中,那是个肖像画廊,到处都是"墓中美人的昔日的妩媚,/那凄凉的微笑",——全都化作幽灵,早晚的事。②

当然,大宅中悬挂的肖像画只是各种铺垫因素之一。

五、恐怖

如果说"惊恐"和"惊悚"等词可被用来定义这个午夜黑衣人片段的写作套式,那么,《唐璜》中也曾出现过更加令人震骇的诗文,惊恐升至恐怖;若先不管文学寓意,这也展示拜伦在文学敏感性上的博采意兴。我们可以转回到《唐璜》前面第二章的海难片段,聚焦里面所发生的吃人情节等内容。灾难文学是一个较大的领域,写作套路不一而足,不必非写吃人不可,但拜伦冷静推进,以自然、持续而又细致的笔触突破了一些可能的禁区,或者说亦跨越了所谓得体的界标。读者一方若对伏尔泰中篇小说《老实人》(*Candide, ou l'Optimisme*, 1759)有所了解,或许会联想到里面所

---

① 拜伦,《唐璜》,第十六章第119~123诗节。
② Susan J. Wolfson, "Byron's Ghosting Authority." *English Literary History*, Vol. 76, No. 3, Fall 2009, 763~792, p. 781.

发生的对于人类躯体的种种戕害,以及伏尔泰写作手法上的直白、具体、淡然、冷血。也就是说,尽管马尔尚在《拜伦传》中提到了《唐璜》和《老实人》中两位主人公在秉性上的"相似性"①,但两部作品的瓜葛不限于此,亦涉及局部构思。

先看一下《唐璜》第五章第 31 诗节,拜伦接过《老实人》中伏尔泰有关饿急了的人较易突破伦理红线的讽刺,表现出他对这位法国前辈所用思路的了解。《老实人》中有多位悲惨叙事者,其中之一即是那位曾经身为所谓主教的女儿而眼下已是"老女人"的居内贡(Cunégonde),轮到她讲述时,她已饱经苦难,臀部已被人吃掉了一半。本书前面,我们曾提及唐璜所被卷入的俄国和土耳其之间的战争,在接下来的两章我们还会更具体地谈论与俄土两国有关的情节。而在《老实人》第十二章中,这位老女人就曾讲述了她和一些不幸的女人如何被卷入土耳其和俄国之间的一个战役,说到土方军人在被俄军的围困中陷入极端的饥饿,于是先是吃掉了两个随军的阉人,然后又以女人的臀部为食,让人生不如死,却还要庆幸自己不死。②

另外,根据拜伦本人在《唐璜》第二章第 83 诗节中的提示,我们还可以借机转向另一个例子,它出自但丁《神曲·地狱篇》第 32 歌结尾至第 33 歌前半部的一个片段,所涉及的是意大利比萨市的乌格利诺伯爵(Conte Ugolino)啃咬其政敌头颅的场面,拜伦自己在第 83 诗节的末行说,如此类型的文学笔法是"恐怖的"(horrible)。拜伦止于头颅,点到为止,未继续提及乌格利诺故事的后续内容,即乌格利诺和他的孩子们无法忍受饥饿,后者竟请求父亲把他们吃掉以充饥解饿。此情节虽被略去,但《唐璜》第二章内所发生的情况证明拜伦对于人们吃掉熟人或亲友的恐怖行为有着更深的印象。他应该已经觉出,伏尔泰和但丁的这两个例子都

---

① Leslie A. Marchand, *Byron: A Biography*, Vol. 2, p. 750.
② Voltaire (François-Marie Arouet, dit), *Candide ou L'Optimisme*, Œuvres complètes. Paris: Garnier frères, 52 volumes, Vol. 21, 1879, p. 161. 所涉及的战役为奥斯曼帝国与俄罗斯帝国之间的亚速(Azov)之战,发生在 17 世纪末。

体现了所涉文学手法中的突兀、强悍、冷酷,他也乐于涉笔于此。

我们在本书第二章说过,就其总体叙事的粗线条而言,《唐璜》仿效了欧洲文坛一度流行的游记体。然而,其局部小规模的各宗游记则开枝散叶,多展示自己的独特风格。《唐璜》第二章所代表的游记,以灾难为题材,亦借常见套式,串联起诸如风暴、怒波、沉船等一系列典型的文学符号。意大利文艺复兴诗人阿里奥斯托的《疯狂的奥兰多》是较易被提及的互文文本。拜伦前一辈文人中,柯尔律治的诗作《老舟子吟》("The Rime of the Ancient Mariner",1798)引人注目,其表面上也是一首海难诗。我们大致可以说,《老舟子吟》也是拜伦潜入的对象,尤其涉及该诗内几个有象征意义的气象形态。比如,本来导致灾难的是风暴,可《唐璜》第二章第72诗节提到,大船沉没后,风却停了,小船凝滞不动,可天气又变得酷热,这些是更恐怖的灾难,让饥渴无助的人们更加绝望,让死神的阴影变得更大。

而在吃人事件发生后,拜伦要继续写下去,于是在第84诗节,他让天上下起"倾盆大雨",让"龟裂的土地"盼来甘霖。他又写到其他的所谓"吉兆",有彩虹,更有第94诗节中的"一只美丽的白鸟",它有如鸽子(a dove)一般飞来飞去,试图落在船上。随后,在第96诗节中,有"不太猛烈的风"吹起,得以让小船"继续行进"。无风、酷热、不动、白鸟、雨、和风,这些意象当然都在《唐璜》自己的意义框架中发生关联,其各自的寓意、其所体现的思想以及其被使用的方式和顺序也一定有独到之处,但毕竟柯尔律治的《老舟子吟》这首诗为当时许多读者所熟悉,读完拜伦的诗而立刻记起柯诗所串联起的白色信天翁、无风、焦灼和下雨等环节,这应该不是什么难事。拜伦背后对柯尔律治的态度忽褒忽贬,有时明显有失恭敬,但对于《老舟子吟》等具体柯诗则不吝好评。我们顺路提及《老舟子吟》的影子,只是在拜伦对于海难的恐怖描述中再添加一个他在套式上越入他界的例子,以体现拜伦如何借外力来丰富我们在阅读过程中所能识别的侧面和线条,当然他也在风格跑题中把唐璜的经历变得丰富,或放大了他的体量,似乎其人虽名分低微,却能经历那么多先前显赫的文学人物所曾经历过的坎坷。国外以前的评论家多有对于拜伦如何搬用前人作品的暗示,早在19世纪,柯尔律治的孙子就曾提醒人们,拜伦在海难片段中使用了他"爷爷的叙事诗内容"。① 不过,若深究,拜伦此种所谓跨界的嗜好未必有什么不端的性质;仅就《唐璜》而言,我们读它读得越深入,越可能"原谅"作者的"搬用"。

至于吃人环节,在此之前,拜伦对一系列海难元素的"记述"过程已达到异乎寻常的烈度。在具体安排上,似乎拜伦有意呼应发生在《老实人》中的情况,他也让远行的唐璜携带上自己的老师及仆人等,而非独自上路。这个拼凑起来的小团体登上一艘名叫"纯尼达达"(Trinidada)的商船,朝意大利方向行驶;就像拜伦永别英国,唐璜也永远离开西班牙。一天夜里,狂风大作,巨浪打裂船尾,危险来临。船上出现混乱,"哀哭,祷告,詈骂,诅咒,/ 和大海的怒号交织成大合奏"。可不管船上的人们多么贪生,死神似乎一直在赏玩着这一船偶获的猎物:

> 黑夜就如此暴露
> 在他们绝望的眼前:一片漆黑
>   把苍白的脸和荒凉的海遮住。
> 呵,他们和恐惧相处了十二天,
>   现在才看见死亡就站到眼前。②

商船还是沉了,叫喊声再次达到高潮,有"永诀的哀号",有"恐怖的哀嚎",人们纷纷跳海,两百来人基本都死掉了,而大海也像地狱一般,及时地张开她的大嘴:

> 起初是冲上云霄的一片尖叫
>   有如霹雳一声雷在海上回荡,
> 甚于海的狂啸;接着一切死寂,
>   听到的只有狂风和无情的波浪;

---

① Elizabeth French Boyd, *Byron's Don Juan: A Critical Study*, pp. 115~116.
② 拜伦,《唐璜》,第二章第34、49诗节。

"死寂"之寂,但间或还会传来一两声"孤凄"的呛水声,来自仍在挣扎的濒死之人。①

唐璜和老师彼得利娄有幸挤上了两只救生小船中稍大的那艘长木舟(long-boat),这之前他居然还没忘记把他从家里带来的那只矮脚小狗抛到舟内。很快,饥饿袭来,能吃的全都吃光了;到了第五天,人们"腹中的饥火熊熊",于是他们不顾唐璜的"恳求",把这只小狗杀死,然后分份吃掉。② 总的说来,在杀生吃肉等情节的字里行间,拜伦本人作为叙述者的心态变得较难界定。他一半让人觉得不过就是追随所谓事态的必然走向,似不得不忠实于恐怖的要素,不管它多么极致。但另一方面,其运笔方式又有乐在其中的迹象,似是冷眼居高寻趣,既不顾其所渲染的荒诞是否会发展到过于荒诞(却也未必完全不合情理)的程度,也不顾读者一方所可能秉持的某种得体范式,于是一些刺激人感官的细节就相继成为主体内容,显然有些跑题。在思想层面,拜伦顺便在不同事物或不同因素之间做了类似于超现实主义的组合,让它们在危急时分、在人性裸示其恶的场合中,都发生关联,诸如游戏规则与残暴、公平理念与伦理越界、文明中的野蛮,等等,还有野蛮中的文明,都被放大,以凸显其荒诞,或揭示伏尔泰级别的、掺杂着所谓理性因素的更大的恐怖。

于是,到了第六天,人们吃光了狗肉后,开始吃狗皮。唐璜原本拒吃,此刻他觉得自己的唇齿间也沦陷了,似被一只饥饿的大秃鹫占领,只好带着"悔恨"与老师分吃狗的一只前爪。③ 接下来,淡水没有了,太阳暴晒,海上一丝风都没有。从欧洲浪漫主义文学思想角度看,关联上这三种现象的灾难一定是大灾大难,因为干渴、暴晒和无风这三个概念几乎把自然界或当时人文领域最不浪漫的几个象征因素都占齐了,比如我们可以反过来联想一下碧水、月光和轻风等一度流型的审美符号。回到现实层面,没有风,没有了救赎机制,就意味着彻底的绝望:

---

① 拜伦,《唐璜》,第二章第52～53诗节。
② 同上书,第二章第67～70诗节。
③ 同上书,第二章第71诗节。

>他们面面相觑,眼睛闪出凶光:
>那是豺狼的眼呵,其中透露着
>吃人的欲望,虽然谁也不明说。

只不过凶吉难辨的是,人类与豺狼尚有一些区别,他们还保留着与其大家都饿死还不如按规则依次吃掉少数人以保全大多数人这样所谓理性的考量;无情怀,却管用。于是,经过私下的"叽咕"和"七嘴八舌"的公开"议论",船民们发现他们之间竟然有着人之为人所应该拥有的高度默契,竟齐声"叫嚷要抽签决定"先吃掉谁。此中既有对于利害关系的冷静判断,也有具操作性的游戏规则可用,还有仁至义尽的忍耐,吃人之举尽量往后推,先把"皮鞋和皮帽"等吃干净。① 当然,一切都演化于拜伦本人的冷眼旁观中。

或可说,至少从效果上看,这个局部以其所展示的现代人之共识所形成的过程,似顺带观照了一些流行的思想理念和套式,包括各类功利主义、工具理性,以及英国思想家威廉·葛德汶(William Godwin, 1756~1836)式唯理性主义和人类福利观等成分。捎带上这些,一方面让正在发生的事情多了一点可被理解的空间,却也给恐怖中添加上一撮更加恐怖的味素。我们说"凶吉难辨",不过是权且接受善恶背后不同的理念之间在孰是孰非上可能存在着的模糊性,但拜伦的表述倒不算模糊,他在定性人们的"议论"过程时,直接使用了"不祥的"(ominous)这个词,由汉语译文中的"危害"一词所代表,另外在第 75 诗节中,他还把人们的所作所为称作"邪恶的勾当"(原文 pollution,也指食物不洁和道德的败坏),并说他们是在"沉默的恐怖中"完成了分阄儿的过程。特殊时期,许多伦理戒规未必不能废弃,但终极的伦理红线一旦被撞破,人类也会付出代价,说不定还会遭遇终极的恐怖,如后续诗文中的恶性后果所示。

还有其他的红线,其他层面的恐怖。在我们已经谈及的《唐璜》第二章第 74 诗节中,拜伦说船上的人们做了一件让缪斯"震惊"的事。不期然与缪斯扯上关系,似在帮助读者更清楚地将正在发生的一切定性为对诗

---

① 拜伦,《唐璜》,第二章第 72~74 诗节。

意或诗性思维的伤害,尽管我们也不必忽略拜伦的表述中另外所暗含的黑色幽默成分。要抓阄,就要做"阄儿",但由于找不到别的材料,"他们竟然 / 强迫唐璜交出朱丽亚的信笺"。① 拜伦说,抓阄的操作过程公平而有序,竟然让人们暂时忘记了自己的"饥火"。"饥火"一词的英文原文要复杂一些:the Promethean vulture。② Promethean 这个词既含"如普罗米修斯一般敢作敢为"的意思,但由于其与 vulture(秃鹫)结成词组,也会让我们联想到希腊神话中每天都来啃咬普罗米修斯肝脏的那只神鹰。"啃人的"秃鹫,加上豺狼,再加上唐璜自己舌际的秃鹫,就串联起一股不可遏制的原始兽欲,让包括唐璜在内的任何人都无暇质疑撕碎情书这种微不足道的小事。但拜伦本人显然不愿默不作声,他虽用字不多,但颇有些突兀地在缪斯的辖区与豺狼和秃鹰的领域之间建立起张力关系,让两类相距遥远的人类行为变成同一起事件中的内容。这即是我们所谓带有某种超现实主义意味的文学构思一例。至少拜伦是在诱导读者对这种人类不同经历的硬性并置有所思考,以便于我们感味到恐怖中的恐怖。题域遥远,关联却不失密切。

  本书这一章前部,我们提及朱丽亚写给唐璜的信,除了所用到的内容,信里面另外还有"爱情对男子不过是身外之物, / 对女人却是整个生命"这样的表述,也不乏"我的血却奔流"和"以余生爱你,并为你祝福"等痴情话语。③ 拜伦为了铺垫将要发生的撕信事件,更特意对信件的物理特征及成信过程作了交代,可谓细致入微:

> 这封短简用的镶金边的信笺,
> 落着新鸦翎笔的精致的笔迹;
> 她的素手费了几许的力量才伸到
> 那烛火,像磁针般不断地颤栗,

---

① 拜伦,《唐璜》,第二章第 74 诗节。
② 同上书,第二章第 75 诗节。
③ 同上书,第一章第 194、196~197 诗节。

> 然而她却忍住泪水,不使它流出;
> 　印章是朵葵花,"她永远跟着你"
> 这句箴言是刻在一块白玉上,
> 朱红的封漆也是上好的质量。①

就是这样的信笺,被用来做阄儿,因此,若有一个全能旁观者,那么在他的视域中,被撕毁的就不只是纸张了。而说到纸张,许多物体大概都与其相似,至少具有两种作用,一是被当作物质材料用,二是作为精神的媒介,可帮助人类维系着历史与记忆、思想与情感。然而,如纸张所示,一些物体本身都脆弱不堪,却也都以脆弱不堪的状态承载着重要的东西;一旦被毁掉,重要的东西就会随之脱落。在人吃人的片段中,那封镶了金边、鸦翎笔写就、封上红漆的信笺被断然还原成低值的物质材料,无异于石块或木屑,且更方便,好使,其可能的文化用途,其与两位人类个体的精神关联,其被缪斯所认领的、超越了物性的高端禀赋,都在船民的认知之外。

而即使被知,也可不计。撕毁它,在一定程度上也是毁掉"整个(个体)生命"存在的物证。这样的行为或许也有象征意义,因为在平常生活中,与撕信行为具有可比性的人类(反)文化事件数不胜数,只是程度有别罢了。比如,人们常以眼前利益为由,为文化暴力开脱,或者只要事不关己,也一定无关他人。似乎危机中的粗暴和无感都可被谅解,生存的考虑变得至高无上,而且这并非全无道理。只是拜伦本人有意帮我们品味"情书可协助吃人"这种颠三倒四的、跑了题的、不谙轻重的超现实逻辑关系中所内含的无奈、荒唐、亵渎、恐怖。而且他并未就此住手,却以另一起扯不上关系的两域之间发生关系的事例反衬此处缪斯的抱怨,就像对情书事件的戏仿,凸显荒唐关系之荒唐。船民们在"盘算"下一个该吃谁时,自然盯上了"船长的助手",这是"因为他最胖"。然而,长那么胖,却幸免被吃掉,这主要归功于其此前在西班牙南部港城卡提斯(Cadiz)所历;当时他虽然也亲近了异性,虽然也从"一些娘儿们"那里收到"一件小礼品",但

---

① 拜伦,《唐璜》,第一章第 198 诗节。

这礼物并非情书,而是处方(subscription)①,处方不用纸,也不治病,而是指众姐妹一起帮他染上性病。所以,同样是与女性的纠葛,但只要再俗一些,或许歪打正着,说不定就能在某一刻帮助某人保护自己的心情和肉体都不受伤害。而且,时空虽远,当事者还可能会更加由衷地感念那些守护天使。如此因果缘由,难免让人联想到典型的伏尔泰式在风马牛不相及的事物之间建立逻辑关系的讽刺套路。

信笺被物化、被撕毁后,诸如毛毯、服饰、皮帽和甜酒等所有华而不实的事物都被脱魅后,最恐怖的行为就开始了。"唐璜的老师中了头彩",于是规规矩矩"引颈伸腕",由船民中的一位外科医生给他缓缓"放血"。公平起见,既然"没有手术费能付给医生",大家就让医生优先饮血解渴,或"先挑一块可口的肉",然后是众人分食;"五脏和脑子,都往海里投",喂了鲨鱼。唐璜和另外几个素食者拒绝入席,拜伦说唐璜心存一道过不去的坎,即使在这场最极致的灾难中(in extremity of their disaster),他也不能吃自己的老师。而对于那些没有坎的人,后果出现了,且可怕程度达到极限(consequence was awful in the extreme)。这是拜伦一连两次搬用"极端"概念。那些有如秃鹰者(ravenous),其本身都受到诅咒,此刻都发了疯似的诅咒上天,其在狂乱中纷纷死掉的景象令人震骇:

> 都发癫狂,口吐白沫,全身颤抖,
> 又是打滚,又乱揪自己的头发,
> 　喝起海水来就像一个小山沟;
> 他们切齿诅咒,嘶喊,尖叫,哭嚎,
> 　又笑得像鬣狗,然后郁郁死掉。②

六、华兹华斯式的哀叹

在这宗极端恐怖事件的讲述过程中,虽然灾难的轮廓未变,情节的演

---

① 拜伦,《唐璜》,第一章第 81 诗节。
② 同上书,第一章第 75~79 诗节。

进也未影响到粗线条的连贯,但拜伦的文学敏感性又有了变化,或让我们又一次感觉到他在叙述套式之间的逸游。正如上述发生在诺尔曼寺院的惊恐故事中拜伦通过将红衣"乡下姑娘"叠加于黑色事物之上,以此创造色调、题材和套路的多样性,在这个海难片段中,拜伦也插入了一个情调很不一样的、颇有些华兹华斯式的焦点人文情景,清晰而凝重,静默而悲哀,如此亦使叙事话语复杂化了,甚至体裁都变了。这个景象发生在《唐璜》第二章第87至第90诗节之间,是一个涉及父子亲情的相对独立的局部,也是这部长诗中为数不多的基本不含任何讥讽或调侃成分的片段之一,其诗语所呈,可谓很不像拜伦,很像华兹华斯,尤能让人确信,拜伦所图,不只是交代情节,不仅仅表达真实情感,而也是要显示自己有足够的诗才,能以快变方式让不同类型的诗语并置。

所谓"父子",实际有两对,一位父亲的儿子体质相对较强壮,却先死掉了,焦点落在另一对父子身上:

> 那另一个人的孩子体质较弱,
> 　柔嫩的面颊,看来也眉清目秀;
> 他倒撑得久些,对不幸的命运
> 　他一直心平气和地默默忍受;
> 话说得很少,只有时勉强一笑,
> 　好像要给父亲心上的那石头
> 减少些分量,因为父亲的悲戚
> 已愈积愈多:眼看要永远分离!①

英国浪漫主义诗歌含不同意蕴,有时与一般人印象中的"浪漫"概念很不相同,而有一定辨识能力的读者或许能有感于此处"心平气和"、"默默忍受"和"话说得很少"等词语所体现的浪漫诗语类型,及其所折射的思想成分。与此类精神质感相匹配的是形容词"柔嫩",原文是 soft,被用来修饰

---

① 拜伦,《唐璜》,第一章第88诗节。

孩子的脸颊和气质,而我们也可以用这个词来界定这几个诗节的语言质量。似乎灾难的气氛被净化了片刻,幕布变换了色彩,诗语慢了下来,也柔和了许多。比如,仅看英文原文中那些被用作韵脚的字词,拜伦显然是在借助它们来调整自己的语调和节奏;他相对较集中地使用了诸如 thrown, groan, child, mild, smiled, delicate, fate, foam, roam, rain, vain, clay, away, shivering, quivering 等一连串音色较为柔缓而绵软的单词,犹如一位音乐家短暂改变了其作品的情调,以期让听众有更多收获,尽管他这样做并无必然性,不这样做也无碍唐璜故事大局。于是,读者在拜伦的所谓转调中,在这一系列单词的引领下,就读到后续那些异常沉纡的诗文,宛若华兹华斯所说的"人性悲曲"(sad music of humanity)。即使只读汉语译文,也同样令人叹息:

> 做父亲的俯着身殷殷望着他,
> 　并且以手从他的苍白的嘴唇
> 擦去泡沫,然后继续看个不停;
> 　当他们渴盼的雨水已经降临,
> 少年的眼睛原来遮一层白膜,
> 　这时也转动一下,显得亮晶晶;
> 父亲拿破布对着儿子口中
> 挤下了几滴雨水,但有什么用?

> 儿子断气了——父亲仍抱着尸体
> 　长久地注视着,直到死的分量
> 沉沉压到心上使他无可置疑,
> 　希望和脉搏都同样归于消亡,
> 他还是痴迷地看得目不转睛;
> 　直到那尸体抛下海,随波逐浪,
> 他才突然瘫下来,像死了一般,

不说一句话,只有手足在抖颤。①

俯身凝视(gazed),"长久地注视"(look'd upon it long),以及依依不舍地看着尸体(watch'd it wistfully),这些诗语聚焦一位父亲的眼神,相互重复,体现诗人对人性的短暂致敬,而他正是在抒表了这样的敬畏之后,立即将彩虹和白鸟这两个大致象征着吉祥和希望的意象引入诗文,或许这不只是随机的安排,套路能及时服务于思想。

的确,《唐璜》中,拜伦虽不时诟病华兹华斯等人的诗风,虽然《唐璜》之为《唐璜》,其基本框架怎么说也得构建于一位风流浪荡子的游历之上,但它也可以从这个主调上跑题,或不断挪用异类体裁所长,因此读者亦需有所准备,以领略大框架中所出现的那些非常抒情、端正而又深沉的片段,而不能自动地以为,既然拜伦本人屡屡对前辈诗人出言不逊,那么他就会自然而然地排斥掉华兹华斯式有关人间悲苦的表意风格,以保持自己"不严肃"的纯度。华兹华斯当然不是此类语调的唯一代表,但他的例子比较典型而突出,尤能让后人速识有关的敏感性。如前文略及,内敛、凝重、深沉、绵密,再加上凛冽及高尚,这些质素常常汇合起来,促成这种敏感性的明显特征。而《唐璜》亦可提供其他事例,印证拜伦在成诗路径上与此类诗风的交集。在此,我们不妨多停留片刻,带着对于拜伦多重面目的预感,再于《唐璜》中择取一段诗文,以感味这部浪子传奇如何频频跑题,乃至呈示一种大相异趣的情怀。

这个局部就是《唐璜》第四章为许多读者所知晓的海黛之死片段,我们曾在本书第四章中说道,这是《唐璜》全诗中最为沉重的片段。所及诗节稍多,我们只读一读末尾的一个部分。海黛的父亲把她和唐璜拆散后,海黛宛如不堪急雨的"百合",经历了慢慢凋萎而最终死去的过程。对于他人的安抚,她偶尔也有反应,但更多的时间里,其眼神茫然,沉默无语。最后如香消云散一般,没有呻吟,没有叹息,眼睛也无一丝的闪烁(without a groan, or sigh, or glance),就带着腹中的胎儿一起诀别人世。

---

① 拜伦,《唐璜》,第一章第89~90诗节。

查先生的汉语译文在语气上比较接近原文:

就这样,整整折磨了十二昼夜,
　终于没有一瞥,没有一声叹息
以示与世永诀,她便魂离人间。
　连最近的守护人都未能知悉
她几时死去的;那把她的秀脸
　投入幽冥的"突变"非常迂缓地
遮上眼睛———呵,那美丽的黑眼睛!
原来是多么晶莹,竟然也消殒!

她逝去了,但不仅她;她还怀着
　一个未见天日的生命的雏形,
它或可能成为一个貌美而无罪的
　罪孽儿,却早早结束小小的生命,
未诞生便进了坟墓;一场寒霜
　使鲜艳的花和叶都一起凋零;
呵,这爱情的碎裂之花和残果
即使天降下仙露也无法复活!

她如此生———如此死了。从此不再有
　悲伤或羞辱来烦扰她。她的天性
原不像较冷的人能经年累月地
　忍辱负重,单等老年来给送终;
她的岁月和欢情虽然够短暂,
　却竭尽她的命运所容许的一生
愉快地度过,———她终于静静地安眠,
在她常常爱去散步的那个海边。

> 如今那海岛全然零落而荒凉,
>   房屋坍塌了,居住的人都已亡故;
> 只有她和她父亲的坟墓还在,
>   但也没有一块碑石把他们记述;
> 谁知哪儿埋下了如此美的少女,
>   她的往事再也没有人能够说出;
> 呵,在那儿听不见挽歌,除了海啸
> 在为那已死的希腊美人哀悼。①

让我们审视这个局部。在所用诗语表述中,一些在华兹华斯诗歌中大致已成为指纹般的特有概念或意象的成分都得以复现,如"较冷的人"(colder hearts)才能长年苟存、一个人死后"静静地安眠"、一个地方变得"零落而荒凉"、"房屋坍塌"以及"没有一块碑石"的"坟墓"(nothing outward … , no stone … to show)等。当然,更能让人产生联想的是贯穿于这些词语之间的情韵,尽管拜伦的故事在基本轮廓上与前人之作并不搭界。有些读者可能会想到华兹华斯的《塌毁的农舍》("The Ruined Cottage",1797~1804)这首诗,尤其其意境;专攻相关领域的学人还可能记起该诗如何被视为英国诗坛最悲哀的作品之一。而此处海黛命运之悲哀,似联通了彼处玛格丽特的悲哀,两位女主人公,都对爱人有原始而本能的依附,都不得已与爱人分离,都因此而失去生命的动能,都慢慢把自己的肉体和灵魂耗尽,然后都孤独而默默地死去,她们所居住的房屋也都随岁月的流逝而塌毁,若不是华兹华斯诗中的老商贩和拜伦这样全知叙述者,四下里的景物都是再平常不过,没有明显的标志能让一般人意识到这两个地方曾分别发生过如此凄美而悲哀的事情。谈论《唐璜》中这样的诗段,当然不能只看它与长诗中其他片段的外部反差,但就文学意义的生产过程而言,有时片段之间的表面反差并不输给所谓内在的差异,因此,

---

① 拜伦,《唐璜》,第四章第 69~72 诗节。第 69 诗节首行的"折磨了"一词的原文是 wither'd,一般指植物的凋萎。第 70 诗节中的"凋零"一词原文也是 wither'd。

回到套式或体裁之说,我们是否可以背靠海黛之死片段,然后再回视一下诸如《唐璜》第一章捉奸片段之戏剧性哄闹,或第十六章惊恐故事之荒唐,以体会拜伦灵感仓储中的各路资源之丰富呢?

七、田园诗

我们阅读《唐璜》这首长诗,当然也会有感于其他一些风格鲜明而又让人觉得似曾相识的局部诗文,而遇到此情,读者或许也会停下脚步,欣赏有关段落在这个作品内部相对独立的诗性体征,观察其如何与别的表意倾向拉开距离。比如,下一项可映入我们眼帘的,或可是《唐璜》中一些明显具有田园诗(pastoral)特征的局部。其中一个现成的例子发生在第三章,起自第 27 诗节。既然所要描述的景象发生在希腊境内,既然这个景象拥有单纯、甜美而愉悦的外貌,那么在拜伦笔下,它就很难避免与代表田园生活的阿卡迪亚(Arcadia)意象发生关联。希腊神话中的阿卡迪亚地区是牧神(Pan)的领地;在欧洲一些文学构思中,这个境域也常被认为体现了人类生存状态的黄金时代(Golden Age)。第三章第 36 诗节,拜伦直接借用黄金时代这个概念,说唐璜与岛民的欢宴就像是"铁的世纪"中的"黄金的一天"。因此,尽管这个片段所占篇幅仅有数十个诗行,田园的规模也不是很大,但我们仅读最初的几行,似乎就能预感到诗人要启动其牧歌风格的语脉了,田园诗的要素交替出现,比比皆是。当然,拜伦对古希腊文化和文学的套用不止于此。比如,由于有关情节涉及海黛的父亲兰勃洛(Lambro)从海上返岛所见,而且他又目睹女儿有了自己所爱的人,因此拜伦的构思中也就不可避免地让人看到荷马《奥德修斯》故事的影子。奥德修斯回到伊萨卡(Ithaca)岛上自己的家中,发现了鸠占鹊巢的情况,只不过拜伦笔下的留守女主人换成了原户主自己的女儿,而那个让他感到自己被疏远的人则是女儿的追求者唐璜。

先是在远处,兰勃洛透过密树浓荫,隐隐瞧见许多晃动的人形,一个个衣着鲜艳,臂膀全裸而耀目;走近一些,他又听到琴声与"笛曲";再近一些,他看到在一片绿草如茵的空场上,人们结成队列,载歌载舞。

>   接着是一队希腊少女,为首的
>   个子最高,高举着白手帕摇动,
>   随后的少女接连像一串珍珠,
>   手拉着手跳跃,每个人的白颈
>   都漂浮着长串的棕色的发卷,
>   (一小卷就能叫十个诗人发疯!)
>   领队的高声歌唱,扣着这支歌,
>   少女们以歌曲和舞步相应和。①

不得不说,随着这一队希腊少女进入视线,在她们轻歌曼舞款款移动中,诗文已经略微偏离了唐璜与海黛故事的主干,体现阿卡迪亚田园诗体裁对拜伦的引领。可另一方面,无论诗性空间还是爱情私域,也都因为这个不大的跑题而酿出更多的趣味。此外,既有歌舞,就该有欢宴;园子里,人们盘腿围坐,眼前摊开的是各式佳肴,还有希腊各地的佳酿,而至于"甜食",都垂悬在他们头上,现吃现摘。② 而这个田园的画面若求完整,还得有白羊出现,于是我们看到拜伦就像是完成规定动作,接下来就添加上一些典型的牧歌成分。一群孩子,都有着希腊少年所特有的身姿,卷发垂落,眸子幽黑,"天使的面颊红得像石榴裂开",他们"围着一只雪白的羊,/正在给那老羊的角缠着花朵",而老羊任由他们装扮,安详而"柔顺",宛如"没断奶的羊羔"。③ 就这样,歌舞、欢宴、白羊、花果,诗人几乎是在复建着田园牧歌的模式;复建起来,又习惯性地用其他诗型将其颠覆掉,就好像在情节上他也会让兰勃洛很快毁掉两位恋人的爱情建构,以从不同层面揭示人间生活中阿卡迪亚因素的短暂。

粗略讲,至少在以前的历史时代,希腊文明常被所谓"中东"或"东方"这样的地域概念所延及,或大致成为其一个部分,尤其从西欧和意大利等

---

① 拜伦,《唐璜》,第三章第 27~30 诗节。
② 同上书,第三章第 31 诗节。
③ 同上书,第三章第 33、32 诗节。

地角度看。因此,我们谈及《唐璜》中希腊式田园诗例,自然会意识到诗中与此相距不远而特征显著的所谓东方情调。欢宴进行中,作为娱乐活动一种,即有人给海黛和唐璜讲了一个传自波斯的故事。① 包含北非、土耳其和古波斯等地区的中东一带一度代表了西欧作家所特指"异国情调"(the exotic)的热土。拜伦涉足此域,且不乏佳构,比如仅看《唐璜》本身,第三章第 61 诗节以后,他不嫌麻烦而面面俱到地介绍了宴会上的食物、餐具、物品等,可谓色韵斑驳,形意丰厚,很容易让人联想到英国诗人斯宾塞(Edmund Spenser,1552～1599)和济慈等人作品中涉及异域风情的诗文风格,而如此攀缘诗歌套路,也就又一次表现出诗人乐于在局部被暂时带离故事主体而自由发挥的倾向,有些不平衡也无妨。

恋人的晚宴在室内举行,在有关诗节中,我们读到以下内容。桌子由"象牙镶嵌",也有的是"黑檀木的,上面镶着 / 珍珠母",或是"使用 / 珍贵的木料和龟壳镶嵌制作,/ 并饰有金银的回纹";"餐具多属金银和宝石",比如"嵌珠粒的金盏杯",其价值都高于"青贝和珊瑚",另外还有"水晶瓶"和"瓷器";食品极为丰盛,其中"有小羔羊,有阿月浑子……有番红花汤",

> 饮料是用葡萄,石榴,和橘子水
> 分别精制成的清凉的果子露,
> 味道最新鲜,因为是刚刚挤出。

甜品是"水果和枣泥面包","最后是盛在精致的瓷杯里的/从阿剌伯②运来的纯摩卡咖啡",咖啡中再混入"丁香,肉桂和番红花";再看壁饰与摆设,有挂在墙上的"丝绒的花毯",

> 织成方格形,各有不同的色调,
> 中心嵌有深红色的丝绒花朵,
> 又有黄色的镶边把红花围绕;

---

① 拜伦,《唐璜》,第三章第 35 诗节。
② 今译"阿拉伯"。

>在花毯上端,鲜艳夺目地绣出
>
>　　蓝地淡紫的波斯文,极为精巧……

壁毯的图案中还有"东方的"语句(oriental writings);铺在恋人脚下的则"是深红的缎子,镶着淡蓝的边",另有"丝绒垫子",

>　　是猩红的,中心跃出一团火焰,
>　　那是绣金的日头,四射着光芒,
>　　好像日当正午,特别耀目辉煌。

"印度席子和血红的波斯地毯"也覆在地上。① 然后拜伦又以渲染的方式描述海黛的服饰和首饰。诸类物件,构成一个整体画面的不同侧面,色彩簇集,形味纷繁,似多多益善,再加上有关词语所特有的音质,最终促成一段弥散着浓烈异国气息的诗文,刺激着人们不同的感官。不过,肉桂、瓷器、黑檀、丝毯、枣泥面包等,虽斐然成趣,烘托焦点,却也未必能在叙事脉络上与少男少女痴恋故事发生评论家们所说的那种"不可避免的"关联,其意义主要来自其他层面,至少可指证一种随机而隐性的跑题行为。

八、荷马体

我们在本书第四章等处多次说到,若视《唐璜》为西方史诗族群中的一员,其某些不伦不类的特点会变得显眼。当然,本书第二章末段也提到,《唐璜》第八章临近结尾处,拜伦声称他是依从了经典的套路来构思这部长诗的。也就是说,他所写的是史诗,而只要涉笔此域,诗文依规就必含几个指标性的环节,包括旅程、灾难、爱情、战争等。不管他的史诗是否名实兼有,是否自我颠覆,这些环节的确都先后浮上水面,战争情节也如期而至。我们要说的是,在宏观上依照古人的规矩,这固然有了依托,可在细节上拜伦却也会因此而撞破自己故事的躯干。换句话讲,既按例描写战争,有时他就难免从自己眼下的脉络中越界到别人的套式里面去。

---

① 拜伦,《唐璜》,第三章第 61~68 诗节。

因此，尽管他在《唐璜》中不止一次说过，其长诗所强，就在于忠实于史实，但文坛已有的推进套路也会是他所忠实的对象，至少他也乐于戏仿。我们不必追究《唐璜》文本中有关伊斯迈城的战况是否与荷马对于特洛伊战争的讲述有哪些相似之处，姑且只聚焦一个细节，即这两部长诗都对跟腱这个人体部位做了文章。

拜伦写作《唐璜》之前，柯尔律治曾以所谓周刊的形式撰写了一系列论说性文章，后于1818年以《朋友》(*Friend*)为题名合并成书发表。在书内一篇写于1810年的文章中，他根据希腊或罗马时代的一些神话传说和诗歌作品，以阿其里斯之踵（另译"阿喀琉斯之踵"）比喻爱尔兰，将英国比作阿其里斯，认为前者是后者软肋所在（"Ireland, that vulnerable heel of the British Achilles!"）。于是 Achilles's heel 这个短语就逐渐成为常用语，表示个人或国家的弱点。拜伦也抓住了这个弱点，也设计了一个类似的情节，甚至还直接提到阿其里斯的名字。《唐璜》第八章，俄军攻占了伊斯迈城，但守城的"穆斯林们"(Moslems，同 Muslims)并未放弃抵抗，而是以各种方式阻击敌军，直至战死。俄方有一位军官，看到眼前铺开一堆死人，就踩了上去，却突感剧痛，原来是自己的"后脚"(heel)被咬住了，咬力之大，令人想到夏娃所遇之蟒蛇给全人类造成的伤害。尽管他"乱踢、咒骂、撕扯"，付出的血量也够大，但这些全都不管用。

> 这是个濒死的回教徒，由于感到
> 　敌人的脚踩过他，便迅速捉着，
> 以牙齿咬住那最敏感的脚腱，
> 　（就是古代的缪斯或近代学者
> 以你而命名的部位，阿其里斯！)
> 　牙齿虽已咬穿，但它无论如何
> 还是不放松；据说（当然是谣传），
> 直到头割下来，它和腿还相连！①

---

① 拜伦，《唐璜》，第八章第83～84诗节。

"近代学者"的原文是 modern Wit,也含"现代文人"的意思。括号中的话指向有关"阿其里斯之踵"的两个出处,或是古希腊诗人所述,或柯尔律治等人所著,而无论拜伦想到的是哪个,都体现他对于别人文本的意识,也印证其毫不介意于在文本之间随性穿插的做法。虽然在这个跟腱片段之后,他很快再次声称"事实总是事实,——一个真正的／诗人的职责就在于尽力摆脱掉／虚构的成分"①,虽然其此言未必全是调侃,但真实的战争中不见得总有人被敌人伤及跟踵;拜伦的"事实"有限度,而且可以被跨越。

九、但丁等人的影子

大面上,《唐璜》多被笼统称作"讽刺诗",本书第二章曾对这个概念的模糊性予以关注。我们也曾提到,有评论家认为,相对于"讽刺","讥讽"或是更贴切的定义。从以上所展示的文学套式什锦杂拼中可以看出,无论"讥讽"还是"讽刺",此类概念都难以全面界定《唐璜》的风格。话虽如此,《唐璜》的许多局部却也遵从了讽刺诗的套路,有时会体现在对前辈作家讽刺手法的效仿上。与讽刺相近的,还有含议论及批判性哲思成分的诗文,也都散落在长诗的各个角落。尤其当唐璜到达英国后,拜伦更是借助主人公的视角,或干脆摘下自己的面具而走向前台,朝着英国文化、社会、上流社会、政治人物和文坛名人等诸多标靶,均施以不同程度的嘲讽、议论、质疑、调侃。而借助唐璜这位西班牙人的眼光,这或多或少也是借用了欧洲大陆某些国家观察英国的角度,因此可以说,拜伦是先行跨界到英吉利海峡的东岸,再以唐璜这样的大陆客身份跨回英国的界域,即得以让不同的文化理念和运作发生碰撞,讽刺起来也更加得心应手。需说明,在时间上,拜伦的唐璜故事不同于此前传奇所涉,其被植入的时段大致是欧洲18世纪中后期,而唐璜出使英国的差事当然也要发生在1762年叶卡捷琳娜二世成为俄国女皇之后。历史同期画面中,发端于英国的人类

---

① 拜伦,《唐璜》,第八章第86诗节。

第一次工业革命大致也是从 1760 年之后开始的。这两个在空间上相距遥远的事件在时间上发生了重叠，客观上让唐璜的入境英国变成了入工商社会和所谓前沿文化之境，此后的相关诗文中所出现的各种讽刺也就多了一层意思。

本书第九章提及，唐璜初到伦敦，放眼望去，景色脏兮兮，于是"魔鬼的客厅"这个印象在他脑海中油然而生。"客厅"概念已有足够的讽刺意味，再加上 Drawing-room 这个词组表面所含"画室"意象，讽刺力度就更高了，其所针对的是一个现代文化体如何借助街区、建筑和工厂等事物而硬性展示自己存在的方式，以及与此相关的人文景观。姑且说，唐璜对于魔鬼艺术家的联想，也像是一位前工业社会的人习惯性地将欣赏画作的心情用在了观察眼前大都市的实景之上，并因此而做出自己的评价。而评价即负评，主要涉及伦敦这个地方光线之暗、景物之灰昏，犹如鬼域一般。国外有评论家愿意更进一步，将唐璜初见伦敦时的差感放大，所依据的是出现在《唐璜》英国诗章部分的但丁的影子。

美国学者弗雷德里克·西尔斯通（Frederick W. Shilstone）曾发表文章《拜伦、但丁，及唐璜下访英国社会之旅》（"Byron, Dante, and Don Juan's Descent to English Society"，1984），谈及拜伦如何在 1821~1822 年这个所谓的创作间歇期，将自己所追随的文坛楷模从荷马换成但丁，而《唐璜》后面的英国诗章即是这种转型的见证。西尔斯通援引了有关的文献，首先证明拜伦自己已接近中年，得以体会到但丁写《神曲》时的心理状态，因而就像但丁在昏暗的树林中拐入地狱一样，拜伦自己也有意把他所要撰写的英国部分视如地狱，以体现自己人生此时的困顿和担当，以及作为现代但丁所应有的身位。而涉及拜伦的具体做法，文章作者认为拜伦一旦摆脱《神曲》中哲思与宗教因素的大架构，即可较随意地在世俗领域呼应但丁的具体构思或所用事件。作者甚至在《唐璜》中看见一条与《神曲·地狱篇》并行的线索：

> 从第六章起，唐璜的活动方向是从战争（攻占伊斯迈城）到败坏的情欲（俄国的叶卡捷琳娜宫廷）再到上流社会（英国诗章中的诺尔

曼寺院）。这个外在的架构来自荷马史诗：伊斯迈是特洛伊……；叶卡捷琳娜是喀尔克（Circe）……；而英格兰则是唐璜史诗般下行之旅的目的地……然而，一旦唐璜到达了（地狱），他的步伐则慢了下来，所及细节丰富起来，拜伦也就像但丁于几个世纪前对待佛罗伦萨那样，着手对待英格兰。①

诸如英吉利海峡和泰晤士河，即成为地狱中的河流，伦敦也就对应了地狱的正中央②，而英国诗章所涉时下真人真事也都成了证据，证明"诗人此时如何自然而然将地狱人物与他所弃别的家园中的人类群落相联系"③。

《唐璜》中的但丁元素不难发现，但西尔斯通的如此梳理让读者更加看清一道文学景观。当然，若笼统浏览此类研究，我们有时也难免碰上典型的问题，比如"不及其余"的倾向，因而一些相逆的证据往往会被略去。西尔斯通说："拜伦式地狱的主要一层是诺尔曼寺院，而我们的现代但丁把那里的生活描绘为荒原（wasteland）……"④但是，如本章上面所及，有关的局部诗文也含对建筑和艺术的真心赞美，另外还有奥罗拉等人物，都不能完全支撑但丁式的地狱再现。或可说，西尔斯通的解读强在灵感层面，有基本的说服力，有助于读者认识文学套式的作用，可若过多罗列互文意义上的对应因素，则可能让人略感勉强。拜伦的确会在文学范例之间左顾右盼，也的确乐于向前人致敬，主要在这个意义上，西尔斯通为我们整理出了又一个例证。

对于唐璜的英国之旅，国际学界另有观察角度，含哲思意味。在其所著《拜伦男爵之所强：浪漫写作与商业社会》一书中，克里斯滕森认为我们其实无法在地狱之内再把唐璜"抛入"但丁或莫扎特等人的地狱中了，"这

---

① Frederick W. Shilstone, "Byron, Dante, and Don Juan's Descent to English Society." *The Comparatist*, Vol. 8, May 1984, 43～55, pp. 47～48.
② Ibid., p. 48.
③ Ibid., p. 49.
④ Ibid.

是因为《唐璜》文本已经是个合身的地狱了"。① 克里斯滕森紧扣英国商品化社会环境来解读拜伦的《唐璜》,却也频频使用哲人式的眼光,因而在《唐璜》的有关诗章、唐璜个人和他所进入的英国社会之间看到并行或重合的因素。柯尔律治认为,对于"一个精神的个体"来说,一旦其生命的方方面面缺失了"意志力"(will),就有如中枢神经的失败,"个人的各种机能就会失控",最恶劣的"地狱"感即随之产生,其结果是,这个个体就会变成"清醒的疯狂"(conscious madness)状态的化身。克里斯滕森引用柯氏这段言谈,认为其所对个人生活的评判也可用在英国这个"程序的世界"(process world)上,"清醒的疯狂"与那种(其实"不道德的")"道德端正的疯狂"(virtuous madness)相对应,都是地狱状态。② 克氏此解有助于读者从更深的层面看待地狱因素的形成,不过仅从对于拜伦推进套路的描述上看,其言所指向的文思内涵尚不能完全取代唐璜从明处走入但丁式黑暗界域这个更简洁的图解。

至于拜伦所用套式如何能体现价值理念,让我们再审视唐璜的所谓下行旅程。读者可适当想象,唐璜此前的行动路线大致串联或关联着荷兰、法国、德国、俄国、希腊、意大利和西班牙等国,这些国家相对于当时的英国而言,在所谓发展进程上多少都慢一拍,但或许也因此而尚未成为魔鬼的客厅,更何况整体上这些国家还可能拥有相对的强项,诸如古迹、古建、绘画、雕塑、天主教堂、长河、巅峰、其他特有景色等视觉因素,都可能对唐璜产生了不同的影响,甚至让他评之以"天使的画室"也未可知,更何况还有音乐因素助力。这是我们的揣测。简言之,以唐璜之背景,当他跨入英国、跨入伦敦这个经济和贸易中心时,其所见到的不同风物对其感官的冲击应该是强烈的。唐璜不属于思想深刻的人,但却长于感性认知,因此这种冲击反倒更显突兀。他暗用画作意象,即是有感于"魔鬼"的成就,因为至少从审美角度看,当地的人们竟习惯于如此城市景象,而且还在不

---

① Jerome Christensen, *Lord Byron's Strength: Romantic Writing and Commercial Society*, p. 344.
② Ibid.

断建构它,这就说明城市和人生都可能是魔鬼的作品,外在的,内在的。拜伦利用了其所想象到的这种冲击,又越了一个界,让作为外来人的唐璜代表自己,即可免去一部分责,从而方便而自由地审视和议论如此这般的伦敦市和伦敦人,于是《唐璜》的诗文也随之被更多调整为品评和讥讽模式,进而扩展为一系列对英国时下各种现象的讽刺,与此前的章节产生阶段性的体裁变化。

《唐璜》第十二章,拜伦说他本自觉才思不弱,无论何物,写起来都游刃有余,可一写到英国,即感到心有余而力不足了。英国的一些事"你还不太懂得",而欧洲的其他国家则不然,或由于气候不那么多样化,或其他现象也并非变化多端,因此对于它们的处理,笔锋不会迟疑。而英国呢?英国最难入诗,因为"一切国家都有'狮王'可以领衔,/唯有你却只是个宏大的动物园"①。或者说,人家所有的多是狮子,清晰而醒目,而英国整体上则是一家杂拼的动物园(one superb menagerie)。于是,联想到但丁,我们眼前出现了地狱与动物园的并峙,代表不同的文学敏感性,相向跑题,意趣盎然。而至于园中的"动物",有一些就出没于英国的文化界、政界和上流社会等疆域;拜伦写起这样的英国,其实是十分顺手,只是在更深的意义上才觉笔力不够。

我们再需说明一下,《唐璜》中另有不少有关英国的描写,涉及上流阶层和一般风气等方面,不乏细致笔触,也揭示实质问题;不过,写这些诗文时,拜伦已经离开英国五六年了,而当时的传播方式不比后日,因此其有关英国现实的知识多来自友人和访客的面述,或滞后的报刊所载,因此,我们不宜完全凭借《唐璜》有关章节的描写来判断英国本土的实际情况。布莱辛登夫人有一个印象,以为拜伦不安于做旁观者或当观众,而是"忙于在台上表演",再加上他"在英国生活的时间不够长",对正在发生的事情"缺乏实际的亲自观察",其想象力又"很强悍",善于放大敌情,因此他的有些见解就难以做到"无偏见";或许,其姿态再"平和"一些,观点就不

---

① 拜伦,《唐璜》,第十二章第 23~24 诗节。

会"那么严厉了"。① 布氏对拜伦有如此评价,有益于读者在领略《唐璜》的英国章节时也尽可能客观一些。在语气上,她的话也显得冷静而富有常识,代表了其《拜伦男爵交谈录》中多次出现的"泼冷水"式以平常道理碰撞拜氏高谈阔论的案例。当然,古奇奥利夫人作为与拜伦接触时间更长的女性,对布氏的介入不以为然,尤其不认同其所谓关于拜伦"在英国生活的时间不够长"这个说法。

我们不过多延续本章的话题,也避免在讽刺等概念上重复本书其他章节已有的内容,仅让我们再做简约提示,拜伦对于英国一些社会阶层的讽刺也折射约翰·德莱顿、蒲柏和斯威夫特等所代表的新古典主义讽刺套路。尤其德莱顿和蒲柏,前者的讽刺诗《麦克弗莱克诺》("Mac Flecknoe",1682)抨击同行文人的品位不佳;其大作《押沙龙与阿奇托菲尔》(*Absalom and Achitophel*,1861)则是针对时下政治事件的讽刺诗。蒲柏写过《夺发记》(*The Rape of the Lock*,1712～1717)等讽刺上流阶层的名诗。拜伦的《唐璜》中隐约出现此类前作的影子。在第十三、十四章中,拜伦着力聚焦英国上流社会所特有的疲倦或无聊状态(ennui, boredom),展示其自娱而无趣的特有生态,局部诗文尤让人联想到蒲柏之风范。《唐璜》中此类讽刺性诗文与其他风格的局部形成对比,与它们共同编织出一部套式多样化的作品,亦体现诗人的表意手法之多、创作心态之率性,既频入狭窄路径,不在意被带向别处,又自由挪移,随时打断自己,很好地配合了故事内容层面的诸多跑题和跨界。

---

① Lady Blessington, *Lady Blessington's Conversations of Byron*, p. 174.

第十一章　跑题的情感：唐璜的"艳遇"

《唐璜》中，主人公的生活路线崎岖而蜿蜒，依次与几位女性人物发生交集，这是注定的，因为这受制于欧洲文坛唐璜传奇的原始轮廓。因此，无论拜伦的意识移游到了哪里，无论诸如灾难和战争等一系列重要事件如何铺展开来，局部文本的最终焦距都会落在某个女性人物身上。这是《唐璜》全诗不跑题的一面。我们会注意到，诗人所思虽漫无边际，其视觉焦点却是不离初衷。一位男性人物，对异性世界抱有好奇心，对情感谜团产生持续的探知欲，并对男女关系中特有的话题表现出不衰的兴致和纠结，这些都穿插于诗人对唐璜所历漫长旅途的编排之中，自然会引起读者的兴趣。若将唐璜的生活内容比作无边的海洋，将其本人比作海上飘荡的孤舟，那么女性焦点人物有时似成为海中的锚爪，牵制着男性主人公的行为，至少在一段时间内。

可说到事件中具体步骤的先后顺序，倒也并非一味如此，拜伦本人亦看到逆向的画面。《唐璜》第八章，他就像是给唐璜的诸宗历练环节做一个串并，说他的这位"小友"往往刚被某位女性牵制住，命运的潮水就会生生把他拖走。拜伦以俄土战争为背景，请我们审视一下那个"飒爽阔步"于伊斯迈城头的唐璜，说就是这么个人，"外貌清秀得像女性"，却一时间把持不住，竟渴望在战场上建功立业，似乎他忘了本，跑离了唐璜作为唐璜所本该用心的行当。可实际上不管其血液如何"沸腾"，其乐土

(Elysium)另有所在,那就是"女人怀中";从年少到成人,"只有在那儿他才是如登乐园",他才因尽享甜蜜而有了足够定力去抵御其他的诱惑,"除非被命运、被海浪、被风暴 / 或被近亲所迫",而当这后一类情况发生时,"时势"或"境况"等因素会把他"掷到"别处,比如在伊斯迈这个地方,"凡维系 / 人情的纽带都要让位于钢与火"。① 诗人的这个串并其实涉及好几起"除非"或"让位"的案例,可以说它们都指向离心式的从情感"纽带"到世间事务的跑题行为。不过,有时候这条纽带只是变得长了一些,并未消失。先不说战场上昂首阔步的唐璜很快就会被穆斯林女孩莱拉牵制住,在实质上,拜伦所说的唐璜被拖走与我们所说的被牵制也并不矛盾,一切都不影响对所谓甜蜜乐园的终极定位。

还要考虑另一个侧面。无论我们所说拜伦在终极视点上不跑题,还是拜伦本人换一个角度在文本局部所提到的被迫跑题,其实他往往都是先让唐璜在行动上偏离了某种生活常态之后,才有了所谓阶段性的对某位焦点女性的心理依附,即所谓因跑题,才切题;先越界,才入题。而且,在深层意义上,唐璜式情感纠葛之本身也体现另一种跑题,更实质,更内在。从朱丽亚到海黛,从杜杜到奥罗拉,之所以唐璜能够一次次从无到有,在不同程度上凭空建立起与各位女性人物的关系,也是因为他经历了内在的越界之举,他必须在诸如精神、道德、信仰、价值观和沟通方式等方面跨入异域,甚至在与杜杜的关系中,他还要临时逾越性别界线,如此才得以体验异样的女性世界。可以说,《唐璜》文本所展示的诸宗情感关系就像一面面镜子,折射着一系列越界的状况。因此,谈论唐璜的所谓"艳遇",不过就是在本书的框架内审视我们话题主体的一个重要琢面,其对跑题成分的体现还可能相对更显而易见一些。

一、两则全景画面

关于人世间的女性一方,拜伦在他的焦点之外也会转向广阔的视像,

---

① 拜伦,《唐璜》,第八章第 53～55 诗节。

所涉及的是女性群体,是大面积甚至跨阶层的情状,但他亦能凭借如此统揽而展示其视觉的穿透力。我们将从《唐璜》中此类全景画开始,然后再追随诗人的个性化焦距,即可以更好地了解拜伦在相关领域的问题意识,或者他如何有感于压抑、束缚、扭曲、虚伪、悔恨等一度常见于女性生命的因素所对其人性所造成的异化,以及他如何在滑稽和严肃之间,让游走四方的唐璜俨然变成一位解放者,有意无意地帮助几位富有生命能量的女性个体脱离低温状态,哪怕只在短时间内,让她们如愿越界出来,体验到人性中较自然的一面。拜伦自己当然也四方游走,但他更借主人公角色之便,笔触伸到更多的地方,推展其跨越地域的世界性眼光。而当这种眼光发生时,《唐璜》的诗力似从一般性叙事中跃升出来,一时间变得强大。

涉及《唐璜》中的女性,国外有学者认为,长诗中先后出现女性个体,这不只是因为只要讲唐璜的故事,终归要套用欧洲传奇中一位男性邂逅多位女性这个基本的叙事框架,而另一个原因则与拜伦本人对时下妇女问题的关注有关;有了这个关注,政治性议题即得以与文学题材并行,于是《唐璜》文本的边界会比我们所以为的要更大一些。卡罗琳·富兰克林(Caroline Franklin)在其《拜伦的女主人公们》(*Byron's Heroines*,1992)一书中介绍说,国际学人多知道,拜伦写作《唐璜》的诱因可能与柯尔律治的一些言论有关。柯氏评论性著作《文学生涯》的第 23 章涉及他对较早时英国文坛某些戏剧作品的看法,尤其他如何反感于那类作品对"世间天然秩序的谬辨和颠覆";而更让他感到"恐怖和恶心"的,则是某种唐璜式的通奸剧情所体现的道德水平之"低下",而观众一方明明被其"冒犯",却还那么"迟钝",还能报之以"雷鸣般的掌声"。此情此景,让柯尔律治有理由认为,政治领域中的那种"令人惊愕的雅各宾理念"(the shocking spirit of jacobinism)已经侵入文学领域。①

富兰克林说:"柯尔律治将性道德(sexual morality)被颠覆这件事与

---

① Samuel Taylor Coleridge, *Biographia Literaria*. Ed. Nigel Leask. London: Everyman's Library, J. M. Dent, 1997, pp. 342, 350.

雅各宾派理念联系起来,这就给我们提供了一条重要线索,让我们领会为何后革命气氛中会产生拜伦的《唐璜》一类的文本。"①富兰克林连续使用probably(可能)、might(或许)、may(或可能)等词语,推测说"拜伦有可能怀疑柯尔律治是在间接抨击他本人",因此,他写《唐璜》,也是回击主流势力有关家庭和妇女地位的保守理念,而语境如此,"性政治(sexual politics)即成为《唐璜》的题材"②。于是,从希腊海岛到土耳其后宫,再到俄国和英国,《唐璜》其实审视了代表不同社会形态和历史阶段的女性个体,并用唐璜本人的成长过程将其连接起来,借以表达拜伦所持"启蒙运动后的"或"进化的""性观念"(sexual mores)。③

《唐璜》局部诗文与妇女问题的纠结的确达到较高的程度,同时我们也需留意,拜伦对女性状况的态度较复杂,同情和讥讽兼而有之,尤其相对于英国妇女,其观点的变化或跑题几乎是转眼间的事,因此,《唐璜》边界之大,不仅仅是政治性因素使然。拜伦本人也放纵过自己的想象,说他虽"游历各地,却未曾有幸 / 身临黑人之邦",但"假如我是到了那儿,一定会 / 有人告诉我:黑的颜色是最美(fair)"。"黑人之邦"指的是非洲的一些地方,fair 指的是"白",尤指女性肤色。于是,在黑与白的所谓辩证关系之间,拜伦说他"又滑入玄学的迷宫里了",因为他意识到,虽然不能确定"黑就是白",但是他对于"白就是黑"这一点却更有把握,好像自信于其对欧洲女人的贴切认知;而一般人将容貌与德行相联系,不过是因为"以视觉为转移"罢了,倒是盲人,因看不到外在的明暗变化,其内心也就不会在颜色之间做高低贵贱之分(all is dark within)。④ 这即是我们所说的世界性眼光,多为现代人所有,顺便也带着欧洲人的自嘲,将地域、文明、文化、肤色、容貌等之间的界线打乱了。拜伦和他的唐璜就是如此,得意于

---

① Caroline Franklin, *Byron's Heroines*. Oxford and New York: Clarendon Press, 1992, pp. 99~100.
② Ibid., pp. 99~101.
③ Ibid., p. 102.
④ 拜伦,《唐璜》,第十二章第 70~72 诗节。

曾经沧海,无所归属,无以扣题,却又无所不知,可以自由自在而饶有兴味地概览某地某阶层的广大女性。

1. 英国贵妇

《唐璜》第十二章,有关唐璜到达英国后的生活,拜伦介绍说他其实挺不容易的。虽频频出没于夜宴或舞会,已非懵懂新人,可是作为年轻的男子,且孤身未娶,又有钱,又有身份,这就让唐璜不幸成为猎物;尽管伦敦城内也的确残留着"白杨树"般"正直无邪"的女士,然而更多的女性"却是张着网／在捕男人"。① 拜伦趁机插话说,他自己就见过"十几起"单身汉落网的例子,更何况还有那种不以婚姻为目的的街头女猎手,尤其在夜幕降临后。伦敦之如此,可谓险象环生。谈及这些,诗人习惯性地又将自己拦截了一下,说"天哪,我又扯开了!",跑题了。但由于拜伦所属意的话题依次待启,他紧接着说:"那就扯下去。"于是他转向第三种危险,即有夫之妇不管不顾而红杏出墙的情况。而涉及此类出轨话题,拜伦又将他对本国国情的个人记忆和印象带了进来,也有所夸张地用上比较文化的角度,视域开阔了许多。他纵论道,所谓婚外偷情这种事,若是在"国外","这无碍于女人的命运";可是这里不然,在英国这么个老地界(in Old England),"要是一个少妇／越了轨",那么跟这相比,夏娃所受到的惩罚就微不足道了。

何以如此?这都是因为英国有现代媒体,有打官司的嗜好,有芸芸围观者:For 'tis a low, newspaper, humdrum, law-suit／Country(因为这是个低下的国家,所特有的是报刊、无聊话题、诉讼)。② 但具有讽刺意味的是,生活内容如此单一,可许多英国女人也并非因此而压抑了自己的全部欲念,她们只是变得虚伪,善用手腕而已。其实是越了界,可偏要选择不光彩的那种;而那些不慎落入舆阵的情人们则活该他们倒霉,因为他们"都只是新手"。接下来,拜伦在更大程度上开启了其横扫一切的全景评

---

① 拜伦,《唐璜》,第十二章第 57~59 诗节。
② 同上书,第十二章第 64~65 诗节。

说模式：

> 一层薄薄涂上的温煦的伪善
> 曾经保全了成千偷情的圣手——
> 那女儿国中的寡头统治集团；
> 这些人是宴会和舞会的嘉宾，
> 而且是贵族中最骄傲的典范：
> 又文雅，又可爱，又贞洁，又慈悲，
> 这都是由于有手腕又有趣味。①

这是一幅广角而又深及的视像。"寡头统治集团"（Oligarchs）之说，体现着拜伦对于英国上流社会女性群体的负面印象；她们是社交界或文化圈的亮点，其对国家走向的左右能力往往出乎人们的意料，更何况还有拜伦的母亲那样能任意影响自己儿子生活的人，因此拜伦称这样的国家为"女儿国"，实为女人当政的国家（Gynocracy）。"文雅"及"手腕"（tact）云云，是英国此类女性所谓共同的特征，她们因此被视为"偷情圣手"，且人数众多（thousand splendid sinners）。

作为此类女人视野内可能的猎物，唐璜至少在一段时间内倒是能做到安然无恙。拜伦说，这并不是因为他能够凭借态度上的"厌烦"（sick）而远离险情，毕竟无此厌烦；而且他本人也并非借这样一个词来趁机夹带对英国的私怨，

> 我绝无意嘲笑或针砭
> 那有白海岸、白颈项、蓝眼和蓝袜、
> 苛捐杂税、讨债和搪债的国家。

这又是针对一个国家的揽视，无"嘲笑"中已有了足够的嘲笑（厌烦），而且"白颈项、蓝眼和蓝袜（bluer stockings，比眼睛还蓝的蓝袜子们）"则是以英国社交界贵妇和社会中文艺女性为目标的不敬。那么唐璜是如何自保

---

① 拜伦，《唐璜》，第十二章第66诗节。

的呢?拜伦说这位男主人公之所以暂且无虞,主要是在男女这种事上,他是场面上过来的人,可谓见惯不惊(he was sick),心已不弱了。① 不过,虽说提不上"厌烦",可作为拥有比较视角的入国者,唐璜还是对英国女人有所不屑。他"不觉得这儿的女人美",尤其乍一看。此外,与他所"游历过"的"浪漫的国土"相比,这里的人们(尤其女人)爱得乏味,他们不是让爱欲达到"热狂",而是使其止于"诉讼",法律因素之大,大过"生死",因此,无论他如何对"这道德的国度"(this moral country)心怀敬意,他还是觉得英国人不浪漫;尤其女性一方,若追求时髦,只以"半"(half)为时兴,一半考虑获利,一半是学识上的卖弄,白颈项和蓝袜子这两半合在一起,成为该国女性生活的全部,未给其他颜色留下多少余地。②

而至于唐璜日后终于发现,相比于其所见过的那些所谓东方女人,英国女性并非不漂亮,前者赢在风采焕然(more glowing),而后者的确要白得多(fairer far),可拜伦还是要补充说,这白而美虽属稀罕,不过男人们若实话实说,那就"得承认",有些异性在表面上的"令人惊奇"要"多于(令人)欢喜"。③ 这是额外添加上的不利于英国上流女性的一笔,又在暗示她们的做作、拘谨、苟且、不真实。而从相貌联系到她们的行为,拜伦还取代唐璜,自己直接打了个比方,说英国女人貌似"贞洁的美人鱼",其实"结尾"也还是鱼,上面露出来的是漂亮的脸蛋,可下面就配不上了;而即便她们之中会有一定数量想顺遂己愿的人,但她们

> 总像俄国人似的,会从热水澡
>   一下子冲进雪里;即使越出规矩,
> 那心底还是规矩的。她们热一阵
> 感到不适,随时都准备投入悔恨。④

---

① 拜伦,《唐璜》,第十二章第 67 诗节。
② 同上书,第十二章第 68 诗节。
③ 同上书,第十二章第 69 诗节。
④ 同上书,第十二章第 73 诗节。

如此涉及冷与热、规矩（virtuous）与不规矩（vicious）的讽刺，其背后又隐含着拜伦有关他国女性更率性而为的评价。或干脆直接比拼一下："外国美人怎么比得 / 我们的明珠"，"我们的"贵妇就像"北极的夏天"，"全是阳光"，但从"物理学"角度看，极地的基本状况却是"冰寒"。①

的确，《唐璜》这首诗在不少局部都间接或直接地建立反差，似将作者眼中不同地域的女性生存状况展示出来。而由于从第十二章开始拜伦将英国妇女卷了进来，进而在第十四章等处谈及现代妇女权益等话题，因此我们在审视全景画之间的反差时，有必要对《唐璜》叙事脉络中所涉及的不同时间线条做一点说明。姑且说，唐璜和拜伦各有自己的旅程。抛开其个人从阅读等活动中所获取的知识不谈，而只聚焦外在的感性体认，那么拜伦当然是在离开英国后才观察到别国的风土民情，而唐璜的行动脉络则是颠倒过来，在文本截止前以英国为旅程的最后一站，因此他是在先有了对别处女性的认知后才得见英国淑女。或可说，唐璜较早遇到的海黛就像是拜伦较晚结识的异域少女。因此，在一定程度上，拜伦作为叙述者，虽较早讲述西班牙和希腊等地的故事，但实际上已经带上了其本人对英国妇女状况即有的感知；虽说是最后谈到英国，有关片段也可以反过来被视为给先前的文本内容做了某种铺垫，至少可以在读者的视野中凸显他域女性何以属于不同的类型，体现拜伦的审美跑题，她们的形象也因而更鲜活，用在她们身上的诗文也显得更有热度。

2. 土耳其宫女群

让我们自己也回过头来，再访土耳其，看一看《唐璜》中另一处关涉女性群体的宏大场面。第五章起，唐璜得以进入奥斯曼帝国的皇宫，的确也是步入一个宽阔的空间。"琼楼玉宇的""辉煌的气度"，宫宇之大，甚至让唐璜立刻觉得个人过于孤弱；随后，阉宦巴巴（Baba）

> 领唐璜走过了
> 一层层屋子，穿过辉煌的回廊

---

① 拜伦，《唐璜》，第十二章第72诗节。

>　　和云石地面,直到能模糊望到
>　远处的一座高傲雄伟的大门,
>　　并闻到一缕香从那里往外飘;
>　仿佛他们是来到了一座庙堂,
>　一切是这么广大,庄严,幽寂,芬芳。①

飘来的芳香将唐璜引向苏丹王的后宫,而此处之广大,不只在楼宇,亦有浩大的人群,光国王的普通妻妾就多达1500人,且全都是年轻女性,让唐璜开了眼。② 群妾之上另有四位,高居"王妃"(wife)之位,其中即有宠妃古尔佩霞,一位新近被纳的女性,年纪26岁,与他人共事一君,而这个男人已经59岁了。就是她,寂寞中敢于憧憬,也敢将憧憬变成现实,于是公私兼顾,以购买宫人为遮掩,安排唐璜男扮女装,堂而皇之进入后宫这块一般男性禁入的地域,以他自己的越界而成为她本人随时越轨的对象。相关内容我们已在本书第五章有所提及,角度有所不同。

　　而至于唐璜一方,他未能做到一对一的专注,而常常是视点散化。尤其当他入列宫女的长队,随之徐徐而行,他见到了其离开西班牙而又屡入异域、屡经磨难之后所能见到的第一个涉及女性群体的生活场景,也因此体验到自己的心理活动如何变得复杂,不只是有好奇于个体女性,更有感于一个群体的生存状况,其反应含诧异、着迷和同情等成分。处理这样的材料,拜伦需要让夜幕降落。天黑后,他先重温了一下有关古尔佩霞一类具有越界潜能的妻子们在"沉重的午夜""难以安歇"的思路,借以强化其对那些年轻而受压抑的个体生命的感知与关怀。具有象征意义的诗语成分多了起来。他审视人间的婚床,尤其富人的床榻,具体观察"四根竿子"如何支撑起床上的华盖(canopy of beds),即那些"丝绸的帐幔",然后再看帐幔之内那张"被诗人比作白雪"的床单,说如此一个小空间,貌似干干净净,其实就是一处"太合法"的夫妇"双双栖息"而其中"至少 / 有一个

---

① 拜伦,《唐璜》,第五章第56~57、85诗节。
② 同上书,第六章第31诗节。

(人)"会同床异梦的界域。同时,既然用了华盖意象,拜伦又顺势将"镜头"移拉出去,以这个比喻联系普天的华盖,即苍穹(canopy of heaven),将两个华盖并提,直接说天下之人即是帐下之人,暗喻普遍的窘境。①

随即,叙述者的视点摇向"众宫女",于是《唐璜》的文本中又出现了一段温度骤然升高的文字,有情有义,飘逸而奔放,再加上所针对的是1500人,效果上就好似让群体视像代表所感悟到的普遍人性,让读者由面到点,进而理解这部长诗中为何还有那些瞄准个案的诗性幻绘,好像群体和个体可相互铺垫。诗人先告别了别人的缪斯,说自己胸无大志,对于男女间的一些事也不能指望自己有多少把握,而才思不够,所覆盖的地域就不能太遥远,因此他甘愿将就一些,让自己的缪斯将唐璜领入眼前这个"爱情的迷宫",最多也就是让他冒一点风险,对着宫女们的"胸脯"和"后背"等部位"瞟来瞟去"。② 这样的境界肯定不够高远,但是从我们角度看,在众宫女中的偷瞟行为倒是让唐璜对如此一群真实而有血有肉的年轻生命有了近距离的知觉,于是拜伦的意识就转向了此类女性所可能受到的压抑,尤其其所在的后宫环境,象征意义明显,可将压抑成分放大。他说,宫女的队列由一位"妈妈"带领,她掌管后宫"纲纪";在她眼中,姑娘们既为"处女",就需"贞静",因此她要确保

> 把一切不良倾向
> 从一千五百个少女身上灭除,
> 或隔绝起来:越轨的必受惩处。③

正所谓谨防越界,意识上也不能走神。

但这有些多虑了。后宫除了国王,无其他男人可随意走动,因此过分的训诫,最终就是把"这个美人窝"变成了一处"像意大利的尼庵那么冷幽幽"的所在。作为文学符号,"意大利"与"修道院"之间发生互搏,浪漫与

---

① 拜伦,《唐璜》,第六章第 24~25 诗节。
② 同上书,第六章第 28~29 诗节。
③ 同上书,第六章第 30~31 诗节。

冷清,两者相凑,各自的特点被强化了,或许拜伦是为了更有效地说明土耳其后宫之冷。反正在现实中,无论何处的修道院,信女们一般都要将她们的"热情"转化,若要表达它,"只有一个出口"。① 舒压需要出口,"尼庵"中只有一个,当然指宗教上的虔诚奉献。然而,一旦将"出口"(vent)这个概念与土耳其宫女的群体生活相联系,拜伦的意识流动方向就不那么清楚了,肯定出现了跑题的情况。我们不必牵扯太多,只联系此前他于瞬间言而欲止、止而又言而终究还是言说出来的一个雄心大志,即他说他"爱女人",因此有时候想把某个暴君终极奢望翻转过来。暴君抱有"全人类只有一个脖颈 / 好使他挥一挥刀就可以全杀"的念头,被拜伦接了过来,变成"希望全体女人只有一张嘴 / 只消我一下就能从南吻到北"。② 显然,这个愿望中杂糅着不雅、胡言、调皮、狂妄、苟且等因素,但无论对于唐璜还是拜伦而言,有这样的奢望虽不足为奇,可若是达到如此极致的程度,那未必就仅仅是无聊男性的酒后呓语,或许无边的放肆中也含有一丝的认真和信念成分,一丝凝重,乃至怜悯,尤其与"暴君"所代表的残忍因素相并置。比如在文思上,此种狂野的志向大概也可被视为对人类生活领域的断然窄化,或是对人嘴这个"出口"之终极功能的还原,似体现诗人以极度简约的方式,只凭借亲吻意象,就从情感角度界定人性,剥落出他所以为的生命的所谓唯一实质,尤其被亲吻的嘴在原文中被说成是红润的(rosy mouth),似代表女性一方的生命活力,由此而反衬宫廷中的压迫及其对人性的异化。拜伦的跑题过程会引人发笑,妨碍读者体会可能暗含的意义。

  悟见如此值得同情的生命潜能,自己又想强行激活它,拜伦的文字才变得温热起来。他说这些少女们都有如水上的花朵:

> 像百合花在溪水上冉冉而进,
> 或者像在湖上,因为溪水较急,

---

① 拜伦,《唐璜》,第六章第 32 诗节。
② 同上书,第六章第 27 诗节。

而她们的款步却娉婷而沉郁。①

直接就将她们与自然元素相联系,让自然与人性相互代表;同时他也让诗语变得优美,使其与描写英国社交圈贵妇的诗文形成反差。我们在本书第八章中提到,拜伦在叙述唐璜与海黛的相爱过程时,其所用鸟雀意象折射了但丁在《神曲·地狱篇》第五歌中以同样方式所表达的对年轻恋人的隐性同情。此处,考虑到但丁一方所见情景涉及恋人群体之浩荡,拜伦的视像就更近《神曲》一步,不仅再用鸟雀,其画面也是全景的,将上千个胸脯(a thousand bosoms)都囊括进来:

> 宫妃都在(她们的寝室)歇下她们的玉肢:
> 呵,成千颗心都为爱情而跳动,
> 像笼中的鸟儿渴盼飞往太空。②

人的胸脯变成鸟的胸脯。这当然也是诗人以个人的想象覆盖所有宫女的私密追求,这就像他用"出口"概念将生命直接等同于情欲,而"笼"和"太空"(air)意象也将社会中的造界和破界行为做了简单的归纳。他还要再度拾起类似的比喻,说宫女们每次回到自己的寝室,都像从束缚中解脱出来:

> 可她们一回房,就和放出的
> 笼中鸟、疯子或顽童差不许多,
> 又像春天的潮水,或任何地方
> 解除了婚约的女人(这种束缚
> 本来就没用),或像爱尔兰市集,
> 监视的人一走开,她们就仿佛
> 和图圄生活达成了停战协议——
> 又歌又舞,有说有笑,尽情嬉戏。③

---

① 拜伦,《唐璜》,第六章第33诗节。
② 同上书,第六章第26诗节。
③ 同上书,第六章第34诗节。

鸟雀和水("潮水")的比喻也再次一同出现,另有"疯子"和"顽童"(boys,男孩子)等比喻,更将他眼中一些英国女人不大拥有的质素赋予这群异域的少女。

以上是涉及英国上层和土耳其后宫两处女性群体的全景画,拜伦凭借个人的亲身感受和文学想象,展示了她们之间的可比性和反差。一方是所谓成熟的女人,基本自由,却陷身俗务和社交圈,于是将社会舆论和观念等相当于鸟笼的因素内化,从而失去自由而只能偷酿越界的念头;另一方是基本不自由却如春潮和鸟雀一般于瞬间鲜活起来而让外在的笼子暂时失效的可爱少女。或者说,涉及情感的跑题,一方会有行动,却嫌苟且,更多的是自我压抑;另一方则像谜团一般,虽富有活力和欲望,却受制于不可逾越的界线,最多也只能作为客体,承接着拜伦式的诗人对她们的诗性投射。的确,拜伦对后者的同情相对更多一些,他让生命能量沛然的年轻女性竟成为宫女这样的历史事实成为其诗文局部内容,富有象征意义,有助于让读者感味此中的辛辣讽刺,亦有效强化其所看到的压迫因素,还可以反过来开罪自己在诗文中所执着缀连的跑题越界概念。

二、焦点画面

有关朱丽亚等几位女性人物,本书前面已在不同上下文中有所涉及。在本章以下部分及下一章中,我们主要从所谓情感跑题的角度观察她们与唐璜的关系,所选择的女性有四位:朱丽亚、海黛、杜杜、莱拉;各作为焦点画面,我们从中分离出相关的文学内容,借以观察唐璜一方貌似不那么靠谱的生活偶遇,以及所遇女性一方顺势的情感反应。拜伦的诗语表述及其寓意是我们考虑的重点,读者会注意到,他在讲述个案中的男女行为如何有悖于流行观念时,其写作策略并不微妙,甚至会刻意直白,有时还直接附上需要让我们知晓的思想内涵,似急于将情感因素概念化,而且也不在意宣示自己有超越男女情事的更大关注。本章这一节我们具体圈定两项情事,分别以一位女性的名字为标签,构成次级小节的内容。

1. 朱丽亚:非主流的追求

涉及《唐璜》第一章所讲述的唐璜与朱丽亚的偷情故事,我们先交代一下什么是不跑题的主流价值观,这一点不难厘清。先看唐璜一方。《唐璜》第二章一上来,拜伦议论道,"好,好;这世界总得绕轨道运行,/是人都得跟着转,不管头脚倒正";生也好,死也好,抑或者"恋爱和纳税",反正都得随着主导风向(the veering wind)的变化来"跟着转帆蓬",如此在一系列规定动作完成之后,人这一辈子很快也就烟消云散了。① 当然,拜伦也调侃说,"西班牙或许独处于成规之外",那边有些人不跟着主轴(axis)转,否则,有"最贤的母亲,/ 最好的教育",而且一切都是依主导套路设定,可何以那个正值当教之年的小唐璜就是不成器呢?② 感慨之余,拜伦也大致归纳出两个宏观的理由,一是"最好的教育"中少了"鞭打学生"这个环节,二是作业不够多。比如若是在北面的英国,尤其在那边的公学内,"平日的课业足够叫他意兴消沉"。③ 而为了不让自己显得像唐璜的母亲伊内兹(Donna Inez)那样陷入可能的困惑,拜伦更给出直接的原因,说若把通奸事件中所有相关者本身的问题"再加上时间,良机"等因素"合计一下",也能解释唐璜为何脱控。④ 而这些也倒反过来说明"成规"或主轴本身并没有什么不妥。⑤

《唐璜》第一章告诉我们,主人公生活中所需遵奉的主流因素的确由其母亲把控,而她本人主要搬用社会上的主导价值理念。涉及家族的传承,既然有阶层的预设,她也就理所当然指望儿子成为极品男人(a paragon),因此,按照绅士教育的一般套路,武的方面要学骑射、击剑和"爬墙";文的方面则要熟知"人文,艺术,科学",比如她通过自己的努力,得以让唐璜通晓各种古代语言、各类抽象的科学,以及许多高深的文科知识,而且一切都不得有违道德伦理。⑥ 而之所以所选定的科学知识必须抽象而非直白,是因为她意识到,诸如生理学等科学分支(natural

---

① 拜伦,《唐璜》,第二章第4诗节。
② 同上书,第二章第1~2诗节。
③ 同上书,第二章第2诗节。
④ 同上书,第二章第3诗节。
⑤ 同上书,第二章第2诗节。
⑥ 同上书,第一章第39~40诗节。

history)就做不到有所遮掩(abstruse);不遮掩,就不道德,因此唐璜所读,

> 只有邪书却没有翻看过一页。
> 凡是不雅的,或涉及生殖的叙述,
> 都绝对禁止,——生怕他误入歧途。①

问题就来了。因为即便是正统教育,其枝杈所及,也会让年轻人防不胜防。除非文理科中的一切知识都必须高古而僵死(dead),"与实用最没有关系"②,否则好书即"邪书",正统的书单中弄不好就埋伏着让人跑题的因子,所谓主流中逸出了支流。

这应该是伊内兹的困惑,无形中传承给了儿子,变成了唐璜所实际经历的困惑。比如,拜伦告诉我们,"古典的作品引起了一些难题",尤其古代神话,让伊内兹"实在头疼"。③ 那么多伟大作家,那么多名著,都在时人所熟悉的核心书单之列;读,还是不读? 不读不行,可除非不好好读,否则,只要稍微认真一些,就可能读歪了,尤其唐璜一类的少年,还不如干脆根本就不读。那些男神女神,偌大的"名气",可"怎么却不知穿上胸衣和长裤?"而且不只是身体上不加遮掩的问题,诸如荷马、维吉尔、奥维德、卡图鲁斯(Catullus)、莎弗(Sappho)等古希腊和古罗马作家所写的东西里面,还经常会出现"不堪"、"糟"、"(不)体面"或"很坏"的内容。坏内容还不限于古典遗产,就连有"弥撒书"(Missal)的"书页边上"也都会印出"男女亲嘴的丑样"。而即便内容不涉男女,又会有思想方面的不宜。拜伦亦根据个人早年经历,额外圈定几位古罗马思想家:若读卢克莱修(Lucretius),就可能让"稚弱的心灵"过早接触"无神论"(irreligion);若读久文纳尔(Juvenal),就可能学会"直言无隐"地表达己见;而若读马希尔(Martial),也会变得说起话来让听者不快。虽有"饱学之士"对古典名著做了删砍或净化,但也都不太彻底,更何况编者中偶尔也有"肯于高抬贵

---

① 拜伦,《唐璜》,第一章第40诗节。
② 同上。
③ 同上书,第一章第41诗节。

手"之人。

总之,正统阅读和正统教育中的风险太大了,可既然有世人共识,总归还得往下推进,于是"小唐璜"竟变成比较有文化的唐璜,十一岁时其"学业"大进;到了十二岁,他"已被顺服得帖帖就范",身上的"天性"已被"尽力压灭"了,终变得"少年老成"。只不过拜伦尚不"老成",他在如此讲述唐璜早年所受教育的过程中,竟似恶作剧一般,以一则尤有讽刺意味的案例对此过程之艰难作了局部小结。他说,唐璜也曾浸淫于宗教的"福音"和布道辞中,且不失"耐心",一度还能学有所获,但越是深涉此域,越不可避免地靠近那本最有教化功能的宗教著作,即"奥古斯丁的《忏悔录》",这是因为涉及信仰,该书不单是立于结论端,更以生动的描述手法(paints)追溯信仰从无到有并变得牢靠的过程(how faith is acquired, and then insured),而就这个因俗而雅的过程中,特别让小唐璜"羡慕"的则是奥古斯丁的那些"越轨行为"(transgressions)。当然,这本书也随之被其母亲确定为"一本禁书"。①

为确保其处理方式的连贯性,拜伦扣住阅读与"越轨行为"之间的佯谬关系,在语言表述上做到前呼后应,终推进至实际行为的出现。唐璜16岁时,不知何故,伊内兹对儿子的控制竟有所松动,有时居然对于他"舍弃"人类社区而步入荒凉林地的新嗜好不那么在意。可身体上的游离往往并行于精神上的跑题,一来二去,终在夏季的那一天,"六月六日,大约六点半——/或者快七点",树林中的唐璜与朱丽亚越出了道德界限。② 而回过头来看,拜伦在描述如此出格过程的开始阶段时,正是让某些书籍中的言辞或内容时时陪伴着剧情的演进,似让人觉得,正是阅读中的迷失才驱使着脚步的逸佚。拜伦先是替唐璜援引了他不可能知道的苏格兰诗人托马斯·坎贝尔(Thomas Campbell,1777~1844)一首浪漫诗作中的话,涉及"林野间"既有"安全"又有"狂喜"的意思,似帮助他把林间

---

① 拜伦,《唐璜》,此段所涉及的内容参见第一章第41~50诗节。
② 同上书,第一章第97、101、104诗节。

经历的好处表达清楚。① 然后,他又为我们交代了这样一道滑稽而又不乏意味的图景:

> 小唐璜在清澈的溪水边漫步,
> 　冥想着一些纠缠不清的观念,
> 终于他踱进了幽静的林荫处,
> 　一片硬皮树在那儿枝叶蔓延;
> 诗人都是到这里来寻章觅句,
> 　他们写的书我们也偶尔读完:
> 只要其中有诗法和结构之功,
> 　除非像华兹华斯,没人能够懂。②

这是一处葱郁而隐秘的所在,树木的枝杈显得杂乱(wild branch),而"漫步"此地,唐璜本人的心绪也变得沉郁而纷繁。所谓"纠缠不清的观念",英文原文是 unutterable things,直译也作"不能用语言直接表达出来的事情"。这就有了双关的意味。根据接下来的第 91 诗节所示,这个短语可以指唐璜忽然变得深刻、进而陷入玄思而难以自拔的境界。另外,根据这个英文词组直接的音韵效果,读者亦可推测,这位恋爱中的 16 岁少年在玄思的同时,其意识流也会触及另一些不好言之的东西,大概很浅薄,或不雅,却能与前者互为引子,缠作一团,就像一些名著所内含或所能触发的好与坏、正与邪等因素都交织在一起。总之,阅读产生了效果。而至于"诗人都是到这里来",同样是在暗示阅读的效果,似乎唐璜独自一人来水边徘徊,即证明文学构思可以潜移默化影响读者行为。而提及华兹华斯,不过是夹带一点个人的私货,或顺便嘲弄一下文坛名家,借以说明有些去自然界"寻章觅句"的诗人不见得都能写出好书,弄不好还会造成读者一方的思想混乱及行为无章。

无论如何,拜伦以一些为后人所熟悉的诗坛熟语暗示说,唐璜的确像

---

① 拜伦,《唐璜》,第一章第 88~89 诗节。
② 同上书,第一章第 90 诗节。

日后华兹华斯和雪莱等人那样,竟学会在荒凉而幽谧的地方与自己的心灵对话(self-communion),一来二去,终于以柯尔律治式哲思的力量,让自己的思想变得玄而又玄,部分地抑制住了生活中那种不好控制的东西(things not very subject to control)。① 拜伦的此类诗语介乎趣谈和讥讽之间,启动后停不下来,毕竟唐璜的自控也维持不了多久。他说,就是这位玄思中的主人公,为了缓解灵魂的恶疾,权且让自己的眼界无限放大,进而

> 想到整个地球,
> 想到奇妙的人和天上的星星,
> 真不知道它们都是怎样形成;
> 他又想到地震和历代的战争,
> 月亮的圆周究竟是有多少哩,
> 怎样用气球探索无际的苍穹,
> 天文知识之受阻很使他忧心……

这样的内容无疑令人发笑,但叙述者也就此对主流套路中的天文、地理、历史和技术发明等方面的知识做了一个归纳,系统而紧凑,体现唐璜此前所受教育的主要领域。罗列这些,才凸显唐璜读书过程的事倍功半,因为知识本身固然重要,但在关键时间点上变得不搭界,因为所涉最大的事物,诸如星球、"地震"、"圆周"和"探索"等,都不能阻止唐璜"接着又想起朱丽亚的眼睛"。②

我们上面说过,拜伦之讥讽,有时并不追求特别微妙,他甚至会用很直白的方式让读者看清他有超越眼前故事的远大关怀。在聚焦"朱丽亚的眼睛"这个所谓终极引力之后,拜伦立即以调侃的语气直截了当地问道:如此少年,年纪轻轻,怎么"竟想把天体的运行穷加追究!"肯定会有少数人天生适合这种"崇高的憧憬和庄严的追求","但大多数 / 却不知为何

---

① 拜伦,《唐璜》,第一章第 91 诗节。
② 同上书,第一章第 92 诗节。

要自找这种罪受";拜伦评论说,有人会认定,之所以少年唐璜会用星辰日月等事物折磨自己,都是阅读哲理著作的结果,但他本人则认为,一边读大书,一边经历青春期,这两个因素掺合在一起(puberty assisted),才导致如此后果。① 似乎在这个混杂的过程中,能量的转移或精神的跑题都是遏制不住的。更何况许多文学作品因其自身特点,并不能只被当作伦理讲义或文史信息来读,其本身亦能开启思维,引导读者超越书籍,因而也让他们超越某些刻板的知识或理念,甚至还能激发心灵与文字的良性互动。

比如,唐璜在其读书过程中,有时会翻开16世纪西班牙诗坛一些抒情诗集,于是体验到主客观两种因素的相互催化。英国浪漫主义诗人常将风分为两种,外在的风和内在的风,比喻不同的势力,后者多呼应前者,形成有机的互动。拜伦借助此类文学观念,说唐璜读诗时,窗外有风可以吹进来,心智内部也可吹起灵感的风;外面的风可以"沙沙舞弄"着"书页",而诗性想象的风(the poesy of his own mind)也可以作用于某种神秘的书页(the mystic leaf),让他的灵魂受到触动。② 简单讲,阅读时,心灵变得敏感,会活跃起来。这似乎是在暗示,初恋的少年也许比其他人更会读书。此中当然有讽刺意味,但唐璜也的确变得易感而多思,他就像拜伦本人或华兹华斯等浪漫诗人那样,"从每阵轻风都听出一个音讯",这应该也算是阅读能力的增强,让他进而转向真实生活中的所谓阅读对象;最后无论轻风还是诗书,都不再能满足他的渴求,他终偏离其母亲所主控的"正统"教育,在与朱丽亚的关系中犯了戒,成为拔苗而不助长的例证。

而至于朱丽亚的生活,其背后也有一个不跑题的世界,各种本分的潮流把她包围起来。我们略去她的成长和婚嫁等环节所涉及的外围因素,只跳至她与唐璜二人的缠绵情节展开之后拜伦所再现的社会大背景。具体看,《唐璜》第一章,朱丽亚与唐璜终跨越红线,偷吃了伦理禁果,而诗人

---

① 拜伦,《唐璜》,第一章第93诗节。
② 同上书,第一章第95诗节。

叙事的文字余温尚存,可似乎为了强化小世界与大世界之间的反差,他竟把镜头忽然摇开,无间歇地谈论起时下大多数人的各种追求以及新近走红的各项技术发明。这个岔开的段落含六个诗节,在叙事脉络上跑了题,因为与此前的恋人幽会和此后的捉奸情节都无直接关系,可实际上诗人有所用心,似乎以突然的环视和迅即的深刻,以文坛上那种一度较典型的对人类文明的评判,帮我们反过来看明白拜伦自己何以乐此不疲地描写二人的情感纠葛。

他先于第一章第 128 诗节感叹人类这种"奇怪的动物",说他们把心思都花在"奇怪的用项"上了,还利用名目繁多的手段,尤其"喜欢采取新鲜的手法／把他的足智多谋向人家宣扬"。"新鲜的手法"(new experiment)之说折射工业革命潮流中的常见现象,英文原文也有"新推出的实验成果"的意思。至于对应"足智多谋"这个汉语译文的英文单词(his) parts,国外的《唐璜》研究者一般也会把它解释为"(人类的)器官",以为该词足够突兀,实际上被用来暗讽现代文明中许多新的发明最终不过就是把人的性器官推向前台,凭它立项,凭它获利。许多事物都被扭曲了,因此拜伦论说道:

> 这年头倒真也怪事层出不穷,
> 　每一种奇才都能够找到市场;
> 你顶好先本分些,假如不合算,
> 你骗人的戏法一定有人要看。①

什么都有市场,什么都能卖出去,而且欺诈比诚信更能助人成功。

这个段落的英文文本中,除了 experiment 这个词,还有一系列相关词,比如 discoveries(发现)、invention(发明),以及 patent(专利)等。根据一般的理性考量,这些概念都端正无误,代表了时代的进步,维系着流行于现代社会的价值观。但在《唐璜》的局部上下文中,拜伦换了一个角度看问题,说许多新的发明都是相互矛盾的,其应运而生,不只是为了展

---

① 拜伦,《唐璜》,第一章第 128 诗节。

示人类的才能,其实也惦记着大众的"钱袋",意在将其掏空,比如人间各种营生中,有给人"安装新鼻子"的,也有人"造断头台"的;有人专门"打断骨头",也有人"专给接合",好像各自的业务之间都能对接,确保大家都有钱赚。① 接着,拜伦又联想到其他一些机械设备,于是短暂放眼机械文明的全景图,感叹道:近来那么多新奇的机器都转动了起来(What wondrous new machines have late been spinning)! 稍后一些,他又说道,这是一个"新发明"频出的"专利的时代",而所有的发明,不管是否会伤害人类,都会以动机良好为借口,向世间推销。② 由于前一处的感叹中出现了 spinning(旋转、纺织)这个词,研究者一般也会补充上与现代纺织工业有关的一种设备,即第一次工业革命开始阶段由英国人所发明的詹妮纺织机(spinning jenny),似乎拜伦仅以一个词就紧扣住机械文明的所有特质:效率、活力、前冲力、单调性、对人类行为的带入力和搅动力、异化力。

频频地环顾,但总得有焦点事物支撑宏观画面。比如,涉及"痘"(pox)这个概念,拜伦从"牛痘苗"所能医治的"小痘"联想到"梅毒"这种"大痘",于是接续了前文对于"器官"的议论。在诗作的字里行间,所聚焦的虽然只是性病,但他却微妙地用它集合起生理、道德、商业、现代医药、旅行、贸易、灾难以及人口问题等层面的因素,其中尤以流行于现代社会的病种为甚,因此拜伦说,有关的病毒虽源自美洲,但经过欧化,也可以再回流回去,让那边的人类"领略一下文明之道",或许还能让人比较一下两地的性病哪种"最削减人口",是"他们的真梅毒? 或我们的假花柳?"③ 而说到比较,既然拜伦以如此对于性病的审视与他对于唐璜和朱丽亚私下恋情的描写相并置,那么读者一方也难免会将这两类涉性的行为做一点对比,哪怕仅仅体会一下拜伦为何要如此近距离地勾连两处不同的内容。无论是作为所谓文明(civilization)发展副产物的买春卖春,还是两相情愿的自发犯戒,大概都不能自动免疫,也都不能截然无关道德。然而,拜伦

---

① 拜伦,《唐璜》,第一章第 129 诗节。
② 同上书,第一章第 132 诗节。
③ 同上书,第一章第 129~131 诗节。

之所为,似让人觉得他有自己的辨析和排列,即使达不到区分善恶的高度。因为紧接着,在《唐璜》第一章第133诗节,他的语气又沉重起来,近乎直白地展示个人立场。他说,人类真是一种"奇得出奇"的动物,无解,可令人遗憾的是,在这"庄严的世界"中,

<u>寻欢</u>是<u>堕落</u>,而<u>堕落</u>又是其乐融融;
谁一定知道自己该追求什么?
　无论是爱情、财富、权利或光荣,
都必经百般波折才能拿到手,
而等拿到时,我们死了。

　　出现了有穿透力的讽刺,视点也较高,其所串联起的是一系列已成为文化符号的人类行为,包括"寻欢"、"堕落"、"财富"和"权利"等。"光荣"(glory)指的是名声,含义未必正面,而至于"爱情"(love),一旦与其他几个价值符号组合在一起,亦成为程式化的人生环节,其意涵也会经历"财富"等词所经历的落差,大致成为世人滥用的概念,指向较常见的男女婚配套式。在这个背景下,所谓"寻欢"(pleasure,也指性爱方面的"愉悦")和"堕落"(sin,也作"罪")这两个概念所指,肯定另类于主流世情,所谓不上台面。不过,仅看欢与罪本身,两者之间竟也形成悖谬的互代关系,就像概念上好与坏之间的界线变模糊了,因而"堕落"的意味竟好似被"寻欢"之说往上提升了一些,而"寻欢"概念自身倒并未被"堕落"拖累而往下滑。我们可以想象,在拜伦的意识中,pleasure 这个字即使在字面上也要比汉译"寻欢"一词略少一点负面内涵。欢快即罪,罪即欢快,这些是拜伦所品知的局面,表述上似反话正说。当然,总的来看,此处诗文内容所及,基本无关道德导向功能,其文化批判方面的宏观意义应该要大得多,所针对的社会问题即包括人类情爱的商品化和功利化等倾向。似乎面对当时的主导风尚,只有离经叛道,才能寻得所谓的"其乐融融";跑题竟能帮朱丽亚解历史潮流之套,诗人所要传递的就是这个辛辣的讽刺意味,尽管这

显得很牵强。

　　需说明,上述这六个诗节本身虽也一边跑题,一边议论,形成一个相对独立的片段,为我们插入一道现实社会的场景,然而,它不见得就是朱丽亚和唐璜二人生活所依托的直接背景,两者之间有一定的时间差,唐璜传奇大致被拜伦以很随意的方式植入18世纪中后期,大致不晚于1790年前后,而拜伦则基本是在19世纪20年代前一半写作他的《唐璜》。不过,这两个时段相差并不遥远,无论涉及拜伦版的通奸故事,还是拜伦本人生前所直观到的社会变化,都已经是第一次工业革命启动之后的事了。更重要的是,尽管西班牙等国在经济发展上相对英国有些拖后,但拜伦凭借活跃的主观意识,在空间和时间上做了直接的挪移,甚至可以用英国的机械文明与塞维利亚本地情侣的小世界相碰撞,至少在读者视域中产生关联作用。比如,这可能会让我们暂时撇开朱丽亚和丈夫阿尔方索的婚姻状况本身,而去联想:任何社会环境,若让英国式的机械因素、商业因素或技术因素成为主导,多半也会间接影响个人的感情生活,或许还会有少数人耐不住枯燥,以不管不顾的情感放纵,在效果上形成对宏观异化趋势的抵制,似以明显小恶对抗隐性大恶,以偷情对抗蒸汽机。因此,所谓朱丽亚式的婚内出轨,不过是个人的道德跑题,却也在诗文推进过程所展示的拜伦式逻辑链中,成为可被定罪再被宽赦的民间义举;行为之扭曲,似主要因为不甘心人性被扭曲,这是他为朱丽亚故事的喜剧格局中所强行注入的(她本人未必能意识到的)正剧大义。

　　话题至此,英国现代小说家和诗人 D. H. 劳伦斯(D. H. Lawrence)的身影多半会映入读者眼帘。我们可以联想其小说作品如何关注男女情感问题,以及他如何也是在二人世界和大世界的工业、商业、战争、技术发明等机械因素之间建立张力关系,借以诠释个人生活不同层面的扭曲。不只劳伦斯,拜伦之后的欧洲文坛还有其他作家,也都以各自的方式直接或间接呼应拜伦式的文思,亦像劳伦斯那样,将男女人物置于人类群体被异化的背景下,将个人本能的情爱宗教化,乃至视其为现代荒原中的精神救赎机制。由此我们也可以更好地理解,为何拜伦会在有关男女情爱越界的诗文脉络中突然插入对社会流行趋势的环视,以及他如何为了强化此中的反差,而就在这个环视片段之前,恰好也是用了六个诗节,反复强调唐璜和朱丽亚之间的情感越界有多么"甜美"。这一点我们在本书上一章以不同的角度提到过。甚至在前面这个片段中,似为防止自己的论说抽象化,拜伦还捎带着点评了那种以存款、奖金、复仇、传宗接代、遗产、谋财、掳掠、文坛声誉等事物为目标的人生追求,认为这些虽也都各有甜意,但其实都黯然无趣,从众而不跑题,无法与唐璜与朱丽亚所品尝到的那种异类情爱所含有的"甜美"相提并论,因为这后一种"甜美"

> 独异其趣,
> 好似亚当回忆中的那次堕落:
> 　果子已经摘了,知识已经开启——
> 生活再也提供不了任何快乐
> 　可以和那一甜蜜的罪过相比;
> 无怪在故事中,它总是被比做
> 普罗米修斯偷给人间的神火。①

所谓"堕落"概念,其意义被拜伦无限放大了,竟然接通了亚当在回忆最初的那次越界时所品味到的甜蜜,还关联上普罗米修斯的窃火行为,因此拜伦把朱丽亚和唐璜的偷情之举夸张为无与伦比的"甜蜜的罪过"(ambrosial sin,直译可作"仙美的罪过"),属于曾经发生在上界的罪种。诗文中的此类言谈都直白而不加掩饰,离经叛道的意味较明显,因而也构成《唐璜》这部作品为当时许多读者所不屑的原因之一。

2. 海黛:文明的界外

本书第七和第八章局部,我们专门谈论过唐璜与海黛的恋情,尤其涉及拜伦对自己抒情过程的突然拦截。唐璜的经历由若干相对独立的故事串联起来,这个涉及一位希腊海岛少女的故事尤其脍炙人口,无论专业评论家还是一般读者,都可以从不同角度谈论它。此处我们缩小范围,仅专

---

① 拜伦,《唐璜》,第一章第124~127诗节。

注于拜伦的表述方式和表意侧重点,以及故事中所内含的极端跑题成分;在这个议题下,我们也会再次观察这个片段中的一些内容。

在叙事层面,如果读者抽身出来,先看一看有关诗文的基本轮廓,就会发现,诗人在转入两位十六七岁青年男女的相爱片段时,似乎意识到自己遇到了挑战,大情节来了,需要浓墨重彩的机会出现了;他几乎不可避免要落入某些言情俗套,甚至诗文的一些局部显示,他也不大在意落入俗套,可他亦需防止让某些俗套变得过于俗滥,那会伤及其所着意呵护的海岛恋情。于是,诗文中出现了一些至少在当时看来有些异乎寻常的情节安排。比如,我们作为旁观者,或许会首先有感于唐璜与海黛这两位恋人最初是无法交谈的。这当然也合乎情理,毕竟二人互为外国人,她只是无意中发现了他。但是,无法交谈而无碍沟通,而炽恋,这就可能有悖常理了,除非拜伦有他个人的理由,除非他的理由关乎某种原始本能。可以说,在人类语言方面,拜伦刻意做了文章,他了解自己所面对的思想难点,却也给自己预设好推进的路线,最终让我们觉得,所谓"文明的界外",首先是语言之外,毕竟语言是人类文明的主要成果。语言上不能交流,只好借助其他的媒介,其效力未必就低于文明域内的发明。

既提到"俗套",我们需略作说明。接受所谓大情节的挑战,这倒并非意味着有关诗文所及全都是拜伦本人灵光一现而成。世界范围内,欧洲人来到遥远的地方,与当地所谓"土著"互动,其过程体现不同文明之间的碰撞或沟通,这样的内容几成为套式,出现于各类文献中。拜伦之后的情况不提,仅看之前,至少一个半世纪内,相似的故事屡见于英国文坛,只不过情节有长有短,思想寓意也各有侧重。比如,在斯威夫特的游记体讽刺小说《格列佛游记》第四部分中,作为欧洲人的格列佛先生就有过类似的经历,而且像唐璜一样,他也是在裸露状态下被人看到,观者也是一位女性,属于当地的野蛮人一族(the Yahoo),她对他也产生情欲。[1] 而无论

---

[1] Jonathan Swift, *Gulliver's Travels*. New York: W. W. Norton & Co., 1961, Part Ⅳ, Chapter 8, pp. 232~233.

格列佛在马国的怪诞"裸遇",还是唐璜在欧洲境内的奇遇,涉及可能的灵感来源,都可被追溯到较早的文学著述。英国 17 世纪中叶有一本书,介乎于游记和虚构之间,作者理查德·利根(Richard Ligon,1585~1662),题目是《巴巴多斯岛国真实史传》(*A True and Exact History of the Island of Barbados*, 1657)。故事讲到一位英国商人与一位美洲当地少女的际遇,掺入作者本人所历,发表后引来多位后辈作家的呼应和改写,贯穿于 18 世纪文坛。

1711 年,出生于爱尔兰的英国专栏作家理查德·斯蒂尔(Richard Steele,1672~1729)在其所办刊物发文,按照他自己的感受将利根故事的焦点内容做了简要复述。男主人公有了名字,托马斯·因克尔(Thomas Inkle),20 岁,于 1647 年 6 月乘船赴西印度群岛,在一座海岛上陷入危难,只身逃进一处林地,被印第安少女雅丽科(Yarico)发现,少女赤身露体,他本人倒是衣着齐全,二人相互间产生好感,她对他更是"着迷",将其带入一个洞穴,喂他好吃的东西,有时用手指摆弄他的头发。雅丽科也像海黛一样,生自岛上有地位的家庭,心地善良,有时会把因克尔领到鸟语花香的僻静处,将他"搂在怀中",俯瞰其面容,以此类的方式弥补二人在语言上无法沟通的不足,"直到他们学会了自己所独有的一种语言"。之后他俩设法乘船来到英属岛国巴巴多斯,因克尔作为商人,"精于得失判断",与雅丽科几个月的相处被他评估为商业上的损失,于是将她卖给当地的奴隶贩子,而且在得知她已怀孕的情况下,更抬高了她的身价。① 就是这个故事,触动了不同时代的英国读者和作者。当然,拜伦若有灵感的外部源头,未必只限一处,但无论唐璜和海黛的故事有何折射,其自身所含情绪相对温暖了许多。如果说别的作者在自己的文脉中终究未让英国的远行者越界,拜伦则借助一位西班牙少年的角色,极尽离心情绪,似一门心思就是要跨越文化的终极沟壑;情爱故事的男女双方都可以

---

① Richard Steele, "Inkle and Yarico." *The Spectator*, No. 11, Tuesday, March 1, 1711. Lawrence Lipking & James Noggle, eds., *The Norton Anthology of English Literature*, Eighth Edition, Vol. C. New York and London: W. W. Norton & Co., 2006, pp. 2477~2478.

有一去而不归的忘我投入。

　　唐璜经历海难,被海黛和女仆救起,终醒了过来。他欠起身与海黛相视时,二人同样遇到语言上的麻烦,但在处理手法上,拜伦好事多磨,让相关细节变得意味丰富,多趣。但见海黛

　　　　原来想要开口,但欲语又罢,
　　　　因为眼睛说了,语言显得多余,
　　　　但她还是用希腊话告诉了他
　　　　(带着爱奥尼亚土音,低沉,清沥):
　　　　他太弱,不要说话,先吃东西。①

先不说"不要说话,先吃东西"(must not talk, but eat)这样无华的告诫实际蕴含了不期的哲意,而且片刻后在海黛注视下,唐璜的食欲之旺盛也印证了某种原始沟通方式的可行性②;只说"眼睛说了(Her eyes were eloquent,直译也作'眼睛善于表意'或'眼睛更能达意'),语言显得多余"这个陈述,其意味也不一而足。拜伦爱描写女性人物的眼睛,此类例子也一再出现于《唐璜》全诗中,引起评论家们的注意,甚至有人列举了拜伦在描绘从朱丽亚开始每一位女性的眼睛时所用的词汇,并顺便给读者提供了这样一个有趣的信息:"对于一位其自己的左眼明显大于右眼的诗人来说,眼睛如何,不是小事。"③评论家此语,非无稽之谈,毕竟见过拜伦的人都知道,这位名人的双眼有别于常人,比如麦德文和布莱辛登夫人,他俩都记录下初遇拜伦时对其相貌的直观印象,都注意到他的两只眼睛大小不一。④ 但这一点仅有参考价值,未必能用来证明拜伦因此就会更加注重人物的眼睛。就文学上的灵感来源而言,拜伦写年轻人的恋情,莎士比

---

① 拜伦,《唐璜》,第二章第 150 诗节。
② 同上书,第二章第 153、157~158 诗节。
③ N. E. Gayle, "Byron, the Matchless Lily and Aurora." *The Byron Journal*, Vol. 44, No. 1, 2016, 15~26, p. 16.
④ Thomas C. Medwin, *Medwin's Conversations of Lord Byron*, p. 8; Lady Blessington, *Lady Blessington's Conversations of Byron*, p. 5.

亚的一句台词倒可能浮现在其脑海中。《罗密欧与朱丽叶》第二幕第2场,在所谓阳台片段中,隔开一点距离,罗密欧听不清朱丽叶嘴里咕哝着什么,于是诗文重心就移向她的眼睛,牵扯台词若干行,其中就包括这半句:"Her eye discourses, [...]"(她的眼神在说话……)①

我们绕过"吃东西"这句话中的逻辑。语言不通,用眼睛交流,《唐璜》第二章中的这个细节竟可能暗含着某些哲思成分,因为诗文所涉三言两语,实际上关系到视觉功能对概念化语言的颠覆。而既谈及哲思,那么至少在西方思想史上,有关目光可以成为沟通手段的认识就不可能为某个作家所独有。罗密欧所言,只是一个小节点,往大处说,但丁给后人确立了一个终极的例子,为许多读者所知晓。他在《神曲·天堂篇》中屡次写到,旅者但丁所见到的天堂之光,多是由贝阿特丽切(Beatrice)的眼睛折射给他的,如此就有了"视觉——与女性有关的美与爱——神圣"这样一个富有意味的认知链环。该篇末尾第30和33等歌中另反复提及,当一个人飞到最高天层之后,语言会变得无力,只能凭借眼睛直接与上方的辉光交流;诸如激情可以来自视力或凝视过程可以将心灵点燃等认知,就穿插在有关的诗文中,都不难找见。

而具体涉及恋人之间的关系,英国诗人约翰·但恩(John Donne,1572~1631)也为我们提供了一个较小规模的例子。他的爱情诗《早安》("The Good-Morrow")中有这样两个诗行:"我的脸在你眼里,你的脸在我眼里映出,/真诚坦白的心确实栖息在颜面上。"②"颜面"(faces)即脸庞,最易为人类目光所见,而且仅看它似乎就够了。英国文坛上,但恩强大的言说能力让他脱颖而出,尤其见正于其许多布道词,然而他的钓友艾萨克·沃顿(Izaak Walton,1593~1683)在给他写传记时专门说到,但恩对人世的告别也是与语言的离别,说他在弥留之际学会了"天使们在天上与上帝交谈的方式",即仅仅使用"思绪和表情"(thoughts and

---

① William Shakespeare, *Romeo and Juliet*. London and New York: Methuen & Co., Ltd., 1980. Act II, Scene 2, l. 13, p. 127.

② 约翰·但恩,《艳情诗与神学诗》,傅浩译,北京:中国对外翻译出版公司,1999年,第2页。

looks),因此即便他此时仍在地上,他自己也可以如此与上帝交流,而一旦启动了目光,语言就"不再用得上了"(useless)。① 我们援引此类例子,只是为了给拜伦貌似随机的表述补充一点厚味,以说明一些作家会意识到,人类文明的常规运作之外尚有另类或更高一级的沟通媒介。界域之外,别有洞天。

在英国浪漫主义诗人中,拜伦与雪莱相似,爱对语言的局限性做出思考,借以思索相关的文化问题,由此构成英国文学史上古而有之的思想长链中的一个链环。我们在本书序言中提到,英国学者安东尼·豪对拜伦与雪莱的关系有专门研究,曾发表《雪莱与〈唐璜〉的展开》("Shelley and the Development of *Don Juan*",2007)一文,其中谈及1818年夏末雪莱和拜伦在威尼斯城相处的时光,具体涉及前者对后者的影响,所用的一个主要事例即雪莱新作《朱利安与麦德罗》(*Julian and Maddalo*:*A Conversation*,1818)这首诗与《唐璜》中海黛片段的互文关系。"朱利安"代表雪莱自己,"麦德罗"指向拜伦,作品呈示二人之间的对话和互动。有关我们所说唐璜与海黛这两位恋人之间用眼睛交流一事,该文有以下评价可供参考:

> (雪莱的《朱利安与麦德罗》与《唐璜》中海黛片段之间)另外还有一个关联,即拜伦忽然间产生了对于非语言沟通方式的雪莱式的着迷,这一点未出现于(《唐璜》的)前面部分。唐璜和海黛的登台似乎连接着朱利安和麦德罗的退场,也就是在语言将二人隔开因而不足以成为交流媒介之时。然而他俩并不苦恼,也未悲郁,而是绕过了语言,融为一人。

也就是说,两位恋人当时所"共享的"、用眼睛交流的那个经历是一个"更加美好的经历",它"超越了语言,也因此促成了更为近切的心灵同在,这

---

① Izaak Walton, from *The Life of Dr. John Donne*. *The Norton Anthology of English Literature*. Eighth Edition, Vol. B, New York & London: W. W. Norton & Co., 2006, p.1310.

对有关人类主观性的那些俗套说法是个挑战"。① 所谓哲思,是"雪莱式的",它启发了拜伦。当然,拜伦的此类意识并非在 1818 年之后才有。

除了眼睛,还有耳朵。先交代一下,无论听觉层面是否关联着大的意义,反正"先吃东西"等希腊语的基本意思唐璜是无论如何也弄不明白的,因为"唐璜不是希腊人,所以一个字 / 也不懂得";但是,他可以不自觉地暂时任大脑停转,只懵懵懂懂将认知功能托付给一个感官:

但他的耳朵知音。
她的声音好似小鸟的鸣啭,
又清脆又甜,像珠玉一般圆润;
有什么乐音能如此单纯悦耳!
呵,只要听到它,不知什么原因
我们就会流泪:它震慑一切,
仿佛发自天庭的庄严的音乐。

而且海黛的嗓音还不只是像"小鸟的鸣啭"或"天庭的庄严的音乐",凝神发呆的唐璜还觉得自己像是被"遥远的风琴声""唤醒"了。② "一个字 / 也不懂得",却"知音",却能被"唤醒",被感动;而为了说明此般奇迹真有可能发生,拜伦在与"如此单纯悦耳"这个汉译局部相对应的英文诗行中一连使用了三个 so 字(So soft, so sweet, so delicately clear),似将自身所悟放大,或宣示个人仅凭耳朵也能动情,还以诗文本身所编织的乐韵企及原生态的语声,以强调甜美嗓音感性一侧的表意有效性,似乎任何声音只要达到海黛式的音质或韵味,即可超越概念一侧的障碍,进而达意,被知音。delicately clear 这个词组不会只指"悦人的清脆",也含有"合意而清晰可懂"的意思。听不懂,听错了,却又比明白还明白。

当然,我们也会说,将少女的嗓音比作鸟儿的歌啭或天堂的声音,这

---

① Anthony Howe, "Shelley and the Development of *Don Juan*." *The Byron Journal*, Vol. 35, No. 1, Autumn 2007, 27~39, pp. 33~34.
② 拜伦,《唐璜》,第二章第 151~152 诗节。

不过是常用的文学套式,相似例子频见于各国文坛。另外,涉及言语不通的跨国婚恋,不管拜伦一类的作家本人对其所叙文字多么珍重,其所叙内容也有跌落为餐桌笑谈的可能。这些反应都不无道理,拜伦的着力而为也的确含有风险。可是,他自己未必对此浑然不觉,倒还可能因知其然而行之。若如此,那我们不妨概议一下,拜伦的才华类型之一就是让俗套变得有效,或让笑谈发生蜕变,让其有所脱俗却还不见得碰伤笑意;他有时似故意迫使读者重新注意其诗文的字面意思,好像我们若不这样做就要付出一点代价,而并非他自己会遭受什么损失,因此读者不能一味仅满足于识破了拜伦所用的俗套,甚至对此产生排斥心理。更有益的姿态是随着其诗语的推进,在时而严肃、时而深沉、时而诙谐、时而滑稽的演化中静观他所欲传递的意思。

比如,具体看此处局部,虽说"小鸟的鸣啭"这个比喻确嫌普通,可听到它"我们就会流泪"这个说法或能让我们稍作停留,它涉及内在的某根心弦,其一旦被触动,一旦眼泪流了出来,"不要说话,先吃东西"这句话的音韵和它的基本意思之间的距离就拉开太遥远了。肯定发生了跑题的情况。此外,拜伦还写到,海黛说话时的音调(tone)能够"震慑一切",或者说那是一种压倒一切韵调的韵调,从这种韵调中会落下音乐的旋律,像是从天庭飘落(an overpowering tone, / Whence Melody descends as from a throne)。这是这一行半诗文的字面意思,也就是说,在英文原文中,语调本身并非像是"发自天庭"的"音乐",因为它本身就是"天庭"。显然,在拜伦的视觉画面中,出现了不同因素之间明白无误的竖向排列,层面互为上下:最上端的是语调,它超越了语言,其位置之高有如天庭,然后是旋律,处在语调的下面,所对应的是流动起来的话语或表意内容,像是把语调的意思解析了下来。简单讲,音调可以转化为意义,就像音乐旋律,亦是语言,亦有意义。因此,说旋律落下,就等于说意义落下。有了意义,就可被听懂,尽管所被接收的根本就不是"先吃东西"这个语义。

然后,拜伦再补充上"遥远的风琴声"这个比喻,于是它与"天庭"和descend(落下)等意象配合,难免让人联想到上帝、天使、教堂、管风琴等非凡、宏大而饱含宗教意味的事物。于是,无论唐璜还是拜伦,其意识所及与"先吃东西"一语所含进一步形成反差。可以说,这是从语言概念领域的断然跨界,跨越得很离谱,或者反过来讲,唐璜竟将海黛一句家常话转化为终极的音韵或天使的歌鸣,因而很成功地受到其感动。反正他的耳朵让他爱上了海黛,此后,"没有一个字唐璜能够理解,/他仍是竖耳倾听"①,再加上可口的美味佳肴和他那种宾至如归的胃口,辅之以海黛的表情、手势、眼神和二人之间的触摸,而且他还善于"凭海黛的眼神"和"女性的唇边"学习"希腊文初阶",尤其海黛一方也能从唐璜的表情上"读出/无穷的词句"(a world of words)②,等等,于是两位恋人之间的互动就更自然顺畅了。

  这些内容中有些细节或许会因为其所夹杂的逗趣成分而让我们发笑,但考虑到拜伦对于二人恋情的叙述过程的确不乏说服力,考虑到他竟然像现当代某些学界哲人那样不断用他类沟通方式与"字"、"词句"和"初阶"等概念碰撞,因此我们在被娱之余,是否也可以问一问:语言概念的跑题及无语的互动是让他俩偏离了基本意思,还是离它更近了呢?眼泪云云,文不对题?表意或解读都失败了吗?二人是否反倒超越一些概念障碍而得以凭借更原始、更本质、更自然的方式而对待对方了呢?此类提问的实际意义可能不那么大,但或许会有些思考价值。甚至夸张一点讲,对于当今诸如跨文化思维、解构思维、去西方中心主义、后殖民主义以及文化批评等研究领域的学者,他们或许也可能从拜伦的此类诗语中发现些许相关的思想基因。美国学者彼得·曼宁曾从自己的角度论及唐璜和海黛之间最初的沟通方式,他有感于拜伦对于海黛嗓音的处理,认为这指向人类无需以语言为媒介即可以进行人际交流的可能性:"此时,嗓音成为绝对而实在的势力(an absolute presence),它不需要语言做它的代理,直接就能引起听者的反应";还不仅如此,海黛和唐璜越少说话,他们之间反

---

① 拜伦,《唐璜》,第二章第 161 诗节。
② 同上书,第二章第 162~164 诗节。

而越"亲密","共享"的意味越多。①

在《唐璜》之外的诗作中,拜伦也曾多次转向不同的表意方式,或者憧憬之,有时候,其诗中语者所表达的认识会变得极端。在他的诗剧《曼弗雷德》第一幕第 2 场中,主人公曼弗雷德站立于阿尔卑斯山脉的圣女峰 (the Jungfrau),环顾自然的界域,然后说道,他在这里面能发现不同的语言,甚至不是语言的语言,他自己希望在这个环境里找到高一级的表意媒介。我们先插一句。说到这个话题,读者可以联系包括卢梭和华兹华斯在内许多前辈作家在相似语境的相似感受。其中有一位,有必要专予提及,即与华兹华斯同龄的法国作家瑟南古(Étienne Pivert de Senancour, 1770~1846)。具体讲,瑟南古在他的书信体小说《奥伯曼》(Oberman, 1804,1833,1840)中写到,主人公奥伯曼作为外国人,来到瑞士,有时他能在阿尔卑斯山间听到原住民唱起古老的歌谣,歌词他听不懂,但他的内心能识别那种韵调的意味,而且他认为这样的声音才代表更原始、更有效表达方式。② 瑟南古这本书首发于 1804 年,由此我们也可联想到华兹华斯写于翌年的小诗《孤独的割麦女》("The Solitary Reaper",1805),因为它也涉及听不懂却被感动的经历。在一定程度上,就像瑟南谷所言,拜伦也在《曼弗雷德》中说道,他听见牧人在山间吹起笛子,觉得那声音才是活的语言,它跨越了文字概念的界限,超然而没有实体,因此他希望自己能够化作一个音调(tone),以音调作为生命的实质,进而拥有更强的表述能力。③

在拜伦的长诗《少侠哈洛尔德游记》第三卷中,主人公来到日内瓦湖一带,徜徉于山水间,心绪涌动不息。待夜幕落下,风暴来临,他被风势和雷声等自然因素所打动,忽意识到,天地间声音这么大,那当是山峦与雷

---

① Peter J. Manning, "*Don Juan* and Byron's Imperceptiveness to the English Word." *Critical Essays on Lord Byron*, pp. 110~111.

② Étienne Pivert de Senancour, *Oberman*, Lettre LXI. Éd. Fabienne Bercegol. Paris: GF Flammarion, 2003, pp. 286~287. 1833 年之后的版本,书名改为 *Obermann*。

③ George Byron, *Manfred*, Act I, Scene ii, ll. 48~56.

电等事物之间在相互交谈,而其各自的表意方式竟如此粗犷而强悍,一时间哈洛尔德觉得自己相形见绌,似乎无论再使用什么样的人类语言,都会虚弱而无力;有言说,却不达意,于是,他的思绪变得激烈起来,最终他也想与大自然认同,说自己若不能拥有山峰之间的那种对话的能力,若不能像雷电那样用最简单的声音一次性表达自己的全部情感和心绪,那就没必要再说话了。① 上述《曼弗雷德》和《少侠哈洛尔德游记》所提供的两个例子中,自然的音调、宏大的声音和炫目的光电等概念被重复提及,它们虽属较大规模的事件,但究其所对拜伦的感染和启迪,其与唐璜在一位个体少女的嗓音和表情中所直接感受到的表意效果并非不可类比。

  回到《唐璜》的海黛片段。拜伦一边讲述,又有旁骛,顺带插入他自己的切身经历,在不殃及故事脉络的情况下,以介乎严肃与不严肃之间的语气提起英国。他远远地站在与"你们"英国人相对的一侧,不认同时下的英国文化,通过回忆其在英国国内的生活往昔,几近直言道,自己已经背离了那种他曾经熟悉的表意方式,似乎如今的他,既已转向唐璜传奇,就证明自己已经从英语语言的世界跑了题,仿佛放弃了一种语言而拾起另一种,尽管其作品还得用英语写就。他说眼下他身在国外,也像唐璜那样,通过观察女性的脸部表情,或通过"手和手的紧握,甚至轻轻一吻"而学会了西班牙语、土耳其语和希腊语等语言中的一些字词,而英语则是不大用得上了:Much English I cannot pretend to speak,意思是在新的际遇中,适合说英语的场合不多了,也不宜因说英语而显得做作;这主要是因为,无论其在英国文坛所学,还是于英国诗坛所阅,他都觉得不大自然,前者为一些忠君敬神的、文章盖世的"教士"般的散文家所主导,后者则是"我最恨",读不下去。② 而且,似乎为了带出与海黛的反差,他还顺势提及那些引领英国时尚风向的"淑女们",说他自己一度深陷那个界域,如今则

---

  ① George Gordon, Lord Byron, *Childe Harold's Pilgrimage*, Canto Ⅲ, St. 96～St. 97. David Perkins, ed., *English Romantic Writers*. Orlando, Florida: Harcourt Brace Jovanovich, Inc., 1976, p. 50.
  ② 拜伦,《唐璜》,第二章第 164～165 诗节。

是一位"早离开了"的远游者(wanderer),也相当于一举跑了题,曾经所纠葛的,不过都是旧梦而已,自己此时连"鞭挞"的心情都没了。① 这些诗文对母语如此负评,肯定是过分了,毕竟他自己是强大的英语写手,然而,拜伦在爱情和脱语之间建立了互代的关系,夸大了"手和手"等他类沟通方式的作用,这里面还是隐隐蕴含着易被忽略的意趣的。

　　除了语言表意层面,海黛片段还搭起其他平台,也体现拜伦运笔于落俗与不凡两界之间的文思。比如,对于海黛这个人物形象的定位,拜伦借助若干比喻,它们之间有的可以相互强化,但总体上并不全都相安无事,也出现了互斥的情况。海黛在诗文中亮相后,即被拜伦比作赤脚仙女、夏娃、希腊女神、希腊雕像、圣女及女王等,也被比作美妙的树木。相对于读者,这些大概都可被自然而然地接受。此外,她虽然只是一位17岁的普通少女,拜伦却也执意将其被比作圣母玛利亚(Virgin Maria),而且这是在唐璜完全恢复意识后首先被提及的形象。此前,他仍昏睡时,她就"俯身看着他,他躺在下面 / 好似婴儿酣睡在母亲怀里"②。等他醒来后,拜伦提到这个少年生平对于女性脸庞的敏感,说他以前即便去教堂祷告时,也多是将自己的视线从那些难看的圣徒和毛发不整的殉道者的造像上移开,移向圣母的美好肖像。③ 客观上,海黛也的确是virgin(处女),遭遇海难的唐璜也的确没有多少衣衫能留在身上。但是在所衍生的寓意层面,既有圣母,就不能缺了圣子;既有圣子,就会带出基督教圣像传统中的Pietà(圣母哀子意象,圣母怜子图);子既被哀,衣衫也只能少而褴褛。于是我们看到,拜伦在勾勒两位少男少女最初的身体互动时,所烘托的局面大致是先不涉男与女,而是生与死,因此也就出现了海黛一方对受难者唐璜的自然的哀怜。

　　《唐璜》第二章第113等诗节显示,海黛一上来几乎是直接试图用自己的嘴让唐璜恢复呼吸,一边"不断擦洗他冰冷的太阳穴",指望"把他的

---

① 拜伦,《唐璜》,第二章第166诗节。
② 同上书,第二章第148诗节。
③ 同上书,第二章第149诗节。

精神(唤出)死之境域"。① 然后,面对一个"近乎赤裸的身子"(scarce-clad limbs),这位少女将其上身抱在怀中,用自己的"斗篷"将他遮住,用洁净的手臂托高其头部,再以自己明净、清纯而温暖的脸颊给他那死神般的额头"作枕头",还"焦虑地望着他",并随着他痛苦的叹息而叹息。② 如此文字,生动如画,已经很接近圣母怜子图了。国外有在线学刊文章,谈论西方绘画领域对于《唐璜》情节的再现,其中提到19世纪英国画家福特·布朗(Ford Madox Brown,1821~1893)所绘《海黛发现唐璜》(*The Finding of Don Juan by Haidée*)这幅著名油画作品。文章作者认为,布朗也对《唐璜》的海黛片段做了宗教层面的解读:"复活主题(在该画作中)得到支撑,这是因为(画作)在形式上呼应了圣母怜子主题,损坏了的木桨则暗指十字架……"③

此外,拜伦本人还直接使用岩石和山洞等意象,说海黛与侍女两个人将唐璜抬入山洞中,然后"生起了火",让火焰照亮洞中的岩石(the new flames gave / Light to the rocks)。④ 这也会诱导读者联想基督教有关岩石上的圣母(The Virgin of the rocks 或 Our Lady of the rocks)等各类历史传说或造像。《唐璜》第二章第129诗节,拜伦更用倒叙的方式回顾海黛最初在海滩上发现唐璜时的情形,说海黛当时决定要救他,就是出于common pity(字面意思:人皆有之的怜悯)。而由于这个诗节中也出现了带引号的"外路人,带进家来吧!"('to take him in, / A stranger')这句话⑤,国外研究者一般会提示其出自《圣经·新约》,具体套用的就是《马太福音》25:35~36 中耶稣有关"我作客旅,你们留我住;我赤身露体,你们给我穿"等言语。耶稣的形象应该出现在拜伦的意识中。而至于海黛

---

① 拜伦,《唐璜》,第二章第113诗节。
② 同上书,第二章第114诗节。
③ Tim Killick, "The Protean Poet: Byron's *Don Juan* in the Visual Arts." *Romantic Textualities: Literature and Print Culture*, 1780—1840. Online Journal, Issue 21, Winter 2013, 88~107, p.98.
④ 拜伦,《唐璜》,第二章第115诗节。
⑤ 同上书,第二章第129诗节。

的怜悯,则既普通,又丰厚,在日后唐璜狼吞虎咽之时,她"像慈母般看着他,一心想 / 把他喂个够"。①

再变相重复一下:拜伦让他们二人之间最初的互动过程先行超越了狭义的性别关系,主要是将神圣的意味赋予男女间自然而率真的善意。人类若有本能,怜悯亦本能,该是人皆有之,无论当事二人是否能用语言交流,无论各自身上是否带着什么社会属性。pure(纯净)和 transparent(透明)等词被多次使用,对应着道德层面的无瑕。也就是说,基本而绝对的怜悯和善意是非常重要的,有善如此,才可比拟圣母。这样的善意发生在男女之间,才能更体现"善"的基本而绝对的性质,而若发生在别类的人际关系中,强调其纯净或透明或神圣的必要性或许就不那么大了,这当然是相对而言。神圣的同情心可以被仰视,这是因为其所拯救的不只是青春活力,更是生命本身。可以说,在拜伦的叙述中,自然的情感被神圣化,神圣的情感被自然化,少女成为圣母,西方宗教文化中的救赎主题被赋予了新的含义。

稍调整一下角度。虽说最初的明净爱意并不能直接铺垫事后二人之间的全部激情,我们读者一方大概也不需要太过直接的逻辑因果关系,不会用后来的激情推翻此前的明净,但是,事后的情欲或可以反过来印证微微隐现于最初爱意中的另类成分,这个可能的互映关系多少还是可以让事先和事后两个阶段之间有了些连贯性,而且这也并不会颠覆圣女之为圣女的可信性。简单讲,神圣之余,也是可以跑题的。因为,既然善意发生在男女之间,那就不大可能完全不涉男女。在最浅而又最深的意义上,唐璜被海黛发现,并不完全是一个人被另一个人发现,也是男性被女性发现,而如诗文所示,随之产生于海黛心中的,不只有怜悯,也有美感,两者同时发生;两种情感之间可相互独立,有各自的真实性,然而又相辅相成,似乎两类冲动合二为一,让诗文所含超然而跨界的因素更有力度。这是拜伦的强大之处。在具体安排上,他将男女情爱的基因埋伏在极早的阶

---

① 拜伦,《唐璜》,第二章第 158 诗节。

段,尽量不让它远离自己的视线范围,甚至一上来就用与圣母意象大相径庭的比喻来界定海黛整体的生命禀赋。因此,拜伦虽认真推介圣母式的怜悯,但不可能受制于单一的路线。

先看唐璜一方衣不遮体的情况。他身上到底还剩没剩下一点衣物,对此拜伦所给出的信息存在字面上的模糊性,读者也会因此产生不同的理解。比如画家布朗,他亦可被视为一位对拜伦很上心的读者,在他那幅油画中,大概拘于艺术套式,或出于得体方面的考虑,他调整了唐璜的身体姿势,并对局部略加了一点遮掩,大致让人产生接近全裸的印象。就在这一点上,上述我们提及的《唐璜》第二章第 114 和 129 诗节之间产生了分歧。前者所说的 scarce-clad(近乎赤裸的)状态到了后者那里直接变成了 being naked(直译:由于他是全裸的)。当然,我们可以说 naked 一词本身亦含"衣不遮体"的意思,未必仅仅指一丝不挂的情况,因此诗人的思路也未必发生了什么错乱。但另一方面,把这个并非很安分的词直接用在一位少女不期所遇的事物上,这无论如何还是有些唐突的。因此,拜伦在第 129 诗节所为,或也是不管不顾抛出一个概念再说,似是对读者的恶作剧,任他们对少女的发现做出自己的反应,反正责任不在他。此外,即便有读者认准唐璜绝对本真的状态,那也会与拜伦此处诗文中所可能含有的一种文学思想暗合,而思想可以净化状态。也就是说,根据某种思想内涵,该状态更能体现唐璜一方无力、无助、无邪、无涉任何文明与社会因素的自然处境,更能说明海黛所发现的也不是什么复杂的、携带着某些文化符号的载体,而不过就是个 naked truth(赤裸的事实)。

就是在这个上下文中,拜伦融入怜悯和"惊惶"(shocked)这两种成分,大致让它们同步发生,前者关乎伦理,后者关涉感觉,但若仔细追究,两种反应之间或许也有微妙的先后之分。我们若对第 129 诗节的局部诗文做更直接的散文释义,会发现其字面意思明显含有这样的有趣意味:(那一天,海黛发现了半死的唐璜,)可是,这是个赤裸的人,因此,你知道,她感到惊诧,然而她自认为,自己应该出于常人都有的怜悯而把他搬到自己的洞居中。此处所及心理活动中居然出现了"认为"(deemed)这个动词所代表的推理成分,再加上"应该",似乎需找到稍高一级的借口才能心安理得地将这个陌生的男性拖入自己的住处。两种因素,理性的与感性的,似乎前者比后者稍微迟了半秒钟。本来没多想,忽而有所想。如果这里面的确有所谓恶作剧,那也是拜伦强迫我们消化这两种因素之间所存在的异动、整体性、谜团。这个诗节的最后一行,海黛似乎于瞬间知道了自己该做什么:"[…] / A stranger' dying, with so white a skin." 直译过来:"(该救助这位)陌生人,毕竟他快要死去了,而且他的皮肤又这么白。"心绪如此推进,这当然也是瞬间的紊乱,因为拜伦加上后半句,从伦理层面跑了题,让海黛的关注点发生了移焦的情况。或许,叙述者真没必要这么东拉西扯地添乱;救不救人,跟皮肤的颜色有关吗?我们大概会这样问。不过,日后 D. H. 劳伦斯等作家似乎不想以一笑了之的态度草草放过拜伦的逻辑链,他们也在自己的作品中安排过女性对男性的类似发现,似乎也着迷于拜伦式的赤裸事实,帮我们放大着半死的唐璜所代表的某种实质、某种清白,以及这些在哲思或宗教层面所可能含有的意义。

  柔弱而清白之说也与上下文中另一些意象发生关联,让读者意识到,拜伦的文脉中可能发生了更远的跑题,某些思想成分之"离谱",会出乎我们最初的意料。让我们转向唐璜刚刚爬上沙滩时的情景。拜伦第一时间对这个垂死幸存者所用的比喻,竟主要关乎这个躺在海边的男人有多么好看。对于这个局部,一般读者多不会驻足细究。我们事后得知唐璜躯体之白净,其实在第一时间他即被比作花朵:"他那模样多么像枯萎的百合! / 细瘦的身子支着苍白的面容";然后诗人说,造物中罕有如此美妙者。① 原文中又出现了 fair 这个词,其含义该与本书这一章前面对它的解释相近,亦有"白"的意思,而百合花(lily)在英国文学中也的确常被当作洁白品貌的代表。后来,当海黛像母亲一般俯瞰着唐璜,拜伦除了把他比作哺乳期的婴儿之外,还使用了一系列其他的明喻,其中也含有纤弱而娇美的植物意象:

---

① 拜伦,《唐璜》,第二章第 110 诗节。

第十一章 跑题的情感:唐璜的"艳遇"   345

> 又像风和日暖的依依垂柳,
> 　或波澜不兴的沉静的海底,
> 他柔软好似巢中初生的天鹅,
> 　又像盛开的玫瑰那样美丽,
> 一句话,他是个很漂亮的家伙,
> 不过被灾难折磨得失去血色。①

这些比喻与百合等有连贯性,它们组合在一起,诗意盎然而浓烈,很不寻常,甚至可以说,此中拜伦的诗心和用意都有些过强过切了,尤其当他把这些美好的意象连续用在唐璜这样的男性人物身上。

然而,连贯的比喻一定体现连贯的思维。具体看诗文所及一系列形象:百合、婴儿、垂柳、稚嫩的天鹅、花丛上端新绽的玫瑰(the crowning rose)、如婴儿般被哄入眠的海洋(Lull'd like the depth of ocean when at rest)等,应该说在它们所共同揭示的特点中,娇弱而柔美的气质最显而易见,似乎拜伦就是要借助它们而把一个处在生命力鼎盛期的男性青年断然还原为一件值得怜爱的自然物体,一个实质上无论如何都不过就是个小男孩的生命体。哪怕这个"很漂亮的家伙"已经脱离的濒死的状态,已经在呈示着他的鼎盛期,哪怕俯瞰他的那位女性自己也仍是同龄少女,但她对他的情爱仍可以自然而然带入母爱的成分,效果上亦可逆证一宗赤裸事实之无辜,或者其与幼禽和纤柳之无异。海洋可被诗人平息,激情也可被他纯化。

而之所以说拜伦一些所谓跑题的做法出乎我们的意料,是因为他还不仅仅呈送花草及母爱等画面。在说到海黛对当时身处困境的唐璜予以救助时,拜伦对她本人的形象做了更复杂的定位,他既用俗套,又抛离俗套,似一步跨入鬼域,显得有些不得体了,好像是为了确立海黛作为猎手的一面,才把唐璜写得如猎物般柔弱,为猎人所惬意。我们先提一下,对于被海水冲上岸的那个白净的躯体,事后拜伦帮着海黛梳理她的感

---

① 拜伦,《唐璜》,第二章第148诗节。

受,说:

> 光是看着他,就是多大的乐趣!
> 呵,生命好像是在扩展,每当她
> 和他一起欣赏着自然的美景,
> 或看着他睡、醒,在他的触摸下
> 深深激动;和他永远活在一起,
> 未免太奢望;但一想到分离吧,
> 她又发抖。他是她的,是她从大海
> 得来的宝,她的初恋和最终的爱。①

这里面有几个关键点。涉及这个漂来的人从何而至,海黛的知识结构不足以让她揣测任何具体的文明界域,而是执着地把他认定为大海的馈赠(ocean-treasure),而且获宝的地点也的确是在海边这个代表文明界外的地方,反正唐璜本人越了界,漂到这里,归属的对象不明确了。此中当然也含有海盗的逻辑,因为她也认定这个人是个贵重的漂来物(a rich wreck),她是凭借先见先得的道理而享有对于他的所有权:"他是她的";一个生命体被猎获了。在这个意义上,当我们阅读"光是看着他,就是多大的乐趣"这一行时,我们当然可以体会拜伦所谓"生命好像是在扩展"这个说法的无限端正意味,但或许也可品味到体现于占有者态度中的某些微量黑色因素,或某些不详成分,尤其是被她赏看的人又是那么纤弱。

如此可能的因素将我们引回到《唐璜》第二章较早一些诗节对海黛外表和神态的另类表述。如,海黛身材高大,"比一般的女子都高(of the highest for a female mould)",而且她的气质中有一种管辖一切的威严,就好像她是整个地界的女主人。② 然后拜伦似惯性使然,突然又勾勒出海黛形象中有别于圣母或仙灵的一面:

> 她的头发是褐色的,我说过,

---

① 拜伦,《唐璜》,第二章第173诗节。
② 同上书,第二章第116诗节。

> 但她的眼睛却乌黑得像死亡,
> 睫毛也同样黑,像丝绒般弯下,
> 　却含有无限娇媚;因为当目光
> 从那乌亮的边缘整个闪出来,
> 　连飞快的箭也没有这般力量:
> 它好像是盘卷的蛇突然伸直,
> 猛地把它的毒全力向人投掷。①

"像死亡"(as death),应该也有"死神般的"的意思。"无限娇媚"的原文 deepest attraction 也指向致命的诱惑力。用"乌亮的边缘"(raven fringe)之说形容眼睫毛等处,也暗喻海黛的目光具有猛禽等动物所特有的犀利。而接着又将这种目光所放出的"箭"比作"盘卷的蛇突然伸直,/猛地把它的毒全力向人投掷",这就更有些异乎寻常了。死神、女妖、猛禽、毒蛇,这些明显或隐含的意象凑在一起,显得过于激烈,与圣母等其他比喻相左,可能会让有着美好期盼的读者一时无所适从。可是,虽说它们有些出格,但拜伦也不大可能仅仅是在无端地加料或跑题,因为诗人所为,关乎一种更强烈、更内在的反差,它发生在这一组意象与唐璜的白净及单纯之间。我们将这两个侧面确立起来,触摸两者之间的张力,或也能有所收获。

所谓"枯萎的百合",若是被凶猛的蛇女救助,那么救助的过程就不适合用常理去解读了,因为其间会产生粗暴因素,甚至救助即摧残,复苏即死亡,这是拜伦在跑题中跨越一般认知或理念的地方,只不过这种摧残的确是救助,是以罕有的猛烈而善意的方式对生命力的激发,或相当于发生在风暴与幼苗之间的剧情。的确,若从字面上更认真对待拜伦有关海黛的黑色比喻,那么相对于女巫或猛禽,娇小的天鹅幼仔当然也是被吞噬的对象,这一点似可喻及娇弱的唐璜被海黛的情感浪潮所吞没的情况,甚至间接预示二人恋情的悲哀结局。或者换一个角度讲,植物类的自然物被动物类的自然势力所摧撼,这也是一种不对等的互动,埋伏着难以善终的

---

① 拜伦,《唐璜》,第二章第 117 诗节。

因由,即便不考虑海黛父亲等所代表的外部因素。只不过此后的剧情仍得以展开,这也是因为在这种另类救助中,当事的双方都是自然的,代表了整体自然的不同方面,也达成自然的平衡,就好似英国浪漫时代早期作家威廉·布莱克在自然界所看到的不同生命个体之间不成比例却又你情我愿的动态关系。更何况拜伦愿意让唐璜被卷没;作者的意愿成为该人物的意愿,似乎这例情爱关系中的男性一方在享受被海黛呵护时,也体现出甘愿以自然物体身份接受自然能量之虐爱的心态,只要对方是海黛。裸躺在沙滩上的他的确有些无辜,但考虑到他此前在朱丽亚一事上所闹出的动静,他的皮肤之白肯定不能等同于他的天真无邪,只不过他自愿弱小一些,温顺地进入海黛所投射给他的角色,与皮肤之白认同,或让生命仅仅服从于自然的激情,也因此让女性一方显得主动和高大。于是二人之间就有了暴烈情感纠葛中的和谐相融,乃至在相融中,唐璜一时淡忘掉了现实的处境,让人觉得他竟有了一丝赴难的潜意识,抑或是赴难的快感。

总之,拜伦在对海黛形象的整体定位中的确跑了题,把她推到文明的界域之外,让女妖与猎物的关系并行于圣母与圣子的关系。然而在深层意义上,这也并不矛盾,反倒有助于揭示海黛人格之生动和人类情爱关系之复杂。反正较纤弱的一方被安排成男性,被比作嫩柳,跑一跑题,让海黛拥有一些炽热而致命的气质,倒也不至于直接致命于他。国外学界有一篇文章从"生物进化心理学"(evolutionary psychology)的角度谈论拜伦的人格特征,手法就像客观地观察自然界的动物行为。文章具体审视cad(对女性不忠者)与dad(父亲,长期对家庭尽责者)这两个概念以及所涉两种动物之间的区别,以确定拜伦到底属于哪种类型。拜伦其人毕竟不能完全等同于其所创造的文学人物,因此,文章作者认为,拜伦笔下那些愤懑而暴躁(bitter, violent)的男主人公一般只代表诗人人格的一个侧面。[①] 对于此文所言,我们可适当补充一句:拜伦的那些男主人公也并非

[①] Ian Jobling, "Byron as Cad." *Philosophy and Literature*, Vol. 26, No. 2, October 2002, 296~311, p.301.

全都属于躁怒的类型;当我们具体阅读诸如《唐璜》这类作品并聚焦里面的主人公时,cad这个概念的契合度就要打一些折扣了。反过来讲,谈论拜伦对性别因素的处理,不宜抛开《唐璜》这部核心著作;即便唐璜这个人物身上也带着cad的痕迹,其性质也有所不同。唐璜一系列所为,多体现被动性(passivity),这也是不少读者共有的印象。

既被动,则有别于史上唐璜传奇的情节程式。多年前,国外另有学者也借助心理学角度,但却勾勒出唐璜服服帖帖的一面。本书第十章,我们曾提及一篇题为《拜伦的〈唐璜〉:作为心理剧的神话》的文章,作者坎迪斯·泰特(Candace Tate)在此文中另说到,《唐璜》这部作品其实是拜伦本人的内在的"心理剧"(psychodrama)。此言代表了文章的基本立论,话说得也很直白。该文局部有这样的认识:

> 拜伦似乎创造了(《唐璜》)这部神话的一个全新版本:他赋予唐璜其所应有的性能力,但却一反常态,让他变得在女人面前脆弱不堪(vulnerable to women)。所谓唐璜的阳刚气(virility),它不仅受制于爱情所特有的把人驯服的效力(taming influence),也被他所相遇的每一位女性所觊觎,所操控,所支配。①

如此"全新版本",自然是对传统的越界。不过,无论被"驯服",还是被"操控",这两类定义虽都并非错用,但或许还可再微妙一些;"每一位女性"之说,似也只是在大面上过得去。我们以上谈及唐璜示弱过程所牵扯的复杂意味,即旨在探测拜伦本人的文思所可能达到的深度。

唐璜之为唐璜,竟可以变得孤弱,竟成为被救助的对象,人生跨界之如此,的确蹊跷而神奇,然而这只是谜团的一半,所含其他因素也会让读者产生奇妙感。不管唐璜所得到的救助是催撼还是激励,他也可以凭借被救助的过程去"救助"海黛。或者说,弱者可拯救强者,正是通过被救助,通过自己的娇柔,才可以拯救这位远在他域的少女,即便无此动机,也

---

① Candace Tate, "Byron's *Don Juan*: Myth as Psychodrama." *The Keats-Shelley Journal*, Vol. 29, 1980, 131~150, p.132.

有此效果。的确,海黛也获得新生,她的善举无形中也让她经历了被"激活"的过程,似乎海上漂来一个机会,让她得以施展各种天然的禀赋,于是也进入自我生命力的苏醒形态。而随着叙事脉络的具体演化,拜伦也让他俩的身位关系发生互换,在表述手法上转而呈示海黛一方的纯净,甚至正如本书第八章在谈及《唐璜》第二章第 190 至 193 诗节时所提到的,拜伦亦将海黛比作幼禽,说"她真纯而无知得像一只小鸟,/在飞奔自己的伴侣时只有快乐",由此也让她变得柔美、弱小、孤单、可爱,"她爱着,也被人热爱;她崇拜,/也被人所崇拜"。① 相互救助的意味显现出来,也预示着下一步的命运转折。在这些表述之后,即出现了但丁式"地狱"和"惩罚"等概念。而如果我们将此类概念与上述所提到的死神和毒蛇等意象相联系,或许能感受到局部诗语成分相互呼应或相互映照的情况。自始至终,不祥的阴影笼罩着二人的情爱关系,反衬出两位幼鸟般的恋人无所顾忌、情愿犯戒的特点,即那种能让旅者但丁有所怅然的局面。

若抛开情节的来龙去脉,仅看后果一侧,他俩相互间的确把对方拖向地狱,尤其海黛,涉及自己所谓终身大事,至少客观上做了违逆父亲意愿的事,且任性而执着,这就像是把唐璜从海域救活,却又注定将他拖入险境,也让自己受难;命运如此快变,似乎拜伦在生命达至辉煌和命运跌入谷底这两条线索之间发现了既偶然又必然的重合性,尤为高烈度情感关系所拥有,让人觉得罕见的经历多是短暂的经历。而随着海盗王的返回,二人最后也的确陷入磨难,其私下所共享的情愫竟丝毫不被同情,真正的粗暴一出现,生活中强大的诗意竟变得孱弱不堪。少女之如海黛,竟在悲哀中默默死去,而最后这一笔,若配合拜伦最初对唐璜和海黛二人的基于新绽玫瑰和高大女神等比喻的反比例推介,尤令人感慨,似乎诗人一时间彻底净化了自己的话语空间,将终极的悲剧气度引入唐璜传奇,让一位年轻的女性成为悲剧主人公,可被仰望、被悼念。在一定意义上,《唐璜》中的海黛片段展现超乎比例的诗性发挥,诗歌相比于现实,其体量似乎要大

---

① 拜伦,《唐璜》,第二章第 190~191 诗节。

出许多，诗意漾动于事件的硬核之上；然而换一种方式看，甚至在实质上，该片段却是让诗人的自我变小，让诗歌变小，小于海黛所代表的真实而率性的生命实践。拜伦是在向潜伏于世间的一种黑色热能致敬，体现他自己通过唐璜这个文学人物，以自逊的方式，心甘情愿对一位文明世界之外的、身材高大而一度只用眼睛说话的希腊岛女的祭奠。

最后，让我们分享拜伦平时生活中涉及女性的一段言谈，布莱辛登夫人将其记录在案，同时她及时提醒读者，对拜伦所言不可太认真，因为他的见解向来翻云覆雨，有效期最多一天，转过天来他就可能针对女性群体说出那种打落一船人的"挖苦话"(some sweeping sarcasm)。不过，具体到他所说的这段话，还是感动了她：

> 在我印象中（拜伦说道），狄德罗曾经说过，若要描述女人，你得蘸着彩虹来写她们才行，然后不是用沙子，而是用采自蝴蝶翅膀上的花粉把纸上的笔迹沾干。这个 concetto（意大利语："意念"）配得上法国人，可虽说其本意是为了恭维你们女性一方，但实际上达不到那个效果。若要描述女人，你的笔不是去蘸彩虹，而是蘸于人心，尤其要在这颗心活过 18 个春秋之前，然后我觉得唯有青春少年的叹息才适合用来把笔迹拂干。最能看懂女人的男人，需是那些清白的人，尚未有社会际遇让他们变得麻木不仁；未识邪恶，因而尚相信善。……因此，对人间的事了解得越多，越不适于担此任务。当我试图描写海黛和朱莱卡时，我尽量让自己忘记涉世经历所教给我的一切，而如果说我还算成功的话，那是因为我曾经深信，如今也依然深信，女人都是通过与男人的接触，才认识了恶，而男人一方唯有以女人为标准，才能判断什么是纯真或善良。①

---

① Lady Blessington, *Lady Blessington's Conversations of Byron*, pp. 196～197. 沙子(sand)，即细沙，旧时文房用品，用以沾干纸上的墨迹，令其更清晰。朱莱卡(Zuleika)，拜伦诗作《阿比多斯的待嫁女》(*The Bride of Abydos: A Turkish Tale*, 1813)中的女主人公，也是一位失去恋人后在悲郁中死去的少女。

不认同狄德罗的"恭维"话，没问题，但仅就文学想象力而言，爱声称自己在才艺上不输给任何人的拜伦这一次居然未拿出更晶亮的比喻来暗化前辈名人的妙语，这多少会辜负某些读者的期待。当然，拜伦所喻，层面不同，在内涵上倒是让话题忽而多了几分深沉，他自己也于瞬间显露出较严肃的一面，既让布莱辛登夫人"满意"（gratifying），也有助于我们感受其如何给海黛和朱莱卡等他域少女定位。我们只截取这段话中的一个意思：作为诗人，只有尽量先脱离世俗主流的轨迹，凭借排空、忘却和重回少年，才能写好比自己更纯真而善良的人们，才能最终把纯真和善良的原状"成功地"转交给读者。

第十二章 "艳遇"续:跨越更远的界域

从希腊再往东,就更深入欧洲人曾经概念中的"东方"了,虽然远不及所谓"远东"那么东方。具体就土耳其等地而言,一度都被涵盖在"近东"这个称谓之内。唐璜命运多舛,却也会在距离欧洲主体更远的地方遇见其他女性,在与她们的互动中,他也将经历价值理念和文化习俗等方面的更远的越界。这些会进一步折射研究界一般常说的拜伦对所谓"东方"的好奇。拜伦的长诗《少侠哈洛尔德游记》较早体现他的此类兴趣,其头两个诗卷(Canto Ⅰ, Canto Ⅱ)发表于1812年,里面不少内容都涉及希腊东部和阿尔巴尼亚等地的风情与文化,拜伦本人所实历的"东方之旅"(Oriental travels)应该是有关诗文的主要灵感来源。1813年起,以诗作《异教徒》(The Giaour, 1813)为代表,拜伦又发表了若干"有关东方的故事"(即所谓 Tales, Chiefly Oriental),内容覆盖土耳其等国家和地区。根据学人所见,如果说在创作"东方的故事"时,拜伦表现出主观的投射以及为我所用的倾向,其在写《唐璜》时则变得更贴近土耳其本土状况,其所参考的历史材料让他的笔法更显示出细致和现实的一面。① 至少《唐璜》中的土耳其诗章有关宫廷建筑等客观环境因素的描述

---

① G. K. Rishmawi, "The Muslim East in Byron's *Don Juan*." *Papers on Language & Literature*, Vol. 35, Issue 3, Summer 1999, 227~243, p. 227.

能印证此说法。

　　本书上一章,我们观察了有关朱丽亚和海黛的两个焦点画面,此章我们仍沿用"跑题的情感"这个角度,从后续诗章中请出另外两位女性,亦作为焦点影像予以审视,即:土耳其后宫宫女杜杜(Dudù)和土俄战场上的穆斯林孤儿莱拉,她俩也成为唐璜跑题的对象或媒介。莱拉10岁,尚属儿童,但拜伦既对其孩童身份感兴趣,却也不仅仅把她视作孩童,而情愿把更多的美感和善意寄予她身上,让唐璜与她之间结成跨域的牵挂,诸如年龄、地域、政治观念以及宗教文化等界线,都被跨越,跨距虽大,却也不乏说服力,当然拜伦的文学表述中也含有其他复杂而微妙的成分。

一、杜杜:性别的跑题与越界

　　《唐璜》第六章,唐璜逃离希腊海岛后,在奴隶市场被土耳其阉宦巴巴买下,就此受制于人,男扮女装,即被引入苏丹王的后宫。之后,他又随队步入宫女们就寝的区域,一处常人难得一见的"女人的迷宫"。① 在这个片段中,因涉及所谓"变性"内容,唐璜与杜杜同榻共眠的局部会引起一些读者的注意。当然,并没有真的变性,只是在性别认同上,唐璜一时间从被动接受,到主动跑题,或也是有意无意跑入了异性的身份。本来是男性,倒是也长着一张跨界的脸②,又在周围人的认知中被完全概念化为女性,再借助于服装和饰物,外表也足够逼真。然后,个别宫女反过来又有了"他若是男性多好"这样的心愿,而他自己呢,却一度更愿意借题发挥,非返回男性,而是利用移位的性别,以"璜娜"(Juanna)的名分,很方便地跨越本如天堑鸿沟的性别距离,达到与一位陌生少女的无间接触;如此一来,既短暂体验所谓"同性的"情谊,又占了异性的便宜,还好似于刹那间帮人家完成了心愿。历险、僭越、作弄、共情、苟且、低俗、温存、施舍、救

---

① 拜伦,《唐璜》,第六章第 57 诗节。
② 有关唐璜的长相,长诗中有若干简短推介,其中有一位第三方普通人的直白评价也可作为参考。本书第八章提到,朱丽亚的女仆安托尼亚帮前者面对现实,说唐璜的脸不过就是"小白脸"。"小白脸"的原文是 half-girlish face,字面意思指半男半女或一半女人样的长相。

助,等等,诸因素都可能混掺在唐璜于"女儿国"的这段经历中。

围绕着唐璜的长相和男扮女装这一技术问题,国外学者做过灵感溯源和词意考据。关于长相,美国评论家特蕾西·科尔文(Tracey Colvin)力求严肃对待拜伦的字面表述,专门就拜伦用来形容女性美的一个形容词做了研究。《唐璜》第四章第 113 诗节,涉及苏丹王所插手的奴隶贸易,拜伦说在集市上被售卖的女奴中有"高加索、/ 俄罗斯、乔治亚来的人",其中"乔治亚来的"这个概念的英文原词是 Circassian,现一般译为"彻尔克斯人的"。彻尔克斯人属西亚高加索人一支,所涉地区也的确关联着"乔治亚"(即今人所称"格鲁吉亚");史上,彻尔克斯女奴以美貌著称。在接下来的第 114 诗节,查先生的译文以"天姿国色"和"无一处不鲜艳夺目"之说来对应原文的"Beauty's brightest colours"和"all the hues of heaven"两个短语,足以匹配拜伦所述一位卖价"一千五百元"的"吉尔吉斯的""处女"的相貌。"吉尔吉斯的"原文也是 Circassian。科尔文凭借这个词,感受诗人如何在《唐璜》第五章等处直接将唐璜比作拥有所谓顶级美颜的女性。具体讲,"拜伦显然了解这种(美貌的)彻尔克斯女性的作用:她的理想化的肉体美、她的皮肤之白,以及她那作为被展卖的商品化的身体所具有的作用"①。说一位男性拥有彻尔克斯女性之美,即等于说他美之"不凡"(sublime),因而有着"魔鬼般的美貌"(monstrous beauty);唐璜于是成为一道"景观"(spectaclized),这既给他"带来麻烦",也让他获得方便。② 总之,拜伦着迷于彻尔克斯美女之美,他了解有关的人口买卖,并在《唐璜》第五章将唐璜置入这个语境中,让他被贩卖到苏丹王的后宫,在相貌和地域背景等方面均体现与众不同之处,好像跨了界。

至于男扮女装,学界很早就有人对拜伦的灵感来源做过简要考证。1940 年,美国学者玛格丽特·麦克吉因(Margaret E. McGing)在一篇文

---

① Tracey Colvin, "A Monstrous Beauty: Performing Freakishness in Byron's *Don Juan*." *Nineteenth-century Gender Studies*, Issue 2.1, Spring 2006. 见该文第 9、10 自然段(所用电子版无页数,只标出每一自然段序号)。

② Ibid.

章中提及一则传说,涉及某英国浪子在葡萄牙里斯本市一所女修道院中对惠灵顿公爵的恶作剧,她猜测拜伦的灵感即来源于此。她另外说到,拜伦多半也读过有关男扮女装在土耳其属常见现象的文字,因而他也可能"将他对这两件事的印象掺混在一起,创造了唐璜的入宫之举";当然也不排除一切都是"拜伦自己的发明"。① 有关拜伦的传记性出版物中也会涉及相近的话题,比如麦德文的《拜伦男爵交谈录》这本书,只不过其所及内容从男扮女装变成了女扮男装。麦德文回忆说,拜伦曾跟他讲过,很多年前他自己曾用了些心思,把一位少女装扮成男性,以对付其母亲不让他与女性相处的做法。②《唐璜》第十六章中,费兹甫尔克公爵夫人也受到女扮男装的处理,让有的评论家得出"男扮女装的唐璜与巧扮男修士的费兹甫尔克公爵夫人正好相互对称"③这个印象。这些相关的材料都处在外围,未必能直接协助我们解读有关的内容,但或许能对所谓性别越界概念的唐突感有所缓解。

关键的跨界,当然不限于衣装和相貌,更在于唐璜与杜杜之间的近距离接触,此中才饱含我们上述所说的诸种混杂因素。只是,当我们具体审视唐璜在这位陌生少女跟前的所作所为时,说其意味丰富反而是相对容易的事,不容易的是对于客观信息的拿捏,这主要是因为直接管用的信息太少,在具体事实方面,能证明有事情发生的,只是杜杜那一声划破夜空的尖叫,其他能被旁人所感知的证据就没了,而至于唐璜与她之间到底发生了什么,读者几乎无以抓握。拜伦本人呢?他又像对待其他个案那样,习惯性地把某些可能的细节攥成一团,囫囵抛给读者了事,反正从技术角度讲,赶来围观的宫女、围观的读者,乃至他自己和两位当事者本人,谁也都不可能目睹黑暗中的私密行为,如果有人愿意多想,那也不关他的事。

不过,先不管此案的轮廓如何难以看清,唐璜与杜杜作为一男一女同

---

① Margaret E. McGing, "A Possible Source for the Female Disguise in Byron's *Don Juan*." *Modern Language Notes*, Vol. 55, No. 1, Jan. 1940, pp. 39~42.
② Thomas C. Medwin, *Medwin's Conversations of Lord Byron*, p. 67.
③ Bernard Beatty, *Byron's Don Juan*, p. 100.

居后宫,这是事实,越界的情况肯定发生了,即便这个秘密可暂不为他人所知;而且,这种逾矩行为至少产生了一种效果,应该也是毋庸置疑的,那就是苏丹王的尊严不知不觉中被亵渎了,古尔佩霞王妃对唐璜的独占也被颠覆了。尤其相对于后者,本来她是为了方便自己的私欲,才想出了让唐璜易装入宫的主意,眼下却被这个人利用了。有鉴于此,一则无非就是男扮女装秽乱宫闱的轶事,读者一方本来完全可以因我们所熟识的那种廉价构思而将它打发掉,却也并不能仅被看得如此之低俗,因为它同时也凭借拜伦所刻意哄抬的那种爆发性剧情,助一位卑微小民完成了其有意无意针对异域威权和独裁者的恶作剧。更何况在拜伦的设计中,唐璜是拉着杜杜一起犯戒的,让一位恬静而柔美的底层宫女竟也跟着他做出大逆之事,而且她还心甘情愿。在一定程度上,这样的剧情设计重复了唐璜在朱丽亚和海黛两个故事中分别对阿尔方索和海盗王兰勃洛的"侵权"。似乎僭越之举,一旦关联上性行为,才会有弱者针对高高在上者的终极报复,后宫片段的后续诗文中王妃的痉挛和震怒证实了这一点。报复中所涉及的快感则是拜伦式的。

至于此前个别宫女渴望璜娜是男性,其中就有杜杜,她与另外两位宫女分享了这样的心情:"愿意有个弟弟和她(唐璜)一模一样,/ 若和他在高加索的故乡生活",该多惬意。① 杜杜 17 岁,年龄与海黛和奥罗拉相仿,原籍"乔治亚"(格鲁吉亚),异邦长相,但"花容月貌,美得不可再美",而且"她身材大"(being somewhat large)。② 尽管一些宫女已发现璜娜一方"高大得有男人味"③,但拜伦就像他对待海黛那样,也把身体上一定的优势赋予了杜杜,而不是将涉事女性扁平化或怯弱化。根据后续诗文所述,large 不只暗示高大,也表示丰满。同时,拜伦又说她神态慵懒,有如"打瞌睡的维纳斯",眼睛"只半阖着"就"足以教人一望而神魂不宁"。④

---

① 拜伦,《唐璜》,第六章第 39 诗节。
② 同上书,第六章第 40～41 诗节。
③ 同上书,第六章第 35 诗节。
④ 同上书,第六章第 42～43 诗节。

继而又说这位"懒洋洋"的少女有着低调而寡言的美好,宛若"宜人而和煦的风景",表现着"安谧、和谐与平静",其"思想纯洁",至少在此夜之前"毫无瑕疵",全无对自我身体禀赋的任何意识;"因此,她温柔而善良,善良得像/黄金时代"。① 唐璜所要触动、亲近或冒犯的,就是这样一位单纯而美妙的异域姑娘。越界竟如创举,似具有了挑战性。

姑且立即生发一下。挑战性之程度,其所覆盖的跨界宽度,仍拥有被放大的可能。任教于土耳其的学者大卫·希尔(David Hill)撰文,将唐璜进入苏丹王后宫的情节置于较大的概念框架中。他说:

> (唐璜一入宫,)两种因素二元对立的局面就明显形成了,让主体与他者相对。除了基督教徒/穆斯林以及欧洲人/亚洲人之间的二分关系,拜伦/唐璜此刻所面临的也是一位西方男性主体最终完全进入女性化的东方的过程。②

而且"西方"还不只是地域概念,它还指向那类"追求目的的、功利主义的、男性化的"人群,而与这些气质相对立的"东方"则代表着"迷宫式的、刺激感官的、女性化的"因素。③ 综合看这些说法中所用到的"他者"、"亚洲人"、"西方男性"、"东方"、"功利主义"、"女性化的"等词语,可以说其所体现的二分式界定方式受到了当下一些流行学术话语的影响,其表意效力因而得以提升,能让我们意识到,个人的某则跨界之举未必那么简单,它可能代表着更大规模或更遥远的跑题行为。可另一方面,欧亚及男女等对立关系若划分得过于鲜明,或也有简括倾向,与拜伦式的灵动才思有所出入。宫女们所遇到不是唐璜,而是"璜娜",她们反倒希望"她"是一位男性。尽管这并不能改变唐璜作为西方男性与异域因素发生碰撞的基本事实,但细节中或尚有其他意蕴可供考量。

---

① 拜伦,《唐璜》,第六章第 53~55 诗节。
② David Hill, "Orient, Self and Other in Byron's *Don Juan*." *International Journal of Arts & Sciences*, Vol. 7, No. 5, 2014, 577~584, p. 580.
③ Ibid., p. 577.

"璜娜"的作用之一就是让界线尽快失效。比如,为说明男女间一切障碍最初如何神奇地消失,拜伦让杜杜当着唐璜的面脱去衣衫。本来她想先为唐璜代劳,毕竟他是璜娜,是新人,但后者却出于所谓"过分的谦虚"而"谢绝了她的帮助"。选择自助,就得做自己从未做过的事;唐璜片刻后自行宽衣,笨手笨脚,让女装上"那些该死的别针把手指都刺破"。反观近旁的杜杜,则是"完全无邪地卸下了/全身的装束",然后又"卸下了一件又一件的装饰,/放在一边"①;而如此一来,至少在效果上,唐璜就成了一位苟且的不用偷窥的偷窥者,窥而无界限。顺带提一句,拜伦喜欢柯尔律治含哥特成分的诗作,尤其《克里斯特贝尔》(*Christabel*,1797,1800)这首未完成的作品,拜伦对其有很高的评价,能随口背诵其局部诗文。② 该诗第一部分第 233～263 诗行之间也涉及两位年轻女性人物在卧室中的近距离互动,如当面脱掉衣装等情节。拜伦的人物变成一男一女,所含跨界或犯戒的成分要更多一些。

我们不去管柯尔律治。遇到《唐璜》中这样的情节,读者多半会觉得这是将某些男性的妄念变成现实,手法和品位都嫌低下。而且,我们也会想到,杜杜片段之外,尚有其他类似的安排偶现于《唐璜》文本,亦含男女间界限消失的情况。比如,我们曾在本书第十章提及费兹甫尔克公爵夫人片段,提到她如何通过女扮男装而跨越了如但丁笔下地狱之门的一道界线,并得以潜入唐璜的房间,进而无障碍地直视唐璜的裸身情状,公爵夫人的男性外貌多少也为此举提供了方便。或可说,虽然有关杜杜和费兹甫尔克夫人的这两个片段在情调和细节等方面多有不同之处,但它们亦可互为倒影,前者含男人的异妆,唐璜变成了璜娜;后者有女人的跨性,费兹甫尔克夫人变成了黑衣僧,两者都体现精心谋获的视觉便利,也都关涉拜伦对于性别跑题这一可能性的感味和好奇,还例证了其对于男女间关键障碍的快意轻慢和解构。

---

① 拜伦,《唐璜》,第六章第 60～61 诗节。
② Thomas C. Medwin, *Medwin's Conversations of Lord Byron*, p. 177.

另外，这两个例子互为倒影的情况也让我们联想到《唐璜》中的一个侧面，涉及诗人的构思习惯。美国现代批评家 J. 希利斯·米勒(J. Hillis Miller)曾以七部英国小说为例，写了一本题为《小说与重复：七部英国小说》(*Fiction and Repetition: Seven English Novels*, 1982)的著作，具体梳理和谈论常见于小说这种体裁中的各类重复性文字和意象。他的焦点是小说，但他的视野并未局限于小说；他甚至一上来就暗示，叙事类文学作品一旦达到一定的长度，都会共有一些现象，比如，在这些长篇作品所能引起读者兴趣的各种因素中，大家会"辨认出一再出现的成分"，会发现这些成分"一再出现的过程中所生成的意义"。[①] 希利斯·米勒还进一步指出，重复性因素古而有之，荷马史诗、苏格拉底前的哲学家论说、柏拉图的著作以及《圣经》等，都可供引证；他还提及柏拉图式的重复和尼采式的重复等不同类型。[②] 希利斯·米勒本人一度与欧洲日内瓦学派的瓜葛也让人联想到后者对重复性文学现象的探讨。对此我们点到为止。

　　援引理论性著作，不过是想说明，《唐璜》这个作品篇幅不短，有足够机会呈示某些重复性因素，它们凑在一起，可能会暴露作者的主导心情、写作积习、才思路数，或思想理念；它们之间会生成一些意义。因此，仅就《唐璜》中男女个体的无衣和赤身状况而言，我们稍仿论家，粗略观之，或也是解读手法一脉，哪怕这是搬用评论家的大话题来支撑拜伦的小节不检。当然也是反衬。我们上述已经用了两个因(凭)无衣而越界的例子，长诗中还有其他局部，比如我们于本书上一章所提到的海黛初遇唐璜时，两人之间由服装所象征的隔层就已经少了一半。另比如，在本书第十章，我们再现了唐璜与朱丽亚的丈夫阿尔方索的对打场面，当时围观的人群实际上都目睹了唐璜裸身搏击这个难得一见却居然轻易得见的状态，而且拜伦还让他全身而脱逃。《唐璜》中的此类局部一旦重复出现，一旦被串并，或可揭示拜伦一方对一个不大不小的文明符号的颠覆。服装总被

[①] J. Hillis Miller, *Fiction and Repetition: Seven English Novels*. Oxford: Basil Blackwell, 1982, p. 1.

[②] Ibid., pp. 5～6.

他揭去,人体总让他弄得很脆弱,被看,被自然化,被人当红线迈过,似乎诗人不只是娱乐读者,其所谓恶俗竟可能夹带上理念的私货,至少在效果上频频逗弄和挑战时下读者的观念底线,甚至亵渎常态的社会礼数。简言之,在《唐璜》文本所汇集的那些突破界别、界域、界限的不易遏制冲动中,偷窥总变成直视的情况应该也可算作一例。

　　回到唐璜作为窥视者所享有的方便。至于作为作者的拜伦一方,也似不甘于远距离旁观,于是潜入唐璜的视角,更以全知叙述者的便利条件,依次端详了几位入眠的宫女,俯身观止,好不惬意:

　　　　到处横陈着美人,像是在一座
　　　　　奇异的花园:朵朵含苞待放的花
　　　　争奇斗艳,色彩、品种和产地各异……①

然后,他把焦距移回至杜杜身上:就在这一夜,杜杜本人"睡得如何?"梦得如何?对此,他说他虽用心探秘,可要说看到了什么,其实他真的是无以分享。

　　　　不过,就当灯光缩得又蓝又暗,
　　　　子夜的值更刚刚结束,而到处
　　　　　暗影飘忽,或者,至少是在情愿
　　　　有鬼的人看来,简直鬼影憧憧——
　　　　那时忽闻杜杜猛然一声叫嚷……

这就是我们所提到的那声尖叫(on a sudden she screamed out),应该是叫而不嚷。叙述者说他自己什么也不知道,没看见。然而,动静这么大,总该略释因由吧?可他却断然移笔,转而着力于后续,说后宫全被惊醒,所有的女人"像海潮般 / 一波推一波,涌进了整个大厅",然后大家都"奔向她床头";拜伦的笔触也愈加激扬,竟以众宫女的星星点点无数个赤裸、洁白、发光的身体部位比拟夜空的流星:

---

① 拜伦,《唐璜》,第六章第 65 诗节。

> 人流中只见裙带飘舞,长发飞扬,
> 　急切的眼神,碎小急促的脚步,
> 　　洁白的脚踝,赤裸的胸脯和臂膀,
> 都向她奔去,好似北极的流星
> 　那样光灿耀目;

　　大家当然要"刨根问底",但一时间杜杜意乱神迷,所表现出的只是"惊慌"、"激动","两眼睁得大大的,脸色也飞红"。再看身边的唐璜,要么"睡得熟",要么"连连打呵欠",根本不能指望他帮着圆场,而众人却非要问出个所以然来不可。① 诗人说,杜杜的嘴巴算不上很灵光,可是在重压之下,她还是很快编出了一个故事,说她之所以叫出声来,主要是做了一个梦,梦见自己一时间走入一片"幽暗的树林",树木挺拔而高大,根须在地面蔓延,树上到处都垂悬着美妙的果子;有一个"金苹果",处在一切的中央位置,她"一心想尝尝",但它太高,虽然就垂在她的眼前(dangled yet in sight),可无论如何她就是够不着它;而正当她有些绝望的时候,这个金苹果居然自己落了下来,于是她立即拾起它,欲"吃个痛快",

> 可是,手拿着这梦中的金苹果,
> 　正当她要把年轻的嘴唇张开,
> 一只蜜蜂飞出来,刺得她心痛,
> 因此——她就惊醒大叫了一声。②

就是这么个梦。对现代读者来说,梦里面所蕴含的意味和象征该不难辨认,伯纳德·贝蒂甚至做了直接的"解码",涉及生殖器官、拿着弓箭的爱神和伊甸园里的蛇等,同时他评说道:"就像整个片段一样,杜杜的梦既粗俗易懂,也含精妙的暗示。"③

　　可宫女们不是现代读者。拜伦讲道,她们听完杜杜的交代后,都颇觉

---

① 拜伦,《唐璜》,第六章第 70~74 诗节。
② 同上书,第六章第 76~77 诗节。
③ Bernard Beatty, *Byron's Don Juan*, p. 101.

扫兴,半夜把人惊醒,只是因为做了一个苹果与蜂刺的梦,里面又没有"公鸡",又没有"公牛",也太拿不出手了;杜杜觉得对不起大家,连忙给她们道歉,并承诺"她对将来的梦一定加以约束",眼下只要不给璜娜"换床位",只要不让她与璜娜分离,她自己甚至都敢保证"将来一个梦也不做"。恳切得令人憯然。而只有这时,唐璜才发了声,说他自己唯独在杜杜的床上才睡得踏实,总不能仅仅因为杜杜做了一个"不很得人心"的梦就给她调床吧;杜杜见他这样说,似有所感动,"就把她的脸埋进璜娜的怀中",脸颊和脖颈都泛着红晕,而拜伦则说,他自己也不清楚杜杜何以如此害羞和兴奋,因为作为叙述者,其所述最多只能涉及看得见的表象而已。①

至于杜杜在梦中步入所谓"幽暗的树林",以及这个行为所代表的人生节点,拜伦在此章第 75 诗节随机提到但丁《神曲》全诗开篇处所讲到的类似情节,似强行在两个文学文本之间建立关联,并不在意其各自所涉人生事件在规模上有多么不成比例。又用但丁,这一点有些像他后来对于费兹甫尔克公爵夫人片段所做的处理。文字层面,《地狱篇》开始的那个局部含如下意思:在我们生命旅程正好一半的时候,我(但丁)迷失了正途,然后发现自己走入一片幽暗的树林,它如此蛮荒、浓密,真不情愿再提起它,反正也说不清如何就来到那片树林里面,当时自己正在睡觉,不知怎么就偏离了大路。② 拜伦大概并不指望所有读者都能立即联想到《神曲》中的这些内容,但他自己所为,一定含有对前人的戏仿成分,抑或也是严肃的观照。若如此,则拜伦的这个随手类比暗示了杜杜所为偏离日常正道而拐入黑暗歧径的性质。可以说,但丁的影子有助于我们辨认《唐璜》此处的越界及跑题主题;这个影子未必是必需的,毕竟犯禁的意涵我们都能自行品味出来,但有了这个遥远的巨影,一位年少宫女于午夜的私密体验或也因此而关联上一点《神曲》之旅所拥有的那种神圣,即便该旅程要途经地狱和炼狱等处。拜伦不大可能不对"神曲"(La Divina

---

① 拜伦,《唐璜》,第六章第 79~85 诗节。
② 参见 Dante, *Inferno. The Divine Comedy of Dante Alighieri.* Trans. John D. Sinclair. Oxford University Press, 1961, p. 23。

Comedia)的字面意思有所体味,至少已触摸到"偏离了大路"这个可能而神奇的文思维度。

不过,就西方文学资源而言,杜杜的故事既然关涉苹果或金苹果以及树林等意象,那么其中就不可能只有但丁的影子。比如,其所述或也关联着英国文坛另一个文学人物所讲的故事。或者说得具体一些,杜杜脸上所泛起的"玫瑰"红更折射那位女性人物的表情。拜伦本人未明言这一关联,但弥尔顿的长诗《失乐园》第九卷说到,夏娃私下偷吃禁果之后,对亚当——她唯一的听者——讲了她的故事,说那棵"知识之树"并非那么可怕,上面的果子其实很好吃,云云,而她在讲述时,其神色飞扬,脸颊上泛起红晕,但其实这并非健康的风采,而是标志着体内发生了不好的变化,她也意乱情迷了。当然,夏娃对亚当的讲述,局部套用了之前撒旦讲给她的那个故事。撒旦潜入蛇身,对夏娃说,它自己本来匍行地面,看不到很高的东西:

> 直到有一天,盘桓于田野上,我偶然
> 发现很远处有一棵漂亮的树,树上
> 满满地悬着颜色各异的果子,红色的,
> 金色的,极其悦目。

"果子"就是"漂亮的苹果",也有金色的。撒旦说它克制不住欲望,摘下苹果,贪婪地吃了起来,于是体会到前所未有的快感以及精神和肉体的变化。① 无论夏娃还是撒旦,他俩所讲的故事都涉及偷吃禁果后的身心蜕变和兴奋表情。

杜杜也对众人讲故事,其所及若对《失乐园》第九卷有潜在而直接的呼应,若实际上可以套入"失去天真"这一文学主题的经典原型,那么我们可以说,她就与夏娃一样,在讲故事时已经言不由衷了,因为那个金色的苹果肯定不是一般的苹果,它是经典,象征着肉欲与放纵,吃了它之后,她

---

① John Milton, *Paradise Lost*,夏娃和撒旦所讲的故事分别见 Book IX, ll. 861~887, 568~601。

俩身体内部的所知所感就要比其对听者所讲出来的多多了,其脸部等处的异样色晕正是口供之外的供述,默默地证实着女性人生的新体验。换一种方式讲,杜杜的互文版本实际上关涉这位宫中少女的身体越界和精神跑题;一步迈出,即让自己有别于宫宇中其他女性的常态生活,有如把自己从所谓乐园中放逐了出去。诗文中,唐璜以"不很得人心"一语定义杜杜的梦,这个词组的原文是法文 mal-à-propos,即含"不合常规的"或"不当的"等意思。拜伦写的是犯禁,却只提但丁,有意无意略去弥尔顿的影子,无论戏仿还是模仿,似乎都不愿点破被仿的对象;但有时,被隐去的出处才可能代表更大的影响之源。当然,拜伦也完全可能是寄望于读者的消化能力,指望我们自然而然联想到《圣经》和《失乐园》等著作所讲述的基督教文化中家喻户晓的人类第一犯。自行联想,自己收获。

对于《失乐园》,除了呼应,也有改写。呼应是因为杜杜像夏娃一样,第一时间也未交代实情;改写是因为她第一时间实际上交代了实情。不说实情,体现于她在瞬间所做出的抉择。苹果吃了就吃了,无需悔恨,所要做的就是捂住事实,既不揭穿他人,也不出卖自己,似乎自己身体刚经历的变化是可以接受的,所涉及的越轨性质也可以被化为无形,甚至可被呵护,被珍惜,即便有无上权力和宫廷戒律笼罩着其所在的语境,而她自己仅仅是个小宫女。诗文中所内含的这些成分折射了《失乐园》第九卷夏娃吃过禁果后相对较少担心天罚的心理活动,而有了这一点,杜杜片段所谓廉价的构思中即显现动人的一面。但另一方面,她的听众不同于夏娃的那个听者,她们愚钝而简单,不具备亚当的直觉能力,因此亚当的角色并不与她们相对应,因而拜伦可以让杜杜多交代一些细节,反正宫女们也听不懂。可以说,在与她的故事相关的各方因素中,亚当的身份和作用似被略去了,与他相对应的也并非唐璜,唐璜暗中接近杜杜,有些像撒旦对夏娃的策反,因此唐璜更对应潜入伊甸园的魔鬼,而杜杜是先有了和这位"魔鬼"的身体接触,先越了界,才编出了苹果的故事,于是苹果成了事后其自我开脱的借口或转喻。

一旦肉体的堕落早于文学的转喻,杜杜片段与夏娃所为也就有了分歧。并无苹果,无树林,也无蜜蜂,所涉经历比这些要直接而突兀得多。说喜欢苹果,无异于回过头来说喜欢床上的那条"蛇",或者就把唐璜说成是苹果也无妨,毕竟自己先前已经拥有了它,此时也愿意拥有它,拥着它,愿把自己的脸"埋进璜娜的怀中"。因此,或因乱中出错,或兴奋使然,她所编的故事几乎等于她在变相地回味刚才奇遇中的基本细节,因而它显得比夏娃所忆更直白,更大胆,因为在她的表述中,直接的喻比因素(allegory)多于间接的象征因素(symbol),她甚至通过前一种手法很诚实地把实情交代了出来。所谓"幽暗的树林"、根须铺地而挺拔的大树、树上的果子、想吃而够不着而绝望、苹果不请自来、欲"吃个痛快"、"把年轻的嘴唇张开"、被刺痛而尖叫,等等,都可以被直接解析成更简明的文字,再加上《失乐园》式经典堕落的影子,即便不构成对迟钝的宫女和妈妈的冒犯,也可让当时读者群中较体面者略感难堪。

　　拜伦本人应该很清楚,杜杜片段若有什么讽刺意味,那么它是否成立,主要取决于读者的知识水平。好在水平不需太高,对文学典故的了解也无需太多,略有一些就够了。不过,虽然这颇像是对读者的体贴,可是身为作者,竟把细节说得那么到位,对读者知识面的要求竟这么低,讽刺意味这么容易就能达成,这大概也是对我们的亵渎,也好似把轻易就能偷窥人家隐私的便利强加给了读者,还让我们自己承担趣味下滑的责任,毕竟他本人讲到"尖叫"就止住了,文字上并未踩踏得体红线。另一方面,似乎拜伦也根本不在意,甚至乐于让读者在哭笑不得中产生相对于众宫女的优越感:她们听完梦事败兴而去,我们则可能有所收获,踩了得体红线,进而也可能产生对于杜杜这位年轻宫女的同情;我们甚至能凭借作者所提供的较简捷的方式看清文学主题一例,即唐璜和她之间所发生的性别越界以及因此而导致的女方身体犯戒。还有严肃的人文关怀,埋伏在讽刺与诙谐中,涉及后宫环境所象征的对年轻女性的压迫,还有小人物在苟且犯戒中的人格复苏,及其所形成的对无上威权的间接捉弄,诗人一定也希望读者看到这些。

二、莱拉:异域孤女的魅力

在《唐璜》所推出的女性人物中,有一位名叫莱拉(Leila)的土耳其女孩,我们在本书第三章等处简略提到过她。莱拉年龄最小,只有十岁,甚至算不上人们一般概念中的"女性",因而唐璜与她的邂逅难以被归入所谓"艳遇"之列。然而拜伦看重这个片段。在时间上,唐璜与她的纠葛也有较长的延续性,让"片段"成为"脉络",而纠葛中所含有的心理因素也不是单一的,既有同情,更有其他成分。仅从情节看,有关的事件本身并不烦琐,唐璜得罪了土耳其王妃,差点被溺杀,逃脱后阴差阳错成为俄军中一员,之后在俄国和土耳其之间的伊斯迈战役(the Siege of Ismail)中救下敌方的一名孤儿,并且不顾部队的各项任务之紧迫,非收养她不可,跑了题。然而,在《唐璜》全诗中,可以说莱拉脉络具有外表简单而内涵复杂的特点,所及层面也较多。也正是由于这个原因,莱拉人虽小,却也成为焦点人物,在国际评论界所受到的关注并不明显少于其他几位重要的女主人公。

纵观《唐璜》这部长诗,拜伦为男主人公所选定的诸位女性虽各具特色,反差鲜明,却也共享几项相近的特征,似印证拜氏唐璜的不变品味,这一点我们在本书前面不同的上下文中已有所涉及。唐璜的人生飘零不期,轨迹不直,可他对不同女性个体的好感却有重复性,大致都基于其对于某些质素的较为连贯的偏爱。这也是为何我们在本书上一章一开始即使用了跑题中的"不跑题"概念。在此,我们只需给这个概念补充一个侧面:或许不跑题才体现更大的跑题。仅就海黛、杜杜、奥罗拉和莱拉这四位女性而言,她们都年少(前两位十七岁,奥罗拉十六岁),都貌美可爱,都成长于异域或异教环境,都是孤儿或半孤儿,也多少都有些无依无助。唐璜在行为上自我复制,一再表现出对此类少女的好感。莱拉兼有这些特点,是集它们于一身的极致。总被这样的女性特征吸引,可谓属意之远。

年龄是莱拉唯一的不同,也是她最大的不同,因此,唐璜在莱拉脉络中所为,体现双重跑题。在其一篇文章中,彼得·考克伦谈及拜伦在构思唐璜这个人物时所使用的非常规策略,说得很直白:"《唐璜》主题所涉,无关男性的性欲,如常见于莫林纳/莫里哀/莫扎特笔下那种,而是关涉女性的性欲。"①考克伦作如此概论,其所聚焦的当然主要是叶卡捷琳娜二世和古尔佩霞等强势女性,不大可能将莱拉也包括在内,甚至奥罗拉。可既然是概论,又涉性,我们还是要代他限定一下其观点的覆盖面:莱拉除外,她仍是个孩子,无论与男女哪方的性欲有关,她都不足以成为唐璜传奇中的所谓标准女性。国外另有评论家通过对莱拉片段诗文的细审,认为里面也像《唐璜》中其他案例一样,含有性暗示的成分,只不过微妙而已。②但对于拜伦来说,莱拉故事有更大的用处,他未必舍得在涉性框架内将其大材小用。莱拉"不达标",却成为浪子故事的主要人物,诗人如此不扣题,其用心当超越一些学人的想象。莱拉已经拥有其他三位少女的异样特点,再加上年龄因素,还有敌方身份,因此,无论我们说的是唐璜,还是拜伦,既能产生出对这样一位异域女童的亲和感,就证明他已跨越了很多的界限,已身处异样的境域,其瞬间的冲动也是姿态很大的冲动。此外,涉及诗文推进层面,我们在莱拉脉络的有关局部还能发现更多的"瞎扯"(nonsense),而瞎扯之余,拜伦也会时时拐甩出去,另辟一些深沉而厚重的文脉。这些复杂的因素综合在一起,即促成拜伦的《唐璜》最不像欧洲唐璜传奇的地方,诗人在莱拉脉络上最大限度地跑离了一个文学传统的大界。

1. "史实"依托

莱拉脉络会传递一些显见的意义,有说服力,却也会误导读者。故事所涉及的战争当然具有历史真实性,因此,当我们从莱拉这个锐利焦点反过来广览更大场景时,会发现,相对于唐璜其他的际遇,与这个小姑娘有

---

① Peter Cochran, "Byron, *Don Juan*, and Russia." Anthony Cross, ed., *British Responses to Russian Culture*. Cambridge, England: Open Book Publishers, 2012, p. 39. 莫林纳即 Tirso de Molina (1584~1648), 17 世纪西班牙著名剧作家,传说《唐璜》最初得入严肃文坛,主要与他有关。

② Moyra Haslett, *Byron's Don Juan and the Don Juan Legend*, pp. 105~106, 114.

关的一切都凸显出更高的非虚构性。虚构成分肯定比比皆是,但是对于发生在1787~1792年间的俄国和土耳其之间的那场战争,拜伦显然在历史材料方面做了功课,尤其涉及1790年秋季的伊斯迈战役,他更是从自己的研读中汇集了充分的历史信息,为自己搭建起较为坚实的叙事平台。而非虚构因素的介入,让《唐璜》第七、八两章的色调忽然变得阴沉而逼真,似在长诗整体中掺入异类成分,这一点较容易被读者所识别。《唐璜》第八章第104诗节,拜伦通过对法国历史学家加布里埃尔·德·卡斯台尔诺(Marquis Gabriel de Castelnau,1757~1826)的谦卑致谢,变相告诉我们,该学者不久前出版于巴黎的《论新俄罗斯的古代与近代史》(*Essai sur l'Histoire Ancienne et Moderne de la Nouvelle Russie*,1820)一书是他所参考的主要信息源之一。① 此外,拜伦还在《唐璜》第六章前面写了一段话,以散文方式专门介绍后续诗文中有关内容的出处。他说:

> 以下两章(即第七章和第八章)关于伊斯迈攻守战的细节是从一本法文书《新俄罗斯史》中摘录的。假托于唐璜的一些事件确实发生过,尤其是他拯救幼儿的一段情节,那是已故的黎世留公爵的事迹,他当时是俄军中一个年轻的志愿人员,之后成为敖德萨城(Odessa)的创建者和恩人;在那里,他的名字和事迹永远为世人所景仰。②

所谓"摘录的",指的是"来源于",但史书中的确会有一些细节,被拜伦直接用于两个诗章的局部。而且拜伦对于俄国等地的了解并非仅源自这一本书,他应该也读过其他的材料。③

据一般传记材料所述,拜伦在1822年年初重又拿起笔,续写《唐璜》第六章以后的章目。而在此之前,在读知卡斯台尔诺所著内容之前,他实际上已经玩味过让唐璜在欧洲北部救助一位少女的思路。麦德文提到,

---

① 拜伦,《唐璜》,第八章第104诗节及脚注。
② 同上书,第八章第350页。黎世留公爵(Duc de Richelieu),法国贵族,法国革命时流亡他国。
③ David Walker, "'People's Ancestors are History's Game'; Byron's *Don Juan* and Russian History." *Studies in the Literary Imagination*, Vol. 36, No. 2, 2003, pp. 149~164.

有一次,拜伦跟他谈起《唐璜》的总体构思时,曾说他要让唐璜在去往英国的途中带上一个被他救下来的女孩;她"会爱上他,而他不爱她"①。对比《唐璜》成诗后的情况,此前的这个爱与不爱的构思显得老套,而之后的安排则富有新意,似乎拜伦的阅读与他的写作发生化学反应,其思想得以升华,触及不凡的平面。英国学者 N. E. 盖尔(N. E. Gayle)推测,卡斯台尔诺的这本书"肯定触动了、激怒了(infuriated)拜伦,但也使其激奋起来";于是"喜歌剧"(opera buffa)变成了"正歌剧"(opera seria),它被"定位在历史现实中"。② 但另一方面,"历史现实"终究还是史书中的现实,书籍不等于事实;而即便现实本身,也不见得必然就能决定诗歌作品的"现实主义"归类。我们难以确定拜伦的愤怒是何种形态,尽管卡氏的著作肯定对他有不可估量的影响,但它也让他获得契机而在历史信息之上启动其即兴发挥的本能,这也是一种影响。也就是说,《唐璜》第七、八两章融合了大量的历史成分和诗人个人活跃的文学演绎。

　　史实感,诗性想象,这两者相辅相成,一方越强,另一方也越强。《唐璜》叙事中出现了有关伊斯迈城"位于多瑙河左支流的左岸"和它"距离海洋有八十俄里之遥"③等事实性话语,读上去新颖,实在,浑厚,魅人。可以说,拜伦所拉开的是宏大历史幕布,背景具真实感,而在前台,他也让俄国元帅苏瓦洛夫(Suwarov,即史记 Alexander Vasilyevich Suvorov, 1729~1800)这样有案可查的历史名人频频出现,如此可增强诗性描述的可信性,同时也顺便将莱拉带出,赋予她独立于史书的名姓和相貌,似让她在阴沉而浑厚的色块上展示其亮眼的身影,即让一位有案可稽却又难以最终查证的小女孩脱颖而出,似乎为了后者的生动逼真而做足了功夫;无论拐了多少道弯,无论做了多少客观的铺垫,无论行文中有多少针对战争等现象的有感而发而借此将读者引向若干重大的思想维度,拜伦在达

---

① Thomas C. Medwin, *Medwin's Conversations of Lord Byron*, p. 165.
② N. E. Gayle, "The Other Ghost in *Don Juan*." *The Byron Journal*, Vol. 40, No. 1, 2012, 41~50, pp. 43, 48, 44.
③ 拜伦,《唐璜》,第七章第9诗节。

到其他目的的同时,似乎也是为了把一件真实的事件做虚,把虚构的事件做实。在这个意义上,所谓"相辅相成",也可以变成现实主义为诗性想象服务。而如此使用冷静的历史再现手法,这也在第一时间确保了对莱拉这个文学人物的最外围的确立与呵护。

2. 道义　道义之外

另外,他还要从道义角度呵护这个人物。我们在本书前面提到过,唐璜自打逃离土耳其后宫,接着就被稀奇古怪地拖入俄土战争中;而至于为谁而战,何以打仗,何为功勋,他都是不甚了然,直到救了莱拉之后,他才有了些方向感。战事结束后,在去往圣彼得堡领奖受勋的路上,唐璜坐在马车内,看着身旁他自己执意照管的那个女童(his little charge),想着她是自己"从刀下救出的 / 可爱的孩子",一时醒悟到人生之奖品(trophy)何在,乃至放眼望去,觉得政界、军界、文学界任何"声名"无论多大,任何丰碑无论多高,都无法和他自己眼前的业绩相比:

　　哦,请你们,或我们,或者他和她,
　　　想一想救出一个生命,特别是
　　一个年轻、美丽的生命,

哪有什么会比这更能引出"甜蜜"的回味呢?① 这样的诗文体现了鲜明的价值理念,正义感和同情心都是实实在在的成分,尤其是相对于那些追求空洞名位的文人,拜伦更宣示具体行为的重要性:只直接拯救一个弱小的生命,就能压倒所有间接的哀怜。对于这样的基本意思,我们读者一方可以无保留地领受。行为的确重要;或者说,体现于具体行动的同情心真就是可贵的,此中的意涵无可轻视,无需曲解。读者眼前会出现历史、战争、血腥、救生、行动以及正义和同情等类型的思想符号,支撑着我们对于文学文本的贴切解读。

但另一个方面,拜伦的有关诗文内涵有可能比我们所认定的要更微妙,难免留下余味,尚能逸散出来。英文的"reflect"和汉语的"想一想"等

---

① 拜伦,《唐璜》,第九章第 31、33~34 诗节及脚注。

语所示，无论作品原文还是查先生的译文，相比诗人的杂思所及，都倾向于让较端正的意义浮上表层，译文的端正度相对还要略高一些。当然，我们是在合理揣测他的所谓心思，并非暗示其此处诗文有什么必然的不端内涵。看一下上述所引那几行诗文的英文原文：

> Oh ye! or we! or he! or she! reflect,
>   That *one* life saved, especially if young
>   Or pretty, is a thing to recollect
>   Far sweeter [...]

涉及救人一命，而且又是美丽的生命，她又坐在自己的身边，唐璜此处不可能是在调侃，一时提高了语调，也是火候所致。不过，在视觉和听觉上，一个诗行，四个惊叹号，四个连串押韵的长元音（iː），基本的抑扬格音步都被强化，这种安排在《唐璜》中较罕见，难道这也是一种在最严肃的当口捎带遏制严肃倾向的做法？通过夸张而让人意识到夸张？高尚的思考当然可配之以高昂的语声，但叹号太多，高昂中未免也让人略感泄气。因此，我们若兼顾语义和语气，字面意思或可能被还原成以下这个样子的散文：啊，你们一个个的！我们一个个的！人间的你我他！大家都想一想，只救活一个生命，这事儿回味起来的甜蜜感就能远远超过……尤其再赶上这个被救之人很年轻，或者还很漂亮。如此还原，此中的意蕴难免溢散出微妙的杂味，而我们似不宜把可能的杂质完全排斥掉。

随着语气的变化，"美丽的生命"可变成"漂亮的模样"，"这事儿"也可以对应 a thing 的字面意思，"甜蜜"这个措辞的相关度或也会略显得弱了一些。这样一来，对于这一系列因素的歧释就可能产生出相对于高昂意涵的颠覆效果。我们当然不是要确立轻薄因素，而是先尝试用它制衡高昂因素，之后再把轻薄因素也颠覆掉，最终只为确立字面意思的有效性。我们可以说，惊叹号等，不过就是拜伦一方自我瓦解的老把戏。人必须得救，哪怕冒着自己的生命危险，而且事后真的可以自觉甜蜜，真可以认定这是人生的最大造诣。可是，若进而宣示世人，自我标榜，虽然这也是胸臆直抒，但拜伦还是要顺便略施几招，跑跑题，让话语散发出模糊性，只为提防着我们仅仅如此而已地理解他。我们在本书第六章结尾处说到，对于任何形式的说大话，拜伦总有不舒服感。在眼前这个诗节中，他所质疑的是所谓文化及政治等方面的高端功名，但至于自己质疑别人时的语气中所流露出的那种高端气度，他也不见得就能全然接受。因此，我们大致上可在此处发现又一个正味加怪味、深沉加跳荡的例子。

但我们也不宜止步于这个杂味的层面。说战场上救人，主要是因为被救者年轻和漂亮，施救者如此讲话，多少会让人觉得有些不着调的样子，当然也失之狭隘，肯定不正确，甚至说得严重一些，此说表现出对人间常理的冒犯。不过，不管拜伦本人是否有所导向，读者自己是否愿意暂时把"年轻漂亮"也视作思想符号，比如那种与地域、种族、国家、宗教、政治、文化、习俗、战争中的敌友等重要符号相并列却又迥异的符号呢？是否我们愿意透视其字面上最直白的意思，感味其可能的严肃成分，其超然性质，进而想象它也是终极的生命符号呢？是否狭隘的同情也会是宽广的同情？是否荒唐的越界也是执着的守护？是否个人因一己之任性而选定拯救对象的举动也可能是无意中在为更高的道理代言？比如所谓上天或自然所体现的那种道理？或许还可以反过来审视一下事件中两位哥萨克士兵的行为，他俩无任何迟疑，而仅仅因为概念上认定这位小女孩属于敌方人士于是就要立即扑杀这个美丽生命，如此"正确的"行为是否也指向一种狭隘、一种迟钝和冒犯，甚至体现超越极限的邪恶呢？做此类设想，会让我们不安，像被异念骚扰到，但文学阅读难免要付出一点代价。

至少仅从概念上讲，若使用今人常用的评论术语，"年轻漂亮"一词含有非政治性的（apolitical）及不涉宗教的（areligious）一面，或也是个所谓跨文化、跨民族的（transcultural, transnational）概念，它比一般的价值判断更简单，也更复杂；它以自己的浅薄、低俗、琐碎、错乱而表现出对人类某些高端行为套式的总体冷处理，折射着诗人至少愿意在短期内持有一种既怪诞又超然又实在的价值观。在相当篇幅内，我们甚至都不知道莱拉的名字；她出现于《唐璜》第八章，直到第十章第51诗节拜伦才说她是

"小莱拉"。① 一个没有符号的符号,好像"年轻漂亮"就足够了,而拜伦如此推进,在效果上肯定又涉嫌跑了题,就像让唐璜以他自己的"瞎扯"顺便嘟囔一句:其他人所热衷的许多事情也都是"瞎扯"。若试探着从这个角度回看诗文,那么,那一个个惊叹号或也可被视为对人类平常观念模式的逗弄或敲击。我们要捕获的就是这个直接而感性却又不乏疑问的意义。

3. 跑题瞬间

让我们回顾一下拜伦如何在第一时间就超拔于一般概念之上,拉开其与"同情"、"道德"、"正义"等常用概念化词语的距离。伊斯迈城被俄军攻占之后(唐璜也救下莱拉之后),拜伦有如古希腊诗人荷马一般,冷眼,俯览,为我们铺开了一幅全景画面,宏阔而惨烈:

> 新月的银弓下落,伊斯迈完了!
> 只见战地上飘着血红的十字,
> 　但那不是救世的血;燃烧的街道
> 投影在河水里,像是一片月光
> 被染得赤红,在血海里倒映。②

"银弓"与红"十字",文化的符号,代表了文明的冲突,后者本来象征着"救世",却成就了屠城的"血海"(the sea of slaughter)。拜伦判定,不管各种符号如何飘扬,"魔鬼发疯时所犯的各种罪行","或变人间为地狱的那些邪恶","都已在这儿鼎沸"。因此,大规模的屠杀一旦发生,入侵者一方任何局部的善举都微不足道,都不好被用作滥情的材料:

> 假如这里偶尔也有稍许怜悯
> 　贸然一闪,使一颗较高贵的心
> 能摆脱血腥的羁绊而去拯救

---

① Leila 这个名字源自阿拉伯语或波斯语,意为"夜晚",也含"黑美人"或"黑头发的"等意思,传说中也曾被认作一位天使的名字。在其诗作《异教徒》(The Giaour,1813)中,拜伦曾将这个名字用在一位成年女性人物身上。

② 拜伦,《唐璜》,第八章第 122 诗节。

第十二章 "艳遇"续:跨越更远的界域　375

> 　　一个美丽的孩子,或一二老人——
> 　　但那算得了什么?怎能补偿全城
> 　　　被毁的成千爱情、亲属和责任?
> 　　伦敦的老爷,巴黎的公子呵,请看:
> 　　战争究竟是多么慈悲的消遣!①

杀了那么多人,大背景是荒唐的,不能仅因为拯救了一个小女孩就证明同情心尚存,就能找到心理平衡,甚至救弱之举都可能无关怜悯,成不了道德标榜的对象。

而说到"大背景",与拜伦同时代的读者读到《唐璜》第八章所确立的战争全景图,立即有人做出反应,体现洞察力,说他如此写战争,在效果上让它"显得随意、无意义、基本上荒诞"②。上述诗节用了"慈悲的消遣"一语,其原文是 pious pastime,字面上亦含"守伦常的消遣"的意思,甚至暗示"在伦常层面消遣"这个黑色内含。既指向伦常,那么这个词组就呼应上述"爱情、亲属和责任"一行,这后三个概念都指向人间的亲情、亲人间的纽带和应尽的伦理本分。显然,拜伦说的是反话,因为只要是战争,就可能难守伦常;一座城市见证了亲人间各种纽带的结成,老人和孩子本都有自家的亲人爱他们,可你把整个城市连同这些纽带都毁掉了,何以再谈伦常和怜爱。因此,虽会有"些许怜悯""贸然一闪"(some transient trait of pity),但若以为这果真就是怜悯,那就难免有些自作多情了。

实际上,唐璜本人也是无间歇地跨越了一般的同情心范畴。有关其在死人堆里救下莱拉的那段诗文,诗人一方既有精心的情感投入,也表现出异常的冷静和无情。他先说,既写战争,就得专注于"伟业"、战果和"罪恶",这是史诗体裁的本分,但"战火"烧得太久,已把诗文"灼烤得有些干枯乏味"了,因此,若于此时提及某个善举,这会让烧焦的句子"稍稍得以

---

① 拜伦,《唐璜》,第八章第 123~124 诗节。
② William St. Clair, *The Reading Nation in the Romantic Period*. Cambridge University Press, 2007, p. 288.

润泽",至少可仿效时下这个"虚弥而伪善的时代"中人们爱用的做作的表达方式,说这会"一新耳目"。① 仅此而已,让姿态显得足够低,如此拜伦就引入了莱拉被救情节的这点雨露:

> 在一个横尸上千的棱堡上
>   有一堆尸体尚未冷却的女人,
> 她们原是逃到这里来避难的,
>   却与城堡共亡,足叫善良的心
> 见而寒栗,——这时,美得像五月,
>   一个十岁的女孩子却弯下身
> 想把自己小小的急跳的心胸
>   躲藏在这一摊血泊的尸体中。②

这个景象让唐璜一方的两个战友眼睛一亮:

> 两个邪恶的哥萨克气势汹汹,
>   正手拿着武器朝这孩子追来;
> 相形之下,连西伯利亚的野兽
>   都有纯洁的感情,都充满仁爱,
> 连熊也算得文明,狼算得温顺;
>   但这一切都该责备谁?是该怪
> 他们的天性?还是怪那些君主
>   千方百计叫他们的臣民去杀戮?③

到了连野兽都不如的程度,反倒不见得是天性使然,大概主要是内化了自上而下的涉及什么该做、什么不该做的那些教导;"君主千方百计"教他们

---

① 拜伦,《唐璜》,第八章第 90 诗节。
② 同上书,第八章第 91 诗节。
③ 同上书,第八章第 92 诗节。哥萨克人,原文 Cossacques,现代英语一般拼作 Cossacks,他们主要生活于黑海和里海北部等地,在较长时间内受俄国宫廷管辖,18 世纪后期男性的哥萨克人多在俄军中服役。

如何变成魔鬼。

而唐璜并未按通常逻辑和他俩一起清理战场,这或许是因为他是个懵懂入界的外来人,无论是非观,还是仇恨心理,哪怕是军事常识,本来也都不怎么强;也可能因为其人性中尚存的天良忽被激活;或许更直接由于他瞥见了莱拉所露出来的"幼小的头"和头上"美丽的"头发。反正在那个瞬间,既简单又神秘的情况发生了。当他看到两把军刀在她的头上闪出寒光,他毫不犹豫,一边咕哝着作者不便转达的脏话,一边扑了上去,用自己的刀"和哥萨克讲理":"一个被砍了屁股,一个肩膀劈裂",差点就把己方的战友杀掉。两位伤者难忍剧痛,更因困惑不解而愤愤然(baffled rage),于是赶忙去寻找医生,看能否帮他们把剧痛和困惑都缓解一下。①而我们作为读者一方,是否也会略感困惑呢?如何缓解?拜伦使用baffled一词,显示他自己清楚其文学构思中所存在的问题,甚至也会预见其给读者带来的麻烦。当然,一般读者未必会诧异于唐璜所为;俄军士兵有恶行,唐璜大义勇为,惩罚了他们,阅读如此情节,我们不大会驻足审思。可是,即便唐璜与战友之间有语言障碍,即便情况紧急,但也不至于因为怕麻烦怕啰唆就直接劈杀他们吧?直接劈杀也未尝不可,诸如劝说、干扰、喝止、拦截等所谓较轻巧的选项也都可以不予考虑,但考虑到拜伦所说的火海、"血海"及"魔鬼发疯"的情况,考虑到唐璜和俄军众将士同仇敌忾,已经无情地杀了那么多土耳其人,而且无数的尸体就堆积在眼前,其中还多有平民百姓,那么,仅仅因为战友们要顺势多杀一人就挥刀砍之,此举多少还是有些比例失当的。

这当然不是为哥萨克人开脱,也不是拿莱拉的性命不当回事,而是说我们在此处若单究个案而只看善恶,这样的做法会显得过于正确而粗放,除非我们愿意旁顾其他类型的正确,品味其他的讽刺。如我们上面所引用的《唐璜》第八章第124诗节内容所示,拜伦事后有关在血海中救起"一个美丽的孩子"这一举动其实"算不了什么"的说法的确具有帮助读者定

---

① 拜伦,《唐璜》,第93~94诗节。

位的效果,让我们不只是从"怜悯"和同情的角度想问题,而是也看到唐璜突然的跑题。在那一刻,那一头"悚然竖立"的浅色头发(fair hair)似激起他对一个异类生活维度的意识,这个维度超拔出来,与周围的一切忽然失去了关联,却也让唐璜觉得熟悉,可亲,似乎他于乱象中蓦然重见其作为"唐璜"的生命坐标、其自己所要捍卫的美好的权威,为此他会看轻其他的一切,好像别人若对那个女孩麻木,就是对他自己的所爱麻木,那他们就该为此付出代价。或者说,唐璜欲取战友性命之举的确是隐性的个人越界行为,因为其目的和作用都大于对恶行的拦截或阻止;因为他有了态度,态度中夹杂着厌恶和轻蔑,于是也有了温度,需用高调的砍杀表达出来,而轻蔑的对象不只是两个俄军战友,至少在象征意义上也针对大规模集体行为中个人的灵魂钝化,或者还能捎带上所谓军政大业,以及别的人都能接受并内化了的"君主"宣教等。美国学者唐纳德·雷曼(Donald H. Reiman)曾提到拜伦如何不认同将个人的小意志与外在某些大的意志力相联系的做法,尤其体现在诗人于意大利时所写的作品中;然后他说:

> 但另一方面,拜伦有强烈的怀疑主义倾向,因此他也不可能另外树立新的神祇,不会指望群体的命运——而非个人的命运——来体现道义,不会把个人的命运托付给集体的无意识或族群的记忆(collective unconscious or racial memory)。①

反正唐璜忙里偷闲,越离了一些大的界域,似短暂做回"唐璜"这个名字所代表的那个所谓不恭不屑的个人,也让其他扣题的、按套路行事的人一时摸不着头脑。

4. 对视

之后,唐璜翻动着尸体,将他的"小俘虏"从死人堆里"拉起"。但见

---

① Donald H. Reiman, "The Poetry of Byron's Italian Years." Robert F. Gleckner, ed., *Critical Essays on Lord Byron*. New York: G. K. Hall & Co., Macmillan Publishing Co., 1991, p. 250.

> 她和死尸一般冰冷,在她脸上
> 　有一条细长的血痕,使人想到
> 她也几乎走上她全家的归宿,
> 　因为正是杀她母亲的那一刀
> 伤了她的前额,所留这条血痕
> 　成了她和亲人的最后联系了;
> 但此外她倒没有伤,她睁大眼
> 十分惊诧地对唐璜看了一看。①

10岁女孩的脸庞,淡然无表情,额头上一道"细长"而殷红的疤痕(crimson trace),眼睛大大的(large eyes)——如此一幅画面,焦点中的焦点,是《唐璜》全诗中最生动的面部特写之一。所谓"对唐璜看了一看",原文烈度更高,说的是凝视(gazed on Juan),下一节的译文借原文 fixed upon 一语将此意传递出来;而就是这个凝视,成就了整部长诗中最短暂也最震人心扉的对视,也让第八章第 96 诗节拥有了罕见于全诗所有单个诗节的密集内涵:

> 就在这一瞬息,当他们睁大眼睛
> 　彼此凝视的时候,唐璜的面容
> 真是悲喜交集,充满希望和恐惧,
> 　又有救人的欣慰,又怕还有不幸
> 等待他所救的人;而她满脸是
> 　稚子的恐怖,好似身在噩梦中,
> 那张小脸纯洁、苍白、而又光亮,
> 有如烛光照耀到石膏的瓶上。

拜伦如此全情着笔,且多思而细致,似针对上述唐璜的劈杀之举,尽力帮我们解析其所体现的劈杀者的情绪和直觉;似支撑着我们所说的那

---

① 拜伦,《唐璜》,第八章第95诗节。

种为一般人概念中的"善举"一词所不能完全容下的简单而神秘、切题又跑题的行为和态度。而之所以说"解析",是因为这个诗节实际上拉列出两份表情清单,抑扬顿挫地向读者展示着它们的丰富和斑杂。姑且让我们再次借用散文直译的方式,大致一字对一字,或许反倒能更有效地再现原文的诗意:("就在这一瞬息,当他们睁大眼睛/彼此凝视的时候")唐璜的神态中流露出痛苦、快感、希望、害怕的成分,夹杂着"救人的欣慰",还有那种怕他所保护的女孩再陷不幸的担忧;而她则表情恍惚,就像"稚子"刚从"噩梦"中醒来,因恐惧而发呆,但那脸庞本身却纯洁、透明、苍白,同时也散发着光彩,有如一尊被照亮的石膏瓶。在莱拉的表情单中,恐怖、呆滞、恍惚以及被点亮后的兴奋,再加上第95诗节所说的"惊诧",这几种因素之间应有所区别。我们不能排除唐璜(拜伦)在被救者的脸上看到了其所希望看到的激动痕迹,也不能排除她的呆滞和恍惚中含有我们上述所提到的那种极度的困惑,更不能以为其恐惧的对象只是那两位哥萨克士兵而肯定不包括唐璜。

而再看唐璜一方,诸如忧虑和害怕等,与快感或希望也不属于同类情绪,拜伦似留下很大的空间容读者自己去想象不同概念所系。比如,我们或可从中分离出私下的人生成就感、自鸣得意的高尚感,以及温厚而强大的保护欲,等等。另外,仅看希望(hope)和害怕(fear)这样的概念,我们自然可以往好的方面想,但是也不能排除唐璜的心理活动中亦含另一类不确定的因素。己方的人马杀了人家那么多亲人,仅凭一宗救生行为就能指望魔鬼变天使吗?壮举若变成苟且,这是否也会是痛苦(pain)的原因呢?莱拉是个孩子,但已经10岁了,难道不是刚刚见证了自己母亲等人被唐璜这边的人杀掉了吗?难道没有记忆吗?她是孩子还是敌人?是否唐璜也会困惑于这个异域敌方的个体?是否自己一厢情愿消化掉了她的仇恨而却将主观善意强加给了她?是否自己根本取代不了她的亲人?拜伦的语言太浓缩,直觉性太强,不可能不让读者一方窥测这些可能的层面。窥测,只是为了说明,越界是件很不易的事;把善意寄托给一个异域的孤儿,也像是把私有的理想强加给更多的人类,而当这种拔高的情况发生时,我们既看到暖意的涌出,任性而强悍,也感觉到越界者一方的某种如履薄冰般的不踏实感。

而至于对视行为本身,我们既可以说诗人有此构思,是想借这个短暂的举动传递很多的意思,省去许多笔墨,但我们也可以换一种方式说,这个具体的行为体现了他试图将人类关系简单化的奢念。不是一般的简化,而是极端的、最大限度的简化,似乎只有这样才能无限提高表意的效率。如此行为,这也就具有了我们所说的跨越性,因为,尤其在男女之间,若没有这样的对视,二人似乎就无法于瞬间迈过他们之间涉及语言、文化、宗教、政治以及善恶等方面的许多障碍,似乎在对视中,许多复杂因素都不必考虑了。眼睛可以说话,能说出超越语言的语言,尽管这种语言只能较多地维系在外在的感性因素上。对于这一点,我们在本书上一章谈论唐璜和海黛的"相视"时曾做过相关的思考。而提及海黛片段,我们或许又能联想到本章前面所援引的希利斯·米勒有关文学作品中重复性构思的论述。的确,英文的动词 gaze(凝视)反复出现在海黛片段涉及唐璜长睡初醒的几个诗节中。另外,眼睛和凝视的意象也被多次用于《唐璜》第十五章有关少女奥罗拉的描写中。这些有关视觉的局部文本内容都不难读,唐璜与莱拉的对视画面尤其生动,鲜明,而且拜伦还帮着解析出所内含的情感成分。然而,有鉴于对视行为可能的超越性和省略性,我们还是会感受到其对我们的解读所带来的挑战。拜伦在聚焦奥罗拉的眼睛时,说那里面"有一种庄严",就像是"天使"的目光中所"闪耀"出来的东西。① 突然联系上天使,而且还是高级别者(seraphs),这就又关系到表意方式的高低之分了。我们在本书上一章还说到但丁和但恩有关视觉是天使与上帝之间高一级交流方式的思想。或许,若抛开思想寓意而仅从表意的技术手段看,拜伦让莱拉与唐璜对视,也同样是在展示较高等级的沟通方式,就像是让俯瞰着莱拉的唐璜(以某种救世主的姿态)接受一位小天使的目光,尽管这样的设计多少还是带着单方面的窃想成分。

---

① 拜伦,《唐璜》,第十五章第 45 诗节。

5. "婆婆妈妈"的任性

"所救的人"的原文是 protégée，也含"被监护人"的意思。现场的救命与持续的守护，这两种成分共同定义着唐璜与莱拉的关系，因此，莱拉脉络的后续内容也同样重要。一位20岁不到的男青年，自己救下了一个女性孤儿，一时间竟成为她的监护人，也像是拥有了对于一件事物的所有权，某种使命感油然而生，日后的守护成分中也慢慢掺入了对她的牵挂和依附。而说到使命和权利，唐璜与他的英国战友约翰孙（Johnson）的战地对答就如同最早的宣言，既揭示了他自己的垄断欲，也进一步勾勒出他如何在大事件中跑了题。约翰孙比唐璜年长十多岁，身体也粗壮得多，他让唐璜勿发呆，战事尚未结束，还有敌方的炮台没拿下来，需一鼓作气解决战斗，以免耽误大家领功受奖。唐璜说，他可以回到队伍中，但是有一个条件：

> 你看，
> 这孩子是我救的——我不能叫她
> 听天由命呵；只要你能指给我
> 一个安全的角落，使她不太害怕，
> 我就跟你去！

I saved her（这孩子是我救的），这个极简单的英文句子富有意味。约翰孙不知所以然（puzzled quite），只听唐璜继续强调说：

> 不管有多么天大的事，
> 我也不能离开，除非她的生命
> 能比我们这种处境安全得多。

约翰孙的反应是：战况如此，谈何安全，连你自己都可能死掉，而既然你能如此看开自己的生死，那么"至少，你可以死得光荣一些"，比如像勇士一般，而不是这般婆婆妈妈地、不着边际地送了命吧。唐璜说，无论如何，"我不能任这个孩子再冒风险，/ 她已是孤儿，所以必须归我管（who is parentless and therefore mine)"①。mine 一词所含,亦有"她就是我的孩子"的意思。唐璜的这个表述也体现他最初对于二人之间关系的自然定位;不管其潜意识中是否已隐现某种私念,比如指望自己给自己慢慢培养出一位红颜知己,但眼下的他直接沉没于眷爱的潮涌中,也让自己超脱于唐璜式主人公所惯涉的那种男女关系。

约翰孙与唐璜,大局与琐碎,两种话语,鸡同鸭讲,也相互离题。接下来,约翰孙有些失去耐心,而拜伦则借助于约翰孙对唐璜的指摘,又让自己的诗文摇曳于逗趣和哲味之间:

> 约翰孙说:"唐璜,我们没时间耽误。
> 　这孩子挺好看,挺美;我还不曾见
> 这样的眼睛,——但听着,现在你必须
> 　在荣誉和感情、骄傲和怜悯之间
> 加以选择;你听,炮声响得更凶了!"②

一方是"荣誉"与"骄傲"(pride),另一方是"感情"与"怜悯",两组词语,清晰地呈示出话语间相互抵触的情况,所关涉的是迥然有别的价值理念,似乎拜伦让约翰孙把话说得这么明白,也是在帮着读者厘清我们所需面对的关键概念和问题性质。可是,话不见得就能说得明白,唐璜所面对的选项也不见得这么简单。如我们上面所述,唐璜之为唐璜,其生活中也会出现荣誉不是荣誉、怜悯不像怜悯的情况。而至于约翰孙所提到的眼睛和模样等,这似乎既是对唐璜的那点心思了然于胸,但从我们的角度看,又是在不完全贴切地解构唐璜的善举,就好像拜伦凭着"这孩子也的确挺好看"这样一种评价,既让读者看穿唐璜的浅薄,又引导我们意识到约翰孙此类评价的不尽人意之处,毕竟唐璜所见到的"美丽",也关联着"纯洁"和"光亮"。同样一句话,只因话语空间有别,就可能表达出或低俗或高邃的歧义,而这种情况就发生在有关美貌和眼睛的评价上。好在约翰孙并未

---

① 拜伦,《唐璜》,第八章第 97~100 诗节。
② 同上书,第八章第 101 诗节。

把这张脸庞完全不当回事,他也有所退让或跑题,竟抽调手下若干,命令他们暂且将小女孩保护起来,而唐璜也就此归队,再往后就是他带着莱拉去圣彼得堡受勋。

辛辣的一笔也就此而成:一路冠冕堂皇,心安理得,虽实际上隐藏了其劈杀俄军战友的这项重罪,但唐璜自己竟像是将此理解成有功受禄的原因之一;私下里他已经认领了莱拉这个 trophy(奖品),还幻构着因获此奖而领彼奖的道理,崇高感之外一定秘享着戏弄世人、亵渎俄皇的快感,与外界的理路偏差甚远。《唐璜》第八章结尾,似为了温习这种讽刺,拜伦再次写及私有领域与公共认知之间的不吻合,说"全彼得堡"的人都翘首盼望唐璜等人带来捷报,对他个人尤为关注,而"唐璜所以能有这特殊的荣誉,/ 因为他在前线的行为既勇敢 / 而又人道……";说人们都欣赏他"从疯狂的屠杀中救出(一个孩子)",能让他的这个小俘虏(his little captive)活下来。① 只有读者一方才知晓,这个"人道"的评价既靠谱又离谱,既不能容纳下唐璜式人道之多余的部分,也在无意中粉饰了唐璜式的不分敌我的恨人成分(misanthropy)。而舆情如此,只有唐璜单个一人执着地恪守其最初的誓言,秘密地构筑和维护着他的私人空间。

拜伦也抛开公共视角,让有关伊斯迈战役的第八章结束于唐璜独自流泪这个细节,局部语气上大致净化掉了讥讽的因素:"这穆斯林的孤儿就归他管了,/ 因为她已无家可归,举目无亲。"这个因果关系非常简单,也颇为复杂。说复杂,是因为突然出现的"穆斯林"概念与"归他管"一说形成了思想张力,至少折射出一种跨界的、远及的而又密切的守护。而说到简单,是因为无论今天的读者如何使用后殖民主义或东方主义等评论话语来看待这两个诗行,唐璜的"因为"的确是个浅显的"因为"。"无家可归"一行的原文是 For she was homeless, houseless, helpless;后面这三个词可以直译为"(因为她)无亲,无家,无助"。简单,但意味也忽变沉重。这种一无所系的、绝对的孤儿身份让唐璜有所获,有所感,他"忍不住挥

---

① 拜伦,《唐璜》,第八章第 139~140 诗节。

泪,/并立誓保护她,这他倒没有违背"①。似乎满世界都是敌害势力,而唐璜自己似立志让无家者拥有终极家园,他自己也在这个过程中找到了自己的生命坐标,保护弱者的同时,自己也变得悲壮而强大起来。

6. 论家所言

有关唐璜拯救莱拉的动机,我们有必要简略介绍几则较有代表性的学术观点,以方便读者从更多角度观察莱拉脉络,亦对西方学人的思维方式有所了解。著述之多,难以穷尽,其中有一脉学术互动,大致以行为的"随意性"和"刻意性"这两个概念为支点,学者们也因而粗分为两派。先借一篇文章,将我们引入有关的话题。1998 年,加拿大学者 A. B. 英格兰(A. B. England)发文,认为此前较流行的"随意性"观点不能完全令人满意;文章作者在唐璜行为的"刻意性"(deliberate action)这个框架内谈及莱拉脉络,说有些评论家把唐璜救人之举看得太无足轻重了,可实际上他并非一时冲动,而是好不容易才"达到一种主动性",学界该更多注意到这种主动性所"应该享有的突出地位"。② "积极而有意识的举动"、"成功的介入"以及"成就"等都是文章作者爱用的词语③,用以定性唐璜拯救莱拉行为的性质,作者也顺势做出局部的结论:"(唐璜的)行为不再像他先前那样只是纯粹本能的反应,肯定也不是'不假思索的'。"④deliberation(熟虑)这个概念的确可以用来对那种过于强调随意性的观点加以抑制,不过,作者就此推进,还是把唐璜行为的所谓熟思行为过于放大了一些,这在效果上反倒可能错失其真正"刻意"的一面。唐璜当时当地不加思考的内在冲动未必不能体现拜伦式的人生成就,而一般的"目的性"论点反而会弱化唐璜行为不可遏制的性质。若勾勒跑题之举的可预见性,似需把观察的层面再稍微提升一些。

---

① 拜伦,《唐璜》,第八章第141诗节。
② A. B. England, "Byron's *Don Juan* and the Quest for Deliberate Action." *Keats-Shelley Journal*, Vol. 47, 1998, 33～62, p.48.
③ Ibid., p.46.
④ Ibid., p.49.

此后又一篇文章,站在与上文大不相同的角度看待同样的行为,而且引入了一个一般读者不易觉察的维度:boredom(无聊、厌倦、乏味感);当然,这也意味着作者谈问题的视角略有别于上文。看唐璜行为的背后,无论我们试图确立多少因素,无聊感应该是驱动力之一,作者盖伯曼即有此出发点;而我们自己细想之,或也能体会到人类内心最深处的那种 boredom。该文主要内容我们在本书第三章援引过,也从相近层面提及"无聊"概念。在我们眼前这个上下文中,盖伯曼以清晰的理路和积极的态度审视这一心理成分,他说:"我们也可正面地看待无聊状态——将其视为一种不依附世间任何事物的有益状态。"①用盖伯曼自己所使用的话语讲,无所依附,就有了终极的心安理得或宗教意义上的心平气和(a state of peace and ineffable joy),乃至欣悦感②;即使唐璜拯救莱拉之举其本身也是血腥而激烈的行为,他也并无负罪感。作者在文章结尾处有如此归结:很少有人像唐璜那样意识到,无聊感不只是让"所有邪恶"得以产生的"母液"(mother liquor),也是所有"美德"的"母液"。③ 带入我们自己的"跑题"概念,或许无主题、不寄生、不计算,有时也关乎美德? 这是盖伯曼此文思想寓意深刻的一面。

盖文所涉思想基因或源自前人的相关解读。老一辈学者库克在其著述中多次谈及莱拉,观点不偏激,比如在其文《怀疑论的局限:拜伦式的确信》中,他虽在"怀疑论成分"这个框架中提起拯救莱拉片段,但他认为唐璜的行为具有两重性,一方面它"证明此时的唐璜已表现出将原则置于狂热的施暴欲和劫掠欲之上的能力",而另一方面它也体现其善举的随意性。④ 关于这后一方面,库克说:"唐璜绝不是那种有条理的英雄";因此他不会因为能够救莱拉的命就必然能救那位可汗的命,"拜伦没有让唐璜

---

① Daniel Gabelman, "Bubbles, Butterflies and Bores: Play and Boredom in *Don Juan*." *The Byron Journal*, Vol. 38, Issue 2, 2010, 145~156, p. 151.
② Ibid.
③ Ibid., p. 155.
④ Michael G. Cooke, "The Limits of Skepticism: The Byronic Affirmation." *Keats-Shelley Journal*, Vol. 17, 1968, 97~111, p. 107.

看到这层关系";"拯救莱拉之举并不是常例,而是异例"。① 库克所说的"可汗",即《唐璜》第八章第 104 诗节所提到的 Tartar Khan,土耳其方的"一位军头","老头儿",第 104 诗节至 119 诗节之间,他宁死不降,目睹五个儿子先后战死,最后自己也决然赴死,连敌方的"粗鲁"汉子都为之动容,而其间虽说唐璜也曾劝降,但无果,于是挥剑"乱砍"起来。库克将可汗与莱拉并提,很有意义,尤其可汗家人之间的亲情关系读上去也令人动容。唐璜等人对可汗的态度可以让他对莱拉的反应变得复杂,也颠覆读者一方任何简单化的解读倾向,或让人对上述学人所谓"积极而有意义"的提法予以更多的掂量。库克的"异例"概念接近我们的"跑题"说。

评论界有关"随意性"的认识有一定延续性。我们可提及此中另一篇文章,其观点也较有意义。1985 年,美国学者哈扎德·亚当斯(Hazard Adams)刊发《拜伦、叶芝、乔伊斯:英雄主义和技能》(Byron, Yeats, and Joyce: Heroism and Technic)一文,谈论作者姿态及身份界定等话题,在转向拜伦的姿态自圆和自我展示等现象时,亚当斯说他的例子有些"极端",因为其行为与某种"伦理"有关,而所谓"极端",就在于拜伦的例子所牵连的伦理不是外在的,不为公众所有,而是"一种具有内在目的性的伦理"(the ethic of internal purposiveness);甚至"内在的目的性"颇像是外在的"无目的性":

> 既然目的性如此明显地被等同于 18 世纪的理性路数,那么,若是说个人主动的伦理之举只是——或只能是——无目的的(purposeless),甚至是一时冲动使然,那就没什么可惊讶的了。如此就有了(《唐璜》)第八章唐璜对莱拉这个孩子的突然施救行为……②

这就是有目的的理性轨迹与所谓无目的的伦理作为之间的区别,本该相

---

① Michael G. Cooke, "The Limits of Skepticism: The Byronic Affirmation." *Keats-Shelley Journal*, Vol. 17, 1968, 97~111, p. 107.
② Hazard Adams, "Byron, Yeats, and Joyce: Heroism and Technic." *Studies in Romanticism*, Vol. 24, No. 3, Fall 1985, 399~412, p. 411.

近的因素竟然对立起来。文章作者认为，第八章这种不期而为的情况在《唐璜》中不一而足，而一旦它们发生，一些"理性的形态和外表"就会被拜伦瓦解掉。① 此例有关"目的性"和"无目的性"之间辩证关系的探讨值得读者考虑，后一概念甚至与后来盖伯曼所发现的"无聊"及"美德"等成分有一定关联。

有关唐璜救人行为的解读，英美学界还有另一则较明显的争议，即涉及"历史"与"个人"这两个关键词所代表的两派观点之间的商榷，大致与"刻意"和"随意"两方所形成的线索并行，在一定程度上也相互映照。在"历史"一侧，学人之投入主要开始于20世纪70年代历史主义研究手法兴起的时期，尤其多见于新历史主义评论实践。学人有此兴趣，有了新的认知，即不再拘泥于文本内部内容，而更多转向外界，着眼于文本事件背后的、复杂的、不大受个人意志为转移的历史因素，诸如"语境"(context) 和"(各种客观的)势力"(forces) 等许多较新的词语，都为这些学者所爱用，而涉及某一项具体的人类活动，"行动"(action) 概念也多被"所为"(behavior) 概念所取代，前者较多指向个人的主观能动性，后者则较多揭示被动性。

而在"个人"一侧，持有关立场的人则不甘心将某时某地某位个体的自发行为全都追溯到某种外部的势力，似担心这样的做法会落空，比如用宏大的原因解释某例焦点举动，结论会显得很正确，网大一些，可以网住更多的鱼，不分大小，但这既是好的一面，也有不好的一面，因为一种解读手法若过于普适，那么处理个案时就可能难以做到贴切。这一侧的评论家们主要聚焦于超越历史因素的偶发而主动的个人行为，因此他们才常用"行动"或"个人主动性"(agency) 等词语。有了"历史"和"个人"这两种立足点，我们若快速联系一下唐璜劈杀哥萨克战友的事例，那么前一类批评家会寻找事件之前或之外的决定性因素，会解码唐璜曾在先前章节中

---

① Hazard Adams, "Byron, Yeats, and Joyce: Heroism and Technic." *Studies in Romanticism*, Vol. 24, No. 3, Fall 1985, 399~412, p. 411.

所表现出的心理痕迹及其所折射的社会及文化对一个人的塑造效果,甚至也会在卡斯台尔诺的书中发掘可以解释拜伦处理手法的互文性因素(所谓 intertextuality)。而后一类学人则会审视唐璜作为行为主体而在一瞬间决定或改变事件形态的能力,哪怕其临时动机难以尽解。

在国际拜伦研究领域,杰罗米·麦克甘的名字与"语境"概念关联在一起,其发表于 1976 年的专著《语境中的唐璜》(*Don Juan in Context*)代表其主要立场。在这本书中,他并未否认个人因素之活跃,甚至也看到某些个性较强的人谋求超拔于历史之上,以给人间留下个人的印记;然而,麦克甘认为,个人仍然大不过历史,其主观意识和行为都会被制约,只是方式不一罢了。拜伦长诗《少侠哈洛尔德游记》第四卷第 120 诗节前后,语者在罗马城一带感叹世事无常,美好的事物一去不返,梦思及憧憬也都破灭了,不过,其思路并未止于伤怀,而是于第 127 诗节达到一个励志的局部结论,即他认为无论如何都不能放弃思想的权利,主观世界的斗室中仍会射进神圣的光线。这些融合了幻灭与坚守因素的诗节构成局部粗线条整体,麦克甘着眼于处在这个思路中途的第 125 诗节,主要因为它提到一位将"希望"变成"灰烬"的神祇,而他就是"情势"(Circumstance,亦作"环境"、"境遇"和"机缘"等概念),"那位非精神之神,/那位粗俗的造物者"(that unspiritual god / And miscreator)。[1] 截取了这个"非精神"因素,将其放大,并以其为支点,麦克甘即转向《唐璜》,认为《唐璜》文本多体现个体因素被环境因素这张网所缠围住的情况。根据他的认识,拜伦让"语境"成为该诗得以成形的灵魂,而"语境"则被定义为一系列相互重合、相互交叉的环境因素积累而成的势力,于是,这种陷入网中的情况就成为诗中的决定性的和"有具体功能的现实",而所谓"能感知的心灵,或所谓个人对现实的体验,不过就是(他所在的整个语境中)以突发的形式出现的某种成分罢了"。[2] 换句话讲,拯救莱拉事件虽属突发,但背后有非精

---

[1] George Gordon, Lord Byron, *The Complete Poetical Works of Byron*, p.74.
[2] Jerome J. McGann, *Don Juan in Context*. Chicago: University of Chicago Press, 1976, pp.114~115.

神性质的网状混合因素使然。

麦克甘的推论有很强的逻辑性,我们在本书第二章谈到詹姆斯·钱德勒对所谓个人特殊性的质疑,即体现麦氏观点对他的某些影响。但另一方面,麦克甘所论,仍不足以帮我们最终圈定到底是哪几项更大的、非个人的势力具体操控了唐璜的救人行为,尽管对论者提出如此要求也未必合理。其他学者有感于此,施用了不同视角,比如更多瞄准个人的创造力,包括创造所谓环境的能力。万一我们所追究的外部语境至少在一定程度上也是更早时个人行为的结果呢?追究本源的过程会有终点吗?仅就相对较现代的英、美研究成果而言,持此类评论视角的代表人之一是美国学者杰罗米·克里斯滕森,本书第三章介绍了其基本观点与麦克甘所持历史语境说的不同之处,其所著《拜伦男爵之所强:浪漫写作与商业社会》一书亦体现一种相关的视点转移,即从那种"个人最终无所能"的理念转向所谓"个人有所能"的认知,这至少在效果上也是对麦克甘观点的挑战。有别于历史派学人的依托,strength(力量、强项)和 capacity(能力)等词语被克里斯滕森用在个人身上,是其推论的主要支点。

在他的这本书中,克里斯滕森并未专注于莱拉事件,但他的观点比有些专门的研读更有代表性,或可启发读者一方自行联系个案。简单讲,他认为无论有多少外部因素制约着唐璜式主人公的行为,他仍有可能做出某件超越一般规律的事情,体现个人的自由和主动性。而个人所拥有的这种能力不仅仅是自发的,临时的;既然说其是"能力",那么它即是"一种主动采取行动而带来变化的能力"(capacity for consequential action),而且这种能力还具有"某种决定当时当地局面"——而不是"适应局面"或被其决定——的"正当性"(a rightness)。① 在克里斯滕森看来,麦克甘有关语境决定个人行为的认识不应该有那么大的影响力,可是它已成为"历史主义标准化说法",克氏本人则认为需调整论者视野中历史与个人的比

---

① Jerome Christensen, *Lord Byron's Strength: Romantic Writing and Commercial Society*. Baltimore: Johns Hopkins University Press, 1993, p. xviii.

例,尤其相对于拜伦笔下那类主动的个体,如果他足够"高贵",那么这个人就"持有了一种对于他有权控制局面的信念",因而这样的人就不再仅仅被所谓语境罩住,而是语境或机缘的主动创造者。① 也就是说,至少在某个瞬间,个人可以大于历史"蓝图"(凯伦·凯恩斯语)。

远距离看待麦克甘和克里斯滕森各自所代表的评论倾向,似乎与"刻意"和"随意"的局面相似,双方都立场鲜明,左右两分的感觉似过于强烈了一些。或许我们还可额外参考一篇较近的文章,以了解所谓第三类学人相对折中的视角。该文的标题较长:《拜伦的伊斯迈城所涉历史、历史主义和个人主动性因素》("History, Historicism, and Agency at Byron's Ismail", 2014),作者为美国学人马修·伯鲁什卡(Matthew C. Borushko)。光看该标题所串联起来的概念,一般读者大概也能感受到文章的兼容性,或许还能意识到时下不同流行学派对作者的影响,这是因为"历史主义"和"个人主动性"(agency)这两个体现相异视角的范式共同成为被审视的对象。而文章作者也的确兼顾前人观点,并且更具体地关注唐璜救人片段,力图揭示其所含混杂成分。伯鲁什卡受到库克的影响,因此这位前辈既顾及"历史"与"个人"这两个方面,也略多倾向于后者一侧,同时他也像库克一样,认为唐璜的行为具有较难解释的特点。

至于唐璜到底为何劈杀两位哥萨克士兵,伯鲁什卡认为原因在麦克甘与克里斯滕森观点的中间;既不是历史语境,也不是完全的个人自发性,而是一种被他称之为"极端变异性"(radical variability)的因素驱使唐璜冲了上去;也就是说,唐璜在其他时候可以被语境左右,但在救莱拉的那个当口,他可以变得有个性②,而这种个性也并非克里斯滕森意义上的个人一贯的秉性,唐璜不过是忽然"瞥见了"那个突发的情况,"某种在一

---

① Jerome Christensen, *Lord Byron's Strength: Romantic Writing and Commercial Society*, pp. xvii, xviii.
② Matthew C. Borushko, "History, Historicism, and Agency at Byron's Ismail." *English Literary History*, Vol. 81, No. 1, Spring 2014, 269~297, pp. 271~272.

个无助的孩子身上可能要发生的暴行刺激了(incites)唐璜",而由于唐璜个人行为的瞬间多变性,因此其所为也是很多成分的"混杂体"。① 仅此而已。伯鲁什卡的这一说法代表了一些论者欲突破单一解读禁锢的努力,毕竟非此即彼的学术流派行为太机械了。不过,折中不等于微妙,"变异"观与我们的"跑题"概念仅有表面的相似性,"冲动"的诗性空间之大,不是"混杂体"之说所能定义的。学界要么"历史",要么"个人",只有两个选项,的确太单一,但简单取中的做法反倒可能强化了原选项的既定性。西方研究者中还有许多人,其解读不完全被流行视角所覆盖,此节我们只是选择此前形成趋势的一些观点,以方便读者在本书上述所谈之外有所借鉴。

7. 宠物

我们回到自己的思路,再谈莱拉脉络中的思想张力,以领略其他有意义的成分。拿"宠物"说事,我们自己跑题了,因为这个词不是比喻,而是指真实的小动物,有狗和鸟等,说到底也关联不上莱拉,因此在眼前话题中添加这个维度,肯定有些牵强,甚至怪异。我们这样做,最多只是出于对表面现象的直觉反应。对于拜伦有较多了解的读者可能知道,他喜欢养宠物,有这个癖好,尤其与一位意大利友人分享对于马和鸟等动物的偏爱。由于此癖好之持续性,也由于所宠动物之多,有文学史家将此视为拜伦生活的一项内容,有文学词典甚至专开辟 Animals(各种动物)这个条目,介绍他的偏好。② 珀金斯在其所写有关拜伦的导言中,根据其所阅读的文献材料给出了自己的印象,他说,1816 年拜伦初到意大利后住在威尼斯,生活不算检点,却还要把自己的住处变成一个小"动物园"(menagerie),各种动物"在他的大宅中自由走动,有若干条狗、一些猴子、孔雀、珍珠鸡、一只仙鹤,以及其他畜类,都尖叫不止,还相互争抢那个宽

---

① Matthew C. Borushko, "History, Historicism, and Agency at Byron's Ismail." *English Literary History*, Vol. 81, No. 1, Spring 2014, 269~297, pp. 295, 293.

② 如:Martin Garrett, *The Palgrave Literary Dictionary of Byron*. Houndsmills, Basingstoke: Palgrave Macmillan, 2010。

大楼梯上的地盘"。珀金斯说,拜伦就是在如此环境中"创作了他的一些最出色的作品:《曼弗雷德》《少侠哈洛尔德游记》第四卷、《贝波》,以及《唐璜》的开始部分"①。

小动物们也近距离陪伴他写作《唐璜》的后续部分。当然,拜伦也忙于一般意义上的社交,还费神于远近各路友人的生活事宜,但在一定程度上,真正能直接承享其个人化私密牵挂和怜爱的,大致只有两件事,都是具体的、近旁的、弱小的,一是宠物,一是他的私生女阿莱格拉,他离开英国后只剩这两类生灵让他仍拥有真实的生存坐标。他们被其宠爱,却也成为他的羁绊,他在意大利各地之间的搬迁过程经常要考虑如何安排他们,特别是小动物们,他要思量该带走哪几个,该把其他的托付给谁,常让友人为难。考虑到《唐璜》第十章唐璜远赴英国时执意带上莱拉,同时还要携带若干宠物;考虑到有学者在唐璜与莱拉之间发现了类似拜伦与阿莱格拉之间的那种父女关系;也考虑到小动物们虽然只是小动物,但拜伦却让唐璜像对待莱拉那样对待它们,于是异乎寻常地提升了它们的地位,那么我们就不妨匀出一点时间,观察"宠物"这个侧面,也顺便强调至少从常识角度看唐璜做事"不靠谱"的一面,或再次拨亮"跑题的意趣"这个总体概念。

或可多了解一点貌似边缘的内容。根据马尔尚对有关材料的整理,拜伦于1821年秋天离开拉文纳(Ravenna)去比萨市(Pisa),当时一些情况纠缠在一起,让拜伦心绪沉重,包括日渐收紧的政治气氛、个人方向感的不明确、与贵妇特蕾莎的隔空纠结,以及不时袭来的抑郁情绪等,因此其步调也变得迟疑;"终于,在10月29日那天阴沉的早晨,拜伦那辆拿破仑一世式的马车咣啷咣当穿过(拉文纳)安静的街道",而原先喂养的宠物却并未随行,拜伦的私人金融管家(Pellegrino Ghigi)受命接管拜伦本人"想回避的苦差事"。② 马尔尚说,金融管家在一张银行存款单的背面以

---

① David Perkins ed., *English Romantic Writers*, p.781.
② Leslie A. Marchand, *Byron: A Biography*, Vol. II, p.940.

及在一些信件中都提到这件事,也具体说到拜伦所留下的动物,其中包括

> 一只断了一条腿的山羊、一条样子很丑的农家犬(peasant dog)、一只除了鱼什么都不吃的白鹭模样的大鸟[埃及仙鹤]、一只链子拴着的獾,另外还有两个难看的老猴;

管家说这些动物一个接一个都病死了。① 环顾当时欧洲大势,意大利本土及英国和法国等地都政事纷纭,社会矛盾涌动,拜伦个人的生活中也有特蕾莎和阿莱格拉等亲近者需分心关照,而百忙之中他竟另有这般"琐碎"的关怀,这大概很难避免让人形成其生活线条之多、牵挂之泛、脑子里话语空间之不限的印象。总之,画面挺杂乱的。

相对来讲,麦德文在他《拜伦男爵交谈录》一书中对同类内容的回忆要更逼真而鲜活一些。该书开篇即提到拜伦惯常的行装如何让他有所见识:

> 他的车马行囊实在令人称奇,足以给 Donana(意大利海关)凑上一份罕见的清单:七个仆人、五驾马车、九匹马、一只猴子、斗牛犬与獒犬各一只、猫两只、三只孔雀,以及若干母鸡……构成其家养活物的一部分。②

接着,麦德文也提到拜伦爱喝茶、爱吃蔬菜等素食习惯,然后很快又回到拜伦的杂拼旅伴,直录了一段拜伦本人所言,涉及过多的行装所给他带来的烦恼:

> 自打我来到大陆,就一直收集这些宠物,眼下越来越多,可我并不情愿把它们中任何一位丢下不管,我也不能把它们托付给不相干的人。就在那个农场,你会看到我那几只寄养的孔雀。弗莱彻(William Fletcher,1775~1839)对我说,它们跟那只猴子差不多,都

---

① Leslie A. Marchand, *Byron: A Biography*, Vol. II, 第 500~501 页及注释部分第 102 页上的注"*p*. 941, *l*. 1"。马尔尚怀疑那只"大鸟"可能是"埃及仙鹤",主要是根据雪莱的判断。

② Thomas C. Medwin, *Medwin's Conversations of Lord Byron*, p. 3.

算不上好的旅伴。

然后,麦德文说他自己目睹拜伦如何与所提到的这只猴子玩耍,抚摸它,而且每天都把它带进台球室;他还注释说:"事后(拜伦)在比萨街头又买了一只猴子,只因看到有人虐待它。"①

再补充一个细节,或许能让拜伦(或唐璜)异乎寻常的做派更凸显一些。麦德文这本书的现代编者欧内斯特·拉威尔(Ernest J. Lovell, Jr)告诉我们,歌德曾把麦德文的《拜伦男爵交谈录》"读了两遍",但印象不佳,不光是因为麦氏所记之琐碎,也因为他本人困惑于拜伦竟可以"毫无条理地与狗与猴子与孔雀生活在一起,一切都无章法,不相干"②。拉威尔在他自己的注释中提到,有人对麦德文所列动物清单表示怀疑,尤其涉及孔雀的数量。不过,拉威尔也找出雪莱于1821年同期所写的两封信,从侧面证实孔雀等宠物的真实性,尽管数量上有所出入。一封信上雪莱说:"我刚刚在〔拉文纳(……)〕的大楼梯上遇到五只孔雀、两只雌珍珠鸡、一只埃及仙鹤";另一封信写给他的妻子玛丽·雪莱:"这里有两只猴子、五只猫、八条狗,还有十匹马。"③动物之杂乱,"动物园"的情势几年不衰,而且拜伦经常还要带着某几个动物上路。若从歌德等人的视角看,如此不厌闲情、不嫌麻烦的生活,肯定有些不分轻重缓急,不讲究线条的主次,似也将个人的任性强加给常态运作的世界。倘若我们从拜伦这个癖好的角度回视唐璜的旅伴莱拉,观看其与诸动物在一起随他奔赴伦敦的整体画面,那么,女孩与宠物这两个方面也许会相互赋予一些意义,共同体现拜伦的跑调文思,或跑题理念。

所谓生存的"坐标",我们也在前面"'婆婆妈妈'的任性"这一节的结尾用过这个概念,说到唐璜想让无家者拥有家园,由此也给他自己找到坐标。当然,通过越界而找到坐标的不止唐璜一方。作为明显的无家者,莱

---

① Thomas C. Medwin, *Medwin's Conversations of Lord Byron*, p. 10.
② Ibid., p. x.
③ Ibid., pp. 3~4.

拉被关注,被救助,被拥有。而为小动物们所不及的是,她也会在其自己对待唐璜的态度上表现出更多的个体主动性。《唐璜》第十章,拜伦即反过来,让"这穆斯林的孤儿"从她自己的角度判断唐璜,而且说她并不在意他的基督教背景。有鉴于此,对于他们二人之间的关系所具有的跨界性质,拜伦的有关思考就要比我们所想象的更自觉,更精心。与此有关的诗文是一段持续的谈论,直接涉及对双方关系定位之如何不易、小爱与大爱的可比性、无所归属与有所归属之间的辩证关系,等等;甚至拜伦很直白地说,如此两个人组合在一起,真就是"不平常的一对"(a curious pair,也作"奇特的一对")。①

让我们看一看这个该让现代读者注目的局部。第十章,"喀萨琳"(即俄国女皇叶卡捷琳娜二世)见唐璜变得身心俱差,决定听从医生的建议,让这位宠臣作为她的特使远赴英国,一边接受所谓旅疗,一边跟那边的人商谈兽皮、鲸油以及航海权等事宜。从该章第49诗节起,一架"漂亮"的马车为他备好,而拜伦则对读者说,先不着急,细看一下唐璜都随身带了些什么也不耽误事。唐璜当然要带着莱拉,但有意思的是,拜伦首先逐个清点随行的其他小伙伴:

> 一只猎犬,一只银鼠,一只灰雀,
> 这都是唐璜喂养的爱物,因为
> (让更深思的哲人去找原因吧)
> 对于别人所不齿的这些畜类,
> 这些小小动物,他倒颇为喜爱,
> 连一个六十岁的老姑娘都不会
> 像他这样爱一只鸟或一只猫,
> 虽说唐璜既非姑娘,也不算老。②

对小动物的爱,这里面就有了拜伦本人的影子。我们还记得,唐璜最初离

---

① 拜伦,《唐璜》,第十章第57诗节。
② 同上书,第十章第49~50诗节。

开西班牙时曾带着一条狗。此处这个诗节提及"更深思的哲人"(deeper sage),说这种人才可能知道所以然,这等于是在暗示,唐璜的此类癖好一般人解释不了,该是有深层的原因;这也像是先行防范读者想得不够深而以不屑的态度对待一个大男人的这种"喜爱"(weakness,也作"弱点"),即使他的宠物都是"别人所不齿的""mere vermin"(害鸟害兽而已)。

拜伦自己点到为止,倒像是不屑明说唐璜的此项怪癖到底有多重要,不过下面他很快从动物转向莱拉,很高调地声称,唐璜对这位小孤儿的爱,就有如"爱国志士"(时而)对国家的爱:

> He loved the infant orphan he had saved,
> As Patriots (now and then) may love a nation. ①

做如此解释,其直接的上下文是要说唐璜的爱超脱了男女关系,因此较高尚,较安全,不存在谁被谁诱惑的风险(前一句:... no peril of temptation)。不过,开脱中所用的比喻却有些突然,何以扯这么远?似不成比例。而小孤儿或多或少又是与"小小动物"们分享着唐璜的爱,这就难免让我们想到,以对国家之大爱比拟对莱拉的这种很小的爱,这当然既可以提升后者的身位,也可以反衬其渺小;也就是说,后一种爱必须很琐细,很低微,才能与前者一同构成拜伦这句话的佯谬意味,同时也展示拜伦式的与众不同的思维。

既如此,这个佯谬的覆盖面是否也可扩展到更低微的生命体而构成更大的佯谬呢?甚至真谬?是否我们居然可以顺势夸张说"对这些小动物的爱也有很大的意义"呢?尽管爱莱拉与爱小动物这两件事有互不相搭的文脉,但我们也很难压制拜伦式才思的活跃性、跨越性和争议性,至少在现实中,拜伦去国数年,客观上大爱之爱缺少着落,只剩下宠物和阿莱格拉能让他爱得具体。而倘若拜伦并不在意我们有所联想,甚至想入非非,那么唐璜车队中拉拉杂杂那些东西的意义就有些超大了。此外,抛

---

① George Byron, *Don Juan*. *Lord Byron: The Major Works*, Canto X, Stanza 55, p. 712.

开莱拉与国家的类比,只看她与小动物们的一路同行,似乎它们既可以拉低唐璜对莱拉之爱的位份,将其琐碎化,也可以借后者提高唐璜对小动物之爱的高尚度。

反正拜伦的意识中一定运转着许多逻辑关系,难以被读者把握;人与动物之间、人与国家之间、国家与动物之间、动物与小女孩之间、青年男性与老年妇女之间,如此明显或潜在的、但总是有些牵强的并置中蕴涵着许多跨界的因素,或许也体现着某种扩展版的所谓"世界公民"境界。这后一个概念,有些大了,可既然提了出来,我们不妨借势联想英国18世纪蒲柏和斯威夫特等思想家反人类中心主义的观点,比如后者的《格列佛游记》第四部分中,主人公与马的国度认同,对其之眷恋竟超过其对英格兰的依附。当然,无论如何,唐璜出使英国,还要带上鼬鼠什么的,痴迷的程度赛过"六十岁的老姑娘",这也太有些不伦不类了。我们眼前似出现这样一框景象:普通的人们都卷入国计民生,正常而忙碌,而只有唐璜这类的个体才一味放纵私趣,孤独而执拗,带着穆斯林孤儿和奇异的小动物,在马车上自东往西,穿越一道道国界,也跨越其他意义上的界限,最后登陆英格兰。画风如此失和,难免落入我们所探讨的跑题话题中。

8. "说不清"

然后,拜伦让我们聚焦于坐在唐璜身旁的莱拉,说自己的缪斯不管多么不着边际,都不会忘记这位孤女,因为唐璜本人悉心守护着她,就像收藏了"一颗纯洁而有生命的珍珠"①。由此拜伦就将读者带入更深层次的逆众行为。着墨于战争和动荡后,拜伦是如何静下心来让我们重新端详莱拉的呢?虽只言片语,他却让人透视她的性格,似以此匹配他所描述过的那个脸庞:

> 可怜的小东西! 她温驯而美丽,
> 　她那种又严肃、又温柔的性格,
> 伟大的古维埃呵! 倒像你找的

---

① 拜伦,《唐璜》,第十章第51诗节。

>   原人的化石,在人间实在难得!
>   她天真无知使她不宜于
>   在这扰攘而谬误的世间过活。
>   但她只有十岁,因此很安心,
>   她自己也不知道是什么原因。①

莱拉的气质罕见于人间,就像"原人的化石",很难显现于散落在各处的猛犸象残骸中。唐璜所"爱"上的就是这样一位女孩。这的确是一种爱,因为叙述者本人很直白地告诉读者:唐璜爱她,她也爱唐璜(Don Juan loved her, and she loved him);但他又强调说,他们之间的爱并不相同于哥哥对妹妹的爱,也有别于父亲对女儿的爱。唐璜的年龄不足以让他"表现"父爱,而由于他自己没有妹妹,他也无感于"胞泽之情"。至于这到底算作哪种爱,如何归类,拜伦则明言:"我也说不清楚那究竟是什么。"②

有关此话题,我们略作旁注。由于上面所引诗节中出现"可怜的小东西!"(Poor little thing!)这个感叹,有些论者因而产生了联想。最早时,麦德文即猜想莱拉是拜伦的私生女阿莱格拉的化身。一次,拜伦与他谈起其自己与前妻拜伦夫人的婚生女艾达(Ada),说由于艾达是女孩,他尚能勉强接受她由母亲一方养大这个安排,然后拜伦接着说:"……像我这种满世界跑的人,很难给孩子很好的照顾,否则我也不会把阿莱格拉留在拉文纳那边,可怜的小东西!(poor little thing!)"③前面所提到的学者盖尔另外指出,阿莱格拉长着浅色的头发,大眼睛;拜伦应该是将她"转化为(浅色头发、大眼睛的)莱拉",而且,伊斯迈战役结束后,"这位莱拉/阿莱格拉将要和唐璜一起去俄国"④。效果上,麦德文等人的联想把拜伦拉回

---

① 拜伦,《唐璜》,第十章第 52 诗节。古维埃,今译"居维叶",即法国古生物学家 Baron Georges Cuvier(1769~1832)。
② 同上书,第十章第 53 诗节。"胞泽之情"同"袍泽之情"。
③ Thomas C. Medwin, *Medwin's Conversations of Lord Byron*, p. 101.
④ N. E. Gayle, "The Other Ghost in *Don Juan*." *The Byron Journal*, Vol. 40, No. 1, 2012, 41~50, p. 48.

到普通的人间生活中,或许这能让唐璜对莱拉的情感更富有实质,也能让拜伦的叙述凸显较真诚的一面。但是,这样做多半也会将两者关系的内涵单一化,拜伦本人显然还是直接否定掉了所谓父女关系的影子。

除了上述所排除的关系类型,既然说不清楚二人之间的纽带到底"是什么",那么拜伦就可以继而反过来说它到底不是什么了。它也不是情爱,无"肉欲"成分,"目前也没有诱惑的危险"。拜伦说,尽管他笔下的唐璜到底也是唐璜,又正值青春年华,其"贞操"肯定"不算最洁白",然而他也绝不是那类"最爱吃不熟的酸果"的"老色鬼",更何况"在他情感深处""却有着最纯净的柏拉图主义";连他自己都可能"忘记"了这个深层的情感素质,但这并不意味着他没有这样的素质。① 顺便提一句,"老色鬼""最爱吃不熟的酸果"和唐璜的"贞操"、"不算最洁白"等表述都出自第十章第54诗节,里面还评价道,"由于地球的转动",年轻人一般守不住"贞操"('twill happen as our planet guides),而"老色鬼"们吃"酸果",是为了"把他们枯涩的血搅动起来"(As Acids rouse a dormant Alkali,直译:就像酸液把不活跃的碱液激活)。这些词语显然含有些不着调,或含有不雅的成分;即便其旨在说明当时唐璜所为不涉淫欲,但用在他与莱拉的关系这个语境内,仍显得不够严肃,似乎突然间拜伦又把自己拦截了一下,怕一路深沉下去会涉嫌滥情,或怕温情过多会让自己不像自己了。当然,这次的跑调比较短暂。

而至于柏拉图主义,无疑指向人们常说的精神恋爱。把这样的爱与唐璜这样的人物相联系,说他本质上是"最纯的"柏拉图主义者,这里面应该也埋伏着讽刺意味,这大概也是拜伦的唐璜有别于其他唐璜的地方。即便有一点讽刺,其背后更多的应该还是实话实说,不像是此地无银式的昭告;是力图说明唐璜在斑驳的人生际遇中,尚保留着某种对于真实而又超然的美的终极追求欲,而这种对美的追求又与对某种正义的追求关联上,这就有些像是欧洲文艺复兴和浪漫主义等时代的诗人在力图定义某

---

① 拜伦,《唐璜》,第十章第54~55诗节。

些恋人的言行时所勾勒的一种现象。而就眼前局面而言,拜伦请出柏拉图,费力气否认唐璜的色心,总的来说这也是进一步强调唐璜对莱拉的情感中不落俗套而难以定义的一面。总之,男女间的这种情感居然不属于所提到的任何类型,而就是在这个困境中,拜伦才说出了那句很突兀又像是说了等于没说的话,即唐璜之爱可比拟爱国者对国家的爱。我们当然仍难以借此尽解唐璜的爱,可既然我们只获知这唯一的一句概述性评价,我们至少可以在拜伦如此"高谈阔论"的归类法中想象他本人在这种爱中所可能窥见的成分,比如奇异、高尚、纯洁、凝重、端正、正义、恢宏,等等。他是否在调侃所谓"爱国志士",这并非很重要,重要的是他在介乎严肃与不严肃的语脉中,将不凡的气度注入《唐璜》这部长诗中维系在一位10岁异域孤女身上的文思中。

9. 信仰与救赎

唯独在一个方面,莱拉并未表现出那么"温顺"。唐璜拯救了莱拉的生命,而当他也试图拯救她的灵魂时,他遇到了麻烦:"这个小蛮子(the little Turk)竟不肯信仰基督";这让唐璜觉得"奇怪"。莱拉自己原先的(伊斯兰)背景就像是给她的身心打上了印记(impression),无论她所经历的磨难和变故多么巨大而惨烈,这个印记还是抹不掉。曾先后有三个"主教"告诉她,不皈依就是犯界(transgression),但其实她自己只是待在其原有的界域,"仍然信穆罕谟德如天神"①。要说原地不动就算出格,她自己一定弄不懂这个逻辑,只不过涉及文化和信仰,她倒也并非完全不温顺:

> 实则她能容忍的唯一基督徒
> 　只有唐璜,仿佛她已把他选定
> 来代替她失去的家庭和亲友,
> 　而他呢,自然要爱所保护的人,
> 因此他们成了不平常的一对:

---

① 拜伦,《唐璜》,第十章第55～56诗节。"穆罕谟德"今译"穆罕默德"。

> 监护者太年轻,和被监护的人
> 又毫无乡土、时代或血统的关联,
> 但这反而使他们更亲密无间。①

这就有些蹊跷了。如果说莱拉有自己所固守的信仰原域,那么她能够亲近一位基督徒,还让他直接取代自己的亲人,并不介意这个人持不同信仰,这一点则证明她真的是犯戒了,只是犯戒行为的方向有别于主教们所责;而所谓 transgression,在字面上也就接近了我们所说的精神 digression(跑题)。评论家斯塔夫罗也谈到此处细节,他虽未直接使用"跑题"一类的说法,但实际已明确定义了莱拉行为的超越性。他说:"在拜伦看来,人品而非教派,才能昭示人之为人的一面。"②他具体以《唐璜》第十章第 56 诗节为例,说莱拉无需复杂的理念,而是仅凭"单纯"和"天真",就能区分"爱与正确"等不同的意域。③ 莱拉式的直觉大概还会超越"人品"和"天真"概念所及。

无论如何,个人间的相互信任的确让他俩超越了宏大的界别符号;在其共有的私密空间中,他们不吝越入对方的文化境域,都寄情于近旁而又遥远的他者,相互转化为对方全新的生活内容,并随着界线的消失而成为最亲的亲人。所谓"自然要爱"一语,原文所含 naturally 这个词是斜体字,显示拜伦的强调语气。该词在这个上下文中也是伦常概念,因此可以讲,它也含有字典上另外指向的"对待血亲那样"、"合乎伦常地"或"有如爱自己的私生子一般"等意思。麦卡锡在她的《拜伦:传记与传奇》一书中也注意到"自然要爱"这个概念,并基本认定它所指向的就是伦常上的义务,并暗示有"私生"关系成分,借此让读者联想拜伦的私生女阿莱格拉的影子。④ 的确,naturally 这个字的基本意思可以让这个诗节的寓意更为

---

① 拜伦,《唐璜》,第十章第 57 诗节。
② C. N. Stavrou, "Religion in Byron's *Don Juan.*" *Studies in English Literature 1500—1900*, Vol. 3, No. 4, Nineteenth Century, Autumn 1963, 567~594, pp. 592~593.
③ Ibid., p. 593.
④ Fiona MacCarthy, *Byron: Life and Legend*, p. 421.

丰满，读者方面不必怀疑它们的存在。然而，有了这个伦常的维度，拜伦再去澄清他俩之间"毫无""血统的关联"，这才更有意义，因为他们的确不是父女，读者不必非联想阿莱格拉不可；他们也不是兄妹，"家庭"概念本不相关；而且，不仅没有血缘关系，拜伦更清楚地说明，也毫无任何"乡土"（clime，也作"地域"）或"时代"方面的关联。可他还是接着说，这种毫无任何关联的状况"反而使他们更亲密无间"（And yet this want of ties made theirs more tender）。这一诗行大概算得上一则富含现代思想意义的佯谬了，所指向的是情感乌托邦。跨越了这么远的距离而成为自己人，所以才有了这"不平常的一对"。①

在上述这个段落中，拜伦显然又是走到前台，自己主动针对二人间的异类关系给出一些解释，效果上既有助于我们消化有关诗文内涵，也显示他本人对莱拉脉络有刻意的思考。解释中，或许有些说法会让局部情节变得更难解。而我们自己如何也尝试着对莱拉脉络稍作总结呢，尤其涉及其意义？先补充一下，唐璜到达英国后，经过一番精挑细选，打发掉众多"想为驯服这小蛮子（his little wild Asiatic）而效命"的英国本地"老太太"，终把"这个东方的小孤女"（the little orphan of the East）托付给了他比较信得过的品契别克太太（Lady Pinchbeck），让她负责莱拉的生活和教育。选择她，也因为她一向以"温和"的态度对待那些"倾向要越轨而行"的"晚辈"。② 如此拜伦本人就给莱拉脉络做了一个了结。而至于这个脉络的意义，读者可放开眼界，再对唐璜生平的伊斯迈时段稍予反观。可以说，大致上仅仅因为年轻人的血温升高就纵横沙场，一时间脱胎换骨，英姿勃发，居然还有所成就，这或许说得上是唐璜生命的高光时刻；但

---

① 不妨补充一个不直接相关但具参考价值的真实事例，以说明拜伦此处诗文所体现的思想理念并非很抽象。根据文学史家介绍，写完有关诗章两年之后，拜伦的确救助了一位外国（土耳其）"小女孩"，与她形成相互依赖的关系，似乎"实践了"文学文本中的内容，"与他的虚构认同"。Elizabeth French Boyd, *Byron's Don Juan: A Critical Study*, p. 132。

② 拜伦，《唐璜》，第十二章第41～42、48、51诗节。Asiatic 大致指"小亚细亚人"，这个概念连同 the East 等说法，体现拜伦有较具体的异域意识。据一般史料，品契别克太太身上有拜伦真实生活中的忘年交墨尔本太太（Elizabeth Milbanke Melbourne，1751～1818）的影子。

换个角度看，这也坐实了他的滑稽和暗淡。一个人竟可以如此无思，无方向感，在道义上无闪光之处，甚至根本也搞不清楚交战双方的孰是孰非。这是我们回过头来所能想到的一点。

当然，在拜伦的超然而怀疑的视角中，他会认为，过于有方向感的人未必就不荒唐，而唐璜虽在大事上糊里糊涂，这或许也是一种游离于任何现实界标的表现。此外，虽然被卷入就是被卷入，懵懂参战也是参战，但一有机会，唐璜也可以证明，当时那些常规参战者所献身之大业未必没有道义疑点。莱拉就给他提供了这样一个机会，让他得以在从众顺游一段时间之后，终游出群落，似忽然发现了自己固有的个性和亮点。之所以我们前面说，唐璜对莱拉的怜悯不属于一般的怜悯，除了已经谈及的一些因素外，也是因为此中亦有他的所谓自我怜悯；拯救莱拉，也相当于唐璜的自我救赎；爱莱拉，也是爱自己。自己的身份感、自我的认同，都在一个怪诞而血腥的瞬间得到一定程度的恢复；莱拉有助于他，不少于他于她。因此，当唐璜带着莱拉离开战场上的死人堆时，他也有如获得了自己的新生，虚无变成了充实，懵懂变成了清醒，哪怕只有他自己这么认为。换一种方式说，无论涉及和平还是战争，当其他的人类群落都按套路行事，唐璜则是忽有契机行了一次私刑，隐秘而异端，但是就在这个不期的举动中，他就如同用哥萨克同伙的血，为自己赎了浑浑噩噩投身伊斯迈战役的罪。我们肯定还会有其他视角用以观察莱拉脉络，然而，跑题和救赎竟忽然关联在一起，这是我们可以额外解析出来的佯谬意味。

结　语

对于《唐璜》这样的文学巨著,无论涉及哪个层面,我们其实都很难总结它。所谓结语,只是趁机把拜伦的一个嘴边词亮出来,借此再补充一个层面。这个词是 cant,它在《唐璜》中大致被用过两次,在他的其他散文体文字中则经常出现。在《唐璜》第四章第 98 诗节中,查先生将 cant 这个词译为"人云亦云";在拜伦给第六章至第八章所写的散文体"前言"(Preface)中,查先生以"违心之论的高调"这个汉语词组对应这个词。在这后一个例子中,拜伦本人接着说:"而这种高调正是这个自私的掠夺者时代、这个尔虞我诈和口是心非的时代的大弊……"①于是诗人将该词与"口是心非"等现象(double-dealing and false-speaking)关联在一起。这个词兼作名词和动词,大概与中古法语词 cant 或现代法语词 chant 有关,背后可能是拉丁词 cantus,原本都含"唱"、"诵咏"及"唱高调"等意思,确切的词源较难考。

汉语中,似无单一的概念能将该词所及完美移译过来。在 17、18 世纪的英国,它主要指道德说教或商业推销式的话语方式,内含虚伪成分,为萨缪尔·约翰逊等文化名人所鄙视。在拜伦所处的时代,它也指在某些特定的社会圈子或人群中所新近流行的行话。而在拜伦本人的概念中,其含义变得更加负面,大

---

① 拜伦,《唐璜》,第 352 页。

致汇总了"说时下流行语"或"从众讲套子话"、"违心高论"、"甩术语"、"大而无当的空话"、"热衷说教"以及"说得比唱得还好听"等不好的意思,配合不同的上下文。查先生未重复自己,所译汉语都恰到好处。方便起见,我们姑且用"时髦套语"这个单一词组来代表英文原词。

对于读过拜伦一些著作的人,cant 不是个陌生的词,拜伦的许多言论都以它为直接或间接的靶子,引起评论界或后辈同行作家的注意,乃至在有些人眼中,"拜伦"这个名字竟可与"对时髦套语现象的厌恶"画等号。伊丽莎白·博伊德不在意简单定论《唐璜》,说它的一个主要目的就是"抨击时髦套语和令人生厌的事物(cant and bores)"。① 拜伦不喜欢当时英国社会的一个主要原因,也是他觉得四下里板起面孔而 canting(讲时髦套语)的人太多了。在给布莱辛登伯爵夫人的《拜伦男爵交谈录》一书所写的长篇导言中,编者拉威尔归结道:"《拜伦男爵交谈录》中的拜伦的确也是这样,一而再再而三地抨击时下的时髦套语和假正经(false prudery)。"②这也是因为布莱辛登夫人乐于显示她自己对拜伦的好恶有贴切感受,结果是 cant 这个词较频繁地出现在她的书中,多与拜伦的价值理念相联系,"虚伪"(hypocrisy)一词也常与它并列成为标靶。她回忆说:"无论在任何场合,(拜伦)都宣称其对时髦套语的憎恶;他说这种套语会将所有真纯而善良的东西赶出英格兰。"③在该书后面所录一段交谈中,拜伦说起他自己人格多变,无常形,什么都是,什么都不是,因此难以被描述。然而,"有两种情绪,我对其始终如一,——一种是对自由的强烈热爱,一种是对时髦套语的憎恶"④。

拜伦相关的信件中,至少有三封常被论家提起,都写自意大利,都是其创作《唐璜》之余所书。一封我们在本书序言中提过,写于 1819 年 1 月 19 日,其中他也说道:"即便整个基督教世界都用时髦套语对付我,我也

---

① Elizabeth French Boyd, *Byron's Don Juan: A Critical Study*, p. 14.
② Lady Blessington, *Lady Blessington's Conversations of Byron*. Introduction, p. 101.
③ Ibid., p. 13.
④ Ibid., p. 220.

不会屈服",即他不会在诗歌语言方面对《唐璜》的有关章节做任何修改或删减。① 另一封信写在同一年秋天,同样写给老同学,里面有这样一段文字:

——而至于"唐璜"——你坦白讲——你坦白讲——你这个坏蛋——你得直接承认——它就是那种**"就是那么回事"**(that there)类型作品的极品——它可能有点不雅(bawdy)——但里面的英语难道不是挺好的吗?——它可能有些放荡——但难道这不就是**生活**吗,不就是**那回事**(the thing)吗?——任何一个人,若是他没有人世间的历练——没坐着驿递马车四处转悠过,没坐过出租马车,没坐过威尼斯的贡多拉(Gondola)——贴着墙——也没坐过宫廷马车,也没坐过二人小马车——也没爬上过桌子——或钻到下面——他写得出这个作品吗?——我在写第三章,已经写了一百来个诗节了——但它们也太检点了——人们的抗议声音之大,把我惊到了。——我对唐璜这个人有自己的安排——可那种时髦的套子话(cant)竟有如此大的气势,(压倒了别的东西)……②

"那回事"等,指向世事常态及有关文学作品所应有的真实性。这段话是对抗议者的抗议,其自辩的理由大概能让我们立即联想到诸如薄伽丘、乔叟、本·琼生、伏尔泰、亨利·菲尔丁、卡斯蒂、莫扎特以及歌德等人在同样场合所可能说的话。

第三封信写于 1821 年 2 月,篇幅较长,拜伦花了大约四天的时间写完。写这封信的机缘是因为近期英国国内有人就蒲柏的文坛地位做过非议,拜伦不甘等闲视之。信中,他给出了所谓套语的一则例子,试图让人们知道,若在文坛赶时髦会是什么样子。有人高论:大自然的作品比艺术

---

① To Hobhouse and Kinnaird. Venice, January 19th, 1819. George Byron, *Lord Byron: Selected Letters and Journals*, p. 185.

② To Douglas Kinnaird, Venice. October 26th, 1818 [1819]. George Byron, *Lord Byron: Selected Letters and Journals*, p. 220. 黑体字代表原文的斜体字,标点符号等依从原文。

家所作更超拔,更美妙,因此也更富有诗意。拜伦说,这就是时髦套语,是圈子内"有关大自然的流行行话"。一位诗人若真是好诗人,他"都能让一副扑克牌饱含诗意,超过美洲的大森林所有"①。行文过程中,拜伦说了这样一段抨击英国式虚伪现象的话:

> 事实是,在现下的英格兰,那个宏大的"**原动力**"(*primum mobile*)就是**时髦套语**(*cant*);政治上的时髦套语、诗论上的时髦套语、宗教上的时髦套语、道德上的时髦套语;反正总是时髦套语,再乘以生活的方方面面。时下流行的就是它,而它只要延续下去,对于那些只会套用时代调门的人来说,其势力就太大了。我称其为**时髦套语**,是因为它只是嘴皮子把式,对于人类行为没有任何好的影响;因为,相比这种口头的范式(*verbal decorum*)成气候之前的时候,英国人明显变得更不道德了,也并未变得更聪明、更安康,反倒变得更潦倒、相互之间更分裂。②

英国当时的文化状况如何,我们不涉及,只关注拜伦对有关现象的敏感。敏感度之高,成为警觉。布莱辛登夫人甚至发现了另一种相近的成分。一次,她告诉拜伦说,据她观察,他这个人总是"直言不讳地谈论自己的不足(*defects*),而且还津津乐道";她说她从未见过其他人有如此癖好。其实她的《拜伦男爵交谈录》中重复提及她的这个发现,而这一次,"拜伦回答说:'哦,那这是否让你对于我的自我完善抱有了希望?'"她的反应是:"不会的,我反倒担心,你没完没了地提起它们,会变得习以为常,到头来把你的厌恶感给消磨掉了。"拜伦大笑,说:"变坏的人中没有人像我这样总在忏悔,忏悔的人中没有人像我这样少有改进。"然后,他劝她要有些耐心,说他实际上

> 对自己方方面面的毛病都有过严肃的反省,这是自我完善的第一步。其实我已经有了很大的进步,只是人们的认可度不足罢了。当然,问

---

① Leslie A. Marchand, *Byron: A Biography*, Vol. II, p. 901.
② Ibid., p. 900. 标点符号等依从原文。

题是,我对时髦套语(cant)如此憎恶,如此害怕被人怀疑我会屈服于其聒噪,于是我总让自己显得(I make myself appear)比我实际上**更坏**,而不是更好。①

换句话讲,他自己其实没那么坏,只不过担心别人怀疑他与众人无异,也唱起高调,说起套子话,于是自己就刻意显得不那么端正。她比他小一岁,貌美,拜伦与她单独交谈,大概又克制不住稍微作践自己以取悦一位贵妇的杂念,因此其所言未必完全客观。更何况他有时遇到这种场合,还会产生"苦中作乐"的心情,会笑着说:"没有哪个男人不喜欢让女人给他上一课,只要她不是他母亲、姐妹、妻子或情人就好。"②不过,有鉴于其所含典型态度,上述对话所及,并非无关实质,其一些细节仍可被我们抓住。布莱辛登夫人所谓"担心"一词的原文是 fear,拜伦的"害怕"是 fearful,此类表述都含较强的心理因素,尤其拜伦一侧,竟如此表达其忧虑程度,似坦白自己的积习,更体现对其(显得不那么好的)外表的呵护有加,好像担心它过于正面而被人误读。

布莱辛登夫人所回忆的此次交谈发生在 1823 年初夏,拜伦去世的一年前,其时《唐璜》中完稿的章节已相当多了,史家也多能认定,1823 年 5 月上旬左右,拜伦已经开始写第十七章,仅 14 个诗节后,《唐璜》全诗就进入搁笔未竟的状态了。若非长诗中已经有了许多与上述"显得"机制相关的具体事例,我们就不必过分聚焦这种忧虑的成分。难道作品中那么多的讥讽、嘲弄、不严肃、跑题、笑、戏仿、解构、拦截、反高潮、反史诗,等等,都是策略吗?自我亮相的策略?都旨在用笑声自我净化?自我呵护?或矫正自己所同样拥有的高论习性?难道拜伦在情怀的端正度上其实与雪莱差不太多?甚至与华兹华斯差不多?难道我们在阅读《唐璜》时所面对的更多是面具,而非真人,而拜伦此前的作品才更直白一些?对这些疑问的回答是:当然不是,或者不全是;诸项"策略"当然也有其他的用途、其他

---

① Lady Blessington, *Lady Blessington's Conversations of Byron*, p. 75.
② Ibid., p. 121.

的意义,更何况策略与文学本身向来也很难分清。而至于"外表",至少相对于许多作家而言,其面具和其人之间的界线也并非可以划得很明白,孰真孰假不易确定。

然而,我们借助布莱辛登夫人所传递的信息,即可对拜伦可能的外表建构方式及效果多一点意识,对于文本中所存在的表里一致的情况也可多一些认知,既不必简单听信其不严肃的昭告,也无需怀疑其跑题的重要意义。而且,拜伦对时髦套语的警惕其本身也的确有必要,因为如他所言,它会危害文化和文学。似乎为了多担负一点个人该担负的责任,拜伦曾说道:

> 英国人仍然热衷于那种表达多愁善感的套语(the cant of sentiment)吗?……这都是"少侠哈洛尔德"造成的;但我的"唐璜"就是旨在扑灭这个势头,它即便再无是处,也有这一条优点。①

这又是一种自我拦截的姿态,用《唐璜》拦截《少侠哈洛尔德游记》,或也含所谓自我净化和矫正的意思,至少是用一个面具来制约另一个。说得辩证一些,这句话几乎是在暗示,通过自我污化而达到自我净化的目的,这居然有了可能性;说得再具体一些,或可期待用《唐璜》的不严肃和笑声等所谓"优点"(merit,亦作"功德")来完成自我的救赎,进而也对外部文化的势头有所抑制。

拜伦倾听别人,也倾听自己;捕捉别人,也擒获自己。而监控自己,自我擒获,这的确也同样有利于文人生态的改进。本书始于"不严肃"等概念,也试图解析这样一层意思:"不严肃"既针对普遍的目标,却也是自我颠覆机制,怕自己也板起面孔说大话。这就是为何在《唐璜》这部单一著作的内部,既有强悍的理念构筑、情怀构筑、诗意构筑,甚至某些局部真的出现了时髦套语也说不定②,而同时诗中也不断出现相应的解构语脉;感

---

① Lady Blessington, *Lady Blessington's Conversations of Byron*, p. 213. 书名的引号与原文一致。

② 我们在本书第七章引用哈兹利特的言论时提起过拜伦的"说道欲"和"玄思"倾向。

人和逗趣交替出现,字里行间还可能埋伏着拜伦对有些社会现象的基本蔑视,其中多半也包括时髦套语。我们开始时有感于"伟大"和"不严肃"之间的文学谜局,本书也试图从不同侧面探观这个所谓的谜局。其他读者也可以找到更深、更大的理由,助我们更接近其所以然。或许,《唐璜》中解构和跑题等迷乱因素之频现,仅仅是因为拜伦有他的忧虑,怕人家把他归类于跟风的高论者?这至少也是一个微小的答案。

伟大文学的首要动机当然是建构,建构起意义空间和艺术特色,但是如拜伦所为,有时候建构是以解构的方式进行的,或者两者交替推进,于是解构因素亦成为结构性因素;读《唐璜》即是读它的切题和跑题,在这个过程中,读者一方得以领略作家的思想理念和人格特征。建构起一条线索,也需先行解构许多界限,跑题虽显得随意,却也体现执着。但是《唐璜》背后的拜伦往往还要前行一步,似"害怕"任何终点,于是要继续越界,投向其他线索,效果上等于宣告了任何线索的偶然性。如此"害怕",当然也能延伸到自我之外,成为与普遍文化状况的互动。

也有不那么好解构的因素。在轨道上跑了题,一个偶然的过程被瓦解了,只有过程中偶遇的人性亮点留存了下来,至少留给读者,比如海船上的父子、海岛上的海黛、被禁锢的宫女,还有莱拉、奥罗拉,以及土耳其的"老军头"等,而这些亮点多少都体现了超越笑声、超越跑题意趣的诗性硬核,总体上指向更恒定的生命元素,尽管这些元素也多是一位游荡者通过跑题与越界才能收获的成果。或可说,虽然无论拜伦的讥讽还是严肃都含有杂质,但他还是把基本的严肃寄予了这些人物,而却将基本的讥讽用在各类线索中的其他事物上。

引用文献

拜伦,《唐璜》(上、下),查良铮译,北京:人民文学出版社,2020 年(2008 年 1 月第 2 版)。

拜伦,《唐璜》(上、下),朱维基译,上海:上海译文出版社,1978 年。

Byron, George. *Lord Byron: The Major Works*. Ed. Jerome J. McGann. Oxford University Press, 1986.

—. *The Complete Poetical Works of Byron*. Ed. Paul Elmer More. Boston: Houghton Mifflin Co., 1933.

—. *Selected Letters and Journals*. Ed. Leslie A. Marchand. Cambridge, Mass.: The Belknap Press of Harvard University Press, 1982.

—. *Byron's Letters & Journals: A New Selection*. Ed. Richard Lansdown. Oxford University Press, 2015.

Abrams, M. H. *A Glossary of Literary Terms*, 6th ed. Fort Worth, Texas: Harcourt Brace College Publishers, 1993.

Adams, Hazard. "Byron, Yeats, and Joyce: Heroism and Technic." *Studies in Romanticism*. Vol. 24, No. 3, Fall 1985, pp. 399~412.

Arnold, Matthew. "Byron." *Selected Prose*. Ed. P. J. Keating. Harmondsworth, Middlesex: Penguin Books (Penguin Classics), 1987.

Auden, W. H. "Byron: The Making of a Comic Poet."*The New York Review of Books*. August 16, 1966 Issue. https://www.nybooks.com/articles/

1966/08/byron-the-making-of-a-comic-poet/, accessed April 4, 2021.

—. "Don Juan." *The Dyer's Hand and Other Essays*. New York: Vintage Books, 1968.

—. *Letter to Lord Byron. Collected Longer Poems*. New York: Random House, 1969.

Babbitt, Irving. *Rousseau and Romanticism*. Austin & London: University of Texas Press, 1977.

Bate, Walter Jackson. *John Keats*. Cambridge, Mass.: The Belknap Press of Harvard University Press, 1963.

Beatty, Bernard. "Byron and the Eighteenth Century." Drummond Bone, ed., *The Cambridge Companion to Byron*. Cambridge University Press, 2004.

—. *Byron's Don Juan*. London and New York: Routledge, 2016 (first published 1985).

Bevis, Matthew. *Wordsworth's Fun*. Chicago and London: The University of Chicago Press, 2019.

Lady Blessington (Marguerite Gardiner, Countess of Blessington). *Lady Blessington's Conversations of Byron*. Ed. Ernest J. Lovell, Jr. Princeton, New Jersey: Princeton University Press, 2016 (originally published 1969).

Bloom, Harold. *Bloom's Classic Critical Views: George Gordon, Lord Byron*. New York: Infobase Publishing, 2009.

—. *The Western Canon: The Books and School of the Ages*. New York: Riverhead Books, published by The Berkley Publishing Group, 1994.

Bone, Drummond. "*Childe Harold* IV, *Don Juan* and *Beppo*." Drummond Bone, ed., *The Cambridge Companion to Byron*. Cambridge University Press, 2004.

Borushko, Matthew C. "History, Historicism, and Agency at Byron's Ismail." *English Literary History*, Vol. 81, No. 1, Spring 2014, pp. 269~297.

Boyd, Elizabeth French. *Byron's Don Juan: A Critical Study*. London and New York: Routledge & Kegan Paul Ltd., 1958, 2016 (originally published 1945).

Browning, Elizabeth Barrett. *Aurora Leigh* (excerpts). Carol T. Christ & Catherine Robson, eds., *The Norton Anthology of English Literature*, Eighth Edition, Vol. E. New York & London: W. W. Norton & Co., 2006.

Butler, Eliza Marian. *Byron and Goethe: Analysis of a Passion*. London: Bowes & Bowes Publishers Ltd. , 1956.

Caines, Karen. "'Horace said, and so / Say I': Generic Transgression and Tonal Dissonance in *Don Juan* I, Stanzas 212—16." *The Byron Journal*, Vol. 45, No. 2, 2017, pp. 127~134.

Calvert, William J. *Romantic Paradox*. Chapel Hill: The University of North Carolina Press, 1935. Reprinted by New York: Russell & Russell, 1962.

Carlyle, Thomas. "Characteristics." George Levine, ed. , *The Emergence of Victorian Consciousness: The Spirit of the Age*. New York: The Free Press, 1967.

Chandler, James. *England in 1819: The Politics of Literary Culture and the Case of Romantic Historicism*. Chicago: University of Chicago Press, 1998.

Chaucer, Geoffrey. "The Pardoner's Prologue and Tale." ll. 616 ~ 669. *The Canterbury Tales* (excerpts). Alfred David & James Simpson, eds. , *The Norton Anthology of English Literature*, Eighth Edition, Vol. A. New York & London: W. W. Norton & Co. , 2006.

Christensen, Jerome. *Lord Byron's Strength: Romantic Writing and Commercial Society*. Baltimore: Johns Hopkins University Press, 1993.

Cochran, Peter. "Byron, *Don Juan*, and Russia." Anthony Cross, ed. , *British Responses to Russian Culture*. Cambridge, England: Open Book Publishers, 2012.

—. *Byron and Italy*. Newcastle: Cambridge Scholars Publishing, 2012.

— ed. *Byron's Religions*. Newcastle: Cambridge Scholars Publishing, 2011.

Cocola, Jim. "Renunciations of Rhyme in Byron's *Don Juan*." *Studies in English Literature 1500—1900*, Vol. 49, No. 4, Autumn 2009, pp. 841~862.

Coleridge, Samuel Taylor. *Biographia Literaria*. Ed. Nigel Leask. London: Everyman's Library, J. M. Dent, 1997.

Colvin, Tracey. "A Monstrous Beauty: Performing Freakishness in Byron's *Don Juan*." *Nineteenth-century Gender Studies*, Issue 2.1, Spring 2006(只标出段落序号的电子版).

Cooke, Michael G. *The Blind Man Traces the Circle: On the Patterns and Philosophy of Byron's Poetry*. Princeton, New Jersey: Princeton University

Press, 1969.

——. "Byron's *Don Juan*: The Obsession and Self-Discipline of Spontaneity." *Studies in Romanticism*, Vol. 14, No. 3, Summer 1975, pp. 285~303.

——. "The Limits of Skepticism: The Byronic Affirmation." *Keats-Shelley Journal*, Vol. 17, 1968, pp. 97~111.

de Almeida, Hermione B. *Byron and Joyce through Homer: Don Juan and Ulysses*. London and Basingstoke: The Macmillan Press Ltd., 1981.

Deen, Leonard W. "Liberty and License in Byron's *Don Juan*." *Texas Studies in Literature and Language*, Vol. 8, No. 3, Autumn 1966, pp. 345~357.

Dudova, Marketa. "Insincerity Overboard: Sincerity and Nausea in Byron's *Don Juan*." *Christianity and Literature*, Vol. 67, No. 1, 2017, pp. 163~181 (Paper delivered at The Conference on Christianity and Literature, 2017).

Dyer, Gary. "Thieves, Boxers, Sodomites, Poets: Being Flash to Byron's *Don Juan*." *PMLA*, Vol. 116, No. 3, May 2001, pp. 562~578.

Einstein, Alfred. *Mozart: His Character, His Work*. Trans. Arthur Mendel & Nathan Broder. Oxford University Press, 1962 (originally published 1945).

Eliot, George. *Romola*. Oxford: Clarendon Press, 1993.

Eliot, T. S. *On Poetry and Poets*. London: Faber and Faber, 1957.

Engell, James. *The Creative Imagination: Enlightenment to Romanticism*. Cambridge, Mass.: Harvard University Press, 1981.

England, A. E. "Byron's *Don Juan* and the Quest for Deliberate Action." *Keats-Shelley Journal*, Vol. 47, 1998, pp. 33~62.

Fleck, Paul. "Romance in *Don Juan*." *University of Toronto Quarterly*, Vol. 45, No. 2, Winter 1976, pp. 93~108.

Fleming, Anne. "Byron and Montaigne." *The Byron Journal*, Vol. 37, Issue 1, 2009, pp. 33~42.

Foucault, Michel. *The Order of Things: An Archaeology of the Human Sciences*. New York: Vintage-Random, 1973.

Franklin, Caroline. *Byron's Heroines*. Oxford and New York: Clarendon Press, 1992.

Frye, Northrop. *Anatomy of Criticism: Four Essays*. Princeton, New Jersey: Princeton University Press, 1971.

Gabelman, Daniel. "Bubbles, Butterflies and Bores: Play and Boredom in *Don Juan*." *The Byron Journal*, Vol. 38, Issue 2, 2010, pp. 145~156.

Gardner, Helen. "*Don Juan*." M. H. Abrams, ed., *English Romantic Poets: Modern Essays in Criticism*. Oxford University Press, 1975.

Garrett, Martin. *The Palgrave Literary Dictionary of Byron*. Houndsmills, Basingstoke: Palgrave Macmillan, 2010.

Gayle, N. E. "Byron, the Matchless Lily and Aurora." *The Byron Journal*, Vol. 44, No. 1, 2016, pp. 15~26.

—. "*Don Juan* and the Dirty Scythe of Time." *The Byron Journal*, Vol. 41, No. 1, 2013, pp. 27~34.

—. "The Other Ghost in *Don Juan*." *The Byron Journal*, Vol. 40, No. 1, 2012, pp. 41~50.

Greenblatt, Stephen, General Ed. *The Norton Anthology of English Literature*, Eighth Edition, Vol. E. New York and London: W. W. Norton & Co., 2006.

Goldgar, Bertrand A. ed. *Literary Criticism of Alexander Pope*. Lincoln: University of Nebraska Press, 1965.

Goldweber, David E. "Byron, Catholicism, and *Don Juan* XVII." *Renascence*, Vol. 49, No. 3, Spring 1997, pp. 175~189.

Hamni, Nicholas. "The Very Model of a Modern Epic Poem." *European Romantic Review*, Vol. 21, No. 5, Oct. 2010, pp. 589~600.

Haslett, Moyra. *Byron's Don Juan and the Don Juan Legend*. Oxford: Clarendon Press, 1997.

Hazlitt, William. "Lord Byron." *The Spirit of the Age*. David Perkins, ed. *English Romantic Writers*. Orlando, Florida: Harcourt Brace Jovanovich, Inc., 1976.

Hildesheimer, Wolfgang. *Mozart*. Trans. Marion Faber. New York: Vintage Books, 1983.

Hill, David. "Orient, Self and Other in Byron's *Don Juan*." *International Journal of Arts & Sciences*, Vol. 7, No. 5, 2014, pp. 577~584.

Hitchens, Daniel. "'Full many a line undone': Why Misprints Matter in *Don Juan*." *The Byron Journal*, Vol. 38, Issue 2, 2010, pp. 135~144.

Hoagwood, Terence Allan. *Byron's Dialectic: Skepticism and the Critique of*

Culture. Lewisburg, Penn. : Bucknell University Press, 1993.

Hopps, Gavin. "'Eden's Door': The Porous Worlds of *Don Juan* and *Childe Harold's Pilgrimage.*" *The Byron Journal*, Vol. 37, No. 2, 2009, pp. 109~120.

—. "Gaiety and Grace: Byron and the Tone of Catholicism." *The Byron Journal*, Vol. 41, Issue 1, 2013, pp. 1~14.

Howe, Anthony. *Byron and Forms of Thought*. Liverpool: Liverpool University Press, 2013.

—. "Shelley and the Development of *Don Juan*." *The Byron Journal*, Vol. 35, No. 1, Autumn 2007, pp. 27~39.

Hurst, Mary. "Byron's Catholic Confessions." *The Byron Journal*, Vol. 40, Issue 1, 2012, pp. 29~40.

Jeffry, Lloyd N. "Homeric Echoes in Byron's *Don Juan*." *The South Central Bulletin*, Vol. 31, No. 4, Studies by Members of SCMLA, Winter 1971, pp. 188~192.

Jobling, Ian. "Byron as Cad."*Philosophy and Literature*, Vol. 26, No. 2, October 2002, pp. 296~311.

Kierkegaard, Søren Aabye. "The Immediate Erotic Stages or the Musical Erotic." *Writings*, Vol. Ⅲ, Part One: *Either/Or*, Part I, ed. & trans. , Howard V. Hong and Edna H. Hong. Princeton: Princeton University Press, 1987.

Killick, Tim. "The Protean Poet: Byron's *Don Juan* in the Visual Arts." *Romantic Textualities: Literature and Print Culture, 1780—1840*. Online Journal, Issue 21, Winter 2013, pp. 88~107.

LaChance, Charles. "Nihilism, Love & Genre in *Don Juan*." *The Keats-Shelley Review*, Vol. 11, No. 1, 1997, pp. 141~165.

Lauber, John. "*Don Juan* as Anti-Epic." *Studies in English Literature 1500—1900*, Vol. 8, No. 4, Nineteenth Century, Autumn 1968, pp. 607~619.

Lawton, Frank. "Addressed to Impress: Byron's Dandy Style." *The Byron Journal*, Vol. 46, No. 1, 2018, pp. 21~35.

Lovejoy, Arthur O. *The Great Chain of Being: A Study of the History of an Idea*. Cambridge, Mass. : Harvard University Press, 1936.

—. "On the Discrimination of Romanticisms." *PMLA*, XXXIX, 1924, pp. 229~253.

Lowell, Amy. *John Keats*. Boston and New York: Houghton Mifflin Co., The Riverside Press, 1925.

MacCarthy, Fiona. *Byron: Life and Legend*. London: John Murray Publishers, 2002.

Mandelbaum, Allen trans. *The Aeneid of Virgil*. New York: Bantam Books, Inc., 1972.

Manning, Peter J. "*Don Juan* and Byron's Imperceptiveness to the English Word." Robert F. Gleckner, ed., *Critical Essays on Lord Byron*. New York: G. K. Hall & Co., Macmillan Publishing Co., 1991.

Marchand, Leslie A. *Byron: A Biography*. Volumes I~Ⅲ. New York: Alfred A. Knopf, Inc., 1957.

—. *Byron: A Portrait*. London: Futura Publications Ltd., 1976.

McGann, Jerome J. *Byron and Romanticism*. Ed. James Soderholm. Cambridge University Press, 2002.

—. *Don Juan in Context*. Chicago: University of Chicago Press, 1976.

—. "Hero with a Thousand Faces: The Rhetoric of Byronism." *Studies in Romanticism*, Vol. 31, No. 3, Fall 1992, pp. 295~313.

McGing, Margaret E. "A Possible Source for the Female Disguise in Byron's *Don Juan*." *Modern Language Notes*, Vol. 55, No. 1, Jan. 1940, pp. 39~42.

Medwin, Thomas C. *Medwin's Conversations of Lord Byron*. Ed. Ernest J. Lovell, Jr. Princeton, New Jersey: Princeton University Press, 1966.

Miller, J. Hillis. *Fiction and Repetition: Seven English Novels*. Oxford: Basil Blackwell, 1982.

Milton, John. *Paradise Lost*. Ed. Alastair Fowler. Essex: Longman Group Limited, 1971.

Moretti, Franco. "Serious Century." Franco Moretti, ed., *The Novel*, Vol. 1. *History, Geography, and Culture*. Princeton, New Jersey: Princeton University Press, 2006.

Mount, Ferdinand. "Super Goethe." http://www.nybooks.com/article/2017/12/21/super-goethe/(accessed March 30, 2021), p. 12 (Newsletter 版式).

Moura, Jean-Marc. *Le sens littéraire de l'humour*. Paris: Presses Universitaires de

France, 2010.

Nicholson, Andrew. "'Nauseous Epigrams': Byron and Martial." *Romanticism*, Vol. 13, No. 1, 2007, pp. 76~83.

Perkins, David ed. *English Romantic Writers*. Orlando, Florida: Harcourt Brace Jovanovich, Inc., 1976.

Plygawko, Michael J. "'The Controlless Core of Human Hearts': Writing the Self in Byron's *Don Juan*." *The Byron Journal*, Vol. 42, No. 2, 2014, pp. 123~132.

Profitt, Edward. "Byron's Laughter: *Don Juan* and the Hegelian Dialectic." *The Byron Journal*, Issue 11, 1983, pp. 40~43.

Qualls, Barry. *The Secular Pilgrims of Victorian Fiction*. Cambridge University Press, 1982.

Quint, David. *Epic and Empire: Politics and Generic Form from Virgil to Milton*. Princeton, New Jersey: Princeton University Press, 1993.

Rank, Otto. *Don Juan Legend*. Ed. & Trans. David G. Winter. Princeton, New Jersey: Princeton University Press, 2015.

Regier, Alexander. "Byron's Dark Side: Human and Natural Catastrophe in *Don Juan* and 'Darkness'." *The Byron Journal*, Vol. 47, No. 1, 2019, pp. 31~42.

Reiman, Donald H. "The Poetry of Byron's Italian Years." Robert F. Gleckner, ed., *Critical Essays on Lord Byron*. New York: G. K. Hall & Co., Macmillan Publishing Co., 1991.

—. *The Skeptical Tradition and the Psychology of Romanticism*. Greenwood, Florida: Penkevill Publishing, 1988.

Ridenour, George M. "The Mode of Byron's *Don Juan*." *PMLA*, Vol. 79, No. 4, Sept. 1964, pp. 442~446.

Rishmawi, G. K. "The Muslim East in Byron's *Don Juan*." *Papers on Language & Literature*, Vol. 35, Issue 3, Summer 1999, pp. 227~243.

Robson, W. W. "Byron as Improviser." Paul West, ed., *Byron: A Collection of Critical Essays*. Englewood Cliffs, New Jersey: Prentice-Hall, Inc., 1963.

Rosen, Charles. *The Classical Style: Haydn, Mozart, Beethoven*. Expanded ed. New York & London: W. W. Norton & Co., 1998.

Russell, Bertrand. *History of Western Philosophy and its Connection with Political* and *Social Circumstances from the Earliest Times to the Present Day*. London: George Allen and Unwin Ltd., 1946.

St. Clair, William. *The Reading Nation in the Romantic Period*. Cambridge University Press, 2007.

Senancour, Étienne Pivert de. *Oberman*, Lettre LXI. Éd. Fabienne Bercegol. Paris: GF Flammarion, 2003.

Shakespeare, William. *Romeo and Juliet*. London and New York: Methuen & Co., Ltd., 1980.

Shears, Jonathan. "Byron's Aposiopesis." *Romanticism*, Vol. 14, No. 2, 2008, pp. 183~195.

Shelley, Percy Bysshe. *Selected Poetry and Prose*. Ed. Kenneth N. Cameron. Orlando, Florida: Holt, Rinehart & Winston, Inc., 1979.

Shilstone, Frederick W. "Byron, Dante, and Don Juan's Descent to English Society." *The Comparatist*, Vol. 8, May 1984, pp. 43~55.

Sidney, Philip. *The Defense of Poesy* (excerpts). George M. Logan et al., eds., *The Norton Anthology of English Literature*, Eighth Edition, Vol. B. New York & London: W. W. Norton & Co., 2006.

Sinclair, John D. trans. *Dante: The Divine Comedy*. Oxford University Press, 1939.

Soderholm, James and Jerome J. McGann. "Byron and Romanticism: An Interview with Jerome McGann." *New Literary History*, Vol. 32, No. 1, Winter 2001, pp. 47~66.

Spaethling, Robert. *Music and Mozart in the Life of Goethe*. Columbia, South Carolina: Camden House, 1987.

Stabler, Jane. *Byron, Poetics and History*. Cambridge University Press, 2002.

—. "Byron, Postmodernism and Intertextuality." Drummond Bone, ed., *The Cambridge Companion to Byron*. Cambridge University Press, 2004.

Stanford, W. B. *The Ulysses Theme: A Study in the Adaptability of a Traditional Hero*. 2nd ed. (Basil Blackwell & Mott, Ltd., 1963) Ann Arbor: The University of Michigan Press, 1968.

Stavrou, C. N. "Religion in Byron's *Don Juan*." *Studies in English Literature*

1500—1900, Vol. 3, No. 4, Nineteenth Century, Autumn 1963, pp. 567~594.

Steele, Richard. "Inkle and Yarico." *The Spectator*, No. 11, Tuesday, March 1, 1711. Lawrence Lipking & James Noggle, eds., *The Norton Anthology of English Literature*, Eighth Edition, Vol. C. New York and London: W. W. Norton & Co., 2006.

Stewart, David. "The End of Conversation: Byron's *Don Juan* at the Newcastle Lit & Phil." *The Review of English Studies*, New Series, Vol. 66, No. 274, April 2015, pp. 322~341.

Storey, Mark. *Byron and the Eye of Appetite*. London: The Macmillan Press Ltd., 1986.

Swift, Jonathan. *Gulliver's Travels*. New York: W. W. Norton & Co., 1961.

Swinburne, Algernon Charles. "Mr. Swinburne on Byron." *The London Review*, May 24, 1866.

Tate, Candace. "Byron's *Don Juan*: Myth as Psychodrama." *The Keats-Shelley Journal*, Vol. 29, 1980, pp. 131~150.

Thorslev, Peter. "German Romantic Idealism." Stuart Curran, ed., *The Cambridge Companion to British Romanticism*. Cambridge University Press, 1993.

Tucker, Herbert F. *Epic: Britain's Heroic Muse 1790—1910*. Oxford University Press, 2008.

Virgil. *The Aeneid of Virgil*. Trans. Allen Mandelbaum. New York: Bantam Books, Inc., 1971.

Voltaire (François-Marie Arouet, dit). *Candide ou L'Optimisme*, Œuvres complètes, Paris: Garnier frères, 52 volumes, Vol. 21, 1879.

Vassallo, Peter. *Byron: The Italian Literary Influence*. London: Macmillan Press Ltd., 1984.

Walker, David. "'People's Ancestors are History's Game': Byron's *Don Juan* and Russian History." *Studies in the Literary Imagination*, Vol. 36, No. 2, 2003, pp. 149~164.

Walton, Izaak. from *The Life of Dr. John Donne*. *The Norton Anthology of English Literature*, Eighth Edition, Vol. B. New York & London: W. W. Norton & Co., 2006.

Waters, Lindsay. "The 'Desultory Rhyme' of *Don Juan*: Byron, Pulci, and the Improvisatory Style." ELH, Vol. 45, No. 3, Autumn 1978, pp. 429~442.

Wellek, René. "The Concept of Romanticism in Literary History." *Comparative Literature*, Vol. 1, No. 1, Winter 1949, pp. 1~23; Vol. 1, No. 2, Spring, 1949, pp. 147~72.

Wolfson, Susan J. "Byron's Ghosting Authority." *English Literary History*, Vol. 76, No. 3, Fall 2009, pp. 763~792.

Wordsworth, William. *The Prelude 1799, 1805, 1850*. Eds. Jonathan Wordsworth et al. New York and London: W. W. Norton & Co., 1979.

约翰·但恩(John Donne),《艳情诗与神学诗》,傅浩译,北京:中国对外翻译出版公司,1999年。